MOORD
&
MOORD EN DOODSLAG

Doeschka Meijsing
MOORD

&

Geerten Meijsing
MOORD EN DOODSLAG

EM. QUERIDO'S UITGEVERIJ BV
BV UITGEVERIJ DE ARBEIDERSPERS
AMSTERDAM · ANTWERPEN

Dit is een gezamenlijke uitgave van Em. Querido's Uitgeverij BV en BV Uitgeverij De Arbeiderspers.

Dit boek is mede tot stand gekomen met steun van de Stichting Fonds voor de Letteren.

Copyright *Moord* © 2005 Doeschka Meijsing
Copyright *Moord en doodslag* © 2005 Geerten Meijsing

Niets uit deze uitgave mag worden verveelvoudigd en/of openbaar gemaakt, door middel van druk, fotokopie, microfilm of op welke andere wijze ook, zonder voorafgaande schriftelijke toestemming van Em. Querido's Uitgeverij BV, Singel 262, 1016 AC Amsterdam, resp. BV Uitgeverij De Arbeiderspers, Herengracht 370-372, 1016 CH Amsterdam. *No part of this book may be reproduced in any form, by print, photoprint, microfilm or any other means, without written permission from Em. Querido's Uitgeverij BV, Singel 262, 1016 AC Amsterdam, resp. BV Uitgeverij De Arbeiderspers, Herengracht 370-372, 1016 CH Amsterdam.*

Omslagontwerp: Anneke Germers
Omslagfoto: Carla van de Puttelaar
Foto auteurs: © Xandra Schutte
Foto Geerten Meijsing: Frank Moll
Foto Doeschka Meijsing: Chris van Houts

ISBN 90 214 7486 7 / NUR 301
www.boekboek.nl

Doeschka Meijsing
MOORD

HOOFDSTUK 1

Het begon met het avontuur van de hoed. De Fedora van de Borsalinofabriek werd begeerd door mijn broer in de winter dat hij zich vestigde in het uiterste puntje van Europa, in de stad die zo ver mogelijk van Nederland was verwijderd, Syracuse. De Fedora was uitsluitend verkrijgbaar bij The English Hatter op de Heiligeweg in Amsterdam, en mijn broer had zich veel moeite getroost zo ver mogelijk bij die plek vandaan te blijven.

Hij belde me enkele weken voor mijn vertrek naar Syracuse met het verzoek of ik de hoed mee wilde nemen.

– Een hoed? riep ik in de hoorn, hoe wil je dat ik een hoed vervoer in het vliegtuig? Moet ik soms met een hoedendoos op pad?

– Hij weegt niets, zei mijn broer geruststellend, alsof de hoed al een oude bekende van hem was, een hinderlijke mee-oploper, iemand die niets woog en toch plaats innam, –je kunt hem meenemen als handbagage.

Ik hoefde me nergens zorgen over te maken, beweerde zijn hese, opgewonden stem in de hoorn, hij wilde me zo min mogelijk last bezorgen. Het was een lichtgewicht pakje, zo'n hoed, zei hij, en hij had een vriend al opdracht gegeven om mij de hoed via via te overhandigen, zodat ik me nergens druk over hoefde te maken.

– Een Fedora van Borsalino, of een Panama, vervolgde hij onverstoorbaar, desnoods opvouwbaar, hoewel je niet voorzichtig genoeg kunt zijn met zulke aanbevelingen.

Ik legde de telefoon neer en wachtte het ergste af. Van hoeden en hun transportkwaliteiten wist ik alles af sinds mijn moeder mijn vader het zicht op van rechts komend verkeer had belemmerd door haar hoofddeksels.

— Ik kan niets zien, zei mijn vader, vooroverhangend over het stuurwiel terwijl mijn moeder iets in het dashboardkastje zocht, — ik zie alleen maar kersen, nondeju.

— Wil je dan dat ik me blootshoofds vertoon? vroeg ze.

— Het kan me niet schelen hoe je je vertoont, als ik maar zicht op rechts heb, antwoordde hij en trok op om vervolgens abrupt te remmen.

Toen iedereen weer enigszins op zijn plaats zat, trok ze beledigd de pennen uit haar haar en deponeerde het zomerfruit-op-stro op mijn schoot.

— Dan moet je het maar weten als ik bloot ga, zei ze.

Ik zat op de achterbank van de auto met de zomerse hoed op mijn knieën en bedacht dat een mens niet dieper kon zinken dan bloot te zijn in een geklede jurk. Mijn broers naast mij schikten de zeeverkennersbaretten, 'tokkies' genaamd, opnieuw op hun kop.

— Komen we op tijd voor de schouw? vroeger ze.

— Als je moeder die aardbeien uit mijn gezicht haalt wel, zei mijn vader terwijl hij de auto opnieuw startte.

— Kersen, zei ze, het zijn kersen.

Ook de hoed van mijn broer bezorgde iedereen veel overlast. Ik kreeg hem ruim van tevoren aangereikt van een Amsterdamse vriend van mijn broer, die door de hoed in een precaire maar onschuldige situatie was beland, een situatie die hier niet terzake doet.

Ik had alle begrip voor zijn verlegenheid.

Die van mij was ook niet makkelijk. De lichte Fedora huisde in een kingsize kartonnen doos met een foto van cowboys die tegen een avondhemel in het zadel van hun paard uit Montana een Marlboro zaten te roken. Hun hoofddeksels verschilden in alles van het lichte strooien geval met zwart lint dat moest worden vervoerd. Geen twee hoedendragers in de wereld zijn gelijk. Het was zo'n doos waarmee je op een druk Schiphol kleine kinderen voor het hoofd zou stoten, waarmee je achter elk bagagewagentje zou blijven haken, die niet zou passen in de bagageruimte boven het hoofd van de passagiers.

— Die hoed is mijn maat, zei ik toen ik mijn broer aan de lijn had, om te melden dat ik het verlangde in huis had, — een tikkeltje te wijd misschien bij zwaar weer maar hij past me wel. Het was zaak hem niet te veel op stang te jagen, want hij had zich nog maar een maand of twee in zijn nieuwe woonplaats gevestigd en er waren grotere problemen met zijn inburgering dan de belastingvrije import van een hoed.

— Hoezo jouw maat? Hij is je te wijd, zeg je. Is het een Fedora? vroeg hij.

Bij mijn antwoord was hij onmiddellijk gerustgesteld. Een Fedora van de firma Borsalino, dan was het in orde. Bedenkingen, bijvoorbeeld over het ongemak van de doos, waren hem onwelkom.

— Dan doe je hem toch in een zacht tasje? zei hij, dat kan zo'n hoed heus wel hebben.

Een zacht tasje. Dat ik daar niet eerder op was gekomen.

De tien volgende dagen keek ik naar het plastic tasje met hoed op mijn bureau, een hinderlijke aanwezigheid die moest voorkomen dat hij achteloos zou achterblijven. En nog was ik ervan overtuigd dat ik hem in de taxi naar Schiphol zou laten liggen, zou achterlaten bij de spiegels van de toiletten als ik even mijn handen zou wassen, of naast een stoelpoot zou vergeten. Het was zo'n lichtgewicht ding, je hand merkte het niet eens als je hem niet meer droeg. Ik kon hem net zo goed opzetten, hij paste mij zo goed als, tenslotte.

De weersvoorspelling stak daar een stokje voor. Op de dag van mijn vertrek joeg er door Amsterdam een krachtige noordwesterstorm, bij een temperatuur van twee graden boven nul. Met zo'n zomerhoed op in en uit de taxi stappen, daarbij zorg dragend voor de bagage, voor het op slot doen van de huisdeur, voor een laatste check van ticket en paspoort, was vragen om moeilijkheden. Ik had het scenario al vele malen in mijn hoofd nagespeeld: de ontzetting bij het afwaaien, de impulsieve run op de steeds sneller wegwaaiende hoed, de seconde van besluiteloosheid om toch maar bij de bagage te blijven, de voortgezette jacht tot aan de drukke verkeersweg, de twee elkaar tegemoetkomende trams, die de hoed verpletten — en tenslotte de constatering dat de taxichauffeur het voor gezien had gehouden, dat de bagage onbeheerd stond of al was verdwenen, dat de huisdeur in het slot was gewaaid terwijl je sleutels nog aan de binnenkant zaten. Het leek me meer dan mijn reiskoorts kon verdragen.

In het vliegtuig waren de problemen nog niet voorbij. Ik wilde het plastic tasje met de hoed niet in de bagageruimte boven mijn hoofd hebben, want ik wist hoe genadeloos mijn medepassagiers hun handbagage net boven hun bereik stouwden, complete babyuitzetten en rollen tapijt wilden ze erin kwijt, gele tassen vol wodkaflessen uit de taxfreewinkel en daarbovenop het skateboard van hun zoon. In de beenruimte was, naast mijn tas met schriften en mijn eigen voeten, geen plaats. Op mijn knieën was de oplossing, totdat we de tafeltjes voor de lunch moesten uitklappen. Ik wachtte totdat de dampende macaronischotels in de rij vóór mij werden doorgegeven voor ik de hoed uit het vloeipapier haalde en hem opzette. Geen volk ter wereld kende het gebruik van met een hoed op eten, behalve misschien de Engelsen.

Mijn broer had mij telefonisch tot driemaal toe verzekerd dat 56 de juiste maat voor hem was, dat hij nog speciaal een centimeter had gekocht om het op te meten, niet het eerste wat je nodig had als je naar een nieuwe stad emigreerde. Ik was verbaasd dat ik een bijna even groot hoofd had als mijn broer, al mijn jaren zou ik hebben gezworen dat mijn hoofd vele centimeters kleiner was, maar mét het vermogen dat ik met mijn generatiegenoten deelde om aan alles te twijfelen, het vermogen om met zijn allen in één grote relativiteit te wonen waar wat er zichtbaar was (bijvoorbeeld de sterren) al was uitgestorven en over wat er niet te zien was (God, bijvoorbeeld) steeds luider werd gesproken. 'Als een leeuw zou spreken, zouden wij hem niet verstaan.' Het zal wel aan de waarnemer liggen dat mijn hoofd mij kleiner lijkt, dacht ik, gemeten hadden we onze schedelomvang in onze jeugd immers nooit, en hoe klein in mijn waarneming mijn hoofd ook mocht zijn, het hele heelal was erin opgeborgen met inbegrip van alle poetsen die daar werden gebakken, daar kon ik tevreden over zijn.

Toen de gezagvoerder meldde dat we aan de landing waren begonnen, leverde ik mijn kopje in, klapte het tafeltje op, wikkelde de hoed zorgvuldig in het vloeipapier in het 'zachte tasje' en wachtte vredig de landing af. Alle zorgen om de reis waren zoals altijd voor niets geweest.

Mijn broer Timbeer kwam ter wereld, precies in de paar dagen dat ik uit logeren was bij kinderen die in een rood houten huis woonden. Om het huis lag een onmetelijke tuin vol wit zand en dennennaalden, waar ik mijn eerste en laatste passie voor sport ontwikkelde. Ik raakte er verslaafd aan schommelen. Ik schommelde in die eerste augustusdagen van de vroege ochtend tot de late avond.

Ik schommelde driftig en zonder van ophouden te weten, terwijl een diep, zoet gevoel dat niet anders dan geluk kan zijn geweest mij van top tot teen doorstroomde: daar lag het rode huis, daar waren de kinderen in zomerjurkjes, alles stroomde vol van alles – en ik wist niet beter dan dat ik altijd, altijd wilde schommelen.

Ik was bijna drie, hoefde nog naar geen enkele school, ik liep en at als een gewoon mens en volgens de overlevering sprak en redeneerde ik als een volleerde. Toen was de geurige logeerpartij afgelopen en moest ik naar huis. Natuurlijk was het heerlijk om papa en mama weer te zien en ik had me zonder enige bedenking in hun armen gestort, ware het niet dat een aanwezig monster in huis mij de doortocht tot hun armen belemmerde. Het lag ergens, waar weet ik niet meer, in mijn moeders armen of op de divan, en brulde. Een baby. Ik was in die tijd al aan diverse baby's voorgesteld en nooit had ik begrepen wat de vaders en moeders bezielde dat iedereen in stijve verbijstering om die dingen gegroepeerd stond en dat ik moest worden opgetild om vanuit de onmetelijke hoogte van mijn vaders arm een blik op die wezens te werpen. Ze gingen mij niet aan en ze bestonden niet in mijn wereld, ik wilde een schommel.

Deze baby was van ons, begreep ik snel, hij zou nooit meer uit ons huis weggaan, hij was voor de rest van de eeuwigheid bij ons neergelegd als een groot pak brood en wij hadden ons maar te schikken, sterker nog, er zou een ontzettende straf op staan als ik het niet pikte.

Hij was nog meer een monster dan de monsters die ik in de platenboeken had zien staan. Hij spuwde geen vuur, maar zure melk. Hij was te groot voor een boek. Hij was wit en had een zeer groot kaal hoofd dat wiebelde en zijn benen waren zo nietig dat hij nooit op een wip zou kunnen klimmen, laat staan op een schommel waar je af moest zetten op het laagste punt. Maar mijn moeder en ieder die het mormel zag sprak van een wolk van een baby, heel de wereld kwam zachte cadeautjes aan hem offeren, tilde hem op en liep met hem rond, een geheimtaal tegen hem sprekend die ik nooit zou kunnen ontcijferen, ik had zelf immers net begrepen hoe ik moest praten om het anderen naar de zin te maken.

Mijn protest tegen de gang van zaken was doelmatig, maar niet effectief. Van de ene dag op de andere klapte ik mijn mond dicht, de mededelingen en redeneringen kwamen niet meer over mijn lippen. Ik zweeg in mijn taal en als ze per se wilden dat ik mijn mond opendeed bracht ik moeiteloos de geheimtaal van het door de engelen gebrachte monster voort: gebellenblaas, gespuug en gepruttel. Volgens de orale overlevering heb ik een jaar lang mijn mond gehouden, ik die de meest geavanceerde taal al beheerste, ik die feilloos op de vraag van de losbollige, maar hooggeleerde broer van mijn vader 'Wie schreef *Kritik der reinen Vernunft?*' 'Immanuel Kant' antwoordde. Het lopen, het spelen, de zindelijkheid gingen moeiteloos door. De motoriek was niet meer uit balans te brengen, zoals je fietsen of zwemmen niet meer verleert, maar de taal, daarover was ik meester door niet meer te willen praten. Dat meesterschap heb ik tot op de huidige dag bewaard: ik zeg nooit meer iets, mijn lippen zijn verzegeld, tenzij ik ertoe word gedwongen. Dan blaas ik bellen of ik pruttel wat — en als je iets hoort uit mijn mond, dan is het niet meer dan dat.

Buiten de aankomsthal stond, tegen de felle februarizon schuilend onder het lage afdak van de luchthaven van Catania, mijn broer.

De schok die ik onderging toen ik hem in de schaduw voor het eerst na jaren ontwaarde: een eenzame, niet meer zo jonge man, in een duur Italiaans pak, met kranten onder de arm, kon ik op dat moment niet uit de doeken doen, zulke hevige en tegenstrijdige gevoelens schoten er door mij heen. Net zomin als ik duidelijk kon maken hoe het er zo toe was gekomen dat wij broer en zuster waren, daar was geen beginnen aan. Het was de derde keer dat hij me zo overrompelde, de derde keer dat ik hem zag.

Voor de meeste mensen uit een gezin van meer dan drie personen is het de normaalste zaak van de wereld dat ze een broer of zuster hebben, zelfs in meer dan één exemplaar, maar in ons geval lag de zaak ingewikkelder, was zij misschien nooit uit te leggen, niet in de laatste plaats omdat ik er zelf bij betrokken was. Zoals ik aangaf was mijn leven vorstelijk totdat Timbeer werd geboren. Ik at en speelde met de bal en babbelde in een omgeving waarin het voor altijd zomer was. Dertien maanden boven mij was de tweeling Nicolaas en Boeb druk in de weer. Zij lieten mij op even dagen hun autootjes vasthouden en op oneven dagen deden ze alsof ik stonk, een houding die ze tot op middelbare leeftijd nooit hebben laten varen. Hoewel ze twee-eiig waren, hadden ze beiden het uiterlijk van donkerblonde jongens in een zomerse tuin. Nicolaas, de eerste, had de grijze ogen van mijn moeder en Boeb, die op het nippertje na Nicolaas kwam toen er geen naam meer te vergeven was en dus gewoon 'jongen' werd genoemd, Boeb had de lichtbruine ogen van mijn vader. Jongens, laat ik zeggen, zo ongeveer de Kennedyboys in hun kindertijd, John en Bob, of de tweeling van Jan Wolkers, Tom en Bob.

Het was mij niet onaangenaam twee broers zo vlak boven me te hebben. Hun aanwezigheid moet zich in het begin van de eerste drie jaar zomertijd als een soort schaduwbestaan buiten de tralies van de box hebben afgespeeld, maar naarmate mijn ogen meer aan het licht van het leven gewend raakten, kreeg ik ze beter in het vizier en begon hun bestaan mij te intrigeren: de stukjes boomtak die ze mee naar huis namen, de veelkleurige autootjes die ze op het Perzisch tapijt of in de gang tegen elkaar lieten botsen en die bij bedtijd in het gelid werden gezet om de hele nacht te wachten op het moment dat de twee ze 's ochtends begroetten, blij om hun gehoorzaamheid; de honderden manieren waarop ze het klaarspeelden het huis te ontvluchten, de twee kleine grijze emmertjes waarmee ze de bloemen in de tuin en elkaar nat spatten, ach, als ik terugdenk aan die emmertjes waar geen licht of kleur van afspatte maar des temeer aanwezigheid, krijg ik het warm van verlangen en heimwee. Nee, het was mij niet onaangenaam.

Hun existentie was voor iedereen om hen heen, met uitzondering van mij, niet zonder risico. Ik telde eenvoudig niet mee in hun wereld van alledag, terwijl ik mij uit pure razernij met alle kracht die ik in me had aan de stijlen van de box optrok om me pardoes aan de andere kant van de tralies te laten vallen. Ze keken even op van het strikken van hun veters.

— Lichte hersenschudding, constateerde de dokter, ze moet over een ijzersterke wilskracht beschikken om daaroverheen te klimmen, nu ja, u weet uit uw ervaring wat u te doen staat.

— Ja dokter, nee dokter, antwoordde mijn moeder, die voor haar huwelijk als analiste had gewerkt in het Sint-Josephziekenhuis.

'Heb jij van mij eigenlijk nog herinneringen uit de Mauritsstraat?' vroeg ik Boeb eens decennia later om na te gaan of ze net zo geschrokken waren geweest van mij als ik van het monster.

'Jij? Jij was altijd in witte lappen gehuld,' zei hij.

Het was waar. Ik werd na mijn geboorte in witte lappen het huis binnen gedragen, in witte lappen gedoopt in naam van de vader, de zoon en de heilige geest, een driemanschap waarvan ik onder het motto 'two is a multitude, three is a crowd' sinds lang afscheid heb genomen; ik kreeg bij een valpartij tijdens de zindelijkheidstraining eens een glazen splinter van het potje in mijn polsslagader en ik heb zes weken in witte doeken gewikkeld op bed gelegen vanwege een derdegraadsverbranding toen er koffiedrab op mijn been terecht was gekomen. Ik ontwaakte uit de doezelige shock toen er na zes weken een tante op bezoek kwam die een puzzel voor me meebracht van vierkante blokjes met geschilderde plaatjes die je om en om moest draaien om de meest gezellige taferelen van 'op de boerderij' te voorschijn te toveren: de kippen en hun haan in het wild, de koeien in de wei, de knecht die het hooi opstapelt, enfin, een bijna onuitputtelijke variatie was mogelijk. Het is mijn eerste of tweede of derde eerste herinnering. Dat ik uit mijn pijnlijke slaap ontwaakte, mezelf zag als het kindje in de kribbe aan wie iets cadeau werd gedaan en dacht: voor mij? voor mij? Ja, voor jou.

Dat Boeb (en dus ook Nicolaas) mij beschouwden als iets wat in doeken was gewikkeld tijdens hun avontuurlijke bestaan, nam ik voor gezegd.

Zodra ik uit mijn zenuwslaapje van de verbranding ontwaakte, kreeg ik tot vervelens toe te horen hoe de tweeling ieders leven in gevaar bracht. Ze kwamen, na mijn vuurverbrandingsdoop tussen de witte lakens, als helden naar voren.

Nicolaas wist zijn wijsvinger door middel van het ijzeren gordijn van de rood-witte Nederlandse-Spoorwegbomen af te knellen, hij hield er een kromme vinger aan over die mij fascineerde toen hij, veel later, mijn babyzusje regel voor regel leerde lezen. De licht gekromde vinger wees vooruit naar Nicolaas de bijbelgeleerde, die later Hebreeuws vers na Hebreeuws vers naploos op mathematische, Babylonische tijdsberekeningen. Een lot in een vingertje van een vierjarig joch. Boeb pakte het dramatischer aan. Hij bond zijn slee achter de gloednieuwe Opel Olympia van de aannemer van de wederopbouw verderop in de straat en slingerde triomfantelijk door de besneeuwde Mauritsstraat, waar de moeders in hun schorten de deur uit kwamen om tegen de aannemer van de wederopbouw te roepen dat er een kind achter aan de wagen gebonden zat. De aannemer begroette met zijn sigaar de moeders die door de tot hun knieën reikende sneeuw naar het hekje van hun voortuin strompelden, in het opgewekte besef dat hij werd geëerd voor zijn inspanningen voor Nieuw Nederland en dat hij zichzelf weldra tot de rijkste bewoners van de Mauritsstraat kon rekenen. Pas op de driesprong naar de Grote Berg had hij genoeg van de bewonderaarsters in zijn achteruitkijkspiegel en gaf gas op weg naar de vooruitgang. Boem werd de slee af geslingerd, tolde als een bolletje naar de opgehoopte sneeuw aan de kant van de weg en stond als wit kerstmannetje weer op zijn voeten.

En opnieuw liepen de buurvrouwen te hoop. Dit keer hoorde ik hun geraas vanuit mijn witte lappen ver in het huis beneden me. 'Mevrouw M., mevrouw M., de tweeling zit op het dak!' Twee vierjarigen zaten op de rode pannen, hun voeten gesteund op de dakgoot, en voor hun ogen ontvouwde zich een wereld van de Sint-Catharinakerk tot aan de Dommel, over de spoorrails tot aan de IJzeren Man. Dit hadden ze niet verwacht. Het ging hun voorstellingsvermogen op het nippertje te boven, net genoeg nippertje om ze voorgoed een tijd-ruimtebesef in te prenten dat ze in hun spel met de autootjes al vermoedden. Ze zagen en maten voor het eerst hun kansen.

Ik hoorde vanuit mijn windselen hoe de buurvrouwen mijn moeder de zoldertrap op joegen, hoe ze haar even later vanaf de straat aanmoedigden terwijl zij tot aan haar heupen uit de dakkapel hangend de tweeling probeerde te paaien met lieve woorden en de belofte van limonade en een ijsje, ik hoorde hoe mijn broers het op een brullen zetten toen ze eenmaal veilig op de planken van de zolder waren beland en in plaats van een ijsje een oorvijg kregen. Ik stapte behoedzaam uit mijn bed, kreeg de deurknop van mijn kamertje naar beneden en zag nog net hoe mijn moeder haar twee lammeren met een stevige greep in hun nek de trappen af duwde. Ze hielden hun hand op het gloeiende oor.

'Onder de loempen, jij,' riep ze naar mijn zwarte oog in de deurspleet. Terug in mijn witte lakens luisterde ik naar de vrolijk opgewonden stemmen in de tuin. Ik dacht na over moed en zomer, limonade en beloning.

Je hebt broers en je moet ze doden. Dat werd mij duidelijk gemaakt toen de eerste door mensentoedoen gemaakte en niet geschapen broers Kaïn en Abel in het vizier kwamen, uit de kinderbijbel waar mijn moeder ons uit voorlas. Toen begreep ik het nog niet, net weggerukt uit het paradijs van de baarmoeder, en uitgebroken uit de tralies van de box. Mijn moeder had deze primitieve aandrang zeker ook niet uit Dr. Spock kunnen halen. In de pedagogiek is het woord 'primitieve aandrang' buiten de goedheid van het kind om taboe. Het ging erom dat je niet vergeefs leefde.

We reden van Catania naar Syracuse. Mijn broer had een passie voor zeer dure, net uit de mode geraakte auto's. Geen oldtimers, in godsnaam, oldtimers waren er voor de echte rijken, die ze in hun garages lieten staan om er één keer per jaar in groepsverband een toertje mee te maken onder bescherming van de motorpolitie. De nieuwe rijken vormden met andere oldtimers meteen een lichtelijk agressieve club, kwamen op grote parkeerterreinen tezamen en dronken er bier.

— Machtig mooi zijn die bijeenkomsten, zei Timbeer,

terwijl de snelheidsmeter geruisloos naar de honderd twintig kilometer klom, machtig gezellig en ongedwongen en toch stellen we heel wat voor, je moet natuurlijk uitkijken dat er niet hier of daar een maffioso tussen zit, maar ook dat zijn eigenlijk heel fatsoenlijke kerels, er bestaan in Nederland de meest vreemdsoortige denkbeelden over de maffia en Sicilië, alsof het een soort *Kuifje in Amerika* betreft waarin Kuifje te paard en met getrokken revolver Chicago binnenrijdt, zo'n soort idee hebben jullie over de maffia hier, ik zou eens een boek over al die vooroordelen moeten schrijven jullie weten van niets, Sicilië is een zeer ontwikkeld land, als je voor de oorlog de mensen hier zou vragen wie ze liever hadden, de partizanen of de maffia, dan kozen ze geheid allemaal voor de maffia, die hun onder Mussolini het land had teruggegeven, de maffia is hier heel gewoon in het leven opgenomen, in de bouw natuurlijk en tegenwoordig ook in het toerisme, dat zich tot een geweldige bron van inkomsten begint te ontwikkelen, en in de magistratuur natuurlijk, daar vind je ze overal, maar daar moet je mee leren leven, de maffia is een vorm van leven, een structuur die op het eiland heerst, heel fatsoenlijk, allemachtig, wat jullie je daarbij voor voorstellingen maken, ik zou je eens mee moeten nemen naar Alfredo bijvoorbeeld, daar zit je een middag heel genoeglijk in de boomgaard wijn te drinken, prachtkerel, geeft je bij het afscheid een hele kist sinaasappelen mee, ze zijn hier zo gastvrij, ook al geloof ik dat zijn zoon iets met de maffia heeft, precies weet ik het niet.

Timbeer had jarenlang in een Citroën DS, voor kenners 'de Snoek', gereden en was overgestapt op een Citroën CX Empire, de auto waarin Giscard d'Estaing nog was vervoerd, een luxejacht van een auto, gekocht in een louche Belgisch dorp. Een auto die je slechts voor een presidentieel paleis kon parkeren, hij was anderhalf keer zo lang als een, zeg, Volvo 270 Grand Luxe. Een wagen die in de kleine dorpen van Sicilië kwam vast te zitten, die bij zijn overtochten van Syracuse naar Amsterdam scheurde over de Zwitserse Alpen.

— Ik kan hem hier niet achterlaten. Ze snijden je banden kapot of steken hem in brand.

— Uit wraak? vroeg ik, de maffia?

— Wie zou er wraak op mij willen nemen? vroeg hij, de maffia bestaat uit 'gente d'onore'. Hun regels zijn strikt.

Hij reed soepel en gematigd over de grote weg naar Syracuse, in een wit katoenen overhemd (duur merk) en een kaki broek met bruine riem (dure spullen), zijn blote voeten gestoken in paardenleren veterschoenen (onbetaalbaar). Wat kleding en auto's betrof deed hij geen enkele concessie. Het schortte aan huisvesting, brood op de plank en verzekeringen. Hij leefde in de winter onder een loempenbed en 's zomers sliep hij op een luchtbed op het dak. *In grande stile.*

Waar ik ook keek, links en rechts van mij, ontrolden zich betonnen wegen, parallelautobanen, overspannende autobanen, tunnels voor autobanen. Hier en daar een driehoekje met dertien citroenbomen, of een oud herenhuis met cipressen eromheen, aan vijf kanten dichtgetimmerd. Eén autobaan kwam van rechts op ons af, leidde door een gloednieuwe tunnel en hield na tweehonderd meter op te bestaan, doodgelopen op een stukje niemandsland met graspollen en onkruid. Ik zuchtte van tevredenheid: deze doelloze chaos, dit gebrek aan consensus, dit coördinatieloze, ongeordende bestaan, dit geloof in 's mensen betrouwbaarheid, wantrouwen jegens doelmatigheid, was een opluchting voor mijn ziel. Nederland veranderde ook langzaam maar zeker in een betonnen mobiliteit, maar dat alles was doelbewust, succesvol gepland. Daar zat geen leven in.

Timbeer haatte alles wat Nederlands was en stemde jubelend in met mijn overpeinzingen. Hij verafschuwde zijn geboorteland zo hevig dat hij na gehuwd te zijn geweest en een dochter te hebben verwekt op zijn drieëndertigste de vrijwillige ballingschap had omarmd. Hij had al zijn bezittingen, inclusief zijn driejarig dochtertje, naar Lucca overgeheveld, waar hij een tochtig en wrakkig krot had gehuurd op het landgoed van meneer de graaf. Hij bleef er twaalf jaar, trotseerde zonder kachel de onverwacht barbaarse winter, werkte als een bezetene aan zijn boeken, bracht en haalde elke dag zijn dochtertje dat bij de nonnen op de lagere school zat en speelde 's avonds viool om aan de eenzaamheid te ontkomen.

Tegen wil en dank werd Timbeer dakdekker, loodgieter en aanlegger van een primitieve houtkachel, met zelfgemaakte schoorsteen. Het sneeuwde in Toscane de eerste winter toen hij er zich gevestigd had en Timbeer zwoer dat hij het nooit meer in zijn leven zo koud zou hebben.

In vogelvlucht is elke eenheid van tien jaar een vogelpoepje op de kraag van je jas. Je leert de uitwerpselen beter kennen dan de levende organismen boven je hoofd, je raakt vertrouwd met de stad, het aantrekkelijke riool, met het meisje en de dood.

In dezelfde twintig jaar schreef ik mijn boeken bij de centrale verwarming, televisie, ochtend- en avondkrant bij de hand, evenals de troostgevende doodgravershand van het stamcafé om de hoek. Ik had op eigen kracht mijn zelfgebouwde huis en mijn ex verlaten (dat ze de pest en zieke zweren mag krijgen, gedoemd om elke dag varkensvlees te eten), had een volgende vurige liefde verloren zien gaan, een nieuw huis gekocht, ontslag genomen en me aan de rand van de afgrond voelen bengelen. Ik was halfgek geworden door alle gedachten die door mijn hoofd tolden. Niets klopte in mijn werkelijkheid, al had ik een nieuwe baan gevonden bij een miezerig maar goedlopend weekblad en was ik bezig uit het ravijn te klimmen en het pad terug te vinden.

Wat betekende 'halfgek geworden'? Praktisch gesproken het volgende. Mijn eigen gedachten hingen zo vol abstractie tegen de bijna-gekte aan dat ik ze nu onmogelijk uit de doeken zou weten te doen zonder het gevaar te lopen opnieuw in die gelukzalige, ongunstige staat van waanzin terecht te komen.

Praktisch dus: op een zonnige middag veegde ik met één zwaai mijn bureau leeg in een vuilniszak. De schilderijen in mijn huis werden van hun haakjes gelicht en plat op de grond gegooid. Door de glasscherven heen wadend bereikte ik mijn Brancusihoofd, en keilde het door de kamer heen, door mijn ruiten heen, waarna het hoofd waardig tussen de hortensia's belandde. Daarna ging ik op bed liggen.

Het Brancusihoofd was een zwerfkei, in de rudimentaire vorm van een mensenhoofd, die ik eens in Zuid-Frankrijk had gevonden. Er liep een mooie, vette ader van de atlas over de neus, tot onderaan de kin. Oren, neus, lippen en ogen waren verzonken in de loop van de evolutie, maar het brein was aanwezig als het bestaan zelf, kalm en krachtig. Ik liet er vaak mijn hand over glijden, als in een smeekbede om hulp bij het denken.

Natuurlijk wist ik niet dat het een Brancusi was toen ik het loodzware gevaarte vanaf zijn geheime bedding van een opgedroogd beekje meenam naar Amsterdam. Maar op een dag kwam een bevriend en gevierd schilderes mijn huis binnen, ging als een wervelwind keurend langs mijn schilderijen en hield halt bij de zwerfkei. 'Een Brancusi,' riep ze, 'een heuse Brancusi.' Ik wierp tegen dat ik de kei in een droge bedding nabij het stadje Armagnac had gevonden, maar zij hield voet bij stuk. Ze had Brancusi zelf nog in zijn laatste jaren in Parijs meegemaakt, zij was in haar jonge jaren in Parijs tenslotte de minnares geweest van Asger Jorn en dit was een heuse Brancusi. Bleef mijn stille vraag waarom iemand een heuse Brancusi in een riviertje in Zuid-Frankrijk zou willen werpen.

Zo hadden Timbeer en ik onze laatste decennia doorgebracht, ver van elkaar verwijderd in geografie en gedachten. Af en toe schreven we elkaar om onze gemoedsaandoeningen te melden. Nooit over ons beider vak, het schrijven van boeken.

Nu leidde Timbeer mij hoffelijk mijn hotelkamer binnen, tilde mijn zware koffer op het houten rekje, opende mijn balkondeuren en keerde zich afwachtend om naar het zachte zakje, waarin zijn hoed zat.

— Prima! riep hij toen hij de hoed uit het vloeipapier had gewikkeld. Hij bekeek de binnenrand en hield hem op een armlengte afstand, — o, prima, precies de juiste vorm, de goede kleur, de goede maat, ja ja, dit materiaal. Prachtig!

Hij was blij als een kind.

Toen ging hij voor de grote spiegel aan de buitenkant van de kast staan en zette hem behoedzaam op. Ik zat op het hotelbed en zag wat ik al wist.

Hij duwde wat aan de hoed, trok hem wat lager, zette hem weer af en streek zijn eigen haar nog eens extra glad achterover, zette hem weer op. Hij draaide zich naar mij om.

— Gaat best, hè? zei hij tegen beter weten in. Gaat best, hè? vroeg hij hoopvol.

Voor mij stond mijn broer. Geen kind, een man. Breder geworden, ouder geworden, maar niet wijzer, in de Siciliaanse zon blond geworden alsof hij weer zes jaar oud was, met een smekende blik in zijn lichte ogen.

De Fedora stond bovenop zijn hoofd als de hoedjes van

de clowns in de piste. Zijn gezicht kreeg de verbijsterde uitdrukking van het mormel dat ik, meer dan een halve eeuw geleden, op mijn weg had gevonden toen ik thuiskwam van een zonnig middagje schommelen. Ik keek naar dat gezicht, naar dat Pipohoedje erboven en (ik had er geen macht over) ik tuimelde schaterend van het lachen achterover op mijn bed. Ik wilde ophouden met lachen, maar het lukte me niet, ik kon niet ophouden met lachen, hemeltjelief, alsjeblieft, laat me ophouden tegenover mijn verbouwereerde broer. Ik kreeg krampen in mijn kaken, ik werd steeds ongelukkiger. De tranen stroomden over mijn wangen.

HOOFDSTUK 2

Als ik goed kijk in mijn eigen hoofd, dan heb ik in meer dan vijftig jaar tijd Timbeer slechts drie keer gezien, maar dan, hoeveel keer heeft Kaïn Abel gezien? De tweeling kon elkaar niet zien, daar waren ze tweeling voor. De eerste maal was toen hij mijn thuiskomst versperde met zijn enorme kale babyknetter, maar dat is natuurlijk een onverdiend verwijt. Dat ik mezelf plotseling gevangen zag in de getraliede nor van een box in het besef dat ik nu twee jongens vóór me had en één achter me, maakte dat ik me in een sibillijns zwijgen moest terugtrekken om een ontsnappingsplan te beramen. Ik borrelde en sputterde en spuugde als het orakel van Delphi of elke andere smerige, stinkende put met een geheim erin. Zo'n plan kan wel in een flits bij je opkomen, je kunt er onmiddellijk gehoor aan geven zoals ik had gedaan toen ik uit de box klom en me een hersenschudding viel, maar een goed ontwerp moest jaren meegaan en je nooit meer op dezelfde plaats kunnen terugbrengen. Die plaats, op het rood-wit geblokte zeil van de box, was namelijk het centrum van eenzaamheid.

Tussen de zonovergoten tuindeuren zat mijn moeder met haar jongste zoon aan de borst, dolgelukkig met dat kale ding in haar armen. In de tuin speelden de jongens met schepjes en de grijze emmertjes in een teil water en daarachter, op de rand van lichte en donkere vlekken, zat ik, omheind. Mijn plan was niet zomaar te verwezenlijken, ik moest het eerst zacht in mijn hoofd laten wiegen, het langzaam laten groeien, laten rijpen om het dan, toch nog onverwachts, geheel volmaakt uit te voeren.

Ik keek om mij heen. Er lag de van katoen gehaakte bal, waar ik geen zin in had. Het telraam van houten gekleurde balletjes in het raamwerk van de box bekoorde me niet, rekenen zou ik later wel leren. In de verste hoek van de box zat, als altijd, pop Katrien. Ze droeg heuse lakschoentjes van dun zeildoek, ze had een blauw jurkje aan en was zacht van ledematen. Haar zwarte haar was hier en daar versleten omdat ik haar, de weinige momenten dat ik uit de box mocht, aan één voet met me meesleurde, door de kamer, door de tuin, aan de hand van mijn vader voor het huis om naar het paard van de melkboer te kijken. Maar mijn vader woonde het jaar van het monster in een verre stad en was niet meer mijn redder in de nood. De tweeling, het monster, zij vroegen alle aandacht die mijn moeder in zich had.

Ik zag dat Katrien op precies dezelfde manier in de box zat als ik, in de hoek van de ring, wijdbeens, lusteloos, maar kijkend met grote ogen, die pas dichtgingen als je haar neerlegde. Zoals zij naar mij keek, starend, zo keek ik naar haar. Voor het eerst zag ik dat haar ogen blauw waren, zo blauw als ogen niet mochten zijn, want het was hetzelfde heldere blauw als dat van het monster, waar mijn moeder zo verrukt van was: o, die prachtige blauwe ogen!

Binnen een seconde was het gebeurd. Ik kroop naar Katrien, zette haar nog wat rechter neer en drukte haar de ogen uit. Ze vielen als knikkers naar binnen.

Ik had een begin gemaakt met het moorden

De rest van de tijd, die middag, bracht ik door met het tellen van de gekleurde ballen in het houtwerk van mijn kooi.

Mijn moeder zag dat ik lief met de kralen speelde, ze knuffelde het monster uitvoerig voordat ze het in zijn wiegje legde, ze trok de tweeling droge bloesjes en broekjes aan, sloot de tuindeuren tegen de kouder wordende middag en werd pas uit haar moedergeluk gesleurd toen de tweeling riep:

— Andrea heeft Katrien de ogen uitgedrukt! Andrea heeft Katrien de ogen uitgedrukt!

— O, mijn God nu slaapt er nooit meer iemand, Andrea heeft de slaap vermoord, riep mijn moeder terwijl ze mij ruw uit de box tilde en in het kinderstoeltje zette, — Boeb, hou op met dat indianengehuil, Nicolaas wieg de wieg even, en weg was ze, de keuken in om een prakje spinazie voor me warm te maken. Nicolaas wiegde de wieg, Boeb deed in stilte zijn indianendans, het monster kirde in zijn wieg en ik staarde doodstil voor me uit, zoals Katrien zojuist had gekeken, hoopte ik. Ik hield niet van spinazie.

— Doe je ogen gewoon, zei mijn moeder terwijl ze me een slabbetje ombond. Onverbiddelijk schoof ze lepeltje na lepeltje bij mij naar binnen. Ik opende gehoorzaam mijn mond, liet de groente binnenkomen. Pas toen het bordje leeg was, ze mijn slabbetje afdeed en daarmee mijn mond afveegde, spoog ik alle spinazie uit mijn zeer diepe wangzakken vol over haar uit. Even later, met schone kleertjes aan in bed, hoorde ik haar op de gang jammeren.

— Met zo'n kind valt geen land te bezeilen, wat moet ik nu? Jullie vader laat me hier gewoon sterven. Sinds de geboorte van Timbeer is hij op zoek naar een nieuw huis voor ons, maar voor die tijd ben ik allang gestorven.

— Papa komt gauw, beloofde Nicolaas.

— Oeboe, oboe, oboe, schreeuwde Boeb.

En de baby in zijn wieg kirde genoeglijk voort.

De volgende dag moesten we met z'n vijven op de foto van Max Koot. Voor mijn vader in de verre stad, die zich nooit meer liet zien en die mijn moeder met ons achter had gelaten om te sterven.

Mijn broer en ik liepen in het avondlicht van mijn hotel langs de Ionische Zee naar zijn zoveelste ballingschapswoning. Het werd snel donker op Ortigia, het bijna zuidelijkste schiereiland van Europa, minder dan een halve dagreis van Libië af, waarachter het grote Afrika lag. Heel Ortigia, met de rest van Syracuse erbij, flaneerde langs de Ionische Zee. Slierten meiden gearmd, omzwermd door jongens; verse paartjes, strikt geëscorteerd en gerespecteerd, waarbij een enkel meisje wel eens verveeld keek. De kleine kinderen speelden voetbal of zongen liedjes, hun ouders streelden achteloos hun hoofdjes.

Aan deze oostkant van Ortigia lag de zee al inktzwart langszij. De oranje booglampen van de flaneerboulevard schitterden onnatuurlijk in het water, zodat er als vanzelf een kermisachtige sfeer ontstond, van draaimolens en achtbanen en een kassa met een juffrouw erachter. Maar dit was geen kermis, dit was alledaags; dag in dag uit baltsten hier de jongens en meisjes, al eeuwenlang, sinds de eerste Griekse kolonisten, vier eeuwen voor Plato, hier voet aan wal zetten. De zee was elke avond zwart.

— Als je hier 's morgens vroeg loopt, zei mijn broer opgewonden, dan kom je pikzwarte negers uit donker Afrika tegen, die je ontreddered vragen: 'Deutschland? Deutschland?'

Timbeer sprak altijd luid en opgewonden. Hij kon zwijgend in een gezelschap verkeren, achterovergeleund, met een ietwat verontwaardigde trek om zijn mond alsof hij wilde zeggen: waar hébben jullie het in godsnaam over? Allemaal geraas en gebral. Waarom moet ik in zo'n ledige wereld leven? Waarom heeft mijn lot zich niet ten goede gekeerd? Maar zodra hij een woord hoorde dat bij hem een bel deed rinkelen, stak hij zijn brede kop naar voren en hield een zo opgewonden en ellenlang betoog dat het was of er niet één bizon, die nog wel iets weg kon hebben van

Timbeer desnoods, maar een kudde bizons met hun enorme Babylonische gezichten (Borges) over je heen denderde, met een oorverdovend lawaai, alles vertrappend wat op hun weg kwam. Wist je op het juiste moment de juiste opmerking te maken, dan zweeg hij, was vriendelijk, een en al oor, en dan werd het een redelijk gesprek totdat de volgende kudde over je heen draafde. Elke opmerking van hem was gefluisterd, spannend, alsof er een wereld achter schuilging die hij je zou onthullen.

Terwijl hij driftig uitweidde over de drijfveren, de magische denkwijzen en ideeën van de negers uit donker Afrika die vanuit Tunis of welke Noord-Afrikaanse kuststrook dan ook op zo'n boot monsterden, hun familiebanden in Afrika uit de doeken deed en hun conversatie imiteerde, zonder enige ironie, met een overtuigend talent en een fantastische mengeling van onfatsoen en gelijk, bereikten we het straatje waar hij woonde. Vanuit zijn ramen kon je de zee zien, aan zijn keukentafel kon je de zee horen.

Daar bij hem, de balling, aan de wand, hingen uitvergroot de foto's van Max Kock.

Het was al jaren bij iedereen bekend dat Timbeer de grote dief van de familie was. Toen hij na zijn eindexamen lang in het grote huis van mijn ouders bleef wonen, verdwenen er dierbare dingen uit de gemeenschappelijke ruimtes. Van zolder verdween de pop van mijn babyzusje, de Dinky Toys van de tweeling, de honkbalhandschoenen en het slaghout, het monopolyspel en Stratego, de Märklinlocomotiefjes. De 45-toerenplaatjes verdwenen: mijn eerste 'teen-teen-teenager melody' van Conny Froboess, *Petite fleur*, van Juliette Gréco, van the Everly Brothers en van Dave Brubeck, van Freddy Quinn *So schön, schön war die Zeit*, maar erger nog, mijn lp's met Yves Montand, Juliette Gréco, Jacques Brel en *Sgt. Pepper's Lonely Hearts Club*

Band, het dubbelconcert van Bach – al de muziek van mijn jeugd verdween als sneeuw voor de zon.

Ik was als eerste het huis uit gegaan. Of nee, Boeb was de voorlopige eerste. Hij had met liefde de broederdienst voor zijn broer Nicolaas opgeknapt als luitenant eerste klas bij de luchtmacht, hij hield van zijn diensttijd

Elk weekend kwam hij thuis in zijn grijsblauwe uniform met zijn grijsblauwe plunjezak met vuile was. Het leger was niet van plan ook nog de was te doen voor zijn dienstplichtigen. Ter gelegenheid van haar dienstdoende soldaat kreeg mijn moeder een gloednieuwe wasmachine. Nicolaas werd spoorstudent naar Delft en zat tot diep in de nacht op zijn jongenskamer, die hij nu niet meer met Boeb hoefde te delen, te blokken. Hij studeerde zo hard en serieus dat hij daarbuiten alleen tijd had voor zijn acht jaar jongere babyzusje, wie hij de beginselen van de hogere wiskunde bijbracht. Nicolaas en Engel waren de kalmsten in het gezin. Het voortdurende oproer kwam van Boeb, Timbeer en mij.

Meteen na mijn eindexamen wilde ik in Amsterdam op kamers wonen. Ik dacht dat mijn moeder een hartaanval kreeg toen ik die wens uitte. Er ging geen kind van haar het huis uit, thuis was de gezelligste en dierbaarste plek die je je maar wensen kon. Toen ik haar voorstelde me mijn kinderbijslag te geven zodat ik met een bijbaantje zelfstandig kon wonen, kreeg ze er nog een hartaanval bovenop. Niet alleen het gezelligste en dierbaarste wat je maar had in de wereld verlaten, maar de achterblijvers ook nog eens aan de bedelstaf brengen, dat moest wel in een heel boos hoofd opkomen. Ze had het geld van de kinderbijslag van mij nodig om het hele gezin te kleden en te voeden wat wilde ik van haar, dat ze crepeerde?

Anderhalf jaar later had ik een baan op het jezuïetencollege, en ik vertrok.

— Als je maar niets uit dit huis meeneemt, zei ze, dit is allemaal van ons. En als je maar niet denkt dat je hier in het weekend je vuile was brengt. We zijn hier geen hotel.

Ik vertrok met alleen mijn studieboeken in mijn rugzak en de kleren die ik aanhad. Maandenlang liet ik me thuis niet zien. Boeb kwam na zijn diensttijd weer thuis wonen en spoorde op en neer naar Amsterdam voor zijn rechtenstudie.

Toen ik voor de eerste keer weer thuiskwam, stond er een vuilniszak met kleren en schoenen voor me klaar. Mijn kamer met de zelf geverfde groene wand waarop ik met grote zwarte sjablonenletters het gedicht van Lucebert 'ik draai een kleine revolutie af' had getekend, was nu lichtgrijs, zoals alle wanden fris geschilderd. Mijn donkergroene werktafel stond op zolder, mijn ijzeren spijlenbed was op straat gezet en een gloednieuw, donkerrood ameublement vulde nu de meisjeskamer van Engel. Niet dat ze mijn heftige puberjaren de deur uit hadden gedaan, maar dat ze het zo gauw na mijn vertrek hadden gedaan, zonder mij iets te vragen... Alleen mijn Tomadorekjes met Prisma Juniores stonden er nog. Ik gaf geen kik, keurde mijn kinder- en jeugdboeken geen blik waardig en zei: 'Dat is een mooie kamer.'

Elke keer in de zoveel tijd dat ik het ouderlijk huis betrad, was er iets verdwenen. Eerst de beste van de Prisma Juniores, die ik toch graag bij me had willen houden, toen het rotanstoeltje, toen mijn poging om in klei 'een wanhopige jongen' uit te beelden steeds weer was er iets weg.

Eerst dacht ik nog dat mijn moeder alles van mij (correctie: wat van ons allemaal was) buiten de deur zette. Om op te ruimen, haar natuurlijke habitus in die dagen, of om zo gauw mogelijk over de schok heen te komen dat iemand het ouderlijk huis niet de gezelligste en dierbaarste plek van de wereld vond. De tijd in mijn ouderlijk huis was altijd spannend geweest, altijd nerveus om de een of andere kwestie, altijd wedijverig, onmiskenbaar intellectueel, maar ook vol mechanica van Harley Davidsons en Indians die uit elkaar moesten gehaald en weer in elkaar gezet, vol jazzplaten van Parker en Coltrane, met twee jongens die saxofoon en viool speelden en mijn babyzusje op de piano. Altijd ruzie over alles.

— Die negermuziek komt mijn huis niet in, had mijn vader gezegd, maar hij had verloren. Dat gezelligste en dierbaarste hoorde voortaan tot mijn verleden, maar dat daar een verleden van mij was gewéést werd zoetjesaan verdonkeremaand.

— Mag ik *Brideshead Revisited* van jullie lenen?

Maar *Brideshead Revisited* was uit de boekenkast van mijn ouders verdwenen, en *Lost Horizon* en *De bruiloft der zeven zigeuners* en *The Quiet American*, *The Heart of the Matter*, Rilke en Heine en *The Old Man and the Sea*.

Toen het met de foto's begon, wist ik dat het niet mijn moeder kon zijn. Zij zou nooit iets van de gezellige en dierbare familie aan de stoep zetten. Op de brede vensterbank van haar slaapkamer stonden de foto's in het gelid.

— Waar zijn die grote foto's van Max Koot gebleven? vroeg ik.

— Die moeten in de kast liggen, zei mijn moeder.

Maar ze lagen niet in de kast, ze waren nergens te vinden. Ook andere foto's bleken plotseling onvindbaar, foto's die ik toen ik nog thuis woonde urenlang kon bekijken, of ik het verleden kon begrijpen dat op die kiekjes te zien was, of ik aan het kleinste detail zou kunnen zien wat het was dat mij nu bezielde, waar mijn plezier en ongeluk een oorzaak zou kunnen vinden. Maar nu raakte alles weg. Elke keer dat ik thuiskwam en in de kast keek, waren er weer meer foto's verdwenen dan de vorige keer. Het ging langzaam maar gestadig. Boeb ontkende hevig dat hij de dief was, Timbeer zei met onverschilligheid dat die kiekjes niet van belang waren. Engel achtte ik onschuldig.

— Er verdwijnt zoveel in de rommel in dit huis, zei mijn moeder, ik kan wel blijven opruimen.

In feite ruimde ze nooit op, maar liet dat haar thuiswonende kinderen doen. Een van de redenen dat ik zo gauw ik kon het huis uit vluchtte, waren haar niet-aflatende bevelen aan ieder van ons om dit te doen of dat te doen. Engel kookte, Nicolaas of vader deed de boodschappen, Boeb schilderde en behing op elk tijdstip van het jaar, de werkster lapte de ramen en boende de meubels, en ik maakte elke dag de bedden op, stofte af en stofzuigde en Timbeer was haar chauffeur, haar bemiddelaar bij instanties en aankopen. Het enige wat ze zelf deed was de was, met een vorstelijke wasmachine en droogmachine, en het sorteren van de was. De lakens gingen de deur uit. Over de was deed ze een week.

Na mijn vertrek uit huis bleek er van ons gezamenlijk verleden steeds een stukje in het niets te zijn opgelost. Ik leed daaronder. De herinnering was mijn werk geworden, het thema van de herinnering, en ik had steeds minder materiaal beschikbaar. Gelukkig bestaan er gebieden in ons hoofd die op onverwachte momenten zeer duidelijk zichtbaar raken, soms zelfs met gevoelens en al. Ook dingen die nooit op foto's hebben gestaan, nooit gestolen konden worden.

En nu zag ik daar in Timbeers appartement de veertig bij vijfenvijftig centimeter grote foto's aan de muur hangen. Ik wist het meteen weer Max Koot was ons komen fotograferen de dag na het spinazie-incident en de dode ogen van pop Katrien.

Het waren levensechte weergaven daar bij Timbeer aan de wand, zo zou de werkelijkheid van ons kinderverleden voor eeuwig bestaan. Mijn moeder zat in haar mooie jurk, ik herinner me de kleur nog, mauve-grijs met een zachtroze corsage, Timbeer op haar schoot in een blauw geruit pofbroekje. Boeb en Nicolaas in dezelfde blauw geblokte overhemdjes met open kraag links van haar, ix rechts van haar in, jawel, een blauw geruit jurkje met wit kraagje. Als speelgoed had Max Koot pop Katrien in mijn armen geduwd, de dode ogen tegen mijn borst brandend, zodat je ze niet zag, en op de tafel stond de zeer grote, rode metalen locomotief op wielen die mijn opa uit de speelgoedstad Neurenberg voor de tweeling had meegebracht, het enige stuk dat nog op de zolder van mijn ouderlijk huis aanwezig was, even verbazingwekkend mooi als toen, te groot om te stelen neem ik aan.

Allemachtig wat een tafereeltje, wat een Amerikaans modelgezin naar Hollandse maat. We konden zo in de damesbladen, zei Max Koot, maar mijn moeder had ze bedoeld voor mijn vader, die haar met vier kinderen had achtergelaten om te sterven. Dat kon je op de foto niet zien. Mijn moeder lachte stralend naar Max Koot, ze had en heeft een mooie mond met tanden, ze keek bewonderend stralend op naar de tweeling en op de laatste van de drie opnames keek ze vriendelijk naar mij. Het was de eerste en de laatste keer dat ik mijn moeder zo naar me heb zien kijken, maar Max Koot heeft onverbiddelijk dat moment vastgelegd. Ik sta op alle prenten loerend naar Max Koot te kijken, boos op de hele wereld, op de pop op dat jurkje en vooral op dat monster op mijn moeders schoot, met zijn kale blonde hoofd en lichte, nieuwsgierige ogen, onmiskenbaar het centrum van de hele groep, als het kindeke Jezus met zijn jonge apostelen om zich heen, met net zo'n te groot hoofd als alle kindekes Jezus op alle schilderijen.

De drie grote afbeeldingen van Max Koot hingen met punaises bij Timbeer aan de wand geprikt, een allesoverheersend beeld in de verder wat rommelige ruimte. De

vloer was bezaaid met knipsels uit alle mogelijke Italiaanse kranten.
 — Waar zijn al je boeken gebleven? vroeg ik.
 — Die liggen her en der verspreid in containers, zei hij, daar komt nooit een mens meer bij.

Ik moest plotseling aan de dood van Nicolaas denken en hield daar snel mee op. Timbeer begon de *pulpo* die hij die ochtend levend van de markt had gehaald te bereiden en ik klungelde wat op zijn dure Toshiba-laptop, waar alles op en aan zat wat er maar te bedenken viel, volgens Timbeer. Ik raapte een krantenknipsel op.
 — Nee, nee, riep hij ontsteld vanachter het fornuis, daar moet je niet aankomen. Alles moet precies zo blijven liggen. Niet aankomen! Onder het koken praatte hij over meisjes. Op die gehaaste fluistertoon die de krachten boven zijn hoofd moest misleiden, een beetje hees, een beetje schuldig. En ik? Ik deed wat ik steeds meer gewoon was in zijn nabijheid te doen: ik luisterde niet, ik probeerde de in mij opkomende verbazing en woede te onderdrukken, ik zweeg.

Wat moet je doen? Je staat op een grazige, nieuwe weide die zich alleen voor jou uitstrekt. In de verte zie je wat schaduwen. Het kunnen bomen zijn, of figuren van een andere wereld, en ze boezemen je nieuwsgierigheid in of laten je onverschillig, die twee dingen gaan moeiteloos samen, want ze behoren niet tot jouw land, dat maagdelijk is en alleen voor jou ligt uitgestrekt. Je bent de eerste mens die uit een vrouw is geboren, het is je verboden om te kijken naar wat zij zich herinnert. Je bent méér nog dan je vader, die zijn zaken in de aarde begraaft en ploetert, de eerste mens die begint het onderscheid te leren tussen wat de aarde je opbrengt en wat de hemel je teruggeeft. Maar zover is het nog niet. Je naam is Kaïn, wat de eerste naam is van iedere nieuwe geborene. Degene die door hulp van wie dan ook ter wereld is gekomen. Je denkt en peinst over de nieuwe aarde die zich ten behoeve van jou uitstrekt, je ligt op de grond en kauwt op een aar. Je begrijpt weinig. Wanneer zag je voor het eerst de schaduw in de verte groter en groter worden, totdat hij naast je stond met een emmer met melk? Het is je broer Abel, wiens naam niets betekent maar toch de lieveling van alle namen zal worden.

Ik zag mijn broer Timbeer jarenlang niet. Hij was te ver weg om gevonden te worden, te veel gehuld in babykleertjes en lieflijke woorden, te zeer een godje op een potje.

De tweeling brachten mijn moeder en ik iedere dag naar de kleuterschool, een half feestelijk, half pijnlijk gebeuren, want Nicolaas wilde altijd naar de rode brandweerauto's van de kazerne tegenover de school en Boeb stortte zich hardhandig in de vuisten van Aaron, zijn beste vriend onder het bewind van juffrouw Ria, op wie ik het niet kon nalaten verliefd te worden. Ik staarde vanaf de straat door de ramen van elke klas naar binnen.

Mijn moeder trok me verder, naar de groenteboer, naar de slager, even de kerk in, waar ik mijn ogen uit keek naar alle wonderen die daar gebeurden, maar mijn moeder had geen tijd voor wonderen en hup, daar waren we de kerk al uit en sleepte ze me voort naar De Gruyter. Ik hing met lange arm aan haar vrije arm, om me heen kijkend naar de mevrouwen, de kar van de schillenboer, zij trok voorwaarts, ik trok achterwaarts en toch deden mijn kleine voeten hun best om zo snel mogelijk te stappen, zij ging haar normale tred, ik liep in draf.

Thuis was ik vrij. Zij verdween in de richting van babygeuren en ik zat onder de tafel en droomde vaag van Arabieren in een tent. Toen ik haar naar beneden hoorde komen, strekte ik me uit op de plankenvloer, armen gespreid, voeten gekruisigd, hoofd half opzij, zoals ik het Jezusbeeld had zien doen, ik sloot mijn ogen en liet mijn tong uit mijn mond hangen.

Eerst kwam het dienstmeisje binnen. — Mevrouw, mevrouw, riep ze, het meisje, o, o, o, het meisje.

Mijn moeder bleef in de deuropening staan, verstijfd. Ik was dood.

— Sta op of ik haal de mattenklopper, zei ze.

Langzaam kwam ik omhoog. Mijn Jezusleven was ten einde.

Het dienstmeisje gaf een zucht van opluchting. — Eerlijk mevrouw, even dacht ik...

— Dat kind heeft altijd fratsen, onderbrak mijn moeder haar.

— Ja mevrouw, zei het dienstmeisje, peinzend naar mij kijkend, terwijl ik zo snel ik kon overeind krabbelde, bang voor de mattenklopper, — ze is zo anders dan de tweeling en uw zonnige prinsje.

— Zij? zei mijn moeder, zij is een wisselkind. Wil je dat nooit meer doen? Doen of je dood bent? zei ze en ze trok mijn kleren recht en klopte ze af.

— Ik deed het Jezusbeeld, zei ik en ze moest glimlachen en woelde door mijn haar.

Wisselkind. Hoe vaak had ik mezelf al zo horen noemen. Als ik naar haar hand dong terwijl drie anderen hetzelfde deden en vroeg: ik ook? dan zei ze: jij? Jij bent een wisselkind, en trok ze me naar zich toe. Of tegenover derden die zich erover verwonderden dat de andere drie steeds blonder werden en ik steeds donkerder: dat is mijn wisselkind.

Ik beschouwde het als mijn geuzennaam. In de sprookjes die ze ons voorlas kwam ik ruimschoots aan mijn trekken. Zoveel baby's en kinderen wier ouders niet hun echte ouders waren — en altijd waren het juist die kinderen die er aan het eind beter aan toe waren dan in het begin. De boerenzoon werd koning, het sloofje in huis werd een prinses. De echte natuur van het hart won altijd.

Toen verhuisden wij eindelijk naar de nieuwe stad, waar mijn vader een jaar lang een huis voor ons had gezocht, bijna ten koste van mijn moeders leven. Hoewel het haar gelukt was in leven te blijven, klaagde ze over het nieuwe huis. Het was kleiner dan het huis in de Mauritsstraat, het lag in een minder voorname buurt, het was van te goedkope bouw, het was niet wat ze had verwacht. Maar wat een huis had mijn vader voor mijn broers en mij gevonden! Een hoekhuis uit de jaren '30, zeer licht, met een enorme tuin met een aalbessenstruik erin. Het lag in een ronde straat aan een breed grasveld met vijver en achter de vijver het boerderijtje van boer Bouwes en de molen, en achter de molen, in vaag blauw, de duinen van Bloemendaal. Een ideaal huis in een buurt waar kinderen konden voetballen in de zomer, schaatsen in de winter, in het hooi konden kruipen bij boer Bouwes – en toch middenin de stad. Van mijn moeders teleurstelling begreep ik niets, totdat ik er veel later achter kwam dat het huis ten noorden van Het Spoor lag en dat een huis ten zuiden van Het Spoor, ook al was het donker en zonder speelgoedgras of aalbessenstruik, een hoger aanzien had in de wereld die door spoorlijnen in klassen werd verdeeld.

In dat nieuwe huis was het dat ik Timbeer voor de tweede keer in mijn leven zag. Hij was er al die tijd geweest, natuurlijk. Ik had zelfs veel over hem horen praten. Vooral in de maand mei waarin we verhuisd waren was hij het gesprek van de dag. Mijn vaders oudste broer had hem, mijn moeder en de tweeling in zijn Peugeot vooruit gebracht naar de nieuwe stad – en had meteen rechtsomkeert gemaakt toen hij hen had afgeleverd, nurks als hij was. De vier hadden de nacht van de eerste mei op veldbedden doorgebracht. De tweeling was vroeg wakker geworden, strakgespannen van energie om het grasveld en de vijver en de sloten te inspecteren. Mijn moeder had haar nood geklaagd bij mijn vader dat ze in zo'n goedkoop huis met vier kinderen niets kon beginnen, niets om het 'een beetje normaal bewoonbaar' te kunnen maken. Er was niets mis met het huis. Het was twintig jaar geleden gebouwd, het had een voor- en achtertuin, de zon scheen aan alle kanten naar binnen, het had een ronde voordeur en een glas-in-lood-tochtdeur in de hal. Op stand was het niet, stribbelde mijn moeder tegen. Maar toen moesten ze ophouden met kibbelen want daar was de verhuiswagen met de inboedel, waarvan het kostbaarste stuk het eerst werd uitgeladen. De enorme verhuizer tilde Timbeer uit de cabine en overhandigde hem aan mijn moeder. Twee en een half was hij. Vanaf dat moment gingen de gesprekken boven mijn hoofd over niets anders meer dan over hoe Timbeer in de Grote Verhuiswagen was meegereden, tussen de twee Grote Verhuizers in, en over wat hij onderweg allemaal had gezien en aangewezen en hoe hij met de ene Grote Verhuizer had meegestuurd aan het Grote Stuur en de boterham had opgegeten van de andere Grote Verhuizer. Timbeers reis van Zuid- naar West-Nederland. Dat ik diezelfde reis had gemaakt in het poppenautootje van mijn peetmoeder tante Polly, een Renault 4 uit 1946, sprak tot niemands verbeelding.

Over hem had ik meer dan genoeg gehoord, maar ik had het te druk met de nieuwe school en alles wat ik daar te leren kreeg en hoe de verhoudingen tussen de andere meisjes lagen, zodat ik hem pas een jaar later voor de tweede maal in mijn leven zou zien.

Het was op de dag af een jaar geleden dat we het nieuwe huis hadden betrokken. Mijn moeder was het voorjaar in het hoofd geslagen en ze had besloten alle deuren en kozijnen en drempels en muren eigenhandig in pasteltinten te verven. Mijn kamer werd roze, die van de tweeling turquoise, die van Timbeer lichtblauw en haar en mijn vaders kamer lichtgeel. Het heetten pasteltinten te zijn, maar ze vielen nogal fors uit, zodat de bovenverdieping een bonte kermis werd.

Ik kwam die dag om vier uur uit school.

Het was een prachtige, zomerse middag. De populieren in de tuin en rond de vijver droegen lichtbruin blad, hun bittere geur doordrong alles. Ik liep op met wat meisjes van de straat, met Kerstmis zou ik een nieuwe schooltas krijgen. Voor ons uit liepen wat jongere meisjes met blonde vlechtjes, al in gebloemde zomerjurkjes. Voor de poort van onze tuin stond Timbeer, die nog niet naar school ging, naast zijn rode step. Hij had een beetje een buikje. Hij keek naar de naderende kleinere meisjes, stokstijf van verbazing leek het. Plotseling liet hij de step los. Die viel met kletterend geluid op de stoep. Opgeschrikt door het geluid keken de kleine meisjes op van hun gekwetter en naar het jongetje. Toen waren ze hem alweer voorbij.

Timbeer ontwaakte uit zijn betovering. Hij begon een dansje, zo wild dat hij er elk moment bij neer kon vallen. Hij zwaaide met zijn armen en draaide in de rondte en stampte met zijn voeten. Zijn tong krulde naar buiten. Hij zong iets.

— Wat doet híj nou? vroegen de meisjes van de straat en liepen door.

Ik bleef bij de poort van de tuin naar hem staan kijken tot hij was uitgedanst en hijgend, stralend op me afkwam. Hij was een beeld van een jongetje, zag ik nu. Hij had lichtblond krullend haar, vrij lang, en ongelooflijk blauwe ogen. Als hij lachte met zijn kleine melktandjes leek het of hij schaterde. Er hing een zeer licht licht om hem heen alsof God de vrolijkste van zijn cherubijntjes even zonder stempel had uitgeleend.

—Wat deed je daar? vroeg ik naar zijn werkelijk opvallend gedrag van zo-even.
— Ik danste, zei hij.
— En wat danste je dan? vroeg ik.
Hij pakte zijn step weer op en keek me aan of hij de nieuwe wereld had ontdekt.
— De dans van het meisje met de kleurpotloden, zei hij en stepte weg.
Ik keek hem na. Hoe hij nog onhandig stepte, afstapte, weer twee stepjes probeerde.
Zijn antwoord had mij volledig uit het lood geslagen. Hoewel ik het niet onder woorden kon brengen, wist ik dat hij de perfecte woorden had gevonden voor het geluk van de verliefdheid. Hij had iets benoemd wat nooit beter onder woorden zou kunnen worden gebracht, feilloos had hij de juiste termen gevonden, geen te veel, geen te weinig, geen pathos, geen opwinding, die hij in het dansje zelf nu juist wel had getoond, overmoedige seksuele opwinding, een buiten jezelf treden, of jezelf en de wereld voelen samenvallen in één grote luchtballon, hoger en hoger, totdat je uit het zicht was verdwenen. En nooit zou je weer terugkeren.
De dans van het meisje met de kleurpotloden. Niet vóór het meisje, maar ván. Dat was het. Daarmee had hij alles gezegd.

— Meisjes, zei mijn broer terwijl hij de *pulpo* onder handen nam, voortreffelijk klaargemaakt, in wijn gekookt, met alleen wat peterselie, gepeperd en gezouten, bladpeterselie die zoveel beter smaakt. We dronken witte wijn van Sicilië (Hier moet je witte wijn drinken, had Timbeer me al laten weten, de rode wijn hier valt tegen). Door het open raam ruiste de zee van vlakbij.
— Meisjes, zei hij, ik kan er niet genoeg van krijgen. Ze

zijn hier met zovelen, ze zijn zó mooi, zo oneindig mooi, ze zijn er altijd, ik probeer ze niet te zien, ik zit bij wijze van spreken met mijn ogen dicht achter het stuur, maar als ik ze opendoe zie ik ze lopen, overal, overal meisjes, ik krijg er pijn in m'n hart van, nee, niet figuurlijk gesproken, échte pijn, mijn hart krimpt ineen en ik voel pijn en dan zit ik hier en denk: wat moet je nou, een oude man van over de vijftig, ik ben iets te dik, niet veel, ja dat weet ik heus wel dat ik iets dikker ben dan jij, maar jij bent een sprinkhaan en veel te oud voor die meisjes, ik bedoel, ik ben veel te oud en ik steek ook geen vinger naar ze uit, ik kijk alleen maar en ik lijd eronder, ik lijd er echt onder en vrouwen trouwens ook, je hebt hier de mooiste vrouwen, dat zie je in Nederland niet, zulke mooie vrouwen, vrouwen voor wie je zou willen sterven, voor wie ik letterlijk mijn leven zou geven, als ik de televisie aanzet dan zet ik hem zo weer uit want al die omroepsters, daar kan ik niet tegen, zo mooi zijn die, je weet niet wat je ziet, zo pats-boem voor jou helemaal alleen op het scherm, ongelofelijk, ongelofelijk ja, zulke mooie vrouwen, maar ik zet hem meteen weer uit, want ik kan er niet tegen, ja, het geeft eigenlijk niet van welke leeftijd want álle vrouwen zijn hier mooi, kom daar in Nederland eens om, ik bedoel, ze moeten niet van de markt zijn, die bedoel ik niet, maar voor de rest, elke vrouw die je hier ziet. Als ze maar niet intellectueel zijn, eindigde hij abrupt.

Het bereiden van de *pulpo* had enige tijd gevergd. Dit was niet de eerste hese tirade geweest over meisjes en vrouwen. De hele avond had hij het over niets anders, hele monologen had ik al over me heen gehad. Zo nu en dan onderbroken doordat hij me een boek in handen duwde met een 'dit moet je lezen, dat is zó goed, volkomen ten onrechte vergeten auteur', om vervolgens weer uit te barsten in zijn loflied op het andere geslacht. Dit keer zei ik iets terug:

– Hoezo niet intellectueel? vroeg ik. Je bent zelf een intellectueel. Waarom zoek je niet eens een knappe, intelligente vrouw van jouw leeftijd? Je leeft hier te eenzaam.

– Een intelligente vrouw van mijn leeftijd, brrr, zei hij en hij rilde.

– Zeg, er zit er hier een tegenover je, zei ik.

– Nee, nee, zei hij en hij legde zijn hand op mijn hand, jij telt niet mee, jij bent m'n zusje, jou bedoel ik natuurlijk niet.

– En Elina dan? vroeg ik die is ook intellectueel maar behoorlijk veel jonger dan wij. En bovendien heel mooi, dat zie ik aan de mannen met wie ze omgaat, dat zie ik niet alleen.

– Nee, Elina bedoel ik ook niet, zei hij bezwerend, nee, nee, ik wil niemand beledigen, Elina is mijn schoonzusje, die hoort bij jou, die telt niet. Nee, nee, god denk nou niet van alles. Maar die vriendinnen met wie jij je omringt... zei hij.

– Ik omring me niet met vriendinnen, zei ik.

– Dat doet niet ter zake, zei hij, het gaat om al die intellectuele vrouwen, of zogenaamd intellectuele vrouwen, die vrouwen en meisjes die ook zo nodig een boek moeten schrijven, of 'iets' doen in de literaire wereld, die ik tegenkom als ik eens voor m'n werk naar Amsterdam moet en op de uitgeverij moet zijn of waar dan ook, ik kom ze tegen, altijd kom ik ze tegen in Amsterdam en geloof me, ik ben bang voor intellectuele vrouwen, ik ril als ik ze aan zie komen, ik heb ze niets te zeggen en zij hebben mij van alles te zeggen wat ik niet wil weten, ik ben bang voor ze en geloof me, elke man is bang voor die zogenaamde intelligente vrouwen van jou, mannen willen vlees, jong vlees, ja alle mannen, en geef ze eens ongelijk, ze houden van jong vlees en niet van vlees dat nog iets te vertellen heeft ook, nee godbewaarme, dat juist niet. Wij willen helemaal niet horen wat vrouwen te vertellen hebben, wij willen vrouwen die hun vlees tonen, niet te veel en niet te weinig, jong en mooi, en laat ons dan maar tegen die meisjes wat te zeggen hebben, want wij moeten hen opvoeden en ze leren graag hoor, dat kan ik je vertellen, een vrouw moet een oudere man hebben die haar adoreert en haar een paar dingen leert, niet te veel, niet het echte werk, maar een paar lichte dingetjes, over de Grieken bijvoorbeeld die hier als eersten voet aan wal zetten, maar oppervlakkig, kleine weetjes waar ze versteld van staan.

— Hoe jij over vrouwen denkt, zuchtte ik.

— Ik denk niet alleen zo, zei hij verontwaardigd, elke man denkt zo over vrouwen. Alleen willen jullie dat niet zien.

Ontstemd liep ik een uur of wat later langs de zee naar mijn hotel. De maan boven zee was in het eerste kwartier en lag op zijn rug.

— Je moet het je niet persoonlijk aantrekken wat ik zeg, had hij me bij het afscheid op het hart gedrukt, het is allemaal onzin wat ik uitkraam.

Ik had het koud. Ik had een te dunne jas aan, er stond een klein windje.

Natuurlijk was het allemaal onzin wat hij de hele avond over me had uitgestort. Hij was een idioot, een seksist, dat wist ik toch allang? Daar hadden toch al zoveel voorvallen me van overtuigd? Hij was gek, dat stond vast, en zijn ideeën waren op het randje van gevaarlijk, maar dat wist ik toch al?

Natuurlijk wist ik wat voor gedachten mijn broer in de loop der jaren ontwikkeld had. Het was er al eerder geweest, die krankzinnige opvattingen, die bovendien kwetsend waren, kwetsend voor mij, zijn gast, die helemaal voor hem een panamahoed had overgevlogen van Amsterdam naar het uiterste puntje van Europa. En dat was ook de bedoeling geweest, om mij te kwetsen, wist ik. Niet alleen ik was niet achterlijk, hij was dat evenmin.

Toch kon ik niet anders, bedacht ik toen ik de zware deur van mijn hotel openduwde. De hotelwacht gaf me hoffelijk de sleutel en wenste de signora een buonanotte. Ondanks alles wat er was gebeurd, wat er tussen ons in stond, wat ik abject aan hem vond, toch kon ik niet anders dan zijn aantrekkingskracht voelen. Meer dan bij andere mensen ooit het geval was. Zelfs bij geliefden was het niet zeker dat zij de test zouden doorstaan. Ik kon het niet helpen. Het was begonnen op de dag dat hij de dans van het meisje met de kleurpotloden danste.

HOOFDSTUK 3

Het was eind februari en Timbeer en ik zaten aan de rand van een citroenboomgaard te picknicken. Het was zijn idee geweest om mij iets van het achterland van Syracuse te laten zien en onderweg in het grasland wat te eten en te drinken. Zo lagen we daar, broer en zus, naast elkaar op de plaid die hij had uitgespreid, tussen ons in de picknickkoffer. Hij bezat een picknickkoffer, zo een waaruit de jongens en meisjes uit de Prisma Juniores hun sandwiches kregen aangereikt, een rieten exemplaar, vanbinnen bekleed met een groen Schots ruitje, van alles voorzien, lepeltjes, bordjes, bekers, niet van plastic maar van roestvrij staal, met leren riempjes bijeengehouden. Zo'n koffer in de etalage waar je dromend naar kijkt zonder de minste aandrang om hem te kopen, zo'n koffer die achterop een MG moet worden gebonden.

Timbeer kocht juist die dingen waar hij geen geld voor had en het hele ritje was misschien bedoeld om mij de gloednieuwe picknickkoffer te laten zien, want Timbeer was niet iemand om onder citroenbomen in het gras te liggen, tenzij met een niet-intellectueel meisje dat te mooi was om aan te raken. Het kon ook een verzwegen aanwijzing zijn naar het boek uit onze ouders boekenkast, dat eerst ik vanaf mijn zestiende jaar had verslonden en twee jaar later ook hij. *Brideshead Revisited*. Elke zomer las ik het, elke zomer kende ik beter Engels. Het woord *avalanche* in de laatste alinea van het boek bleef eerst een jaar geheimzinnig in de lucht hangen: *The avalanche was down. The hillside swept bare behind it...* Nog ken ik hele passages uit mijn hoofd.

Timbeer volgde me in mijn cultus rond mijn *Brideshead Revisited*, maar hoe had ik het hem kunnen verbieden?

In hoofdstuk drie liggen de hoofdpersonen Charles Ryder en Sebastian Flyte onder de 'elm trees' en eten ze aardbeien bij een fles chardonnay. Er hangt een zweem van homoseksualiteit over de scène, zonder dat er iets gebeurt. In ons geval was er sprake van vrede, na een misnoegde avond. De inhoud van de mand was minder rijk dan die van onze voorlopers. Een brood, een stuk pecorino, appels en een fles witte Giada van de Principe di Corleone. Timbeer had non-geld.

— Ik moet wat op m'n zij liggen, zei Timbeer, want ik kan niet goed zitten. Last van aambeien, hoewel het ergste al achter de rug is.

— Aambeien? vroeg ik. Hoe komt iemand nu aan aambeien?

— Wat dacht je zei Timbeer hees, ik heb hier in het begin uren-, dagenlang op politiebureaus op de Questura, bij de Vigilanti Urbania rondgehangen met samengeknepen billen.

— Politiebureaus? vroeg ik.

— Politiebureaus, gemeenteloketten, provinciaal beheer, stadsbeheer, parkeerbeheer. Voor alles hier moet je een *permesso* hebben, één stopcontact kost je drie dagen. Je krijgt een stempel om de volgende dag weer een stempel te krijgen en de dag daarop, enzovoorts, en als je dan genoeg stempels hebt verzameld kun je ergens anders een permesso ophalen. Maar met zo'n permesso heb je je stopcontact nog niet, dan moet je nog een elektricien vinden die de permesso belangrijk genoeg vindt om er zijn hondenkar voor op te starten. Dat geldt voor alles, voor een stopcontact, voor een verblijfsvergunning, voor de invoer van je auto, voor je computer, voor je belastingen. Dagen en dagen heb ik in de grootste angst in die kolossale gebouwen doorgebracht, waar de ambtenaren zich tegenover je gedragen of je net uit het gesticht bent ontsnapt en al die tijd verwacht je dat je, op het moment dat je genoeg stempels hebt veroverd, onder hoongelach van het voltallig geuniformeerd personeel de deur gewezen wordt: 'Denkt u dat met die stempels hier...' en al die dagen knijp je je billen samen van angst en zo krijg je aambeien, als expat, als expat krijg je onvoorwaardelijk aambeien, maar laten we het daar nu niet over hebben, wist je waar de meeste toeristen, niet alleen hier maar overal, de hele dag aan denken, al die toeristen die je voorbij ziet schuifelen? die luisteren niet naar wat de gids te vertellen heeft, welnee als ze van het overlopen van Hiëro de Tweede in de eerste Punische oorlog horen, dan schrikken ze alleen even op bij de naam Hannibal, want die kennen ze nog van een mopje, de rest gaat het ene oor in, het andere uit, want waar hun gedachten constant en vasthoudend omheen cirkelen is hun stoelgang van die dag, kijk maar eens naar ze, ze denken de hele godganse dag aan niets anders dan aan hun stoelgang.

Ik lachte en stak een sigaret op. Languit in het gras keek ik naar de rook die omhoog kringelde naar de takken van de citroenbomen. Zo ver je keek citroenbomen en sinaasappelbomen, hier en daar een bloeiend amandelboompje, het gras bezaaid met een tapijt van minimale oranje goudsbloempjes, de lucht strakblauw, de Citroën cx Empire vlak naast ons met open portieren, de motorkap nog warm van de rit. Het was alsof het veertig jaar geleden was dat we daar zo lagen en rookten.

De tijd staat stil. De toekomst is begerenswaardig. De dood is nog korte tijd ver weg. Bij vier van ons was de puberteit ongeveer gelijk opgaand fel en groots. Ons babyzusje zag het aan met haar grijze, wijze ogen en zweeg.

Nicolaas en Boeb haalden de negermuziek in huis. Mijn vader verbood het maar hij was nooit thuis en omdat hij nooit thuis was schalde ons huis de hele dag van de negermuziek en toen hij eens onverwachts eerder van kantoor kwam en de trappen op stormde naar de jongenskamers om die platen in tweeën te breken, bleek het de muziek van *West Side Story* te zijn, geschreven door een heus blanke en nog wel joodse dirigent en componist. Mijn vader kende die naam en droop af. Hij zou trouwens nooit ook maar iets hebben gebroken, hij was een niet-slaande man.

De drie jongens sliepen op zolder, daar kwam een eind aan toen ook Timbeer naar de middelbare school ging. Om een ondoorgrondelijke reden, vanuit een onaangeraakte rest van traditie, hadden mijn ouders Nicolaas een kamer voor zichzelf gegeven en sliepen Boeb en Timbeer op stapelbedden in een grotere ruimte. Nicolaas was tenslotte de eerstgeborene, die meer rechten en plichten had. Dat kwam goed uit, Nicolaas was de geleerde onder ons. Hij leende de bibliotheek van school leeg, hij had een wereldbol en een microscoop op zijn kamer, hij was in het bezit van een jeugdencyclopedie, *Ik weet het*, die hij met het geduldig sparen van Blue Band-zegels had verworven. Hij had de woordenboeken van mijn ouders op zijn kamer. Hij wist de precieze coördinaten waarlangs Captain Bligh van de Bounty de ondergang tegemoet was gevaren. Muiterij op een schip is de geestelijke of werkelijke dood van de bemanning.

Als Boeb er niet was geweest, had hij de hele dag en nacht in de boeken gezeten. Maar Boeb wilde op hockey en Nicolaas ging ook op hockey. Boeb wilde op honkbal en Nicolaas honkbalde mee. Boeb was goed in sport, Nicolaas op terloopse wijze beter. Zoals hij op school de betere cijfers haalde. Boeb drumde onder zijn huiswerk op een bij elkaar geraapt drumtoestel, Nicolaas studeerde op zijn viool. De eerstgeborene was op alle gebieden superieur, zonder daar zelf enig belang aan te hechten, zonder het op te merken zelfs. Misschien had hij daarom een eigen kamer op zolder, omdat zijn ouders veel van hem verwachtten. Of wisten mijn ouders dat hij van ons allen de kortste tijd van leven had, niet omdat hij met enige kwaal behept was, maar omdat hun in een droom een engel was verschenen die Nicolaas' dood had aangezegd. Zo'n nachtelijke gewaarwording die als een windvlaag door je slaap wakkert, die de tekst verwijdert die je net probeerde te lezen.

De gevolgen van Boeb en Timbeer samen in de grote kamer werden met de jaren desastreuzer. Ze scheelden vier jaar en beider aanwezigheid lag hun alle twee zwaar op de maag. Boeb was van nature lawaaierig en zeer aanwezig en Timbeer streefde ernaar nog luidruchtiger te zijn dan zijn grote broer. Hij wilde even laat naar bed als Boeb en hij begon te schreeuwen en te gillen bij Boebs latere binnenkomst, het licht vol aan, schoenen met aplomb uitgetrokken. Hij werd gek van Boebs drummen onder het huiswerk en deed dus helemaal geen huiswerk meer. Hij kweekte kikkervisjes in de wasbak op hun kamer en Boeb liet het water weglopen. Hij mocht niet aan Boebs Märklinspoorwegnet komen, waarvan Nicolaas geduldig keer op keer de transformator repareerde, maar er alleen naar kijken. Hij mocht met de Dinky Toys spelen, maar Boeb zette ze elke middag in het gelid op de vensterbank en telde ze na. Nicolaas leerde hem de bal te vangen in de honkbalhandschoen, maar Timbeer werd nooit goed in sport. Hij haatte sport, hij haatte Boeb en als men hem vroeg waarom hij altijd zo'n spektakel maakte als Boeb iets deed dan wist hij niet te verwoorden dat hij elke middag een verpletterende nederlaag leed onder Boebs regime, maar zei hij dat Boeb érg aanwezig was en stonk en dat hij hem wel zou krijgen als Boeb een oud opaatje was.

Het enige wat Boeb Timbeer heeft geleerd, was hoe hij zijn das moest strikken. Voor de rest was Timbeer aangewezen op imitatie en bluf. Toen Boeb bij het passen van een nieuwe broek bij Peek & Cloppenburg eens zo'n scène had gemaakt dat zelfs mijn moeder en de winkeljuffrouw zich achter de kassa verschuilden, trok mijn moeder haar handen af van Boebs kleding. Hij vond een kleermakertje, koos zijn stoffen en model zelf uit: heupbroeken met wijd uitlopende pijpen. Onmiddellijk zette Timbeer elke ochtend het huis op stelten omdat hij nog in korte broek moest. Mijn moeder zette lang haar wil door met Timbeer, die ze het liefst altijd als engeltjeskleuter van drie had willen houden, en ons gezin kwam elke dag uitgeput op school en kantoor van de ruzies die ons onder het dak teisterden. Nicolaas hakte de knoop door, nam Timbeer op een namiddag mee naar het kleermakertje van Boeb en liet van het geld waarvoor hij zelf zo'n kledingstuk mocht laten maken zijn kleine broer een heupbroek met wijde pijp aanmeten. Zelf maalde hij niet om kleren, mijn moeder moest hem dwingen niet altijd in dezelfde donkerbruine trui met knoopjes op de schouder rond te lopen.

Pas toen de negermuziek in huis kwam was het dagelijks leven niet meer vol te houden. Boeb en Nicolaas liepen krantenwijken, Boeb om platen en een Puch te kopen, Nicolaas om antiquariaten af te schuimen en buitenshuis vioollessen te nemen bij de oude meneer Althuys, met wie hij in het Frans communiceerde.

Timbeers stem brak. Op kerstnacht had zijn solosopraan hoog achterin het koor van de kerk gejubeld, *Christus natus est*, telkens een octaaf hoger, en nog een octaaf, tot in de ijlte waarin mensen geen adem kunnen halen, alleen de engelen waar de mensen in de kerk hun hoop op hadden gevestigd en waarover ze hun tranen lieten lopen. *Christus natus est*, zong Timbeer in de doodstille ijsvlakte boven onze hoofden.

Met Driekoningen had hij de baard in de keel en werd hij uit het koor ontslagen. Op de Witte Donderdag voor de eerste paasdag waarop zijn stem niet met het 'Hallelujah' van Händel zou klinken, werden zijn krullen afgeknipt en droeg hij het bloempotmodel van de tweeling. Niemand van ons heeft geweten hoe duizelingwekkend en razend zijn engelenval is geweest. Wij ploegden voort als boeren op het land, en ver weg en klein viel Timbeer uit de stralende zon in de diepte van de zee. Ik had mijn verdwijning uit het paradijs meegemaakt bij zijn geboorte; hij beleefde zijn engelenval op de rand van zijn voorjaarsontwaken, wanneer alles onbegrijpelijk groeit en bloeit en ontbot, en juist op dat moment had men besloten alle kracht uit hem te halen door zijn krullen af te knippen. Van superkind en engel, in één namiddag bij de kapper, tot puber met problemen.

Hij kwam in opstand. Zijn revolutie tegen God, gebod en zichzelf nam zo in kracht toe dat niemand hem meer waarschuwen kon voor een nog grotere vernietiging dan hij zichzelf en anderen aan zou doen in de voor hem liggende jaren. Hij had veertig jaar woestijn voor zich, maar hij had geen idee. Hij begon gewoon met de oude gewoonte van de Franse Revolutie: 'Het straatdek kwam omhoog, de matrassen kwamen naar beneden', zoals ons geschiedenisboek de vooravond van 14 juli 1789 beschreef.

Mij nodigde hij uit een club tegen Boeb op te richten, hij als chef, ik als vleugeladjudant. Doel van de club was vrijwaring van de aanwezigheid van Boeb. De leuzen ervan waren dreigender: dood aan de vijand, hou af de bandiet, hang hem op! Voortaan maakte ik mijn huiswerk onder de balken, terwijl Timbeer met eindeloos geduld van stukjes touw doodshoofdenstempels maakte en paspoorten. De club bestond niet lang.

Daarop probeerde Timbeer een Berini, het eitje, te bemachtigen en op zestienjarige leeftijd was hij in het bezit van een Indian 500 cc-kopklepper die broederlijk vijandig naast de Harley Davidson van Boeb in onze tuin uit elkaar werd gehaald, alle onderdelen gepoetst totdat ze glommen. Nicolaas zat in kleermakerszit naast de motorblokken en zette ze weer in elkaar, zoals hij uit de boeken had geleerd hoe je met een verbrandingsmotor omging. Mijn moeder klaagde over de olievette zwarte handen van mijn broers, die sporen achterlieten op elke deurpost.

Bij thuiskomst gaf mijn vader Timbeer het bevel de Indian 500 onmiddellijk terug te brengen naar waar ie vandaan kwam, lopend welteverstaan. Zelf liep hij gemoedelijk met zijn eeuwige pijpje naast zijn zwoegende zoon. Eeuwig de optimist, eeuwig de aartsluie superieur geniale vader.

Timbeer verwierf een altsaxofoon, waarmee hij buiten de deur de faam van Boeb als drummer overtrof. Pure bluf, Boeb speelde vele malen beter dan zijn jongere broertje, maar het broertje brulde harder.

De enige rust die de drie jongens van elkaar vonden was bij de zeeverkenners, waar ze alle drie in aparte groepen zaten en in verschillende zestienkwadraatsen drie van de vier windrichtingen uit zeilden.

Perspectief bedriegt. De geur en smaak van de verleden tijd lossen op in het niets. Het beeld in de verte wordt aantrekkelijker en onbereikbaarder. Wij denken dat het paradijs daar ligt, maar het was de hel van de puberteit waar we doorheen trokken en sporen van bitterheid zouden ons een leven lang blijven achtervolgen, gemengd met schaamte en medelijden en een verdriet om de letterlijk verloren tijd.

Wat mij het meest heeft geplaagd was een kwaal die me tot in mijn huidige leven hindert: het gebrek aan, de afwezigheid van de mogelijkheid tot afzondering. Alle deuren moesten van mijn moeder altijd openstaan, iedereen liep bij iedereen in en uit, zonder excuus, zonder een reden te hebben om binnen te komen, geheimen waren verboden, dagboeken werden gelezen, verscheurde brieven uit de prullenbak gehaald en aan elkaar gelijmd om zonder enige gêne als bewijsstuk te dienen. Bewijs voor wat? Voor het hebben van je eigen gedachten in je eigen kop. Timbeer en mijn moeder vormden de Scotland Yard van ons gezin en Boeb sloot zich op het laatste moment, wanneer alles rond was en hij geen gevaar meer liep, aan als Watson. Ikzelf beschikte over voldoende dramatisch talent om er een tragedie van te maken en te midden van dit pandemonium stond Nicolaas onverstoorbaar op zijn hoofd en herhaalde een zoemend OM MANI PAD ME HUM OM MANI PAD ME HUM. Hij was korte tijd in zen.

— Als je niet wilt dat er iets van je wordt gevonden, zei mijn vader toen ik mijn beklag bij hem deed, moet je doen wat ik doe: zorgen dat er niets van je gevonden kan wórden.

Timbeer heeft altijd van clubs gehouden. Na zijn kortstondige club met mij tegen de aanwezigheid van Boeb, ik was zijn debuut in clubland, vormden de zeeverkenners de nieuwe club en er zouden er nog twee of drie volgen, voordat ik met hem op een zondagmorgen op een terras aan het Domplein van Ortigia een spumante zat te drinken en er een korte, dikke man op ons afkwam die Timbeer met veel warmte de hand schudde.

— È la mia sorella, zei Timbeer. Hij was gaan staan en wees op mij.

— Piacere signora, zei de man en boog in mijn richting.

De twee mannen stonden tegenover elkaar en praatten wat. Ik keek naar de zondagse ballonnen en de kinderen die de ballonnen ten geschenke kregen. Ik dacht: Timbeer is geen man, zoals die andere, Timbeer mag nooit een man worden. Maar ik moest toegeven dat er grijs in zijn blonde haar was geslopen en dat hij te dik was, een reus vergeleken bij de Sicilianen, binnen proporties, maar toch te dik.

Hij pufte toen hij weer ging zitten.

— Dat is de presidente van de Club Citroën DS/SM, Sicilia, zei hij hees, en ik ben de vicepresidente, verantwoordelijk voor de pubbliche relazioni, mijn CX Empire is van 1990 en zodoende.

— Je bent toch geen lid van een automobielclub? zei ik.

— Geen automobielclub, zei Timbeer, de Club Citroën DS/SM, Sicilia, vicepresidente van de afdeling Sicilia, bij mij thuis kan ik je de officiële benoeming laten zien, hangt ingelijst aan de muur, dat is geen oldtimersclub van die jongens uit het Gooi of zoiets waar ze allemaal pochen op hun eigen modelletjes of op hun Gooise vrouwen die mee mogen met de jaarlijkse picknick, dit is Citroën, dat is even wat anders, Citroën DS en SM, de mooiste auto's die ooit gemaakt zijn, dit is over heel Europa, overal zitten afdelingen, het hoofdkwartier is in Parijs, we zijn er om het bestand op peil te houden, onderdelen uit te wisselen, geschiedenis te bewaken, een belangrijk deel van de Europese geschiedenis, in Amerika begrijpen ze de Citroën niet, kunnen ze ook niet begrijpen, die auto is te subtiel, te intelligent gemaakt voor de doorsnee-Amerikaanse garagist, maar hier in Europa, in Polen vinden we straks in elke boerenschuur een DS waar ze de kippen in laten huizen en zo, maar dat is een rijkdom aan materiaal, er liggen nog overal schatten, Polen was altijd op Frankrijk georiënteerd, dat wordt lachen als Polens landbouw de Franse onderuithaalt, ach we gaan er toch allemaal aan en de Fransen vormen een retorisch en opgeblazen volkje, zonder een greintje hartelijkheid, wat de Italianen in overvloed hebben, hartelijkheid, van nature kun je zeggen, nee de Fransen zijn arrogant op niks af, want wat brengen ze nu voor nieuws voort? Sinds de socialisten de auto-industrie daar om zeep hebben geholpen is er geen hoop meer voor dat land behalve als toevluchtsoord voor Nederlandse kampeerders, maar wat ze in de twintigste eeuw aan auto's hebben ontworpen, dat is uniek, dat is absoluut briljant, de Traction-Avant, geniaal, de Deux-Chevaux, niet mijn auto, maar geniaal, de DS, absoluut het toppunt op het gebied van ontwerpen, deze Club Citroën probeert dat als een soort erfgoed te zien, Europees cultureel erfgoed, het zijn ontzettend leuke mensen, die Giacomo net, hij is advocaat, is een geweldig geestige man, klein zoals je zag, een dwerg bijna, maar geestig en erudiet, en dan is er Maurizio, voormalig commissaris van de politie in Ragusa, een invalide, maar zeer capabele man, we zijn vorige week gedrieën naar de Fiera in Padua geweest, vrijdagmiddag vertrek, zondagavond terug in Syracuse, wie niet reed, sliep. We kwamen daar bekaf aan, de presidente van Noord-Italië kwam ons met uitgestrekte armen tegemoet, moet je voor je zien, ik als reus in het midden, rechts van mij de wel heel kleine Giacomo, links Maurizio, die uitzwaai heeft, zijn arm zwaait uit als hij loopt, hij is bovendien mank, zei Timbeer en hij stond op om het voor te doen. Het terras met zondagsmensen lachte. Hij ging weer zitten, — de presidente van Noord-Italië komt ons met uitgestrekte armen tegemoet en roept uit: 'Wat een ploeg!'

— Maar wat doen jullie, wat dóé jij nou als vicepresidente?

— Ik stel lijsten op van nieuwe vindplaatsen, ik hou de ledenlijst bij, ik organiseer rally's en picknicks waar ze hun vrouw mee naartoe kunnen nemen. Die vrouwen zijn leuk hoor, die hangen er niet alleen gapend bij, nee die houden van hun mannen en omdat die mannen van hun auto's houden, houden zij ook van die auto's.

Hij zweeg peinzend. Ik dacht dat hij dacht: als maar een van de vele vrouwen die ik heb aanbeden dat voor mij had opgebracht, dan was ik er nu niet zo aan toe geweest, dan was het nog goed met me gekomen.

— Je bent maar mooi vicepresidente, zei ik om hem op te beuren, ik was altijd jouw vleugeladjudant, weet je nog?

Hij knikte somber, hij was al niet meer geïnteresseerd.

— Jij bent mijn zusje, zei hij, dat is toch anders.

Er dreef een eenzaam wolkje voor de zon. De ene helft van het Domplein verdween in de schaduw, de kant waar de ballonnenman zaken deed baadde vol in het heldere februarilicht.

In de bronzen augustus van 1967 zag ik Timbeer vluchtig, als het ware in het voorbijgaan, voordat hij veranderde in iets wat ik niet goed meer begreep. We waren minus de tweeling met z'n allen aan het Lago Maggiore. Boeb was aan het zeilen in Friesland en Nicolaas wandelde in zijn eentje door de Schotse Hooglanden.

We waren met genoeg. Ik was op de terugreis van een verblijf van twee maanden in Rome en had een vroegere schoolvriendin bij me die ook in Rome was geweest. Een zeer zelfbewust meisje dat dacht de volledig verliefde aandacht te krijgen van Timbeer en zijn vriend. Maar Timbeer en zijn vriend toonden niet de minste interesse, zij waren bezig met plannen maken, met diep filosofische gesprekken over de ideale vrouw en de eeuwige liefde. Ze doken samen van hoge rotspartijen, vochten als jonge leeuwen en leenden de Berini van de baas van de Coop om 's nachts de disco's in Locarno en Ascona af te schuimen. Heel hun aanwezigheid was de voorafschaduwing van de revolutie van 1968, die in noorderlijker streken op uitbarsten stond. De echte provotijd was drie jaar eerder in Amsterdam en in onze westelijke stad begonnen. Mijn vader kon de twee nog net van de grappafles afhouden, voor de rest waren ze ontembaar en afkerig van alles wat naar familie of gemeenschappelijkheid rook. Ze waren tegen hun zin daar onder de klok van de kerk die elk uur sloeg, en stonden op het punt uit hun kooi te breken.

Veel aandacht had ik niet voor ze. Het licht van Rome speelde nog achter mijn oogleden en ik wilde liever niet bestaan dan niet in Rome zijn.

De grote ontdekking van die nazomer was Engel, die middenin de puberteit zat. Ze was teruggetrokken als altijd binnen het verbale geweld van de anderen, maar ze was, zonder dat ik het had gemerkt, een tierer geworden met de mooiste rug aller tijden, de rug van Ingres met de lange, slanke benen van een atlete. Ze doorkliefde het water als een dolfijn, klopte de jongens zonder moeite, maar ze bleef een zwijgzame onbekende die opschrok als ik haar iets vroeg, die door de wereld trok met haar onbegrijpelijke getallenreeksen en die met onze spelletjes meedeed omdat wij haar vroegen, niet omdat ze dat zelf ambieerde. Een eenzame. Een mooie eenzame die een schildersoog kan dienen.

Na twee weken onder de torenklok te hebben gelegen, verbijsterd omdat ik Rome had verloren en mijn ouders ervoor had teruggekregen, in een halfcoma van heimwee naar de oranje stad, moesten we allemaal huiswaarts. Ik moest aan mijn studie beginnen, het schoolvriendinnetje haar vakantie zat erop en de boekhandel waar ze werkte duldde geen verdere aanwezigheid, Engel moest naar school en Timbeer moest aan zijn voorlaatste schooljaar beginnen. Hij haatte de school met de kracht waarmee ik haar had omarmd.

Op de lagere school had ik me gevoeld als een lelijk dier in een speciale dierentuin voor lelijke dieren, ik leerde er niets dan onzin. De eerste keer dat ik het grote hek passeerde van de villa waar het lyceum in huisde, viel ik van blije verbazing bijna van mijn fiets. Allemaal meisjes! Meisjes in lichtkatoenen zomerjurken, oudere meisjes met blonde paardenstaarten die het echte leven onder de knie hadden, hun dikke leren schooltassen op de heup, grapjes makend met de mannelijke leraren die op hun scooters langzaam het grind van het schoolterrein op reden. Het paradijs had zich onverwachts opnieuw geopend. Maar Timbeer had vanaf de eerste schooldag de paters augustijnen het bloed onder de nagels vandaan getreiterd, schotschriften tegen de langjurken geschreven, revolutionaire schoolkranten opgericht, illegale actiegroepen gevormd, net zo lang totdat de paters hem van school trapten. De rector van het Stedelijk Gymnasium ontfermde zich over hem, want Timbeer gold als het wonderkind van de familie, dat was hij al geweest toen hij uit zijn moeders buik gleed en mijn moeder dit nieuwste kind aanbad zoals ze het nooit had gedaan met haar andere drie. Het was vooral een opluchting voor Boeb, die met Timbeer een kamer deelde.

Ik weet niet waarom, ik begrijp de meeste beweegredenen van deze wereld niet, maar de Grote Beweger had het vooral op Boeb voorzien. Boeb had al mee moeten maken hoe Nicolaas hem op het gymnasium in rap tempo voorbijstreefde. Boeb wilde na de zeeverkenners de zee op, kapitein op een schip worden, gewone koopvaardij want de opleiding tot adelborst was al bevolkt door de zonen van de beste vriendin van mijn moeder, die hem te pas en te onpas tot voorbeeld werden gesteld. De Hogere Zeevaartschool weigerde hem omdat hij zwaar brildragend was. Hij wilde na zijn eindexamen en diensttijd vrachtwagenchauffeur worden, met die grote machines de Alpen over en terug, maar mijn ouders verboden het, hij wilde drummer van een band worden, maar Timbeer met zijn saxofoon verdreef hem van alle podia van de provinciestad. Ze konden elkaar niet aanvoelen. Tot slot is hij op aandringen van mijn vader rechten gaan studeren, zonder werkelijke hartstocht, een keuze die hem tot het eind van zijn leven ongelukkig zou maken, ook al droeg hij dan de titel van meester. Had hij maar met zijn handen kunnen werken, motoren in en uit elkaar kunnen halen en zetten, had hij maar gemotoriseerd over de wegen kunnen zwerven, met de vlam in de pijp. Hij zat ingeklemd tussen Nicolaas en Timbeer en wat hij ook ondernam om uit die benarde positie te geraken, alles liep op een fiasco uit. Het zou hem gemelijk en jaloers maken, zonder dat ooit het idee van een moord bij hem op zou komen. Integendeel, de te vroege dood van zijn tweelingbroer maakte hem angstig en bevreesd voor de dood, die hij achter elke rozenstruik verwachtte. Hij werd een man op weg naar Ispahaan.

Mij valt ook het een en ander te verwijten. Sinds de oprichting van de Club zag Boeb mij als een handlanger van Timbeer en al voor die tijd beschouwde hij mij als een meisje, een categorie die voor jazzliefhebbers en motorgekken verwaarloosbaar was, tenzij ze op hoge hakken liepen met hoog opgestoken blond haar en rode mond. Nooit nam hij me achterop, niet op de fiets, later niet op de motor, naar hij zei omdat hij niet wilde dat ze dachten dat ik zijn vriendinnetje was. Als kind al, in de zuidelijke stad, liep hij, als hij zich even over mij moest ontfermen omdat Nicolaas en mijn moeder naar de dokter moesten of iets dergelijks, zo hard vooruit op de weg naar huis dat ik hem niet kon bijbenen en de verlatenheid van de paars gekleurde rand van een vreemd huis, waar ik buiten adem bij bleef staan, vulde mij met de wetenschap dat het heelal mauve gekleurd was, leeg, met dreigende regen, zonder kans om ooit thuis te komen.

— Je hebt je als een hoer gedragen, zei mijn moeder. Ze doelde op een feestje bij Marijke Hesseling thuis.

— Hoezo? vroeg ik. Ik had nogal gelachen herinnerde ik me, het was een paar avonden geleden geweest. Leuk feestje.

— Als een hoer, zei mijn moeder, je maakt ons te schande.

— Hoezo? vroeg ik, kwader nu, wat als een hoer? Ik was met Floris.

Floris was een klasgenoot van Boeb en mijn vaste vriend. Het was een blonde jongen, de held op het hockeyveld, een betrouwbare, enigszins wantrouwige adolescent, die ook meester in de rechten wilde worden en mijn vader adoreerde. Hij moest het stellen zonder vader. Zijn adonis-uiterlijk en zijn halve-weesschap maakten hem passabel voor mij, maar mijn moeder was verliefd op hem. Met de dag zag ik in haar ogen de toekomst opgloeien, met mij veilig getrouwd met Floris en Floris die carrière maakte en mij drie zonen schonk. Ze vond dat hij zo op vader in zijn jonge jaren leek. Ik ben de laatste om zo'n droom te betwisten, dezelfde droom als de God van Abraham had voor Abraham en ik zal niet degene zijn die zegt dat de droom van God samenviel met het vurig verlangen van Sara dat ze in de vroege uren voor zonsopkomst haar man toefluisterde, nacht na nacht, totdat het ten langen leste bij Abraham begon te dagen dat hij een wens diende te vervullen en hij zich daartoe een God verzon die hem de opdracht gaf. Seksualiteit is snel als de wind, plicht langzaam.

In ieder geval was ik zo traag, of zo tegendraads (de tijd zat mijn moeder niet mee, de negermuziek had ons huis al tot een kraal in de bush-bush veranderd volgens mijn vader) dat ik van de ontwakende driften van Floris niets wilde weten, dat elke tongzoen me hinderde in de gang van mijn gedachten en dat elke verdere poging me verder zou drijven in de fuik die voor mijn moeder vervulling betekende en voor mij de rood-witte grenspaal op de weg naar vrijheid en isolement, op welke weg ik nog wel eens een hartstocht voor het leven zou ontmoeten, maar niet nu al, niet voordat ik de dingen langs de weg zou hebben gezien. Misschien was ik aseksueel in die dagen, maar een redelijker lezing is dat ik van vrouwen zou gaan houden, waar ik toen nog geen benul van had en geen kans op een mogelijkheid, of dat ik geen ingevulde toekomst wilde, of eenvoudig dat ik mijn moeder wilde dwarsbomen, die mij in mijn box alleen had gelaten. Wie weet was ik gevoelloos.

— Floris ja, zei mijn moeder, en je gebruikt hem als alibi om tegen elke jongen aan te hangen.

— Ik heb tegen niemand aan gehangen, zei ik.

— Nou, ik heb anders wel anders gehoord, zei mijn moeder.

— Van wie gehoord? brulde ik, van wie? Rugnummers graag, namen.

— Mevrouw Hesseling heeft me gebeld, zij zei dat je tegen jongens aan lag, zei mijn moeder. Mevrouw Hesseling? vroeg ik me in stilte af. Maar die kan niets hebben gezien. Ik hang niet tegen jongens aan, mochten ze willen, ik weet niet eens welke jongens er waren, ik hou niet van jongens. Ik hou niet van meisjes die tegen jongens aan liggen, verliefde, geile stelletjes, daar hoor ik (God weet waarom) juist niet toe. Ik ben een monster, ik ben aseksueel.

— O, zei ik, en wat had ze te vertellen?

— Dat je een hoer bent, zei mijn moeder, vol op stoom gekomen, iedereen weet dat, echt iedereen.

— Rugnummers, antwoordde ik zwakjes, ik was bijna over de drempel van het stille gebied waar alleen zeer grote huilbuien of waanzin je doorheen helpen.

— Mevrouw Hesseling, gewoon iedereen, nietwaar Boeb? Ze richtte zich tot Boeb, die bij de deur van de eetkamer de hele scène zwijgend had aangehoord.

— Ze is een hoer, zei Boeb.

Ik bewaarde mijn hartstocht voor later. Ik was bezig een vak te leren.

Engel zei door de telefoon Nette doet het zo goed op het Stedelijk. Het lijkt wel of ze opbloeit. Ze heeft allemaal tienen voor talen.

— Geen wonder, met zulke ouders, zei ik.

— Alleen met algebra is het wat moeilijker, zei Engel, ik help haar, we doen samen algebra. Maar niet zoals jij en Ilna indertijd.

We lachten aan de telefoon.

De bijlessen algebra die mijn moeder mij in de eerste klas gaf, waren een terreur voor het hele gezin. Zij begreep de kern van mijn onbegrip niet en ik haar razendsnel opgeschreven vergelijkingen niet. Het leidde tot een figuurlijk handgemeen, waarbij mijn moeder het zwaard in elke hand niet schuwde, zoals de methode was van de piraten die de schepen van de Vereenigde Oost-Indische Compagnie enterden. Het heeft niet gebaat.

Mijn vak leerde ik bij voorkeur onder het algebraboek. Het geheim zit onder de tekenen van een ander geheim. Door de symbolen van de ene taal heen leerde ik de andere taal, die van de woorden die samen meer betekenden dan het geheel. Ik las en ik schreef. De onverwachte invallen van de anderen troffen steevast iemand die op haar algebra zat te blokken. Het grootste deel van ons bewustzijn is niet deelbaar met anderen Je kunt verliefd zijn op eenzaamheid en dat was ik in die dagen. Het was een hopeloos smachten, want als er een taboe in ons gezin gold dan was het wel dat er dingen bestonden die alleen voor jou waren. Geheimen, intriges, solitaire opvattingen alles moest op tafel en in perfecte democratie worden besproken. Alleen Nicolaas en Engel ontsnapten aan dat lot, omdat ze beschikten over de eigenschap die het meest ondergewaardeerd is: ze konden zwijgen.

Maar wat moesten Boeb, Timbeer en ik met ons onstuimige bestaan? Wij zwegen niet, wij riepen tegen elkaar als matrozen in een storm en mijn moeder schreeuwde mee en mijn vader had andere dingen aan zijn hoofd dan opvoeden. Het geluid van onze tafelgesprekken was tot aan de hoek van de straat te horen, en ons gelach, en de omgevallen stoelen als er weer eens iemand kwaad van tafel liep. Onze vrienden kwamen op onze tafelgesprekken af als motten op de lamp. Het is zo levendig bij jullie, zeiden ze. Waar ik naar smachtte, was stilte. Ik had een moord begaan voor stilte.

HOOFDSTUK 4

— Er is een moord gepleegd in Cogne, zei Timbeer. Hij staarde somber naar de man met het mes, wiens armen tot aan de ellebogen onder het bloed zaten. Er zat bloed op zijn schort en bloed droop van het houten hakblok. Hij was bezig met een torijn van een meter. Ze hadden een goede vangst gehad in de vroege uren.

We waren op de juiste tijd op de markt. Ik had zoiets nog nooit gezien. De vissen van de Ionische Zee waren er in een veelvoud van nooit vermoede exemplaren. Ik zag platte zilveren vissen van twee meter, opgerold in kisten; ik zag vissen met het uiterlijk van cobra's, donkerbruin gestipt; rode vissen met haaienbekken, gedroogde stokvissen aan de waslijn, zwaardvissen, oesters, venusschelpen en krabben, levend, een berende, levende inktvis, tonijnen, rode vissen, zilveren vissen, gouden vissen. De markt droop van het zeewater, dat bij emmers over de lange toonbank werd uitgestort, ijs dat smolt en werd aangevuld. Het rook er naar de zee, waar de markt op uitkeek, en naar verse vis, de tederste geur van alle dieren, ex aequo met pasgeboren kalfjes.

Ik verstond hem niet. De kooplui van de kramen brulden naar elke voorbijganger en als er geen voorbijgangers waren, brulden ze naar elkaar, of naar God in de kale, strakblauwe hemel, die hun de rijkdom had gegeven die ze voor twaalf uur kwijt moesten zijn. Ze brulden om de eenzaamheid van de nacht op zee in te halen. Of waren vissers en marktlui verschillende beroepen? Dan riepen de marktlieden ter genoegdoening van de vissers die in hun woonhuizen lagen te slapen.

Tegen Timbeer riepen ze niet, ze begroetten hem met een mengeling van eerbied en verachting. Een schrijver die op zijn luie kont zat, wat was dat voor broodwinning? Tegelijkertijd beseften ze dat hun zonen hun naam konden schrijven, maar dat zij op de Questura nog met een kruisje tekenden.

— Signor Tiejembra, zeiden ze, wat zal het deze ochtend zijn? en ze liepen weer weg om een andere klant te helpen en over diens hoofd hun waar aan te prijzen.

— Zeebarbeel, zei hij op mijn vraag naar de rode vissen die op een krant voor hem werden afgewogen, — triglie, zeebarbeel.

— We kunnen taleggio nemen, dat vind ik zo'n heerlijke kaas, zei ik.

Hij keek mij verontwaardigd van opzij aan. — Taleggio, zei hij, waag het niet om die arme kaasboeren hier om taleggio te vragen. Dat is geen Siciliaanse kaas. Het is een industriële kaas, het is een belediging.

— Wat zei je zo-even? vroeg ik. We streken neer op een terras en bestelden twee caffè en een acqua.

— Lekker, zei ik tegen de zon die al warm was. Timbeer zat in de schaduw.

— Nooit in de zon, zei hij. Zijn stem leek nog niet aan de ochtend gewend. Dat is de eerste wet hier op Sicilië, nooit in de zon gaan zitten, ik zit nooit in de zon. Het is nu bijna maart en die zon is al niet te harden, ik heb een dakterras, dat heb je gezien, dan komen er vrienden uit Nederland langs: o, wat een bofkont, een dakterras met uitzicht op zee! en ze geloven me niet als ik zeg dat ik niet op dat terras zit, echt nooit, zodra de zon schijnt brand je er weg en als er geen zon is, wat zelden het geval is, dan regent het en dan is het meteen een zwembad, de afvoer werkt niet goed, moet ik wat aan doen, een of twee keer in de zomer sjouw ik een matras naar boven en slaap ik er, maar dat is al bijna niet te doen want de warmte wordt er vastgehouden, in juli en augustus ben ik hier niet, je kunt dan niet hier zijn, onmogelijk, ik snap niet hoe de Sicilianen het uithouden, ik kan er niet tegen, ik kan niet werken, ik kan geen boodschappen doen, dan val ik om van de hitte, ik eet niet, zo'n paar dagen voordat ik vertrek lig ik op de betonnen vloer naast de wasmachine uitgestrekt, bloot, en zo nu en dan heb ik de moed me om te draaien en de koude douche over me heen te laten, maar dat is tricky hoor, ze sluiten hier op de gekste uren het water af, in de winter middenin de nacht, heb je net gepiest, lig je weer in bed, kom je op het idee een nachtdrol te draaien, weer je bed uit, het werk gedaan, wil je doortrekken, is er plotseling geen water meer, je draait alle kranen in huis open, gepruttel, geen water, het kan soms twee dagen duren dat je drollen daar liggen te stinken, je schaamt je voor je lichaam, je bidt dat er in de hemel geen spijsvertering plaatsvindt, en je weet nooit waar het aan ligt, de ene keer is op vrijdagmiddag de standbuis van de buurman kapot geraakt, in het weekend wordt er niet gewerkt, in het andere geval zijn het onzichtbare instanties die op willekeurige momenten schaterend de kraan dichtdraaien, je weet het niet, het water is hier geprivatiseerd, dat wil zeggen dat het water, ook natuurlijke bronnen op het land, vergis je niet, dat het water in handen is van een of andere maffiabaas die de rechten heeft gekocht en die baas, of die familie, of de neven van families, die hebben het te druk met betonbouw, hoewel, nu ze Palermo verwoest hebben, laten ze die handel liggen en zijn ze in de drugs gegaan, tegenwoordig verschijnen ze zelfs op de beurs om met geld dat ze in een van hun casino's hebben witgewassen te speculeren, in ieder geval hebben ze het te druk om zich om hun waterleidingen te bekommeren, die zijn nog uit de tijd van Garibaldi, je weet dat Garibaldi hier voet aan wal heeft gezet om de lange mars naar Rome te beginnen? Mussolini heeft hem met zijn mars op Rome alleen maar nageaapt, maar dan vanuit het noorden, het schijnt trouwens dat hij de meeste kilometers per Fiat Allonga heeft afgelegd, terwijl de fascisten werkelijk liepen, de fascisten hebben hier op Sicilië goed werk verricht, maar dat is een ander verhaal, wat wilde ik zeggen? O, ja, dat water in die roestige pijpleidingen druipt gewoon weg, de grond in, er gaan hier duizenden kubieke meters water verloren, de grond in, voor eeuwig naar de haaien, of ze moeten er in de hel nog plezier in hebben, daar móeten ze elk uur verplicht douchen om de stront, onze stront, van hun lijf te wassen, want daar staan ze voortdurend onder, dat is nu eenmaal de hel, andermans stront, maar waar was ik gebleven?

— Bij de zon, zei ik.

— O ja, zei Timbeer, het water is hier dus het allergrootste probleem, het is een wonder dat Sicilië zo'n allemachtig vruchtbaar land is, enorme graanvelden, sinaasappels, citroenen, olijven, enorm uitgebreide tuinbouw, van die glazen plastic koepels, rij na rij, bij Marma, bij Propallo, daar laten ze nu op handen en voeten de negers in werken die hun paspoort hebben opgegeten en hun naam zijn vergeten, en in die gloeiende vochtige hitte onder dat plastic kruipen, want zij kunnen er beter tegen dan wij, zeggen ze, het is godgeklaagd, het is om te huilen, die paar zwarte sloebers die de overkant hebben gehaald, die niet ergens op de bodem van Nostra Mare zijn terechtgekomen. Nostra Mare, Socrates zei al dat het een vijver was waar alle volken als kikkers in vielen, het is een prachtland, Sicilië, het is het mooiste land van Europa. Er is een moord gepleegd in Cogne, zei hij.

— Cogne? vroeg ik, is dat vlakbij?

Hij keek mij verbijsterd aan. Zo onwetend kon toch niemand zijn?

— Cogne ligt in het Aostadal, Noordwest-Italië, zei hij.

Ik herinnerde me de donkere dreiging die achter Ascona begon, de Via Dolorosa waarop we ons een keer op de terugreis van de vakantie aan het Lago Maggiore hadden gewaagd, toen iedereen zeeziek was geworden van de eindeloze, bochtige weg, omsloten door Alpenwanden die zich steeds nader tot elkaar schenen te bewegen. Steen en kou en een enkele geitenhoeder. Troosteloos gebied.

— In Cogne is op 30 januari een kind vermoord, zei Timbeer en deed er verder het zwijgen toe.

Voor de lunch gingen we ieder ons weegs. Timbeer moest naar de Questura.

Ik nam de bus naar Neapolis, de archeologische grond van Syracuse. In het voor- en najaar zouden hier busladingen toeristen lopen, maar nu was ik de enige. Rond mij was een park waar amandelboompjes op kale takken hun roze bloesem droegen, tegen een achtergrond van vol dragende sinaasappel- en citroenbomen. Links van de weg lag het Altaar van Hiëro de Tweede, tiran van Syracuse in de derde eeuw voor onze jaartelling. Het was een altaar van twee meter lang, vijf, zes treden hoog, dat als een zwart granieten gigantendoodskist uit het verwaarloosde graf opsteeg. Ieder jaar werden hier op een hoogtijdag vierhonderd vijftig stieren geofferd. Ik zag voor me hoe de sterkste mannen van de stad de massa onwillige stieren de trappen op duwden en trokken. Oude stieren natuurlijk, wier zaad te traag was geworden, maar die zich met hun geweldige kracht, die in de loop der jaren niets had ingeboet, verzetten tegen hun bloederig einde. De menigte van Syracuse moet hebben gebaad in dat bloed, ervan hebben gedronken om kracht te verzamelen, zich erin hebben gewenteld en gek zijn geworden, gek van het bloed van vierhonderd vijftig stieren dat de trappen af vloeide. Alles wat bij ons stil en bloedeloos in slachthuizen gebeurt, speelde zich hier af voor de ogen van het hele volk, uitzinnig van driften en hongerend naar reiniging van dit vuile leven. Bloed, bloed.

Rechts van de weg strekte zich de Latomia del Paradiso uit, een klein dal vol fruitbomen en bloeiende amandelbomen, bougainville in alle kleuren paars en oranje, de grond bezaaid met geeloranje goudsbloemen en madeliefjes. Het dal van het paradijs eindigde tegen een hoge krijtkleurige rotswand die de oudste bevolking van Syracuse, op het schiereiland Ortigia, beschermde tegen invallen vanaf het vasteland van Sicilië. Alleen mijn voetstappen waren hoorbaar in het Paradijs, alleen zoete geur en kleuren bestonden. Voordat deze bloeiende tuin er was, in de tijd van de tirannen, was dit Eden een steengroeve, een witte, gloeiende hel zonder schaduw, de bakplaat van God waar zevenduizend gevangengenomen Atheners zwetend en vloekend stenen bikten. 's Avonds bleef de hitte in de witte kom hangen en trokken ze zich terug in de holen in de krijtwitte wand. De grot van de touwslagers, die nodig waren voor het vervoer van de stenen kolossen en de grot die het Oor van Dionysius werd genoemd, een geweldige, door de natuur geïmiteerde oorschelp en gehoorgang van twintig meter hoog en zestig meter diep. Ik liep als een blinde de gehoorgang binnen tot in het diepste van de berg, als een lilliputter die het oor van de reus van Kleinduimpje betreedt. Tot ver boven mijn hoofd zaten de geologische golven en lagen steen waaruit de wereld zich miljoenen jaren geleden had opgebouwd. Caravaggio bedacht de naam van de grot omdat volgens hem de tiran Dionysius buiten de grot kon horen wat de gevangenen tegen elkaar zeiden of hoe ze met elkaar completteerden, zo enorm werd het geluid van de grot versterkt.

Caravaggio was een hystericus en een moordenaar, bedacht ik. Hij was uit Rome verbannen omdat hij, hoewel bezeten van leven en lijden van zowel Christus als Johannes de Doper, bij een balspel een medespeler in elkaar had getremd, net zo lang tot die dood was. Hij vluchtte naar Malta, waar hij toetrad tot de Ridders van Malta, een genootschap dat zich tot doel stelde het Heilig Geloof met het zwaard te verdedigen. Pijn dient de vreugde, is de voorbode van de vreugde die het Heil zal bewerkstelligen. Dat werd zijn thema, zijn eeuwige schilderkunst van de gewelddadige dood van de martelaren, van de onthoofding van Johannes de Doper. Op Malta had hij zich met het bloed van Johannes de Doper gewassen. Maar ook van Malta werd hij weggestuurd. Midden augustus 1608 raakte Caravaggio opnieuw, als in Rome, in een tumult betrokken. Kort daarna vluchtte hij naar Syracuse. In hetzelfde jaar werd hij als 'vuil en stinkend lid' uit de orde van de Ridders van Malta gestoten. Een man die gewelddadig schilderde, jongenslichamen in sterke schaduw-lichttegenstellingen, altijd tegen een achtergrond van bruine of inktzwarte rommeligheid, die zichzelf en zijn kunst zo heftig in dienst van Het Geloof stelde, die schilderde met het bloed in zijn handpalmen, moest op den duur leven en kunst gaan vereenzelvigen, een houding die pas in de romantiek volledig de mode werd. Hij leed een geheimzinnig einde, te voet de route afleggend van Civitavecchia naar Porto Ercole, zijn schilderijen achterna. Hij stierf vuil en miserabel, deze Pasolini van de zestiende eeuw.

Dit alles overdacht ik in de donkere koelte van het Oor van Dionysius.

— Er is een moord gepleegd in Cogne, zei ik plotseling hardop en mijn stem vulde het hele gewelf als was het de

stem van het Opperwezen die uit het diepste gesteente van de Griekse cultuur zijn dreiging liet horen.
Ik wist niet wat dat zinnetje betekende.

Op weg naar het Lago Maggiore deden wij rondom ons tiende een vreemd spel. We zaten gevieren op de achterbank, te krap natuurlijk. Timbeer zat vaak op Nicolaas' schoot, maar vaker nog zat hij op de cardanas van de auto, als een ridder te paard, een plastic stuurtje met versnelling door middel van een zuignapje aan de rug van de voorbank geplakt. Hij stuurde ons de hele weg naar Caviano, schakelde als een bezetene en zijn weg had veel meer bochten dan wij op de autoweg tot aan Basel aantroffen. Als hij niet stuurde, sliep hij op de bodem van de auto, zo'n twintig centimeter boven het razende asfalt. Er waren onderweg momenten van opperste verveling. Dat zaten we elkaar dwars, nam ieder van ons te veel plaats in volgens de anderen en bedelden we om kauwgum. Maar de kauwgum bleef in mijn moeders picknickmand tot aan de beklimming van de Alpen, als het nodig was dat we niet tijdelijk doof werden. Om van het gezeur af te zijn gooide ze twee sinaasappels in Nicolaas' schoot, dan hadden we wat te doen. Het waren de enige sinaasappels van de reis. Engel zat op mijn moeders schoot, of tussen mijn vader en moeder in, en kreeg, evenals mijn vader achter het stuur, uitgeperst sinaasappelsap uit een flesje met dop.

— Mandarijnen, zei Timbeer en hij klom naar boven.

— Sinaasappels, zei Nicolaas. Maar Timbeer zou zijn leven lang mandarijnen zeggen, omdat hij dat als driejarige kleuter een mooi woord had gevonden, en om ons te pesten. We bleven klieren met de schillen. Uit het niets kwam het op. Mijn moeder eiste de schillen op en binnen vijf minuten ontstond het spel dat zich elk jaar zou herhalen. Nicolaas, die in het midden zat, kreeg de eerste naam: De Mandarijn. Dat was nog denkbaar, hij was de oudste, de meest ascetische en ondoorgrondelijke van ons. Boebs naam volgde. Hij was De Oplawaaier, omdat hij ons op de achterbank een oorvijg gaf als hij te weinig plaats had. Omdat Timbeer het op een brullen zette bij die oplawaaiers werd hij De Brulmeester. Mijn naam was het vreemdst. Misschien omdat ik op tijd dook voor Boebs klappen. Misschien omdat ik altijd aan het linker raampje zat, zodat de vraag van de douanebeambte die zijn hoofd door het open raampje van mijn vader stak om de boel te controleren altijd aan mij werd gesteld: nog iets aan te geven? Ze waren vooral gespitst op gesmokkelde koffie, had ik gehoord. Ik was De Koffiezoeker.

Het spel had eenvoudige regels.

Boeb nam het initiatief door in het wilde weg voor Nicolaas langs mij een oplawaai toe te delen. Ik dook op tijd zodat Timbeer op de cardanas de mep in ontvangst nam en het op een brullen zette. Nicolaas staarde door de voorruit en bemoeide zich er niet mee. Boeb en ik paaiden Timbeer, die ontroostbaar aan het huilen was, door hem de titel Brulmeester te geven. Onmiddellijk was hij stil. We keken of hij het aankon, zijn titel dragen. De Oplawaaier gaf voor Nicolaas' hoofd langs een lange mep naar mij en riep 'koffie zoeken, koffie zoeken'. Ik dook naar de bodem van de auto, waar de koffie verborgen moest liggen, en Timbeer schrok op van de klap en zette het op een brullen. Mijn vader zwaaide met één arm naar achteren om de rust te herstellen en trof Timbeers hoofd. Die brulde nog harder. Ik ging op zoek naar koffie achter de rug van mijn vader, veilig voor alle klappen.

— Nicolaas, doe wat, riep mijn moeder.

— Inquietus est corpus meum, donec requiescat in te, Domine, zei Nicolaas.

— Kan wel zijn, riep mijn moeder en zette Engel op het

dashboard om meer bewegingsvrijheid te hebben. Ze kon het gependel van haar oudste tussen de zenmeesters en de kerkvaders toch al niet volgen en draaide zich half om om Nicolaas een oorveeg te geven, die buiten haar bereik was zodat Timbeer de klap opving. – Maar doe wat Chinees!

Daarop staakte Timbeer zijn gebrul. Hij stond met tranen in zijn ogen op, draaide zich naar ons toe en benoemde ons. Mandarijn, zei hij, wijzend op Nicolaas, Oplawaaier, Koffiezoeker, Brulmeester, zei hij en wees op zichzelf. Hij had een systeem bedacht en het systeem werd ons spel.

Boeb bleef zijn leven lang iemand die ongecontroleerd in drift om zich heen sloeg, ik zou altijd op de onwaarschijnlijkste plaatsen naar iets zoeken wat er niet was, iets wat er door het zoeken juist altijd was, ook al kon de douane het niet vinden, Timbeer zou ver van huis naar huis blijven roepen en huilen en Nicolaas deed dat wat bij niemand van ons maar één seconde was opgekomen. Na zijn ingenieursstudie in Delft werd hij van Mandarijn benedictijn. Hij trad in in het benedictijnenklooster van Egmond.

Het is tijd om over Nicolaas te praten, de broer waar we niets van begrepen, of beter gezegd, de broer die we blindelings vertrouwden, zonder vragen te stellen naar zijn motieven. Nicolaas had geen motieven, althans geen andere dan het streven naar een luchtledig waar de dingen, de geschiedenis of de anderen geen rol in speelden. Het jaar 1965, toen in Amsterdam en in onze provinciestad niet ver van de zee de storm van de opstand begon te waaien, kon je Boeb en Timbeer treffen op de podia van Electric Centre, de muziektempel van die dagen, maar Nicolaas was bij zijn bejaarde Franse vioolmeester, de heer Althuys. Toen Boeb het waagde met Kerstmis een Märklin-locomotief met een meter en twintig centimeter rails te vragen, vroeg Nicolaas aan het Kerstkind schaakstukken. 'Het bord kan ik zelf wel maken.' Sindsdien speelde hij elke avond met mijn vader een partij.

Terwijl Boeb aan zijn Norton, Matchless of BSA zat te knutselen en Timbeer zijn ondergrondse, subversieve schoolkranten *Adelois* (voor elkaar) en *Amici Mecum Castrorum* (vrienden van Mekenkamp) uitgaf, bedoeld om als eerste pater Mekenkamp en daarna alle paters augustijnen van school te treiteren, kwam Nicolaas achter zijn boeken vandaan om te verkondigen: — Ik weet wat Portisj had moeten doen tegen Rezjevski in Amsterdam vorig jaar!

Boeb en hij waren uit elkaar gegroeid. Ze hadden er geen enkele behoefte aan elkaar te begrijpen.

— Die jongen is autistisch, zei mijn moeder tegen mijn vader, altijd in de boeken, altijd schaakproblemen, altijd die vissen die niet eens bruikbaar zijn om te eten. Ik word nog eens gek, die jongen is autistisch.

— Je wordt niet autistisch als je dat niet wilt, zei mijn vader onbekommerd. Afwijkingen of ziektes, daar bemoeide hij zich niet mee.

Nicolaas had een aquarium met tropische vissen op zijn kamer. Begonnen met een zeshoekige bak met enkele guppen was het met zijn zakgeld langzamerhand uitgebouwd tot een glazen bar van anderhalve meter, met rotsen en lichtgevende vissen erin. Timbeer werd weggestuurd als hij alleen maar naar de vissen keek. Het was Nicolaas' grootste angst dat hij er op een onbewaakt moment zijn kikkerdril in zou dumpen of wat gestolen magnesiumpoeder van de gymles, om te kijken hoe het kleurde.

Het aquarium was hem heilig, en zijn schaakstukken waren dat. Voor de rest deelde hij zijn zaken ruimhartig met anderen, zijn fiets, zijn schaatsen, zijn honkbalhandschoen.

— Praten ze met elkaar? vroeg Engel. Ze stond naast Nicolaas voor het aquarium. Ik zag hen maar half door de openstaande deur.

— Nee, zei Nicolaas, ze kunnen niet praten. Ze zwijgen.

— Hoe weten ze dan waar ze heen moeten gaan? vroeg Engel. En om niet te botsen?

— Dat weten ze niet, zei Nicolaas.

— En waarom zwemmen ze dan, weten ze niet waar naartoe? Waarom slapen ze niet?

— Ze zwemmen om de weg te leren kennen.

— Ik begrijp het, zei Engels heldere kinderstem.

Van beneden werd geroepen of hij meedeed aan honkballen, ze hadden een vanger te weinig. Nicolaas tilde Engel op zijn schouder, zei bukken! en liep met haar de zoldertrap af.

Nicolaas haalde in enorm tempo zijn eindexamen. Met Kerstmis in de eerste klas stelden de paters voor hem in twee gym te plaatsen en hij ging met gemak over naar de derde. Terwijl Boeb van de weeromstuit steeds meer drummend bij The Electric Centre rondhing, haalde Nicolaas zijn eindexamen met gemak. Hij wilde naar Delft om ingenieur te worden, hij zou met de trein op- en neergaan. Hij hield van de eenvoudigste architectuur, de romaanse, de classicistische.

— Ik verbied je vanmiddag die motorfiets ook maar aan te raken, zei mijn moeder als ze bij mijn vader in de auto stapte tegen Boeb, op weg naar een of andere receptie, — je maakt je huiswerk, je kunt het je niet veroorloven nóg een keer te blijven zitten. Het zou mijn dood betekenen, zo dom heb ik jullie toch niet geboren laten worden. Ik verbied het je.

Nog voordat de auto de hoek om was, hoorde ik het geluid van de BSA die werd aangetrapt. Boeb reed de andere kant op. God o god, dacht ik, als Nicolaas maar op tijd thuis is om het komende kabaal in goede banen te leiden. Waarom dóet Boeb zo stom? Als Nicolaas op tijd is komt alles goed.

Ik keerde bezorgd terug naar de roman die ik onder mijn algebraboek aan het schrijven was. Mij kon niemand erop betrappen dat ik mijn huiswerk niet deed. Ik hield nog geen rekening met wat Timbeer kon aanrichten.

Nicolaas was de oudste broer, bij wie altijd alles veilig was. Je kon bij hem terecht en ook al waren de raadgevingen en adviezen die hij gaf zelden adequaat of begrijpelijk, alleen zijn peinzende, geïnteresseerde blik op jou gaf je het idee dat het waardevol was om bij hem te rade te gaan, dat hij je iets meegaf, dat hij je zag staan. Ook al vond hij iedere vraag belangrijker dan zijn antwoord.

Voor zijn bij vlagen opkomende zenuitoefening toonde ik weinig belangstelling. Als hij op zijn hoofd stond als ik zijn kamer binnen kwam, pakte ik wat ik nodig had zonder hem in zijn zonderlinge meditatie te storen.

– Zijn die vissen omgekeerd mooier? vroeg mijn moeder bij zulke gelegenheden. Lieve god jongen, geen enkel geloof kan van je verlangen dat je ervoor op je hoofd gaat staan. Dan had God ons toch wel omgekeerd geschapen. Al het bloed trekt uit je voeten, zei ze, daar kun je later nog last mee krijgen.

– Het is geen geloof, zei Nicolaas, weer in zijn gewone stand, ik zoek De Weg.

– Die kan ik je wel wijzen, zei mijn moeder, ga jij eens gauw naar de mooie kaasjuffrouw en haal zes dikke plakken kaas, jonge kaas, zei ze en liep zijn kamer uit.

Tot mijn moeders opluchting bleek hij een normale student, die vaker bij nacht en ontij thuiskwam dan haar lief was. Hij bleek in de rol van nachtportier te vallen, want vaak zaten Boeb en Timbeer op de stoep voor de deur te wachten, net terug uit Amsterdam van een nachtconcert van The Stones of John Coltrane, illegale uitstapjes waaraan ze begonnen door zich vlak voor middernacht van de dakgoot op mijn balkon te laten zakken, van mijn balkon op het dak van de garage – en wegwezen. Ik draaide me nog eens om en concentreerde me op mijn vak: bij het licht van een zaklantaarn las ik *Oorlog en vrede* van Tolstoj. Voortaan zou ik weten hoe oorlog er voor de soldaat uitzag: modder en voor je uit lopende laarzen van je kameraad. Ik hoorde mijn broers neerploffen op mijn balkon, ik zag door de licht op en neer deinende vitrage heen hun gestaltes afgetekend tegen de zomermaan, voor een paar schaarse uren verenigd zonder strijd, totdat Nicolaas met zijn sleutels het nachtslot van de deur kreeg. De daaropvolgende dag sliepen Boeb en Timbeer uit in de schoolbanken.

Nicolaas bleek een student die laat met vrienden kon doorhalen, die naar feestjes ging, maar wie daar ook baat bij mocht hebben, wij niet. Hij vertelde ons niets. Niets over welke muziek ze daar draaiden in Delft, welke meisjessoort uit Delft de leukste was, of de studie aan zijn verwachtingen voldeed. Of die in Delft wel muziek en meisjes hadden? Misschien bestond Delft niet eens.

– Die jongen is autistisch, zei mijn moeder weer, ik hoor niets van zijn resultaten, ik zie er niets van, hij zwijgt in alle talen als ik hem ergens naar vraag. Bijvoorbeeld of hij al een meisje heeft of zoiets, zoiets is toch heel gewoon op zijn leeftijd? Misschien is hij wel homoseksueel. Dat zou mijn dood betekenen, mijn oudste zoon homoseksueel! Wie weet hoe hij daar zijn nachten doorbrengt in een bar met van die enge types met vlinderdasjes. Ik zou dit tranendal graag verlaten als dat zo is. Denk jij dat hij homoseksueel is? vroeg ze.

– Je wordt niet homoseksueel als je dat niet wilt, zei

mijn vader vanachter zijn krant.

– Hij is misschien dan niet echt autistisch, zei mijn moeder, tevreden met het antwoord, maar hij heeft beslist autistische trekken, zoals hij mij nooit iets vertelt.

Nicolaas liet mij de fotoboeken zien van romaanse en van classicistische bouwkunst, het klooster van Sénanque in Vaucluse, de bouwwerken van Dom van der Laan, het Paleis op de Dam, de villa's van Palladio in het noordoosten van Italië, de werken van Mies van der Rohe.

– Eenvoud, symmetrie, zei hij en wees, niet de bouwkunst die de omgeving maakt, maar het licht dat de bouwkunst dicteert. Barok is bedrog, zei hij, iets op iets anders gestapeld. Rococo is bedrog op bedrog, ook al vind jij dat nog zo mooi. Zen heeft me geleerd dat je terug moet naar de basis van alles, *om mani vad me hum*, naar de ademhaling. Vissen ademen via hun kieuwen. Architectuur moet de adem van het licht zoeken, zelfs de adem van de nacht.

Ik genoot van zulke zeldzame ogenblikken met Nicolaas. Hij vroeg me nooit iets, niet wat me interesseerde, niet waarmee ik me bezighield. Ik had de indruk dat hij wist dat ik een schrijver zou worden. Hij verwachtte niet anders.

– Het kan me niet schelen wat voor geloof jullie later willen aanhangen, zei mijn moeder, of je nu voortaan op je hoofd wilt staan als Nicolaas, of koptisch wordt, of moslim – Allah is tenslotte dezelfde als onze God, of hindoe, als jullie maar niet protestants worden. Protestanten zijn steil en onbuigzaam, hun waarden en normen ondergraven hun gevoel voor humor, en dat is een doodzonde.

– En het joodse geloof? vroegen wij.

– De joden houden niet van bekeerlingen, ze zong bijna van triomf, de joden hebben uiteindelijk gelijk, dat weet een kind, dat weten de bloemen en de vlinders in het veld. En hoe meer we dat weten, hoe harder we tegen ze tekeergaan. Het is een schande van God en Van Damme, zei ze en maakte een danspasje, dat de Katholieke Kerk zich zo tegen de joden heeft gekeerd, onze echte aartsvaders zijn Abraham, Izaäk en Jakob – maar ja, we zijn nu eenmaal katholiek.

– Ik hou zo van dansen, zei ze, terwijl ze waarachtig enige lichaamsbewegingen en passen maakte die op een begin van een tango wezen, – maar jullie vader houdt er niet van.

– Waarom hou jij niet van dansen? vroegen wij mijn vader.

– Danste Homerus, danste Talleyrand, danste Napoleon? vroeg hij.

– Talleyrand waarschijnlijk wel, zei Nicolaas bedachtzaam.

Mijn vader wierp hem een zware blik toe.

– En hoe vordert je studie, ondersteboven genie? vroeg hij. Je moeder heeft geen idee en als je moeder geen idee heeft, staan de zaken er meestal slecht voor.

Een halfjaar later meldde Nicolaas zijn diploma via een telegram.

– Zojuist bul ontvangen – stop – ook verloofd – stop – vertel alles gauw – stop – eerst vakantie – Nic.

– Laat die jongen maar schuiven, zei mijn vader glimlachend.

– Als ie maar niet weer autistisch wordt, zei mijn moeder, met zo'n verloofde die we nog nooit hebben gezien.

– Haar zien maakt haar nog niet beter, zei mijn vader.

Een paar maanden later ontvingen mijn ouders een tweede telegram:

– verloving verbroken – stop – ben ingetreden bij benedictijnen van Egmond – stop – kom gauw thuis.

– Hè? zeiden wij, hoe kan dat nou?

In het Ristorante Archimede, verstopt in een zijstraatje, vroeg ik bij een *spaghetti alle vongole* en een *scaloppina al vino bianco* aan Timbeer:
— Denk jij nog wel eens aan de dood van Nicolaas?

HOOFDSTUK 5

Ik stond vanaf mijn hotelkamertje over de azuurblauwe zee uit te kijken, bijna onder mijn voeten zo helder als glas, toen Timbeer toeterde en uit het raampje van zijn zilveren cx Empire riep:
— Pak je badpak en een handdoek. We gaan naar zee.
— Ik heb alles bij me, zei hij toen we de brug over reden, water, zonnebrandolie, notenrepen. Er kan ons niets gebeuren. Maar we moeten eerst tanken.
— Het stikt hier van de benzinepompen, zei ik en ik keek mijn ogen uit naar de rotzooi die op de uitvalsweg was samengeklit. Garages, autowasserettes, schrootplaatsen, een dichtgetimmerd landhuis, een ineengezakte fabriekstoren, benzinepompen van alle merken ter wereld, een landje met een geit erop, een groothandel in wasmachines. De halflandelijkheid waar de lorrie rijdt!
— Bricolage, zei Timbeer en hij gebaarde weids, alles bricolage, je kunt hier alles vinden wat je nodig hebt, een carburateur, nieuwe koplampen, kolenkachels, alles. Maar we gaan naar een speciale benzinepomp, een van de laatste. Een familiebedrijfje. Die man is een aardige kerel, hij heeft een keer mijn ruitenwissers aan de praat gekregen, moest ik later natuurlijk vervangen door Citroën-materiaal, maar het was pikkedonker en hij hielp me verder, zijn zoon is een beetje achterlijk, goed genoeg om de benzine in het juiste gaatje te laten stromen, daar moeten jaren van opvoedkunde aan te pas zijn gekomen maar het is gelukt,

als ik aankom steek ik vijf vingers op en dan grijnst hij en doet op de kop af vijftig liter in de tank, geen druppel meer of minder, dat is zijn eer, dat is zijn levensvervulling en zijn vader ligt gerustgesteld onder de een of andere Fiat om de kruiskoppeling aan te draaien en groet me, maar het gaat me om zijn vrouw, die man heeft een vrouw, nou, daar zou je de hemel voor geven, zo mooi, zo ontzettend mooi, onbegrijpelijk dat die man haar gekregen heeft, én gehouden. Als ik miljonair was en ik zou hier toevallig tanken, dan zou ik zeggen: 'Ik ben rijk. Kom met me mee, ik geef je een villa aan het Comomeer, en een minkbontjas en een parelketting en ik zal je voorstellen aan de presidente della repubblica.' Maar ze blijft in dat glazen hokje achter de kassa zitten, met het uitzicht op honderd zeventig roestige tonnen aan de overkant van de weg en ze is tevreden, ze glimlacht, ze heeft een altijd zonnig humeur, zo mooi dat arme, aardige hoofd van haar, bloedmooi, en als ik twee pakjes kauwgum bij mijn benzine koop dan straalt ze me toe, alsof ze wil zeggen: mijn liefde geldt nu eenmaal hem, die vent die de kruiskoppeling in orde probeert te maken, ze heeft alleen maar kauwgum te koop en flessen water, maar water heb ik altijd genoeg, ik kan niet zonder water, ik lééf op water, maar je kunt ook niet méér dan twee pakjes kauwgum kopen, anders kun je zo gauw niet terug, dan gaat ze er iets van denken, dus deze auto is volgeladen met kauwgum, wil je een kauwgum, in het dashboardkastje, maar pas op, anders vallen ze er allemaal uit.

Het dashboardkastje puilde uit van de kauwgum en tientallen lege plastic waterflessen rolden over de bodem en de achterbank van de GX.

De vrouw achter de kassa van de benzinepomp was mooi, dat moest ik toegeven, mooi en lief. De zoon zei tegen mij door het open raampje: dalle stelle alla stalla, en liet het daarbij.

– Ik moet je iets laten zien, zei Timbeer en hij haalde uit het kastje onder de armleuning tussen ons in een fles water, halfvol.

– Wil je wat? vroeg hij. Ik schudde van nee. Hij dronk de fles achter elkaar leeg en mieterde hem over zijn schouder op de achterbank. We reden inmiddels honderd twintig op een tweebaansweg waar je maar tachtig mocht.

Hij doorzocht met zijn rechterhand de bodem van de auto achter ons. Met een hand stuurde hij, zo nu en dan wierp hij een blik op de weg.

– Waar heb ik het nou? vroeg hij, ik zal het toch niet zijn vergeten?

– Timbeer, daar rijdt een boerenkar met twintig kilometer, riep ik.

– Heb ik allang gezien. Waar is die tas nou gebleven? vroeg hij, doorzoekend.

– Timbeer!

– Ha! Hier heb ik hem, zei Timbeer en stuurde met één hand langs de trekker. Een tegenligger knipperde met zijn lichten.

– Timbeer, alsjeblieft, zei ik achteroverleunend in de kussens.

– Doe niet zo gek, zei Timbeer, zo rijd ik al vijfendertig jaar. Dit is geen naaimachine. Hij klemde een dunne leren aktetas tussen zijn kin en zijn borst en begon tussen de papieren te zoeken. – Dit heb ik voor je meegenomen.

– Laten we dat op het strand bekijken, ik word misselijk van lezen in de auto, zei ik.

– Dat is waar ook, zei Timbeer en stond op zijn remmen, we moeten hier dit landpad op. Een Lancia scheerde ons rakelings rechts voorbij, wij schoten ternauwernood voor een Fiat Panda langs.

– Wil jij rijden? vroeg Timbeer gul. Wil jij voelen hoe deze auto der auto's voelt? Het is hier rustig.

Ik wilde niet rijden.

Op het strand was niemand. Achter ons heerste de rust van een natuur- en vogelreservaat. Links van ons de ruïne van een vroeger rijke tonnara, de rode, bakstenen schoorsteen nog fier in de lucht. We hadden een onafzienbare strook schoon, wit strand voor ons alleen. De zee was kalm. Het was de eerste dag van maart.

Timbeer kwam bibberend uit zee. Een zeer blanke, ietwat gezette godgelijke, een man van postuur.

— Het is te koud voor jou, zei hij. Du hast kein Speck.

We lagen op onze rug op onze handdoeken en sloten onze ogen. De jonge zon was weldadig. Hij en ik waren alleen op de wereld.

— Je moet je insmeren, zei ik tegen zijn roomblanke huid, deze zon is verraderlijk.

— Dat is waar ook zei hij en hij veerde energiek op, ik heb mijn documentatie voor je meegenomen, die heb ik toch niet in de auto laten liggen, hè, dan moet ik dat hele rotend teruglopen, godnogaantoe, nee, hier is het, onder jouw badlaken. Wil je dat niet meer doen, mijn dingen verstoppen? Hoe kom jij toch altijd zo bruin? Ga je soms naar een zonnebank?

— Jij bent als een wolk van een baby geboren en ik als neger, zei ik.

Hij haalde een map krantenknipsels uit de bruine leren tas en begon er driftig in te zoeken. Ik smeerde zijn brede, kwetsbare rug in. Op zijn hoofd had hij het overblijfsel van een zonnehoed, rafelig en ontoonbaar. Hij kon niet tegen de zon op zijn hoofd had hij gezegd.

— Hier, zei hij, hier heb je haar. Hij viste een uitgescheurde krantenpagina uit van *Il giallo di Cogne*, de gele van Cogne, de Groene van Amsterdam.

— Hier is ze, Annamaria Franzoni, moeder van twee kinderen van wie ze er een zou hebben vermoord, 30 januari, afgelopen januari, eergisteren bij wijze van spreken, Annamaria Franzoni, zou haar driejarig zoontje hebben gedood, er is onvoldoende bewijs, geen bewijs eigenlijk, geen bewijs, geen motief, moet je zien wat een mooi meisje, misschien niet eens echt mooi, maar ze heeft iets, er zit onschuld in haar gezicht, zie je, het is zo'n vreemde zaak, het deugt niet, zo'n meisje, er klopt iets niet, ik verzamel alles over deze zaak, ze krijgen het niet rond hè, de officier van justitie is een vrouw, o wat haat ik dat soort vrouwen, zij wil haar zien hangen, maar ze krijgt tot nu toe geen voet aan de grond, kijk nou, kijk nou toch, een meisje van achtentwintig jaar, twee zoontjes, een man, een mooi huis in het Aostadal, wordt beschuldigd, zo'n mooi meisje, moeder van twee kinderen, beschuldigd van moord: Annamaria Franzoni.

De krant ritselde zacht in het eerste voorjaarsbriesje.

'La madre si difende' kopte de krant over de volle breedte. De foto toonde een dromerig, angstig meisje, achtentwintig jaar oud, mooi ook wel, 'No ha ucciso Samuele,' zei ze ter verdediging, ik heb mijn zoon niet vermoord.

Bij de dood van Nicolaas was ik ontroostbaar maar ik had niet gehuild. Ik was nog niet klaar met de dood. Voor mij was Nicolaas in een andere substantie overgegaan, een andere schemering, die altijd zichtbaar aan hem was geweest.

Hij had het goed gedaan bij de benedictijnen. Zijn hoofd was kaal geschoren, op een klein blond cirkeltje na, de zwarte pij deed hem langer lijken. Bij zijn priesterwijding waren alleen mijn ouders aanwezig. Wij zouden ons alleen maar opstandig gedragen, oordeelde mijn moeder. Zij was in het geheel niet ingenomen met Nicolaas' besluit in het klooster te treden. Tegenover hem hield ze zich in, maar thuis mopperde ze tegen mijn vader dat het niet de taak van de vrouw was kloosterlingen op de wereld te zetten die werden opgesloten om geen nageslacht te kunnen verwekken. En dan nog wel haar oudste, haar meest begaafde, op Engelina. Wat had God eraan dat die zijn leven op zijn knieën doorbracht?

— Dood poppenhaar groeit nooit meer aan, zei mijn vader.

— Op zijn knieën, op zijn hoofd, zei mijn moeder, waarom toch al die gymnastiekoefeningen bij een geloof? Alsof je niet gewoon kunt staan als je je tot God richt. Ik heb altijd al gezegd dat die jongen iets autistisch had.

— En die verloofde die we nooit te zien zullen krijgen, wat is het geheim van die verloofde? brulde Timbeer over tafel.

— Er was geen verloofde, zei Boeb, hij schreef dat om tijd te rekken voor zijn besluit.

— Nee, nee, riep Timbeer, er was een verloofde en omdat ze verloofd waren, kon hij het een beetje uitproberen met haar, beetje vrijen, beetje voelen en toen ontdekte hij dat hij dat helemaal niet wilde, dat hij er een afschuw van had en is hij de poorten van de abdij in gevlucht.

— Het was een net, afgestudeerd meisje, ook ingenieur, zei mijn moeder, dat heeft hij ons in ieder geval verteld.

— Precies, brulde Timbeer, zo'n dor meisje met een bril op. En hij wist niet dat je een vrouw, als ze onwillig is, kleine klapjes tegen haar borst moet geven om haar zover te krijgen.

— Hoe kom jij nou aan die kennis? vroeg mijn moeder.

— Uit het voorlichtingsboek in jullie kastje, zei Timbeer, met goedkeuring van de bisschop uitgegeven. Nihil obstat.

Mijn vader zei:—Talleyrand zei: 'Je kunt van een ambtenaar een boer maken, maar van boeren geen ambtenaars.'

— Heb je het wel eens uitgeprobeerd? vroeg ik Timbeer.

— Het werkt gewéldig, gewéldig, zei Timbeer.
Engel en ik kregen de slappe lach.
— Basta, zei mijn moeder, ander onderwerp.
Vreemd was dat Nicolaas' dood niets veranderde in ons bestaan. Na de aardbeving van het bericht van zijn dood stond het huis nog overeind, de deur ging zonder mankeren open of dicht, je kon naar buiten lopen of binnenkomen en Nicolaas had zojuist een stap naar buiten gezet. Hij was van het ene naar het andere gegaan.

Ik heb in mijn leven twee of drie mensen ontmoet die licht met zich meedroegen. Er zijn geen andere woorden voor te vinden. Er was licht om hen heen, het lag op hun schouders, het kwam uit hun ogen alsof een goddelijke hand hun organen had weggenomen en daarvoor in de plaats gloeilampen van Philips had ingedraaid. Tegelijkertijd leek het of ze het licht om hen heen absorbeerden, een vacuüm trokken waar geen ander in kon leven. Nicolaas was een van hen. Ik associeerde hem met het *Gezicht op Delft* van Vermeer, waar het licht op het eerste gezicht raadselachtig helder, zonder bron is. Misschien beschouwde ik Delft als de enige juiste plaats voor hem.

Maar het werd Egmond.

De benedictijnen verwelkomden hem met open armen. Hij was intelligent, hij was praktisch, kon alles met zijn handen, afgestudeerd ingenieur, hij mocht gaan studeren wat hij wilde. Binnen de stille muren koos hij voor Arabisch, omdat hij de jaartelling in het Oude Testament wilde vergelijken met de moorse jaarrekening en aldus allerlei eeuwenlang gebruikte aannames een nieuwe berekening wilde geven en wat van de gevestigde stellingen omver wilde werpen. De benedictijnen vermoedden niets en juichten zijn interesse voor de geschiedenis toe. Ze zonden hem naar Jeruzalem om zijn materiaal te kunnen aanvullen. Daar publiceerde hij zijn eerste artikel en begon hij zich te bemoeien met het gesteggel rond de Dode-Zeerollen. Rome begon onrustig te worden over de activiteiten van de jonge ingenieur en oefende druk uit op de benedictijnen om hun wonderkind terug te halen en het te temmen door middel van metten en lauden.

Toch is hij nog in Jeruzalem gestorven. Gewoon, achter zijn schrijfmachine, een bloedprop in de hersenen. Als de prop de hersenen niet had stilgelegd had hij het hart bereikt, zeiden de artsen. Het was een prachtige maand september. Timbeer was degene die zich met de nalatenschap begon bezig te houden. Hij correspondeerde krachtig met Jeruzalem, met Egmond, met Rome. Nicolaas en hij hadden meermalen getweeën in de duinen gewandeld. Nicolaas had een tipje van de sluier opgelicht van waar hij mee bezig was en Timbeer, een gretig complotteur, wilde alle geschriften van Nicolaas in handen krijgen. Na een jaar kreeg hij een doos papier thuisgestuurd met volgetikte vellen, bol staand van de ingewikkeldste berekeningen en getallen waar hij geen touw aan vast kon knopen. Inmiddels lag de hele erfenis van Nicolaas over Europa verspreid in de containers van Timbeer. Daar kwam geen mens meer bij.

Het beviel mij in die dagen niet hoe Timbeer zich ontwikkelde.

In de maanden na Nicolaas' dood was ik weer eens een paar dagen thuis en in de eerste kou van de winter zag ik Boeb in de tuin aan zijn BSA knutselen. Hij warmde soms zijn handen door erin te blazen. Overal in huis hoorde ik de geluiden van de anderen. Ik was niet gefocust op Boeb, mijn blik bleef toevallig aan zijn bezigheden hangen.

— We gaan allemaal onze gang, dacht ik, het is alsof er niets is gebeurd, nergens roept het bloed van mijn broer tot mij van de aardbodem.

Plotseling zag ik het plaatje van Kaïn en Abel voor me,

als tweeling afgebeeld in de kinderbijbel van Piet Worms en Bertus Aafjes, 'Bid kinderen, bid braafjes voor Piet Worms en Bertus Aafjes', waar mijn moeder ons vroeger uit had voorgelezen. Kaïn en Abel een tweeling, vroeg ik me af, net als Nicolaas en Boeb? Nicolaas, wie alles lukte, die het licht van de heuvel plukte na de geringste inspanning, en Boeb die alles heeft wat zijn hart begeert, maar wie nooit iets echt lukt, die nooit de vanzelfsprekende status van Nicolaas had bereikt en van de weeromstuit arrogant zou worden? Maar geen zwerver, geen vluchteling. Hij stond op het punt om te trouwen en kinderen te krijgen. Boeb was geen Kaïn.

Er was een groot verschil geweest tussen de tweelingbroers, ze stonden elkaar niet naar het leven, ze gingen ieder hun eigen gang, ze letten niet op elkaar. Boeb en Timbeer waren meer broer en broer dan Nicolaas en Boeb.

Hier komt het dierentuin-wanhoopsverhaal naar boven, dat hun verwijderijng van elkaar kenschetste

— Boeb en Nicolaas waren vier jaar oud en we zouden met opa naar de dierentuin gaan. Ze hadden zich er vreselijk op verheugd, zei mijn moeder, wekenlang vroegen ze wanneer opa nu kwam en elke avond bij het licht uitdoen moest ik uitgebreid vertellen welke dieren we zouden zien, alle dieren van de ark van Noach, zei ik soms om het kort te houden.

— Ook pissebedden? vroeg Timbeer steevast zodra hij oud genoeg was om het dierentuin-wanhoopsverhaal te begrijpen.

— Ook pissebedden, zei mijn moeder, en ook muggen, kleine dondersteen.

— Die sla ik allemaal dood, zei Timbeer.

Het verhaal ging onverstoorbaar verder. Hoe Boeb bij de zebra's meteen vroeg: 'En waar zijn de kamelen?' en bij de beren: 'Waar zijn de arenden?' en bij de leeuwen: 'Waar zijn de giraffen?' Hij keurde geen enkel dier een blik waardig. Hij wilde er zeker van zijn dat de hele verzameling aanwezig was zodat hij de loopplank van de Ark kon optrekken, zonder verder nog naar de dieren te hoeven omkijken.

Nicolaas daarentegen reageerde lauw op elk dier en opa vertelde wetenswaardigheden over plaats en flora waar het dier oorspronkelijk gedijde. Pas bij de olifanten kwam er iets onverzettelijks in zijn vierjarige brein op. Hij weigerde de plaats te verlaten waar hij de olifanten het best kon zien. Hij bestudeerde de grote grijze dieren op hun elegante poten of zijn leven ervan afhing, hij wilde geen ander dier meer zien dan deze grote, stille giganten, die vriendelijk op hem afkwamen en zich weer terugtrokken, deze verzamelaars van geduld en tijd.

— Het was om gek van te worden, zei mijn moeder, ik was de wanhoop nabij. Boeb trok me van kooi naar kooi, Vati probeerde een oud vrouwtje met vleesbrokjes in haar tas ervan te overtuigen dat otters geen carnivoren waren. 'Sinds wanneer?' kefte het oude vrouwtje terug. Ik holde achter Boeb aan langs de kooien en hield een oog op Nicolaas, die stokstijf bij de olifanten stond en door Vati vergeten was. Hij had een schare mensen om zich heen verzameld om het vrouwtje te overtuigen van zijn gelijk dat otters geen vleeseters waren en het vrouwtje schudde in één keer het zakje leeg en riep schel: 'Spelbederver.'

Boeb is geen Kaïn, dacht ik, en toen vloog het bloed naar mijn hoofd bij de plotselinge herinnering aan mezelf in de box en mijn gedachten van toen, al dan niet verwoord in mijn hoofd: je hebt broers en je moet ze doden.

— Vertel nu eens wat er is gebeurd, zei ik.
Timbeer kwam overeind van zijn badlaken.
— Cogne, zei hij, stel je voor, in het noordwesten tussen

Zwitserland en Frankrijk ingeklemd Italiaans gebied, dik onder de sneeuw, geen arm gebied, er staan daar van die grote chaletachtige huizen met ongelijke daken, een paradijsje voor skiërs, skiën is een van de verachtelijkste sporten die ik ken, op après-ski na, dat is een topsport die ze zouden moeten verbieden, hoewel, als je goed kijkt zijn daar ook meisjes tussen die je zo mee zou willen nemen, niet die blonde types, maar juist die brunettes, die zijn voor een man het ware.

— Ga nou door, zei ik.

—Welnu, dreunde Timbeer uit zijn hoofd, ongeveer kwart voor zes in de ochtend belt Stefano Lorenzi de hulpdienst: 'Mijn vrouw is er ernstig aan toe'; halfzeven zegt de dienstdoende arts: 'Niets aan de hand'; weer een uur later gaat vader Lorenzi gewoon naar zijn werk, alsof er in de nacht niets is gebeurd; om kwart over acht brengt Annamaria Franzoni haar zoontje Davide, zeven jaar oud, naar de schoolbus; de kleine baby Samuele is van kwart over acht tot tien voor halfnegen alleen in zijn bedje, zeven minuten is hij alleen, dat moet een moeder zich toch kunnen veroorloven, een baby zeven minuten alleen laten, als hij in die zeven minuten sterft is hij óf niet leversvatbaar, dus hoe eerder hoe liever, je hecht je maar aan zo'n mormeltje, of je wilt of niet, óf er is geweld in het spel, *comunque*, in ieder geval vindt Annamaria Franzoni, terug van de schoolbus, haar Samuele in doodsstrijd; ze belt binnen de minuut de eerste hulp; die is er een minuut later, met helikopter en al, je weet, in zo'n gebied staan de helikopters altijd paraat, al die après-skiërs die met hun katerkop tegen een dennenboom op botsen, het is in die sneeuwgebieden altijd kermis voor de duivel, weet je; twee minuten later arriveert een vriendin van de familie, een psychiater.

— Die heeft het gedaan, zei ik, een psychiater in een dorp in het Aostadal? Wat zoekt die daar? Dat moet een gekkin zijn.

— Overal waar mensen zijn is leed, zei Timbeer, en waar leed is dienen zich valse profeten aan. Hij zat als een pasja met gekruiste benen op zijn badhanddoek. De zon lag glanzend op zijn schouders. Ik moest mijn hand boven mijn ogen houden om hem te kunnen zien, zijn zwarte silhouet.

— De kleine Samuele heeft zeventien wonden aan het hoofd, zei hij, slechts twee ervan zijn dodelijk, er zijn in het huis van de familie geen andere bloedsporen dan die van Samuele. Er zijn sporen van een kalmeringsmiddel op de verzameling stenen van de vader. Annamaria Franzoni verklaart dat ze om half zes wakker werd, zich flauw voelde, tintelingen in armen en benen. Dat was het moment waarop haar man de doktersdienst belde, snap je?

— Ra, ra, wie heeft het gedaan? zei ik.

— Dat is het gekke, zei Timbeer, alle sporen wijzen naar Annamaria Franzoni, maar zij ontkent, blijft ontkennen, en ik, als ik naar die foto kijk, ik kán niet geloven dat zij het heeft gedaan, want waarom? Waarom zou een moeder haar baby doden? Een postnataal trauma is uitgesloten, zegt de psychiater die vriendin van de familie, ze was dolgelukkig met Samuele, ze was een liefdevolle moeder, ze had een goed huwelijk, ze kwam niet uit de streek maar ze voelde zich er thuis. Is er een insluiper geweest? Een gek die het huis binnendrong?

— Insluipers plegen niet dat hele eind door de sneeuw om een baby te doden, zei ik, onvoorstelbaar, dat hele gedoe moet in het pikkedonker hebben plaatsgevonden, terwijl wij hier een maand later naakt in de zon liggen.

Timbeer liet zich niet van zijn onderwerp afbrengen. — Het achtervolgt me nu al dag en nacht, zei hij, ik wil de oplossing, ik wil dat zij niet wordt veroordeeld, met zo'n lief gezicht, een brunette, getrouwd met een man die goed verdient, dat hij stenen verzamelt pleit natuurlijk tegen hem, alleen mensen die leven op de rand van het niets verzamelen stenen, maar daar kun je toch goed mee getrouwd zijn, het zegt niet dat hij impotent was, want ze hadden twee zoontjes, Davide en Samuele, ze had een mooi huis, meubeltjes, pyjamaatjes met olifantjes erop, goede contacten in het dorp, een trouwe vriendin die psychiater was, wat wil zo'n meisje nog meer?

— Ze had een beroerde nacht, zei ik.

— Nou ja zeg, zei hij, al mijn nachten zijn beroerd, daarom sla ik nog niet een baby dood.

— Misschien was het een borderline-meisje zei ik.

Timbeer verroerde geen vin.

— Ja, ik hou van borderline-meisjes, zei hij na een poosje, ik heb ze leren kennen in Amsterdam, bij de escortservices werken ze vaak, hier in Syracuse heb je geen escortservices en dat is een groot nadeel van de stad, escortmeisjes bieden een man tegen betaling wat hij nodig heeft, ze zijn schoon, ze zijn lief, ze zijn over het algemeen mooi en als ze niet mooi zijn maak je bij kaarslicht een gezellige avond voor ze, zodat ze geen minpunten op hun scorelijst krijgen, er zijn heel intelligente en heel gestudeerde meisjes bij, ze doen het soms om hun studie te betalen.

In het witte licht van het strand herinnerde ik me een conversatie met mijn moeder, die mij, langgeleden, voor hoer uitmaakte.

Ik had jaren na het incident tegen mijn moeder gezegd dat Timbeer op een bepaald type vrouw viel, waar ik niet veel aan te beleven vond. Het was mijn moeder die het woord 'escort' in de mond nam.

— Die escortmeisjes zijn vaak van goede komaf, had mijn moeder gezegd, heel netjes, heel schoon. Het zijn vaak neerlandici die het doen om er hun studie mee te betalen.

Ik had diep ademgehaald, tot tien geteld en toen gevraagd:

— Dus als ik mijn eigen studie via zo'n methode had betaald, in plaats van lesgeven bij de jezuïeten, had je het prachtig gevonden, vroeg ik

— Toen waren er helemaal nog geen escortservices, zei mijn moeder, ik heb iets aan mijn knieën, denk je dat ik daarnaar moet laten kijken?

— Ja, zei Timbeer in het korrelige licht van het verlaten strand, ik hou van de borderlinetypes onder hen. Ze zijn begaafd, ze zijn onnavolgbaar in hun gedachtegang, ze hebben hulp en liefde nodig, ik bekommer me om hen. Je weet, ik heb een van hen een jaar lang in huis gehad. Ik voel me verantwoordelijk voor die meisjes die geen kant op kunnen.

— Ze kunnen gaan werken, zei ik.

— Wat nou, werken? zei Timbeer, ze werken voor mannen zoals ik, wier hart letterlijk gebroken is door de vrouwen voor wie ze hun leven hebben gegeven. Ik vind dat mooi, ontroostbare mannen die door ontroostbare vrouwen worden verwend. Ook al gooien die meisjes om onnaspeurbare redenen alles in huis kapot, zelfs de mega-parfumfles van het gewicht van een kilo van Dior, de Diorissimo, die je voor ze hebt gekocht. Ik vind alles goed, ik ben zo en zij zijn zo en degene die het meeste heeft, betaalt en zorgt.

Ik dacht enkele ogenblikken na over zijn gedachtegang, borg het op in het witte zand naast mijn handen, groef het op en liet het door mijn vingers lopen en bracht het gesprek terug naar waar we waren gebleven.

— En dat zoontje, die Davide, vroeg ik, kan die niet, voordat hij naar de schoolbus moest, zijn broertje in de wieg hebben gestoken met een toevallig gevonden broodmes?

Timbeer bracht zijn hoofd met de blauwe, lichtgrijze ogen van Nicolaas vlakbij mijn gezicht. Ik rook zijn aangename transpiratie.

— Waarom zou een broer zijn broertje doden, vroeg hij,

dat is toch het allerlaatste waar je aan denkt? Kom, zei hij en sprong met onverwachte lenigheid op, ik zal je de tonnara laten zien.

De roodbakstenen schoorsteen van de tonnara stond als een waarschuwing tussen zee en land.

HOOFDSTUK 6

– Kom, zei Timbeer, laten we langs de vloedlijn lopen.

We liepen met geoliede schouders en sandalen aan onze voeten over de schelpen aan de rand van het strand en Timbeer met zijn rafelige hoed als een zonnekrans op zijn hoofd vertelde over het prachtige achterland van Sicilië, 's zomers geteisterd door de zon, in dit jaargetijde van begin maart bloeiend en vruchtbaar als een bruid voor de huwelijksnacht.

– Dit land is getrouwd met de zon, zei hij, een huwelijk van een jaar, elk jaar opnieuw. Dit zijn de wittebroodsweken van het land, met bloemen en geuren en vruchten en dan, langzamerhand, begint ze haar echtgenoot te vrezen, eerst merkt ze zijn meedogenloosheid overdag, maar 's nachts is er rust en koelte, dan is hij in de uren van zijn aanwezigheid zelfs 's nachts wreed en meedogenloos, dan gunt hij zijn geliefde geen rust, ze vreest hem, ze is bang voor hem, ze probeert aan hem te ontkomen en ook de nachten bieden geen soelaas, want zijn nawerking is zo krachtig dat ze niet in slaap komt en dorst naar water. En dan wordt hij koud en onverschillig, verschrikkelijk in de winter.

– Eigenlijk, zei hij, is dat gedrag van de zon precies wat ik niet ben. Ik ben meer als de maan die de aarde liefkoost, in vroegere culten werd de maan aanbeden, maar alleen omdat hij goede berichten bracht, ze aanbaden hem omdat de maan van hen hield, het land aanbad waarop hij met zijn zwakke licht genoegen bracht, ik aanbid de vrouwen die ik lief heb gehad, ik zou ze een leven lang met teder licht omhullen, maar ja, ze willen je dag en nacht wreed of onverschillig.

— Je bent een romanticus, zei ik.

— Ik heb het niet over seks, zei hij, seks moet hard en geil zijn, jullie vrouwen zeggen altijd dat jullie tederheid willen, strelen en zo, maar mijn ervaring is anders, over romantiek gesproken, weet je waar we naartoe lopen? Dat is een uitgewerkte, verlaten tonnara, weet jij wat een tonnara is?

— Een tonijnfabriek, opperde ik.

Timbeer lachte. — Een tonijnfabriek, ja ja. Daar maken ze de tonijn in ploegendienst. Eerst maken ze via een chemisch proces hapklare brokjes tonijn; de andere ploeg doet ze aan de lopende band in blikjes en de laatste ploeg lijmt er een sleuteltje op. Ik zal je de geschiedenis van de tonnara vertellen.

Ik vond een schelp aan mijn voeten en raapte hem op. Ik wist allang dat ik dom was.

Timbeer vertelde me de geschiedenis van de tonnara terwijl we op de verlaten, half ruïneuze fabriek met de rode bakstenen schoorsteen afliepen.

— De tonijnvangst op Sicilië is op sterven na dood, zei Timbeer, afgelopen, finita la commedia, zoals je moeder zegt. Hij veegde zijn handen af, zoals je het zand van je handen klopt, zoals Pilatus zijn handen droogde, — de belangrijkste bron van inkomsten, naast het graan natuurlijk, niet voor niets noemde Cato, senator uit de Romeinse Republiek, Sicilië al de tiet van Rome, het moederbrood kwam hiervandaan. Wat wilde ik zeggen? O ja, de tonijnvangst hier stond in hoog aanzien, het was een cultus, een ritueel werd het toen het christendom alle culten rond de Middellandse Zee opslokte. Nou ja, even goede vrienden, ik ben geen protestant. De enige echte resten van het gevecht van de mens met het dier zijn nog te vinden in de stierengevechten in Spanje, en tot voor kort hier op dit eiland, in de tonnara's, de Japanners en de Amerikanen hebben het allemaal overgenomen, zij spotten en tellen de blauwvinnen met helikopters en satellieten. Ik heb het niet zo op de Amerikanen, jij wel hè?

— Ik heb het op niemand, zei ik.

— Nou goed, zei Timbeer laten we geen ruzie maken over politiek, maanden van tevoren wordt de wintertijd doorgebracht met het boeten van netten van dertig bij duizend meter bij vijf kilometer, dat is nog iets anders dan Volendam hè, god, wat haat ik Holland, ik wil daar nooit meer naar terug, maar ik ben straatarm, zei hij, wat moet ik? In een grot gaan wonen?

— Net als Archimedes, zei ik.

— Ach wat, zei hij, hoe dan ook, waar was ik gebleven? Wat doe je hier in de winter? In de winter boet je de netten, laat je de ramen beslaan en eet je pasta, zei hij. Die netten worden in het voorjaar uitgezet, met kabels en ankers, zeer zwaar werk, de *costa*, het begin van het net, moet tot vijf kilometer uit de kust worden getrokken voordat het de sterke stroming bereikt waarin de blauwvintonijn in scholen zwemt, ze komen door de Straat van Gibraltar de Middellandse Zee binnen, trekken wat rond, belanden in de *costa* en dan is het met ze gedaan, althans dan begint de strijd. Je moet je dat hele nettenstelsel voorstellen als een kathedraal onder water, met stelsels en gangen en ze zwemmen maar door om de uitgang te vinden, in steeds groter wordende paniek zou je zeggen, maar wat weten we van de gevoelens van tonijnen, een volwassen tonijn kan drie en een halve meter lengte bereiken, met een gewicht van zevenhonderd kilo, daarbij vergeleken ben ik een sardientje in een net pak.

Ik moest lachen, omdat hij glanzend bloot en blank half

voor mij uit liep, met het restant van een strooien zonnehoed op zijn hoofd. Wat sardientje in blik?

— Afijn, zei hij, ik zal je alle details besparen, maar die van God gegeven dieren belanden uiteindelijk in de *coda*, de laatste gang van de kathedraal, zal ik maar zeggen, drie kilometer lang, aan het eind waarvan de val is. De Val zouden Milton en Vondel zeggen. Waarom die Vondel zo door jullie wordt bejubeld is me een raadsel, zei hij.

— Wie zijn jullie? vroeg ik, ik ben geen liefhebber van Vondel.

— God bewaar me, wat een rijmelarij, wat een foute beeldspraak, zei hij, waar was ik gebleven? O ja, eenmaal in de val, komen ze onvermijdelijk in de Dodenkamer, het laatste net, en vergis je niet, al die tijd zijn ze door de rais en zijn mannen in de gaten gehouden, die kijken de godganse dag onder de bloedhete zon door glazen platen in de bodem van de vissersboten naar de gedragingen van de blauwvinnen als die eenmaal de costa zijn binnengekomen. De rais slaapt op zee om hen in de gaten te kunnen houden.

— Wat of wie is de rais? vroeg ik.

— Het opperhoofd van de tonijnvissers, zei Timbeer, het woord rais is Arabisch, hij wordt geëerd, hij kent de tonijnvangst, hij neemt de beslissingen over de mattanza. Vroeger was de titel erfelijk, net als die van Willem-Alexander bij jullie en dat kleine meisje Amalia, een volstrekt abject systeem, dat erfelijk koningshuis.

— Kunnen we dit gesprek voeren zonder dat ik voortdurend je afkeer van Nederland moet aanhoren? vroeg ik. Wat is de mattanza?

Timbeer stond plotseling stil en draaide zich naar mij om. Hij keek om zich heen of niemand hem kon horen op het verlaten strand en boog zich voorover tot zijn gezicht vlakbij het mijne was. Onder de overblijfselen van de zomerhoed waren zijn ogen grijsblauwe oceanen waarin tonijnen door lichtbanen zwommen.

— Het dodemansgevecht, fluisterde hij hees, het gevecht dat niet meer dan één kan winnen.

Waar ik me ten tijde van mijn eindexamen zorgen over maakte bij de ontwikkeling van Timbeer, was iets dat terugging tot op onze kindertijd. Ik was nog in de fase dat ik het me kon veroorloven met naakt bovenlichaam in gekruiste zit vóór de spiegel op tafel te zitten, een luier als tulband om mijn hoofd gevouwen. Ik was de ernstige prins van de maharadja, ik zat op een olifant, zijn traag bewegende schoften onder mijn dijen waren onze dagelijkse verbondenheid. Mijn olifant stapte door de jungle en door de magische steden. Urenlang was ik zo onderweg. Soms stak ik mijn hand op ter begroeting, maar mijn wezen was ernst en trots. Middagen bracht ik zo door. De stilte in mijn hoofd was de enige stilte die kon bestaan in mijn ouderlijk huis.

Jaren later wilde Timbeer nog wel eens in gezelschap voordoen hoe ik vroeger als prins van de maharadja mijn uren sleet, maar het maakte geen indruk op zijn gehoor. In de eerste plaats omdat hij zo anders uit zijn ogen keek dan ik. Mijn donkere blik werd bij hem de blik van de furieuze bovenmeester die niet langer in de schriften wilde kijken van zijn leerlingen die doorlopend de meest elementaire en fantastische fouten maakten. Vervolgens kon niemand begrijpen wat een meisje van negen kon bewegen haar vrije middagen zo te verspelen.

Timbeer wist feilloos wat ik aan het doen was. De weg die ik bereed was voor hem honderdmaal geheimzinniger dan de weg waar Nicolaas soms over sprak in de tijd dat hij op zijn hoofd begon te staan. Timbeer zocht naar waar ik naar op zoek was en omdat hij driemaal intelligenter was dan ik, is het hem op den duur gelukt erachter te komen welke richting mijn pad onverbiddelijk nam.

Ik had nog in mijn boxperiode geweten dat de ruimte tussen de tweeling en de nieuwe wolk van een baby te klein was om adem te kunnen halen. Om lucht te krijgen was groot pandoer nodig, en moordplannen. Maar zoals Freud zijn 'kinderseksualiteit' vergat, zo vergat ik met de jaren mijn neiging om te doden. Toen Nicolaas was geveld door het kleinste misverstandje in zijn interne fysische huishouding, een bloedpropje, voelde ik me, in tegenstelling tot wat er in romans en films over deze dingen zichtbaar wordt gemaakt, niet in het minst schuldig. Nicolaas had al zijn broers en zusjes onder hem bijzonder liefgehad, het meeste Engel, die de beschouwersrol vervulde in ons lawaaiige, door richtingenstrijd ontheemde gezin. Juist Engel ontwikkelde zich, ondanks of dankzij de eerste, primitieve wijsheden van zen, tot de hardvochtigste atheïst onder ons. De dood van Nicolaas kluisterde haar drie maanden met wisselende koorts aan bed en ik dacht dat het rauw verdriet was om Nicolaas, haar leermeester, degene die haar voor het eerst op zijn schouders had gedragen en haar over de wetten en de banen van de eeuwigheid had verteld, maar mijn moeder zei: ze heeft op het begrafenismaal één mossel te veel gegeten.

Toen ze was opgeknapt van die ene mossel werd ze een atheïst, die alleen de wetten van de logica en de wiskunde heilig verklaarde. Daarbij had de rest van het gezin het nakijken, want ze was 'fucking brilliant', daar waren binnen- en buitenwereld het over eens.

Wat ik vanuit de box nog had gehad met de tweeling, dat ik met hun Dinky Toys wilde spelen, dat ik jaloers was op de twee ophaalbruggen, die Vati, mijn grootvader, voor hen had gemaakt, Boebkes brug en de iets ingewikkelder Nicolaas-Jozefbrug, en het poppenhuis met het rode dak, met parket op de vloer, elektrisch licht en moderne Amsterdamse-Schoolmeubeltjes, zelfs, ja, met een met leer bekleed studeerkamerstoeltje en een bureautje met een scharnierend kastje waarin een metalen schrijfmachientje dat ook als puntenslijper dienst kon doen...

Hier moet ik even stoppen want zelfs een geringe intelligentie moet toegeven dat het links laten liggen van een poppenhuis met elektrisch licht en schrijfmachine, een huis waar maandenlang aan gefiguurzaagd en geschaafd, gebeitst en geschilderd was, ook al was het maar om liever bij de wereld van de tweeling te horen, een onvergeeflijke fout was die niet meer zal kunnen worden vergoed of vergeven. Toen ik voldoende met de Austins en Hillmans en Jaguars onder er over Boebkes brug en de Nicolaas-Jozefbrug was geraasd, verloor ik mijn belangstelling voor de wereld van de tweeling.

Ik ontdekte een zuiver wit steentje op het tuinpad van ons huis. Ik bekeek op mijn hurken het onverklaarbaar onbenutte steentje in mijn handpalm en sloot mijn hand. Weer binnen in de zonnige huiskamer schreef ik aan de grote tafel in mijn sommenschrift het verhaal van de kleine blonde jongen en het witte steentje. Het besloeg in groot letterschrift een pagina en twee regels op de volgende. Hoewel ik de contouren van mijn zesjarig handschrift zo kan reproduceren, is het verhaal zelf verloren gegaan. Ik weet niet meer hoe ik het geheim van het steentje verwoordde, alleen dat mijn pen een kleine blonde jongen ontwaarde.

Verder had ik er nauwelijks belangstelling voor hoe de tweeling zich ontwikkelde. De ruzies tussen Boeb en Timbeer, de motoren, de smeerolie, de door de kleermaker gemaakte wijdepijpenbroeken, hun saxofoons of violen, hun volgen van de vreemde lessen van de weg, de benzine-, corduroy-, zeiltouwachtige geuren die ze het huis in brachten snoof ik weldadig op, maar het was een wereld langs de mijne geworden. Ik lette niet op hen, zoals ik dacht dat voor hen mijn aanwezigheid eveneens van geen enkele betekenis was. Zoals ik zei, was ik voor hen de ene dag hun noodzakelijke zusje en vonden ze de volgende dag dat ik stonk.

Maar Timbeer moest ik niet onderschatten.

Op een zondagmiddag liepen we met z'n allen door de waterleidingduinen. Mijn vader had met een combinatie van kameraadschappelijkheid en arrogantie de boswachter kaartjes afhandig gemaakt en voorbij de slagbomen konden we onze gang gaan, zolang we binnen de capaciteiten van mijn vaders oog bleven. We holden wat vooruit, we holden wat achteruit, mijn vader gaf de richting aan, hij was ons oriëntatiepunt, met berkenstok en pijp als vaste attributen. De hemel hing grijs boven het gele helmzand. We waren met zijn vijven. Engel en mijn moeder deden een middagslaapje.

Nicolaas liep voor ons uit en vroeg op elk duin: 'Ligt daar de zee?' 'Nee,' antwoordde mijn vader en wees met de steel van zijn pijp naar het noordwesten. 'Als we dit pad nog een tijdje volgen, maken we bij de Grote Den een hoek van zeventig graden naar rechts.'

Ik keek op naar mijn vader. Zo knap en zelfverzekerd, zo vol wijsheid in de richting van de wind en de zon, zijn neus vol snuivend met de geuren van zee en duin, appels en noten in zijn zaterdagse jasje. Die noten kraakte hij voor je tussen zijn twee handpalmen. Hij nam even rust op een boomstronk.

Ik dwaalde af naar het zwijgzame zand van de duinpan. Boeb en Timbeer beklommen een omgewaaide stam van een oude dennenboom.

Wat ik zag in het witte duinzand, konden mijn ogen niet geloven. Er stak iets roestigs, iets gevaarlijks uit het zand omhoog. Ik groef er wat omheen, het bleef roestig, ondefinieerbaar en met gevaar beladen. Het was een schat, wist ik, een schat die ik had ontdekt.

— Papa, riep ik papa! Ik heb een schat ontdekt!

Mijn vader sloeg langzaam zijn ogen open, zag de loodgrijze lucht boven de waterleidingduinen hangen en herinnerde zich dat hij op vier kinderen had te letten, iets wat hij als een lichte maar onontkoombare dwaasheid van zichzelf beschouwde. Hij richtte zich langzaam op zijn ellebogen op.

Timbeer was sneller. Hij kronkelde zich langs een dode dennentak omlaag, zette de sokken erin en bereikte mij ruim voor mijn vader.

— Een schat, zei hij en probeerde met zijn handen het lichte witte duinzand opzij te schuiven, een schat, we hebben een schat gevonden.

— Niets jij, zei ik, ík heb een schat gevonden.

Tegen de tijd dat mijn vader ons had bereikt, waren we verwoed aan het graven.

— Wacht! zei mijn vader. Hij ruimde het door ons opgeworpen stromende zand en zette zijn hakken diep naast het roestige voorwerp. Met beleid en list wist hij het te bevrijden uit zijn ingegraven positie. Hij schoof iets op en neer, we hoorden het geluid van roestig ijzer op roestig ijzer en toen trok hij het ding te voorschijn.

— Een vosserklem, zei hij, hij is nu dicht. Hij zal jullie geen pijn meer doen.

— Ik mag hem hebben, bedelde ik het ding uit zijn handen, het was voor mij een trofee de prins van de maharadja waardig, — ik mag hem hebben, zei ik, ik heb hem ontdekt.

— Maar ik heb hem het eerst gezien, zei Timbeer.

Ik staarde vol verbijstering naar hem. Hij had op de dennentak gezeten met Boeb toen ik mijn teen stootte aan het roestige obstakel. Hoe kon hij beweren dat hij hem het eerst had gezien? Het ding was verborgen geweest onder het zand toen ik er net met mijn grote teen tegenaan liep.

— Ik heb hem het eerst gezien, herhaalde Timbeer, vanuit het kraaiennest dat Boeb en ik op die boom hebben gebouwd. Boeb ziet niets, hij is bijna blind, maar ik heb hem het eerst gezien.

— Niet waar, bedelde ik bij mijn vader, ik liep er half tegenaan. Ik heb hem ontdekt.

Mijn vader wierp een blik op Nicolaas, die met eindeloos geduld steeds opnieuw een handje wit zand door zijn vingers liet lopen; op Boeb, die met losse dennentakken een hut boven zijn hoofd probeerde te knutselen, op Timbeer en mij, zijn vier kinderen die hem even vreemd waren als hij dat soms voor zichzelf was. De hemel doortrok een dreigend grijs.

— Andrea heeft hem ontdekt en Timbeer heeft hem het eerst gezien, concludeerde hij, zich tenslotte weer bewust van onze existentie, met alle wijsheid die hij zijn kinderen schenken kon.

— Maar dat betekent niets, bengelde ik op de terugweg naar huis, waarop hij al schillend ons appelstukjes toewierp en noten voor ons kraakte in zijn handen, aan zijn arm. — Wat betekent dat nou? vroeg ik, dat betekent toch niets?

— Het betekent: Andrea heeft hem ontdekt en Timbeer heeft hem het eerst gezien, zei mijn held van de bruine trui met knoopjes op de schouder, van de wetenschap van de zon en de maan en de loop van de sterren, mijn held die mij zijn eerste stappen naar zijn wijdopen armen liet maken, die tabakskruimeltjes op mijn moeders tapijt knoeide, die de vogels herkende aan hun lied, en rook naar tabak en man, die de *Odyssee* en de *Ilias* in het Grieks las.

— Dit is een vossenklem en Andrea heeft hem ontdekt en Timbeer hem het eerst gezien.

— Dat kan toch niet, vroeg ik weinig hoopvol aan mijn moeder, óf je hebt iets voor het eerst gezien, óf je hebt iets ontdekt.

— Je vader zegt het, zei mijn moeder, wil je de thee in een beker?

Ik ging naar mijn kamer. Ik had de euvele moed de piano half voor de deur te schuiven. Ik wierp me op mijn spijlenbed en werd overweldigd door de vraag of de ene waarheid meer was dan de andere, of er twee waarheden tegelijkertijd konden bestaan, of 'ontdekt' en 'het eerst gezien' alleen maar in mijn waarneming hetzelfde waren. En of waarheid nou precies was waarnaar men op zoek was.

— Hij is van jou, zei mijn moeder de volgende dag aan het ontbijt, jij hebt er meer aan dan Timbeer, die ik weet niet waar te vinden is vandaag. Van school belden ze dat hij tijdens een pauze het Lorentzplein is op gelopen.

— Ik hoef hem niet, zei ik, de vossenklem terug in mijn moeders hand duwend. Ik hecht niet aan zulke gevonden rommel.

Mijn moeder slaakte een zucht van verlichting.

De roestige vossenklem werd door de vuilnisman meegenomen, eruit gepikt en opnieuw gebruikt. Ik noemde vanaf die dag mijn vader laf, maar dat was een woord dat hij niet verdiende. De manier waarop hij zich aan de schepper aandiende was juist majestueus. Hij zag geen verschil tussen 'ontdekt' en 'eerst gezien'. Hij was een voorvader van Abraham, die middenin de woestijn zijn God zag of voor het eerst ontdekte.

Zou je op elkaar gaan lijken als je met z'n tweeën de eerste levend geborene was? Wanneer je dag in dag uit de tent verliet waarin je melancholieke ouders droomden van een vroeger paradijs? Vlak voor zonsopgang, als er een loodkleurig roze in de lucht hangt, begeef je je op pad in de met stenen bezaaide velden van, bijvoorbeeld, Sicilië of van het land van Kanaän. Er is niemand anders op de weiden en je praat wat, over een lam geboren met drie poten, of over het geile graan en gele gewas. Je maakt eens een grapje over de steeds meer wijkende God van je ouders en je broer lacht en zegt iets terug, waarop jij weer in de lach schiet. Je weet niet of je er anders uitziet dan hij. Je merkt dat jij makkelijker een steen optilt, maar dat hij beter een wond verzorgt. Je hoort dat jij dezelfde woorden begint te gebruiken als hij, dat jij andere termen bezigt om iets uit te drukken dan hij, maar dat hij ze overneemt en dat jullie wederzijdse woorden verschillende klanken en tonen krijgen in elkaars mond.

Jij zegt: — Een geweldige steen lag in die vore en daarachter was het land zeer vruchtbaar. Ik heb dat reuzenexemplaar van een steen opzij kunnen wentelen, met behulp van dikke olijfboomtakken. Er ligt nu een kaarsrecht land.

Hij zegt: — Die nacht dat ik niet thuiskwam verlichtte Orion alles om me heen. Het was een geweldig licht over de velden, de dieren konden er niet van slapen en ik ook niet. De sterren leken alles te doen groeien, de dieren op te wekken tot liefkozingen en baltsgedrag. Het was een reusachtige ruimte, die ik in mijn borstkas voelde. Welke afmetingen moet iets hebben om het woord 'geweldig' te gebruiken? Hoe hoog en breed, lang en ver of dichtbij moet iets dan zijn?

Bij de afslag nemen jullie beiden een andere koers. Hij naar zijn weidevelden, jij naar je akkers. Hebben jullie dezelfde taal gesproken met de woorden geweldig en reusachtig? Is hij dezelfde als jij, je broer die het pad door de heuvels volgt? Zie jij er zo uit als hij? Is er geen verschil tussen jullie? Je hebt geen ander vergelijkingsmateriaal dan je ouders in de tent, die droef bij de haard van hun verleden zitten. Zij temmen het vuur 's morgens, 's middags en gedurende de nacht. Het vuur is een wild dier dat ze niet kunnen benaderen, maar dat ze in leven moeten zien te houden.

's Avonds keren jullie vlak voor zonsondergang terug naar de tent. Of niet. Dan zit jij alleen met je twee ouders en staart in het vuur en je vraagt:

— Vruchtbomen en olijfbomen, graan en gras, de zon die opkomt en ondergaat, de dieren die tam werden bij het zien van jullie, was dat alles daar?

— In overvloed, zegt je vader.

Je zwijgt en denkt aan de stenen die je dag in dag uit moet verwijderen bij elke spa die je in de grond steekt om een mooi vruchtbaar veld te krijgen. 's Nachts voelt je rug de zweepslagen van de moeite die je je overdag geeft.

— Bij het kopen van vijf pond boter kreeg je een blik appelmoes gratis, vult je moeder je vader aan.

Je schrikt op of je een reis door de sterrenhemel hebt gemaakt. Je was even in slaap gedommeld en had in een korte droom een andere werkelijkheid betreden.

Na een paar heldere nachten tref je 's avonds je broer weer aan bij het vuur.

— Het was geweldig, zei hij, tegen het laatste uur van de zon stond er een koepel van kleur over de velden, kleuren als die moeder verft. Als je keek, verdwenen ze weer. De dieren zagen het en legden zich ter ruste. Het gebeurde een paar namiddagen achter elkaar. Ik had gezien dat het regende in de bergen van Ziam, maar de zon kwam erdoorheen en dat geweven kleed aan de hemel was er. Ik wilde blijven om het weer te zien, maar het kwam 's nachts nooit meer terug. Het was geweldig.

Je vroeg je af of het 'geweldig' van de steen hetzelfde 'geweldig' was als dat van je broer. Of jullie zo op elkaar leken dat hij een stuk van jou was. Je maakte een begin met het zien van verschillen en je hart werd bedroefd.

Op een avond zei jullie vader:

— Het wordt tijd.

Het had lange tijd niet geregend, ook niet in de heuvels van Ziam, waar het regenwater rechtstreeks naar de lagere velden liep. De kleurenkoepel aan de heuvel had zich niet opnieuw getoond.

Je had elke morgen dat jullie gezamenlijk de tent verlieten een ander woord op je broer getest. Je zei, proberend:

— Ik at droog brood toen de zon op haar toppunt was, en je broer antwoordde:

— Met droge ogen zag ik aan hoe het lam was opgegeten door de wolf. Het was het hoogtepunt van de middag toen ik de wolf vond, slapend, volgevreten. Ik kwam tot het toppunt van razernij toen ik hem met mijn stok het hart doorkliefde.

Er is verschil in de woorden, peinsde je na het ontwaken uit je middagslaap, je opmakend om de aren te lezen. Maar ligt het verschil in de figuur die na twee uur lopen het andere pad neemt, of ligt het verschil in de manier waarop hij de woorden gebruikt? Is die man van wie ik elke ochtend afscheid neem een ander dan ik?

— Het wordt tijd, had je vader gezegd.

Tijd voor wat? De dagen waren heet en droog, op de velden was het blad geblakerd, de dieren gaven weinig melk en kregen schurft. Alles was schaars, behalve het hout voor het vuur, de droge takken die uit het land begonnen te groeien.

Hun vader leerde hun brandstapels te bouwen, één voor de oudste, één voor de jongste. Dat waren twee brandstapels, dacht Kaïn, die zijn gewas nooit telde. Zo was het altijd geweest: er was de eerste, dan kwam de tweede, die daarop volgde noemde je de derde en zo kreeg alles een rang. De eerste oogst lukte, de tweede leverde niets op en de derde leverde genoeg op voor de eerste maanden van droogte. Maar noemde je iets 'een' en 'twee'? En was 'twee' evenveel waard als 'een'?

Kregen de dingen die namen uit zichzelf?

— Dit zijn offertafels, zei de vader, iedere dag leggen jullie het beste van jullie opbrengst op deze piramiden van hout en steken het met het vuur uit de tent aan.

— Het beste? vroeg hij opstandig, het beste is voor ons, om onze honger te stillen, om op krachten te komen om nieuwe honger te kunnen stillen.

— Het beste, zei de vader, is voor God, die ons gemaakt heeft, mij en je moeder, je broer en jou.

— Ik ben geboren uit de pijn van mijn moeder, zei hij, wat is dit voor een vreemde aan wie ik het beste moet geven?

— Is hij onzichtbaar? vroeg zijn broer gretig, woont hij buiten het land dat ik kan overzien? Zorgt hij ervoor dat de kaas soms mislukt en een meshanger wordt?

— De meshanger is het fijnste dat je naar huis brengt, zei hij.

— Maar weet jij waarom kaas soms mislukt en een meshanger wordt? Jij poot en houdt nat, maar weet jij hoe het groeit? vroeg zijn broer.

— Ooit kom ik daarachter, zei hij.

— Jullie stellen allebei de juiste vragen, zei de vader. Ik weet de antwoorden niet en jullie moeder evenmin, maar doe wat ik zeg, offer het beste wat jullie hebben, zodat de rook zich vermengt met de sterren.

HOOFDSTUK 7

Ik heb eens een daad van agressie gepleegd en wel tegen Engel. Ik zweer op het hoofd van mijn moeder dat ik na dat incident niet meer in staat was een vuist te ballen, een slag uit te delen, een schop te verkopen. Wel verbaal, natuurlijk, maar daarmee werd geen bloed vergoten. Hartenbloed werkt vele malen langzamer dan gewoon bloed, kleurt donkerder, wordt niet onderkend als gevaarlijk. Rood bloed dat spuit is een belevenis, raakt de instincten. Wekt schrik op en bevrijding, opluchting, is vitaal en levenbrengend. Je wordt er dronken van zoals de inwoners van Syracuse, voor wie tijdens één feestdag vierhonderd vijftig stieren werden geslacht op het altaar van Hiëro II. Voor wie één keer helderrood bloed van een ander over zich heen heeft gekregen, verandert de wereld voorgoed.

Eens heb ik zo'n daad van agressie willen plegen, met een scherp mes in mijn hand. Ik had in mijn eentje de afwasbeurt. Waarschijnlijk als straf voor het een of ander aan tafel gezegde, want meestal waren er na het eten twee of drie in de keuken: een om af te wassen, een om te drogen en eventueel in schaarse gevallen een derde om de boel op te ruimen. Dat ik er alleen voor stond, duidde op misnoegen bij de rest van het gezin. Ik zat er niet mee. Je kreeg op die leeftijd om de haverklap straf, je had geen flauw idee wat je had misdaan, als je het ene vergrijp probeerde te vermijden beging je een andere wandaad, als je zo stil mogelijk probeerde te zitten om geen fouten te maken was het zitten zelf al een aanleiding voor een verwijt. Straf kreeg je nu eenmaal omdat je leefde zoals je leefde, omdat je was wie je was, op school, op balletles, bij de buren, voor de politie, op straat of thuis. Straf was iets wat er kennelijk bij hoorde. Je kon er het beste maar weinig aandacht aan schenken.

Zo was ik welgemoed bezig met de pannen en de lepeltjes, een liedje zingend met zelfverzonnen woorden, een liedje uit Indonesië, meende ik, toen de keukendeur moeizaam openging en Engel binnenkwam. Ze deed de deur, op haar tenen reikend naar de deurknop, zorgvuldig dicht. Zij was drie jaar oud, ik tien. Ik wist niet wat ze kwam doen. Ze drentelde wat om mij heen, aaide over mijn rok.

— Wil je afdrogen? vroeg ik.

Ze knikte blij en ik gaf haar de droogdoek en een aluminium drinkbekertje van haarzelf, waarop het gestanste Roodkapje met haar mandje vol lekkers verdwenen was onder de vele andere butsen. Als het leeg was, sloeg Engel er de maat van de muziek mee. Ze droogde het bekertje met het oortje zorgvuldig opnieuw en opnieuw af, vroeg me dan het in het sop te doen omdat het niet helemaal schoon was en begon van voren af aan met drogen.

— Ik hoef geen oma, zei ze na een tijd.

— Wij hebben geen oma, zei ik en stapelde de borden luid op elkaar in de keukenkast, en zeker geen die een wolf is.

— Hoewel wolven heel lief schijnen te zijn, als je ze weet, zei Engel.

Ik keek in verbazing naar dat kleine wezentje dat, verdiept in het superdroog maken van haar drinkbeker, een perfecte voorwaardelijke bijzin had geproduceerd, waarin de melodie van schijn en wezen weerklonk. Waarom was ze naar de keuken gekomen? Vond ze het zielig dat ik straf had? Of was ze, ongelofelijk maar waar, op mijn gezelschap gesteld, vooral als het om een goed gesprek over Roodkapje ging? Een rilling van vertedering ging door me heen. Ik pakte haar bij de oksels en zette haar op een droog gedeelte van het aanrecht. Ik was bezig de laatste messen te drogen.

Tot haar uiterste vreugde zat ze nu op een hoogte van waaraf ze de keuken nog nooit had gezien. Ze vergat het poetsen van Roodkapje en wees opgetogen naar de chocoladehagelslag op de hoge plank tegenover haar en op het raampje bij de gootsteen waardoorheen mijn moeder stemcontact had met Engel als die alleen in de tuin speelde en wij op school zaten. Alles was nieuw en anders voor haar. Ik droogde het laatste mes, het grote vleesmes.

— Het was pure liefde, zou ik later op het politiebureau hebben kunnen zeggen, maar dan zou het al een beschrijving van een verleden gebeurtenis zijn geweest. Op het moment dat ik het vleesmes dreigend voor Engels ogen afdroogde en afdroogde, hoewel het dat zoals haar bekertje niet meer nodig had, was het pure, allesomvattende liefde. Ik was een paar minuten blind en onvoorwaardelijk verliefd op dat kleine ding, ons babyzusje. Haar gladde donkerblonde haar, haartje voor haartje, haar ernstige groengrijze ogen, de welving van haar mond, zoveel wellustiger dan al het andere aan haar, haar kleine handen om het aluminium bekertje geklemd, als enige uitdrukking dat ze gevaar rook.

Ik bracht het broodmes met de scherpe kant tot vlakbij haar keel. Ze deed niets om me af te weren. Ze keek me aan, koel nieuwsgierig. Genoeg om een verliefd hart tot razernij te brengen.

— Ik maak je dood, zei ik, het mes trillend in mijn hand, ik maak je dood als je niet zegt dat je van me houdt.

Ze zei lange tijd niets en keek me in de ogen. Toen zei ze:

— Ik wil hier vanaf.

Dat zinnetje bluste de waanzin in me onmiddellijk. Ik legde het broodmes ter zijde en tilde haar van het aanrecht. Ze liep naar de keukendeur, ging op haar tenen staan en reikte met moeite naar de deurknop. Hetzelfde ritueel volgde: ze deed de deur zorgvuldig achter zich dicht.

Ik legde het vleesmes op zijn plaats in de kast. Ik was klaar met mijn strafwerk.

Timbeer en ik liepen over een halfsteens roodbakstenen muurtje. Langs het muurtje stond oud water en slecht groeiend gras, bezaaid met puinblokken. We liepen door een stelsel van gangen en muren, sommige nog overeind, een houten deur uit zijn hengsels erin, erachter gras en modder. Soms was de fundering nog zichtbaar en daarover liepen we, steeds verder de fabriek in, gang na gang, hoek na hoek. In de open hemel bewoog niets. Het rook er naar moerasgassen en oude bakstenen en misschien, als je het je goed verbeeldde, naar tonijn. Het was er koud en vochtig, ik rilde in mijn badpak Timbeer wees mij op het belang ervan dat ik mijn sandalen goed had aangetrokken, er zaten hier slangen en ander gespuis. Geen geluid van de buitenwereld drong door de muren heen, zelfs niet het zachtjes kabbelen van de zee. Hij en ik waren de enigen op de wereld, door niemand gezien, naakt tot op de laatste resten kleding. We waren als kinderen, voor het eerst ver van huis. De ruimte floot ons om de oren.

— Wat doet die schoorsteen hier? zei ik angstig.

— Je hoeft niet te fluisteren, zei Timbeer luid en hees, geen levende ziel die je hier hoort. Wat je daar ziet is de schoorsteen om de tonijn te roken, dit was de fabriek, hier werd de tonijn schoongemaakt, bewaard, in stukken gesneden, gerookt, ingevroren en verpakt, net als bij ons, zeg, vroeger Philips waar een heel dorp als Eindhoven bij betrokken was en van leefde, of Jansen & Tilanus in Twente, nog zo'n voorbeeld waar dankzij het Nederlandse overheidsbeleid de mensen verstoken zijn geraakt van sociale contacten en gedeelde vreugde en verdriet, ik noem maar een paar doodlopende zijstraten waarin e het sociale patroon kunt drijven, en hier op Sicilië is het nog erger, dit eiland is een oerbeschaving waar eerst een Dorische, toen een Romeinse en tenslotte een katholieke beschaving overheen gevernist is, allemaal koek-en-zopie. Weet jij wat het woord 'zopie' eigenlijk betekent?

Ik wist het niet.

— Nou ja, zei Timbeer, toeters en bellen zeg maar, maar de oergrond van het avondland in zijn meest primitieve vorm, verborgen, levend, stervend zoals deze tonnara waar een hele streek van leefde, je vindt ze overal aan de kust, de stervende tonnara's, de tonijnvangst is geheel overgenomen door de Japanners, ken je die opsomming die hoe heet ze ook weer, kom, die Amerikaanse van Siciliaanse afkomst, hoe heet ze nou, nu ja, kom ik zo op, maar die opsomming ken ik uit mijn hoofd:

White fountains; River of Noto; Be in Peace;
Vindicari; Capo Negro; Guzzo; Capo Bogiuto;
Magazinazzi; La Sicciara; Ursa; Carnini; Cazaci;
Isola delle Femmine; Mondaco; la Monaco;
San Giorgio Genovesi; Tonnarazza; Acqua Santa;

nou ja, zo gaat het nog een eindje door met de opsomming van de tonnara's op dit eiland, allemaal verdwenen, allemaal verlaten, het is als een requiem, je kunt erom huilen, maar wat kan je doen? om met een van mijn vroegere verloofdes te spreken, *how low can you go*, zei ze soms ook, geef daar maar eens een antwoord op, zo'n vraag is niet eens bedoeld voor een antwoord.

— Hoe heette deze tonnara? vroeg ik.

— Nadat ze bij me weg is gegaan heeft ze binnen zes jaar vier kinderen gebaard, snap jij dat nou, hoe is zoiets in godsnaam mogelijk, mijn hart breekt er nog steeds van als ik eraan denk, wat is mijn leven nog waard, dit is die van Isola Lundicati, waar de rais op woonde, alles dood en vergeefs, hopla, wat doe je nu?

— Stel niet van die domme vragen, zei ik, help me hieruit.

Hij reikte me een hand en ik belandde weer uit het moeras op het vijf stenen hoge muurtje. We hielden elkaar even in de omarming om allebei ons evenwicht te hervinden. Onze blote huiden raakten elkaar. Het was een moment van een verstild niets onder de al veel te hete zon. Ik had hem kunnen kussen of doden.

— Laten we hier weggaan, zei hij.

Even later liepen we weer met onze sandalen door de krakende schelpen van de zee op het strand. Ik wist nog steeds niet wat of wie de mattanza was en waar zoiets vaags plaatsvond, niet in de tonijnfabrieken in ieder geval. Ik was blij dat ik terug was in het wijde licht van het strand.

's Avonds, na in mijn hotel te hebben gedoucht, ging ik bij hem eten.

Waren we eigenlijk eenzaam geweest, Timbeer en ik, na de dood van Nicolaas? Ik weet nog dat Boeb en Engel bij elkaar steun zochten. Engel raakte bevriend met het meisje van Boeb, gedrieën gingen ze op vakantie naar plaatsen aan het Lago Maggiore om te denken aan tijden dat we nog met z'n allen waren. Ze rouwden gedrieën, ze vormden een hechte bond tegen verdriet door er juist in te duiken, lange avonden bij het haardvuur in Caviano, eindeloze herinneringen. Engel moest nog naar de zesde, maar werd die zomer een volwassen zeventienjarige.

Ik merkte bij mezelf voor de eerste keer dat ik het niet zo erg vond als iemand stierf. Dat is zo gebleven, ik ben dat ik de loop der tijden niet beter van mezelf gaan begrijpen. Natuurlijk schrok ik op van elk telefoontje dat de dood van iemand aanzegde. Ik schrok en raakte uit mijn doen en vroeg me af hoe dat nou moest, hem nooit meer op het grote plein in de ochtendzon tegen te komen, hem zijn hoed te zien afnemen en iets te horen zeggen wat mijn hersenen prikkelde, ik hield van hem en na zijn dood niet minder. Of haar stem nooit meer aan de telefoon horen zeggen: laten we bij Keyzer afspreken met bitterballen en veel rode wijn. Er waren genoeg mensen die ik miste, het werden er steeds meer. Maar hun sterven deed me niets, ze waren op weg naar iets anders, ze waren niet beklagenswaardig. Er was geen hemel, er was geen hel, er kon geen vrees zijn en geen hoopvolle verwachting, het was het niets waar ik me geen voorstelling van kon maken en daar hadden ze zich gevoegd bij de gemeenschap der doden, van wie ik er dagelijks wel een of twee bezocht en een minuut of wat met me meedroeg, de kamer door, de vijver op, de zee in, de heuvels op, met ze laverend door de menigte van de Bijenkorf. Ik had me nooit afgevraagd of Nicolaas' autistische reken- en letterreeksen wel door de anderen in het dodenrijk begrepen zouden worden. Of de intellectuele kwinkslagen van mijn hoedenmans op het plein op hun waarde werden geschat. Waarschijnlijk niet. Waarschijnlijk waren ze te druk bezig met ontbinden en zouden ze later wel zien, of niet zien.

Na Nicolaas' dood waren Timbeer en ik mijlen van elkaar verwijderd. Toen ik uit huis ging wist ik niet beter dan dat hij een keer liftend vanuit Bellinzona naar Pisa een paar maanden in een kartuizer klooster bij Pisa was ondergedoken om twee maanden schooltijd te overbruggen, van school werd verwijderd, op het Stedelijk terechtkwam en bij de rector in huis woonde, dat hij schout-bij-nacht wilde worden bij de Koninklijke Marine en toch nog op het nippertje zijn eindexamen haalde. Hij leed ernstig onder een of andere liefde, zoals hij zijn hele leven zou doen. Zo nu en dan liep hij van zichzelf weg naar Como, waar hij in razend tempo boeken vertaalde, en dan liep ik hem weer eens in Amsterdam tegen het lijf, waar hij ingeschreven stond als student oude talen en kunstgeschiedenis. Hij was niet tevreden over het niveau en het tempo van de colleges, minachtte de leninistisch-marxistische andere studenten, haatte Amsterdam tot in het diepst van zijn hart en was bezig een 8-mm-film te regisseren die, na te zijn opgeblazen tot 16 mm, de wereldbioscopen zou veroveren. Een zwartwitfilm met Citroën DC en blonde meisjes. Mij kon hij niet voor de film gebruiken want het was een existentialistische nouvelle vague-film.

– Nou? had ik gevraagd op het Rokin, naast het paard met koningin Wilhelmina in amazonezit.

– Jouw gezicht op het celluloid en het existentialisme behoeven geen naam meer, had hij gezegd, het gaat mij om erotisch existentialisme, niet om donkere wenkbrauwen met een hoofd erbij, zei hij en had zich uit de voeten gemaakt, kom je nog eens thuis?

Ik had hem nagekeken, de Groenburgwal op. Een blonde Apollo die zich tussen de minirokjes door worstelde.

Dat was het vreemde, dacht ik bij zulke terloopse ontmoetingen. Hij had zijn oude puberjas uitgetrokken, hij was zo vaak van huid verwisseld dat hij zijn vroegere engelengedaante had teruggevonden maar nu in adolescentenvorm. Hij had zijn haar wel laten groeien en het krulde als lissen en boterbloemen om zijn oren en op zijn voorhoofd. Te lang haar voor de Koninklijke Marine, te lang voor een doctoraal klassieke talen, te kort voor de underground, maar bij uitstek geschikt voor een regisseur van existentiele speelfilms met onbegrijpelijke, mokkige, vrouwelijke blondines. Hij droeg zelfs een bril met spiegelglazen.

— Zet die af, had ik de eerste keer dat ik hem in Amsterdam bij toeval ontmoette bevolen, ik praat niet tegen mijn spiegelbeeld.

Hij had zich onmiddellijk verontschuldigd en zijn bril afgezet. Als een broertje dat tegen zijn oudere zusje opkijkt, alsof er iemand was die niet aan 'fake' deed, eindelijk eens iemand.

Ik dacht verder niet over hem na. Regisseur van speelfilms à la François Truffaut, connaisseur van oude munten, hoogleraar oude talen, winnaar van de Pinksterraces op Zandvoort met een Citroën DC, alles leek me mogelijk voor deze jonge broer.

Juist aan die ene mogelijkheid had ik niet gedacht.

Het daaropvolgende jaar, 1973, kwam ik erachter, een driesterrenjaar op de kalender van mijn leven. Vooral de zomer ervan, de zomer van 1973 en daaraan vastgeplakt de maand september.

Ik was van mijn eerste kamer naar de achterkant van het huis verhuisd. Daar was een grote tuin, die grensde aan de Hollandse Schouwburg. Boeb hielp me met het illegaal doortrekken van mijn telefoonlijn. Ik had nu alles wat een student zich maar wensen kon: een kamer met een kachel en een telefoon, een glazen serre die uitkwam op de lange tuin met de populieren, een eigen keuken en douche. Ik had daar eeuwig kunnen wonen, op die plek. Ik had geen liefde aan mijn hoofd, ik had vrienden en een baan en het enige wat me nog restte voor mijn doctoraalexamen was mijn scriptie. De tekenen waren gunstig, alles wees op toekomstig succes.

Toen op de jezuïetenschool waar ik lesgaf de paters SJ de grote vakantie aankondigden opende zich een zee van tijd.

Ik zette me aan mijn schrijfmachine en begon te schrijven aan een interpretatie van *Het oog* van Nabokov. Al mijn vrienden waren op vakantie, de stad was leeggelopen, de instellingen gesloten. Het bleef dag na dag prachtig weer en het merkwaardige gebeurde: ik stapte 's nachts in bed met een of andere zin die bij me opkwam, ik sliep, stond 's morgens met dezelfde zin in mijn hoofd op, ging naar de serre en schreef *aus einem Guß* mijn eerste verhaal. Daarna wijdde ik me uren aan mijn scriptie.

De zomermaanden waren als een droom. Ik sprak en zag niemand, at elke dag mijn favoriete macaronischotel, aan de ene kant van mijn schrijftafel lagen de volgeschreven vellen met mijn eerste zeven verhalen, die in de nacht werden geboren, aan de andere kant de getypte vellen van mijn scriptie, die ik als een jigsaw puzzle in elkaar zette. Die zomer was de beste van mijn leven. Ik werd schrijver, ik werd doctorandus, de wereld was van glas.

Op een augustusavond belde Timbeer.

— Iedereen is weg, klonk het somber in de hoorn, de hele stad is verlaten, ik zit hier in het huis van je ouders en morgen ben ik jarig

— *Hold on*, riep ik in de hoorn, ik kom eraan.

We hadden het grote huis voor ons alleen. De familie zat, met aanhang en vrienden, aan het Lago Maggiore. Wij pasten op de oude klokken en ander waardevol antiek dat dieven aantrok. Timbeers eerste DS stond op het garagepad en in de tuin bloeiden de rode rozen in de kleur van mijn moeders lippenstift en gelakte nagels. Wij doken de kelder van mijn vader in en haalden de heerlijkste wijnen en cognac naar boven. 's Morgens ontbeten we met sinaasappelsap en jenever, 's avonds voedden we ons bij de open haard met kazen en cognac Napoléon. Soms maakten we 's middernachts een ritje naar het Bloemendaalse strand om naakt in zee te zwemmen. Onze gesprekken draaiden om niets anders dan literatuur en Kuifje, Kuifje en de literatuur. En liefde, waar hij veel, ik weinig van verwachtte.

We hadden daar drie volle weken, zomertijd, beste tijd.

Het viel me rauw op de maag dat enkele dagen voor het einde van het geluk, als de familie en aanhang zouden terugkeren, de kruimeltjes op de vloer zouden worden geteld, de geplunderde kelder zou worden ontdekt, de rector van het Stedelijk Gymnasium in de provinciestad niet ver van de zee me belde.

— Spreek ik met Andrea? vroeg hij, uw broer is bij mij. Hij ligt nu in bed.

— Waarom in bed? vroeg ik en keek op de antieke klok die elf uur 's avonds meldde.

— Nou, het is niet zo goed gegaan, zei de rector van het Stedelijk, uw ouders zijn nog niet terug?

— Wat is er met Timbeer? Heeft hij een ongeluk gehad? Veroorzaakt?

— Nou nee, zei de rector aarzelend, het is meer dat hij zijn Citroën heeft geparkeerd in de auto van zijn ex-vriendin, meen ik, die met zijn vroegere vriend uit was.

— Vrij netjes, zei ik.

— Niet naast geparkeerd, ín geparkeerd, zei de rector, twee auto's total loss.

— Is er iemand gewond? vroeg ik.

— Niemand, niemand, riep de rector op het randje van hysterie, enkel blikschade. Alleen, hoe moet ik het zeggen, uw broer heeft een buisje Chefarine 4 ingenomen.

Ik kende die glazen buisjes met het rode dopje. Mijn moeder schudde er om de haverklap twee op haar handpalm. Het was een intrigerend gezicht, het was een ritueel. 'What a drag it is getting old,' zong Mick Jagger in mijn hoofd.

— Ze hebben zijn maag leeggepompt. Er bestaat geen enkel levensgevaar, zei de rector, ik heb begrepen dat uw ouders spoedig terug zijn?

— Overmorgen, zei ik.

Timbeer kon tot die tijd in een van de bedden van de rector slapen. Ik hing de telefoon op de haak. Ik begreep het niet. Waarom na al die voortreffelijke nachten en gesprekken een buisje Chefarine 4?

De volgende ochtend pakte ik mijn spullen en vertrok. Ik maakte mijn scriptie af en wachtte op het telefoontje van mijn uitgever.

Het nieuwe jezuïetenschooljaar werd ingewijd met een sportdag. Sportdagen hoorden tot mijn favoriete dagen. De een beetje kille wind die uit de hoeken door de zon heen blaast, de trotse vlaggen van de school, de leraren in sporttenue, waardoor je eindelijk eens hun blote benen kon zien, die van de leraar Nederlands, die van de ijskoude Lichamelijk Opvoedkundige, mijn god, hoe onthullend en onthutsend was dat. De leerlingen, dwars door elkaar, opgetogen over hun kansen bij de verschillende wedstrijdonderdelen. De geur van het gras wanneer je even alleen was, het gevoel van vergeefsheid daarbij.

— Juf, we komen er een te kort bij de estafette, zei een afgevaardigde uit vier gym, mijn klas, de laatste die nog uit louter jongens, aardige jongens, bestond, een paar jaar jonger dan ik.

— Dat rode shirt staat je leuk, zei ik tegen een leerling. Hij bloosde, hij had oranjekleurig rood haar.

— We dachten zo, alleen de eerste vijftig meter, u bent onze klassenlerares.

— Ik? vroeg ik, stomverbaasd op mezelf wijzend.

Ze kregen me zo ver dat ik in het rode shirt met witte broek bij de start stond. De rest van de klas langs de lijn juichte: 'Juf! Juf!' Ik herinnerde me dat ik op de middelbare school goed was geweest in het onderdeel hardlopen. Niet de snelste, maar goed. Ik had er wel een beetje vertrouwen in, ik rook een vlaag van grasland. Ik dacht aan de vroegere sportdagen in onze kindertijd toen ik nog een oblong boekje met Kick Wilstra had gewonnen en niet wist wat ik met die prijs aan moest.

Zodra het klaar-af met het klapperpistool afging, schoot ik er als een haas vandoor. Vier gym rekende op me, die apenkoppen konden trots zijn op hun klassenlerares, de enige van het lerarenkorps van paters sj en vroeg oude afgestudeerden die zich in sporttenue waagde en haar best deed voor haar jongens. Ik liep me de benen uit het lijf, ik was zo gemotiveerd dat ik de medaille voor mijn klas zou binnenhalen, ook na de estafette, bij het hoogspringen, het polsstokspringen, ik had het allemaal gekund in mijn jeugd. Ik hoorde niets van de aansporingen of het gejoel aan de zijlijn, ik liep, ik liep zo hard mogelijk.

Totdat ik opzij keek. De jongens van mijn klas waren verdwenen, ik zag ze alleen op de rug op de banen voor mij. Het was of ik stilstond, hoe hard mijn benen ook draafden. Ik was volstrekt alleen op de atletiekbaan. Met mijn laatste krachten overhandigde ik het estafettestokje aan het lullige ventje, dat zijn plaats achterin bij het raam innam en nu meedogenloos naar mij keek.

Ik haastte mij naar de fotozaak Heno, gevestigd op de Munt.

— Pasfoto's, zei ik kortaf toen ik aan de beurt was. Ik had mijn haar gewassen. Met het zestallig rijtje in mijn hand, zorgvuldig zorgend dat het goed droogde in de wind, rende ik naar de uitgeverij, waar ze de net gedroogde foto's uit mijn hand gristen en een koerier naar Delft, of Doetinchem, of Oost-Duitsland stuurden om de foto nog op een uitgespaarde ruimte in te passen. De persen met de vierkleurige diepdruk begonnen te lopen, hoog in de lucht liep de kleurige inkt op rollen en daar lag het tenslotte, mijn boek. Van eerste zinnen waarmee ik in bed stapte tot gedroomde kleinigheden, mijn eerste boek, het zo in de hand te houden en erin te bladeren – het is het grootste orgasme ter wereld.

Vijf maanden later zag ik het boek van Timbeer aangekondigd. Er was een receptie in Teylers Museum in de provinciestad. Een vrouw uit Aerdenhout zou op een wit klavecimbel spelen. Alle grootheden uit de provinciestad verschenen verwachtingsvol, zoals de uitnodiging had geeist, en daar verscheen, onder het ondraaglijke gepingel van de te oude jonge vrouw uit Aerdenhout, de auteur, in wit pak, de blonde krullen net niet over zijn overhemd en in zijn handen zijn maagdelijke zwart-witte eersteling, zijn *Calvin en helpers*. Het carillon van de Sint-Bavo luidde duidelijk en storend door het serene klavecimbel heen. Ik heb nooit van het klavecimbel gehouden, het is als schrijven zonder inkt, het is als denken op een beeldscherm, vluchtig, verwaaiend, je let meer op het instrument dan op de muziek.

Ik was niet aanwezig, ik had de aankondiging tussen mijn post laten zitten. Ik wist niet dat Timbeer schrijver wilde worden, ik had gedacht het rijk alleen te hebben. Ik was als koningin Victoria, die 'not amused' was bij alles wat niet in haar plannen paste, zonder te vermoeden dat haar rijk op zijn laatste benen liep.

Nee, sterker nog, ik was als de juf van vier gymnasium die denkt op het rode steen van de atletiekbaan met haar leerlingen te kunnen wedijveren. Ik had geweten van de in elkaar gerande eerste ps van Timbeer, van zijn intelligentie, waarmee hij pas laat in zijn jonge jaren zijn eindexamen haalde, ik had opgemerkt hoe groot zijn nieuwsgierigheid was naar oude literatuur, oudheidkunde, saxofoonspel, jazz, hoe gering zijn belangstelling was voor goden die ik vreesde, Nabokov, Borges, verachtelijk waren soms zijn woorden voor hen. Hij had een buisje aspirine genomen, alla, waarschijnlijk in puberale wanhoop om een ontrouwe geliefde. Dat hij weg wilde van dit alles, begreep ik. Maar hoe had ik kunnen vermoeden dat hij schrijver wilde worden, met zijn zeekaarten en zijn sextant en saxofoon en zijn jongenssopraan die met Pasen boven het koor uit jubelde: Hallelujah! Hallelujah! Hij had alles kunnen worden, maar hij had mijn weg gekozen, de weg die, als het is zoals het geschreven staat, te nauw wordt voor twee personen.

Ik had geen idee van hem, hij niet van mij. Aan wie behoort de moord, of de zelfmoord?

HOOFDSTUK 8

Ik cultiveer niets. Ik cultiveer geen enkel pad.

Het was Timbeer met zijn *Calvin en helpers* die de show stal. Van de drie vrienden met wie hij zijn zogenaamde schrijverscollectief vormde, hielden er twee het algauw voor gezien. Na in alle fotosessies die de uitgever voor deze jonge godenzonen had georganiseerd, op grote buitens, in lommerrijke privé-parken met tuinhuisjes, in het onvermijdelijke gezelschap van de speelgoedbeer van Sebastian Flyte uit *Brideshead Revisited* te hebben geposeerd, wijdde de een zich weer aan zijn vioolspel en werd violist, Timbeers beste vriend vertrok naar Amerika om parfums te leren ruiken en de derde, de somberste en donkerste, hield het nog jaren uit om voor Timbeer in bibliotheken te duiken, manuscripten van Nicolaas te pogen te ontcijferen, theorieën te ontwikkelen, tot zijn schizofrenie hem uiteindelijk in het gekkenhuis deed belanden.

Het was gevaarlijk, dacht ik in die tijd, het droeg een risico met zich mee, wat Timbeer deed. Hij omarmde de Zwarte Romantiek, het decadente, het perverse als idee, hij wou geen onderscheid maken tussen op de dunne draad leven en op de dunne draad schrijven, hij verwarde literatuur en leven en dat was ook zijn bedoeling.

Ik dacht aan de tuinen waarin hij zich liet fotograferen, de romantische bosschages, de kunstmatig opgeworpen heuvelpartijen met een leeuwenfonteintje in de diepte, de slingerpaden tussen de rododendrons, de theehuisjes. Het was de romantische Engelse tuinarchitectuur die het verstand en de helderheid van de Franse classicistische tuinen teniet had gedaan, het was nep, het was illusor en het was onecht, spielerei waar je niets voor kon kopen, gevoelsstromen die onechte hartstochten voor waar ervoeren. Hoe was het in godsnaam mogelijk dat men op het idee was gekomen die gelijke schaduwen werpende tuinen om te spitten tot iets wat nog het meeste leek op het gemoed van Maria Callas toen Onassis haar inruilde voor Jacqueline Kennedy-Bouvier?

Maar wie maakte dat uit? Wie besliste dat Timbeer in de verkeerde tuinen poseerde?

Ik besefte dat we zulke vragen lang konden stellen aan geen enkele bekende instantie. We moesten het ieder apart zien te rooien.

Zoals. Zoals je vader je mee naar buiten neemt en de twee plekken aanwijst. Een voor jou, een voor de ander dan jij. Gelijke plekken, met evenveel stenen tussen het gras, met hetzelfde uitzicht over de blauwe bergen, waar dezelfde wind waait, zo'n honderd meter van elkaar. En hij legt jullie uit hoe je een offeraltaar maakt, welke stenen geschikt zijn, de hoogte van de platte steen, het gewicht dat je in je eentje kunt dragen, zo zwaar moet je het altaar bouwen – en verder niks, geen naam, geen bedoeling, geen god.

Alleen het beste van wat je te bieden hebt.

Die avond kregen Timbeer en ik ruzie. We aten bij hem, hij had een eend in de oven, zelf geslacht, zelf geplukt, de dag voordat we naar het strand met de tonnara waren geweest. We waren moe van de zon en de zee, ik had in mijn hotel een dutje gedaan en het koud gekregen, Timbeer kreeg zijn kleine appartement nauwelijks op temperatuur met twee vooroorlogse elektrische blazers, we zaten in het voortdurende geratel en geblaas van de kacheltjes, de eend deed er te lang over om gaar te worden aan het spit en we kwamen te praten over het enige waar we niet met elkaar over moesten praten: ons vak. Hij had me nog steeds niet verteld wat de mattanza was.

Onze tocht in ons blootje door de verlaten ruïne van de tonnara had ons eenzaam gemaakt, huiverig voor kou, onwillig elkaar in de ogen te kijken.

— Onbegrijpelijk, zei Timbeer, onbegrijpelijk dat dat boek van jou zo'n oplage heeft gehaald.

— Onbegrijpelijk? zei ik, het is een heel goed boek, het steekt voortreffelijk in mekaar en het heeft nog iets te zeggen ook.

— Ja, dat de mensen zoiets graag lezen, ja, dat begrijp ik, zei hij, in elke cultuur kan zo'n boek verschijnen, een beetje wijsheid, een beetje eruditie, dat hebben de mensen graag, maar begrijp jij nou hoe zo'n Polo Saenredam zulke oplages kan halen? Ik haal dat nooit, terwijl mijn boek *Tussen das en brein* toch wel een heel wat diepere laag aansnijdt dan dat boek van Saenredam. Het heeft ook niet slecht verkocht hoor, maar ik ben straatarm, ik maak me zorgen over de toekomst, hoe moet dat verder met mij? en dan haalt zo'n Saenredam met niets, heb je het gelezen, echt met niets, een jaarinkomen bij elkaar, snap jij dat nou, snap je dat? Ik ben m'n hele leven lang bezig geweest met schrijven, studeren en schrijven en dan komt zo'n talentloze knikkervreter en die schrijft moeiteloos een heel gezinsinkomen bij elkaar. Denk jij dat hij talent heeft?

— In ieder geval moppert hij niet op elke collega.

— O nee? zei Timbeer, moet je zijn krantenstukken eens goed lezen, die staan bol van de rancune, en dan die hoeheet-ie-ook-alweer, die schrijver wiens naam steeds korter wordt? Tenslotte zal er alleen de A van Abeltje van hem overblijven, wat denk je dat die voor voorschotten vraagt?

— Mijn god, zei ik, je leeft toch? Je leeft toch hier waar je wilt leven? Wat maak je je druk om dingen waar je niets van weet? Wie vertelt je zulke verhalen?
— Dat komt allemaal uit dat Amsterdam van jou, zei hij, jij hebt geen benul van wat zich daar afspeelt.
— Die eend is toch nog erg lekker, zei ik.
— Ja, zei hij, het valt mee, het kan beter, ik had er iets meer sinaasappelen in kunnen stoppen. Wat voor muziek wil je horen, Bob Dylan? Ik word gek van die stem, de oude Dylan, weet je met die hoed op, en steeds die stem die steeds beter wordt, steeds vreemder. Hij zong 'Po Boy' mee, van het gelijknamige nummer. Hij had nog steeds een goede stem, Timbeer.
— Mooi, zei ik en dronk mijn glas Vino d'Avola.
— En jij hebt me uit Amsterdam verjaagd, zei hij. Hij zong niet meer met de muziek mee en richtte zich, met zijn keukenschort voor, vol in mijn richting. Hij beschuldigde. Hij zag wit van woede.
— Uit Amsterdam verdreven? vroeg ik, zoals ik je uit Rome heb verdreven zeker?
— Precies zo, zei hij en viel aan op de eend.
Ik had na mijn boek *De gelukkige man* een brief van hem ontvangen waarin hij meedeelde dat ik niets in Rome te zoeken had, dat Italië zijn land was, waar ik van af moest blijven. Ik had per kerende post geantwoord dat ik al mijn sporen in Rome had gezet toen hij nog zijn eerste meisje penetreerde.
— Jij hebt gezegd dat er voor ons tweeën geen plaats was in Amsterdam, zei hij nu. Toen had jij je daar al breed en al in alle redacties van literaire tijdschriften gevestigd en je gunde mij de snippers zelfs niet. O, o, het broertje moest uit de weg geruimd.
— Ik heb nooit in de redactie van een tijdschrift gezeten, zei ik.

— En je hebt me geslagen, zei hij. De eend moest het ontgelden. Zijn gezicht was wit van woede.

— Ik heb je nooit geslagen, nooit ofte nimmer, zei ik en dacht aan Engel op het aanrecht.

— Wel waar, zei hij, we kwamen elkaar tegen in Amsterdam en je troonde me mee naar een café met vrienden van je en toen sloeg je me.

Ik lachte. Ik herinnerde me dat ik indertijd van een bevriende toneelspeler had geleerd om een toneelklap te geven. Je haalde vol uit, trok je hand of je vuist vlak voor het vijandelijke gezicht terug en klapte in je handen of, beter nog, liet de inspiciënt een klap in zijn handen geven. Effect gesorteerd, niemand een centje pijn. 'George slaat Martha in het gezicht' staat er in het scenario. Het vergde wat oefening.

Timbeer was niet meer tot bedaren te brengen.

— Je sloeg me middenin het café en zei dat er geen plaats voor ons tweeën was, zei hij verbeten.

— Oké, zei ik en stond op, ik sla je, ik heb je uit Amsterdam verbannen, het is onbegrijpelijk hoe *De gelukkige man* aan zo'n oplage komt, dat de A van Abeltje meer voorschotten krijgt uitbetaald dan jij je hele leven kunt verdienen is te danken aan het feit dat ik in de redacties van alle tijdschriften zit, hartelijk dank en bekijk het maar, ik ga naar mijn hotel.

Hij hield mij tegen, zei dat hij mijn jas moest zoeken, zette intussen een ander bandje op, van Tom Waits, verdween in zijn slaapkamer en kwam met mijn jas, uitnodigend open, terug.

— Dit is het lied dat je bij mijn begrafenis moet laten klinken, zei hij terwijl hij mij in mijn jas hees. Toen speelde hij luchtgitaar en zong de laatste regels van het couplet mee:

— *I'll tell you all my sorrows,/ but I lie about my past,*

zong hij, 'Tango till they're sore' heet het nummer, zei hij, dit moet bij mijn begrafenis worden gespeeld. De tranen liepen over zijn wangen.

— En nu gaan we nog huilen ook, zei ik er hees me in mijn jas. Wreder kon niet.

De volgende ochtend ging mijn mobiele telefoon.

— Zullen we weer vriendjes zijn? vroeg mijn broer. Hij klonk alsof hij de hele nacht had gehuild.

We reden naar Donnafugata. Het zou de dag van de dieren worden. Aan het eind ervan zou ik nooit meer iets begrijpen. Timbeer nam de kleine weggetjes, bij Ispica verdwenen we in een kloof. In het tufsteen van de bergen had de wind, of de oerknal, bellen geblazen, holen waar de mensen in leefden, later hun voedsel bewaarden misschien. Sommige holen waren dichtgetimmerd met een schutting waarin een deurtje zat. Daar hadden de nieuwe rijken hun optrek. Honderden geiten langs de weg beschouwden ons, er was geen sterveling te bekennen. Hier en daar was een modderig weitje afgebakend. Op zo'n weitje stond het spookpaard, omringd door rotswanden en door het niets. Het had een zuiver wit hoofd en een witte rug, elegant, edel was het vanboven. Dan kwam de vale sponsig-zwarte vlek die de borst tot aan de schoften ontsierde en daaronder waren zijn benen zwaar behaard met lang bruin haar. Het waren de benen en hoeven van een zuiver Belgisch paard, zoals ze vroeger door de voren trokken, getweeën, zware halsters om, de boer er met zijn ploeg lopend achteraan. Dit paard was een hybride, een boze laag op laag gestapeld van incest tot in de eeuwen der eeuwen. Het mooie Arabische hoofd, de borstkas als een grafheuvel, de benen van de duivel. Het was een paard dat een monster herbergde. Het leek of hij het wist en er bedroefd over was. De weg maakte een haarspeldbocht, we zagen het spookpaard tweemaal. De lucht hing laag, dik en grijs.

Eenmaal vanuit de dodemanskloof omhooggeklommen reed de auto door velden vol kleine oranje bloemen, graslanden, bouwlanden met felgroen winterkoren. Met stenen gestapelde muurtjes overal. We kochten een stuk pizza bij een verlaten herberg aan de rand van de weg, liepen al etend naar de rand van de kloof, die zich immens tussen de bergen uitstrekte.

— Ik ruik iets rottends, zei ik. Het stuk pizza bestond uit brood, gedrenkt in olijfolie, met wat gepureerde tomaten erop. — Het stinkt hier.

Timbeer kwam terug van zijn inspectietocht.

— Er ligt daar een dood paard, meldde hij.

— Waarom? vroeg ik.

Hij haalde zijn schouders op. — Te beroerd of te arm om de kadaverdienst te bellen; een paard doodgeschoten in een langdurige vete, wie zal het zeggen?

Ik gaf over aan de rand van de kloof. We liepen terug naar de auto, waar Timbeer me water te drinken gaf. De achterbank van de Citroën cx Prestige lag vol met volle en lege waterflessen. Hij kon niet zonder water, zei hij, geen water dan liever dood, zei hij.

Na vier uur kwamen we aan in Donnafugata, het zomerverblijf van don Fabrizio di Lampedusa. Het lag op een heuvel omringd door een kilometerslange muur van opeengestapelde keien. Op de andere heuvels in de verre omtrek was geen ander huis of boerderij te herkennen. Zodra we uitstapten overviel me de ruimte van de stilte. Er was hier geen wereld aanwezig. De rij kleine daglonershuisjes langs de oprijlaan hingen uit hun voegen, de dakpannen op manshoogte hielden zich aan elkaar vast en maakten zich klein om de volle glorie te geven aan de lichtgele renaissancegevel van Donnafugata, een buiten, een kasteel van de grootst mogelijke eenvoud, waar alleen de loggia in het midden van de strakke gevel en de paar ramen de versiering vormden. Een waardigheid en eenvoud van stijl die zelfs Siena niet evenaarde. Eenvoud en stilte. De keelgeluiden van een goud en zwart en blauw en groen gekleurde krielhaan en de krielen op het erf van de tot het landgoed behorende boerderij benadrukten de stille tijd van don Fabrizio, toen Garibaldi net voet aan wal had gezet op Sicilië. De tijden waren veranderd, maar niet hier.

Soms was er een hek waardoorheen je een verwilderde tuin zag met een tweehonderd jaar oude ficus. Soms was er een boerenpad waarop hooiwagens of mestkarren hun sporen hadden getrokken. Elke boom erlangs was oud, behalve de bruine kerstboom met engelenhaar die een maand geleden daar in de berm was gedumpt en vergeten.

Toen we terugliepen naar de auto werd ons de weg versperd door een roodbruine, luid loeiende koe die overstak, een prachtexemplaar van een dier dat braaf de nachtkraal in liep. Zij was de leidster. De rest van de kudde volgde. De plotseling uit de zwarte wolken opduikende ondergaande zon kleurde hun huiden alsof het menie was, feloranje, rood de machtige horens. Stierkalfjes, vaarzen, volgroeide moederkoeien liepen naar hun nachtverblijf waar ze rug aan gloeiende rug door elkaar heen liepen als levend vuur, en loeiden dat God bestond, of de Duivel, of de Liefde.

Voor ons uitgestrekt lag het oneindige en stenige heuvelland van Sicilië, blauw gekleurd, behalve aan de horizon ver weg, waar de zon de hemel oranje kleurde en de zee met gouden banen bevlekte.

's Avonds vertelde Timbeer me over de mattanza en een beetje over zijn hart, dat niet functioneerde zoals het bij een man van zijn leeftijd zou moeten functioneren. Een trap kreeg je hem nauwelijks op, vatte hij het kort samen.

We aten een tonno alla siciliana, die flink gepeperd was. Het personeel zag zwijgend toe hoe ons de tranen in de ogen sprongen. Als we naar ze keken, grijnsden ze.

— De moeilijkheid met het praten over de tonijn, zei Timbeer, is dat je er eigenlijk op de Siciliaanse manier over moet praten, maar dat men er zelfs hier op de Amerikaanse wijze over begint. Dan heeft een student aan het Massachusetts Institute of Technology...

— Het MIT, knikte ik.

Timbeers vork zweefde in de lucht.

— Wat nou? Gaan we wijs doen of moet ik je iets uitleggen?

— Stil maar, zei ik, dat is gewoon zoals mensen met elkaar praten.

— De Nederlandse manier, zei hij, hier luisteren de mensen naar elkaar als iemand iets te vertellen heeft, in ieder geval, waar was ik gebleven: o ja, zo'n student heeft dan een schaalmodelrobot ontwikkeld van een blauwvin van, zeg, duizend kilo, en heeft can berekend dat de manier waarop die zijn staart beweegt gebruikt kan worden voor propellers of onderzeebootmotoren. Of dat een blauwvin sneller gaat dan een torpedo en dat de grootste onder hen, net zoals formule-1-wagens, binnen tien seconden een snelheid van zestig kilometer halen, in water, welteverstaan, dat een acht keer zo grote dichtheid heeft als lucht, ik bedoel alle vergelijkingen, alle tautologieën, elke meting wordt in Amerikaanse hersenen herleid tot sport of oorlog, ik haat de Amerikanen. Hier op Sicilië spreken de vissers van de rais, van 'vis', simpelweg 'vis, de vis'; bij een mattanza gaan ze 'de vis' vangen. Pas als ie op de wal ligt, zijn hoofd is afgehakt, wordt hij 'tonijn' genoemd. Ze hangen de onthoofde tonijnen aan haken om hen te laten bloeden, leeglopen.

De peperoncini rossi op mijn bord zorgden ervoor dat ik

niet te veel aan de tonijn dacht die ik at.

— De rais beslist wanneer er een mattanza is, zei Timbeer, 's morgens wordt de vis in het laatste net gedreven, de Kamer van de Dood in, er zwemmen er soms achtentachtig in van gemiddelde grootte, soms maar één vis, maximum extra large, die zwemt daar dan rond in zijn laatste, oorverdovende stilte, botst tegen de netten die de wanden van de Doodskamer vormen, kan niet meer terug door de Val, de Doodskamer is honderd bij vijfentwintig meter. Je moet je dat hele gangen- en kamerstelsel voorstellen als een onderzeese kathedraal van gaas, zei Timbeer en droomde weg naar de neogotische gewelven waar zijn jongensstem in had geklonken. *Dies irae, dies illa.*

— De mannen gaan in de boten, zei hij, en beginnen aan de netten te trekken, het oppervlaktevierkant van de zee steeds verkleinend, en dan zie je de vissen in het water, sommige zo groot als een man, andere groter dan vier man, ze slaan met hun staart, ze bewegen met enorme laatste krachten, een klap van een staart betekent je dood, hun laatste gevecht in de Dodemanskamer, het is een ballet om de heerschappij tussen water en lucht, een oerfenomeen dat je ziet, ik was er een keer bij, je wordt er wild van, ik kreeg een erectie die niet meer te bedaren was, het water sprong me in zware kolommen om de oren, de mannen trokken de netten aan op het ritme van hun gezang, iemand zong iets wat klonk als een laatste roep over verlaten water en de rest van de ruggen kromde zich en antwoordde: *ai-a-mola, ai-a-mola, trek moor, trek*, roep van de laatste mens. Timbeer herhaalde de woorden nog een keer hees voor zichzelf, *ai-a-mola.*

— En dan halen ze de tonijn aan boord en doden hem, zei hij kortaf en schoof zijn bord naar de rand van de tafel. Na een tijdje in de weer te zijn geweest met olie en azijn op zijn sla, zei hij: — De doodshuivering van een tonijn is ongelofelijk, verschrikkelijk, en duurt een uur, de vis neemt alle kleuren van de regenboog aan in zijn doodsstrijd, het is het mooiste en bloederigste wat ik ooit heb gezien, zei hij, het is alsof je geboren wordt en de schepping in één klap begrijpt.

Later in de nacht zaten we op een terras op het pleintje van San Rocco. De maan stond boven de barokke kroonlijsten, de gaspalen van het café hielden ons warm, er waren veel mensen, Timbeer zuchtte om al het vrouwelijk schoon rondom en de onbereikbaarheid daarvan voor hem. Nu de hoed niet paste, droeg hij een zwarte alpinopet, waar zijn haar in blonde krullen onder uitsprong.

We dronken cocktails omdat je volgens Timbeer op dit uur van de nacht geen wijn meer dronk en inderdaad zag ik om mij heen adolescenten en volwassenen met een gekleurd, gemengd drankje in hun hand, met feestelijke glazen met olijven aan stokjes erin of een oranje schijfje op de rand. Hij bestelde voor hemzelf een manhattan, dat hij uitsprak met ronde a's zoals de Sicilianen het zelf deden, voor Engels waren ze doof, het kleinste woordje was voor hen abracadabra. Mij raadde hij, als ik niet van whisky hield, een marguerita aan.

Ik was de marguerita vergeten. Eens zat ik op de rand van een steile rotswand boven zee. De zon was al onder, maar de stenen wand gloeide nog oranje na van de hitte. Ik overwoog of ik daar de hele nacht zou blijven zitten. Ik overwoog te springen. Het was een verlaten stuk grond, in de verte bevond zich een houten bouwsel waar ik zojuist een paella had gegeten. De keet was louter bevolkt door mannen die naar de televisie pal boven mijn hoofd keken, waarop zich een wereldcup-voetbalwedstrijd afspeelde. Op mijn plaats boven zee hoorde ik zo nu en dan vlagen van gejuich. Ik wachtte tot mijn angst gelijk zou zijn aan de onmetelijkheid van de zee. Dan zou ik voorover duikelen. Zoals ik als kind op zwemles had geleerd te duiken: je zit rillend van angst op de rand van het zwembad. De badmeester leert je je armen boven je hoofd te strekken, je hoofd te buigen en dan in godsnaam, in godsnaam maar, je naar het water toe te laten vallen. Mijn geliefde had mij voor een ander ingeruild, ik had nergens waar ik naartoe kon.

Toen had plotseling die vrouw naast me gestaan. Ze was wat ouder dan ik, ze had witblond haar. Ik dacht dat ze zei dat ze Marguerita heette, ik verstond nauwelijks Spaans, ze woonde een eind verder op het klif. Ik had drie weken met geen mens gesproken, ik woonde als een vreemde in het hotel, doolde rond over het eiland, zwom dan hier, dan daar. Wij konden elkaar niet verstaan, maar we praatten tegen elkaar terwijl ze me mee naar haar huis troonde. Ze woonde er alleen, ze maakte een drankje voor me klaar. Haar huis was een klein toverhuis met overal belletjes en klokjes die op de zachte avondwind tinkelden, alsof we ons in een tovertuin bevonden. Het drankje was wit en de rand van het glas was gedrenkt in zout. Ik had nog nooit zoiets goddelijks geproefd. Zij praatte en ik praatte en hoewel we elkaar niet verstonden, hadden we het over de maan en over de sterren, over de vangst uit de zee en de kleine bloemen in haar rotstuin. Na drie drankjes bracht ze me in haar roestige Renault 4'tje terug naar het hotel. Nee, ze wilde niet in mijn hotelbed blijven slapen. Ik heb het huis op het eiland nooit teruggevonden.

Dat was dus een marguerita die ze me te drinken had gegeven, de vrouw die ik in gedachten Marguerita was blijven noemen, een combinatie van tequila, gin en limoensap.

Zodra mijn lippen het zout van de rand van het glas en de alcohol proefden, kwam de geboorte van het gevoel van die avond van langgeleden weer boven. Ik was het niet vergeten, ik had er geen namen voor gehad, geen duidingen. Nu ik de marguerita weer proefde kon ik het benoemen, het gevoel eeuwig in zoet en zout geluk te kunnen zijn, tot aan het eind der tijden te kunnen blijven in die weldadigheid die geen enkele omvang had, geen andere inhoud dan leegte en het zoet dat door je heen stroomde, de goedgehumeurdheid van de alcohol die in je daalde, het zout om je bij de les van dat geluk te houden, de wens dat het onuitputtelijk was wat je met kleine nipjes tot je nam, een altijd gevuld glas marguerita, dat het nooit leeg zou zijn, dat dit inhouds- en omtrekloze geen einde zou kennen.

Ik dacht aan het spookpaard dat we die dag hadden gezien en ik begreep voor het eerst goed de consul van *Under the Volcano*: wat zijn wij eigenlijk, wij mensen die dolen en onder de zon lopen, wat stellen wij eigenlijk voor? Beter is het het paard af te wachten en te groeten in een groots delirium, een wit paard, een nachtmerrie bij de consul, of het hybride spookpaard op de weg naar Donnafugata dat aan alle illusies een einde maakte. Geef het op, geef het op!

— Die moord in Cogne zit me dwars, zei Timbeer en haalde me uit het begin van een droom.

— Die marguerita maakt gelukkig en vernietigt, zei ik.

— Je moet oppassen met dat spul, zei Timbeer, straks een tweede en dan basta.

— Ik wil best eindigen als de consul onder de vulkaan, zei ik. Timbeer grinnikte.

— Ik herken dat, zei hij, niets liever dan dat, maar er moet brood op de plank nietwaar? Er klopt iets niet in die hele affaire, zei hij, ik lees hier dagelijks in *La Stampa* of *La Sicilia*, goede kranten, nog niet in handen van Berlusconi, dat de zaak vreemd is, voorpaginanieuws is het, nu al weken, in heel Italië, ik lees alles, uitspraken van de officier van justitie, van de verdediging, er worden honderden manuren aan besteed, wist je dat, dag en nacht vliegen er helikopters af en aan, het parket in Turijn heeft het er razend druk mee, de journalisten staan in de stijgbeugels en ze komen geen stap verder, geen stap.

— Waarom gaat het ze dan? vroeg ik.

— Ik heb dat televisie-interview met Annamaria Franzoni opgenomen, zei hij, ik bekijk het elke dag, ik speur het op de seconde af naar enige aanwijzing, maar geen spoor, geen spoor, meestal geven verdachten in het beginstadium een teken af, een kleinigheid, een aarzeling, een blik, waardoor je denkt: misschien, misschien bestaat de mogelijkheid dat ze er iets mee te maken heeft, dat ze iemand anders dekt, dat ze verdriet wil voorkomen, het is een aardig meisje, een aantrekkelijk, betrekkelijk aantrekkelijk lief meisje, dat heb ik je laten zien op de krantenfoto's, zo iemand kan de waarheid niet verborgen houden, wist je dat haar man er een verzameling stenen op na hield waar sporen van het kalmeringsmiddel dat de dokter haar om vijf, zes uur in de ochtend had toegediend op te vinden waren, waarom hield die man er een stenenverzameling op na, denk je, wat betekent dat voor een huwelijk als je man kristallen gaat verzamelen?

— Geen idee, zei ik, wat zoeken ze?

— Een moeder, een jonge moeder die haar eigen babykind vermoordt, zei Timbeer, is het niet absurd? Geen moeder die haar eigen kind doodt.

Aan de horizon, achter de huizen van het intieme pleintje, zag ik door de heuvels het spookpaard aan komen draven.

— Ik betaal, zei ik en stond op.

Ik wilde de eeuwigheid nog niet in, de witte nachtmerrie nog ontwijken. Ik wilde blij zijn met de aanwezigheid van Timbeer. Ik was blij.

HOOFDSTUK 9

Volgens dokter Juvenal Urbino zijn er twee soorten Chinezen, zij die in de wapen-, vrouwen- en opiumhandel zitten en zij die voor ons de was doen.

Volgens mij heb je zo ook twee soorten bannelingen, ontevredenen en moordenaars. En die twee verschillen even weinig van elkaar als de Chinese fijnstrijkerij, waar tussen de lakens de kalasjnikovs drijven, en de Chinese oogheelkundige die in zijn vrije tijd van de opium geniet. De wereld van de Chinezen en de ballingen blijft voor buitenstaanders een raadsel.

Timbeer was al een banneling in spe geweest toen hij op zeventienjarige leeftijd op het kruispunt Bellinzona-Monte Ceneri twee schoolmaanden in de onderduik bij de kartuizers was gevlucht, de derde en laatste keer dat ik hem werkelijk had gezien, voordat ik hem hier op Sicilië had teruggevonden als een echte doorgewinterde expat.

Ik hou er niet van, van wat uit ons kinderen is gegroeid. Het leek zo veelbelovend te beginnen, vijf kinderen met een goed stel hersens, een hoop eigenzinnigheid en lawaai, nooit verveling, nooit lamlendigheid, geen televisie, schaken kon je of het onovertroffen monopolyspel spelen, waarbij de stations en de waterleiding een goede basis vormden voor toekomstig kapitaal. Al zat er dan motorolie op alle deurknoppen, zongen de negers de sterren van de hemel, jaste Engel wiskundig zuiver haar Chopin-etudes erdoorheen, dreunde Boeb de hele middag op het jam- en pindakaaspotje, zong Nicolaas' viool, en droomde ik een roman bij elkaar, op zolder, in Nicolaas' kamer, hadden de vissen stil verdriet om wat er van ons zou worden. Wijzelf wisten nog van niets.

Bij gelegenheid had Timbeer het er wel eens over gehad. Hij had er gaandeweg zijn leven verschillende theorieën over ontwikkeld. Een daarvan ging uit van het 'binnenste oor' en het 'buitenste oor'.

Het was, geloof ik, tijdens het souper op Heiligem Abend.

— Wij kinderen van deze familie hebben een te ruime doorgang van het buitenste oor naar het binnenste oor, had hij gezegd. Normaal hebben mensen alleen een buitenste oor, dat nodig is om in contact te komen met de buitenwereld, te horen wat de ander zegt, te horen dat lijn 9 eraan komt en je dus beter niet kunt oversteken op dat moment. Het buitenste oor is de belangrijkste voorwaarde voor overleven, had hij gezegd, belangrijker dan het oog of de geur of de smaak. Maar er bestaat ook een binnenste oor. Daar kwam ik op dankzij Beethovens latere strijkkwartetten. Opus 131 begon hij in de herfst van 1825, nog geen twee jaar later stierf hij. Hij was dus al zo doof als een kwartel toen hij die kwartetten schreef.

— Die kerstsalade moet op, zei mijn moeder, Engel en ik hebben niet voor niets de hele dag in de keuken gestaan.

Engel wierp een blik op mij. — Ze heeft de hele dag op haar gat gezeten en commando's uitgedeeld, siste ze me tussen haar tanden toe.

— Net als bij poëzie, zei ik, je leest het stil en je hoort het toch.

— Ik kende alle gedichten van Heine uitwendig, dat leerde mijn moeder mij, zei mijn moeder.

— Alle gedichten? vroeg Engel vals.

Er werd weer opgeschept. Het kerstbrood en een tulband stonden geduldig op ons te wachten. Het rijzen van het kerstbrood was elk jaar een probleem. We aten meestal plat kerstbrood en mijn moeder zei dan: — Ik begrijp er niets van, het kerstbrood wilde niet rijzen.

Het was niet haar schuld, ze kon nu eenmaal de dingen niet van de aarde los krijgen.

— De enige poëzie waar ik waarde aan hecht, zei Boeb, is de dichtregel 'Van kritiek word ik ziek', en die is van *Knikkertje lik*. Het klonk of hij een enorme woedeaanval zou krijgen over de hedendaagse poëzie, maar het onweer trok over.

— Meestal is er een heel smalle verbinding tussen het binnenste en het buitenste oor, de boodschappers, de lopers om het in schaaktermen te zeggen, worden geblokkeerd, al maken ze zich zo klein mogelijk. Soms komt er niets tot het binnenste oor bij de meeste mensen. Beethoven sprak: 'Muß es sein? Es muß sein,' en daarmee gehoorzaamde hij aan de wetten van het binnenste oor. Bij deze familie is de verdediging slecht, de lopers worden niet tegengehouden. Ze rennen heen een weer door brede kasteelgangen en beuken binnen en buiten op het trommelvlies om te worden binnengelaten.

— Wat bazel je nou man? vroeg Boeb, je hebt nog nooit in je leven een wedstrijd van me gewonnen, de laffe remises niet meegerekend.

— Kom, zei mijn moeder, als we op kerstavond over schaken beginnen wordt het ruzie. Geen politiek vanavond, geen schaken.

De kaarsjes aan de kerstboom knetterden en mijn vader stond op om te kijken of ons huis niet in lichterlaaie stond.

— Wisten jullie, vroeg Engel, dat er ten tijde van Newton *himself* enkele gelijkwaardige theorieën in omloop waren over het mechaniek van het heelal? Gelijkwaardig, hè, even goed toepasbaar als de zwaartekracht die we er bij toeval uit geplukt hebben, even goed verklarend als de wet van de zwaartekracht? Als die andere gezichtspunten de kans hadden gekregen, hadden we nu hetzelfde als nu, maar met een andere verklaring ervoor.

— Wat heeft dat met die twee oren van Timbeer te maken? vroeg Boeb.

— Alles, zei Engel.

Ik voelde wel wat voor de theorie van het binnenste oor. Al in de wieg, dat met dons vermomde fakirbed van mijn eerste dagen, meende ik te weten dat de stilte of de geluiden die mij omwikkelden een tweede betekenis hadden, die mij soms boven de hoge sferen van de muziek uittilden, me een andere keer de spijkers van het bed lieten voelen. Als iemand in de sneeuwlucht boven mijn hoofd zei: 'Doezel, woezel, doezel, wat een lief kindje.' dan kwam als een dreun het telegram op mijn binnenste oor binnen met de tekst: 'Wat een vreemd mormeltje, dat kan toch niet van mij zijn?' Als mijn moeder mij op driejarige leeftijd *Sneeuwwitje* voorlas hoorde ik in de woorden van het verhaal andere woorden: dat zij mijn stiefmoeder was, dat mijn echte moeder dood was en mij had gedroomd: een prinsesje met ravenzwart haar, met een huid zo blank als de sneeuw buiten het raam en een mond zo rood als de druppel bloed op haar vinger, door de borduurnaald veroorzaakt. Dat van dat haar is uitgekomen, dat was het deel van haar droom dat waar was.

Soms ook was het geen droom maar een 'absentie'. Zo zat ik in de eerste klas van de Grote School, een jaar vooruitgezet. Het was nazomer, de zon was onbetamelijk heet en de gordijnen van bleek, dik katoen, een vijf centimeter brede, donkerrode zoom eraan, waren gesloten tegen het lage licht. Juffrouw de Wit was boos op de klas. Ik had geen idee waarom. Zulke dingen gebeurden nu eenmaal, dat iemand boos op je werd. Voor straf moest de klas de ruggen rechten, de armen over elkaar vouwen (juffrouw de Wit deed het voor, ze instrueerde ons precies hoe we de armen over elkaar moesten vouwen) en de monden stijf dichthouden. Makkelijk zat vond ik. In de stilte die volgde en die een halfuur moest worden volgehouden, volgde ik de dikke vlieg die vergeefs door de gesloten gordijnen naar buiten wilde. Ik hoorde ergens een bel en direct daarop het geluid van kinderen die joelend en schreeuwend de school uit kwamen, blij met de eerste vrije lucht van de dag, de gouden bladeren van de lindebomen op het schoolplein waar je tegen schoppen kon, de bondgenootschappen die werden gevormd of verbroken op dat uur van de middag, de bekende weg naar huis.

Juffrouw de Wit wees onverbiddelijk op de klok boven de deur. Ze legde een vinger tegen haar lippen, geen woord wilde ze horen. We hadden nog een kwartier te gaan. Ze corrigeerde de schriften. Als een door mussen gesloten vergadering daalde de stilte over het schoolplein. De andere kinderen waren naar huis. Onze klas zat doodstil rechtop. Mijn hoofd werd warm en leeg, ik keek naar de bleke katoenen gordijnen met hun donkerrode zoom, de niet-aflatende vlieg. En zij wenste zich een kindje met ravenzwart haar, dacht ik, en toen ging ze dood, dacht ik erachteraan.

Wat als de koningin, die keer in de vorm van mijn moeder in de keuken, mij dood zou weten in plaats van andersom? Wat als mijn moeder steeds vaker door het keukenraam naar de poort van de tuin keek of ik er al aan kwam? Dat ze naar de klok keek en zag dat het al ver over vieren was, dat de andere kinderen allang thuis waren gekomen, Greetje en Carla, de tweeling Bea en Trix, de jongens van Doeve en Spaans? Waarom was haar dochter nog niet thuis, was ze soms dood?

Voor het eerst overviel mij de volledige gedachte dat ik

dood was, dat ik niet meer bestond. Ik vond dat niet erg, ik vond het een feit. Maar ik bekommerde me om de anderen. Om Timbeer, die verdwaasd mijn lege graf in keek, om mijn moeder die huilend de zilveren kandelaars begon te poetsen.

Het was alsof de watergeuzen de dijken hadden doorgestoken. Een golf van tranen brak uit mijn ogen naar buiten. Ik probeerde doodstil te blijven zitten in de voorgeschreven houding, maar het water was niet te stuiten en soms snoof ik om het schrift op mijn lessenaar niet te doorweken. Je kon het zo gek niet bedenken of juffrouw de Wit zag wat ik deed.

— Wat is er aan de hand? vroeg ze me.

Nu brak ik in duizend stukken uiteen: — Mijn moeder zal denken dat ik dood ben, zei ik.

Juffrouw de Wit keek op de klok met de rode secondewijzer. Ik lag zeven en een halve minuut voor op haar strafexpeditie. De klas werd onrustig, zouden ook hun moeders zich niet afvragen waar we bleven? Juffrouw de Wit keek me dit keer óver haar bril heen aan. — De klas kan gaan, zei ze.

Ik had dit slagje gewonnen, maar niet het oorlogje, zeiden haar ogen.

Ik vervolgde mijn opleiding zo beleefd mogelijk. Ik deed de rondjes in de kerk, ik haalde een negen voor mijn catechismus, ik verdroeg de onwaarschijnlijkste verhalen over mirakels zonder een vraag te stellen, ik dofte lelietjes-van-dalen op in hun vazen.

Na zes en een halve maand mijn goede gedrag, mijn goede cijfers en mijn onverwachte charges verdragen te hebben, liet ze mijn moeder op school komen en stuurden ze me, in wijs overleg, de volgende tweeënhalve maand terug naar de kleuterschool.

Telkens probeer ik het bovenstaande uit het een of andere verhaal te houden dat ik aan het vertellen ben. Evenzoveel keren sluipt het er weer in. Juffrouw de Wit die als een buldog van achteren tegen me op springt en kwijl achterlaat. Mijn moeder die onder de door de minderbroeders gewijde juffrouw de Wit niet weet of het om haar gaat, om haar Duitse accent of om mij, het wisselkind dat haar in de schoot was geworpen.

In ieder geval had ik op die leeftijd al genoeg van het binnenste oor geleerd om Timbeers theorie voor een groot deel te begrijpen.

— Anatomisch gesproken, vroeg Boeb op het kerstavondsouper, kun je dat binnenste oor ook anatomisch aanwijzen?

Nadat hij de theorie van de twee oren weer als te kinderachtig had afgezworen, zei Timbeer: — Dat is meer iets voor jou, kun je goed poëzie mee onderwijzen, kun je al die leerlingen van je in doen geloven. Zijn dédain voor mijn baan aan het jezuïetencollege was groot. Als je schrijver wilde worden dan moest je al je hebben en houden erin gooien, dan moest je al het andere vergeten, een baan, kinderen, diploma's. Je moest je schrijverschap léven, zoals hardlopers hun hele leven inrichten rond de sintelbaan. Je kon eens een college lopen, hier of daar, maar tentamens of examens doen was uit den boze. Met een baan moest het schrijverschap wel een farce zijn.

— Wat vind je van onafhankelijkheid? had ik gevraagd. Een schrijver moet onafhankelijk zijn van wie dan ook, je moet zonder hulp en schuldgevoelens kunnen schrijven. Overigens bestaan er geen schuldgevoelens, alleen schulden. Ik wil geen schulden. Ik wil vrijheid, absolute vrijheid voor mijn woorden. De woorden komen immers zelf ook zonder mij om toestemming te vragen, of hun eigen prijs te bepalen. Stel je voor dat de woorden zelf hun waarde bepaalden, dan had je boeken met dure woorden en met goedkope.

— Die laatste categorie is oververtegenwoordigd, zei Timbeer. Maar dat was in de tijd dat hij nog een beetje naar me luisterde.

— Zulke boeken bestaan niet, ging ik door, je hebt boeken met de juiste en met de niet-juiste woorden en als ze niet juist zijn dan hoor je dat met je binnenste oor, om jouw theorie aan te halen. Een gelogen taal, dat kan, een gemeenschap met een volledig gelogen taal. Als je daarvan afhankelijk bent ga je liegen, krullen aanbrengen om de mensen te behagen.

— Goed, goed, Andrea, zei hij, ik leef nog in je ouderlijk huis, ik leef op de zak van mijn ouders, maar daar betaal ik ook voor. Je hebt volkomen gelijk. Ik buit alles uit wat ik kan, in geldzaken, in ervaringen, maakt niet uit wat, als ik de mensen maar zo ver krijg dat ze m'n boeken willen drukken. Ik eet er zelfs de schaal gamba's voor op, zonder te blikken of te blozen.

Ik moest lachen. Hij had me verteld dat zijn uitgever hem de eerste keer mee uit eten had gevraagd om 'eens een goed gesprek te hebben over een mogelijk vervolg van *Calvin en helpers*'. Het was een duur restaurant. De uitgever had Timbeer de gamba's aangeraden, zelf bestelde hij een tongetje. Timbeer had nog nooit van gamba's gehoord. Wat hij op zijn bord kreeg at hij op, met vork en mes, keurige tafelmanieren had hij. Met een mond vol schillen, als Demosthenes op het strand van Athene, probeerde hij antwoord te geven op de vragen die de uitgever stelde. Ze stelden elkaar op de proef: Timbeer at de schillen, de uitgever vertrok geen spier.

— Maar wacht maar, had hij tegen mij gezegd, op een dag vertrek ik naar Italië, dan zie je me niet meer terug in dit land waar alles wat groots en subliem is klein wordt gemaakt en lelijk.

Hij had een barok beeld van schrijvers in ballingschap. Als een vorst zou hij leven, graven zouden hem onderhouden, verveelde baronessen hem als verwendier nemen. De werkelijkheid in Italië stond zo los van deze droom dat hij in de praktijk de lessen leerde die hem tot de volgende theorie verleidden om te verklaren waarom wij allemaal het leven als een zwaar beklimbare ladder ervoeren: er was erfelijke gekte in de familie. Vanaf een grote afstand kon hij dat duidelijker waarnemen, bij hemzelf in de eerste plaats, maar niet minder aanwezig bij de anderen, in de tweede plaats bij mij.

Er waren aan de Hollandse kant duistere voorzaten met hysterische aanvallen, die in het gekkenhuis waren beland. Hij haalde het voorbeeld aan van de oudste zuster van mijn vader, die haar doctorstitel Grieks en Latijn had behaald, waarna ze in gillende waanzin de Atlantische Oceaan was overgestoken naar Brazilië om daar de kinderen van de vuilnisbelt te leren dat homo homini lupus was. Ze had er een brave oplichter ontmoet, was met hem getrouwd en had zich gevestigd in een vissershuisje in Zeeland, waar ze, blind geworden, wegkwijnde. Of de depressies van onze ongeliefde oma, die dan in een verduisterd huis de rozenkrans bad. Dan had hij het nog niet eens over het niet-bestaan van ooms of tantes die mijn vader had, over de nooit tot leven gebrachte grootouders die hij moest hebben gehad. Volgens Timbeer waren die allemaal in het in het gekkenhuis beland of aan melancholie overleden.

Om aan zijn eigen melancholie te ontkomen vluchtte hij naar Italië. Het licht daar zou hem behoeden voor somberte en buisjes Chefarine 4. Het land omarmde hem met zijn schoonheid, hij had het maar voor het oprapen. Rapen deed hij, maar hij raakte zijn twee demonen niet kwijt, zijn buiten zijn oevers tredende liefde voor vrouwen die hem te extravagant vonden en zijn steeds vaker terugkomende depressies. Hij werkte hard, hij had zijn leven in zijn schrijverschap opgeborgen, hij ontving prijzen uit het vaderland, maar de woorden, de woorden die hij schreef of de woorden van kritiek bij het verschijnen van zijn boeken, vielen als schaakstukken in de open haard van de onbereikbare Alice, die hem van de duivel van de middag zou bevrijden.

Dat schreef ik hem toen ik in Amsterdam een Russisch-orthodoxe doop had bijgewoond. 'Daar lopen ze wel driemaal driemaal driehonderd keer om de boreling heen, met wierook en zware basstemmen en zeggen *dobrovski dasja*. Dat betekent: ga weg, duivel van de middag. Die ken je wel, meen ik,' schreef ik.

Ikzelf was er vaak genoeg door bezocht, maar ik wist niet dat de Russisch-orthodoxe kerk er woorden voor had gevonden, voor de duivel van de middag. Zijn bezoeken vinden plaats tussen twee en vier uur. In verstandige landen maken ze hem onschadelijk door hem siësta te noemen. Ze ontlopen hem daarmee, ze leggen daar hun oor op zijn kussen. In Rusland trekken ze flessen vodka voor hem open. Maar wij weten hem niet te benoemen. Hij komt met een kwast, doopt hem in het vernis vermengd met een scheutje zwarte inkt en begint alles te lakken, zodat de dingen niet meer kunnen ademen en hun kleur verliezen: je jaren, je jeugd, je liefdes, de tijd. Je boeken worden onleesbaar, je adem keert terug in je mond.

Wij schreven jaar in jaar uit zo goed als we konden.

Je weet dat het werk zo goed mogelijk moet gebeuren in de zware uren na het middagslaapje op het land tot aan het plotselinge invallen van het donker. Eerst verzamel je de stenen. Daarmee begint je eerste verwondering. De stenen zijn geen obstakels meer die kunnen worden weggeworpen, maar voorwerpen om iets mee te maken, een altaar, waarvan je niet weet waar het goed voor is, de tijd blijft de tijd, de ruimte oneindig, de ander degene aan de rand van je blikveld. Je weegt de stenen, je bevoelt ze, je beoordeelt ze op hun hoeken en rondingen. Ze zijn uit hun anonimiteit verlost met het doel samen met andere stenen gepast en gemeten te worden, net zolang tot er een muurtje ontstaat waar zelfs de stormen van de Kaspische Zee geen vat op hebben. Het pleziert je, dat meten en inschatten en stapelen, net zoals het je pleziert dat de ander dan jij hetzelfde doet. Er ontstaat iets waar eerst niets was, het niets van al het land om je heen. 's Nachts droom je van de stenen, hun vormen hoe ze zich zouden kunnen voegen naar je wil, nee, niet naar je wil, naar het kunnen van je handen, die beter dan jij de stenen aan elkaar weten te voegen. Het is voor het eerst dat je het woord maken begrijpt. De zwarte tent is niet gemaakt, die was er al voordat je ademhaalde, je thuis is er altijd. Het ploegen, zaaien, wieden, rat houden en oogsten waaruit je dagen bestaan is je werk. Je maakt het niet zelf, je schept voorwaarden, maar hoe het groeit en waarom het dat doet is je onbekend, je vraagt het je niet eens af. Je doet wat ermee moet worden gedaan. Maar sinds je vaders opdracht is er iets nieuws in je leven gekomen, je maakt iets wat schaduw werpt en de ander doet hetzelfde. De dagen gaan voorbij, de lucht is soms schraal, de zon soms te heet. Er zijn ook dagen dat je na het werk geen stenen inschat, maar in het gras ligt, kijkend hoe de twee muurtjes groeien. Die hebben geen tijd nodig, die moeten niet op het juiste moment geplukt en gegeten. Ze staan en wachten af wat de bedoeling is van hun evenwicht. Hetzelfde wacht jij af. En je broer.

Pas na zeven jaar deed Timbeer een mond open tegenover mij over zijn lichamelijke conditie. We hadden een kacheltje gekocht bij Brancato. Overdag meden we de zon, zolang we niet op het strand waren, maar 's avonds zat ik te rillen van de kou. Het was eind begin maart.

— Dat moet afgelopen zijn, zei Timbeer.

— Ik ga er niet dood van, zei ik, en de lente staat voor de deur. Waarom zou je nu nog een kacheltje kopen?

— Wat zou je kiezen, deed Timbeer het spelletje uit onze jeugd, als je móést kiezen: honger of kou? Je móét kiezen, anders maak ik je dood. Dat is nou het stomste wat ik heb vergeten zei hij, ik zit jarenlang in Toscane en het eerste jaar daar, de winter dan, bleef ik dagen in bed om de kou te vermijden, het was daar onder nul en ik had niets anders dan een gewoon butagasfornuisje om me warm te houden, daar heb je niet veel aan, aan zo'n driepitje, alle dekens in huis had ik op mijn bed gestapeld, en truien en mijn jas, je had eens moeten zien onder wat voor torenhoge stapel ik lag, hele ijskoude dagen, geen teen durfde ik uit bed te steken en die butagasfles was om de haverklap leeg, dan moest ik weer naar signor Petrolito, zo noemde ik hem, om een *bombola* te kopen, drank helpt natuurlijk, genoeg flessen whisky in huis, maar je kunt je niet veroorloven om je hele leven je roes uit te slapen, dus toen ik onder die dekens vandaan durfde te komen zwoer ik dat ik nooit meer zo'n winter wilde meemaken en toen heb ik een kacheltje gebouwd.

— Hoe kun je nu een kacheltje bouwen? vroeg ik en ik dacht: kachels bouw je niet, die zíjn er.

— Als je maar een schoorsteen hebt, zei Timbeer, als je een schoorsteen hebt hak je, veeg je, metsel je en de rest is hout sprokkelen, hout om te sprokkelen genoeg in dat wolvenhuis in Toscane waar de wind doorheen joeg en sprokkelen is beter dan de hele dag in je bed liggen, geloof me.

— Honger, zei ik, ik zou honger kiezen, beter honger dan kou.

We zaten in de kasteelachtige ruimte van een restaurant. Geen mens te bekennen.

Timbeer keek me lang aan. — Dat zal de meerderheid van de mensheid je niet vergeven, zei hij.

— Maar het vuur hebben we getemd, zei ik, het vuur kunnen we overal heen brengen.

— Voedsel ook, zei hij.

We dronken maar eens een grappa tegen de koude ruimte.

— Maar ik wist niet dat de huizen hier geen schoorstenen hebben, zei hij, je kunt metselen en stenen bikken tot je een ons weegt, maar als de rook niet kan opstijgen ben je nergens. Afgelopen winter zat ik verdomme weer in de kou, hier, op het zuidelijkste puntje van Europa! Kou lijden!

— Ik koop wel een elektrisch kacheltje voor je, zei ik.

— Een elektrisch kacheltje kopen is geen kunst, zei hij, weet je hoe duur de stroom is die zo'n ding verbruikt? Dat kan ik helemaal niet betalen, waaruit moet ik dat bekostigen? Ik kan me beter harden tegen de kou, de eskimo's ervaren kou anders dan wij, wist je dat? Het is niet alleen een kwestie van ijsberenbont, hier loopt alleen de maffia in bont, die vrouwen in die sabelbonten, chinchilla's, heb je die gezien? Die weten van niks, hun man een moordenaar, maar je moet toegeven, het zijn mooie vrouwen, god, wat een mooie vrouwen. Meestal te oud, de grens ligt bij mij bij tweeëndertig, maar dat had ik je al verteld, maar jong in sabelbont, hij zuchtte.

— Dan kun je tenminste zelf bepalen om het één dag van de week warm te hebben, zei ik: bijvoorbeeld op zaterdag.

— Waarom op zaterdag? vroeg hij verbaasd.

Bij Brancato waren twee klanten vóór ons. Het was het geniale soort winkel waar de schappen vol staan met houten en kartonnen doosjes die alles herbergen wat voor

loodgieten en elektriciteit nodig is, alle schroefkoppelings-
bouten, alle maten stekkers en stopcontacten. De winkel
was zo klein en vol dat wij buiten het kralengordijn onze
beurt moesten afwachten. Bij de mannelijke klant voor ons
was dat geen probleem. Brancato vroeg, de man antwoordde, de problemen werden duidelijk en werden vervolgens
opgelost. Een koop werd gesloten. Bij de vrouw was het
iets moeilijker. Ze hield in haar ene hand een gloeilamp,
in de andere een stekkerdoos klaaglijk omhoog. Brancato
was vriendelijk, maar beslist. Hij hield de gloeilamp bij
de stekkerdoos, praatte, haalde beide voorwerpen weer ver
uit elkaar, haalde zijn schouders op en zei met gestrekte
armen: — Hè??!

Hij keek langs de vrouw heen vragend naar ons.

— Ik ga dat ding niet de hele weg naar huis dragen, zei
Timbeer, dat staat mijn conditie niet toe. Ik moet eerst de
auto halen.

— Ben je gek geworden? vroeg ik, dat ding weegt niets.
Voor je bij de auto bent, heb ik het al bij je voordeur afgeleverd.

Ik pakte de plastic tas en begon te lopen. Alles wat je op
Sicilië koopt wordt in een plastic tasje gestopt, die in sta-
peltjes naast de kassa liggen. Eén brood in een mooie bruine zak, hup, het gaat in het plastic. De boodschappentassen
die je hebt meegebracht en uitnodigend openhoudt worden genegeerd. Zelfs het pakje boter kan niet in het plastic
tasje van de bakker. In sommige delen van Sicilië vind je
ze terug, die tasjes, in Agrigento, in Augusta, altijd aan de
rand van het strand, in groten getale heil zoekend bij elkaar, tegen de betonnen muur van een half afgebouwde
flat bijvoorbeeld, verwaarloosd op een halfgraslandje waar
oude auto's staan geparkeerd.

Bij het kacheltje van Brancato hoorde een doos. Hoewel
Brancato zijn grootste maat plastic tas tevoorschijn had

gehaald, wou doos er niet in passen. In zo'n geval wordt het kacheltje uit de doos gehaald en in de tas gewurmd. Brancato straalde omdat het hem was gelukt. De hengsels kreeg ik niet bij elkaar. Ik droeg de nieuwe aankoop met twee handen tegen mijn borst geklemd.

— Zo ga ik niet over straat, zei Timbeer, we zijn hier niet bij de Turken.

Tenslotte namen we het lichtgewicht dingetje tussen ons in, ieder van ons een handvat van de grote plastic tas, en liepen de zeven minuten naar zijn huis, Timbeer zuchtend en steunend, zijn zwarte alpinopet op het hoofd, zwaar leunend op de stok in zijn andere hand.

— Porca miseria, zei hij toen we het ding de trap op hadden gesjouwd, maak het je gezellig, neem wat je wilt, er is brood, er zijn eieren, er staat ook ergens een gisteren gebakken pruimentaart, water, spumante, neem alsjeblieft wat je wilt, ik moet even bijkomen.

Hij strekte zich uit op de bank en sloot zijn ogen. — Mamma mia, zei hij zo nu en dan. Ik bekeek de instructies en sloot het kacheltje aan op het elektriciteitsnet. Er begon zich een zacht vermoeden van warmte een weg door de kamer te banen. Ik roosterde twee boterhammen boven het vuur en besmeerde ze met boter.

In ons gezin was het verboden ziek te zijn. Mijn moeder had zoveel maatregelen genomen om ziektes te voorkomen, alles ten bate van ons, dat een tussen de spoorbomen gebroken vinger nog net als zodanig kon worden herkend, maar griep, kinkhoest, buikpijn behoorden dankzij de getroffen voorzorgen tot de onmogelijkheden. Ik herinner me dat mijn vader één keer in zijn leven een paar dagen van zijn verantwoordelijke baan is weggebleven, omdat de thermometer onverbiddelijk naar de veertig graden wees. Was je eenmaal het slachtoffer van vreemde apparatuur als een thermometer, dan moest je in bed blijven en werd je verder genegeerd. 's Morgens een oneetbare boterham, 's middags om vier uur een kop thee met een sinaasappel in schijfjes, 's avonds een bouillon met ei. Zolang de boterham niet op was, had je geen honger. Van verhalen vertellen of voorlezen werd je uitgesloten, dat kon je pas weer aan als je beter was. Het was dus zaak zoveel mogelijk misbaar te maken om aandacht te krijgen.

De keer dat mijn vader griep had, zaten we net als een echte familie met wat uit school meegebrachte vrienden thee te drinken. We vertelden van school, we lachten, we vroegen mijn moeder ons de thee ons nog eens in te schenken, toen de deur langzaam openging en mijn vader op handen en voeten over het parket kwam kruipen, in pyjama en met een zwarte baard van drie dagen

— Een sinaasappeltje voor een zieke man, klaagde hij, wie wil er een sinaasappeltje maken voor een zieke man, die door iedereen wordt vergeten?

We moesten telkens weer lachen als een van ons het verhaal ter illustratie ophaalde.

Maar Timbeer was écht ziek geweest, als je als maatstaf het aantal doktoren nam dat zich over hem had gebogen. Het gebeurde op het moment dat de *Kladderadatsch* in onze familie kwam. Euripides zegt: wiens huis eenmaal door de goden is bezocht, diens huis zullen ze meermalen treffen. Euripides schreef de zwartste tragedies, daarbij vergeleken is Céline een optimist met vertrouwen in de mensheid, in een bepaald deel van de mensheid, haast ik me te zeggen, niet het beste deel.

Eerst kreeg Boeb voor zijn vijftigste een hartaanval tijdens een fietsvakantie in Zeist. De aanval was zwaarder dan de doktoren aanvankelijk dachten en Boeb begon aan de tweede helft van zijn leven met een extra hindernis in zijn hordelopersbestaan. Vlak daarop lag ik maanden met het stenen hoofd van Brancusi in bed, niet in staat om de afwas te doen, niet bij machte iets anders te eten dan bonen uit blik, appelmoes uit potjes, lang bewaarde potjes soep, oude repen chocola, de deuren gesloten, de telefoonstekker eruit. Ik wist niet hoe een depressie eruitzag. Als ik me met veel angstzweet op straat vertoonde, om wat noodzakelijke eieren, bouillonblokjes en een bosje bieslook aan te schaffen, zeiden de mensen: — Hallo, wat zie je er goed uit! Alle mensen liegen. Of ikzelf lieg het allermeest.

Ongeveer tegen de tijd dat ik de Brancusi door de ruiten keilde en weer begon met de dingen om me heen waar te nemen, punten op te schrijven die de dagen moesten vullen, erover begon te denken professionele hulp in te roepen, arriveerden bij ons de eerste alarmerende berichten over Timbeer.

Zijn laatste vriend was na een armzalig ziekbed in Perugia gestorven, Timbeer had tot het laatste toe naast het bed op een luchtbed geslapen, de lakens ververst, het weinige naar binnen gelepeld wat de vriend nog kon verdragen en zijn droge hand vastgehouden. Hij had nog net een in memoriam voor zijn vriend kunnen schrijven, afscheid van zijn dochter kunnen nemen, die hij vanaf haar derde in zijn eentje had opgevoed en die nu in Nederland naar het gymnasium moest, toen zijn laatste en derde vrouw hem definitief verliet. Wat te doen? om met de wanhopige baas van het Russische spul, Lenin, te spreken.

Timbeer besloot dat het genoeg was geweest. Hij was zo ziek van alles dat hij dood wilde. Maar net zoals zijn vader de aandacht vroeg door als een hond in pyjama over het parket te kruipen, wilde hij het niet voordat hij iedereen van zijn plan op de hoogte had gesteld. Telefonisch, vanuit het tochtige wolvenhuis in Toscane, met de kettingzaag, waarmee hij het hout voor zijn kachel had gevierendeeld, binnen het bereik van zijn hand en hals.

Soms strooit God kiezelstenen op paden zó dat ze in één richting liggen.

Alleen Engel bleef enigszins buiten schot. Althans, haar zwarte Fries gooide haar in een verlaten bos op een onverwacht moment van zijn rug en liet haar met gescheurde kniebanden liggen. Een maand later stierf het tijdens zijn slaap aan een hartinfarct en Engel liep een jaar lang zwaar steunend op een kruk of op haar man.

Mijn moeder negeerde deze godenbezoeken aan haar kinderen en vond dat we flink moesten zijn en ons niet moesten aanstellen. We probeerden het.

HOOFDSTUK 10

Naderhand zei Timbeer dat het iets chemisch was. Het verschil tussen overgeërfde ziekte in de familie en de loutere chemie was niet al te duidelijk in zijn uiteenzettingen, maar hij schoof karakteraanleg, overgeërfde eigenschappen, de wetten van Mendel en sociale omstandigheden ter zijde ten bate van een theorie dat de mens in het geheel niet bestond uit een al dan niet gevormde persoonlijkheid die wilsbesluiten kon nemen of keuzes kon maken, maar uit een stelsel van chemische impulsen die verder door niets veroorzaakt werden dan door chemische capriolen.

Mijn moeder raakte door zijn niet-aflatende retorische indoctrinaten zo van de wijs dat ze zich liet verleiden tegen de pastoor van de kerk te zeggen: — Ach, een mens bestaat tenslotte alleen maar uit chemie.

— Als u dat gelooft, zei de pastoor, dan kunt u net zo goed meteen doodgaan.

Die kleine conversatie verstoorde voorgoed de relatie tussen mijn moeder en de Roomse Kerk want doodgaan was tenslotte niet iets wat je voor je lol deed.

We waren er allemaal belept met Seneca's adagium dat de laatste vrijheid in je polsen lag en spraken met elkaar vriendelijk maar heftig over de voor- en nadelen ervan, maar naarmate we ouder werden, werd het zwijgen erover groter en groeide het denken erover evenredig.

Timbeer was de eerste die het uitvoerde.

De banneling met de kettingzaag bij de hand werd vanuit Toscane naar Nederland gehaald en mocht zijn verdriet over zijn verloren geliefde en kwijtgeraakte dochter in zijn deprimerende appartement in Amsterdam Oud-Zuid uitzingen. Zijn ballingschap, 'het grote gebaar' zoals hij het zelf noemde, was in rook opgegaan. Hij was op handen en knieën teruggekomen, huilend om alles wat hij had verloren, de drank als enige vriend en troost, zonder geld, zonder toekomst.

Ik was juist weer uit een moeras omhooggeklommen, had me als de Baron von Münchhausen aan mijn pruik opgehesen, en beleefde een nieuwe lente met een nieuwe geliefde. Elina, haar naam klonk als de amandelbloesem op het kale hout.

Tijdens een warme juniavond waarop alle deuren openstonden, uit de tuin de geur van de rozen het huis binnendrong en het zachte geritsel van de driehonderd jaar oude beuk een beschermend geluid in de stilte vormde, zei ik:

— Elina, ik vertrouw het niet. Ik ga even Timbeer bellen.

— Gaat wel, zei Timbeer met zwakke stem. Ik legde de hoorn er weer op en zei: — Elina, het is daar een foute boel. Ik ga even een kijkje nemen.

Elina stond erop mee te gaan. We sprongen op onze fietsen en de avond was zo zacht, de stad zo verlaten, de bomen langs de grachten vol en verlicht, pianomuziek uit een open raam, een ronde maan boven de huizen met mensen, dat we door het grote sprookjesbos fietsten, vol geheimen en bloemen bij nacht en wegschietende hazen en konijnen.

We fietsten elkaar voorbij, eerst de een, dan de ander, we hielden soms elkaars hand vast. De tram passeerde vrolijk tingelend.

Bij de voordeur van Timbeer vroeg ik me plotseling af waarom ik geen duplicaatsleutel van zijn woning had op-

geëist, al weken geleden. Maar hij deed open, zei niets, en wankelde terug naar zijn bed. Daar was de ravage. Zijn lakens waren zwart van het bloed. Hij lag op zijn rug, zijn armen langs zijn lichaam, zijn polsen met diepe sneden, in de juiste richting, in de lengte.
— Wel godverdomme, zei ik, wat krijgen we nou?
Hij mompelde wat.
— Zoek zijn dokter in het telefoonboek, zei ik tegen Elina en ik begon de wonden, waar donker bloed uit druppelde, te bekijken. Op de grond naast het bed lag een roestig stanleymes.

De dokter kwam binnen vijf minuten, stelde iedereen gerust, verbond Timbeers polsen met plotseling onwaarschijnlijk wit verband. Hij belde wat rond terwijl ik Timbeer in een broek hees en hem een overhemd aantrok. Het was een klus, hij was een halfdode ledenpop. Binnen een halfuur was de dokter vertrokken en hadden wij Timbeer in een taxi richting Lucas Ziekenhuis gedirigeerd.

We stonden wat ontheemd in de ongelofelijke rotzooi van zijn woning, een zwijnenstal met halflege en lege flessen, brieven in het rond gestrooid, al zijn dure kleren her en der, lege pijpen, volle asbakken. De keuken was een nog grotere ravage.
— Ik ga niet opruimen, zei ik, alleen die bebloede lakens gooi ik wel bij mij in de machine.

Ik was kwaad, dat was nog het meest verbazingwekkende. Er was een drift in me geschoten die Elina probeerde te sussen. Schaapskop om er op zo'n klungelige manier een eind aan te proberen te maken, als je het doet, doe het dan goed. Ik tierde en vloekte terwijl ik zijn bed afhaalde.

Even later fietsten we weer door het nachtelijk Amsterdams sprookjesbos, ik met een bebloede bundel lakens onder de snelbinder. Elina gooide met een grote boog het stanleymes in de gracht.

Thuis kwam nog het moeilijkste, ik moest mijn bejaarde ouders op de hoogte stellen.

— Niets aan de hand met Timbeer, zei ik tegen mijn moeder, hij leeft, hij ligt in het Lucas Ziekenhuis, hij heeft zelfmoord willen plegen. Ik heb hem bij toeval nog op tijd aangetroffen. De bebloede lakens heb ik meegenomen en stop ik wel in de wasmachine.

Omzichtiger kon ik het niet zeggen. Ik verplaatste me in haar, in de schok eerst, de opluchting dat hij nog leefde, de onleefbare gedachte dat een kind van je dood wil.

Het bleef even stil aan de andere kant van de lijn. Ik verwachtte een ontzettende gil, mijn vader die de hoorn zou overnemen, snikken op de achtergrond. Maar de stem van mijn moeder klonk rustig.

— Koud wassen, zei ze, bloed op katoen moet je koud wassen.

Eens was de ander tegen het middaguur ongelukkig in een kloof terechtgekomen om een lam te redden dat dacht dat ook de lucht uit grond bestond. Hij was op de terugweg van de waterput langs de kloof gekomen en had toevallig gezien hoe zijn broer, het lam om zijn nek, verwoede pogingen deed op het onder zich wegrollend gesteente naar boven te klauteren. Hij zette zich op een steen en keek naar de strijd van zijn broer. Tegenstrijdige gedachten trokken door hem heen. Was hij verantwoordelijk voor een lam uit de kudde van zijn broer? Als het graan platsloeg door een hevig onweer, dan was het de verantwoordelijkheid van het weer zoals dat in de wijde luchten over de velden trok. Het weer was de schuld van de God van zijn vader, die hun had opgedragen de altaren te bouwen die nu klaar waren en op hun bestemming wachtten. Hijzelf zou de extra moeite moeten opbrengen om het platte graan te oogsten.

Moest hij de ander redden omdat ze de eerste twee uit

een vrouw geboren en op aarde waren? Schuilden er geen geesten in de doornige struiken om de ander uit zijn benarde positie te halen? Nee, er huisden geen geesten in struiken en bomen, had zijn vader gezegd, er is maar één God, voor wie ze altaren hadden gebouwd. Maar dat was een God die hij niet kende, die even leeg was als de strakblauwe lucht die zijn oogst verbrandde.

De middag vorderde. De hitte in de kloof moest verstikkend zijn. Zijn broer zwoegde, maar zijn bewegingen werden trager. Het lam hield niet op met klagen. Kaïn dronk een handvol water en bleef het gebeuren beneden hem volgen. Hij wist niet wat hij moest doen. Hij had geen richtlijnen voor deze situaties.

Zoals heel kleine kinderen met elkaar spelen, dag in dag uit, en ze plezier hebben in elkaar en in elkaars driewielertjes en de bel die erop zit, die belt. Ze ruilen hun driewielertjes en rijden in het rond, zo hard mogelijk trappend. Het driewielertje met de bel is favoriet en gaat van fietser naar fietser. De eigenares komt er niet meer aan te pas en rijdt rond op een oud fietsje, maar dat doet geen afbreuk aan haar plezier. De kinderen zien elkaar elke dag, maar ze kennen elkaar niet.

Dan valt er een om, in de hitte van het fietsspel. Hij verwondt zich nogal ernstig. Er komt bloed op zijn knieën en bloed druipt vanaf zijn voorhoofd over zijn gezicht. Het spel wordt onmiddellijk gestaakt, de fietsjes kieperen op de grond en de kinderen groeperen zich om het slachtoffer en kijken gefascineerd op hem neer. Maar ze doen niets. Ze kijken alleen maar, niemand beweegt. Ze doen niets. Ze weten niet wat ze moeten doen. Dat is hun nog niet geleerd.

Zo zat Kaïn op de steen, de waterkruik bij zijn knieën, en keek. Er was in zijn geval geen toeschietende voorbijganger die de kinderen uiteenjaagt en zich om de gewonde bekommert. Zijn stille ouders zaten in de zwarte tent en wachtten tot de God hen weer onder zijn aandacht nam, ze treurden om het verleden. Kaïn zat alleen, er waren geen andere mensen op de wereld dan hij en zijn broer daar beneden.

Zonder dat er een reden was, zonder een waarom, en waarom zou er een waarom zijn? begon hij langzaam het touw dat ter versteviging om de waterkruik was gedraaid af te wikkelen. Het was te kort om zijn broer te bereiken, maar hij kon nu niet meer terug naar zijn toeschouwerspositie, hij kon niet meer ophouden met handelen. Hij daalde zelf in de kloof af tot hij een rotsblok vond waarop zijn voeten houvast vonden. Wijdbeens staand op de rots bond hij het touw om zijn middel en wierp hij de rest van het touw naar beneden. Het bereikte zijn broer nu ruimschoots. Die bond het uiteinde ook om zijn middel. Kaïn, de sterke, die het land met al zijn stenen omploegde, trok, en de ander, die alleen een oog op de dieren moest houden, hervatte zijn moed. Kaïn trok en de ander krabbelde zich met alle wil die hij in zich had naar boven.

Toen ze beiden weer op veilige grond waren, lag de ander ruggelings en uitgeput op zijn rug op de stenen. Het lam was blatend van vreugde weggehuppeld. Kaïn keek op zijn broer neer, terwijl hij het touw via elleboog en handpalm oprolde. Zijn broer bloedde uit de schrammen op borst en benen. Hij gooide wat water van de kruik over hem heen. Hij liet water langzaam stromen in de opengesperde mond van de liggende.

— En dat alles om een lam, zei hij terwijl hij zich op weg naar zijn land begaf.

— Om wat anders? zei zijn broer.

Die avond ging Kaïn niet naar de tent. Hij at dadels en druiven en keek omhoog naar de sterren en keek omlaag naar zijn voeten, die in het donker nauwelijks te onderscheiden waren. Hij begreep niets van zichzelf, van Kaïn. Waarom had hij de ander uit het dal getrokken, hoewel hij hem niets verschuldigd was? Was het omdat de ander zo vanzelfsprekend ook over deze lege velden trok dat hij er niet aan zou wennen als hij alleen was? Maar hij deelde zijn dagen met niemand. Het woord medelijden kende hij niet. Hij gaf er niet om als een lam werd geslacht. Waren het de geesten van het land geweest die hem het ingefluisterd hadden? Maar hij had geen stemmen gehoord. Was het uit hemzelf voortgekomen om zijn broer te helpen? Kaïn begreep zichzelf niet meer.

Timbeer verhuisde van ziekenhuis naar ziekenhuis en belandde na verloop van tijd in een gekkengesticht, waar hij later zeer waarderend over zou schrijven. Want alles in het leven wat hij meemaakte kwam in een van zijn boeken terecht. Hij was een schrijver die geen schrijver wilde zijn. Het werk zelf vond hij verschrikkelijk, de literaire wereld haatte hij met een in de loop van de tijd steeds heviger wordende haat. Van het geld dat zijn boeken opbrachten kon hij nauwelijks leven en zeker niet op de manier waarop hij gedroomd had te leven. Hij bewoonde in zijn ballingschap tochtige en vervallen woningen, hij zag tegen de toekomst op, hij ruziede met zijn uitgever, hij vond het schrijverschap een hel van een bestaan. De enige tijd dat hij gelukkig was geweest was in het gekkenhuis, zei hij.

— De mensen daar zijn zo verdomde aardig, zei hij, de patiënten hielpen elkaar, het personeel bestond louter uit schatten van mensen. Je werd met rust gelaten, geen gezeur over contracten aan je kop, ik was bevoorrecht, ik had een klein kamertje met een computer, maar daar werd ik regelmatig uit gehaald, mocht ik kiezen uit 'de ergo' of basketballen, de ergo heb ik altijd geweigerd, daar mocht je gekkenkunst maken die ieder jaar werd tentoongesteld, nou, gekken kunnen geen kunst maken, ze maken bizarre dingen waar je je over verbaast, ze hebben wonderlijke fantasieën, droomwerelden, maar kunst is het niet, ik geef toe dat het verschil met wat er in het Stedelijk te zien is zeer klein is, maar daar is eerst diepzinnig over geluld, net zo lang tot er een prijskaartje aan kan worden gehangen, maar geen museumdirecteur denkt erover die dingen van de gekken te kopen, hoewel die toch ook behoorlijk diepzinnig kunnen lullen hoor, geloof mij maar, hele nachten heb ik aan sommige bedden gezeten, 't ging altijd over God en de planeten herinner ik me en ik maar luisteren en soms iets verstandigs zeggen, alleen om ze niet in hun paniek alleen de nacht te laten doorkomen, nu, de ergo weigerde ik, maar basketbal vond ik leuk, vooral als dat ene bloedmooie verpleegstertje meedeed, dan sprong ik bij de basket zo hoog mogelijk tegen haar aan en dan voelde ik die tietjes tegen mijn borst, dat vond ik fijn, met haar had ik wel willen trouwen maar ze wilde me niet, welk meisje wil nu een zieke oude man zonder geld?

— Er zijn genoeg vrouwen die je leuk vinden, zei ik.

— Vrouwen, zei hij met afgrijzen, ik wil geen vrouwen, ik wil jonge meisjes die fluiten als sijsjes, net als die vent met die kar in dat liedje dat je grootvader altijd zong: 'Ik heb mijn wagen volgeladen vol met oude wijven.' Je grootvader wist waar Abraham de mosterd haalde.

Na zijn gekkenperiode waren Timbeer en ik een tijdlang van elkaar verwijderd geweest. Dat lag aan twee incidenten.

Het eerste was mijn eerste bezoek aan hem, nadat ik uiteindelijk de lakens met koud water had gewassen, gedroogd en gestreken, zo'n twee weken nadat ik hem had gevonden. Hij zat met gekruiste benen op bed. Hij was sterk vermagerd. De ogen achter zijn bril stonden vreemd, vijandig, hol, als van iemand die onder een gletsjer in een ravijn had gelegen en niet had begrepen hoe men hem toch nog had weten te vinden om verder te leven.

Op de vraag hoe het met hem ging gaf hij geen antwoord. Hij sprak helemaal niet. Ik vertelde hem dat de gewassen lakens op hem lagen te wachten, maar hij reageerde niet.

— Weet je wat ik van het gebeurde vind, zei ik, dat regel nummer één is dat je niet iets kapot mag maken wat heel is.

Nu bewoog hij heftig. Zijn te grote ogen straalden koud vuur uit.

— Als je tegen me gaat schreeuwen, bel ik de directie en laat ik je eruit zetten, zei hij.

— Ik schreeuw niet, ik praat heel normaal, zei ik.

— Als je tegen me schreeuwt laat ik je eruit zetten, zei hij nogmaals.

Het tweede geval vond plaats toen hij al een paar weken uit het ziekenhuis was ontslagen. In die korte tijd was hij al meermalen 's nachts in politieauto's beland, had hij een straatverbod gekregen voor de straat waar zijn weggelopen geliefde woonde en was hij 's nachts met een vriend en een honkbalknuppel in een snelle auto naar Neurenberg gereden om een neger in elkaar te slaan die met zijn favoriete escortmeisje aan de tippel wilde.

Op een zonnige dag werd ik thuis gebeld door zijn eerste ex, met wie hij een dochtertje had.

— Kom alsjeblieft snel naar me toe, zei ze, Timbeer ligt hier languit op de vloer en wil niets meer. Kom hem alsjeblieft halen.

Elina en ik snelden naar de Lange Leidsedwarsstraat, niet ver van mijn huis vandaan en troffen een half huilende, half smekende, half lachende Timbeer aan, zijn schoenen en sokken naast hem, zijn overhemd losgeknoopt. Hij was duidelijk gek geworden.

Elina en ik trokken hem overeind. Ik probeerde zijn overhemd dicht te knopen, hij duwde me weg, zijn sokken en schoenen wilde hij niet aan, zijn gulp wist ik nog net dicht te ritsen. We namen hem onder de arm en begonnen aan de weg naar mijn huis. Hij was heel gezeglijk. Hij wilde alleen niet op de stoep lopen, ook niet in de drukke Vijzelstraat, dus liepen we gedrieën voor de tram uit die belde en belde en tenslotte ook begreep dat hier een gek werd afgevoerd.

Voor mijn voordeur stond een man in een grijs geruit jasje. Hij maakte de indruk er al wat langer te staan.

— Meneer van Bergen, riep ik en ik herinnerde me plotseling de afspraak met mijn accountant. Hij gaf me een hand.

— Meneer van Bergen, wat spijt me dat, maar er is iets tussen gekomen met mijn broer, zei ik.

— Dat hindert niet, zei hij en keek naar Timbeers blote borst, zijn weer openstaande gulp, zijn blote voeten. Hij gaf me weer een hand. — Komt in de beste families voor, zei hij, ik bel u een dezer dagen, en hij maakte zich uit de voeten.

Binnen legden we Timbeer op mijn bed en ik belde voor de tweede keer zijn allervriendelijkste huisarts. Die zou er binnen tien minuten zijn. In afwachting van de komst van deze man, op wie Timbeer zeer gesteld was, bleef hij rustig liggen.

Maar zodra de dokter, na een rondje bellen langs de rijdende psychiaters, vertrokken was, wilde Timbeer weer de straat op. Op dat moment belde mijn uitgever aan, met wie ik die middag ook een afspraak had, een bescheiden, kalme man, die wel gekkere dingen had meegemaakt met zijn schrijvers. Hij ging zitten of hij nooit meer weg wilde en ik liet hem verder aan Elina's zorgen over, die verstandig met hem over literatuur praatte.

Intussen speelde zich in de brede marmeren gang van mijn huis het gevecht tussen Timbeer en mij af. Hij wilde de straat op en ik wilde dat hij veilig bij mij bleef totdat de rijdende psychiaters er zouden zijn. Ik versperde de voordeur, hij probeerde mij opzij te schuiven. Dit keer vocht ik terug met alle kracht die ik in me had. Ik stompte, ik schopte, ik worstelde, maar ik wist dat ik de zwakkere was.

Het enige voorwerp in de marmeren gang was de fietspomp. Een zwarte, ouderwetse handpomp op een houten blok. Ik griste hem van zijn plaats en hief het loodzware ding met beide handen boven mijn hoofd.

— Als je bij de deur durft te komen sla ik je hersens in, zei ik. Timbeer deinsde wat terug.

In die situatie troffen de uitgever en Elina, aangetrokken door het geschreeuw, ons aan. Timbeer, zich als een gnoe opmakend voor de stormram, en ik met een gezicht zwart van woede met de pomp boven mijn hoofd zwaaiend.

De uitgever, die sterk was, troonde Timbeer terug naar de kamer en Elina zette kalm de fietspomp op zijn plaats. De rijdende psychiaters lieten op zich wachten.

De rijdende psychiaters bleken een kordate Chinese vrouw, die een strafkamp eronder zou kunnen houden. Wij gedrieën werden naar de tuin gedirigeerd opdat zij onder vier ogen met de patiënt kon spreken. De uitgever nam afscheid. Na een tijdje mochten Elina en ik weer naar binnen. De Chinese strafkampleidster zei dat ze niemand onvrijwillig kon laten opnemen, dat hij niet wilde, maar dat ze hem een spuitje had gegeven dat hem rustig maakte en dat hij op elk moment met een taxi naar huis kon om te slapen. Ik was stomverbaasd, vroeg wat men dan moest doen om iemand van zichzelf te redden. Ik belde een taxi.

Nadat alles achter de rug was huilde ik. Om hoe mijn

meest geliefde broer in zo'n andere gedaante kon kruipen dat ik hem niet herkende, om ons gezin dat zo langzaamaan van gekte uit elkaar leek te vallen, om het lot van de mensen en om de rood-gouden bladeren van de driehonderd jaar oude beuk.

Elina kuste lachend de tranen van mijn wangen. – Hindert niet, zei ze, komt in de beste families voor. De wijn werd opengetrokken en nog een keer en nog een keer en uitgeput, lachend en dronken vielen we in elkaars armen in bed.

Dat was allemaal geweest. En kijk nu, kijk nu toch eens, hier zat ik met Timbeer op het nachtelijk terras in Ortigia, Syracuse onder de warme gaslampen en hij was als de leeuw van Juda: 'Hij kromt zich, legt zich neder als een leeuw, wie durft hem opjagen? [...] Hij zal zijn kleed in wijn wassen en in druivenbloed zijn gewaad. Hij zal donkerder van ogen zijn dan wijn en witter van tanden dan melk.'

Nadat Timbeer weer tot de realiteit was teruggekeerd, werden we dus door hem allemaal tot chemie gedegradeerd. Ik schoof het ter zijde als nonsens, als een overblijfsel van zijn gekte, toen hij het internet afschuimde op de werking van farmaceutische middelen op geestesgesteldheden, depressie, manie, alcoholisme, het syndroom van Gilles de la Tourette, borderliners en nog zo wat zaken. Hij was de expert onder de experts geworden en hield lezingen in het land naar aanleiding van zijn boek over zijn gekte, waarin hij alle plattelandsvrouwen van Nederland en zijn literaire aanhang aan probeerde te praten dat ze hun persoonlijkheid bij het oude vuil konden zetten en dat hun reacties en gedachten en handelingen slechts werden veroorzaakt door stoffen in het lichaam die met elkaar in aanraking kwamen.

Ik behoorde nog tot het ouderwetse soort mensen dat waarde hechtte aan begrippen als ziel, geweten, ratio, moed, talent enzovoort. Alleen van de stoelgang nam ik aan dat die chemisch werd bepaald. Maar Timbeer en ik waren toch al van elkaar vervreemd sinds zijn zelfmoordpoging. Hij kon niet terug naar de wolvenhut in Toscane, maar hij kon ook niet in Amsterdam blijven, een stad die hij haatte, platvloers vond, vuil en agressief, waar een schrijver als hij een erudiete eenling was, waar geen schoonheid te vinden was zoals in Italië. De paar keer dat we elkaar zagen konden we elkaars meningen niet verdragen.

Was ik om de een of andere reden toch nog kwaad over zijn zelfmoordpoging? Was ik zo'n tegenstander van zelfmoord? Nee, ik juichte het niet toe als iemand dood wilde, maar ik vond het ook zijn goed recht. Zelf had ik mijn leven lang periodes gekend dat ik de mogelijkheid overwoog, soms en steeds vaker zo erg dat het leek of er een kracht uit de grond groeide, met kleine grijphandjes, die mij naar beneden trokken, naar het zwart van de aarde, naar het donkerste lot dat een mens kon treffen: zelfmoord willen plegen. Maar het was voor mij iets geworden als het verhaal van de jongen.

Een jongen uit een vernietigingskamp in Polen wordt door een veel oudere man onder wiens bescherming hij zo'n beetje staat aangeraden te vluchten. De man zal een gelegenheid creëren. Op de nacht dat de vlucht moet plaatsvinden neemt de man de jongen ter zijde. Hij geeft hem een in vuil papier gewikkeld pakje mee. In dat pakje, legt hij de jongen uit, zit een homp brood die hij uit de kapobarak heeft gestolen. Je moet zo lang mogelijk door de bossen blijven lopen, zegt hij, en de mensen mijden, want die zullen je terugbrengen naar deze plek. Je zult honger hebben en nog eens honger, zegt de man. Maar je hebt je homp brood.

Nu moet je me beloven, zegt de man, dat je jezelf elke keer dat je zo hongerig bent dat je een hap van het brood wilt nemen, afvraagt: ben ik zo hongerig dat ik nu een hap neem, terwijl ik hem later veel harder nodig kan hebben? Kan ik nog niet een klein stukje verder zonder hap brood? Beloof je dat?

De jongen vlucht uit het kamp en loopt dag en nacht door de bossen en loopt. Dagenlang, meer dan anderhalve week verwijdert hij zich zo van het kamp, totdat hij bij een eenzaam gelegen boerderij komt, waar geel mensenlicht door de ramen op het veld straalt, en hij is plots zo vermoeid, zo uitgeput dat hij voor de staldeur in coma valt. Als de boer de volgende ochtend nog in het donker het veld op wil, struikelt hij over een geraamte van een kleine jongen. Hij draagt hem naar binnen en de boerin ontfermt zich over hem, geeft hem thee en koek, wast hem, houdt hem in warme dekens en wil het scharminkel altijd bij zich houden. Na een paar dagen vertrouwt de jongen de situatie genoeg om het pakje uit handen te geven dat hij uit het kamp had meegekregen. Ze wikkelen het vieze papier eraf en daar ligt een homp brood, oud, hard, waar geen tanden zich in hebben gezet.

Hoewel het verhaal voor mij, voetje bij voetje, aan genialiteit ingeboet had en mijn ontroering minder was geworden, vertrouw ik er nog steeds op bij mijn stappen door de wereld. Nee, het was iets anders wat me aan Timbeer dwarszat, iets wat verder weg lag dan onze meningsverschillen of zijn mislukte zelfmoordpoging.

Het lag zo ver weg in de geschiedenis dat ik er met moeite bij kon. In mijn geschiedenis, waar ik mijn leven lang niet van af kan blijven. Ik studeerde ook op de bijbelteksten, op de wording van Europa in de eerste eeuwen van het christendom, op de joodse geschiedenis, op de opkomst en ondergang van de Habsburgers. Historie was een passie van me, een bron van kennis en lering, van verbazing. Zij was een meanderende rivier die door de meest fantastische landschappen trok. Het verleden is een illusie, een interpretatie, een droom waarvan ik soms nog resten met mijn eigen ogen kon zien, in teksten, in schilderijen, in architectuur. Geen ding gaat mij zo aan het hart als het verleden. Het heden lijkt me een grote vergissing en de toekomst interesseert me niet in het minst. Bij alle alarmerende berichten over ozonlaag, uitlaatgassen, Kyoto-verdrag, het behoud van de platvoetpad dacht ik: *you can't have your cake and eat it.* De aarde zou eens opraken. Daartoe was ze er.

Het verleden raakte niet op, mijn eigen verleden zou ik tot mijn eind toe met me mee dragen en elke dag kwam daar een stukje bij.

Het duurde een tijdje voordat ik erachter kwam waar mijn kwaadheid op Timbeers poging thuishoorde: bij mijn periode in de box, toen de tweeling met takjes en steentjes thuiskwam en het monster in mijn moeders armen werd gewiegd.

Met geen mogelijkheid ter wereld kan ik de woorden in peutertaal opvangen die toen door mijn hoofd gingen, maar ik herinner me wel de intentie ervan en als ik de peutertaal naar die van een volwassene vertaal, luidden ze zo: 'Spaar ze niet, je broers aan de andere kant van de spijlen, geef ze geen time-out, zorg dat ze de een na de ander sterven, vermoord ze of ze vermoorden jou. Wees niet bang om een moordenaar te zijn, ga voort, ga voort *ende despereert niet.*'

Nicolaas was vanzelf gegaan. Alleen Timbeer had de handschoen opgenomen. Hij had de boeken gelezen die hij mij had zien lezen, hij volgde de literaire passies van mij en toen hij aankondigde ook schrijver te willen worden en er van kapitein-ter-zee geen sprake meer bleek te zijn, was hij degene die de eerste stoot uitdeelde, niet ik. En toen hij zijn polsen doorsneed was hij degene die ertussenuit wilde piepen, niet ik. Ik wilde het hem gewoon verbieden, we zouden wachten tot ik hem gedood had.

HOOFDSTUK 11

Pijn is de zekerste maatstaf dat je op de goede weg bent. Deze dagelijkse metgezel die zich kenbaar maakt als je vanuit de douche in je hotelkamer door het glasheldere zeewater heen de steentjes in het zonlicht ziet, als je het Domplein betreedt, als je Timbeer een vers overhemd ziet strijken voordat hij met je meegaat om een caffè en een spumante te drinken. Pijn is er de zekerste aanwijzing voor dat je liefhebt, doet er niet toe wie of wat het object ervan is. 'My spirit is too weak – mortality Weighs heavily on me like unwilling sleep,' dichtte Keats in het gedicht 'On Seeing the Elgin Marbles'.

Was ik naar Syracuse, Ortigia gekomen als een gang naar Canossa, om boete te doen voor de gedachten die bij me boven waren gekomen na de meest aftandse periode van Timbeers leven? Was ik naar Catania gevlogen om ons te verzoenen? Geenszins. Timbeer was bezig geweest met een ingewikkelde transactie met The English Hatter op de Heiligeweg in Amsterdam, hij had een vriend ingeschakeld en ik had mij als koerier aangeboden om de hoed te brengen. Het Popo-effect van de hoed op de middag dat we aankwamen in mijn hotelkamer was niets anders geweest dan een huilbui die op lachen leek, een houding in het leven die ik in extreme mate aanhing.

Het was de derde keer dat hij was weggegaan. De keer op het kruispunt van Bellinzona en de weg naar de Monte Ceneri, toen we hem en zijn boezemvriend uit de auto zetten en alleen nog maar door het autoraampje naar de twee jongens met rugzak konden zwaaien, toen had ik hem nog een lange openbare afscheidsbrief kunnen schrijven. Nu, de laatste maal, was hij naar Syracuse gevlucht, verder van Amsterdam kon hij binnen Europa niet komen of hij zou te water raken. Een Odysseus die niet langer de zangstemmen van de sirenen verdroeg. Hij was bijna zo ver weg dat hij mij dreigde te ontsnappen en hij was het ene van het span paarden dat ik probeerde te mennen. Het andere paard was ikzelf.

Ik las zijn boeken, vond ze goed, soms minder goed, maar altijd had ik bij het lezen ervan het gevoel dat ik wíst wat hij schreef, dat ik begreep wie hij was en wat hij zocht, dat het maar een millimeter van mij vandaan was, al leek die millimeter voor leken steeds meer de kloof waardoorheen de Normandiërs van noord naar zuid trokken. Die millimeter was gevaarlijk, de kloof mocht niet kleiner worden, liefst werd zij groter. Je hebt ruimte nodig voor het gevecht dat tussen ons werd geleverd, zeker de ruimte van een boksring. We sloegen elkaar vaak in de touwen.

Hij las mijn boeken en gaf vrijelijk zijn commentaar. Meer contact was er de laatste jaren niet geweest.

Maar ik had hem bij zijn kladden willen grijpen, hem terughalen als hij op de rand stond, hem willen behoeden voor de sprong in de Ionische Zee, en daarom was ik de Gekke Hoedenkoerier voor Zijne Majesteit de Koning en vermomde hij, de koning, zich als de Maartse Haas.

— Weet je waarom mijn zelfmoord uiteindelijk niet gelukt is? vroeg hij, terwijl op het Domplein de man met de ballonnen dolfijnen verkocht aan de kinderen.

Ik was stomverbaasd over deze plotselinge, diepgaande vraag. Voor mij was die avond dat Elina en ik door het nachtelijke Amsterdamse sprookjesbos reden om hem in zijn bebloede bed te vinden taboe geweest. Geen gesprek daarover was mogelijk, ook voor Timbeer niet, dacht ik, vandaar die vijandige houding na de daad. De drenkeling is zijn redder niet dankbaar: hij begint aan een leven dat hij afgebroken dacht te hebben en kan zich geen dankbaarheid veroorloven. Opnieuw leven waar het gestopt had moeten zijn, vergt al zijn krachten.

Zoals het verhaal van kapitein Cook, dat Timbeer mij in een heel andere context vertelde. We hadden het op een avond gehad over *De muiterij op de Bounty*, waarvan we allebei twee filmversies kenden. We kwamen overeen dat we die met Marlon Brando in de rol van Christian Fletcher, first mate, net een tikkeltje beter vonden.

De reis van de Bounty, die van de admiraliteit opdracht had broodbomen te planten en te zaaien in Tahiti, bedoeld als voedsel voor de transporten negers die over de oceanen werden vervoerd, was zeiltechnisch al interessant genoeg. Maar Timbeer vertelde me het verhaal van Captain Cook, die als eerste bij Tahiti voor anker was gegaan. De meeste van de tropische eilanden in de Stille Zuidzee leken op het eerste gezicht een paradijs te zijn, maar de zeelui kwamen er algauw achter dat de bewoners ervan kannibalen waren. Het eiland waar een hoger beschavingsniveau was bereikt was Tahiti. Misschien kwam het door het hoffelijke karakter van de toevallige inheemse koning, misschien door het diplomatieke genie van Captain Cook, maar de blanken werden als godenzonen onthaald, Cook was de gezant van een zeer machtige andere koning, die hem geschenken voor de Tahitianen had meegegeven. Cook werd als een eerste ambassadeur behandeld. Zo werd de ene kist na de andere met kralen en spiegels en andere blinkende waardeloze dingen geopend en kregen de Engelsen bloemen en vrouwen aangeboden. Toen Cook weer de zeilen hees om andere gebieden te ontdekken, werd hem met een bloemenzee uitgeleide gedaan, met de beste wensen voor de machtige Engelse koning. Cooks schip liep echter op de klippen, waar later ook de Bounty zou stranden, de grote mast brak en aangezien geen enkel eiland op het eerste gezicht kans op overleving bood, zette hij met de overgebleven bramzeilen koers naar het gastvrije Tahiti. Daar aangekomen met hun gehavende schip werden Cook en zijn bemanning onmiddellijk door de inboorlingen vermoord.

— Waarom? vroeg ik.

— Die inboorlingen waren zo blij dat ze van die Engelsen af waren dat hun terugkomst hun te veel werd, zei Timbeer, of ze waren erachter gekomen dat die spiegels en kralen waardeloos waren.

— Natuurlijk niet, zei ik, want de Bounty werd een paar jaar later weer even hartelijk ontvangen als Cook de eerste keer.

— Niemand weet wat daar gebeurd is, zei Timbeer.

— Jawel, zei ik en ik improviseerde ter plekke, Cook kwam terug met een gehavend schip. De grote mast lag in twee gebroken delen op dek, het grootzeil en de ra's er kriskras overheen, links en rechts misschien provisorisch gerepareerde averij. Hij was mislukt. Hij was mislukt als gezant van de grote koning van Engeland. Hij had de eer van zijn koning bezoedeld. Daarvoor moest hij worden gestraft.

Timbeer had me met verbaasde lichtblauwe ogen aangekeken.

— Dat kan, zei hij tenslotte, dat is heel goed mogelijk.

Maar nu op de zonnige zondagochtend op het Domplein kwam hij plotseling met zijn vraag uit de lucht vallen of ik wist waarom zijn zelfmoordpoging mislukt was. Natuurlijk wist ik dat, ik was er zelf bij.

— Elina en ik waren er op tijd bij, zei ik.

— Welnee, zei hij en hij leek zich kwaad te maken, hou toch op met die onzin.

Ik zweeg. Ik had altijd over die nacht gezwegen. Stik de moord, dacht ik en keek tegen de zon in naar de spelende kinderen.

— Het was mijn bloed, zei Timbeer, daar kwamen ze pas later achter, na het gekkenhuis en zo. Mijn bloed is te dik, het stroomt te traag. Daarom moet ik hier één keer in de maand naar het laboratorium om m'n bloed te laten prikken en dat sturen ze dan naar Nederland en daar meten ze het heel precies, bij de trombosedienst, en binnen vierentwintig uur heb ik per fax de uitslag in huis, dan moet ik iets meer van dit medicijn nemen en iets minder van dat en de volgende keer is het precies andersom. Dat is wat me zo moe maakt en zo traag, dat ik als een oude man ben, zei hij.

— En hoe komt dat, te dun of te dik bloed? vroeg ik.

— M'n hart, zei hij, mijn hart werkt maar voor de helft. Je moet je voorstellen een spier, en de ene helft van die spier werkt niet meer, is dood, kun je zeggen, dus wordt het bloed veel trager rondgepompt dan bij normale mannen.

— En hoe kom je aan zo'n hart? vroeg ik.

— Dat weten ze niet, zei hij, het kan of door een virus zijn veroorzaakt of door te veel drank, ze weten het niet.

Ik dacht: niks virus, drank.

— Maar ik drink eigenlijk niet zoveel, zei hij, nooit gedaan eigenlijk, ik haat alcoholisten.

— Met een fles wodka in je ene hand en de kettingzaag in je andere aan de telefoon hangen, zei ik. Ik was geïrriteerd omdat zijn trage bloed mijn rol met de bebloede lakens en het koud wassen had overgenomen.

— Dat was eigenlijk een heel korte periode dat ik zo zoop, zei hij, dat kan nooit de oorzaak zijn geweest. Het hart heeft het opgegeven, gewoon, van verdriet, zei hij, een gebroken hart heb ik, letterlijk.

— Je bent met de navelstreng om je hals geboren, zei ik. Mijn moeder had ons talloze malen verteld wat voor een martelgang vrouwen moesten gaan om kinderen te baren. Hoe ouder ze werd, hoe martelender haar vijf hellegangen waren. Nicolaas en Boeb was de eerste verschrikking geweest, dat het er twee waren in plaats van één, dat het uren duurde, de hele nacht door, dat Boeb maar niet wilde komen en toen de nageboorte niet, dat ze daar gewoon lag dood te bloeden.

Bij mijn babyzusje Engel was ze dolblij dat het de laatste zou zijn, maar toen was ze al wat ouder, dus dat ging ook moeizaam, zo moeizaam dat de dokters erbij in slaap vielen, terwijl zij lag te persen alsof de koningin van Perzië moest baren, met tiara en al.

En Timbeer natuurlijk, die al zo'n groot hoofd had dat ze nog steeds niet kon geloven dat het door haar smalle bekken had gepast en die, toen hij er eenmaal uit was, paars aanliep en geen adem kreeg omdat de navelstreng zo om zijn hals zat gewikkeld dat hij het er ternauwernood levend had afgebracht.

— Dat is waar, zei Timbeer opgewekt, ik wilde toen al niet.

Als kind placht ik bij deze opsomming van de plagen van Egypte gretig te vragen: — En ik? Ik, mam, hoe ben ik geboren?

Dan keek ze me aan alsof ze nadacht over wat ze nu toch van het boodschappenlijstje was vergeten en zei:

— Jij? Jij was er zo. Ik liep naar de drogist en de weeën begonnen en toen liep ik naar het ziekenhuis en daar riepen ze: o, mevrouw M., mevrouw M. en legden me op een brancard en toen ik in de baarkamer was, was je er al.

Geen bloederige details, geen zwaar lijden. Maar dat wist ik al, dat klopte, ik was immers een wisselkind.

— Ik hoef niet meer zo nodig, zei Timbeer, terwijl we van de minipizza's aten die bij de spumante waren opgediend.

— Je hebt gezien hoe ik woon. De doktoren zeggen dat ik

elke dag dood neer kan vallen als ik me niet minutieus aan de pillen hou, die maken dat ik me doodmoe voortsleep. Er zijn maar een paar dingen die me nog in leven houden, zei hij, m'n dochter, ook al brengt die me meer ellende dan vreugde nu ze achttien is, m'n auto en de zee. Als de zee er niet was weet ik niet hoe het met me zou aflopen. Elke ochtend als ik mijn deur uit kom en de zee ligt daar aan mijn voeten, in welk jaargetijde dan ook, blauw of groen of roze, de zee is daar en dan denk ik: zolang de zee er is blijf ik in leven, daar doe ik het voor.

Op het ovale plein joegen de kinderen op de duiven, hun ouders stonden in de ochtendzon met elkaar te praten en streelden achteloos en liefdevol de kinderhoofdjes als die langszij joegen. Kleinere kindertjes leerden lopen, de driewielertjes draaiden achter elkaar aan in meanders om het plein, meisjes met staartjes spraken geheimzinnig in een kringetje iets af en stoven vervolgens uiteen, een kindje wilde dat haar ballon aan haar enkel werd gebonden en probeerde de handicap uit. Geen enkele ouder werd boos op de kinderen, geen kind huilde, er viel geen onvertogen woord. De zware klokken van de dom luidden om twaalf uur de mis uit en een herdershond blafte tegen de klokken. Dit was het paradijs op menselijke maat.

Ik wist wat Timbeer bedoelde. Een jaar na zijn rondgang door zieken- en gekkenhuizen had ikzelf zes weken in het ziekenhuis gelegen en bij vrijlating de waarschuwing meegekregen dat ik bij de minste of geringste afwijking van het pillen- en gedragschema weer zou veranderen in 'de wandelende tijdbom' die ik was toen ik binnen werd gedragen. Ook mij maakten de pillen moe. Wat mij had veranderd, was, na de aanvankelijke vreugde omdat ik nog leefde, de euforie erom bijna, de dagelijkse gedachte dat de dood vanachter de rozenstruiken op je loerde. Het voordeel van dat poppenkastje spelen was dat je vertrouwd raakte met je eigen dood, dat je de dood in de ogen kon zien en hem kon zeggen: 'So what?' maar het bijkomende verschijnsel van die dagelijkse oefening in laconisme was, had ik na een paar jaar gemerkt, dat je in wezen somberder werd, in denken fatalistischer, in schrijven meer barrières moest overwinnen. Wozu, wozu, wozu?

Het dagelijks bezoek aan de rozentuin, zoals ik mijn pillenslikkerij noemde, werkte slecht op het moreel. 'Geef het op,' zoals Kafka schreef.

— Maar nu zit dat meisje me dwars, zei Timbeer. De conversatie was grillig vandaag.

— Welk meisje, vroeg ik om me heen kijkend, welk meisje nu weer?

— Annamaria Franzoni, dat meisje uit Cogne, zei hij.

Ik vroeg of hij dat dunne citroenschijfje met ansjovis wilde, waarvan ik er al een op had. Citroenschijfjes met ansjovis was geen eten, vond hij en hij koos een kroketje met ricotta. Voor ons tafeltje sprong een meisje op en neer, zonder enig ander motief dan op en neer springen, net zo lang als het haar beviel, en toen ze er na zo'n dertig keer genoeg van had, holde ze diagonaal het plein over met geen ander doel dan diagonaal het plein over te rennen.

— Zag je dat meisje? vroeg ik, die lijkt als twee druppels water op Lucy van de Peanuts.

— Het enige model dat Charles Schulz met Lucy naar het leven heeft getekend, ben jij, zei hij, maar die Annamaria Franzoni, daar kom ik niet omheen. Dat kan ook moeilijk anders, zei hij, want de kranten staan er in heel Italië vol van, elke dag weer, en je hebt nu een scheiding in Italië tussen de schuldgelovers en de onschuldgelovers, ik kan geen avond naar het slechte café gaan of ik zit binnen de kortste keren met een advocaat, de onderburgemeester, de restaurateur van Santa Lucia in Bada en de eigenaar van de bar aan tafel om erover te discussiëren, ze houden er niet over op, dat kúnnen ze niet en ik kan het ook niet, ik volg alles wat de kranten schrijven, ik koop me arm aan kranten, ik weet de maat van de pantoffels van Annamaria Franzoni, van het pyjamaatje van de gedode baby droom ik 's nachts, ik stel me dat huis van de Franzoni's voor, 's morgens als het nog donker is, de sneeuw, de helikopters die er twee minuten na de moordmelding landen, en ik begrijp het niet, ik begrijp niet waarom ik alles uitknip en in mappen opberg, alleen omdat heel Italië zich met de zaak bemoeit. Dat zou juist een reden moeten zijn dat het mij koud liet. En ze blijft ontkennen hè, steeds meer wijzen de sporen naar haar, het openbaar heeft haar zowat klem, maar ze blijft ontkennen, ik geloof haar, elke keer als ik haar op het nieuws zie denk ik: ze heeft het niet gedaan, dat kan niet, dat is onmogelijk.

— Het houdt je tenminste bezig, zei ik.

— Hoezo bezighouden? vroeg hij, ik hoef niet 'beziggehouden' te worden, ik heb genoeg werk, ik heb een boek te schrijven en nog een ander boek, ik ben hier om te schrijven, als ik 'beziggehouden' wilde worden, had ik wel een column in de een of andere Nederlandse krant, of zat ik in Amsterdam in elk forum dat zijn zegje doet over welk willekeurig onderwerp dan ook. Maar ik heb geen 'zegjes', ik ben hier om boeken te schrijven. En om een mecenas te vinden, voegde hij er na een korte stilte aan toe.

Ik dacht eraan hoe bazig de Lucy van Charles Schulz altijd was tegenover haar iets jongere broertje Linus, die het liefst een dekentje tegen zijn wang hield. Lucy wilde hem altijd het dekentje afpakken, omdat ze vond dat hij er te oud voor was. Ik lachte.

— Er valt niets te lachen, zei Timbeer, in Toscane is het me mislukt, de graaf die me daar zijn vervallen 'boerenhuisje' verhuurde haatte ik op het laatst nog erger dan pater Mekenkamp, als ik daar nog een maand langer was gebleven had ik hem met mijn eigen handen vermoord, wat een drol was dat, zeg. En nu was er hier ook weer zo'n deftige, wat oudere heer die zich voor mijn schrijfwerk leek te interesseren en met wie ik over Plato correspondeerde, daar wist hij behoorlijk wat van, moet ik zeggen, hij woonde ergens in een oude villa bij Taormina, hij leek zich echt om mijn lot te bekommeren, maar toen ik hem eens per brief om een paar schoenen vroeg, werd hij zo kwaad dat hij per omgaande de vriendschap verbrak. Er bestaan geen mecenassen meer, terwijl het het enige systeem voor een schrijver is dat echt werkt.

Ik lachte nog harder, nu om de schoenen. Ik wist dat hij paardenleren schoenen van een slordige duizend euro aan zijn voeten had. 'Je uiterlijk moet je hooghouden,' zei hij altijd over zijn dure kleren, 'en nooit, nooit, nooit mag je op schoenen bezuinigen.' Hij leefde zonder enig bezit op een verdieping die voor één persoon al te klein was, waar slechts een oude uitgezakte bank stond, een mooi, maar wankel bureau, het kleinste oude televisietje dat ik ooit had gezien en twee keukenstoelen. Zijn niet al te grote bed vulde de hele slaapkamer, de balkonnetjes waar hij zijn was ophing dreigden naar beneden te komen, als je de wc doortrok moest je tien minuten wachten voordat er water uit de keukenkraan kwam, maar hij liep op paardenleren schoenen en behandelde ze alsof ze zijn bloedeigen allerliefste tweeling waren.

— Volgens mij is de vader de moordenaar, zei ik.

— Van Cogne, heb je het over Cogne? vroeg hij, dat kan helemaal niet, die vader Franzoni heeft een waterdicht alibi.

— Mensen met een waterdicht alibi moet je het meest wantrouwen, zei ik en ik hief met gesloten ogen mijn gezicht naar de vroege lentezon. Ikzelf heb nooit een waterdicht alibi, nergens voor, zei ik.

Kaïn en de ander hadden hun altaren gebouwd, de lente was in volle gang en nu werd het tijd de stenen tafels in gebruik te nemen.

– Waarom, waarvoor? vroeg Kaïn opnieuw, waartoe moesten we die tafels bouwen?

– Om te offeren, zei zijn vader. Omdat onze God ons wel uit de Hof heeft verdreven, maar ons in leven heeft gelaten.

– Omdat we alleen zijn, met z'n vieren op onszelf, en Zijn bescherming moeten afsmeken, zei zijn vader.

– Omdat de wereld leeg is als we Hem niet aanroepen, zei zijn vader.

– Omdat Hij de zon in toom houdt en de aarde laat wentelen, zodat we dag en nacht kennen, zei zijn vader.

– Omdat Hij ons te eten geeft van het land dat jij bewerkt en van het geitenbokje van Abel de melk, zei zijn vader.

– Omdat Hij ons behoedt voor de leeuwen van de woestijn, zei zijn vader, daarom moeten we een deel van het beste wat we hebben in geurige rook naar Hem laten opstijgen.

Wie heeft mijn broer uit de kloof gered, vroeg Kaïn zich af, als ik het niet was? Wie heeft het lam op zijn schouders gehouden terwijl hijzelf gevaar liep, als het mijn broer niet was? Ik heb de God van mijn vader niet gezien of gehoord, zoals mijn vader. Als ik naar de lucht kijk is de lucht leeg, als ik mijn oog over het land laat gaan is het land leeg. Waar moet ik zoeken?

Maar hij gehoorzaamde zijn vader. Hij wist niet dat hij zíjn vader ontrouw zou kunnen zijn, want Adam was de enige die hem had geleerd hoe in leven te blijven, hoe de aarde te bewerken.

De zevende dag na Adams gesprek met zijn zoons gingen Kaïn en de ander op pad naar hun stenen bouwsels en raapten takken van doornstruiken en hakten takken van de vijgen- en olijfbomen en stapelden ze tot een brandstapel op hun bouwsels. Kaïn ging naar zijn velden en koos aren uit en bietenloof en bieten en vijgen en olijven en knollen en de jonge druiven voor de eerste wijn. De ander slachtte een pasgeboren lam en koos er het vetste stuk uit en de ingewanden en beiden legden ze hun enige goederen op de brandstapel en joegen het vuur erin

Ze keken toe hoe de vlammen kalmeerden en het hout begon te gloeien en Kaïn zag hoe de rook van Abel in een rechte blauwe kolom opsteeg in de ondergaande zon, hoe wit en dik de rook van de ander opsteeg, en hij rook de heerlijkste geuren die van het altaar van zijn broer af sloegen. Hij voelde zich gelukkig in die geur van het lam, hij keek met genoegen naar de rechte rookkolom

Toen keek hij naar zijn eigen offer en hij zag hoe de rook die ervan afkwam zwart was en neersloeg er hij rook de bittere geuren van het loof alsof hij het laatste afval vóór de barre tijd verbrandde om een ander stuk veld te benutten. Kaïn keek naar de twee offers en probeerde te begrijpen wat hij zag.

— Bezit jij wapens? vroeg ik Timbeer.

— Hoezo? vroeg hij, waarom vraag je dat? Hij keek me achterdochtig aan.

Gewoon, de vraag was bij me opgekomen, hij wist beter dan wie ook dat dankzij chemische impulsen zo'n vraag boven kan komen drijven, daar was geen reden voor nodig.

— Ze liggen ergens voor me klaar, gaf hij schoorvoetend toe, ik heb ze niet in huis, maar ik kan er zo bij. Pistolen, drie. Revolvers interesseren me niet. En voordat je met linkse praatjes aankomt, já, ík ben er ook tegen dat in Amerika iedere debiel een wapen in zijn bezit heeft. Ze denken daar: het ding kan schieten, jou dan schiet ik ook. Om een wapen te bezitten moet je je verstand bij elkaar hebben en een Europese opvoeding hebben genoten.

— Maar waarom bezit je ze? vroeg ik, heb je vijanden.

— Andrea, zei hij smekend, jij weet toch net zo goed als ik dat iedereén mijn vijand is, met uitzondering van vier of vijf goede vrienden. De rest is mij vijandig gezind. Ik kan mijn mond niet opendoen, ik heb het nu over Nederland, of ik word van het podium gejoeld. Daar was je zelf een paar keer bij. Ze moeten me niet in Nederland, ik weet niet waarom. Er zijn twee dingen waarover ik schuldgevoelens heb in mijn leven er het eerste is dat ik mijn viool links heb laten liggen en het tweede is dat ik jou heb meegetrokken in de antipathie die ik schijn op te wekken. Ze moeten ons niet.

— Dat valt wel mee, zei ik. ik kan heel goed op eigen benen staan. Bovendien, weet je wat de oude Max zei: schuldgevoelens bestaan niet, schulden bestaan.

Hij lachte. — Maar je weet net zo goed als ik dat ik mijn vijanden nooit de eer aan zal doen ze neer te knallen. Nee, ik vind wapens mooi, bijna net zo mooi als auto's; het geeft je waardigheid over een wapen te beschikken, het geeft je merkwaardigerwijze ook een zekere rust, een zekere achting voor jezelf.

Ik dacht over zijn woorden na en mij bekroop plotseling de sterke wil ook een wapen in mijn bezit te hebben, een pistool, geen revolver, waarom dat verschil wist ik niet eens. Terwijl de zon langzaam achter de barokgevel van het Palazzo Ducale begon te zakken en de kinderen en hun ouders stuk voor stuk een eind aan de genoeglijke gesprekken maakten om op huis aan te gaan voor het middagmaal, verzonk ik in een dromerige toestand, waarin ik me voorstelde een pistool in bezit te hebben, een klein pistool, een klein kaliber, precies voor mijn hand gemaakt. Ik verviel in dezelfde toestand als vrouwen die ervan dromen dat ze een bepaald sieraad hebben. De verliefdheid op een object, het plotseling niet zonder meer kunnen of willen.

Maar waarom zou ik een pistool willen hebben? Met munitie en al? Ja, natuurlijk met kogels en al, je droomt toch ook niet van een parelketting zonder slotje? Maar waartoe, wie wilde ik doodschieten, ik die nog geen klap in haar leven had uitgedeeld, mijn handen die weigerden fysiek geweld te gebruiken, ook al riep alles dat de situatie erom vroeg? Die slappe, pacifistische handen van mij. Natuurlijk bezat ik een gezonde dosis agressie, waarbij ik vooral mijn scherpe tong gebruikte en mijn tanden, bij het lachen. Wat dat betreft stond ik dichtbij de chimpansees. Het was niet dat ik iemand wilde doden en ik bleef bij mijn verstand dat je niet kapot mag maken wat heel is, maar er was een ander soort droom bij gekomen: dat ik zorgvuldig bij Carl Denig een lichte rugzak uit zou kiezen en een lichtgewicht slaapzak en goede schoenen en het vliegtuig zou nemen naar Catania, de bus naar Avola en dan vanuit Avola naar het oosten zou lopen, een voor auto's onbegaanbare weg door citroen- en amandelgaarden die juist in bloei stonden, sommige met al jonge groene blaadjes naast de bloesem, andere met de bloemen nog op het kale hout, licht klimmend naar de bergen, geen mensen of huizen te bekennen, behalve een verlaten en vervallen hoeve zonder dak, waarvan ik de schaduw van de muren zou opzoeken, en waar ik mijn wodkafles en mijn fles water tevoorschijn zou halen, en mijn extra dosis slaappillen. Terwijl de zon langzaam naar de horizon kroop zou ik mijn wodka langzaam drinken en mijn pillen traag slikken en in mijn slaapzak kruipen tegen de kou van de vroege lenteavonden en als dan de zon bloedrood was ondergegaan, zou ik denken: het is mooi geweest, het is zo verschrikkelijk, werkelijk mooi geweest en mijn lichte pistool zou in mijn

hand liggen en na de laatste wodkadruppels zou ik mezelf in de mond schieten, tevreden als nooit eerder.
— Het wordt kouder, zei Timbeer, kom, we gaan.

HOOFDSTUK 12

De hemelkoepel van het Domplein was in een mum van tijd veranderd van strakblauw naar donkergrijs, bijna zwart. Een laagvliegende wolk mussen zwiepte over het plein, verdween achter de palmen van de hoge tuin van het Bisschoppelijk Paleis, kwam in grotere formatie uit een onverwachte hoek weer aangescheerd, maakte zijn tweede hoorbare zwiep, verdween opnieuw en verscheen een derde keer nu, een aanzienlijke en grillige wolk van kleine, huiselijke zangvogels die de gewoonte hadden aangenomen dagelijks tegen het eind van de middag bij de bron van Aretusa in de bomen een vergadering te beleggen. Ze waren er met honderdduizenden, onzichtbaar onder de bladeren van de dichte rij laurierbomen, druk door elkaar heen kwetterend als de Doema of het Japanse parlement. Alle mussen van Europa verzamelden zich bij de bron, verjaagd uit noordelijker landen, waar natuurverenigingen voor het behoud van de reiger, de ekster en de kauw hadden gestreden.

Waarover vergaderden ze iedere dag? Een duidelijke agenda kon ik niet ontdekken, maar gezien het onophoudelijk gekwetter meende ik dat er zich een richtingenstrijd afspeelde over de juiste interpretatie van het goddelijk plan dat hen de diaspora in had gejaagd.

Nu joegen ze als vliegende messen over het Domplein en de kinderen, met lange arm hangend aan een vader of moeder die ze naar huis sleepte, joelden elke keer als de bewegende wolk over scheerde. De lucht werd steeds zwarter en lager.

Nog voordat we hadden betaald, lieten de handen van de engelen de wolken los en een stortbui zoals ik nog nooit had gezien goot zichzelf uit over het inmiddels verlaten plein. We stonden, met een paar anderen die te traag waren geweest, nog droog onder de grote parasols van het Piazza Caffè, maar het zou niet lang duren of de doeken zouden het begeven en een waterval zou over ons heen storten. De Dom en het Paleis van de Bisschop waren zo goed als onzichtbaar achter het dikke watergordijn en over het ovale, ietwat bol gebouwde marmeren plaveisel (op het Domplein stond je op de top van de globe) hing een dikke mist van opspattend water.

– Vooruit, zei Timbeer.

We liepen de kleine straatjes in. Het was ongelofelijk. Het water uit de lucht en dat wat van het Domplein af stroomde vormde in de steegjes ware riviertjes die wild kolkend hun weg naar de zee zochten, een kinderfietsje werd meegesleurd, de wielen van de geparkeerde auto's stonden onder water, het pleintje met het slechte café was een woeste binnenzee geworden.

– Niet nadenken doorlopen, zei Timbeer en zo waadden wij, het water tot de schenen en doorweekt tot op het bot, door het labyrint van steegjes waar ruïnes van huizen en armoede om de voorrang streden. Honden waren nu niet meer te zien op het hondenrijke Ortigia, die zaten met de staart tussen de benen te rillen in de ruïnes.

We waren in Timbeers huis en rilden als de honden. Als eerste zette hij de butagaskachel hoog en het kleine elektrische ventilatortje. Toen dook hij in kasten en wierp me een overhemd toe: – Hier, die is mij te klein, en een trui en een paar dikke sokken en een broek: – Dan moet je de pijpen maar omslaan en ik heb ergens ook nog wel een riem.

Toen zaten we zo dicht mogelijk op het butagaskacheltje, dat nauwelijks warmte gaf, het elektrische ventilatortje in mijn rug. — Weet je wel wat dat kost, stoken in februari? vroeg hij, dat kan ik me nauwelijks veroorloven, maar hij schonk twee glazen brandy in en sneed een worst in plakjes en langzaam hield het rillen op en begon er iets van behaaglijkheid in ons te groeien. Buiten de ramen kwam het water met bakken naar beneden. De ruiten besloegen.

— Weet je wat die visser van de mattanza antwoordde op de vraag: wat doen de Sicilianen 's winters? 'Binnen zitten, pasta koken en de ruiten laten beslaan,' was het antwoord.

— Wat doen wij anders? vroeg ik, als schrijvers?

Timbeer zette het prehistorische televisietoestelletje aan voor het weerbericht. Het zou nog erger worden, heel de zuidelijke en oostelijke kust zouden het die nacht zwaar te verduren krijgen, met zware regenval en storm.

— Als Ortigia maar niet wegstroomt, zei ik.

De wind rammelde aan de luiken, de zee ging als een razende tekeer. Beneden in de straat had zich een rivier gevormd.

— Je blijft hier slapen, zei Timbeer, ik zal een schone hoes om het dekbed doen, en schone slopen. Ik slaap op de bank. Ik protesteerde maar hij duldde geen tegenspraak. Hij maakte het bed op, hing een frisse witte badjas in de slaapkamer, legde een handdoek neer, en een wit T-shirt op de kussens. Ik keek rond en verwonderde me erover hoe schoon alles was, vol boeken en papieren, snoeren en stekkerdozen op de grond, maar schoon, je kon van de marmeren vloer eten.

— En nu, zei Timbeer, moet je van de bank af want ik moet een middagdutje doen. Beslis maar wat je vanavond wilt eten. Je kunt het zo gek niet bedenken of ik heb het in huis.

Het leek mij het hoffelijkst mij terug te trekken in de

kleine, ijskoude slaapkamer, waar ik met de merkkleding van Timbeer en al onder het dekbed kroop. Een van de lekkerste dekbedden die ik in mijn leven had bewoond. Een en al knispering en lichtheid en onmiddellijke warmte. Waar haalde mijn broer al die gastvrijheid vandaan. Ik voelde me in de helderste koestering. Ik viel meteen in slaap.

Ik droomde dat we eindelijk een goed clubhuis hadden gevonden, Timbeer en ik. De deur ging moeizaam open en dicht, maar dat gaf niet want door de raampjes zagen we dat de hut in een moeras was gebouwd en dat het om het clubhuis heen krioelde van de slangen, die door het water schoten en soms de kop opstaken, als levend gewas dat kon worden gemaaid. 'Ze zijn niet gevaarlijk,' zei Timbeer, 'zolang je ze zegent,' en hij begon vanachter alle raampjes in het clubhuis de slangen te zegenen. Ik zag dat sommige plotseling een priestergewaad droegen en andere hadden bonte mutsen op de kop. We maakten een vuur en vertelden elkaar verhalen. Zo lang als het duurde waren we veilig.

Die avond stond de werkelijkheid niet ver van de droom af. Buiten stortregende het, soms ging ik naar het raam en zag wasgoed, een troffel, een kruiwagen voorbijdrijven. De storm en de zee loeiden tegen elkaar in en Timbeer zette een paar nummers op van Hans Teeuwen, waar we vreselijk om moesten lachen, en later wat favoriete nummers van Bob Dylan, Donizetti, die volgens hem 'de kleine Mozart' werd genoemd, The Who, Tom Waits en nog zo het een en ander. Het leek me of wij tweeën de enigen op de wereld waren die dezelfde taal spraken. We deelden onze ideeën niet, maar we spraken met één tong. We haalden wat herinneringen op aan vroeger en telkens wist hij details en uitspraken die ik was vergeten en andersom. 'God, dat was zo, ja,' en wat we ook vonden om over te praten: dat het marmer dat Rome onder consul Varus uit Syracuse had gestolen in Rome zelf werd verbrand om er cement van te maken, vandaar al die vuurtjes tussen de ruïnes op oude gravures; dat de adel neerkijkt op schrijvers; dat Bill Gates een boef is van de ergste soort; dat mijn vader blind was en mijn moeder zojuist aan een kleine trombose één oog had verloren en ze nog steeds het oude, grote huis wilden blijven bewonen, zonder verpleegsters of daghulpen waar ze zich een leven lang tegen hadden verzet, dat mijn vader het chocoladetaartje dat je in Italië kon krijgen, de *panettone*, altijd het hoofd van Napoleon noemde; dat we met 'reddend zwemmen' elkaar bijna verzopen in het Lago Maggiore; dat het waar was dat de Engelsen en de Arabieren één ding gemeenschappelijk hadden: hypocrisie; dat *elpis*, de hoop, het laatste ding uit de doos van Pandora, het best het eerst kon worden vernietigd voor deze wereld.

We lachten en vertelden en lachten en zongen en wisten allebei wat we nooit uitspraken: dat de een een beter schrijver wilde zijn dan de ander. Dat we in dat opzicht erfvijanden waren die nooit zouden opgeven. Daarom, alleen daarom, hielden we het meeste van elkaar.

De weken gingen voorbij en de zomer kwam met de zon, die de verlaten velden vol rijp graan nauwelijks begaanbaar maakte en de dieren loom. Kaïn begon aan het zware werk van het oogsten en dorsen en zag in de verte de ander in de schaduw van een overhangende rots zitten, zijn herdersstaf in zijn hand en zijn oog dwalend over de dromerige dieren. Kaïns rug werd zwart als die van de karavaanlopers uit het zuiden die soms aan de horizon voorbijtrokken, als schaduwen van de zon. Onbekende wereld, de ander en hij waren de eerst levende geborenen op aarde. Abel kwam 's avonds thuis met een huid zo blank als de melk in zijn kruiken. Kaïns hoofd duizelde als hij eindelijk de schaduw van de tent opzocht.

— Het is je lot om je in het zweet te werken, zei zijn moeder, daartoe heb ik je met pijn gebaard.

— Het is je lot om aan God te offeren, die de dag in de nacht laat keren en de dag als een tapijt uitrolt voor de mensen, zei zijn vader.

Om de zoveel dagen trokken hij en zijn broer uit de tent waar ze hadden gerust en gedronken. De ander met een vers lam, of de jongste uit zijn kudde op zijn schouders, hij met een gevlochten baal vol verse vruchten van het veld en de vetste aren. Ze liepen het steile, met keien bezaaide pad af tot waar het een driesprong werd en Kaïn nam de linker afslag, de ander de rechter, zo hadden ze het nooit afgesproken, zo hadden ze ieder apart gekozen, zonder het pad van de ander te begeren. Hun altaren stonden niet ver uit elkaar, beiden konden elkaar gadeslaan bij het bouwen van de brandstapel, konden de eerste vlammen zien als het hout werd aangestoken en hoe het vuur zichzelf temde. Ook konden ze elkaars offers zien, van beiden het beste van het beste. De rook van Abel kleurde lichtblauw en wit en steeg in een strakke kolom naar de avondlijke hemel, de heerlijkste geuren afgeverd, en Kaïns altaar stonk naar oud loof in een herfstschuur en de rook kwam zwart opzetten en boog naar de grond. Week na week verliep het op dezelfde manier. Het was niet zo dat Abel gebeden of toverspreuken wist die hij niet kende, het was niet zo dat Kaïn niet het beste wat hij te offeren had met zorg uitkoos, het was niet zo dat het altaar van Abel beschutter lag dan het zijne, er was geen plotselinge zijwind die zijn offer neersloeg en dat van de ander niet. Het enige wat ze beiden gemeen hadden, was dat ze dezelfde woorden uitspraken: God, neem mijn offer aan. Maar ze wisten niet aan wie ze het vroegen, ze zenden hun God als niet anders dan als leeg land, lege lucht.

HOOFDSTUK 13

Dat was de tijd dat God onschuldig was. Bij het ontwerpen van zijn mislukte plan had God de zesde dag, de dag die de wereld tot het einde toe zou blijven achtervolgen, totdat de aarde haar werk had gedaan, haar kinderen had gezoogd en had zien opgroeien tot zelfstandigheid en de tijd was gekomen om doof en blind en tot as te worden of tot vuur dat as afwerpt, het grootste gedeelte van die langste dag had God dus besteed aan het observeren van de levende wezens die hij had geschapen, ieder naar hun aard, het vee en de wilde dieren en alles wat kruipt. Onmeetbare tijd van de zesde dag lang had hij hen gadegeslagen en gezien hoe ze doodden om hun honger te stillen en hun nageslacht te voeden, elkaar niet afslachtten om niet. Hoe ze de eigen aard respecteerden en hun eigen soort nooit doodden, andere soorten waren prooi, voor honger, niet uit lust, en toen had hij aan het eind van de zesde dag, tegen de tijd dat er moest worden geofferd, dat er eer moest worden betoond, de mens naar zijn beeld en gelijkenis geschapen en stelde hij hem aan als heer en meester over de dieren, als eerbetoon aan zijn eigen schepping maakte hij de mens, uit dankbaarheid voor zijn eigen kunnen. Kan een god hoogmoedig zijn, kan hij vergissingen maken? Of was alles wat hij had gemaakt 'onderdeel van een vrij complex plan', zoals Timbeer en ik tot gewoonte maakten om Hans Teeuwen te citeren? Als Timbeer niet snel genoeg de schoenlepel had weten te vinden voor zijn paardenleren schoenen en zijn nieuwe veters nog moest rijgen en de driewielerhondenkar van de bakker juist wegreed als hij eindelijk de trappen was af gerend en de deur had ontsloten, kwam hij buiten adem zonder brood weer boven met de woorden: – Laten we maar zeggen dat dit een 'onderdeel is van een vrij complex plan'. Dezelfde woorden sprak ik als we bij een kruising in niemandsland eindeloos voor een rood stoplicht moesten wachten zonder een andere auto in het vizier te krijgen. Deze voorbeelden zijn de lichtere gevallen in Timbeers en mijn leven.

De mensheid leed als 'onderdeel van een vrij complex plan'. Je zou ook kunnen zeggen dat de mensen pech hadden, pech, pech en nog eens pech. Dat was een van de eerste uitdrukkingen die we van onze moeder hadden geleerd, wanneer we haar uit de keuken hoorden roepen: 'Pech, pech en nog eens pech.' Wij beschouwden het als een gemoedelijke vervloeking van het gerei onder haar handen. Als ze ons vervloekte was de gemoedelijkheid ver heen.

Kaïn had pech maar de gevolgen daarvan waren God niet duidelijk.

Hij voelde, hoe meer weken er konden worden geteld sinds het eerste offer, steeds meer hoe de aarde aan hem trok en niet de lucht. Hij keek zelfs niet meer naar boven om de regen of zonnekracht of de wind in te schatten. Hij hield zijn oog niet af van de druiven, of ze voller werden, van de kool of ze wilde groeien, van de bonenstaken of ze goed omringd werden. Hij werd naar de aarde gebogen en deed zijn uiterste best om het gewas nat te houden en te zien groeien. Hij lette niet meer op de ander, hij was totaal verlaten en besefte dat. In die toestand hoorde hij voor het eerst de stem van de god van zijn vader, die hem vroeg: – Kaïn, wat sta je gebogen over de grond te staren? Waarom hef je je gezicht niet meer op om te kijken waar de wind vandaan komt? Je gewas groeit goed, waarom kijk je niet meer omhoog, Kaïn? Is het de aarde die aan je trekt? Is het de aarde die over jou heerst in plaats van jij over de aarde als je het goed zou doen? Let op, de aarde, de grond waarin ik alles laat groeien wat jij plant en nat houdt, ligt als een wachter te slapen op de drempel.

Die avond zei Kaïn tegen de ander toen ze elkaar tegenkwamen bij de driesprong:

— Laten we nog niet naar de tent gaan, laten we het veld in gaan en wat praten.

Ze gingen het veld in, en wat ze tegen elkaar zeiden is onhoorbaar gebleven, maar misschien was het dit, laten we aannemen dat het dit was:

— Ik heb vandaag voor het eerst de stem van de god van je vader gehoord, zei Kaïn, hij sprak tegen me.

— In woorden of in raadselen? vroeg Abel.

— In woorden, zei Kaïn.

— Dat is goed, zei Abel, tegen mij spreekt hij niet in woorden, maar elke dag in de zoveel dagen als we offeren laat hij mijn rookkolom naar zich toe komen, blauw en wit, zo weet ik dat hij genoegen schept uit wat ik alle dagen doe.

— Maar zie je dan niet dat mijn rook telkens zwart is en neerslaat? vroeg Kaïn.

— Ik ben een hoeder van dieren. Ben ik soms mijn broeders hoeder? zei Abel.

En Kaïn pakte een steen van het veld en sloeg Abel dood.

Ik woonde de laatste drie dagen van mijn verblijf op Ortigia bij mijn broer. De stortbuien hielden drie dagen aan. Soms was het even droog en dan waagden we ons naar buiten, naar het pleintje voor de kazerne waar Timbeer zijn Citroën CX Empire uit 1990 had staan. Dan slaakte hij een zucht van opluchting en ik zou geen leven bij hem hebben als ik dat niet ook deed. De Empire stond droog, het pleintje lag hoog, de enorme banden die Timbeer heen en terug over de Alpen brachten raakten geen water. Daarna reden we naar de Sma of de Trony, grote supermarkten in het niets van de halflandelijkheid die Syracuse omringde – leegstaande fabrieken, verlaten spoorwegemplacementen met nutteloze wagons, weitjes met een geit, handeltjes, benzinepompen – om voorraden bosvruchtensap, spumante en water in te slaan. Of we liepen tijdens een droog kwartiertje even naar het slechte café om er een marguerita en een negroni te drinken, met mate, mijn dagen mochten vooral geen drinkgelag worden, daarvoor was de tijd met Timbeer te kostbaar.

Ik stond verbaasd over de discipline van een banneling. Hij had stille regels voor het huishouden en ik begreep direct dat ik me daaraan had te houden, wilde ik niet drie dagen op mijn koude hotelkamer naar de regen op zee zitten te staren. Vroeg op was de eerste regel, als het huis nog koud was. Dan, met de badjassen aan, de zijne roestbruin, de mijne wit, warme Ovomaltine drinken, de supergezonde cacaodrank die wij vroeger op onze vakanties aan het Lago Maggiore kregen voorgezet. Ovomaltine, bij de eerste slok was ik weer terug in de tijd dat ik 's morgens wakker werd en het blauwe meer zag liggen, elke ochtend weer nieuw en stralend als aquamarijn, waar ik zonder angst voor school of havermout aan de dag kon beginnen, de enige plek op aarde waar mijn broers en zusje vanzelfsprekend kameraden waren, toen er genoeg holen en nissen en palmen waren in het dorp, waar je je kon terugtrekken zonder te worden gestoord, waar we met ballen en luchtbedden in het water plezier hadden zonder dat er anderen dan wij aan te pas kwamen. Er waren daar toen geen anderen, het gehucht werd bewoond door oude, kromgebogen mannen en vrouwen, die langzaam de berg op en af liepen, met een emmertje melk en een brood, of met een mand vol hout of stenen op de rug. Timbeer was nog mijn kleine broertje, van het schrijven van boeken was nog geen sprake. O, zon, o, berg, o, blauw, blauw water.

Een opperbest begin van de koude, natte dag, een warme beker Ovomaltine. De kachels werden aangestoken, er werd onder een zeer minimaal straaltje gedoucht, dan toeterde de bakker in zijn driewielerhondenkar en haastte Timbeer zich naar beneden. Vers brood met boter.

— In dit huis bestaat het probleem van je moeder niet, zei Timbeer, er is hier geen oud brood. Elke dag vers brood.

Bij alles wat hij me voorzette, zelfgemaakte bosbessenjam, zelfgebakken zoet brood, speciale yoghurt of mayonaise, las hij de etiketten van de potjes voor, hoeveel calcium, natrium, magnesium, fosfor en andere ingrediënten het bevatte. Hij leerde me een slok te nemen, van vruchtensap, van wijn, zelfs van water (hij had alle waters van Syracuse getest en had tot één merk besloten), het vocht in je mond te laten ronddraaien, het glas omhoog te heffen en terwijl je de drank proefde ernstig te kijken naar de vloeistof in het glas. — Zo leer je er echt van te genieten, zei hij, door te kijken naar wat je drinkt.

Hij leerde me dat je het zout uit het zoutvaatje niet meteen over je maaltijd moest strooien, maar eerst op de rug van je hand te strooien, zodat je nooit rekening hoefde te houden met de grillen van het potje, dat te veel of te weinig zout afgaf.

Hij liet mij niet in de keuken komen, niet om af te wassen, niet om de tafel te dekken, niet om ook eens wat klaar te maken. In het laatste had hij groot gelijk want de enige twee die uit de keuken smerige gerechten op tafel zetten, waren Nicolaas en ik geweest, Nicolaas omdat hij het voedsel niet begreep en ik omdat ik het niet wilde begrijpen. Als er één ding was in het leven dat ik niet wilde, was het op mijn moeder lijken. Alles wat ze me leerde van koken, breien of strijken heb ik geleerd, maar ik ben nooit over mijn afkeer van huishoudelijke taken heen gekomen. Timbeer had daar geen last van. Hij vulde eenden met appels en stopte levende pulpi in kokend water en bakte voor zichzelf citroentaarten omdat hij er plezier in had. Hij proefde van alles met aandacht en was er lyrisch over. Een ander in zijn keuken bedierf dat plezier. Dan werd alles opgeborgen waar hij het niet kon vinden en dan raakte hij maar gedesoriënteerd.

Ik mocht ook niet aan zijn muziekinstallatie, zijn boeken, papieren of bureau komen, mij werd een klein Ikea-tafeltje toegewezen als ik wilde lezen of schrijven. Dat bureautje, het bed en de wc waren de enige vrije zones en zolang ik me daaraan hield, verliep ons samenleven op veertig vierkante meter vlekkeloos, zelfs intiem en gezellig. We waarschuwden elkaar als we naar de wc moesten en verwonderden ons erover dat we in ons vroegere tweede huis, het zonnige bij de vijver, met zijn zevenen één wc deelden zonder daar ook maar één onplezierige herinnering aan te hebben overgehouden.

— Mirakel, zei hij, je weet wel, mijn vriendinnetje tussen Laura en Ondine in, die woonde zes maanden bij mij in het boerenhuisje van de graaf bij Lucca. Toen zag ik een keer haar sokken door de kamer slingeren en vroeg ik of ze soms ook iets kon bijdragen aan het huishouden. De volgende dag was ze vertrokken, nooit een woord van haar meer vernomen; als jij nou eens elke dag swiffert, kijk hier zijn vochtige swifferdoekjes, dat is een geweldige uitvinding, kijk, hij hanteerde de beweeglijke swifferschrobber, zo, je kunt overal bij, als het doekje vuil is draai je het om, dat kun jij doen, dat moet iedere dag.

Als we zaten te werken praatte hij aan een stuk door.

Niet tegen mij, maar tegen zijn computer, die net als vroeger de graaf in Toscane nu zijn persoonlijke vijand was, tegen de tientallen stekkerdozen op de grond, tegen zijn telefoon, tegen zijn papieren als hij de verkeerde onder zijn neus had. Tegen alles werd gepraat. Ik luisterde allang niet meer, hoewel er ook verrassende citaten uit de grote literatuur bij waren die ik graag had willen onthouden. Ik begreep dat zijn gepraat zijn enige gezelschap was in zijn expat-bestaan, afgezien van de e-mailcorrespondentie die hij met zijn paar vrienden voerde en zijn secretarisschap van de Club Citroën. Beter dan ik wist hij dat hij werd gewaardeerd, maar er niet bij hoorde, hij was geen Siciliaan, andere woorden kan je er niet voor gebruiken, hij zou nooit in zijn leven een Siciliaan zijn. In Nederland kón hij niet wonen. Wat was er dan beter dan alle snoeren en stekkers tot vijanden te bombarderen, alle instanties die over de snoeren en stekkers gingen, alle mensen van het Nederlands consulaat die zijn foto voor een hernieuwing van zijn paspoort weigerden: — Een pasfoto moet zes centimeter zijn, hoorde hij schamperen door de telefoon, meneer, de uwe haalt nog niet eens de *twee komma vijf centimeter*.

— Maar hij is hier in Syracuse door een speciale pasfotograaf gemaakt.

— Ja meneer, maar we hebben te maken met Nederlandse documenten.

— Moet ik dan alleen voor een juiste pasfoto naar Amsterdam reizen? brulde Timbeer in de hoorn.

Zijn dag was vol met de dingen naar zijn hand te zetten.

— Nu heb ik de duurste apparaten, ik heb er elk programma op zitten waarvan ze beloven dat het werkt, zei hij, maar elke keer loopt het vast en dan ben ik weer uren bezig. Het bespaart je geen tijd hoor, wat die oplichter van een Bill Gates ook beweert. Kijk, húp, print.

De printer op de grond begon te ratelen maar spuwde niets uit.

— Papierinvoer onjuist, zei een vrouwenstem.

— Zie je, zei Timbeer, terwijl hij zich bukte om het papier uit de printer te halen en tot een net stapeltje te kloppen dat er weer in ging. De printer ratelde en leverde het gevraagde. — Het kan praten maar het kan niet eenvoudig doen wat je wilt, zo is er altijd wel wat.

's Avonds ging ik rond twaalf uur naar bed met de Simenon-biografie waar we om beurten in lazen. Hij zette dan zijn lievelingsmuziek op, van Coltrane of van Maria Callas, en werkte nog een uur of twee achter zijn computer. Het was de beste manier om in te slapen: onder het knisperige dekbed, in het donker, met het schijnsel van de kamer door het matglas van de slaapkamerdeur, bij het horen van de zachte muziek en het gestommel van Timbeer in de kamer. Geruststellend, geruststellend dat alles.

Als ik 's nachts naar de wc moest sloop ik rakelings langs de bank waarop hij lag te slapen, ruggelings, zijn armen over elkaar, onder een laken en een geen warmte gevende paardendeken. De deuren het dichtst bij zee stonden open, hij moest het ijskoud hebben, ik bedekte zijn blote voeten en dacht: daar ligt hij, de blonde leeuw van Juda. Hij vond dat een man zich tegen kou moest harden.

Ik stond versteld van zijn zorgvuldige map knipsels over de moord in Cogne, ieder krantenartikel op maat gekopieerd in een apart plastic hoesje.

— Dat is nog maar het begin, zei hij, deze moord is een raadsel, het parket weet er geen raad mee, deze zaak kan nog jaren duren.

Ik vroeg me af waarom hij er zo door gefascineerd was. Onthief de dagelijkse spanning in de kranten hem aan de eenzaamheid hier, waar naar eigen zeggen alleen de zee hem kon verlossen? Ik vroeg er niet naar, want ik was niet geïnteresseerd in een moord zo ver van mijn bed, een moord van een moeder op haar baby. Dit nu was een van de weinige dingen waar ik hem niet in kon volgen en ik wilde niet elke avond worden getrakteerd op alle details in de zaak die elkaar tegenspraken, over de achtergrond van Annamaria Franzoni. Mensen doden wat hun in de weg zit, op zovele manieren als er maar mogelijk zijn. Mensen zijn niet gelukkig en doden elkaar.

Toen Kaïn het nieuwe goed uitzaaide in de voren die hij had gegraven, stond de grote, ronde zon, geel en wit, aan de horizon. De witte hemel beloofde een hete dag. Er dreven een paar bloedrode flarden van wolken langs. Het land lag in paarse, gele en groene stroken. Zijn donkere figuur was machtig en nietig op het eindeloze land. Stap voor stap, met ritme en regelmaat strooide hij uit. Hij was de zaaier, de eerste uit een vrouw geborene op de wereld en de enige. Hij had nog niet de schaduw van de geknotte vijgenboom, het keerpunt, bereikt toen voor de tweede keer de stem van God hem riep: 'Kaïn, Kaïn,' klonk het uit de wijde omtrek. Toen hij zich omkeerde en opkeek was de zon een bal van vuur.

— Kaïn, waar is je broer? vroeg God.

Kaïn had de vraag lang verwacht. Hij had alleen niet geweten van wie hij zou komen. Van de grond die hij bewerkte? Van zijn ouders in de tent, nu Abel 's avonds niet meer thuiskwam? Maar zijn ouders namen alles van de wereld zoals het kwam. Zij kenden alleen de grond rond de tent, Kaïn kende de velden en Abel kende de verre velden, van weide naar weide trok hij. Misschien had hij een nieuwe tent gevonden, misschien had hij vreemde dingen gezien in de onbekende wereld en wilde hij niet meer terugkomen. Misschien ging het zo met de mensen. Of zou hij zichzelf op een dag de vraag stellen: waar heb ik mijn broer gelaten? Hebben de gieren hem opgegeten of hebben de wolven hem naar hun hol gesleept als voedsel voor hun welpen? Waar was hij nu? Al uiteen gezworven met hetzelfde lot als Abel? Hij wist dat het fout was wat hij had gedaan, niet goed, ze aten geen vlees meer. Dat God nog een keer tegen hem zou praten had hij niet verwacht, hij had het offeren afgeschaft, tot groot verdriet van zijn vader, die het gebrek aan geitenvlees daaraan koppelde. Hij miste de ander, dat ook.

— Weet ik veel, antwoordde hij de stem van God en hij begon te trillen van angst. Ben ik soms mijn broeders hoeder? zei hij, de laatste woorden van de ander sprekend. Het leek hem of de aarde rondom hem in beweging kwam, sidderde, of het paars van de voren opvlamde en de bal van de zon begon te tollen.

— Hoor, hoor, zei God, het bloed van je broer roept mij vanaf de aardbodem en nu moet ik de aarde antwoorden. Daarom verklaar ik de opbrengst van diezelfde aarde schraal en jou vervloek ik en ik verban je van deze grond waarin je je voren al hebt getrokken. Het zaad dat je hebt gezaaid verklaar ik dood en onvruchtbaar. Je zult een zwerver, een vluchteling zijn.

Kaïn knielde op de bevende aarde neer toen hij de woorden van God hoorde.

— Mijn wandaad is te groot voor dit land, maar uw straf ook, zei hij, als uw stem mij niet meer wil bereiken en ik verbannen word van dit land, zal ik als een zieke wolf langs de weg zijn, die door iedere willekeurige voorbijganger kan worden afgeslacht.

En God zag dat het niet de bedoeling was zijn eigen geniale plan te laten mislukken op de vroegtijdige dood van elk van de twee eersten uit een vrouw gebaard, nog zonder nageslacht. Hij zei:

— Geenszins, zei hij, iedereen die je doodt zal tot in het zevende geslacht worden gestraft; en hij gaf Kaïn een teken mee, opdat niemand die hem zou ontmoeten het zou wagen Kaïn te doden.

Hij verliet het land van zijn vader en trok naar Nod, het land ten oosten van Eden. Hij vond een vrouw en zij baarde en zo ontstond het eerste mensengeslacht, dat uiteindelijk ten onder ging aan schuld en boete. Het leven werd voortgezet door Kaïns nooit geziene broertje Seth en zijn nageslacht. God had Eva Seth laten baren omdat ze Abel had verloren, en tenslotte ook Kaïn.

Het Kaïnsteken dat hij droeg zou tot aan het eind der dagen het teken zijn van Gods fouten bij zijn meesterwerk. Had God niet geweten dat een broer een broer kon doden? Had de willekeur van God om het ene offer te aanvaarden en het andere niet, niet met redenen omkleed moeten zijn, opdat de mensen begrepen wat hun God van hen wilde? Nu werden zijn daden willekeurig, dacht Kaïn, en daarmee gelijk aan het lot. Aan het blinde lot geloven is het enige wat overblijft.

De laatste avond dat ik bij Timbeer logeerde mat ik de precieze omtrek van zijn schedel.

— Hoe kan dat nou? riep Timbeer toen er een heel ander getal uitkwam dan hij had opgegeven. Ik had er nog speciaal een centimeter voor gekocht en ik heb mezelf wel drie of vier keer de maat genomen.

— Als je Pipohoeden wilt dragen kan ik deze hier laten, zei ik terwijl ik mijn koffers pakte. Nee, nee, dat was niet de bedoeling, hij liet alles aan mij over.

Zo zat ik voor de tweede keer van mijn leven met een strooien Fedora op mijn hoofd mijn vliegtuiglunch te eten en keek ik door het raampje naar de glasheldere Alpen onder ons, de Alpen waarover we een halve eeuw geleden trokken, heen vol verwachting, terug vol heimwee.

— Zal ik mijn huis in Amsterdam verkopen en hier, op Ortigia, een huis kopen? had ik Timbeer gevraagd, of vind je het niet prettig als ik zo op je lip zit?

— Jawel, jawel, zei hij, voor het eerst verlegen met de situatie, ik verwachtte het ergste toen je hier voor de regen schuilde, maar het is me ontzettend meegevallen, ik vond het zelfs gezellig, ik zal het missen. Maar als jij ook hier komt dan gaat het Grote Gebaar verloren.

— Het Grote Gebaar dat je hier zonder een cent te makken op een armzalige verdieping op het uiterste puntje van Europa woont, in alle eenzaamheid, om te kunnen schrijven? vroeg ik.

Dat bedoelde hij. Ik moest terug.

Zoals beloofd zocht ik dezelfde Fedora in de juiste maat voor hem op de Heiligeweg en stuurde hem in de grootste doos die de posterijen aan de kassa leverden op naar Syracuse, en dit keer bleek het raak. De hoed was perfect, jubelde hij aan de telefoon, perfect van maat, van materiaal, stond hem goed, beschermde zijn hoofd tegen de Siciliaanse zon.

Hij belde me regelmatig, het was alsof we allebei nog in dezelfde taal wilden wonen, elkaars taal.

Het laatste telefoontje kwam de week voor Pasen. Ik nam de hoorn op.

— De pyjama lag binnenstebuiten opgevouwen op bed, met honderden bloedspetters erop, nou jij weer! zei zijn stem en de hoorn werd erop gelegd.

Op datzelfde moment besefte ik dat ik in mijn hoofd al met een nieuw boek bezig was, met Timbeer en zijn Cogne als hoofdkarakter, en wist ik zeker dat hij een boek aan het schrijven was, al was het nog in het stadium van het verzamelen van materiaal, en dat we beiden een nieuwe brandstapel aan het bouwen waren, ieder van ons op zijn zelfgebouwde altaar, en onze offers aan het bereiden waren, het beste van wat we in ons hadden, en dat we maar moesten afwachten van wie het offer in een witte en blauwe kolom naar de hemel steeg en van wie de rook zwart was en neersloeg, en hoe moe we werden van de diepste en eeuwige liefde voor elkaar die op zulke momenten omsloeg in haat en depressie, zwaar genoeg om een Walther .35 te hanteren, en dat een van ons het Kaïnsteken zou dragen. Waarschijnlijk ik, als ik de heilige belofte aan mezelf, in de box gedaan, trouw zou blijven, uit schaamte en wrok, hoop en hoogmoed, een illusie, en nog een paar van die dingen die we niet kunnen verklaren.

Ortigia, 6 november 2003-6 maart 2004

ANDER WERK VAN DOESCHKA MEIJSING

De hanen en andere verhalen (1974)
Robinson (roman, 1976)
De kat achterna (roman, 1977)
Tijger, tijger! (roman, 1980) Multatuliprijs 1981
Utopia of De geschiedenissen van Thomas (roman, 1982)
Beer en Jager (roman, 1987)
De beproeving (roman, 1990)
Vuur en zijde (roman, 1992)
Eeste vriend (verhalen, 1994)
De weg naar Caviano (roman, 1997)
De tweede man (roman, 2000)
*De kat achterna, Tijger, tijger!, Utopia of
De geschiedenissen van Thomas* (2001)
100% chemie (roman, 2002)

www.doeschkameijsing.nl

Geerten Meijsing
MOORD EN DOODSLAG

Opgedragen aan mijn vader

De belangrijkste dag in het leven van een man
is de sterfdag van zijn vader.

Georges Simenon

INHOUD

HOOFDSTUK I *Een vlaag van verstandsverbijstering* 7
Cogne 1 25
HOOFDSTUK II *De rand van de wereld* 38
Cogne 2 48
HOOFDSTUK III *Tussen twee zeeën* 57
Cogne 3 67
HOOFDSTUK IV *Zeventien slagen* 74
Cogne 4 87
HOOFDSTUK V *Dreiging* 94
Cogne 5 110
HOOFDSTUK VI *Verbeelding* 132
Cogne 6 150
HOOFDSTUK VII *Inbeelding* 169
Cogne 7 189
HOOFDSTUK VIII *Sporen van een pijp* 199
Cogne 8 218
HOOFDSTUK IX *Doctor Sam* 232
Cogne 9 251
HOOFDSTUK X *Intimiteit* 269
Cogne 10 288
HOOFDSTUK XI *Zwarte regen* 293

Verantwoording 311

HOOFDSTUK I

Een vlaag van verstandsverbijstering

'Maar ik mankeer echt niets, hoor!' zei mijn vader opgewekt na ons laatste bezoek aan het AMC, waar een *pool* van Pakistaanse, Chinese en Nederlandse oogartsen mij eenduidig had uitgelegd dat er niets meer aan te doen was en dat mijn vader al geruime tijd stekeblind moest zijn. De afgelopen zondag was hij nog in zijn gebutste auto naar de kerk gereden voor de vroegmis. Ik nam hem bij de arm toen we naar buiten liepen, en terwijl hij zijn pijp weer aanstak siste hij: 'Tot nu toe gaat alles goed. Aërodynamische steunzolen!

Mijn familie is mij heilig. Het is voor mij een wet nooit over de familie te schrijven. Ik heb die wet altijd gerespecteerd en ben niet van plan daartegen te zondigen.

'Aërodynamische steunzolen' zijn gevleugelde woorden waarmee mijn vader zijn minachting voor de medische stand pleegt uit te drukken. Mijn vader is strafrechter tot in de Hoge Raad geweest, mijn vader die nooit thuis geeft wanneer je om juridisch advies vraagt, daar was mijn vader niet voor, die vaak genade voor recht had laten gelden, zo heet in Italië de magistratuur zo mooi: het Ministerie voor *grazia e justitia*, met genade dus voorop. Je kunt dat katholiek noemen, maar het was voor hem het ultieme rechtsbeginsel; en al wordt het volgens sommigen te vaak en volgens anderen te weinig toegepast, toch staat in grote letters in elke rechtszaal geschreven dat de wet voor allen gelijk is, *la legge è uguale per tutti*. Mijn vader was het daar niet mee eens, een kind begrijpt dat het niet waar is, inclusief wij, kinderen van mijn vader, die ik blijf aanspreken met dat woord: 'vader', en niet met 'pappa', waarop hij, sedert ik groot ben en hij oud, altijd geantwoord heeft met 'dierbare zoon'.

Mijn vader is in mijn ogen de vleesgeworden rechtvaardigheid. Streng maar later hartverwarmend en altijd vol vergevingsgezindheid, om het woord 'lief' voor zo'n gezaghebbend man te vermijden. Mijn vader zegt steeds vaker 'aërodynamische steunzolen', ook als het niet over de medische stand gaat, die volgens hem, zeker wat de psychiatrische sekte betreft, zich niet met strafrecht te bemoeien heeft in adviezen van terbeschikkingstelling, 'aërodynamische steunzolen' zegt mijn vader zomaar voor zich heen, of 'de balans van Mohr', en mijn moeder is zich steeds meer gaan ergeren omdat die laatste uitdrukking haar Duitse familie betreft: of hij niet eens eindelijk kan óphouden, waarop hij zwijgt en voor zich uit blijft kijken, zijn vingers brandend aan de lucifer die tevergeefs een overvol gestopte maar vanbinnen geheel dichtgegroeide pijp probeert aan te steken, terwijl hij toch al zo weinig zegt. Af en toe een citaat uit Homerus of ook wel een Franse idiomatische uitdrukking zoals *à propos des bottes*, wat 'zomaar' betekent, 'naar aanleiding van niets', aldus precies omschrijvend waarom hij af en toe, steeds vaker naar het lijkt, 'aërodynamische steunzolen' zegt, 'de balans van Mohr', of *entre chien et loup* wanneer de schemering intreedt.

Steeds vroeger trekt mijn vader de zware overgordijnen van goudfluweel dicht, en zoeken zijn vingers over de tafel naar een leesvergrootglas of een doosje lucifers om tenminste iets te kunnen zien of opnieuw de reeds brandende kolenkachel aan te steken, omdat het 's avonds kouder is dan buiten, zoals hij altijd heeft gezegd: mijn vader is al jaren met pensioen, wat niemand goed doet, maar hij is minder streng dan vroeger, hartverwarmend is het woord. Mijn vader heeft zich als rechter altijd in de eerste plaats trachten te verplaatsen in de dader, alsof de slachtoffers hem niet interesseerden; elke strafdaad was volgens hem te begrijpen, waardoor je de daders, zeg maar alle mensen, kon begrijpen en mededogen voor hen kon opbrengen, misschien door zijn voortdurende lectuur van oude Simenons, steeds dezelfde. Dit deed hij al voordat mijn moeder, en ook de vroeger zo streng en onverbiddelijk opgevoede kinderen, die slecht waren, veel slechter dan hun vader ooit geweest was, zich begonnen af te vragen of hij soms, af en toe, zeg maar in vlagen, aan verstandsverbijstering begon te lijden. Al wisten we bij god niet wat dat was, geen van ons had immers medicijnen gestudeerd, dan was het wel beter met ons afgelopen, en ook wisten we niet wanneer er sprake was van een vlaag of van een helder continuüm van diepgaande, want verborgen gedachten die zich uitten in een geestige uitdrukking uit het verleden, een familiegezegde, gevleugelde woorden als 'maar het is 's avonds kouder dan buiten', bijvoorbeeld als verweer tegen de in een lang huwelijksleven geautomatiseerde tegenspraak van mijn moeder dat het nog lang niet donker was en dat de gordijnen weer open moesten.

Deze op het eerste gezicht onzinnige uitdrukking gaat in mijn huidige omstandigheden wel degelijk op in de zin dat het in de meeste perioden van het jaar en ook in de winter letterlijk buiten warmer blijft dan binnen in deze ijskoude huizen met stenen vloeren en zonder schoorsteen. Ik dacht met die schoorsteenloze huizen eindelijk ver weg te zijn, maar nu loop ik op de zaak vooruit, want er is nog helemaal geen zaak en dus zijn er ook geen verdachten, laat staan schuldigen, of je moet van alles een kwestie willen maken en op voorhand aannemen dat we allemaal mogelijke verdachten zijn, want schuldig zijn we zeker, zo hebben ons de godsdiensten altoos verzekerd, en daarna heeft de psychiatrie nog lange tijd de zaak onrustig weten te houden met deze hefboom, je hoeft de schedel of de ziel van iemand maar te lichten, of je komt ze tegen, de complexen en obsessies.

Mijn vader heeft mij eens uitgelegd dat iemand *ontoerekeningsvatbaar* is als die ten tijde van het plegen van een delict aan een ziekelijke stoornis lijdt en daardoor niet of slechts gedeeltelijk verantwoordelijk gehouden kan worden voor het plegen ervan.

'Ik ken geen mens die volledig *toerekeningsvatbaar* is. Als iemand volledig *ontoerekeningsvatbaar* is, dan zou hij een psychose hebben. Meestal is het een tijdelijke zaak, bijvoorbeeld in een epileptische schemertoestand of wanneer je moeder zich niet lekker voelt. Dan wordt geen straf gegeven door de rechtbank, maar men past de strafmaat aan, of de dader wordt van rechtsvervolging ontslagen en in een forensisch psychiatrisch ziekenhuis geplaatst. De meeste veroordeelden echter zijn verminderd, licht verminderd of sterk verminderd toerekeningsvatbaar. Dat betekent dat ze voor een deel wel en voor een deel niet verantwoordelijk gehouden kunnen worden. Bijvoorbeeld iemand is vroeger misbruikt en is zwakbegaafd, maar wist heel goed dat wat hij deed fout was. In deze groep zitten de persoonlijkheidsstoornissen. In de straf betekent dat dat iemand zes jaar plus tbs kan krijgen. Een rare zaak, alsof je zulks uit elkaar kunt halen. Maar het gaat wel zo. Nederland is ongeveer het enige land waar dit systeem zo functioneert; in de meeste landen ben je of gek of slecht. De crux is of de dader, ten tijde van het delict, leed aan een ziekelijke stoornis. Dat is achteraf niet eenvoudig vast te stellen. Daarom wordt over de psychiatrische rapportage regelmatig ruziegemaakt, zoals bij de moordenaar van Pim Fortuyn. Het is een interpretatiekwestie. Ik geef het systeem nog tien jaar.'

In ieder geval moet volgens de Italiaanse wetgeving, ik weet niet wat daar precies het Nederlandse equivalent van is, worden vastgesteld, en dat kan eigenlijk alleen, behalve door een bekentenis, met behulp van psychiatrische rapporten, of de daad gepleegd is in *capacità di intendere e di volere*, hetgeen ik in de volkstaal maar zal uitdrukken: bij je volle verstand en met voorbedachten rade. De *mogelijke* dader, want vóór zijn veroordeling is niemand schuldig, zo maakte mijn vader ten overvloede duidelijk. 'En dan nog is er niets zeker. Maar eerst, dat zul je met mij eens zijn, moet toch afdoende onderzocht zijn wie voor de daad in aanmerking komt, en *circumstantial evidence* is daarvoor niet genoeg. De aritmetische formule van substitutie door eliminatie kan nooit de doorslag geven. Dat zijn drogredenen, bewijzen uit het ongerijmde, valse conclusies.'

Heel vroeg in de morgen, wanneer iedereen nog te bedde lag en ik alvast beneden was gekomen omdat ik vanuit mijn zolderkamertje de klok had horen opwinden, was mijn vader op zijn best, terwijl hij achter elkaar dubbele espresso's dronk en hij, wanneer de zoveelste verstopte pijp zich niet liet aansteken, van reepjes krantenpapier dikke sigaretten van pijptabak rolde in zijn kamerjas vol brandgaten. Mijn vader hield niet van gezelschap. Ik telde kennelijk niet voor hem als zodanig. Hij moest vanbinnen, uitgemergeld als hij was geworden, zonder verlies van statuur, geheel bestaan uit nicotine en cafeïne.

Het was voor ons derhalve heel gewoon te denken in termen van goed en kwaad, schuld en boete, misdaad en straf (twee vertalingen van het beroemde boek van de ontoerekeningsvatbare gek Dostojevski stonden in mijn vaders boekenkast met deze twee heel verschillende samenstellingen als titel), juist omdat mijn vader, die bepaald geen liefhebber van de tamelijk idiote of in ieder geval in Nederland altijd geheel idioot vertaalde Russische literatuur was, waardoor je nooit kon weten of die schrijvers je in de maling namen of juist bloedserieus waren in al hun gekkigheid — juist omdat mijn vader, die ik niet meer kan raadplegen over de zaak waarin ik mij verstrikt heb, altijd getracht heeft ons bij te brengen dat het onderscheid tussen die tegenstellingen veel te schematisch is en dat de werkelijkheid, die ook al niet bestaat of als zij wel bestaat vaak niet te achterhalen is, of als zij met de grootst mogelijke waarschijnlijkheid toch bij benadering is achterhaald, nooit meer bewezen kan worden, laat staan beoordeeld, want wie zijn wij om het gedrag van anderen te beoordelen, een fictie is. Waarheid en werkelijkheid zijn ficties, leerde mijn vader ons, en hij spreekt liever van toedracht, van omstandigheden, van de invloed van het weer en van mensen op elkaar. Het interesseerde hem niet wie de schuld had, het ging hem om een oplossing. Aan de waarheid had mijn vader lak, en nu kon hij die niet onder ogen zien.

Twee van zijn kinderen, mijn zuster en ik hadden dat goed begrepen en onze respectieve werkelijkheden, die deels gelijk op gingen maar voor een groter deel haaks op elkaar stonden, liever in kunsttaal onder woorden gebracht, zonder ambtelijk, juridisch of notarieel jargon. Fictie, domein van de roman, was voor mijn vader heel aardig ter ontspanning, maar je had er weinig aan, zodat hij liever boeken las over dingen die echt gebeurd waren, zoals de Trojaanse oorlog of de zwerftochten van Odysseus. Homerus was in deze zin non-fictie voor hem, want echt gebeurd (al wisten we niet waar of wanneer), Vergilius verzonnen en dus onbetrouwbaar. Wel mooi, maar wat had je d'raan? Aan mooie vrouwen had je niks — die werden verzonnen door hun bewonderaars, ze speelden een rol.

Mijn vader was met geen stok naar het theater of de bioscoop te krijgen, uitgaansgelegenheden die door mijn moeder, een heel mooie vrouw, die in haar jeugd *Electra* en andere rollen (*Rouw past Electra*) had gespeeld, druk bezocht werden. Soms denk ik dat zij een verzinsel van mijn vader is. En wat mijzelf betreft, weet ik dat zeker.

Andere, 'gewonere' gezinnen in de ogen van de kinderen vonden het maar een rare familie, die van ons, en daar leden wij soms onder, maar aan de andere kant zit het afwijkende, gedistantieerde, ondoordringbare of misschien wel gewoon buitenissige, zo niet krankzinnige karakter dat ons zowel bindt als uit elkaar gedreven heeft, er zo diep in, bij ieder afzonderlijk, dat we vanzelf op andere gezinnen neerkeken, andere mensen minachtten, zowel stiekem als in het openbaar, kortom ons, zonder enige andere reden dan het absurd hoge IQ van mijn kleine zusje of misschien het buitensporige rechtvaardigheidsgevoel van mijn vader, altijd beter hebben gevoeld dan anderen. Niet dat het leven ons daarin gelijk gegeven heeft of dat het daar gemakkelijker van werd.

Behalve mijn zuster, van allemaal misschien de excentriekste, waardoor zij zich binnen die excentrieke familie op haar beurt weer het uitzonderlijkst voelde, wat ik op persoonlijke titel betwist, zodat zij zich het minst verbonden voelde, zeg maar gerust zich van het hele stelletje, van aanvang af, weinig of niets heeft aangetrokken, zo vroeg mogelijk haar eigen weg is gegaan nadat ze de voordeur van het ouderlijk huis achter zich had dichtgeslagen (waarna mijn vader haar er aanvankelijk, dat wil zeggen enkele decennia lang, er ook niet meer in liet, geheel in lijn met wat hij vaker placht te zeggen: 'Er hoeft hier niemand te eten of te slapen', of ook wel, toen we nog kleiner waren en ergens tegen protesteerden: 'Hier heb je een kwartje, dan kun je een andere vader zoeken'), wat mij met bewondering vervulde, zowel het gedrag van mijn vader als dat van die oudere zuster (die gemakkelijk te plagen was met een ongunstig uitgevallen intelligentietest, om het voorzichtig uit te drukken), een gevoel, dat van mijn zuster, dat soms in tijden van hevige onmin tussen haar en de rest van de familie, die zij alleen nog via de telefoon benaderde om voor de zoveelste keer eens duidelijk te zeggen waar het op stond, uitbarstingen die mijn vader zwijgend maar mijn moeder met veel gejammer en terugschelden aanhoorde, een gevoel dat haar gedrag moest rechtvaardigen. Of was het omdat zij, mijn oudere zuster en voorbeeld, nog verder van de wereld was geraakt, waarin zij zich aanvankelijk, dat was háár vorm van intelligentie, zo trachtten mijn ouders haar te troosten, zo vrijelijk en met succes de nauwe en door haar als benauwenis gevoelde gezinscultuur doorbrekend, bewogen had. Mijn zuster had succes in de wereld, iets wat op zich al, voor mijn ouders en de rest van ons, verdacht was.

Mijn zuster hield van Dostojevski en van andere zo niet krankzinnige dan toch over hun toeren gedraaide Russische schrijvers als Gogol en Poesjkin en Ivan Gontsjarov, die altijd dronken geweest leken te zijn als ze schreven (een ongelukkig voorbeeld voor mijn zuster), of op zijn minst in een roes verkeerden, wat mijn vader placht af te doen met zijn geringschattende bewering: 'Die Russen, hè, die zijn zo melancholiek', en voor zijn generatie was dat zo ongeveer hetzelfde als gek omdat begrippen als 'depressief' of 'bipolaire stoornis' nog moesten worden uitgevonden. Er waren in die generatie, en daarvoor, grootmoeders en oudooms die zich het grootste deel van hun leven 'niet lekker' hadden gevoeld en daardoor maar verstandig thuis waren gebleven, in hun kamer opgesloten, of uiteindelijk het bed hadden gehouden. En dat begreep ik dan weer wel, daar had ik zelfs sympathie voor gekregen, die roes of die depressies, liefst tegelijk of meer of minder snel afwisselend, al gingen mijn voorkeuren, op het gebied van die over het geheel genomen absurd vertaalde 'Russische Bibliotheek' eerder uit naar heldere figuren als Anton Tsjechov en Victor Sjklovski.

Neem nou de schrijverij, een akelige bezigheid waar je liefst zo min mogelijk tijd aan besteedt, misschien moet je daarvoor in een roes verkeren of depressief zijn, want in mijn geval, en dat van mijn vader blijkens de twee of drie brieven die ik tijdens zijn leven mocht ontvangen – en wie weet komen er straks eindelijk meer, getypt op een van de drie antieke typemachines die ik me in mijn jeugd, heel in het begin, toen ik nog als leus in het vaandel voerde wat ik van Kerouac meende geleerd te hebben: 'Schrijven is typen', reeds als voorschot op een niet-bestaande erfenis had toegeëigend en die ongemerkt verdwenen zijn, zodat ook zij nu wel naar de maan of in de hemel zullen zijn, god weet waar de dingen van vroeger zijn gebleven, dat mooie leren jasje met twee rijen knopen bijvoorbeeld, of mijn eerste halfhoge suède boots van Clarks, die ik van mijn oudere broer had gestolen toen die in dienst was gelegen te Gilze-Rijen, omdat hij altijd probeerde mijn vriendinnetjes af te pikken, steeds met hetzelfde voorstel om ze een ritje achter op een van zijn historische motorfietsen te laten maken, waar ze meestal maar al te graag op ingingen, motorfietsen (een Matchless en een Norton, precies als in het lied van *nooit meer oerend oerend hard*) die ik op mijn beurt onverschrokken leende wanneer hij in dienst te Gilze-Rijen lag, om over de Zeeweg, van Aerdenhout naar Zandvoort, op en neer te scheuren zonder helm of rijbewijs of de rijbewijsbevoegde leeftijd – de twee of drie brieven die hij mij tijdens zijn leven heeft geschreven, in beverig handschrift op de afgescheurde rand van een krantenpagina (dan hoefde hij de datum er niet bij te zetten) (maar zijn handschrift was onleesbaar toen hij nog helemaal niet beefde, nergens) of op boodschappenblaadjes ter grootte van een post-it, of op een vel lichtblauw luchtdrukpapier, kapotgeslagen door een van die drie antieke handslagmachines (Royal, Remington en Adler, als ik mij wel herinner), waarvan de linten waren uitgedroogd of doorgeslagen omdat je de spoelen ook met de hand moest meedraaien, waarvoor hij zich te goed voelde – misschien waren het er vier of vijf, maar wellicht komen er straks meer – hielden wij het liever kort: die brieven of briefjes behelsden slechts het hoogstnoodzakelijke, dat wil zeggen het weer, en of de kachel al ('eind augustus!') of nog ('we zijn in juni!') aan moest.

 Voorzover er al techniek, mechanisch nog in zijn geval, te pas kwam in zijn leven, moest die hem ten dienste staan en niet andersom. Meestal schreef mijn moeder terug, ook onleesbaar, met nog de Duitse lange Sütterlin-z, kantjes vol, of haar vader, met bleekblauwe vulpeninkt, tientallen pagina's om mij voor het boeddhisme te behoeden. Vader, mijn vader als hij wat ruimer van stof was schreef alleen dat alles tot nog toe goed ging, en dat hij liever een brief dan een boek van mij las, dat ik een leven als god in Frankrijk leidde waarop hij jaloers was, al zat ik zonder geld en had hij een waardevast pensioen. Hij vroeg of mijn kwetsen al rijp waren en hoe de wijnoogst zou worden – niet dat hij mijn zelfgebottelde flessen dronk, bocht volgens hem en daarin geef ik hem gelijk, maar hij was de grootste afnemer van mijn pruimenjam, ook toen het niet meer mocht omdat hij te lijden had gekregen aan een lichte vorm van ouderdomssuiker, hetgeen hij bleef ontkennen en waarvoor hij weigerde pillen te nemen of bloedonderzoek te laten doen. Ik geloof dat hij van mijn brieven het meest de *Wettereingänge* apprecieerde die slechts vier keer per jaar van toon wisselden, want mijn eigenlijke beslommeringen, vrouwen en geld, woonruimte en werk, lieten hem koud, en dat hij de rest voor gezien hield. De weersomstandigheden, daar ging het hem om, in ons geval, dat van mij en mijn zuster, omdat wij nou eenmaal niet een echte studie hadden gedaan, zoals rechten of medicijnen of zelfs bouwkunde (hoewel voor die laatste discipline, want dat was het toch eerder, niet het ouderwetse gezegde gold van notabelen onder elkaar: 'Latijn kent Latijn'), maar van begin af aan zelf onze weg hadden moeten zoeken, zonder hulp en steun, financieel of anderszins, en onze verrichtingen met mijn vaders grootste wapen, zijn sarcasme, werden neergeslagen. Wie geen Grieks kende, was ongeletterd en dan had het ook geen zin verder met zo iemand te praten. De kunst was volgens hem het negatief van een klassieke opvoeding, je werd er vanzelf bohémien van en daar kon niets dan ellende van komen, hoewel ik, zoals gezegd, vermoedde dat hij ons heimelijk benijdde. Het was nog net geen sport, iets waarvoor mijn vader, die zelf in Britse zin toch heel sportief was en een voorstander van fair play, slechts de grootste minachting kon opbrengen.

Terwijl mijn moeder ons blijft achtervolgen met steeds kwaadaardiger overkomende opmerkingen als: 'Het was je eigen keus', 'We hebben je gewaarschuwd', 'Dan had je maar een vak moeten leren', et cetera, mijn moeder spreekt, bidt en klaagt in litanieën. Maar ze leest de sterren van de hemel, als het maar fictie is, nu met één oog en behulp van mijn vaders vergrootglas, en ze heeft een hard oordeel. Nee, zo'n vrouw zou je niet op een rechterstoel wensen. Heimelijk denk ik dat alle vrouwen harder oordelen en ook meteen klaarstaan met een vonnis, en dat het vermogen je oordeel op te schorten, de wijze les van de sceptici, eerder aan mannen voorbehouden is. Vrouwen zijn niet vaak sceptisch, het is ja of nee, en morgen kan het andersom zijn. Wel handig in de politiek. Mijn moeder zegt waar het op staat, ook in het onderscheid dat zij, volgens mij terecht, aanbrengt in de waardering voor de producten van haar schrijvende kinderen.

'Je zuster gaat een maand of wat met vakantie en komt terug met een verhaaltje, heel leuk en ontroerend soms. Ik gun haar het succes.' In morele zin veroordeelt ze ons allebei, onwrikbaar, zonder vergeving. Mij vanwege het liederlijke leven dat ik volgens haar leid, mijn zuster omdat die een modieuze voorkeur aan de dag legt voor het eigen geslacht, een ander geloof en honden in plaats van katten. De waardering van mijn moeder voor mijn boeken laat me koud, zij weet mij vaak in verlegenheid te brengen door mij waar ik bij sta aan te bevelen bij bekenden, maar mijn zuster is haar hele leven blijven vechten voor erkenning, zowel in levensstijl als in bellettrie. Ik haal mijn schouders op: je hebt de ouders die je hebt, die moet je achteraf niet willen veranderen of bijstellen.

De verhouding tussen moeder en oudste dochter, volgens mij altijd problematisch, is één oeverloze Bergmanfilm, een regisseur die niet mijn voorkeur heeft.

'Waarom roepen die mensen toch zo hard in films en op het toneel?' hoor ik mijn vader zeggen, die categorisch had verboden dat mijn zuster zich voor de toneelschool aanmeldde. Toneelspelers zijn geen mensen volgens hem, het zijn toneelspelers die andere mensen spelen. Hun mening is de waan van de dag. Mijn vader, die grotendeels met zijn gedachten in de Oudheid verpoost, vooral sinds zijn pensioen, houdt eraan vast dat het onderscheid tussen hoeren en toneelspelers verwaarloosbaar is. Zo was het vroeger en zo is het nog steeds. *That's the way the management of this theater feels about these things, and that's the way it's gonna be!* Dus had mijn moeder gelijk als ze hem een vrouwenhater noemde, net als zíjn vader was geweest. Ook ik word voor seksist uitgemaakt, omdat ik zo van vrouwen houd. Ik meende dat ook hij eerder een liefhebber van de andere kunne was, al heeft hij dat zijn hele leven verborgen moeten houden, behalve dan in zijn liefde voor mijn moeder, nog steeds een schoonheid van het type Ava Gardner, ik moest laatst in het ziekenhuis haar in haar pyjama helpen en heb voor het eerst haar borsten teruggezien, die nog steeds prachtig zijn. Ik ben een vrouwenhater, dat blijkt al uit de hoeveelheid vriendinnen of hoeren, het maakt niet uit, allemaal blijven ze 'juffrouw' voor haar, die ik verslijt. En niet alleen mijn vriendinnen, maar ook die van mijn zuster, en bij uitbreiding alle vrouwen die niet met mijn moeder getennist hebben of verwant zijn. 'Nou, mamma, ze verslijten eerder mij.'

Wat zij mijn oudste zuster het kwalijkst nam, was dat die in haar debuut een moeder (haar dus) had opgevoerd met slappe borsten. 'Wat zij schrijft, zuigt ze allemaal uit haar duim!' Mijn moeder, zo verzucht ze zelf, heeft heel wat te stellen met haar oudste dochter. En met haar man: 'Mijn hele leven heb ik voor hem opgeofferd.' Vakantie met de kinderen was voor haar geen pretje. Zij wilde steden zien, de grote wereld. Mijn vader hield meer van het platteland. Steden zijn voor hem poelen van ontucht, Amsterdam voorop. Waarom moesten wij zo nodig dáár studeren? Op hoge leeftijd heeft ze hem nog weten mee te tronen naar Amerika. Dat was het begin van zijn ondergang, de reis heeft hem gebroken, de pijp werd hem uit de mond gerukt daar aan de overkant. Mijn moeder genoot ondertussen volop, ze deed gewoon alsof hij er niet bij hoorde, behalve om de koffers en loodzware beautycase te dragen. Dat buitenmodel beautycase heb ik alleen bij mijn echte hoerenvriendinnetjes teruggezien. Las Vegas vond ze het mooist. Mijn vader zweeg over het vliegtuig, de bus en de reis. Hij deed liever of hij de oude foto's van vroeger bekeek, altijd dezelfde reis naar ons vakantiehuis in Caviano, toen hij nog zelf aan het stuur gezeten had.

Mijn vader is nog steeds op weg naar het Lago Maggiore in de te zwaar beladen Fiat 1400B, nooit meer dan drie kinderen mee op één reis, een boekendoos onder de voeten van de jongste, ja dat ben ik, want baby Engel mocht niet mee en de reeds studerende tweeling wou niet meer, waarin een pocket met de titel *De groene hoed*. Ik was de brulmeester, mijn zus Andreas de koffiezoekster, en mijn grote broer de oplawaai. Geen vertaling van de bestseller van Michael Arlen, naar wiens vrouwelijke held ik later mijn dochter heb genoemd, maar een van de vele geschiedenissen over de Dongoschat in het Comomeer, de rijkdommen die Benito Mussolini met zich mee zou hebben gevoerd op zijn laatste vlucht naar Zwitserland, en die ofwel op de bodem van het meer, ofwel verstopt in een grot in de bergen terecht zou zijn gekomen. Ik brulde waarschijnlijk omdat mijn broer mij oplawaaien verkocht. Waarom mijn zuster de koffiezoekster was, blijft onduidelijk. Ze was ook olifantendrijver en oosterse prins, en ze moest uit het portierraam kotsen als mijn vader over de Via Mala haarscherp over het grind langs de afgrond scheurde. Later, toen ik zelf al lang in Italië woonde, en dus lang nadat *De groene hoed* (of misschien *De man met de groene hoed*) geschreven was, hebben ze inderdaad enige kisten met documenten over de Republiek Salò opgevist bij Dongo, maar goud of juwelen zijn nimmer gevonden.

De speurder in deze roman had zijn intrek genomen in een hotel in Bellagio — een plaats aan de driesprong van het meer waar ook ik enige jaren gewoond heb, waar meen ik mijn dochter is verwekt, en waar ik altijd, bij dezelfde mensen die me destijds onderdak boden, terug zal komen. Nooit lijken die mensen ouder te worden. Dat vinden ze van mij waarschijnlijk ook.

Vanuit Bellagio was de held van deze geschiedenis, die zelf een groene hoed droeg (zoals mijn vader nooit zou dragen, ook niet met vakantie, maar zoals te zien op het etiket en in de reclames van het Italiaanse biermerk Moretti), op expeditie gegaan in de bergen achter Dongo, waar Mussolini en zijn *maîtresse en titre* Clara Petacci zijn gefusilleerd. Het is nog steeds onduidelijk door wie: Italiaanse partizanen, en welke dan, want die moordden elkaar liefst onderling zelf uit, de Britse of Amerikaanse geheime dienst, de terugtrekkende Wehrmacht? Punt is dat op deze expeditie de man met de groene hoed, die zich op zijn expeditie ver buiten het bereik van een herberg bevond, zich te goed deed aan een eenvoudige lunch van brood, kaas en chianti. Eenvoudige lunch van brood, kaas en chianti. *Een eenvoudige lunch van brood, kaas en chianti!* Zijn leven lang bleef mijn vader opgetogen deze woorden herhalen. De Nederlandse magistraat die zelf bij de lunch, waarvoor hij van het gerechtsgebouw tussen de middag, zoals men in het Nederlands zegt, naar huis fietste, alleen maar slappe thee geserveerd kreeg, zoals men in Nederland tijdens de Nederlandse jaren vijftig placht te drinken bij een lunch van *boterhammen*, sneetjes, toen nog Allinson-halfbruin met margarine besmeerd (tegenwoordig zou mijn vader zich absoluut geen raad weten bij een 'warme bakker', volledig van de kaart raken dat je niet gewoon een halfbruin kunt bestellen maar moet kiezen tussen op zijn minst vijfendertig verschillende soorten, en een kaasschaafplakje licht belegen, zo Nederlands – mijn vader, die, tenminste in de vakantie, met zijn zakmes hompen kaas afsneed, en die ook wist hoe je grote, platte, ronde broden moest snijden met dat mes, dat hij vervolgens, nadat er kaas of worst mee afgesneden was, aan zijn sokken afveegde – mijn vader, die voor zijn werk soms moest lunchen in de duurste restaurants van de stad, maar die thuis bij de lunch een boterham met margarine, een plakje kaas en slappe thee geserveerd kreeg — zijn padvindersmes, want hij was in zijn jeugd niet alleen hopman maar ook hoofdcommissaris geweest, wat betekende dat hij de felgekleurde blauwe vleugels van de Vlaamse gaai mocht dragen — mijn vader raakte zijn hele leven niet uitgesproken over deze *eenvoudige lunch van brood, kaas en chianti*. Dat was een van de zeldzame dingen waarover hij opgetogen kon raken. Nog toen hij oud was en dingen die hij zei, zomaar voor zich uit, geen aanleiding meer hadden, kon hij verzuchten: 'Een *eenvoudige* lunch van brood, kaas en chianti.' En pas nadat ik jarenlang in Italië gewoond had, begreep ik dat brood, kaas en chianti eigenlijk helemaal geen lunch vormen. Het *pranzo* is de belangrijkste maaltijd van de dag: antipasto, een *primo* van pasta, en daarna een *secondo*. Wellicht zou dat mijn plichtsgetrouwe vader worst zijn, zo'n uitgebreide maaltijd midden op de dag, waarna je rust moet houden, hij had slechts 'een stif kwartierke' om op bed te liggen, net als een lijk stijf op zijn rug met zijn handen voor de borst gevouwen omdat hij zijn pak niet wilde kreuken, zijn hele leven leek hij zich te oefenen in de lijkhouding waarin ze hem later zouden opbaren, voordat hij op de fiets weer naar zijn werk toog — maar wat hij miste, zo merkte ik pas jaren later, was de chianti bij de lunch. allerminst eenvoudig in zijn optiek, een rijkdom die hemzelf werd ontzegd, behalve in die vakanties, waarin hij op zijn best en in zijn element was, lak aan mijn moeder had, en reeds vanaf de lunch begon te drinken, chianti of *nostrana* of *barbera*. Ik hoor mijn vader op zijn oude dag nog zeggen als de lunch werd aangekondigd: 'Een *eenvoudige* lunch van brood, kaas en chianti', en mijn moeder zuchtte en er kwam geen wijn op tafel met de lunch, 'Realiseren jullie je wel wat ik met je vader te stellen heb', en de dokter, die zelf aan de drank was en derhalve zijn praktijk voortijdig moest opgeven, verbood hem te drinken, en mijn vader was rusteloos geworden en ook wel gedesillusioneerd, in ieder geval totaal niet meer geïnteresseerd in andere zaken dan wijn en spiritualiën, die voortaan voor hem verborgen moesten worden, mijn vader zei vaak onverwachts, ook wanneer er in het geheel geen lunch in zicht was, de boterhammen moesten nu voor hem in kleine stukjes worden voorgesneden, soms was er soep bij uit een zakje, mijn moeder zweert bij Cup-a-Soup, mijn vader zei vaak 's ochtends al, of ook wel 's avonds laat: 'Een eenvoudige lunch van brood, kaas en chianti.'

Ook zei mijn vader altijd, ongeacht of hij een Cup-a-Soup kreeg voorgeschoteld, amandeltjesrijst met bessensap van zijn zoon, of een heel kerstdiner *à la grande*, met haringsalade vooraf, kreeftensoep, eend uit de vijver en puspudding na, aanvankelijk zo door mijn moeder en later door mijn kleine zusje Engel geserveerd, wat het ook was, hij zei na afloop van de maaltijd, waarna hij zich voor 'een stif kwartierke' te rusten begaf: 'Ik heb in geen zeven weken zo lekker gegeten!' Hels werden die vrouwen daarvan.

Mijn vader mankeert echt niets. Hij is zijn hele leven lang niet ziek geweest, terwijl mijn moeder altijd met migraine op bed lag. Mijn vader is de rechtvaardigheid zelve, maar ik werd niet gehoord toen ik voorstelde dat op zijn grafzerk te laten beitelen, hoezeer ik ook heb aangedrongen. Hij is gestorven in een vlaag van verstandsverbijstering. Een kruis, zijn naam, geboorte- en overlijdensdatum, daar kan hij het mee doen. Ze zaten in een restaurant, mijn moeder is dol op uitgaan, zijn laatste woorden waren volgens mijn broer, ik was er zelf niet bij, als antwoord op de vraag hoe het nu was om helemaal blind te zijn: 'Ik mankeer niets, hoor! Een eenvoudige lunch...' Toen was hij stil gebleven, onder de protesten van mijn moeder dat ze allerminst in een eenvoudig restaurant zaten. Hij heeft zijn laatste glas gedronken en heeft gezegd: 'Ik put uit een diep gevoelsleven.' Daarna is hij met zijn pijp opgestaan om buiten te gaan zwemmen. Ongetwijfeld nadat hij eerst gezegd had: 'Heb in geen zeven weken zo lekker gegeten!' Dat was een van zijn kunstjes, waarvoor wij hem mateloos bewonderden: hij kon het meer overzwemmen met zijn pijp in de mond. Dood op het Heemsteedse asfalt. Of was het net Haarlem-Zuid? Daar is heel wat over getwist in de familie, wat hij precies gezegd zou hebben: gevoelsleven, gemoedsleven of gedachteleven. Ik heb een fles *Nero d'Avola* in zijn kist gelegd, alsmede een versgestopte pijp. Die zijn er door de begrafenisondernemer uit gehaald. De steen is eindelijk gelegd, mijn moeder kan over niets anders meer spreken dan de kosten van de steen en hoe mooi of die wel is, veel mooier dan de omringende. Een kruis, zijn naam, geboorte- en overlijdensdatum. Laat rusten wat tot rust gekomen is, nee, over mijn familie schrijf ik niet.

Cogne 1

29 januari 2002, 21:00 uur. Carlo Perratone en zijn vrouw Graziana, geboren Blanc, gaan na het eten langs bij de familie Lorenzi.

Perratone heeft een winkel in het centrum van Cogne, en een *tabacchao*, zo'n kiosk waar je sigaretten en kranten kunt kopen, ook kaartjes voor de lotto, in Gimillian. Perratone is een ervaren bergbeklimmer en maakt deel uit van de Soccorso Alpino di Cogne. Het nieuw gebouwde chalet van de familie Lorenzi staat enigszins boven het dorp, in de *frazione* Montroz, even voorbij de haarspeldbocht in de weg van Cogne naar Gimillian. Tegenover het huis lopen de bergen steil omhoog naar het Gran Paradiso.

'Voor Stefano was het een illusie, meer nog een droom,' vertelt de gemeentesecretaris van Cogne, Marco Truc.

'Hij heeft zijn grote slag geslagen door de gevierde architect Rinaldo Glarey te vragen voor het ontwerp. Dat is de man die ook voor Luciano Violante heeft getekend, de rijkste en beroemdste inwoner van de gemeente.' Het huis is opgetrokken uit grote keien natuursteen en ruwe balken. Het scherp aflopende zadeldak (zoals bij alle huizen in de Valle d'Aosta, omdat in de vallei per jaar gemiddeld tien meter sneeuw valt) is van platte leisteen. Vier schoorstenen en twee kleine dakkapellen. Een van de schoorstenen is de afvoer van een houtoven buiten op de veranda, waarin brood en pizza gebakken kan worden of waarop gebarbecued kan worden. Het huis heeft houten luiken voor de rechthoekige ramen, en een veranda langs de eerste verdieping, waar de dagverblijven gelegen zijn. Vanuit de openslaande deuren van de echtelijke slaapkamer heb je overdag een vorstelijk uitzicht over de nauwe, diep tussen de bergen uitdijende vallei. In de nog maar net aangelegde tuin staat een schommelrek, liggen kinderfietsjes en plastic speelgoedautootjes. Maar die kun je in het donker niet zien. Achter het huis loopt een smal pad omhoog, tussen struiken, keien en enkele bomen. Naast het huis loopt een breder pad naar de buurhuizen; vanzelfsprekend heeft de familie Lorenzi recht van overpad. Daarover zijn in het verleden, toen de bouw van het huis amper gereed was, weleens moeilijkheden gerezen. Het is een modelhuis voor een jong gezin, als je van het hooggebergte houdt en niet bang bent voor de nauwe verbondenheid die noodgedwongen heerst tussen de spaarzame bevolking in de kop van een enge vallei. Je moet niet claustrofobisch zijn en evenmin aan hoogtevrees lijden. Zowel 's winters als 's zomers komen er trouwens veel toeristen.

Aanvankelijk kwam de familie Lorenzi, de ouders van Stefano, hier met vakantie. Elk jaar zelfde periode, zelfde hotel, zelfde kamers. Net als de jonge Annamaria Franzoni, ook uit de buurt van Bologna afkomstig. Inmiddels zijn ze geen vakantiegangers meer. Het jonge echtpaar heeft zich daar gevestigd waar ze elkaar voor het eerst ontmoet hebben. Uit liefde voor elkaar en voor het hooggebergte. Liefde op het eerste gezicht, tussen Stefano en Annamaria. Een mooi stel.

Osvaldo Ruffier is een typische bergbewoner, stevig en klein van stuk, met doorgroefd gelaat en wijd uitstaande oren. Hij vertegenwoordigt niet alleen de gemeente, maar ook de 'gemeenschap' van Cogne (1480 inwoners min één).

Cogne staat op de kaart. Het heeft zijn eigen geschiedenis. In 1963 bleken twee politieke leiders van Italië toevallig tegelijk de vakantie in Cogne door te brengen. Vanaf het begin van de eeuw was het dorpje al een geliefd vakantieoord voor de Turijnse intellectuelen. Pietro Nenno, partijsecretaris van de socialisten. En de nog steeds in de herinnering voortlevende Togliatti, van de bloeiende Italiaanse communistische partij.

Kameraad Vittorio Foa was net als Togliatti een van de Vaders des Vaderland, de Grote Roerganger van links: fameus bergklimmer, lid van de antifascistische militie, acht jaar gevangenschap, partizaan, medeoprichter van de naoorlogse Eerste Republiek, lid van de militante vleugel van de Partita d'Azione, daarna vakbondsleider. In zijn herinneringen, *Sulle Montagne* (2002), beschrijft Foa hoe zijn vader, Ettore, in 1907 met zijn jonge bruid naar Cogne op huwelijksreis gaat. Op een dag bezorgt hij haar doodschrik omdat hij haar uren in de steek laat, op zoek naar een oude zilvermijn.

In 1930 is een zuster van Vittorio Foa boven Cogne in een spelonk gevallen, en heeft uren tussen het ijs beklemd gezeten tot haar jonge vriendinnen haar kwamen bevrijden.

Togliatti werd volgens Foa gedreven door een complex het beste jongetje van de klas te willen zijn en zocht altijd naar de hoogste toppen van de gletsjers *della Tribulazione*, terwijl Pietro Nenno gewoon naar Cogne gekomen was om uit te rusten en naast een bergbeekje boeken te lezen. Geen *sportivo*. Op een dag valt hij in slaap, wordt door het zwellende water meegesleurd, en wordt nog net op tijd gered door een dorpsjongen.

Volgens de vrouw van Vittorio Foa zijn politici, en mensen in het algemeen, die de bergen in gaan, beter dan degenen die in de vlakte blijven of het strand verkiezen. De artsen van een eeuw geleden verwezen patiënten, meest tuberculozen, naar het hooggebergte of naar de zee, om op krachten te komen. Zuivere lucht, ozon. Of zon en zout. Ook ik weet op heden niet wat ik moet kiezen: ben ik aan zee, dan mis ik de bergen, met lange wandelingen, klimpartijen, vondsten van uitzonderlijke bloemen, vlinders, stilte — en de ontegenzeggelijke indruk van de enorme gletsjers, waardoor het gevoel voor het sublieme wordt gegenereerd. Hoog in de bergen, zoals Nietzsche in zijn hut in het Engadindal, of Heidegger in zijn *Hütte*, verkeer je buiten, ja boven de wereld. Misschien kom je de goden daar tegen. Aan zee heb je de verte, het heilzame dubbelzoute water van de Middellandse Zee, de zonsop- en -ondergangen, het verlangen naar de verte. Maar ook de drukte van de strandtoeristen, spelende kinderen (wat een ellende), soms naakte tieten of de strakste kontjes in de kleinste bikini's. Najaden in de golven, die traag een bal overgooien, zoals Nausicaä op het strand. Zout reinigt de huid en spoelt de neus-, keel- en oorwegen goed door. Je kunt er verse vis eten. Aan zee ben je nooit alleen, ook 's avonds niet. Wanneer de avond rood in de bergen valt, overvalt je een brandende melancholie. Het is de keuze, min of meer, tussen alleen-zijn of in gezelschap, dat soms te veel en ongewenst is. Berghutten zijn fijn, *villette* aan het strand een beetje ordinair, goedkoop en smoezelig. Misschien dat door het hooggebergte eerder verfijnde geesten gelokt worden, en dat aan zee en langs de boulevards eerder het gemakkelijke pad der ondeugd openligt.

Maar wat als je aan allebei behoefte hebt?

Stefano Lorenzi is geboren te Bologna, nu vierendertig jaar, gemeenteraadslid van Cogne (niet van een linkse partij, maar in de oppositie) en werkt als elektrotechnicus bij de firma Electrorhêmes in Introd. Bergbeklimmen en skiën zijn zijn hartstocht. Een pezige jongeman, met kort haar maar allerminst een kaalgeschoren schedel, die altijd zijn kalmte bewaart. Precisie en nauwgezetheid zijn goede karaktereigenschappen, net als trouw.

Zijn vrouw is evenzeer een buitenstaander. Ook zij komt toevallig uit de buurt van Bologna, enige dochter in een gezin met elf kinderen. Ook zij is dol op het hooggebergte. Zo hebben ze elkaar leren kennen, tijdens een idyllische vakantie aan de voet van het natuurpark Il Gran Paradiso. Annamaria Franzoni is op haar negentiende uit het ouderlijk huis weggegaan, tot verdriet van haar ouders, om zich in Cogne te vestigen, waar zij in de horeca werkzaam is geweest tot haar huwelijk met Stefano. Toen droeg zij het ravenzwarte haar nog in een springerige paardenstaart. Een heel aantrekkelijk meisje. En dan alleen, ver van familie. Zij trekt als serveerster de aandacht van menigeen. Het is in Italië ongebruikelijk dat dochters zo vroeg uit huis gaan en hun geboortestreek verlaten.

De Aostavallei is een geïsoleerde, noordoostelijke uithoek van Italië. Er leeft een sterke onafhankelijkheidsbeweging. Frans dialect is er de voertaal. Misschien is het motief van Annamaria wel eenzelfde soort streven naar onafhankelijkheid. Op een dag ontmoet zij Stefano. Allebei *hardbodies*, getraind en gespierd. Goeie seks.

Gedreven door hun gezamenlijke passie voor het hooggebergte besluiten ze in Cogne een gezin te stichten. Logisch gevolg van, maar ook levensgevaarlijk voor de liefde. Dat weten ze nog niet. Liefde is blind. Het huwelijk heeft in Italië weinig met liefde te maken, toch kan men dit een liefdeshuwelijk noemen. De levensstijl en de enigszins besloten atmosfeer die typisch zijn voor een klein bergdorp, vormen geen probleem, omdat Annamaria zelf uit een klein dorp van de Apennijnen komt, en het voor haar heel gemakkelijk en natuurlijk is zich aan te passen. De inwoners van Cogne hebben deze *bolognesi* gastvrij ontvangen, en binnen de kortste tijd maakt de familie veel vrienden in hun nieuwe omgeving. Stefano heeft hard gewerkt om het terrein te kopen en zijn chalet te bouwen, voor het grootste gedeelte met geleend geld. Zij hebben, als verloofden, niet gewacht, zoals in Italië gebruikelijk, tot hun beider ouders genoeg verdiend hadden om huis en inrichting reeds voor het huwelijk gereed te krijgen. Eerst hebben zij als studenten in een tweekamerappartement gewoond. Steen voor steen hebben zij onvermoeibaar hun eigen leven en huis opgebouwd.

Ook Annamaria heeft een strak lichaam, wat korte benen, kleine maar stevige borsten. Zij is een kop kleiner dan haar man. Nu draagt ze het haar los, halflang, met dezelfde tot aan de wenkbrauwen reikende pony die ze als jong meisje al, onder protest van haar ouders, liet groeien. Zo'n lange pony, die soms half over de ogen valt en die aan de opstandige jaren zestig, of nog eerder, aan de Franse existentialisten doet denken. Haar ogen lijken soms blauw, dan weer diepbruin, net als bij Madame Bovary. Ze heeft een wilskrachtige neus, geprononceerde jukbeenderen, een hartvormige mond, kuiltjes in haar wangen als ze glimlacht, een bleke huid en een neo rechts van haar bovenlip, net als de aantrekkelijke journaalpresentatrice van het derde net, Federica Sciarelli. Een renaissanceschilder zou deze karakteristieke kop goed als model kunnen gebruiken voor een portret van de madonna. Onschuldig en alwetend. Toegeeflijk maar zelfbewust. Op haar tweeëndertigste is ze nog steeds een vrouw om verliefd op te worden en van te dromen, vooral omdat haar ogen en haar glimlach een zekere nostalgie uitdrukken, misschien naar haar jeugd. Eigenlijk is ze nog steeds een meisje, hoewel zeer plichtbewust en meticuleus in het huishouden. Misschien maakt zij een gesloten indruk omdat ze haar ware natuur niet wil prijsgeven en de vulkaan van haar gevoelens wil verbergen, die elk moment kan ontploffen en die misschien alleen haar echtgenoot kent. Annamaria mag soms gereserveerd overkomen, maar is eigenlijk heel extrovert en gelukkig met haar leven. elke dag de kinderen naar de kleuterschool en de *elementare*, de catechismuslessen, de skipistes. Niemand die niet bevriend met haar wil zijn in Cogne. Misschien zijn er nog steeds jong mannelijke dorpsbewoners die haar begeren van toen zij de terrasjes bediende als serveerster, en die het niet kunnen zetten dat zij met zo'n degelijke figuur, ook van buiten, is getrouwd.

Vergeleken met haar is Stefano een kouwe kikker, een *control freak*. Paradoxaal genoeg komt haar sterke karakter kwetsbaar over, wat haar typisch vrouwelijke lieflijkheid slechts verhoogt. Italiaanse mannen zien hun vrouwen liefst enigszins hulpeloos.

Misschien is zij enigszins teleurgesteld omdat er sleur in het huwelijk is gedrongen. Omdat Stefano carrière maakt, bij het elektriciteitsbedrijf en in het gemeentebestuur, en zij alleen het huishouden mag doen en voor de kinderen zorgen. Het is niet meer alle dagen bergbeklimmen en skiën. Feit is dat ze onlangs een brief is begonnen aan haar man. Dat komt in de beste huwelijken voor.

Caro Stefano, ik weet niet wat er aan de hand is, maar het is niet meer zoals vroeger, we praten bijna nooit meer met elkaar...

De kinderen zijn haar grote vreugde. Haar eerstgeborene, Davide van zeven, is een hele steun voor haar. Hij speelt altijd druk met zijn broertje, de kleine Samuele. Over de laatste maakt ze zich misschien zorgen omdat hij zich minder snel ontwikkelt dan Davide. Je vergelijkt je kinderen altijd met elkaar, en het is voor ouders soms moeilijk te begrijpen dat ze niet dezelfde ontwikkeling doormaken of een ander karakter hebben. De kleine Samuele is erg aanhankelijk. Je zou hem een rokkenhangertje kunnen noemen, als Annamaria, in dit noordelijke klimaat, niet meestal een jeans draagt, met kekke zwarte, hooggehakte laarsjes eronder, jaren-tachtigstijl. Negenenzestig procent van de Italiaanse vrouwen draagt liever een broek dan jurk of rok. De kleine Samuele, die afgelopen november drie geworden is, gaat dit jaar voor het eerst naar de kleuterschool. De schoolbus, die de broertjes elke dag ophaalt en thuisbrengt, is een hele belevenis voor de jongste. Vanaf de treeplank springt hij 's middags rechtstreeks in de armen van zijn moeder, die hen staat op te wachten.

Als Papa Woytila in juli 2001, zoals altijd, met vakantie gaat in de Valle d'Aosta en ook Cogne aandoet, loopt Annamaria Hem tegemoet met haar zonen. De auto van de paus, niet de potsierlijke pausmobiel maar een zwarte limousine met geblindeerde ramen, stopt vlak voor hen. De kleine Samuele heeft zijn armpjes uitgestrekt naar Zijne Heiligheid. Die buigt zich uit het portierraam en legt liefkozend Zijn handen op het hoofd en om het gezicht van de kleine Samuele, bij wijze van zegening. Het is opvallend dat de paus vaker kleine jongetjes dan kleine meisjes streelt. Deze welwillende aandacht van de portifex wordt door Annamaria als een gunstig voorteken beschouwd voor haar gezin.

Een modelgezin.

De ochtend van de negenentwintigste is Annamaria naar de provinciehoofdstad Aosta gereden om inkopen te doen voor een feestje voor haar oudste, de volgende dag. Davide en de kleine Samuele weten van niets. Kort geleden heeft zij nog een partijtje gegeven voor de vriendjes van haar jongste. Zonder aanleiding, zomaar, omdat ze het leuk vindt kinderen om zich heen te hebben. In huis wil ze altijd mensen hebben, vrolijkheid, gezelschap. Het moet een verrassing blijven, ook al zijn er zeventien uitnodigingen verstuurd naar de schoolvriendjes van Davide. Annamaria heeft die per e-mail, met een leuke kaart als bijlage, naar de ouders van de jongens verzonden.

Eligio Grappein de horlogemaker van Cogne: 'Mijn vrouw en ik zeiden altijd tegen elkaar: "Als we onze dochter aan iemand moeten toevertrouwen, dan zou dat Annamaria Franzoni zijn, die er helemaal voor haar kinderen is en ze nooit een moment uit het oog verliest." Afgelopen zondag zat ik in de bar boven aan de skilift. Davide was aan het skiën, maar Annamaria niet. "Ik heb het opgegeven na mijn tweede zwangerschap," schertste ze. "Ik kan het niet meer opbrengen, ik word oud." Samuele lepelde zijn warme chocolade, zijn gezicht zat helemaal onder. En zijn moeder veegde zijn gezicht schoon met servetjes en bedolf hem onder kusjes.' Zijn dochter is een paar maanden ouder dan Davide, ze zitten in dezelfde klas.

'Zo maak je hier vrienden, via de kinderen. Gisteren nog vroeg Annamaria mij of mijn vrouw op de thee wilde komen, en ze zei dat ze chocoladekoekjes had gemaakt, waar mijn dochter zo dol op is. Dat zijn de kleine dingen van het leven waarin ze zo goed is. Bij Annamaria eten is altijd een feest, omdat ze geweldig kan koken, op zijn Emiliaans. Voor haar lasagne bijvoorbeeld maakte ze zelf altijd het deeg, aan de vooravond. De kleine Samuele was een soort engeltje, een lief, rustig en aanhankelijk kind. Davide was degene met karakter – heel levendig, maar ook heel koppig soms, om zijn zin door te drijven. Annamaria was de perfecte moeder, daar heb ik geen andere woorden voor, volmaakt!'

De horlogemaker spreekt in de verleden tijd. Hij vervolgt: 'Zij was een geboren huisvrouw. Zij wilde nooit dat er iemand hielp met afruimen of met de afwas, zelfs Stefano niet. "Blijf toch zitten," zei ze dan, "dat doe ik zelf veel sneller." Ook om acht uur 's ochtends was ze al tot in de puntjes verzorgd. Het was belangrijk voor haar goed voor de dag te komen. Ook gisterenochtend was ze weer superelegant. We stonden voor de school nog wat te praten, nadat onze kinderen het hek door waren. Annamaria zei dat ze in Aosta boodschappen ging doen en dat ze van de gelegenheid gebruikmaakte om Samuele met zich mee te nemen. "Ik mis hem toch een beetje, sinds hij naar de kleuterschool gaat." En toen ze dat zei trok ze zó'n lief gezichtje!'

Carlo en Graziana zijn na het eten langsgekomen, tegen negenen.

Carlo Perratone: 'Het was een leuke, vrolijke avond. Over de bergen raak je nooit uitgepraat. We maakten plannen voor nieuwe beklimmingen, en we bespraken wat er aan de provinciale weg, de R47, die van Aosta naar Cogne loopt, verbeterd moet worden om hem minder gevaarlijk te maken. Er zijn regelmatig bergafschuivingen. Stefano heeft daar als ingenieur verstand van en maakt deel uit van een comité dat zich inzet voor de veiligheid. Het is een gelukkige familie, sereen en voorbeeldig, om te benijden. De kinderen de hele tijd druk op de grond met hun autootjes. Annamaria voelde zich niet helemaal lekker, maar dat komt bij vrouwen wel vaker voor en evengoed is ze tot halfeen opgebleven. Omdat ze van alles een feest wil maken, had ze die middag een fantastische cake gebakken, een soort *ciambella* uit haar geboortestreek, en de kleine Samuele vertelde trots dat hij daarbij geholpen had. "Ik kom naar je winkel," vertelde de kleine mij, "dan laat ik je zien hoe het moet." '

Recept voor ciambella bolognese

Ingrediënten: 2 maten bloem, anderhalve maat basterdsuiker, een koffielepel vanille-extract, de geraspte schil van een halve citroen, een zakje bakpoeder, een eetlepel poedersuiker, twee tot drie eetlepels melk, zes eetlepels zachte boter, drie gescheiden eieren, twee eetlepels Sassolinolikeur of maraskijn, een zakje gepelde amandelen (50 gram).
Meng de bloem met de basterdsuiker, de vanille, de citroenrasp en een snuifje zout. Los het bakpoeder op in de melk. Smelt de boter in een pannetje en voeg daar op laag vuur twee eierdooiers, het wit van één ei, de likeur en het mengsel van de bakpoeder aan toe. Voeg de rest van de boter toe en kneden tot een zacht deeg. Rol het deeg uit en druk het in een ronde springvorm met een gat in het midden. Smeer met een kwastje de rest van de eierdooiers uit en strooi de poedersuiker erover. Verdeel daarover de amandelen. Bak de taart op 150 graden in een voorverwarmde oven ruim een halfuur. Laten afkoelen op een rooster, de ringvorm verwijderen. Koud serveren.

Een winteravond als zovele ten huize Lorenzi, waar het altijd gezellig is. Graziana, die een doodgeboren kind heeft gehad, zegt op gegeven moment tegen Annamaria: 'Maar jij kunt je niet voorstellen wat het is om een kind te verliezen.' Het klinkt bijna als een verwijt. Later zal zij ontkennen dat ze die woorden ooit heeft uitgesproken. Ook zal Graziana later tegen de politie vertellen dat Annamaria, toen zij er waren, wel een halfuur op de bank is gaan liggen, omdat ze zich niet lekker voelde, 'uitgeput'.

Pas na middernacht neemt het bezoek afscheid. In Italië is het heel gewoon dat de kinderen zo laat opblijven. Toch moet morgen iedereen vroeg op. Perratone om zijn zaak te openen, Lorenzi naar zijn werk, de kinderen moeten de schoolbus halen.

Het sneeuwt niet die nacht, maar het vriest wel.

Onder de kraakheldere hemel ligt het dorpje er kalm en vredig bij. Geen hond die blaft.

De Lorenzi's hebben geen huisdieren, alleen een kat. De inrichting van het nieuwe huis heeft iets steriels. Het is niet volgepropt met familieportretten, souvenirs en hebbedingetjes, zoals de meeste Italiaanse interieurs. De persoonlijke noot ontbreekt. Wel hangt er een madonna-icoon boven het echtelijk bed, en wijwaterbakjes naast de ledikantjes van de kinderen. De moeder doopt na het korte nachtgebedje haar duim erin, en schetst een kruisje op het voorhoofd van haar zonen. Annamaria heeft moeite in slaap te komen, terwijl Stefano vertrokken is zodra zijn hoofd het kussen raakt. Om halftwee wordt hij weer even wakker, omdat ze allebei duidelijk een zware bonk gehoord hebben, in de kelder of de garage.

'Ik kijk morgenochtend wel even wat er gebeurd is,' bromt Stefano, 'waarschijnlijk een kat.'

We weten niet of ze woorden hebben gehad, zodra het bezoek weg is en de moegespeelde kinderen in bed zijn toegedekt. In ieder geval werken de kalmeringspillen niet die de bevriende huisarts-psychiater van Annamaria, Ada Satragni, haar heeft voorgeschreven om haar onrust te dempen.

Tavor is de benzodiazepine die elke tweede Italiaan slikt. Tegen antidepressiva deelt de vertrouwensarts het collectieve voorbehoud. Mensen die antidepressiva slikken, zijn in Italië verdacht. Er wordt in de pers voortdurend hetze gemaakt tegen het gebruik ervan. Ze worden beschouwd als drugs. Er rust een taboe op. Gebruikers ervan worden algauw gezien als verminderd toerekeningsvatbaar. Italië is het land van de antipsychiatrie.

Misschien maakt Annamaria zich zorgen over het kinderpartijtje van de volgende dag.

Het is nog pikkedonker, laten we schatten vijf uur, als Annamaria haar evenwichtig snurkende echtgenoot wakker schudt. Ze voelt zich niet lekker en vraagt haar in zijn slaap gestoorde, knorrige man om hulp. Hij weet niet wat te doen.

Aanstellerij, is zijn oordeel. Maar als zij erop staat, wil hij wel de *medico di guardia* bellen. In plaats dat hij zelf haar eventuele problemen aanhoort en oplost, belt hij liever de dienstdoende eerstehulparts. Volgens hem moet zij gewoon haar plicht doen en niet zeuren. Straks moet hij naar zijn werk. Annamaria hoeft alleen de kinderen naar de schoolbus te brengen en het partijtje voor te bereiden.

Kennelijk lukt het Annamaria niet hem duidelijk te maken dat hij haar verwaarloost. Of is ze daar te trots voor? Ze heeft het afgeleerd het initiatief te nemen. Godsdienst, de puriteinse instelling die van het gezicht van haar man straalt sinds hij gesetteld is en twee kinderen gemaakt heeft. Als een Italiaanse man eenmaal getrouwd is en de vrouw bezwangerd heeft, kijkt hij alleen nog naar zijn vrouw voor het eten, op tijd, twee keer per dag warm.

Strikt genomen, aangezien ze allebei nu klaarwakker zijn, is de volgende vriesdag reeds aangebroken, al is het daglicht nog lang niet in de vallei doorgedrongen. De kinderen slapen.

HOOFDSTUK II

De rand van de wereld

Na een rustperiode van enkele jaren in de Provence voelde Timbeer zich gedwongen verder te gaan, ditmaal tot het uiterste. Toscane had hij afgeschreven, al bleef daar veel achter in boeken, tussen zelfgeplante bomen, opgeslagen meubilair en herinneringen. Terug naar Nederland, waar gesticht en ziekenhuis hem ontslagen hadden, net als verloofde en vrienden — ondenkbaar! Andreas had hem te verstaan gegeven dat de Stad te klein was voor hen beiden, onder bedreigingen. Met die benauwde hoofdstad van het boosaardig dwergenland had hij geen band. Tegen de taal had hij geen bezwaar, al was het niet zijn moeders tong.

Afscheid had hij allang genomen. Dat was hem destijds, na zijn eindexamen, niet moeilijk gevallen. De grote landen! Nu was zijn kracht verminderd en de nieuwsgierigheid geslonken. Er was moed voor nodig de leegte onder ogen te zien. Dokter dood had hem besteld — zijn vierenveertig jaren zaten erop — en was daarna zo wreed geweest hem weer te laten gaan, met een valies vol pillen als teerspijze. De kater had genoeg van zijn speelbal, een traditioneel tafereeltje dat Timbeer vaak afgebeeld had gezien in pensions, hotels en huurkamers toen het beestje nog jong was en tot spelen bereid was.

Ver weg, onbereikbaar. Hij was niet oud: de medische staf van de inrichtingen, waar hij graag had willen blijven, schatte hem bij de intake tien jaar jonger en had hem bij het gedwongen ontslag een extra speeltijd meegegeven van tussen de drie maanden en drie jaar. Dank je wel. Maar hij bleef leven, al was het dan doodmoe. Er waren geen dingen of mensen die hem nog interesseerden.

Liefst aan zee, zodat hij naar de overkant kon kijken, de einder zogezegd. Wilde je met de veerman mee, dan kon je beter aan de oever klaarstaan.

Een plaats om te vergeten en vergeten te worden. Je moet wel weten waar je de stoffelijke resten achterlaat. Van een Siciliaanse dichter bleef er een titel in zijn hoofd rondzingen, fragment van een spreuk die onder het timpaan van een groot-Griekse tempel was bewaard gebleven, gebeiteld in het zachte steen:

...cetera desunt

'Het overige ontbreekt.' Dat bracht wel onder woorden wat hij, aan zichzelf overgelaten, voelde.

Het eindstation van de filosofie, doel van Plato's eerste, tweede en derde reis — in opklimmende moeilijkheidsgraad van de vergelijking: varen met zeilen voor de wind, stroomopwaarts roeien, en geheel op eigen krachten zwemmen met wilskracht en verstand — was volgens de legende Syracuse. Ook al liet zijn verstand het afweten, de artsen hadden hem steeds op zijn wilskracht aangesproken en bevalen zwemmen aan.

Het New York van de Oudheid, een stad door Cicero rijker en schoner dan Athene en Rome tezamen bevonden, voor zij door een wenende Claudius Marcellus gedurende een twee jaar durend beleg was verwoest. Mislukte utopie, vergeef het pleonasme, van een ideale stad door filosofen geregeerd. Mislukking van het leven als ideaal, de wijsbegeerte toegewijd.

Daar was weinig van over. Ooit was de stad het centrum

van de wereld, maar nu lag ze aan de rand van de beschaving. Filosofen zijn tirannenmoordenaars, en Plato, dat had Timbeer bewezen, was nooit in die stad geweest. Toch wilde hij graag in de vermeende voetsporen van zijn vroegere held lopen, en zich desnoods een gevangene voelen in de tuinen van de tiran.

Syracuse was een miljoenenstad geweest, Pentapolis. Het eilandje voor de kust, Ortigia, nog steeds het oude centrum, dat twintig jaar geleden dertigduizend inwoners telde, tegenover de drieduizend van nu. Vervallen, ook in de wederopbouw van Spaanse Barok na de aardbeving van 1693. Overgeleverd aan duistere machten en misdaad – tot voor kort waagde een fatsoenlijk mens zich niet in het stadsdeel.

De rand van de wereld, of, om niet te overdrijven, van de westerse beschaving, waarvan het ooit het middelpunt geweest was. Omspoeld door de Ionische Zee (aan het eind van elk dwarsstraatje springt hoog het water van een Alma Tadema in het oog), gegeseld door Afrikaanse winden, die aan de uitgezakte luiken zuchten en de rijke gevelornamentiek aanvreten. Poreus is het kalksteen, uitgebleekt door troebel wit licht.

Syracuse wordt 's zomers verblind door de genadeloze zon, in andere seizoenen murw gebeukt door een wit opkolkende branding. Hier is de laatste rustplaats van August Graf von Platen. De smalle straatjes hebben namen als Ronco Esculapio, Vicolo dei Satiri, Via delle Sirene en Via delle Vergine, Lungomare Alfeo en Lungomare Levante, Ronco Circe en Piazza Svevia – naar de Zwabenkeizer Frederik II von Hohenstaufen, ook wel Stupor Mundi genoemd. Veel mensen, zelfs de makers van de stadsplattegrond, denken dat hij uit Zweden komt. Er is ook, bepaald de armste, met heel nauwe steegjes, een wijk die de Giudecca heet. Zoals Amsterdam wel het Venetië van het noorden wordt genoemd, is Syracuse het Venetië van het zuiden.

Timbeer had zijn laatste moed en geldje moeten aanspreken om er terecht te komen. In zijn rijke tijd, toen hij nooit zonder verloofde zat, was hij één keer in Syracuse geweest. Ze hadden toen gelogeerd in wat achteraf het meest luxe hotel bleek te zijn, de Villa Politi, in de Latomia dei Capuccini. Een steengroeve, nu weelderig begroeid met bougainvillea, oleanders zo groot als bomen en palmen. In deze steengroeven waren de overgebleven Atheners gegooid toen hun vloot in de Porto Grande in de pan was gehakt. De strafexpeditie was onder slechte voortekens vertrokken. De nacht tevoren had de dronken Alcibiades, die als vice-admiraal aan de veteraan Nicias was toegevoegd, de neuzen van de godenbeelden afgeslagen. Van de gevangenen die de trotse stad in deze groeven liet verhongeren en uitdrogen, werden alleen diegenen vrijgelaten die een gehele tragedie uit het hoofd konden opzeggen.

Want het was ook de stad van Sophocles, van Pindarus, Theocritus en Xenophon.

Dat had hij allemaal, trots als een aap, aan zijn aanstaande willen vertellen: uit welke mythe de bron van Arethusa was ontsprongen, hoe Archimedes aan zijn einde was gekomen, dat hier papyrus eerder als schrijfmateriaal was gebruikt dan in Egypte, dat er krokodillen in de rivier de Anape gezwommen hadden, hoeveel bloed er op de altaren van Hieron vergoten was, dat de *duomo* met zijn barokgevel eigenlijk een Normandische kathedraal was, met als pilaren de Dorische zuilen van de tempel voor Athene of Artemis, of was het Demeter, die op dezelfde plaats gestaan had, dat het tempelplein een halve ellips vormde als een doorgesneden cruppel opbollend met de verfijnde spanning die de Grieken aan hun architectuur mee hadden gegeven, ontleend aan de *turgos* of zwelling van het riet... Het was voor dove oren en een verveelde blik, verborgen achter een zonnebril: 'Is er dan nergens een strandje waar je kunt zwemmen?'

Op huwelijksreis moet je de bruid geen Thucydides willen voorlezen.

Nu was het de tijd niet meer voor weemoed of antiek toerisme.

Eind november van het jaar 2001 reed Timbeer door rommelige en vervuilde buitenwijken de stad binnen. In de steek gelaten fabrieken, distelveldjes met dooie honden en een paardenkarkas, uitstallingen van tweedehands auto's, bouwterreinen waarop ijzeren staken verroest uit het reeds afbrokkelende beton staken. Het plaatsnaambord met het magische toponiem vlak voor de benzinepomp (Erg) bij bar Anape gaf hem nog steeds buikpijn van de zenuwen. Zijn billen waren stijf samengekneper. Hij moest hoognodig kakken. Het leek wel of ze Ortigia verborgen wilden houden. Alle wegen waren eenrichtingsverkeer, de andere kant op. De ruitenwisser gaf hem nauwelijks zicht en alle raampjes waren beslagen omdat de kachel het niet deed. Toen hij eindelijk over de brug was, stremde zijn auto op een marktplein. In de plotselinge wolkbreuk werd de markt opgebroken en probeerde iedereen tegelijk, in een wirwar van Piaggiokarretjes (lichtblauw en driewielig), auto's en bussen weg te komen. Toen Timbeer uitstapte om de weg te vragen naar een goedkoop hotel, stond hij tot zijn enkels in het water. Uit de kleine straatjes kwam het water kolken alsof er een vloedgolf over de stad gespoeld was. Niemand had tijd voor zijn vragen. Voor hotels werd hij steeds met een vaag gebaar naar het vasteland terugverwezen. Het verkeer stond luid claxonnerend stil. Timbeer dronk het laatste restje van zijn lauwe cola Hij had al zijn aandacht nodig om de voorruit schoon te vegen en de motor aan de praat te houden. Nu moest hij onbedwingbaar pissen. Hij probeerde niet te knoeien toen hij de lege colafles voor zijn blootgeritste piemel hield. Overal mensen om hem heen, even onzichtbaar in hun rumoerige auto's als hij voor hen was in de zijne. Nu de spanning iets geweken was, wachtte hij af tot de gestolde chaos in beweging kwam, als atomen die langzaam van hun molecuul losweken.

Uiteindelijk stond hij alleen op het verlaten plein. Het plaveisel was bezaaid met doorweekte kranten, gescheurde dozen, groenteafval, geplette sinaasappelen en, naar de glibberige geur te oordelen visschubben en garnalenpelsel.

De ergste bui was over, het water zocht een uitweg. De wind stak op. Het straatvuil kwam in beweging. Hij moest de auto uit om een flard krant van zijn voorruit te plukken. Als een aangespoelde drenkeling keek hij wanhopig om zich heen. Onder de luifel van een bar stonden twee *vigile* samen een sigaret te roken. Ze gaven hem aan elkaar over als een stickie. Aan de andere kant zag hij de zee. Begerig snoof hij de zilte lucht in. De grijze wolken trokken een gat, waardoor de lage stralen van de winterzon wezen als een opengesperde hand. Het was een korte halfschemer in chiaroscuro dat op de prent van Albrecht Dürer leek, *Melancholia* II.

Hij moest het hele eiland rond koersen, langs de binnenzee, waarin een houten schoener en een oorlogsfregat op de rede lagen, via de uiterste punt langs het door verlaten militaire kazernes onzichtbare fort van de Zwabenkeizer, langs de open zee van de andere kant, tot hij een redelijk familiehotel had gevonden, lichtpaars geschilderd met een Poolse naam op de gevel. Zijn auto kon hij langs het bastion laten staan, zodat hij hem vanuit zijn kamer met uitzicht in de gaten kon houden, want hij was niet van plan zijn hebben en houden uit te laden. Binnen drie weken moest hij een goedkoper en duurzamer onderkomen vinden.

Toen hij de volgende dag op pad ging, zag hij dat zijn auto met een zoutkorst overdekt was. 's Nachts over zee uitkijkend had hij al gezien dat het schuim van de golven over de zeewering heen spatte. Op de meeste min of meer bewoonbare huizen waren overlijdensannonces geplakt in zwart-wit, en rood of groen gekleurde plakkaten met 'AF-FITASI' en een telefoonnummer. Met een stompje potlood schreef hij af en toe een adres over in zijn Moleskineaantekenboekje. Zelfs op het beschut gelegen domplein gierde de wind. Voor een typisch Siciliaans ontbijt had hij een warme brioche met een *granita al limone* willen nemen – in de winter was er geen ijs. Nooit had hij gedacht dat het hier überhaupt winter kon worden, al had zijn moeder hem nog gewaarschuwd dat zij het nooit zo koud had gehad als op Sicilië.

Omdat hij niet elke dag twee keer buiten de deur kon eten, te veel en te duur, smokkelde hij etenswaren zijn hotelkamer binnen, *cacciacavallo* en olijven, brood en *Nero d'Avola*. Daar lag hij, nadat hij een overhemd, onderbroek en sokken in het bad had gewassen, de krant te lezen, zoekend naar de kleine annonces. De makelaars bij wie hij langs was gegaan, hadden hem duidelijk gemaakt dat er, alleen in de zomer, voor korte perioden verhuurd werd, tegen prohibitieve prijzen, uitdrukkelijk aan *non residenti*. De kioskhouder bij wie hij sigaren en kranten kocht, had hem aangeraden het advertentieblaadje *Portobello* te raadplegen.

Eens in de week stond hij zichzelf een volledige maaltijd toe, bij Da Mariano. Hij snoof de geur van de verschillende wijken op, en begreep algauw dat hij in het armoedigste kwartier wilde wonen, tussen het kasteel en de bron.

Zijn dierbare auto was tot op het laagste punt gezakt. De kleur was van zwart vuilgrijs geworden. Hij liep en hij liep, zonder oog voor de bekoorlijkheden van de stad. Waar hij ook ging stuitte hij op de ene of de andere zee. Hij kocht een plattegrond. Elke dag kocht hij de krant en sigaren, twee keer per week kwam het advertentieblaadje uit. Te koop was er van alles, meestal in ruïneuze staat, voor weinig geld nog. Hij had geen geld, kon er niet aan komen, geen bank die hem een lening wilde verschaffen zonder loonstrookje, had ook niets te verwachten van royalty's of erfenissen. Niet van de olie maar van de zenuwen kreeg hij buikloop. Het zag ernaar uit dat de expeditie vergeefs was. Als alternatief kon hij zich ook meteen van de rotsen of in de steengroeven storten.

Na twee weken klaarde het weer op en had hij geen jas meer nodig. Mensen en katten vulden nu de straten. Overal waren metselaars bezig. Als de steigers niet voor restauratie waren opgetrokken, moesten ze de paleizen voor instorting behoeden. Op de markt, waar hij nu een vriendelijker idee van kreeg, kocht hij donkerrode schijven tonijn, die hij op zijn kamer rauw opat van de krant waarin ze waren ingepakt, met peper en zout die hij van de ontbijttafel had meegenomen. Toen hij in het met bloed doordrenkte papier een katern van *Portobello* herkende, begon hij automatisch de annonces te lezen. Inmiddels was hij het jargon gaan begrijpen. *Monovano en bivano* betekende respectievelijk één en twee kamers. Net als in Napels waren er hier nog hele families die in één ruimte leefden, met als enige opening het gat van de deur. *Con servizi* betekende niet dat er een poetsvrouw of conciërge bij werd geleverd, maar dat er een pleepot en een douchecel waren. *Visto mare* bleek meestal niet waar te zijn. Appartementen van drie of meer kamers waren er nauwelijks.

Een particulier nummer (vaak bood een en hetzelfde

telefoonnummer een hele rits woningen aan, maar de telefoonnummers van de makelaars herkende hij nu wel) meldde een *trivano*, uitzicht op zee, dakterras, ook voor langere perioden. Een vrouw nam de telefoon op. Haar man zat juist in de aangeboden woning op andere belangstellenden te wachten. Timbeer liet zich het adres dicteren. De Via Maddione was op de kaart niet te vinden. Die begon te slijten, net als zijn schoenzolen. Achter de Santo Spirito, had de vrouw nader aangeduid. Dat was een koepelkerk, de enige van het schiereiland die met de barokgevel aan het water stond. Hij was kortelings gerestaureerd, en in een lichtroze kleur gepleisterd tussen het nu nog bleekgele natuursteen van architectonische orde en omlijstingen. Timbeer had van een afstand vaak verlangend naar dat laatste stukje waterfront gekeken. Het deed hem aan Venetië denken.

Langs de zee en het bastion was hij in de richting van het fort gelopen. Het was een zondagochtend, de groenblauwe zee was vlak als een plank. Er kruisten zeilboten heen en weer, en verder weg lagen, als papieren modellen, tankers op de lijn van de horizon. Je moest je ogen dichtknijpen voor zo veel geluk. Om de basaltblokken die in het water lagen om de branding te breken, speelden witte kuifgolfjes. Als je recht naar beneden in zee keek, kon je de stenen en de keien op de bodem duidelijk zien, tientallen meters diep. Met enige verbeelding hoorde je in het kabbelen en ademen van het water de nimfen dartelen. Met de kracht van de zon gingen de kleuren in elkaar over als op de huid van stervende blauwvintonijnen. Van dit alles werd zijn borst zwaar. Het was genoeg om de laatste helft van een mensenleven te vullen.

Vlak voor de Santo Spirito liep een steegje op zee uit. In de marmeren straatnaamplaat stond 'Antonio Maddione, PITTORE SIRACUSANA XVII SECOLO'. Het was de derde gevel, met drie Spaanse balkonnetjes recht tegenover een enorm verlaten klooster met boogramen. De deur stond open. Hijgend liep hij de vier trappen van *marmo cotto* op om op de tweede verdieping te komen. Veel was het niet, gestoffeerd en gemeubileerd, maar je kon er koken en onder de douche. Je kon de open zee zien als je je naar buiten boog. Binnen hoorde je hem zuchten door de openstaande balkondeuren. De plafonds waren hoog en halfrond afgestuukt, bijna Arabisch. De voordelen wogen tegen de nadelen op. Hij kwam meteen tot overeenstemming met de huisbaas.

Het eerste wat hij deed toen hij uit het vriendelijke hotel was gecheckt en zijn spulletjes naar boven had gesleept, was op de wc zijn angsten laten ontsnappen. Er moest alleen nog een behoorlijke werktafel worden gekocht. De eerste weken voordat de elektriciteit was aangesloten, leefde hij bij kaarslicht, of bij het geflakker van het butagastoestel. Vanaf het dakterras zag hij de zon achter de Porto Grande ondergaan tussen een wirwar van antennes boven half ingestorte daken. Daar zouden de citrusboompjes in potvazen kunnen gedijen, die in Toscane steevast 's winters waren doodgevroren. Zwermen kwartels of mussen trokken snel wisselende figuren in de lucht. De vogels aarzelden of ze de oversteek naar Afrika zouden wagen.

Hij was waar hij wezen wilde, aan de rand van de wereld. Het was hem gelukt.

Cogne 2

30 januari 2002, 05:20 uur. Stefano Lorenzi belt alarmnummer 118, om te melden dat zijn vrouw, Annamaria, zich niet lekker voelt. Hij vraagt of de dienstdoende arts kan langskomen. Het is urgent. De klachten zijn dat zij een prikkelend gevoel heeft over haar huid, met name in de armen. Geen verdere specificatie.

Dienstdoende arts die nacht is Silvana Neri, van de *guardia medica* van Cogne, een soort eerstehulppost die dag en nacht bemand wordt. Dit is haar laatste dag in het noorden. De volgende dag zal zij terugkeren naar haar geboortestreek Calabrië om een andere post te aanvaarden.

Dottoressa Silvana Neri komt een halfuur later aan bij het huis van de Lorenzi's. Zij visiteert Annamaria, bloeddruk, ademhaling, de stethoscoop om hart en longen te beluisteren (daarvoor moet Annamaria het bovenstuk van haar flanellen pyjama uittrekken – of hoeft ze dat alleen op te schorten? Het ligt eraan of ze daaronder een hemmetje draagt), schijnt met een lampje in de pupillen van de vrouw, alles routine. Vraagt naar mogelijke eerdere ziekten en welke medicijnen ze slikt. Tavor. Niets bijzonders. Zij stelt Annamaria gerust en verzekert haar dat haar niets mankeert. Hoogstens een ongerede toestand van stress of angst (het Italiaanse woord *anxia* kan allebei betekenen), misschien de eerste verschijnselen van griep. Dat verklaart de 'loden ledematen' en de kriebels onder de huid. Silvana Neri heeft haast weg te komen. Ze schrijft Annamaria een ander kalmeringsmiddel voor, waarschijnlijk Xanax. Annamaria vraagt haar het recept te verscheuren, omdat ze niet van plan is dat te slikken. Silvana Neri bijt haar geprikkeld toe: 'Signora, de volgende keer moet u mij bellen als u een crisis voelt ááankomen en niet pas als die voorbij is.' De verloofde die haar gebracht heeft, is buiten in de auto blijven zitten.

Dottoressa Neri is een mooie jonge vrouw uit het zuiden, met geprononceerde neus en ravenzwart lang haar. Donkere, onderzoekende ogen. Ze draagt twee zilveren oorringen en een klein intellectueel brilletje, dat haar charmant staat. Tweeënhalf jaar later, in mei 2004, doet zij van zich spreken, in een suggestief interview met het populaire weekblad *Oggi*.

Nee, zij is nooit in Cogne terug geweest. Al ruim twee jaar woont zij weer in Calabrië. Zij is inmiddels getrouwd en draagt de naam van haar man. Die is tandarts. Waarschijnlijk hebben ze het geval eindeloos doorgesproken. Op eigen initiatief hebben ze zich gemeld bij de politie. Zij heeft er alles aan gedaan om in de vergetelheid te raken. Kranten, tijdschriften en televisieprogramma's hebben haar niet kunnen opsporen. Als medicus kan zij vanzelfsprekend geen beroepsgeheimen kwijt geven. Het drama, 'tragedie' is het woord dat zij gebruikt, heeft haar nooit losgelaten, ook al was zij er geenszins bij betrokken. Zelf heeft zij nu een zoontje van één jaar, voegt ze daar veelzeggend aan toe. Meer kan ze niet loslaten. Dat alles ademloos verteld, alsof de duivel haar nog steeds op de hielen zit. Nee, het OM heeft haar nooit nader ondervraagt, en ook niet haar routineverslag van deze vreemde visitatie opgevraagd.

De verslaggever van *Oggi* weet haar weerstand, na herhaalde pogingen, te overwinnen. Wie weet hoeveel geld er is geboden voor deze scoop. Uiteindelijk staat zij een kort interview toe, op uitdrukkelijke voorwaarde dat haar verblijfplaats geheim zal blijven.

Waarom al die geheimzinnigheid?

Wat heeft zij gezien of opgemerkt in dat huis, die dag, voor de zon opging?

De vermeende patiënte voor wie zij uit haar bed gebeld was, op dat vreemde uur – normaliter zou men een paar uur hebben gewacht totdat de huisarts bereikbaar was – mankeerde niets. Het leek haar ongerijmd en nutteloos, te worden opgeroepen om iemand te onderzoeken met wie niets mis was. Zij heeft geen enkele duidelijke pathologie kunnen vaststellen. In het vraaggesprek met het weekblad schermt Silvana Neri onophoudelijk met haar beroepsgeheim. Heel duidelijk wil zij onderscheid maken tussen wat zij als arts heeft vastgesteld, en wat haar persoonlijke indrukken waren tijdens de visitatie.

Die wil ze echter niet prijsgeven. Ze zoekt de blik van haar echtgenoot, alsof ze steun vraagt voor haar positie. Dan kijkt ze veelbetekenend naar de verslaggever, terwijl haar man, de tandarts, op de achtergrond instemmend knikt.

'Alles staat in mijn diagnoseverslag.'

Als het formele gedeelte van het interview voorbij is en de microfoons zijn uitgezet, een oude truc, gooit ze olie op het vuur. Er is slechts sprake van rook.

'Wat heeft het nu nog voor zin op de kwestie terug te komen? De stukken voor het proces en de bewijsvoering zijn al gedeponeerd. Daar zit mijn observatie niet bij. Er is door de onderzoeksrechter geen enkele aandacht besteed aan die nutteloze visitatie.' Maar wat was er dan zo vreemd? Dan komt het hoge woord eruit.

'Ik ben om twintig over vijf gebeld. Toen we bij de *villetta* aankwamen, stond Stefano Lorenzi ons boven aan de trap op te wachten. Hij heeft mij naar de slaapkamer begeleid. Ik voelde dat de sfeer in huis om te snijden was. Ik had het idee dat er een ondoordringbare barrière tussen mij en de vermeende patiënte was. Ze werkte niet mee. Ze deed bijna vijandig, terwijl ik haar nog nooit gezien had. Haar man deed geen mond open, tot bij het afscheid. Als u mijn verslag had gelezen zou u alles begrijpen.'

'Toch zegt u dat u niets bijzonders heeft kunnen constateren.'

'Meer kan ik niet zeggen. Ik ben gehouden aan het beroepsgeheim. Zelfs dit mag u eigenlijk niet opschrijven.'

07:30 uur. Stefano Lorenzi rijdt zijn auto uit de garage onder het huis. Terwijl hij de motor laat warmdraaien, stapt hij uit om twee plastic kinderschommeltjes uit zijn achterbak te laden, die hij de vorige dag heeft meegenomen voor het kinderfeestje. Die hangt hij aan het houten schommelrek, dat hij zelf in elkaar heeft gezet. Het is een droge, zachte winter en in de zon kunnen de kinderen gerust buiten spelen, die middag. Dan stapt hij weer in om naar het elektriciteitsbedrijf in Introd te rijden, waar hij werkzaam is als ingenieur.

07:40 uur. De kleine Samuele stapt met het verkeerde been uit bed. Om hem te laten ophouden met jengelen stopt zijn moeder hem lekker in, onder de warme donzen deken van het echtelijk bed. Dan trekt zij haar pyjama uit en gooit het bovenstuk op haar bed; de pyjamabroek frummelt zij aan het voeteneinde weg, omdat die straks in de was moet, samen met haar slipje.

Het OM zal daaruit later twee elkaar weersprekende conclusies trekken: 1) de pyjamabroek was expres verstopt, 2) omdat het slipje dat Annamaria die nacht gedragen had niet meer helemaal kraakhelder was, zou zij zichzelf de laatste tijd aan het verwaarlozen zijn.

De pyjama zelf, die op een veiling nu een kapitaal zou opleveren, is van een eenvoudig, ietwat kinderlijk model. Lichtblauw flanel, zonder kraagje maar met één halsknoopje aan de voorkant; de broek heeft kleine roze vlindertjes in de stof gedrukt. Aandoenlijk, maar niet bepaald sexy.

Tandenpoetsen. Haar oudste zoon, Davide, doet nooit de dop terug op de tube van de tandpasta, merk Il Capitano. Huidreinigende tonic met een wattenschijfje vlug over haar gezicht. Ze schiet een T-shirt en jeans aan, daarover een wollen trui. Altijd een lijntje om de ogen, ook aan de onderkant, het kleine borsteltje met zwart over de wimpers en een blauw streepje over het bovenste ooglid. Heel dun aangezette lichtroze lipstick, amper wat foundation om de huid te beschermen. Ze borstelt haar haren. Badderen doet ze later wel, voor het bezoek komt en zij klaar is met de voorbereidingen voor het kinderpartijtje. Daarvoor moet ze eerst de keuken in om chocoladekoekjes en taart te bakken.

Dan kleppert ze op haar klompjes – klein hakje en roze insteek van stof – de trap op naar de woonverdieping, waar de onafhankelijke Davide, aangekleed en wel, al bijna klaar is met zijn ontbijt van Frosties. Het is in een bergklimaat als Cogne ondenkbaar dat je binnenshuis je schoenen aanhoudt; die trek je meteen bij de voordeur uit. De beroemde klompjes – veilingstuk nummer twee, één lot, maat 38 – worden later netjes naast elkaar bij de voordeur aangetroffen.

De jongen heeft zijn jas aangeschoten en vraagt of hij alvast naar buiten mag. 'Maar wel in de tuin blijven,' zegt de moeder, met een blik op de klok. Het is kwart over acht. 'Ik loop zo met je mee.' Er is geen dag dat ze niet met hem of met de beide jongens naar de schoolbus loopt. Terwijl Davide in de nog schemerige tuin de schommeltjes bewondert en amper tijd heeft wat rondjes op zijn mountainbike te rijden (hij oefent in stilstaan zonder zijn evenwicht te verliezen), ruimt Annamaria de rommel op die Davide heeft achtergelaten. Hij zet nooit de melk terug in de koelkast. Zelf drinkt ze alleen een glas mineraalwater. Italianen zullen nooit water uit de kraan drinken. Een espresso maakt ze straks wel, als ze meer tijd voor zichzelf heeft en in de keuken aan de slag moet. Ontbijten doet ze nooit, alleen in het weekeind, samen met Stefano, besmeert ze twee *fette biscottate* met abrikozenjam van Zuegg en perst ze een kan vol sinaasappelsap. Dan bakt ze ook brioches, die ze de avond tevoren al in de oven heeft gezet om het deeg te laten rijzen. Nu trekt ze vlug haar parka aan, die met een kraagje van nepbont is afgezet. Ook al heeft ze geen andere huisdieren dan de kat, tegen de muizen in de garage – wat heeft die toch de afgelopen nacht daar uitgespookt? – dat wil nog niet zeggen dat ze geen voorstander is van de dierenbeweging. Op school wordt dat bij de kinderen goed ingepeperd. Voor haar geen peperdure bontjassen.

Buiten toetert de gele schoolbus. Ze trekt haar zwarte enkellaarsjes aan en luistert even boven aan de trap of alles beneden rustig is. Omdat ze de kleine Samuele nog een beetje hoort jammeren – wat heeft hij toch vandaag? – zet ze de televisie in de keuken zachtjes aan, opdat het jongetje vertrouwde geluiden hoort en niet in paniek zal raken omdat hij eventjes alleen gelaten wordt.

08:20 uur. Annamaria pakt de zware schooltas op, die ze de vorige avond al heeft klaargezet. Italiaanse schooltassen heten *zaino*, en zijn van het rugzakmodel, met felle kleurtjes. Zij draagt die tas altijd zelf tot aan de schoolbus, omdat ze in de krant heeft gelezen dat het slecht voor de rug van het kind is met zo'n rugzak te sjouwen, boordevol boeken en woordenboeken die ze nodig hebben. Dan gaat ze de deur uit, roept Davide, die zijn fietsje op de grond smijt, en samen lopen ze hand in hand het sneeuwvrij gemaakte asfaltpad af dat naar de weg voert. De schoolbus toetert voor de tweede keer.

Hier lopen de verklaringen uiteen. Wie kan zich dit soort details later, in een toestand van heftige commotie, nog herinneren? In een eerste verklaring zal ze zeggen: 'Natuurlijk heb ik de voordeur achter mij op slot gedaan — ik ben toch niet gek?' Later houdt ze zich aan een andere versie: dat ze de deur vergeten is op slot te doen, of dat ze hem expres niet op slot gedaan heeft, om de kleine Samuele niet op te sluiten in geval van nood. Misschien raakt hij al in paniek als hij de sleutel in het slot van de voordeur hoort omdraaien. Ze is toch zó terug, het chalet is goed te overzien uit de buurhuizen, en wat kan er in zo'n gehucht als Montroz (deel — of *village* zoals het in de Valle d'Aosta heet — van de gemeente Cogne) nu voor gevaar dreigen? Dat wordt bevestigd door de burgemeester met flaporen, Osvaldo Ruffier, die later tot vervelens toe zal herhalen: 'Er lopen in Cogne geen gekken of moordenaars rond.' Wat de 'gekken' betreft zal hij in elk geval geen gelijk krijgen.

Andere vraag: heeft Davide zijn fietsje uit de garage moeten halen? Waarschijnlijk wel. Heeft hij de garagedeur achter zich dichtgedaan? De jongen is erg slordig in dat soort dingen. In ieder geval heeft zijn mountainbike niet binnengezet voor hij met zijn moeder naar de schoolbus loopt. Annamaria herinnert zich later dat hij het eerste stuk voor haar uit is gefietst.

Wat Timbeer, alias Provenier, alias schrijver dezes, pas de volgende dag in de krant zal lezen, en wat de meeste Italianen in een eerste versie nog diezelfde avond op het televisiejournaal zullen zien, bijvoorbeeld in het TG3-nieuws van zeven uur, gebracht door een zorgelijke Federica Sciarelli, is wat komen gaat. In dit land wordt de *cronaca nera* met huiverend welbehagen gevolgd. Het is het gesprek van de dag. Iedereen vormt zich een mening, heeft een oordeel klaar, maakt gevolgtrekkingen zonder voldoende feitenkennis, volgt het onderzoek, draagt andere veronderstellingen aan, schudt pasklare psychologische verklaringen uit de mouw, en het toch al over alles en nog wat verdeelde land wordt opnieuw verdeeld in *colpevolisti* en *innocentisti*. Is de verdachte wel of niet schuldig?

Wie is de verdachte?

In dit geval wordt de discussie, op het moment dat ik dit schrijf, al ruim drie jaar gaande gehouden, gretig gevoed door de media. Elk nieuw detail is voorpaginanieuws (en niet alleen in het district Acsta, maar door het hele land; tenslotte koopt Timbeer, die tot nog toe het witte televisietoestel op het gemeubileerde en gestoffeerde tafeltje van spaanplaat niet heeft aangezet, alleen het dagblad *La Sicilia*. Uitstekende krant. De beste schrijvers en journalisten komen uit Sicilië. Op de dinsdag een voortreffelijke boekenbijlage op roze papier, *Stilos*. Alleen op vrijdag koopt hij ook *La Repubblica*, met de glossy bijlage in tijdschriftvorm, waarin de radio- en televisieprogramma's voor de komende week zijn opgenomen, voor het geval hij televisie zou willen kijken, want elke nacht zijn er bijvoorbeeld op RaiTre en Canale 4 superfilmprogramma's waarbij een student van de filmacademie zich de vingers zou aflikken. Ooit wilde Timbeer filmer worden. Hij heeft een opleiding gevolgd aan de Wannsee in Berlijn.)

Er nog geen sprake van een verdachte.

Toen de kleine Samuele nog niet naar de kleuterschool ging, droeg zijn moeder hem altijd in een dekentje mee naar de bushalte, wanneer zij Davide wegbracht. Die halte ligt ruim tweehonderdvijftig meter onder het huis. Bij de halte zien zij de kleine Sophie Savin staan wachten en ze groeten haar opa, die vanaf het terras een oogje in het zeil houdt. Als Davide de bus instapt, zo herinnert Annamaria zich later, groet zij ook de chauffeur van het busje, Dino Vidi. De onderwijzers van de school zeggen later dat Davide de hele dag 'rustig, onbekommerd en vrolijk' was, 'zoals altijd'.

08:27 uur. De kleine Samuele wordt door zijn moeder bij terugkomst schier levenloos aangetroffen onder het donzen dekbed, in een poel van bloed dat uit zijn schedel komt. Hoewel ze verstijfd van angst is en in een shock schiet, weet ze het medisch alarmnummer 118 te bellen: 'Gauw, gauw, mijn zoon geeft bloed op!'

Begin maart 2005, in een drie uur durend programma van Irene Pivetti, voormalig voorzitter van de Tweede Kamer, lesbisch naar het zich laat aanzien, een programma waarin voor de zoveelste keer alle gebeurtenissen van die ochtend op een rijtje worden gezet met medewerking van de familie Lorenzi, wordt de hele opgenomen boodschap van het alarmnummer afgedraaid. Het is een ijselijke monoloog van twee minuten, die bij iedereen de haren te berge doet rijzen. De vrouw aan de andere kant probeert Annamaria tot kalmte te manen en haar het juiste adres te ontfutselen. Annamaria jammert en schreeuwt vertwijfeld in de hoorn, kan niet uit haar woorden komen, stikt bijna in haar wanhoop. Onmogelijk om deze wanhoopskreten als toneelspel af te doen.

Juist als hij met de traumahelikopter en de ambulance in het ziekenhuis van Aosta is aangekomen, geeft de kleine Samuele de geest.

Annamaria is amper zeven minuten van huis geweest.

HOOFDSTUK III

Tussen twee zeeën

Wat opvallend is voor een stad in zee, met twee havens die met elkaar verbonden zijn door de Spaanse *darsena*, is dat er geen meeuwen boven de kaden krijsen. Felblauw gekleurde vissersbootjes liggen afgemeerd. Sommige zou je wel mee in bad willen nemen. Ze dragen meisjesnamen. Wanneer er bijvoorbeeld *Marcellina* II in witte letters op de boeg staat gepenseeld, dan moet de vorige vergaan zijn. Of dood, de vrouw of dochter naar wie het kottertje vernoemd is.

Een dode haven, waar 's ochtends amper een paar kistjes vis gemengd van boord worden getild. En schaaldieren. Wat ik nu begrijp is dat de meeste mensen zich *astice*, het beest met de grote scharen, als kreeft laten voorzetten. Die wordt geïmporteerd uit Zuid-Afrika of Cuba. De echte *aragosta* heeft geen scharen, alleen sprieten en meer vlees. Dat is de kreeft die in de Middellandse Zee thuishoort.

De silo, zo lees ik in *La Sicilia*, wordt afgebroken, zodra er een expert is gevonden om de duizenden ratten die erin zijn achtergebleven om te brengen. Graan wordt op de hoogvlakten van het binnenland niet meer verbouwd, sinds de landerijen verlaten zijn om plaats te maken voor citrusplantages langs de kust. Ratten zitten er al genoeg in de oude stad, sommige van wel drie kilo, zoals mijn huishoudster Anna zegt, altijd indachtig wat er in de pan kan. Maar de ratten zijn nuttig, zeggen ze hier, omdat ze de immense kakkerlakken opvreten die 's zomers uit het riool naar boven kruipen, de doodzieke zwerfkatten omdat die in ieder geval de kleine ratten aankunnen, de roedels zwerfhonden die bij nacht de brug naar het eiland oversteken om de katten in bedwang te houden. De kleine boefjes en zwervers, die 's nachts dicht langs de gevels door de smalle steegjes schuiven, verbroederen gemakkelijk met alles wat zich aan het vuilnis voedt.

Toen ik een onderkomen, tijdelijk als mijn leven, gevonden had, bleef ik de krant kopen, *La Sicilia*, dagelijks, dus ook op zondag. Ik maak, de alpinopet van mijn vader op het hoofd, en stok in de hand, mijn dagelijkse ronde tussen de twee zeeën om krantje en sigaren te kopen. Die *béret basque*, zoals ik hem liever noem, is om het gedachtegoed, de *ethos* zo u wilt, van mijn vader te bewaren. De stok met zilveren knop heb ik van X. Trapnel overgenomen, de onfortuinlijke auteur van *Camel Ride to the Tomb*.

Ik loop twintig meter mijn straatje uit, tot aan de Grote Griekse oftewel Ionische Zee. Blijf staan aan de borstwering om uit te kijken naar de zeilboten, de tankers, de denkbeeldige lijn waar water en lucht elkaar raken in het oneindige, de golfslag te meten – zeepaardjes met witte kuiven, of najaden – de Rudolf-Steinerkleuren uit elkaar te halen, het zilte water op te snuiven. Een enkele werkloze of huisvrouw gooit daar een hengel uit in de hoop een avondmaaltje binnen te halen. Loop langs de gevel van de Santo Spirito – vanaf mijn dakterras kan ik de koepel van die kerk zowat aanraken – en dan voor het kasteel langs, tussen de leegstaande kazernes door, naar de binnenzee, amper honderd meter verderop. Daar heerst een ander klimaat. Veel zoeler, altijd zacht, palet voor de ondergaande zon.

Achter langs het huis van de rechter en de binnentuinen van de Barone, waar schoolkinderen op scooters hun stiekeme stickie roken, langs het terras van de cocktailbar Lungo la Notte (daar kom je niet zonder verloofde) en dat van Pasqualino, die kookt als hij er zin in heeft: alleen maar vis, geen bijgerechten, en slechts voor klanten die hem aanstaan. Toeristen worden weggestuurd. De vier vingers van zijn rechterhand ontbreken, al kan hij met zijn duim stevig je hand drukken, omdat hij geen protectiegeld betaalt. Wellicht als serveerster woont bij hem een vers Roemeens meisje in huis. Roemeense meisjes worden met busladingen tegelijk in Italië afgeleverd. Hij stelt mij altijd, op ouderwetse wijze, aan de nieuwste voor alsof ze een prinses is. Niet ondenkbaar. Zelfs prinsessen hebben in Roemenië geen geld meer. Zoals een van haar tegen mij zei: 'Onder Ceauşescu had iedereen geld maar was er niets te koop. Nu kun je alles kopen, maar heeft niemand geld.'

Vervolgens langs de zwartgeblakerde muren van de twee restaurants die ik de een na ander heb zien uitbranden, en langs La Luna Rossa, niet aanbevelingswaardig, waar ze kennelijk wel het *pizzo* betalen. Zo kom ik bij de bar op de hoek van de Fontana Aretusa, waarin dikke karpers zwermen en witte eenden tussen de papyrus zwemmen. Twee eenden zijn over de borstwering in zee geraakt. Die hebben het jarenlang in zout water volgehouden, gemengd met de zoete uitstroom van de bron, die gevoed wordt, volgens Ovidius, via een onderzees riviertje dat in Arcadië ontspringt. Dat is de reden waarom de mosselen daar extra goed gedijen. De bolronde kok van mijn favoriete restaurant Da Mariano duikt in zijn kleren onder om de schaaldieren en zee-egels, een lekkernij, van de rotsen te pulken.

Aan dat pleintje bij de bron ligt de kiosk waar ik mijn krant en mijn sigaren koop.

Daarna loop ik binnendoor terug naar mijn straatje, via de Piazza San Rocco, waaraan mijn stamcafé Doctor Sam gelegen is, om buiten adem de vier trappen te beklimmen van mijn bescheiden appartementje, gestoffeerd en gemeubileerd. Dat kan ik aan bezoekers demonstreren door het kleedje op te lichten van het spaanplaten, onafgewerkte, primitieve *toffelke*, zoals mijn vader dat zou zeggen, waarop de witte televisie staat uit het jaar nul.

Ik lees de krant nog steeds, elke dag, niet meer voor de kleine annonces, maar voor de in bloemrijke taal opgestelde overlijdensadvertenties en voor de telefoonnummers van nieuwe hoeren (allemaal minstens *sesta misura*, dus veel te dik voor mij) die de stad aandoen vanuit Catania. Ik volg de maffia-artikelen, portretten van Bernardo Provenzano, de laatst overgebleven *capo dei capi* sinds de arrestatie van Totò Riina, en reeds tweeënveertig jaar *latitante*, zodat niemand weet hoe hij er nu uitziet, verslagen van de verhoren van *pentiti*, de laatste heet Giuffrè, net als een van mijn geliefde jazzblazers, nieuws van stad en streek (onder de kop 'Hinterland') en vooral de *cronaca nera*, dat wil zeggen de berichtgeving over nieuwe of oude onopgeloste misdaadzaken in Italië. Ook al heeft die krant op dinsdag de boekenbijlage *Stilos*, ik interesseer mij nu meer voor de kleine dingen, uitvergroot.

Ik lig op bed, de deuren van mijn drie Spaanse balkonnetjes wijdopen, en spel de krant. Pas na een tijdje ben ik gaan knippen. Drie stapels: gemeentelijke besluitvormingen aangaande Ortigia (verkeer, waterstand van de bron, gesculptureerde stukken steen die van de gevel van de kathedraal afvallen, arrestaties van kleine dealers, de wisselingen van de wacht in wat wij het stadhuis zouden noemen, Palazzo Verminxio, bezoekjes van beroemdheden en filmsterren), maffianieuws, en de *cronaca nera* van de hele laars die het driekante (*trinacia*) eiland schopt.

De hemel boven 'de stad der winden' wordt overdag doorschoten door het vrolijk getsjirp van uitgelaten zwaluwen. Ze nestelen onder de daken van paleizen en godshuizen die op instorten staan. Venetië heeft alleen maar duiven. Soms zo dicht tegenover elkaar als verstilde partners in een barokdans.

Loop ik, via de markt, de brug af naar de *città alta* op het vasteland, dan kom ik langs een stokoude scheepswerf waar met de hand een houten kotter wordt gebouwd, plank voor plank. De kiel is al gelegd, en gebogen dwarsspanten steken als graten van een afgekloven vis in de lucht. Grootvader ziet toe, de vader doet het werk, de zoon draagt spullen aan. Eén schip per generatie, ruwweg geschat.

Bij mijn eerste bezoek, met een inmiddels beter getrouwde verloofde, deed ik voetsporenonderzoek naar Plato. Inmiddels ben ik erachter gekomen dat de man daar nooit geweest is, dat we de verhalen dat hij driemaal de reis vanuit Athene gemaakt zou hebben op filologische gronden niet kunnen geloven, en dat we derhalve niets over het leven van de eerste en laatste filosoof weten. We weten helemaal niks. Nu is dat een cliché, destijds was het een schok voor mij.

Want leren is de levensplicht, zo was dat bij ons thuis. Mijn zuster voegde daar later nog twee andere levensdoelen aan toe: een minimum aan sociaal verkeer beoefenen (zij heeft heel lang het maximum nagestreefd), en Jeruzalem moet de hoofdstad van de wereld worden. Van de weeromstuit ben ik geneigd een theedoek op mijn kop te dragen — zo'n keppeltje vind ik te klein.

Het plank voor plank opbouwen van een boot, volgens hetzelfde model dat eeuwenlang reeds meegaat, brengt mij de volgende kwestie in herinnering.

De *Argo*, schip van de Argonauten, dat van Jason en Medea, zeg ik er voor alle zekerheid maar bij, want op de maan zijn ze toch nooit geweest, werd na volbrenging van de mythische reis als monument bewaard, op het vasteland. Maar hout vergaat, we hebben alleen stenen tempels over, die door de Grieken werden opgetrokken volgens de anachronistische wijze van de houtbouw. Dat die tempels beter van steen konden zijn, is omdat je ze moet voorstellen als de slachthuizen van de Oudheid. Het offeren is een excuus voor het doorlopend slachten van varkens, schapen en koeien. In de hele Homerus wordt geen vis gegeten, symbool voor de armoede, die de vroege christenheid omarmde. Mettertijd werden de rottende planken van de *Argo* door monumentenzorg vervangen. Op een bepaald moment, zo laat zich denken, waren alle onderdelen van de *Argo* vernieuwd.

Een probleem wil ik het niet noemen, want dat is oorspronkelijk een vraagstelling die moet worden opgelost. Wij gebruiken dat woord te vaak. Ikzelf ben een probleem voor de familie, mijn zuster is een probleem voor mij. En op te lossen valt er weinig, als er niet eerst dodelijke klappen vallen. Derhalve blijft de vraag verwarring stichten onder amateur-filosofiestudenten, vaak vrouwen die voor vrouwenbladen schrijven, niet die luxe glossy magazines, maar de op slecht papier gedrukte uitgaven van de strijdbare partij. Mijn zuster is altijd strijdbaar geweest, ook al wilde ze niet roeien, hockeyen of fietsen met de club.

Is dat geheel vernieuwde en gerestaureerde schip nog wel de *Argo?*

Filosoof ben ik nooit geweest – veel meisjes heden ten dage noemen zich zo omdat ze wat in de geschiedenis van de filosofie gegrasduind hebben, met een diploma toe, maar ik heb geen studie afgemaakt. De rest van de familie is wel academisch gediplomeerd. Het onderzoeken van de dingen, ze te benoemen en op te schrijven... *Zu viele, zu viele Sache.* Van het schrijven van vele boeken ben ik doodmoe en vroegoud geworden. Het hoeft niet meer voor mij. Veel eerder had ik de vraag moeten stellen: 'En wat schuift dat?'

Wij waren van andere familie. Ze hadden allemaal een titel, maar geen geld.

Al die jaren dat ik een werkplan bedacht had, uitnodigingen voor opdrachten en optredens had ontvangen, was het me niet gelukt die vraag over mijn tong te krijgen. Bijgevolg ben ik er niets wijzer van geworden. Mijn zuster, die minder wijs geboren is, maar meer geld met hetzelfde soort slavenwerk heeft verdiend, heeft mij eens uitgelegd dat alles in het leven neerkomt op winst- en verliesrekening. Dat is nu juist het geniale aan het joodse erfgoed, verklaarde ze voor dovemansoren.

Dat de godsdiensten een primitief soort ruilhandeltje bedrijven met een of meer goden, kan een kind begrijpen. Maar het is mij vroeg duidelijk geworden dat ik helemaal geen blauwe sportfiets terugkreeg voor mijn offerandes en gebeden. Voor de rest is er niets dan narigheid van gekomen, juist omdat het Opperwezen (*jenes höheres Wesen das wir nicht kennen können und allerdings verehren*) van de een niet verschilt van dat van de ander. Onder een andere naam blijft het de stamgod van een uitverkoren sekte die de volgelingen van andere gemeenschapsleiders zonder uitzondering in het verderf wil storten. Ik hoop dat we op deze kwestie van 'de drie bedriegers' niet hoeven terugkomen.

'Hoe voelt dat dan, een uitverkorene te zijn?' heb ik mijn zuster gevraagd. In vele dingen was zij mij voorgegaan, maar toen ze, om volgens mij opportunistische redenen, van de ene op de andere godsdienst was overgestapt, wilde ik niet volgen. Ik heb nooit geloofd, hoogstens in architectuur of schone kunsten van een bepaalde signatuur, en natuurlijk in de Vormenleer van Plato, ofschoon mijn verstand zulks verbiedt. Het is net als met het toonsysteem: je moet er wel gebruik van maken, al weet je stiekem dat het een schoon verzinsel is. Ik speel viool, mijn zuster kan slechts meezingen met *The Sound of Music* en de liedjes van *Ja zuster, nee zuster*. 'En toen zong zij, met schellen stem, een zeer mooi lied voor hem,' was een van mijn vaders uitspraken. Hij haatte lyrische muziek.

Op het moment dat ik die vraag stelde, vreesde ik al dat zij was gaan malen in het hoofd.

'Je voelt je verbonden met anderen, met een groep. Het zijn de overlevenden. Jij weet beter dan ik dat de grootste musici...'

Ik luisterde niet meer. In Toscane had ik via een batterijradiootje geluisterd naar het violistenconcours Paganini, dat om het jaar in Genua gehouden wordt. Japanners en Koreanen, Russen, Kroaten, af en toe een Belg of een Duitse tiener in fluweel.

Voor de overlevenden had ook ik geschreven, maar dan in de zin van Boudewijn de Groot: 'Na eenentwintig jaren in dit leven maak ik het testament op van mijn jeugd.'

Het speuren naar de zin des levens, die mij inmiddels is ontgaan, heeft de speurzin naar de motieven van de mensen niet aangetast. Je wilde wel of je wilde niet. Via het witte televisietoestel, op het gemeubileerde en gestoffeerde tafeltje, begreep ik algauw dat het het streven van de meesten is (in Italië althans) voetballer te worden of *veline* (dansmeisje, soubrette). Die kunnen zich verloven met elkaar. Voor minder doen ze het niet. Zowel krant als verrekijk hebben voor mij een antropologische dimensie gekregen, nu ik daar, tussen twee zeeën, aan de rand van de wereld lig, op bed.

Was het niet uit levensmoeheid, dan had ik wel een longontsteking.

Hebben de mensen andere motieven dan op tv of in de krant te komen? En kunnen ze hun motieven ook onder woorden brengen? Blijkens de interviews met sterren en beroemdheden is dat niet het geval. En wat is een motief waard als het niet onder woorden gebracht kan worden? Politici en andere misdadigers zwijgen vanzelfsprekend over hun motieven. Dan schrijf je hun een dubbele agenda toe.

Beroemd worden en daarmee geld verdienen – is dat niet ook waar ik mijzelf, in mijn 'schrijfcarrière', aan schuldig heb gemaakt? Of, wat dat betreft, mijn zuster? Mijn vader had wel degelijk carrière gemaakt, tegen wil en dank, maar voor de roem bedankte hij. Geld heeft hij niet gemaakt en ook niet achtergelaten. Kocht hij een nieuwe auto, dan gaf hij de oude weg, aan een toevallig passerende vriend van mij, of aan de poetsvrouw, want hij 'verkocht' niet. Lintjes heeft hij alleen niet geweigerd, om geen aanstoot te geven. Het wordt in zijn kringen allesbehalve chic bevonden om je naam in de krant terug te zien. Dat is niet netjes. Er is iets mis met mensen die in de krant of op tv verschijnen – dat laatste een medium waarvan hij tot op zijn oude dag niets wenste te begrijpen. Een shot van een jongen op de fiets met een opgerolde handdoek waarin zijn zwembroek wel moest zitten, en een volgend shot van diezelfde jongen die in het zwembad duikt, kon hij niet met elkaar in verband brengen.

De motieven van mijn vader kan ik begrijpen: een ordentelijk leven leiden (volgens mij in weerwil van zijn romantische neigingen), je ver van handel houden (daarin heeft mijn zuster hem bepaald verraden door in haar nieuwe geloof het begrip van 'schuldvereffening' hoog te houden), je plicht doen en, ogenschijnlijk althans, maar in zijn geval heel echt, van de vrouw blijven houden met wie je bent getrouwd, al is ze door kinderen te baren en door verbittering misvormd. Wie kan dat nog waarmaken? Dat is de rotsvaste verschansing waarachter hij geleefd heeft. Niet zijn echte lever, denk ik. Toch heeft hij het opgebracht, net als zijn huisschrijver Simenon, of ook wel diens hoofdpersoon Maigret, zich in te leven in de levens, het milieu, de sociale omstandigheden van anderen die niet kunnen tippen aan zijn morele stellingname. En elk oordeel zo veel mogelijk op te schorten. Begrip te tonen. Gratie voor recht.

Misschien een neerbuigend standpunt, maar wel zo menselijk.

Ook van misdadigers, of mensen die door de maatschappij als zodanig worden aangemerkt, moet je de motieven kunnen begrijpen.

Maar wat als er geen motieven, geen begrijpelijke althans, zijn? Mag je dan zo iemand gewoon voor gek verklaren? Anders dan andere mensen? Nee, want iedereen is gestoord op zijn eigen wijze. En mensen blijven mensen, afwijkend of volgens de algemeen geaccepteerde gemeenschapszin. Dat laatste is slechts een verzinsel van de grootste gemene deler. Bah! Je kunt je niet zomaar opwerpen als vertegenwoordiger van zoiets vaags of willekeurigs. Verreweg de meeste mensen leven volgens zijn inzicht per ongeluk, toevallig, meestal ten prooi aan het menselijk tekort. 'Zo zit dat namelijk,' zei mijn vader, 'dat zit namelijk zo.' En hij liet gratie voor recht gelden, al heeft hij zichzelf nooit vergeven voor de beoordelingsfouten die hij misschien gemaakt heeft, bijvoorbeeld in de opvoeding van mijn oudere zuster, of door te trouwen met mijn moeder. 'Ook je fouten,' zei mijn vader, 'moet je trouw blijven; niemand kan leren van zijn eigen fouten, laat staan van die van een ander.'

Een en ander heb ik op mijn manier geïnterpreteerd: karakter is plot.

Cogne 3

Reconstructie van de criminoloog dr. Carmelo Lavorino, een van de raadsleden van de verdediging. Zoek de verschillen.

30 januari 2002, 05:49 uur. Annamaria Franzoni voelt zich onwel. Haar man belt de medische hulppost. Hij kleedt zich aan, vouwt zijn pyjama netjes op en stopt hem onder het kussen.

06:02 uur. De dokter komt, onderzoekt Annamaria en stelt haar gerust. Als zij vertrokken is, doet Stefano de voordeur met de sleutel op slot.

07:30 uur. Stefano Lorenzi vertrekt naar zijn werk. Hij gaat via de binnendeur naar de garage, rijdt door de op afstand bedienbare garagedeur, stopt, en haalt twee kinderschommeltjes uit de achterbak om ze in de tuin aan het schommelrek klaar te hangen voor het partijtje van die middag. Zijn vrouw heeft hem boven aan de binnendeur uitgezwaaid, doet de deur dicht en legt het antitochtkussen (Italiaanse huizen hebben geen drempels) terug. Als ze de auto hoort wegrijden, slapen de kleine Samuele en Davide nog in hun kamertje. Beide kinderen dragen een joodse voornaam, de ouders een christelijke.

07:50 uur. Davide wordt door Annamaria gewekt en naar het grote bed in de echtelijke slaapkamer gedragen. Daar wordt hij geknuffeld, na een poosje staat hij op om zich klaar te maken voor school. Hij loopt de trap op naar de woonkeuken, maakt zijn cornflakes klaar en zet de televisie aan. Onderwijl ruimt zijn moeder op en doet haar ochtendtoilet.

08:10 uur. Annamaria is naar beneden gegaan om zich aan te kleden. Ze pakt de kleren van Davide en loopt de trap op. Als hij zijn kommetje leeg heeft, kleedt ze hem aan. Dat doet ze boven omdat Samuele nog slaapt in de jongenskamer en ze hem niet wil wakker maken. De pyjama die Davide die nacht gedragen heeft, zal heel lang op de bank in de huiskamer blijven liggen.

08:15 uur. Annamaria doet de buitendeur van het slot om Davide naar de bushalte te brengen, maar keert op haar schreden terug omdat zij Samuele hoort roepen. Davide buigt zich over de trapleuning om zijn broertje te groeten. Hij stelt zijn moeder voor hem alleen naar school te laten gaan, zodat zij zich met Samuele kan bezighouden. 'Mamma, ga jij maar naar Sammy, ik kan wel alleen naar school.' Maar dat wil Annamaria niet. Ze roept naar Davide dat hij vooruit moet gaan, en dat zij hem zal inhalen.

08:16 uur. De moeder pakt haar kleinste op, die uit zijn bedje gekropen is en de derde tree van de trap heeft bereikt. De trap telt vijftien treden. Het is een ruime trap, wat betekent dat Davide zijn broertje gezien moet hebben toen hij afscheid nam. Annamaria draagt hem haar slaapkamer binnen, legt hem midden in het grote bed en schikt zijn hoofdje tussen twee kussens, opdat hij er niet af kan rollen. Ze geeft hem zijn knuffellapje. Samuele steekt zijn duim in de mond en is onmiddellijk rustig. Annamaria rent de trap op om zich bij Davide te voegen, die buiten op zijn mountainbike zit te wachten.

08:17 uur. Annamaria trekt haar laarsjes aan en pakt haar nylon parka met kraag van imitatiebont. Ze laat de televisie aan om Samuele gerust te stellen. Italianen worden altijd rustig van televisie op de achtergrond. Ze gaat naar buiten, zonder de sleutel uit het slot te trekken, en doet bijgevolg de deur niet achter zich op slot. Loopt een paar meter naar rechts, dan langs het buitentrapje links naar het privé-weggetje dat naar de weg voert. Ze kijkt niet achterom. Dertig meter verderop kan ze het huis niet meer zien.

08:18 uur. Davide remt bij de elektriciteitspaal. Verder mag hij niet met de fiets. Zijn moeder heeft hem ingehaald, en samen lopen ze de weg af naar de bushalte. De bushalte ligt ongeveer tweehonderdzeventig meter van de woning.

08:20 uur. Nadat ze Davide heeft uitgezwaaid, loopt Annamaria terug naar huis. Ze neemt het fietsje mee, en loopt verder omhoog over het privé-weggetje. Ze is nog honderd meter vóór de bocht waarin ze haar huis kan zien.

08:22:30 uur. Nu loopt ze door de bocht. Er is geen onraad te bespeuren.

08:23:30 uur. Annamaria zet het fietsje van Davide onder de buitentrap en gaat linksaf voor de laatste acht meter tot de voordeur.

08:24 uur. Annamaria duwt de klink omlaag en gaat naar binnen. Daar sluit ze de deur dubbel af, omdat ze zich met schrik realiseert dat ze de sleutels aan de binnenkant in het slot heeft laten zitten. Ze loopt naar de ruimte voor de badkamer, trekt haar laarsjes uit en stapt in haar pantoffels. Dan draait ze zich om en loopt de trap af naar de benedenverdieping, vijftien treden. Ze gaat onmiddellijk de slaapkamer binnen waar ze Samuele heeft achtergelaten.

08:25:30 uur. Ze loopt de slaapkamer binnen en draait zich naar het bed links. Dan ziet ze dat het dekbed óver Samuele heen ligt. Haar eerste gedachte is dat het jongentje verstoppertje wil spelen. Ze trekt het donsbed weg. Samuele ziet doodsbleek en uit zijn hoofd komt in golven bloed naar buiten. Ze pakt zijn handje en merkt dat er grijze brokjes hersenmateriaal tussen zijn vingertjes zitten. Dodelijk geschokt rent ze de vier meter om het bed heen en probeert meteen haar huisarts (tevens psychiater) te bellen, met het toestel dat op het nachtkastje aan de kant van Stefano staat. Het lukt haar niet een verbinding tot stand te brengen. Daarom tikt ze tegen het raam en roept wanhopig naar de buurvrouw Daniela Ferrod, die op het balkon van haar huis staat. Maar die hoort niets of doet of ze niets hoort. Dan rent Annamaria de trap weer op, vijftien treden, om de telefoon in de woonkamer te proberen. De pyjama van Davide ligt nog op de sofa.

08:27:30 uur. Het lukt Annamaria het nummer van dokter Ada Satragni te bellen. 'Mijn jongste geeft bloed op! Zijn hoofd is gebarsten!' De dokter belooft onmiddellijk te komen. Het gesprek duurt amper een minuut. Annamaria zet de televisie uit.

08:28:17 uur. Met haar gsm belt Annamaria het medisch alarmnummer 118, dat die ochtend vroeg al eerder was gebeld vanuit huize Lorenzi. Ze schreeuwt: 'Gauw, gauw, mijn zoon geeft bloed op!' Het gesprek duurt ruim een minuut, omdat ze in haar vertwijfeling niet goed uit haar woorden kan komen. Dan loopt ze met het telefoontje in de hand naar de slaapkamer beneden.

08:29 uur. Annamaria doet de openslaande deuren van de slaapkamer naar de tuin open (waarschijnlijk om beter 'bereik' te hebben; dat is in de bergen weleens moeilijk) en blijft nummers intoetsen op haar zaktelefoontje. Onder andere het gsm-nummer van haar man Stefano, maar die neemt niet op, of ze toetst een verkeerd nummer in.

08:29:26 uur. Ze probeert haar man op kantoor te bellen. Hij is er niet. Verward roept ze tegenstrijdige dingen: 'Samuele is dood. Hij is er heel slecht aan toe. Er is iets vreselijks gebeurd!'

08:30 uur. Annamaria ziet Daniela Ferrod in de deuropening van het buurhuis, veertig meter verderop. Loeiend roept ze om hulp.

08:31 uur. Daniela Ferrod komt kalmpjes door de tuin op het huis van de familie Lorenzi aanlopen. Annamaria smeekt haar om dokter Satragni te gaan halen.

08:31:05 uur. Stefano wordt gebeld door het hoofdkwartier van zijn firma in Ronc.

08:32 uur. Als Daniela Ferrod weer op haar eigen huis aanloopt, ziet ze dat Ada Satragni eraan komt, begeleid door haar schoonvader, Marco Savin, de opa van Sophie. Bijna op hetzelfde moment krijgt Stefano zijn vrouw aan de telefoon. Als de twee met elkaar praten, komt de dokter binnen. Die begint meteen eerste hulp te verlenen aan de kleine Samuele, die nog steeds op het echtelijke bed ligt te bloeden.

08:38 uur. Annamaria vraagt paniekerig aan Daniela Ferrod, die weer is komen kijken om te zien wat er aan de hand is, om thuis alcohol en watten te gaan halen. Een paar minuten later komt Daniela Ferrod terug. Ze heeft alleen alcohol bij zich. Annamaria roept om watten. Daniela Ferrod sloft weer naar haar eigen huis om watten te halen.

08:40 uur. De traumahelikopter van de medische nooddienst 118 wordt gebeld voor een spoedgeval.

08:45 uur. Annamaria trekt de sleutels uit het slot van de voordeur en geeft die aan Daniela Ferrod. Ze vraagt de buurvrouw om de slaapkamerdeuren naar het terras af te sluiten.

08:52 uur. De traumahelikopter van de medische nooddienst 118 arriveert. In huis zijn nu Vito Perret, een van de andere buren, Alberto Enrietti, Ivano Bianchi, dokter Leonardo Iannizzi en Elmo Glarey — allemaal lid van de Soccorso Alpino.

08:58 uur. Stefano Lorenzi komt aanscheuren en remt zo hard dat het grind opspat.

09:04 uur. Elmo Glarey, piloot van de traumahelikopter, belt op zijn dienst-gsm de plaatselijke kazerne van de carabinieri. Kennelijk is hij de eerste die aan een misdrijf denkt.

09:19 uur. De kleine Samuele wordt in de traumahelikopter van de medische nooddienst 118 geladen. Als die is opgestegen, vergezelt Vito Perret dokter Satragni om haar dokterstas op te halen. Ze gaan opnieuw door de voordeur naar binnen, die niet op slot zit, lopen de trap van vijftien treden af en gaan de slaapkamer binnen. Nu pas dringt het tot hen door dat de muren en het plafond vol bloedspatten zitten. Ada Satragni wast haar handen in de badkamer. Na het vertrek van de helikopter met de kleine Samuele aan boord, van wie de dood overigens nog niet geconstateerd is, sluit Daniela Ferrod de openslaande deuren van de slaapkamer, sjokt de vijftien treden van de trap op en gaat door de voordeur naar buiten, zonder die af te sluiten. Daarna geeft ze de sleutels van huize Lorenzi aan Vito Perret. Alles bij elkaar hebben inmiddels vijfentwintig mensen de plaats van het misdrijf betreden.

09:20 uur. De carabinieri arriveren bij een leeg en niet-afgesloten huis.

HOOFDSTUK IV

Zeventien slagen

't Is heus niet zo moeilijk. Je hoeft er niet krankzinnig, ziek of door het dolle voor te zijn. Een beetje boos misschien, een aanleiding, en dan merk je vanzelf hoe lekker of het gaat. En als iets lekker gaat, dan houd je er niet snel mee op. Drinken en seks – ik kan wel meer bedenken.

In Italië spreken ze algauw over een raptus, zoiets als een vlaag van verstandsverbijstering. Een begrip dat je verder niet kunt omschrijven, een toestand die onmogelijk, in medische of neurologische zin, is vast te stellen.

Wat *is* dan die vlaag, behalve heel kort, voorbijgaand en eenmalig, het woord zegt het al, in tegenstelling tot de geslachtsdaad, waarvan nu juist het kenmerk is dat die tot in het oneindige herhaalbaar is, of serieus drinken, meestal een lange weg tot werkelijk verstandsverlies? In welke combinaties wordt het woord gebruikt? 'Windvlaag', naar andere samenstellingen is het zoeken. Die is voorbij voordat je aan boord, of op de kiel, geklommen bent of iemand in verpleegstersuniform, met doorschijnend witte schortjurk, een Sloggi en witte gezondheidsklompen, een zuurstofmasker op je neus drukt of je borst met koude gel insmeert om de elektroden aan te sluiten. Een vlaag van inzicht is hier geboden, een flits. Misschien is 'flits' positief en wordt 'vlaag' meestal in negatieve zin gebruikt, omdat die voorbij is voor je er iets van merkt, en je je er later niets van kunt herinneren. Een vlaag van helderheid in een grotendeels reeds verduisterde geest?

Ontstemd was Timbeer toen hij in de vroege avond, net voor sluitingstijd, uit het dichtstbijzijnde winkeltje was thuisgekomen, en aan de keukentafel merkte dat het brood (iets anders was er niet te eten in huis, behalve zijn medicijnen), waarvan hij nog geïnformeerd had of het vers was ('*Non si scherza mica, caro signore!*'), zodra hij het uit de grote brunpapieren zak op het marmeren snijvlak had gedeponeerd, beslist niet diezelfde morgen gebakken was. Het was een groot rond brood met een harde korst, zoals hij nog nooit in het diepe zuiden had gezien. Hij had er zin in. Doorgaans is het Siciliaanse brood niet te eten, je kunt het hoogstens door de saus halen. Al vaker had hij een soortgelijk brood bij Tanino in de etalage gezien, maar het was te groot voor hem, en eigenlijk at hij geen brood meer, in ieder geval geen boterhammen of sandwiches. En hij had geen saus.

Op Sicilië kunnen ze helemaal geen brood bakken, ze bakken zonder zout en zonder gist, het is altijd hetzelfde. We hebben het niet over de brioches die je 's ochtends warm bij een *granita al limone* geserveerd krijgt in de bar, maar dat gaat allemaal af van mijn schrijftijd en van de tijd die ik moet uittrekken voor luieren en niksdoen, nadenken en op bed liggen, mijzelf tot in de loos malende kiezen vervelen opdat ik een staat van ontvankelijkheid kan bereiken, zeg maar het soort absolute niets, een leeg spanningsveld, dat vervolgens kan omslaan in zijn tegendeel, spanning dus, waarna de radiosignalen of stemmen in mijn hoofd steeds trager worden waargenomen, zodat ik moet opschieten om er nog iets van te behouden. Toevallige gedachten, waarmee niettemin onverwachte bruggen geslagen kunnen worden, zoals in dit geval een dubbelthema, 'fuga' heet dat in muziek, dat me altijd heeft gefascineerd: de mens gaat dood of de mens slaat dood.

De uitleg voor deze formule is simpel: om niet dood te

gaan moet je doodslaan. Maar ondertussen geloven wij in eeuwige jeugd en nimmer aflatende krachten, blind voor de toekomst, verblind verzekerd van uiteindelijk succes, nou ja, we doen alsof en leven bij de dag, zoals wijzen en armen: zolang er voor vanavond brood en kaas en chianti over is, geen nood, hebben we weer een dag gehaald zonder uit bedelen te gaan.

Groot rond brood derhalve, met dichte broodcellen en een door houtoven *casareccia* knapperig harde korst. Timbeer had het kunnen weten: de waar die in het winkeltje van Tanino lag uitgestald was maanden, soms al jaren verlopen. Dat brood, in de etalage uitgestald, was altijd hetzelfde exemplaar geweest. Model of voorbeeld van een brood, maar Timbeer had nu juist zijn zinnen op dat ene exemplaar gezet. Alsof hij de platonische vorm van een brood wilde hebben, voor minder deed hij het niet.

Omdat Tanino toch zo goed als blind was, werd de verlichting in de *bottega* zo laag mogelijk gehouden, zodat de klanten nooit de uiterste houdbaarheidsdatum konden ontwaren. Vanuit de achterkamer flikkerde rode sierlichtjes aan en uit rond een Heilig-Hartbeeld. Het optellen van de bedragen en het uitzoeken van het wisselgeld moest de winkelier in goed vertrouwen aan zijn klanten overlaten. Je begreep niet hoe hij de zaak open kon houden, want er kwam zelden iemand binnen, behalve buurtkinderen, die heel stilletjes een zakje zachte chips probeerden weg te snaaien. Het enige wat je in dit hol zonder vreze kopen kon, was whisky of bier, waarvan de baas een grote voorraad had, tegen prijzen van weleer. Hij liet je de sleutel van de drankkast uitzoeken en op een stoel klimmen om de gewenste flessen te pakken, waarna hij die liefkozend afstofte en in een bruinpapieren zak stak. '*Ecco servito, signore.*' Voor whisky was sleutel nummer drie vereist.

Het brood was een vergissing. Grootmoedig had de winkelbaas het weggeven, geld wilde hij er niet voor hebben. Timbeer kreeg er een handvol geurige citroenen bij. De enige reden waarom hij deze noodwinkel aandeed, was dat hij de arme Tanino wilde steunen met zijn incidentele klandizie, een verdwaalde toerist die een fles water kwam kopen voor twee euro, terwijl je voor datzelfde bedrag een pak van zes flessen krijgen kon. Behalve de Poolse *Einhaberin* van het sympathieke familiehotel waarin hij de eerste weken had gelogeerd, en de krankjorume huisbaas van zijn appartement, die er prat op ging dat hij alles zelf repareerde, zodat uit alle hoeken en richels kit kierde en alle stopcontacten in het gemeubileerde en gestoffeerde appartement aan de draden naar buiten hingen, ook onder de douche, was Tanino zijn eerste echte contact op het schiereiland. Als de mannen hier op Sicilië geen Beppe heten, dan is het Tano (van Gaetano) of Salvo (van Salvatore). Kennelijk was Tanino nooit volwassen geworden – dat werd je pas als je trouwde en op jouw beurt kinderen had – dat hij de verkleiningsvorm aanhield. Hij vertelde graag over zijn moeder, een flinke vrouw die op zesentachtigjarige leeftijd van verdriet gestorven was.

De huisarts van Timbeer te Amsterdam, een man met de onheilspellende achternaam Zerk, had hem voor zijn vertrek moed ingesproken: 'Je gaat elke ochtend in hetzelfde café ontbijten en doet je inkopen bij een klein winkeltje – zo doe je vanzelf vrienden op.' De moeder van Timbeer had gezegd dat hij contact moest opnemen met de dorpspastoor. Afgezien daarvan had ze hem verzekerd dat ze elkaar nooit zouden terugzien: 'Want voor die tijd ben ik dood.' Maar het was voor een ander sterfgeval dat Timbeer een paar maanden later met het vliegtuig op en neer moest. Dorpspastoor? Siracusa had een aartsbisschop met ruggenmergkanker, zoals hij nooit naliet in zijn preken te vermelden. Daarom hield Zijne Eminentie het gelukkig kort. In de nachtmis voor Kerstmis had Timbeer de dom een bezoek gebracht: een kaarsje opgestoken voor elke ex-verloofde. Daar stond groot aan de wand geschreven, in het indrukwekkende Normandische interieur met de Dorische zuilen van de oude tempel, dat Siracusa het eerste bisdom was na Antiochië, kortom de eerste christelijke gemeenschap van Europa, directe nakomeling van Petrus. Hij wist ook dat de stad voor korte tijd de hoofdstad van het Byzantijnse Rijk geweest was, en in de kerkmuziek, net als in de vele blaaskapellen die onder vuurwerk voor elk wissewasje de straten door schuifelden, had hij vreemde Mixolydische akkoorden waargenomen. Hier zongen ze geen kerstliedjes. Toch had hij bij het uitgaan van de mis de aartsbisschop een hand gegeven.

Een betere vriend had hij gevonden in het diepe donker van een smalle Citroëngarage, waar een lookalike van Jean Gabin aan het sleutelen was – en de komende drie jaar nog zou blijven sleutelen, tot hij zijn garage opdoekte – aan een SM, de mooie maar ongelukkige combinatie van een Citroënkoets op het chassis van een DS-break met een Maseratimotor. Agostino Parisi was in Palermo geboren, maar opgegroeid in Parijs, en zowaar had hij daar kennis gehad aan de Franse acteur. Deze grote bewonderaar van Edith Piaf, vooral van dier vermeende seksuele onmatigheid, schonk wanneer Timbeer de garage aandeed onmiddellijk een aperitief in en liet hem foto's zien van vroegere bokswedstrijden die hij verloren had, tegen onder anderen de grote liefde van Piaf, Marcel Cerdan, en van rally's en racewedstrijden die hij bijna gewonnen had, zoals de Mille Miglia. In een vlaag van overmoed had Timbeer hem eens gevraagd of hij de SM niet kon kopen wanneer die gereed zou zijn.

'Jongen, dat zou ik jou en mezelf niet aanraden. Dan zou ik in mijn deux-chevaux eeuwig achter je aan moeten rijden om je te helpen bij panne. Dat schiet niet op.' Ofschoon Agostino een groot en waarachtig *citroëniste* was – zijn loopbaan was hij begonnen als leerling-monteur aan de Quai Javel – had hij voor de modellen van het Franse huis geen goed woord over: '*C'est du bricolage.*' Knutselwerk van een doe-het-zelver zoals mijn huisbaas.

Dan was er zijn poetsvrouw, die Timbeer had opgedaan in het winkeltje van Taniro. Daar had hij op een ladder eens een meisje met een stofdoek in de weer gezien. Hij vroeg de oude winkelbaas hen voor te stellen, en ze keek om: van achteren lyceum, van voren museum. Maar ze was een trouwe kracht, die onder het eenhandige werk voortdurend filtersigaretten rookte, met haar gsm aan het bellen was, een ware ziekte op Sicilië, en tussendoor eindeloos gevoerd moest worden met sterke espresso's die voor de helft uit suiker bestonden. Als Timbeer ziek was, bracht zij hem warm eten van eenvoudige ingrediënten, dat uitstekend smaakte. Ze had twee volwassen zonen, die alles wat zij in één week verdiende op de zaterdagavond uitgaven in een disco, waarvoor ze naar Catania of Taormina reden, zonder rijbewijs, in de auto van hun vader. Die had zijn rijbewijs gekocht: 'Dan ben je veel goedkoper uit.' En toen de ziekte zich tot een kwaadaardige longontsteking ontwikkelde, die in het onverwarmde appartement elke winter een aantal keren zou terugkeren, bracht Anna hem antibiotica, watten en alcohol, en injectienaalden, die ze gratis van haar huisarts kreeg, en een vies oud vrouwtje (daar was de ontsmettende alcohol voor) dat elke dag een jens in zijn blote bil zette met de dosering voor een paard.

'Ieder het zijne!' zei Anna als het gedaan was. Ze geloofde, zoals iedereen die hij hier tegenkwam, allerminst in god, maar wel in Padre Pio. Van zichzelf vond ze het een zwakte dat ze graag andere mensen hielp. Ook die houding kwam hij meer tegen op zijn nieuwe eiland: je was goed stom als je zoiets deed! Het was de bedoeling jezelf te helpen, ten koste van de anderen. De mensen die iets voor hem gedaan hadden in normaal dienstverband, zoals de schoenmaker of de garagist, maar ook de mensen achter de kraampjes op de markt, gaven nooit direct antwoord op zijn vraag wat hij hun schuldig was. Ze keken je glimlachend aan en zeiden: 'Geeft u maar wat u ervoor overheeft.' Het deed hem denken aan een oud advies van Norman Douglas in Calabrië: 'Eerst afdingen tot een onmogelijk minimum, dan biljet voor biljet afgeven, tot de ontvanger dankbaar gaat glimlachen. Dan snel de twee laatste biljetten terugnemen.'

Timbeer (de roepnaam die hem tegen zijn zin beklijfd was, maar de jaloerse grote zus Andreas hield eraan vast) had zich in meer dingen vergist, sinds zijn verblijf in Siracusa. De treurige Tanino, die altijd klaagde over zijn afnemende gezondheid – hoewel hijzelf zei nooit aanleiding te hebben gegeven tot straf van boven, omdat hij nooit, niet één dag van zijn leven, plezier had gekend, niet uit dansen was gegaan, nooit naar de bioscoop, zich niet met vrouwen had ingelaten – zoals uitvallende tanden, sterk verminderd gezichtsvermogen, ondanks zijn voortdurende gebeden tot de Maagd, Petrus en Paulus, de gemeenschap aller heiligen, en vooral tot de heilige Lucia, patrones van de stad – de winkelbaas, daar kwam Timbeer pas later achter, was een rijke vrek die talloze *palazzi* op Ortigia bezat. Hij was ook homoseksueel, vandaar dat hij zich nooit met vrouwen had ingelaten, en verfde elke week zijn haren in een andere tint rood. Veel straatkinderen deden zijn merkwaardige loopreflexen na: de kont naar achteren, de handen zijdelings wapperend als gekortwiekte vleugeltjes, en dan met kleine pasjes op de plaats, knieën dicht tegen elkaar. Alsof hij nodig pissen moest. Zo liep hij achter de beschermheilige aan, twee keer per jaar.

Zij wordt, het *simulacro* althans, een statig zilveren beeld van indrukwekkende afmetingen, gevormd naar de chryselefantiene cultusbeelden die in de Oudheid in de tempels stonden opgesteld, een of twee keer per jaar de dom van Siracusa uit gedragen. Het zilveren beeld heeft een enorme zilveren stiletto door de nek. Natuurlijk een stedenkroon, in de ene hand een olielamp, en in de andere een palmtak en korenhalmen. Die palmtak geeft aan dat zij een martelares is, en het Siciliaanse mes hoe ze uiteindelijk, na wel meer dan zeventien slagen, koud is gemaakt. Maar de lamp en de korenhalmen wijzen op Demeter.

Deze godin zocht het land af omdat haar dochter Persephone was geroofd. Niets wilde meer groeien, alles lag kaal. Dat kun je nu nog zien. Toen daalde ze zelfs af in de onderwereld. De hoogvlakten van Sicilië grenzen aan de onderwereld. Er zijn verschillende ingangen tot de onderwereld, bijvoorbeeld het ronde meertje van Pergusa onder Enna, waaromheen ze nu een autocircuit hebben aangelegd. Sicilië ís de onderwereld, dat hoef ik niemand te vertellen. Dat had hem juist zo aangetrokken: die combinatie van de tuinen van het paradijs met citrusbomen, en de oerlelijke resultaten van de corrupte bouwwereld. Daar bleek dat de koning van de onderwereld, Hades, de dochter had geschaakt en met haar was getrouwd. Ze kwamen tot een compromis: voor de helft van het jaar mocht Persephone met haar moeder mee, en de andere helft zou ze bij Hades blijven. Zo zijn de seizoenen ontstaan: alles ging groeien in die ene helft, wat de andere helft van het jaar leek af te sterven – behalve de citrusplantages, maar die zijn van latere oorsprong en ook van een andere godsdienst. Wat Timbeer intrigeerde, was waarom Persephone zo graag, vrijwillig, de helft van het jaar bij Hades bleef. Welnu, hij had haar verleid met een granaatappel. Van het sap werd vroeger de echte grenadine gemaakt. Het is de lekkerste en mooiste vrucht die Timbeer kende, maar hij lijkt ook op een ouderwetse bom, en het woord 'handgranaat' is van de granaatappel afgeleid. Alles heeft met elkaar te maken en woorden hebben soms een begrijpelijke betekenis, alsof ze bij de dingen horen waarnaar ze verwijzen, een interessant probleem waarover in een van de latere dialogen van Plato wordt gediscussieerd.

De dom is zoals gezegd een tempel uit de Oudheid, waaromheen de Normandische indringers, onder leiding van de rossige broeders de Hauteville, een kerk hebben gebouwd, met behoud of liever gebruikmaking, van de Dorische zuilen. Zestig dragers (met groene hoedjes op – zei ik niet dat de verbanden voor het oprapen liggen?) zijn nodig om de heilige Lucia in beweging te brengen. Op het geluid van een tinkelbelletje hijsen ze de gigantische draagstoel op hun schouders, doen drie stappen vooruit en zetten hem dan weer op de grond. In dit tempo wordt de martelares door de straten van de stad gedragen, over de brug van het eiland Ortigia af, en naar een andere kerk op het vasteland gevoerd, Santa Lucia nella Sepolchra, een reis die op deze manier een uur of vier duurt. Bij regen en storm gaat de tocht niet door, omdat de dragers kunnen uitglijden, één man die struikelt en de andere negenenvijftig gaan ook tegen de vlakte, of in versneld tempo als het dreigt te gaan regenen of waaien, achter de koets met zes paarden waarin de schatkist met haar relikwie vervoerd wordt, een vingerbotje, meen ik. Daarachter de stoet van gelovigen, manshoge waskaarsen in de hand, met een rood plastic kraagje om je vingers niet te branden aan het kaarsvet, dat nog dagen na de processie op de straat blijft liggen, de banden van de auto's doet krijsen en menig ongeluk met blikschade veroorzaakt. De fanatieke gelovigen lopen blootsvoets, maar sokken worden tegenwoordig getolereerd.

13 december, dat voor de kalenderhervorming van paus

Gregorius XIII samenviel met de winterzonnewende, was een van de hoogtijdagen voor Tanino, omdat Lucia in de eerste plaats patrones van het licht en van de zieners is. De bidprentjes laten een mierzoet meisje zien, dat de door haarzelf uitgestoken ogen op een gouden schaaltje draagt. Zieners, oogzieken – de martelares van Siracusa, die zich niet makkelijk ter dood heeft laten brengen, en dat moest, omdat zij haar kuisheid wilde bewaren tegenover een heidense prins die haar begeerde en haar ogen zo mooi vond, zou eerst voor straf in een bordeel geplaatst worden, maar geen twintig ossen die haar van haar plaats kregen. Haar borsten worden afgesneden. Als zij niet zelf haar ogen uitgestoken heeft, hebben de beulen dat wel gedaan. De brandstapel! Vuur deerde haar niet. Wurging hielp ook niet. Een stiletto in de keel (zoals het beeld laat zien) heeft het zware werk afgemaakt, dat in enorme doeken door Caravaggio is uitgebeeld.

Pas toen Timbeer het geschutter van Tanino in zijn winkeltje een paar keer had gadegeslagen, begreep hij dat zijn vader ook al een tijdje blind moest zijn, al hield hij dat verborgen door nog steeds zijn auto te besturen, met de fiets op pad te gaan, en te doen alsof hij zijn Homerus las, die hij inmiddels uit het hoofd citeren kon, bladzijden lang. Zijn vader had blootsvoets in de processie kunnen meelopen, maar zijn vader liep niet in processies mee, hij was allergisch voor volksmassa's, hij heeft zich nooit bij enige beweging aangesloten, niet bij het verzet in de oorlog, niet bij een studentenvereniging, niet bij een partij of andere vereniging – hij dacht liefst voor zichzelf. Hij hield er andere opvattingen op na, eigenzinnige en tegenstrijdige.

Lucia is ook patrones, al kun je nooit volledig zijn, van arbeiders, blinden, boeren, deurwachters, elektriciens (lux!), glasblazers, prostituees die spijt hebben, kleermakers, oogartsen en opticiens, slechtzienden, schrijvers, schippers, wevers, zadelmakers en zeevarenden, en helpt tegen bloedingen, bloedvloeiingen van vrouwen, bloederziekten, brand, armoede, geestelijke blindheid, diarree, dysenterie en keelpijn. Slechtziende, verblinde, zeevarende schrijvers met bloederziekte – vanzelfsprekend werd zij ook de patrones van Timbeer, al hield die liefst zijn schoenen aan, ook in bed. Je wilt niet graag op kousenvoeten bij de hemel aankomen. Overdag liep hij in huis blootsvoets. Het is maar om u een idee te geven. Hij trok zijn mooiste schoenen aan voor hij naar bed ging. Maar welke heilige helpt tegen moeilijke voeten? Hij liep hier met een stok rond. Zijn voeten wilden hem nauwelijks meer dragen.

En dan die trappen op, eindeloos, voor hij geheel buiten adem zijn voordeur bereikt had, en nauwelijks nog kracht vond de sleutel in het slot te doen. De papieren zak met brood glipte onder zijn arm vandaan, en zijn stok, waarover hij struikelde, liet hij kletterend vallen om een lucifer te kunnen afsteken opdat hij het sleutelgat kon zien. Hij nam het hun niet kwalijk, de mensen thuis in Holland, die wilden geloven dat hij zich aanstelde en louter een rol speelde. Eén keer had een bevriende journalist, die zijn boodschappen hielp dragen, gezien en opgetekend en gepubliceerd hoe hij zijn vrijplaats van de wereld, waar de winden aan alle kanten door de ramen fluiten, amper bereiken kon.

Ook deze keer had Timbeer (Andreas, smeek ik je, verlos mij van die naam) met het gratis brood en de citroenen van Tanino in een bruinpapieren zak amper zijn kraaiennest bereikt. Kon je maar 'zwaluwnest' zeggen, in overdrachtelijke betekenis, want er zijn geen kraaien hier, wel zwaluwen, zijn vriendjes. Hij had honger en smachtte naar een boterham, flinterdun gesneden, zoals zijn eerste uitgever hem altoos had aanbevolen voor de zinsbereiding. Hoed (nee, nooit op bed, stoel of bank te deponeren) aan de lamp, stok in de gordijnen, brood uit de zak. Bedrog! Oudbakken! Reeds versteend.

 Hij smeet het met een holle klap op het aanrecht, de geurige citroenen rolden over de grond. Hij rook eraan, probeerde erin te duwen, keerde het om en om. Zo hard als een houten schedel. Zijn zwaarste mes ketste erop af. Zijn tanden konden er geen houvast op krijgen. Ander gereedschap dan een schroevendraaier had hij niet. Een grote, grove schroevendraaier, bijna een beitel was het, die hij ooit van een *vu compra* gekocht had. Woedend en radeloos, bijna buiten zijn zinnen — was dit een vlaag van verstandsverbijstering? — nam hij het wapen in zijn hand, met allebei zijn handen omklemde hij het handvat. Hij wilde de korst breken, een bres slaan in het pantser om misschien te stuiten, tegen beter weten in, op een zachte binnenkant van goedgerezen broodcellen. Hij hief het stuk gereedschap en liet het met kracht neerkomen op het schedelpantser. De schroevendraaier ging erdoorheen en zat vast. Met geweld moest hij hem er weer uit trekken. Dit godverdomde broodloze en oneetbare brood zou het ontgelden. De eerste slag lokte een tweede uit. Dat ging al makkelijker. Hij kreeg de slag te pakken, Timbeer, zo zou je kunnen zeggen. Uit al zijn opgekropte woede tegen de wereld en zijn teleurstelling hakte hij in op het brood. En bleef hakken, het ging steeds lekkerder. Hij moest kapotmaken wat hij zozeer begeerd had en wat hem onthouden bleef. Timbeer wist niet meer wat hij deed. Hij sloeg en trof opnieuw, achter elkaar, hij kreeg er schik in. Misschien sloeg hij een keer of zeventien, voordat hij uitgeput was. Het brood werd brokken, het was niet meer. Hij herkende het niet en wist ook niet wat hij gedaan had. Hij had alle belangstelling verloren. Zijn brood, zijn zaligheid. Niemand die hem heden zijn dagelijks brood geschonken had. Dat komt ervan als je niet gelovig bent.

Die avond voedde hij zich met de vruchten van het paradijs. *Dahin, dahin, wo die Zitronen blühn.* Met schil en al vrat hij de citroenen op. Het stilde zijn honger nauwelijks, maar tenminste was zijn woede nu gestild. Al kon hij die nacht niet slapen van het brandend maagzuur.

Cogne 4

30 januari 2002, 08:27:30 uur. Annamaria Franzoni, gehuwd Lorenzi, die om twintig over acht het huis verlaten heeft om haar oudste zoon Davide naar de schoolbus te brengen, en die zeven minuten later (gemeten in normale wandelpas, en dus niet snelwandelend of rennend) terug is in de slaapkamer waar ze haar jongste zoon, de kleine Samuele, heeft achtergelaten, en waar ze hem terugvindt onder het dekbed in een poel van bloed, nog reutelend en ademend, denkt in eerste instantie dat 'zijn hoofd gebarsten is'. Ze belt haar huisarts, Ada Satragni, met wie ze bevriend is, en vraagt haar zo snel mogelijk haar kleinste te hulp te snellen. Later zal deze Ada Satragni, die op de begrafenis van de kleine Samuele nog voortdurend de arm van Annamaria stijf omklemd houdt, verklaren dat ze helemaal geen persoonlijke vriendin van de moeder is en dat ze alleen 'professionele betrekkingen' hadden.

De precieze tijdstippen van de telefoontjes worden achteraf geverifieerd. Alles draait om die korte tijdsspanne van zeven minuten. Openbaar aanklager en verdediging proberen elk met de tijd te schuiven in hun voordeel, maar veel kán er niet aan de tijden veranderd worden, juist vanwege de registratie van die telefoongesprekken. Het is natuurlijk niet zo dat Annamaria zich die minuten en seconden meteen gedetailleerd herinnert, waarschijnlijk evenmin als de volgorde. Feit is dat ze eerst de dokter belt. Een natuurlijke en verstandige reactie. Het OM heeft zich later afgevraagd waarom ze niet eerst haar man heeft gebeld.

08:28:17 uur. De medische nooddienst wordt gebeld om haar zoon te redden: 'Hij geeft bloed op.' Kennelijk ziet ze ernst van de situatie in. Meteen daarna belt ze weer met Ada Satragni.

08:29:26 uur. De firma waarvoor Stefano Lorenzi werkt, wordt door Annamaria gebeld.

08:30 uur. De buurvrouw, Daniela Ferrod, bevestigt dat Annamaria schreeuwend het huis uit komt en haar toeroept: 'Help! Help! Bel Ada dat Samuele niet goed is!' Daniela Ferrod kan zich de tijdstippen goed herinneren omdat ze net daarvoor met haar man heeft gebeld.

08:32 uur. Dokter Ada Satragni arriveert bij het huis, samen met haar schoonvader, Marco Savin. In details willen de verschillende bronnen nog weleens afwijken. En nu komt het. Die vrouw is niet alleen in medische zin een dwaas, ook in gewoon menselijk opzicht gedraagt ze zich onverstandig. Ze loopt de slaapkamer in, tilt de kleine Samuele van het echtelijke bed, veegt zijn gezicht schoon (dat overigens niet is beschadigd – veelzeggende gevolgtrekkingen van het OM: de dader heeft het slachtoffer niet onherkenbaar willen verminken) en probeert de wonden te stelpen en het naar buiten stromende hersenmateriaal terug te duwen. Dan wikkelt ze hem in een deken (waar haalt ze die vandaan?) en brengt hem door de openslaande deuren de tuin in. Een vreemde reactie. En wat het eerste bezwaar van het OM betreft: gewoonlijk treffen moordenaars, vaak met een stomp voorwerp, hun slachtoffers op het achterhoofd. Het is niet gebruikelijk iemand via zijn aangezicht te doden. De kleine Samuele vertoont ook een schaafwond op zijn linkerhand. Conclusie van het OM: het slachtoffer moet de dader goed gekend hebben, want hij heeft zich pas op het laatste moment verweerd. Ada Satragni is herhaaldelijk aan de tand gevoeld door het onderzoekteam, met name vanwege haar erratieve gedrag tijdens de eerstehulpverlening. Zij heeft altijd volgehouden dat haar geweten niet bezwaard is. Haar eerste diagnose van een hersenbloeding wordt als een lachertje beschouwd. De spuit cortisone die ze heeft toegediend, was volkomen nutteloos en ongerijmd. Het feit dat ze het *Tatort* zo grondig heeft verstoord door de kleine Samuele op te pakken en naar buiten te dragen, druist tegen alle forensische ethiek in. Het is de moeder van de kleine Samuele, Annamaria, die haar altijd verdedigd heeft: 'Een goed en eerlijk mens.'

08:35 uur. Elmo Glarey, hoofd van de Bescherming Burgerbevolking voor de sector van Cogne, krijgt een telefoontje van het vliegveld van Aosta. Ze vragen hem of ter plekke een helikopter kan landen.

08:41 uur. Vanuit Saint-Christophe stijgt de helikopter op en zet koers naar het hoger gelegen Cogne.

08:51 uur. De traumahelikopter van de medische nooddienst voor de Valle Aosta kan wegens de luchturbulentie niet op een vlak stuk tussen de huizen landen. Hij wordt uiteindelijk op de helling ter zijde van het huis zwevend gehouden, met draaiende wieken. Aan boord van de helikopter bevinden zich, behalve Elmo Glarey, dokter Leonardo Iannizzi, die eerste hulp moet bieden, en de gids van de Bescherming Burgerbevolking Ivano Bianchi.

09:00 uur. Stefano Lorenzi arriveert. Zijn vrouw klampt zich aan hem vast en smeekt wenend: 'Zullen we een nieuw kind maken? Schenk je me snel een nieuw kind?' Deze opmerking, die door een carabiniere die pas een halfuur later ter plekke is, de wereld in geholpen is, maar die met grote koppen in de kranten komt, zal Annamaria duur te staan komen. Publiek en OM zien daarin bewijzen voor de harteloosheid en gewetenloosheid van de moeder. Ik zie in deze vertwijfelde opmerking van een vrouw in shocktoestand eerder een blijk van grote liefde en aarhankelijkheid — als zij de woorden werkelijk gezegd heeft, wat niemand kan bevestigen. Stefano helpt zijn jongste zoon aan boord van de zwevende helikopter te dragen. Hij mag niet mee.

09:06 uur. De commandant van de carabinierikazerne in Cogne krijgt een telefoontje van Elmo Glarey en waarschuwt de centrale van het Comando Gruppo Carabinieri di Aosta.

09:19 uur. De helikopter stijgt op met de kleine Samuele aan boord. De vlucht van Cogne naar het vliegveld van Aosta duurt ongeveer zeven minuten. De kleine Samuele sterft op de brancard als hij uit de helikopter in de ambulance wordt getild. In een latere versie gebeurt dat pas in het ziekenhuis van Aosta. In elk geval moet hij nog ruim een uur geleefd hebben, nadat zijn moeder hem heeft gevonden en nadat hij door Ada Satragni gemaltraiteerd is. Gezien de ernst van de diepe hoofdwonden is het niet goed mogelijk het tijdstip van de moord veel verder naar voren te verplaatsen, dus vóór Annamaria haar jongste alleen liet om Davide naar school te brengen. Pas toen de buitendeuren naar de tuin waren geopend en Ada Satragni de kleine naar buiten had gedragen, werd voor alle aanwezigen de gruwelscène duidelijk: de hele kamer, muren, commode, plafond onder de bloedspatten en hersendeeltjes. Er is duidelijk veel geweld gebruikt. Een moeder die om wat voor reden ook haar kind ombrengt, zal hem smoren in het kussen. De kleren van Annamaria, haar haren of haar handen laten niet de minste sporen van bloed zien. Wanneer zou zij tijd gevonden hebben zich zo grondig schoon te wassen? Kleren en moordwapen te doen verdwijnen? Ada Satragni beweert dat Annamaria haar zwarte laarsjes droeg toen zij bij huize Lorenzi aankwam. Later zal ze zeggen dat ze dat niet zeker weet, alleen dat zij 'helemaal in het zwart' gekleed ging. Annamaria zegt dat zij, zoals altijd, zodra ze binnenkwam, haar laarsjes heeft uitgetrokken en haar pantoffeltjes heeft aangeschoten. Klepperdeklep de vijftien treden af.

09:47 uur. De kleine Samuele wordt het ziekenhuis van Aosta binnengereden. De dienstdoende artsen constateren de aard van de verwondingen en stellen op hun beurt de carabinieri van Aosta op de hoogte. Bij de meeste ziekenhuizen in Italië is een politiepost aanwezig, opdat zo snel mogelijk een vermoeden van misdrijf tot mogelijke aangifte kan leiden. Al eerder had de helikopterpiloot, Elmo Glarey, vlak voor het opstijgen de carabinieri van Cogne gebeld.

Een goede raad voor wie in Italië bij inbraak, ongeval, misdrijf of nood 112 of 113 moet bellen: draai altijd 113, want je kunt beter met de Polizia di Stato te maken hebben dan met de carabinieri van 112. De eersten hebben nog iets menselijks, de laatsten zijn stijve, militaire robots. Bij brand de helden van 115 en, zoals we inmiddels weten, bij medische nood- en spoedgevallen 118.

09:55 uur. Het overlijdenscertificaat van de kleine Samuele wordt in het ziekenhuis getekend door dokter Bellini van de EHBO-afdeling. Doodsoorzaak: 'Diepe wonden, waarschijnlijk veroorzaakt door scherp voorwerp.'

10:00 uur. De carabinieri arriveren ten huize Lorenzi, in de *frazione* Montroz van de gemeente Cogne. Zelf beweren ze aanvankelijk een halfuur eerder gearriveerd te zijn, om hun traagheid te camoufleren. Zij constateren dat er geen sporen van braak zijn. Stefania Cugge, hulpofficier bij de Procura van Aosta, wordt belast met het onderzoek. Het huis van de familie Lorenzi wordt verzegeld. Bij Pondel wordt een politiepost gezet om de eventuele moordenaar aan te houden. Om één uur 's middags van dezelfde dag wordt die post weer opgeheven.

Stefania Cugge is een slanke jonge vrouw van vijfendertig met kort haar en een modern brilletje. Ze is getrouwd en werkt sinds een jaar voor het OM van Aosta. Ze is geboren in San Remo, waar elk jaar het beruchte en bij nichten zeer geliefde songfestival gehouden wordt. San Remo is de Italiaanse bloemenstad. Haar eerste werkervaring heeft ze opgedaan bij de magistratuur van Patti, provincie Messina. Ze is altijd terughoudend geweest, zowel over haar persoonlijke leven (ongeveer tegelijkertijd met de geboorte van het derde kind van Annamaria zal zij haar eerste kind baren) als over het onderzoek. Voor de buitenstaander straalt ze neutraliteit uit. Mantelpakje.

In de loop van de dag vindt de familie Lorenzi-Franzoni, Stefano, Annamaria en de overgebleven zoon Davide, onderdak in Lillaz, als gast van een vriendin, in de 'résidence Le Cascate'.

20:00 uur. In de kazerne van de carabinieri van Aosta worden Annamaria Franzoni en Stefano Lorenzi gehoord als *persone informate sui fatti*. Het gesprek — van een *verhoor* is alleen sprake als er een verdachte is — duurt ruim drie uur. We zouden graag weten wat het echtpaar daarvoor en daarna met elkaar besproken heeft. We kunnen er zeker van zijn dat de Lorenz's 's avonds laat verzucht hebben: 'Wat een dag!', en dat er die nacht weinig geslapen is. Evenwel is het die nacht nog hun zaak, hun persoonlijke smart. De volgende dag zal het mediacircus zijn tenten opslaan. Vanaf dan zal er geen moment voorbijgaan dat ze niet belaagd worden. Hun privé-leven, al dan niet gelukkig maar naar tevredenheid georganiseerd, is voortaan publiek domein.

HOOFDSTUK V

Dreiging

Tot nog toe ging alles goed. Er was geen vuiltje aan de lucht, kon ik naar waarheid berichten aan mijn moeder zodra ik een gsm'etje had aangeschaft, waarvan het nummer slechts aan haar en aan mijn uitgever bekend was. Beiden zouden het wel laten om niets zo duur te bellen. Het kwam goed uit dat ik tussen de met vocht uitgeslagen muren van mijn appartement hoegenaamd geen bereik had. Over mijn longontsteking vertelde ik maar niks, anders zou mijn moeder nog denken dat ze gelijk had gekregen.

Van telefoon en post is niets dan narigheid te verwachten, zo was mijn ervaring. Een reizend mens, of liever iemand in voortdurende en onduidelijke staat van verhuizing, heeft daar geen last van. In een 'gemeubileerd en gestoffeerd' huurappartement van een pand dat op de lijst staat te worden afgebroken om gerestaureerd te worden, zoals de meeste huizen in Ortigia, daar woonde je niet echt. Dat ik ondertussen mijn notebook op het internet had aangesloten via een ADSL-verbinding (dat kon hier ook zonder gewone telefoonlijn), vertelde ik aan niemand. Reeds twee keer was ik van provider veranderd in die maanden. Geen sporen nalaten, als je onvindbaar wilt blijven.

Twee maanden waarin, na mijn stormachtige entree in de oude stad, de zee plat als een plank was gebleven en de hemel zo helder onder de winterzon dat ik mijn winterjas, die ik ergens had laten hangen, niet miste. Binnen en buiten droeg ik het onverslijtbare tweed jasje van mijn vader, dat hij me op het laatste moment had meegegeven, omdat het hemzelf te groot was geworden. En zijn geliefde alpinopet. De uitdrukking was ook van hem. Dat had hij vaak gezegd: 'Tot nog toe gaat alles goed', alsof er altoos rampen op komst waren Ik had niet het idee dat hij zijn naderende dood daarmee bedoelde. Die zou eerder als een verlossing komen. Daarom kon hij zijn klerenkast vast uitdunnen. 's Winters ging hij, zo klaagde mijn moeder, vaak in de tuin zitten, gewoon in overhemd. 'Een longontsteking is een *old gentleman's best friend*,' placht hij te zeggen. Ik wist nog niet dat ik alle jaren dat de zaak onopgelost zou blijven, elke winter een fikse longontsteking zou oplopen. Tot op heden zijn we geen vrienden geworden.

Mijn vader had een nog kleinere schoenmaat dan ik. Tientallen Brocks stonden bij hem in de kast, sinds hij op *desert boots* van Clarks was overgestapt. Of ik niet een sympathieke dwerg kende, aan wie ik ze namens hem kon overdoen. Daarmee doelde hij op de oude Droogkuis, mijn uitgever in ruste, die net als hij in de natuur een alpinopet droeg. 'Een *béret basque*,' verbeterde de man mij vanuit de duinen van het eiland waarop hij zich had teruggetrokken. Het was niet tot mijn vader doorgedrongen dat de laatste der mohikanen allang vervangen was door de directeur van een schoolboekenpostorderbedrijf uit Groningen, met horrelvoeten. Zaken werden in de familie niet besproken, onze familie was niet in zaken.

Wat ik wel nodig bleek te hebben, wanneer ik op mijn eiland door de beschermde natuurgebieden dwaalde langs de kust, zoals in de baai van Vendicari, of over de verdorde velden van de Ibleïsche bergen, daar waar de aarde aan de hemel raakt, of aan de hel, was een panama. Ik moet mij zulks een keer hebben laten ontvallen tegenover een vriend die bij een weekblad werkte. Hij wierp zich onmiddellijk op de English Hatter te bezoeken. Waren mijn haren al wat dunner? Feit is dat ik de koperen ploert genadeloos op mijn schedel voelde branden in het middaguur, en dat het licht op Sicilië te fel was voor mijn ogen. Mijn zuster had ooit bij datzelfde weekblad haar eigen ontslag uitgelokt.

Mijn vader had zijn hele leven al gezegd: 'Tot nog toe gaat alles goed.' Onlangs had ik begrepen waarop hij doelde, toen ik een cartoon uit een oude *New Yorker* onder ogen had gekregen, waarschijnlijk in de wachtkamer van de polikliniek – niet het eerste het beste ziekenhuis waar ze een dergelijk tijdschrift, al gaat het om verouderde en beduimelde nummers, op tafel hebben liggen. In een flatgebouw, te New York ongetwijfeld, ergens op een middelste verdieping, staat een groepje mensen met glazen in de hand voor het open raam. *Party time*. Komt van het dak een man buiten langsvallen die net tijd heeft om tot de verbijsterde gasten te roepen: 'Tot nog toe gaat alles goed.'

Ik maakte nog steeds mijn dagelijkse rondje tussen de twee zeeën: sigaren, krant. Praatje met de Barone. Zo heette hij en dat was hij ook. Weer had ik me in het uiterlijk van de mensen vergist. Zoals hij daar elke dag te vinden was, staande in de buurt van de fontein, of langs de borstwering hoog boven de Porto Grande, een gerafelde hoed op zijn kop, waaronder vettig witte krullen uitkropen, oude overjas en een overhemd dat tot aan de slappe kraag bemorst was, een even rafelige *toscanello* in de mond, uitgedoofd zoals het hoort, of zoals arme mensen doen om langer van de smaak van de tabak te genieten, namelijk door erop te kauwen, had ik hem voor een zwerver gehouden. Een van die mensen, begaafd als ze mogen zijn, wie het niet gelukt was van het eiland af te komen. Hij schilderde, ook dat nog, maar nooit op straat gelukkig. Daar blijf ik niet voor staan, plein-air. De flarden van zijn levensverhaal leerden mij dat hij het grootste deel van zijn leven echter in Rome en Turijn had doorgebracht, op de wijze, dat wil zeggen promiscueus, van Pitigrilli, een auteur die hij zeer bewonderde. Net als ik. Dat schiep een band. Ondertussen bleek hij het mooiste palazzo in de Via Maniace te bezitten, waarvan het gewelfde balkon gesteund wordt door een voluptueuze zeemeermin. De Via Maniace komt uit op het kasteel van Frederik II en op de Via delle Sirene.

Nu ik de *cronaca nera* uitspelde, gemengde berichten over misdaad en straf, volgde ik niet alleen de arrestaties en vrijlatingen van kleine plaatselijke boefjes, of de vorderingen in de zoektocht naar Bernardo Provenzano, een geheimzinnige figuur die na de *mattanza* van Totò Riina en na diens onverhoopte arrestatie, de leiding van de cosa nostra voerde, maar ook de verse moorden en onopgeloste zaken die verslagen werden, van het diepe zuiden tot in het hoge noorden bij Aosta. Wij werden op Sicilië evengoed geïnformeerd over de kwesties die daar speelden, als de mensen die het plaatselijke blad *La Vallée* lazen, want zoals men weet wil die vallei graag francofoon blijven. In de zuidelijke zon kregen de sporen in de sneeuw aan de voet van de Monterosa een extra fascinatie: je kon er het hoofd koel bij houden.

Een doorlopende verbinding met het internet had ik nodig om alle berichten over wat ik als mijn zaak was gaan beschouwen, goed te kunnen volgen. Raakte ik in mijn stadsappartement soms de weg kwijt tussen alle kabels en snoeren van de computeraansluitingen, in de vrije natuur werd ik duizelig van de zon. Soms wist ik niet meer waar ik was.

Van jongs af heb ik iets met hoofddeksels gehad. Ik kan er niets aan doen, ik moet ze opzetten. Mijn moeder voorspelde dat ik vóór mijn dertigste kaal zou zijn. Haar variant van de onheilsvoorspelling luidde, een terugkerend refrein: 'Straks breken er slechte tijden aan.' Of in haar eigen spraak: '*Kinder, kauft Kämmer, 's kommt 'ne lausige Zeit.*' Zij was doodsbang voor luizen, die ik als baby in het ziekenhuis had opgedaan. En dat met een kop haar vol koperen krullen, zo dik dat de garagist van mijn vader, Cor Graal, die zelf een doorgesneden plastic voetbal als hoofddeksel droeg, niet veel later zei: 'Met één zo'n dikke haar van meneer z'n zoon kan ik de sproeier van de carburateur doorprikken.'

Even met de auto door de ezelsbrede straatjes van mijn eiland manoeuvreren, de brug over, langs het langzaam groeiende schip op de eenmanswerf, wriemelend en toeterend door het chaotische verkeer van de hoofdstraat, en ik was de stad al uit, om in de mooie zachte winter – zo had ik het mij voorgesteld, zo was altijd mijn wens geweest – in steeds grotere cirkels de omgeving te verkennen. Uren dwaalde ik verrukt door het landschap, dat totaal verlaten lag onder de zee van de hemel. Diep in de kloven, waarin je niet kon afdalen, liepen de beddingen van de Anapo en de Pantalica. Een enkele schrale olijfboom, de brede, schaduwrijke *carruba* (johannesbroodboom in het Nederlands), buxus, eucalyptus, dwergeik en acacia, de stoffige reuzencactus (*fico d'India*) en de zoetige geur van een rottend paardenkarkas waarin zich een zwerm wespen had genesteld aan de rand van het ravijn. Nu wist ik het zeker: om het hoofd koel te houden had ik een hoed nodig, net zo'n panama als de Barone droeg, al liet ik de rafels liever aan mijn eigen toekomst over. Je hoefde je daar niet voor te schamen op Sicilië. Hier kon je gerust met tweekleurige schoenen over straat. Ik had al een paar handgemaakte exemplaren aangeschaft, voor de zomer, maakte ik mezelf wijs, terwijl ik ze voorlopig binnenshuis probeerde in te lopen.

Bij de hoed was haast. Hier waren ze niet te vinden,

want zoals het geval is met fruit, groente of lamsvlees, zijn in de arme landen slechts seizoengebonden producten te koop. IJs in de zomer en *panettone* in de winter, anders niet. Nou ja, ooit werd de sneeuw van de top van de Etna gehaald, samengeperst tot ijs in ondergrondse kuilen of verscheept in loden kisten tot aan Parijs. Catania, de stad onder de vulkaan, is nog steeds beroemd om het lekkerste ijs ter wereld, en om de afgeleide banketbakkerswaar: gevulde *cannoli*, cassata, *cuddureddi* (met vijgen en ricotta), rijst- en gember- en chocoladekoekjes, alles wat je van amandelen kunt maken (marsepein) en van pistache. De vruchtbare hellingen staan vol met amandel- en pistacheboomgaarden. Met Agostino reed ik weleens naar Catania, zogenaamd om de Citroën sm uit te proberen, maar in werkelijkheid om bij een van de prachtige negentiende-eeuwse *pasticcerie* daar koekjes, taartjes en ijs te eten.

Ook al kon je nu, in deze zachte winter, buiten ontbijten op een van de terrasjes in de zon langs de binnenzee, mijn geliefde warme brioche met een *granita* werd nog niet geserveerd in het ietwat achterlijke Siracusa. Ze weten niet zo goed wat ze met toeristen aan moeten, ze weten niet wat ze met zichzelf aan moeten. 'Er wordt niet meer geweend op Sicilië, want al onze tranen zijn op,' vertrouwde Anna mij eens toe. Daarom was ze altijd vrolijk. 'Ieder zijn eigen karakter,' was haar commentaar als ze mij weer eens zag someren.

Het was begonnen met de verroeste *Stahlhelm*, compleet met kogelgat waardoor de eigenaar zijn einde had gevonden, die mijn grootvader uit de Eerste Wereldoorlog had bewaard. Ik kon mijzelf als knaapje daarmee niet in de spiegel bewonderen, want de lage klep zakte volledig over mijn ogen heen, en het verlaagde nekstuk van de Duitse helm bleef steken op mijn schouders. De Duitsers waren, met hun uniform in elk geval, beter toegerust voor de krijg, had ik destijds al opgemerkt, dan hun Engelse leeftijdsgenootjes. Welke idioot had toch dat Britse pannenkoekmodel bedacht, dat als helm nauwelijks beschutting bood? Je kwam er niet goed uit, want het Duitse hoofddeksel was tegen de Franse of Engelse sniper ook niet bestand geweest, zo bewees de helm van mijn grootvader. Eenmaal onder de helm, of in de benauwde beschutting van pantserwagen of onderzeeboot, en je was er eigenlijk al geweest.

Dan waren er de petjes met of zonder klep, die ik als jongetje in het vakantieland zozeer begeerd had. Mijn ouders kochten geen souvenirs. Mijn vader zei: 'Jullie moeten dit alles bewaren in je hart.' Op school had ik mij aangemeld voor honkbal, omdat dat de enige sport was waarbij je een pet droeg, met lange klep tegen de zon voor vangballen. Er bestonden weliswaar voetbalpetjes, maar die werden niet door de spelers gedragen. Je had sporters en sportliefhebbers, nu zouden we zeggen voetbalfans of supporters van de F-side. De zeeverkenners! Machtig alleen al om die tokkies, zoals je ze in Russische films ziet, *Pantserkruiser Potemkin*. Een band met inscriptie die eindigde in een zwaluwstaartje in de nek. 's Zomers een hagelwitte overtrek, voor slecht weer met regen van wit plastic. De hele fascinatie die voor kleine kinderen uitgaat van tram-, trein- en busconducteurs, van 'polities' (wij zeiden ook wel 'ballenjuten', omdat de wijkagent, wanneer hij langs ons grasveld bij de molen kwam gefietst, zijn rijwiel met één trapper tegen de trottoirband posteerde – een truc die mij nooit is gelukt – en dan in dreigende kalmte en lange jas, zoals ze toen nog droegen, onze voetbal confisqueerde) en legerkolonels, is de pet. Hoofddeksels zijn een teken van macht en gezag. Van armoede: de pet van de arbeider met geheven vuist die de Internationale zingt, 'verdoemd' in hongersfeer', een dorpje, zo vermoedden wij, dat in Oost-Groningen moest liggen. Van rijkdom en plechtige gelegenheid: de professorenbaret en de claque van dronken feestgangers. Koning, keizer, admiraal (o, wat had ik graag zo'n dwarse steek gehad zoals Napoleon die droeg), iets op hun hoofd hebben ze allemaal. De bisschopsmijter, die je gemakkelijk kon namaken met sinterklaas, of de uit goudkarton geknipte kroon die je mocht dragen als je met Driekoningen de zwarte boon in jóuw deel van de taart gevonden had. Het joodse keppeltje was armoede, daarbij vergeleken; nieuw gecreëerde kerkvorsten kregen eerst zo'n karig rondje opgezet, maar daarna de onovertroffen kardinaalshoed van purper met wijde rand en afhangende kwastjes. Ik wilde gewoon een panama.

Het deed me denken aan een kinderboek van Daan Zonderland (op de achterflap werd vermeld dat de schrijver onder pseudoniem eigenlijk professor was, dus iemand die zijn schoenen poetste met pindakaas en schoensmeer op zijn brood deed), waarin de ezel Isidoor, bepaald niet het minst sympathieke dier uit de serie, een hoofddeksel kreeg op zijn verjaardag. Folkloristische Siciliaanse ezeltjes krijgen nog steeds een hoedje opgezet.

> *Dus voor die hoed alleluja*
> *of desgewenst hoera hoera*
> *dus voor die hoed alleluja*
> *of anders gloria!*

Simenon droeg een *fedora*, Amerikaanse en Franse filmboeven dragen een *borsalino*. Nette mensen droegen uitsluitend een *homburg*. Totdat het Kennedykapsel in één keer de hoed naar een voorbije tijd verwees. Ik deed daar niet aan mee. In Amsterdam had ik een *homburg* gedragen boven mijn lange regenjas. Geen *bats*, maar Hats in the Bellfry. Nee artistieke hoeden, van André Hazes of van leer, blijven verkeerd. Een slappe boevenhoed? Geen denken aan. Maar dan ontdekkingsreizigers met tropenhelmen: avontuur! Of tegen wil en dank nog overlevenden uit het koloniale tijdperk, in Kenya, ons vroegere Nederlandsch-Indië, of op de Bovenwindse en Benedenwindse Eilanden; daar dragen de mannen, want vrouwenhoeden doen er eventjes niet toe, nog steeds een hoed, een panama. Ik heb het niet over de cowboyhoeden uit Texas die Amerikanen en hun slechtste presidenten afficheren. En nu natuurlijk de *béret basque* van mijn vader, maar zijn gedachtegoed bood geen bescherming tegen de zon.

 Met deze wens, ingegeven door mijn nieuwe woonomgeving en onvoorzichtig tegenover anderen geuit, had ik een mechanisme in werking gezet waarvan de consequenties mij liever bespaard waren gebleven. Mijn vriend van de krant, die nota bene bij het verlaten van The English Hatter aan de Heiligeweg betrapt was met een buitenmodel doos onder de arm door een collega-schrijver wiens naam er niet toe doet, niet hier noch in enig ander verband, had een middel bedacht om mijn wens te doen overkomen. Zelf had hij eventjes geen tijd om het vliegtuig naar Catania te nemen. Blij toe, want als je ver weg gaat wonen wil je liever geen bezoek.

 Het was in de vrije natuur, in het half januari verlaten natuurgebied van Vendicari, dat mijn zaktelefoontje voor het eerst afging. Een moerasgebied met binnenmeren, en dus door malaria ontvolkt, een schitterende baai met in het midden een klein eilandje voor de *rais* (de baas van de tonijnenvangst) en op een landtong de ruïnes van een vroegere *tonnara*. Een hoge schoorsteen als een kerktoren en enorme barakken die op Romaanse basilieken lijken. Vogels van diverse pluimage, waaronder de ranke steltloper die *cavaliere d'Italia* heet. Ik was de tijd vergeten. De zon was al voorbij het zenit. Na het bladstille middaguur stak juist een verkoelende zeebries op. Waarschijnlijk was ik aan het strand in slaap gevallen, en daarom schrok ik in de eenzaamheid des te meer.

Nee, niet mijn moeder, de uitgever of de garageman. Ook niet de Barone want die was te chic voor telefoon, maar mijn poetsvrouw Anna, die vreemd geknepen klonk, voor ze de telefoon aan iemand anders overgaf. Ik kreeg een advocaat aan de lijn, zo meldde hij zich aan, wat niet veel zei, want op Sicilië noemt bijna iedereen zichzelf *avvoccato*. Brandini *figlio*, verduidelijkte een vriendelijke stem. Ik had nog nooit van hem gehoord. Later begreep ik dat mijn poetsvrouw ook bij hem de burelen deed. Zij was bedeesd bij hem te rade gegaan in zijn bureau, waarin ze buiten haar werk na sluitingstijd liever niet gezien werd. Ik begreep er weinig van, het was schijnbaar gewenst dat ik contact met hem moest opnemen. En liefst zo gauw mogelijk, in mijn eigen belang. Wat nu? Hij sprak van *perquisizione* en *sequestra*, legale termen die ik voor het eerst was tegengekomen in de *caso Cogne*. Huiszoeking en inbeslagname. Wat had ík daarmee van doen? Ik had thuis in bed, op of onder de donzen deken (die ik niet eens bezat; het 'gestoffeerd en gemeubileerd' voorzag slechts in een te korte paardendeken), toch geen kind alleen achtergelaten? Wel was ik meer dan zeven minuten van huis geweest. Ik was heel vroeg vertrokken, de dag was bijna om.

Met de auto scheurde ik terug naar Ortigia, drie kwartier als je het gas op de plank drukt en je auto een wegligging heeft waarmee je in de bochten niet hoeft af te remmen. Die auto van mij, met of zonder zoutkorsten, deed het nog best. Zoals altijd parkeerde ik onder het kasteel en liep naar het piggelmeehuisje op de hoek. Onthutst vertelde Anna mij op nummer 1 van de Via delle Sirene dat ze nu voor de eerste keer met de politie te maken had gekregen, dankzij mij. *Grazie tanto*. Ze had zelfs haar handtekening moeten zetten, iets wat men op Sicilië liefst vermijdt. Meer dan een bekruld kruisje was het niet, want schrijven behoorde niet tot haar faculteiten. Ze zag bleek. Die ochtend was een ploegje carabinieri bij haar de sleutels van mijn appartement komen halen. Ze hadden haar gedwongen voor de wet mijn deur open te maken, anders hadden ze die ingetrapt. Alles doorzocht, alles meegenomen. Ze keek me voor het eerst aan met alle achterdocht die een vreemdeling hier doorgaans meteen ten deel valt. Juist wat ik niet wilde zijn. De mensen van het kleine kwartier Castello Maniace — want zelfs de druppel van Ortigia was nog onderverdeeld in wijken en buurtschappen, waaraan de bewoners een gedifferentieerd karakter toeschreven — hadden me, vreemd als ik was, een *scapolo* (vrijgezel) op leeftijd *sans famille* en zonder duidelijke bezigheden, geaccepteerd. Nu de politie een inval had gedaan, stond ik onmiddellijk in een kwade reuk. Net als in Nederland was ook hier pedofilie een handvat voor verdachtmakingen. Sterker nog, de afdeling *telematica* van het carabinierikorps van heel Italië had als standplaats Siracusa, en een aartspriester uit Augusta of Avola had zich opgeworpen als nationale voorvechter van de bestrijding tegen deze misstand. Had ik mij te vriendelijk betoond tegenover de dertienjarige dochter van mijn poetsvrouw, of te vrijpostig gekeken vanuit het slaapkamerraampje naar mijn zestienjarige buurmeisje, dat elke straal van de winterzon op haar balkon probeerde op te vangen met opgeschorte rok en gespreide benen?

   Thuis zag ik dat alles overhoop was gehaald. Computer en printer, modem en telefoonaansluiting waren verdwenen, alsmede al mijn films op vhs en dvd, mijn cd-roms en zelfs de jazz op muziekcassettes die ik van vroeger had meegenomen. Alleen de wirwar van kabels hadden ze ongemoeid gelaten. Verdwenen waren ook de dozen met uitgeprinte e-mail en de krantenknipsels over de cosa nostra en de *caso Cogne*, alsmede de gedownloade bestanden over de kwestie, reeds honderden pagina's met verslagen van het gerechtelijk onderzoek en de technische bevindingen van het RIS, Reparto Investigazioni Scientifiche van de carabinieri, zetel Parma.

Het wonen in mijn uitverkoren stad was op slag minder aangenaam geworden.

Ik diende mij aan in het advocatenkantoor. Dat ging niet op afspraak. De wachtkamer was kennelijk de vroegere salon van een oud palazzo tegenover het dichtgetimmerde stadstheater aan de Via Roma. Onder de mensen van allerlei garnituur die daar gelaten of in staat van vertwijfeling hun lot afwachtten, herkende ik een tandeloze timmerman van het onwaarschijnlijke nachtcafé Doctor Sam aan de Piazza San Rocco. Deze huiskamer voor de provinciehoofdstad en het hinterland, zoals dat ook in het Italiaans wordt genoemd, was slechts een kleine ruimte, maar de bestellingen werden over het hele pleintje aangedragen, want tot mijn aangename verrassing stond dat ook in deze wintermaand elke nacht vol publiek. Mooie mensen, jong en oud door elkaar, arm en rijk, veel schitterende meisjesdieren zoals ik zelden in zo grote concentratie van schoonheid bij elkaar had aangetroffen. Alle beroepen waren daar vertegenwoordigd: werklozen, de wethouder van cultuur, vissers in hun duffelse jas. De timmerman, die als dj mijn leermeester was in blues en soul uit vroegere decennia, vertelde me dat hij op de terugweg van zijn bijverdienste was aangehouden in zijn wrakke brik, vroeg in de ochtend van de eerste dag dat het nieuwe rijbewijs was ingevoerd; in één keer was hij alle twintig punten kwijtgeraakt.

Met een arm om de schouder van de cliënt die hij naar de uitgang begeleidde, kwam Brandini *figlio* uit zijn spreekkamer. Een dikke, joviale jongeman, morsig gekleed, met te lang, vettig haar. In alles het tegendeel van zijn broodmagere vader, die nog op oud-Siciliaanse wijze gekleed ging in zwart pak met vest, hitte of geen hitte. Beiden beslist het type van de advocaat voor kwade zaken, anders had hun kantoor weinig emplooi gehad op Ortigia. Ik herkende de zoon van het terras van Doctor Sam, waar hij zich elke avond voor en na het avondeten liet zien. De mensen hier slapen thuis, maar vanaf het ontbijt leven ze buiten de deur. En hij herkende mij aan pet en stok, en troonde mij voor mijn beurt onmiddellijk mee naar zijn bureau.

Niets aan de hand. Mijn ergste vermoedens werden bewaarheid, het ging inderdaad om een grootscheeps onderzoek naar pedofiele internetgebruikers, maar als er niets te vinden was, zou de zaak eenvoudig geseponeerd worden. Vijfhonderd euro aanbetalen, een dossier openen en de rest aan hem overlaten.

'Maar, *maître*,' sprak ik hem in verwarring op on-Italiaanse wijze aan, 'het gaat hier om mijn werkspullen.' *Tools of trade*, hoe zei je dat zo gauw? 'Ik heb die spullen nodig voor mijn werk!'

'U heeft toch handen om te werken. Bovendien, een man van uw cultuur en eruditie gebruikt zijn hoofd. Het is beter niets vast te leggen op papier. Of is uw geheugen soms minder capabel dan dat van een computer? U moet de lessen van ons eiland wel ter harte nemen.'

Ik gaf hem heimelijk gelijk, onthand als ik mij voelde, maar drong toch aan op spoedige restitutie van mijn spullen.

'Tijd is hier niets waard, mijn beste,' zei Brandini terwijl hij twee minuscule glaasjes volschonk met een digestief dat naar tandpasta smaakte, 'en daarom hebben we er veel van nodig. Ik hoop dat u nog lang onze gast mag blijven. Een eer voor de stad.' En buiten stond ik, nadat hij zijn arm van mijn schouders had getrokken en daar een laatste vriendschappelijke klap op had gegeven. In de omgeving van de Piazza San Rocco waren we voortaan dikke vrienden: hij kuste mij bij elke begroeting en ik voelde dat tenminste mijn prestige behouden was gebleven, zo niet gestegen.

Tot nog toe...

Maar nauwelijks had ik mijn huisje op orde gebracht, de kabels opgerold en opgeborgen, de boeken rechtop in de kast gezet — dat was een merkwaardig fenomeen: mijn werkster kon niet lezen, maar ze wist haarfijn mijn boeken op hun kop in de kast terug te zetten, of liever nog met de band naar achteren. Nauwelijks had ik mij enigszins ermee verzoend dat ik van voren af aan kon beginnen, of die ellendige zaktelefoon ging opnieuw af, als een wekker in je reisbagage of het ontstekingsmechanisme van een bom, terwijl ik die avond langs de zeewering over het water van de grote zee stond te kijken. Er kwamen hoge golven aan en ik genoot van de branding, waarvan het schuim op mijn gezicht spatte. Mijn werkster, mijn moeder? Mijn uitgever? Maar ik had niets in de aanbieding en ook niets om over te praten, want het geluk van een verstokte vrijgezel ligt in zijn hart besloten en bestaat erin dat hij liever niet gestoord wordt.

Mijn zuster. Godallemachtig, hoe of het met mij ging. Ja, dank je wel, alles in orde.

'Toch niet ziek?'

'Welnee, alleen een kleine longontsteking.'

'Hoe woon je daar?'

'Ik heb een bed en een dak boven mijn hoofd.'

'En is er niemand die daar voor je zorgt?'

'Ik heb een advocaat en een huishoudster. En ik krijg elke dag een jens antibiotica in mijn bil gespoten. Alles op orde, dank je wel.'

'En is er dan niets wat je daar nodig hebt?'

'Nou nee. Hoezo?'

'Een hoed, mijn beste. Lieg niet, ik heb vernomen uit betrouwbare bron dat je een panama gebruiken kunt.'

'Ach wat.'

'Jij kunt niet goed tegen de zon. Je huid is daarvoor niet geschikt.'

'Andreas, hou op. Heb je gedronken? Hoe gaat het met je vader?'

'Precies, dat valt nog te bezien, of hij mijn vader is.' Ze had gedronken. Ik hoorde dat onmiddellijk aan haar tong.

'En die laat vragen, je vader dus, of jij daar niet verkommert, zogezegd.'

'Zeg Vader maar dat alles goed gaat. Ik hoop voor jou hetzelfde.'

'Dat heeft je vader mij gezegd, over die huid. En nu wil ik eens komen controleren of jij daar niet stiekem op sterven ligt.'

'De groeten dan. Ik laat het hierbij. Dank je wel voor de belangstelling. Liever geen bloemen of bezoek aan huis.'

'Hij wil ook dat je hier begraven wordt. We hebben een familiegraf, *remember*?'

'Zo is het wel genoeg. Laat mij in godesnaam met rust en verder geen zorgen, geef dat maar door.'

'Niks, Timbeer, je hebt ons al eens eerder de stuipen op het lijf gejaagd. Ik ben van plan...'

'Nee, alsjeblieft!'

'Of sterker nog, ik heb al besloten dat ik een tijdje naar je toe kom. Kan ik meteen die hoed meenemen.' Nooit heb ik duidelijk *nee* kunnen zeggen. Mijn hart zonk alleen al bij het idee. Het was precies wat ik niet wilde en wat ik niet gebruiken kon.

'Andreas, dat is echt niet nodig, absoluut. En bovendien is het te koud hier voor mij alleen al.' Ongelukkig genoeg

– waren het de zenuwen van mijn ongenoegen of speelde werkelijk die longontsteking weer eens op? – begon ik zwaar te hoesten en Andreas nam de gelegenheid te baat de verbinding te verbreken.

Cogne 5

Punten die om opheldering vragen voordat het officiële onderzoek op de korrel wordt genomen.
De alibi's. De zeven minuten dat Annamaria van huis is geweest, geven geen probleem. Anderen hebben haar gezien bij de bushalte (de grootvader van Sophie Savin, en de buschauffeur Dino Vidi). De hooguit anderhalve minuut die verstreken zijn nadat zij van de bushalte is thuisgekomen en voor zij haar huisarts (die vlak in de buurt woont) Ada Satragni heeft gebeld, en de volgende minuut, voor zij het alarmnummer 118 heeft gebeld, zijn volkomen verklaarbaar. Drie minuten nadat zij is teruggekomen en de verschrikkelijke ontdekking heeft gedaan, is de buurvrouw Daniela Ferrod ter plekke, en nog eens twee minuten later Ada Satragni. Te weinig speelruimte om het moordwapen voorgoed te laten verdwijnen en de bloedsporen (die zoals gezegd tot tegen het plafond op de muren zitten) van haar eigen kleren te wassen of uit haar haar en van onder haar nagels te verwijderen.
Na de ontdekking van haar jongste zoon in doodsstrijd (geeft bloed op, hoofd is geëxplodeerd) roept Annamaria als eerste uit het raam om hulp naar het buurhuis, waar Daniela Ferrod op het balkon staat te kijken Zodra Satragni is aangekomen en met een teiltje warm water en doeken in de weer gaat, vraagt Annamaria aan Daniela Ferrod om watten en alcohol te gaan halen. Wanneer ze alleen met alcohol terugkomt, stuurt Annamaria haar te-

rug om ook wat en te halen. Ferrod wordt dus twee keer weggestuurd. Ze blijft telkens maar een minuut of wat weg. De rest van de tijd staat ze overal met haar neus bovenop.

Er is vooralsnog geen aanleiding te twijfelen aan het verslag van Annamaria hoe zij de tijd heeft doorgebracht tussen het moment dat haar man Stefano naar zijn werk is gegaan (halfacht) en het tijdstip dat zij de deur is uitgegaan om Davide naar school te brengen (tien voor halfnegen). Drie kwartier heb je wel nodig om de kinderen uit bed te halen, aan te kleden, ontbijt voor te zetten, jezelf aan te kleden en op te maken, hoe summier ook.

Veel hangt natuurlijk af van de bruikbaarheid van de getuigenis van de inmiddels achtjarige Davide, die in tweede instantie beweert op het laatste moment voor hij de deur uitging, van boven aan de trap, zijn kleine broertje te hebben toegeroepen, dat tot op de derde van de vijftien treden naar de keuken geklauterd was. In ieder geval blijkt uit de diverse verhoren die hem zijn afgenomen, eerst zonder en later in aanwezigheid van een kinderpsychiater, dat hij absoluut niets vreemds heeft opgemerkt in huis die morgen, en ook niets aan zijn moeder. In eerste instantie was hem gevraagd of hij door zijn moeder vooraf naar buiten was gestuurd om in de tuin te gaan spelen.

'In het archief van de verhalen van de Procura van Aosta staat: ' "Die dag toen je eerst lekker even bent gaan fietsen in de tuin voor je naar school ging, ben je toen eerder dan je mamma naar buiten gegaan, of zijn jullie samen naar buiten gegaan?"

"Ik ga altijd voorop."

"Eerder dan je mamma. En hoeveel eerder? Dan kon je lekker nog even buiten spelen, hè?"

"Nee."

"Jij gaat als eerste naar buiten zodat je mamma nog wat kan doen?"

"Waarom?"

"Hoe zeg je?"

"Als zij haar jas aantrekt, pak ik vast mijn fiets en dan..."

"Dus je bent eerder naar buiten gegaan omdat je moest wachten tot je mamma zich had aangekleed, haar schoenen en haar jas had aangedaan?"

"..."

"Ik begrijp het... Dus je bent even eerder naar buiten gegaan, hebt eventjes met je fiets gespeeld en toen is je mamma naar buiten gekomen?"

"Ja."

"Was je samen met mamma toen je naar de televisie keek?"

"Nee, zij ging zich aankleden..."

"Waar kleedt zij zich altijd aan?"

"...en dan roept ze mij en zegt ze: 'Nu ben jij aan de beurt'..."

"Je hebt naar de televisie gekeken en toen heeft je mamma je aangekleed en jij bent naar buiten gegaan om wat te fietsen!!"

"Eh..." '

Dat noemen ze iemand de woorden in de mond leggen. Het is toch genoegzaam bekend dat de antwoorden van kinderen er vooral op gericht zijn de ondervrager tevreden te stellen.

Dat er verschillende tegenspraken in de eindeloze reeks verhoren van Annamaria zijn geslopen, is op zich niet vreemd. Heeft zij nou wel of niet de deur van buiten op slot gedraaid toen zij met Davide naar de bushalte ging? Eerst zegt ze van wel, omdat ze dat altijd doet. Later blijft ze bij een tweede verklaring: dat ze de sleutel expres niet heeft omgedraaid om Samuele niet het idee te geven dat ze wegging. Met dat doel heeft ze ook de televisie laten aanstaan. Maar zijn die twee dingen dan niet met elkaar in tegenspraak, als een hypercorrectie? Want als de televisie aanstaat, kun je dan nog de sleutel in het slot horen? En kun je überhaupt vanuit de echtelijke slaapkamer beneden, waar Samuele onder een dekbed in de kussens ligt, horen dat het slot in de deur wordt omgedraaid? Ja, dat kan, want rondom het huis, dat niet zo groot is, is het verder doodstil, en kinderen zijn juist toegespitst op de geluiden die het thuiskomen of weggaan van hun ouders begeleiden, zoals een hond de auto van zijn baas al hoort aankomen, lang voor diens vrouw dat kan horen.

Annamaria en Stefano hebben allebei, nadat ze naar bed waren gegaan en voordat ze ingeslapen waren, ongeveer om halftwee, een bonkend geluid in de garage gehoord. De onderzoekers hebben daar verder geen acht op geslagen. Stefano zegt veel later (eenvoudig omdat daar niet eerder naar gevraagd was) dat hij die morgen nog even in de garage en daarbuiten heeft rondgekeken, of er iets was omgevallen, maar dat hij niets bijzonders heeft gezien.

Heeft Annamaria, toen ze terugkwam van de bushalte, nu wel of niet haar zwarte enkellaarsjes meteen bij de voordeur uitgetrokken (zoals ze gewoon was te doen) en haar pantoffelmuiltjes aangeschoten?

Waarom heeft Annamaria eerst haar dokter gebeld, toen de hulpdienst en daarna pas haar man? Het zou pas verdacht zijn geweest, *honni soit qui mal y pense*, als ze eerst haar man had gebeld, als ze helemaal geen arts of nooddienst had gebeld – en zelfs dat kan ik me menselijkerwijs nog voorstellen.

Waarom heeft Annamaria tegen Ada Satragni en de hulpdienst door de telefoon gezegd dat haar zoontje 'bloed opgaf' en dat 'zijn hoofd gebarsten' was, maar heeft ze zich tegen de secretaresse van Stefano, toen ze die later aan de lijn kreeg, laten ontvallen: 'Samuele is dood. Hij is er heel slecht aan toe. Er is iets verschrikkelijks gebeurd'? Pas ruim drie jaar later, op 2 maart 2005, wordt de oorspronkelijk boodschap aan de nooddienst uitgezonden op de nationale zender Italia Uno. Een ijselijk en overtuigend document, zoals gezegd, van ruim anderhalve minuut, waardoor de korte citaten die zo laconiek door het OM zijn genoemd, in een volledig ander daglicht komen te staan. Om kort en goed te gaan: wie ook maar die wanhopige telefoonboodschap heeft gehoord, vol verwarde hulpkreten, kan nooit meer aanvoeren dat de moeder een koelbloedige en berekenende dader is. Onbegrijpelijk dat de verdediging dit document niet heeft gebruikt.

Heeft zij werkelijk gezegd, toen om negen uur Stefano Lorenzi thuiskwam: 'Zullen we een nieuw kind maken?' Ze kan zich dit later niet herinneren. De opmerking is opgetekend uit de mond van een carabiniere die pas een halfuur later in het moordhuis is aangekomen. Hij beweerde dat alle omstanders (Ferrod, Satragni, de bemanning van de helikopter) dit gehoord hebben. Dat is op zich al onmogelijk, als zij dat met de armen van Stefano om zich heen in zijn oor gefluisterd zou hebben. Het zijn geen woorden die je luid door een ruimte laat schallen, waar anderen bij staan. Toch heeft zowel het Openbaar Ministerie als de publieke opinie deze woorden zwaar uitvergroot en zwaar laten wegen: het zou een schande zijn, en een bewijs dat de kleine Samuele welbewust door de moeder zou zijn omgebracht, omdat ze liever een ander kind wilde. Wat is dat voor gedachtegang? Men weet dat ouders altijd extra houden van hun ziekelijke of minder begaafde kinderen. De kinderarts die de kleine Samuele heeft gevolgd tijdens de zuigelingenzorg, heeft bovendien niets afwijkends in zijn rapporten staan. Er blijkt slechts één getuige te zijn die beweerd heeft dat Annamaria overmatig bezorgd was voor haar jongste zoon, dat zij bang was dat hij een waterhoofd zou krijgen, dat ze voortdurend zijn temperatuur opnam, et cetera. Uit de foto's die we van de kleine Samuele gezien hebben blijkt allerminst dat hij een te groot hoofd zou hebben. Uit de woorden die van de kleine Samuele zijn opgetekend, bijvoorbeeld de avond voor de moord, toen de familie Perratone op bezoek was en de *ciambella* werd geserveerd, waarbij het jongetje trots beweerde dat hij bij de bereiding had geholpen en dat hij Carlo Perratone in zijn winkel wel wilde komen voordoen hoe je deze cake moest maken, blijkt dat het eerder een bijdehand ventje was. Laat het een rokkenhangertje geweest zijn, misschien in tegenstelling tot Davide; het is in Italië heel gewoon om kinderen bovenmate te *coccolare*, te knuffelen. Italiaanse jongens willen graag geknuffeld worden. Zij zijn allemaal *mammone* of moederskindjes, en dat blijven ze.

Heeft Ada Satragni geholpen bewijzen te verdoezelen? Daarvan zou Daniela Ferrod, die bijna voortdurend ter plekke was, melding hebben gemaakt. In ieder geval heeft Satragni op de bovenverdieping haar handen gewassen, na het vertrek van de helikopter, wat verklaart waarom er (heel weinig) bloedsporen van Samuele in de afvoer zijn gevonden. Op geen enkel moment heeft Annamaria zich na de vondst gewassen, gekamd, verkleed of haar nagels gereinigd. Ze is na de vondst, en de bijna gelijktijdige komst van Daniele Ferrod en Ada Satragni, geen moment alleen geweest. En de momenten daarvoor rende ze van de ene telefoon naar de andere en was ze aan het bellen.

Waarom, zoals de helikopterpiloot later zal verklaren, was Annamaria zo onaangedaan bij het stervende lichaam van haar zoontje? Waarom is zij niet meegegaan in de helikopter? Waarom is zij niet meteen met haar man Stefano in de auto naar het ziekenhuis in Aosta gereden?

Al deze suggestieve vragen laten zich vanzelf beantwoorden: Annamaria was in shocktoestand. Het is nog verbazingwekkend dat zij zo adequaat heeft gereageerd door onmiddellijk arts en nooddienst te bellen. Ada Satragni is een onzekere factor, maar haar dwaze gedrag kan op rekening van haar geëmotioneerdheid en van algemene onbekwaamheid worden geschreven. Het is zowel Stefano als Annamaria uitdrukkelijk verboden met de helikopter mee te gaan. Alle omstanders hebben Stefano nadrukkelijk afgeraden met de auto naar het ziekenhuis van Aosta te rijden; dat zou onverantwoord zijn, en bovendien zinloos. Misschien zou de kleine Samuele wel meteen van Aosta naar een ziekenhuis in Turijn worden overgevlogen, dat gespecialiseerd is in schedelfracturen en hersenbeschadigingen, zo werd hun door de artsen verteld. Zodra het kon, tegen het middaguur, is Stefano naar het ziekenhuis van Aosta gegaan om het lijkje van zijn zoon te identificeren. Hij wilde Annamaria niet blootstellen aan een nieuwe blik op de gruwelijke verminkingen van haar jongste zoon.

Over het alibi van Stefano Lorenzi hoeven we ons geen zorgen te maken. Ruim voor achten is hij met zijn auto vertrokken op weg naar Aosta. Daar komt hij om kwart over acht aan. Gemiddeld is het een klein halfuurtje rijden van Montroz naar Aosta, ongeveer veertig kilometer. Hij heeft niet snel gereden. Het is merkwaardig dat hij zijn gsm niet beantwoordde toen zijn vrouw hem om één minuut voor halfnegen heeft proberen te bellen, maar de verklaring daarvoor blijkt heel eenvoudig: zij had in haar haast en ontreddering een verkeerd nummer ingetoetst. Niet iedereen gebruikt sneltoetsen. In ieder geval krijgt Stefano wel meteen, om één minuut over halfnegen, het telefoontje van zijn secretaresse door, die belt vanuit het hoofdkantoor van de firma in Ronc. Amper één minuut daarna heeft hij zijn vrouw aan de telefoon (dit is het moment dat la Satragni en la Ferrod de slaapkamer binnenkomen.) In beide gevallen is de verbinding verlopen via de zendmast van Charvensod, en dat is bijna veertig kilometer van zijn woning vandaan.

De vraag is eerder: waarom is Annamaria van het begin af aan het voorwerp van belangstelling en verdachtmaking geweest? Waarom geen medelijden betoond, en geen verontwaardiging over de moord?

Een andere vraag: waarom was Daniela Ferrod zo kalm en zonder emoties? En waarom stond zij al op het balkon van haar huis naar huize Lorenzi te kijken, toen Annamaria van de bushalte terugkwam? Het schijnt overigens dat zij heel vaak stond te gluren, van achter de gordijnen, of open en bloot vanaf het balkon, naar dat buurhuis.

Hier moet ik een partijdige en onsympathieke uitweiding inlassen. Alle vrouwen in deze zaak, van wie ik foto's en televisiebeelden heb gezien, maken op mij een rancuneuze indruk, alsof ze jaloers zijn op de mooie Annamaria met haar ideale gezin in dat mooie modelhuis. Dat geldt voor de brildragende Silvana Neri, die nachtdienst had en zeer tegen haar zin Annamaria heeft onderzocht en met kwaaie woorden is vertrokken. Dat geldt voor de buurvrouw, Daniela Ferrod, met haar brede, doorschijnende brilmontuur. Dat geldt voor de lelijke Satragni, met haar modieuze zonnebril op de begrafenis. In mindere mate geldt het voor de hulpofficier van justitie, Stefania Cugge, fijn intellectueel brilletje, die het onderzoek zal leiden. Het geldt voornamelijk voor de aartslelijke vierkante bril van de hoofdprocurator van Aosta, Maria Del Savio Bonaudo, een vrouw van middelbare leeftijd die incompetentie uitstraalt (overigens net als la Satragni) en die een persoonlijke wrok tegen Annamaria lijkt te koesteren.

Ik houd van vrouwen — en daarom word ik een seksist

genoemd. Ik word een vrouwenhater genoemd – omdat ik zo dol op ze ben. (Overigens houden vrouwen het meest van vrouwenhaters en van vrouwenliefhebbers, en nooit van die ene trouwe vriend of echtgenoot. Ja, die mag klussen in huis en het geld inbrengen.) Vrouwen haten hun dochters, dochters haten hun moeder. Zussen haten elkaar. Vrouwelijke collega's kunnen elkaar wel schieten. Juffen in de klas trekken hun mannelijke leerlingetjes voor. Een vrouwelijke baas of directeur en je kunt het als vrouwelijke ondergeschikte wel vergeten. Nooit wredere spektakels vertoond dan in nonnenscholen voor meisjes. Een abdis is een inquisiteur in het kwadraat.

In de tijd tussen de aankomst van Ada Satragni en Daniela Ferrod en de komst van de carabinieri, iets voor halftien, gewaarschuwd door de helikopterpiloot Elmo Glarey, is de plaats van het misdrijf grondig verstoord. Behalve de twee eerdergenoemden en de driekoppige bemanning van de helikopter hebben dan door de slaapkamer van het misdrijf gebanjerd: een andere buurman, Vito Perret, de schoonvader van Ada Satragni, Marco Savin, een buurtgenoot, Alberto Enrietti, die naar de plek des onheils was gesneld zodra hij de helikopter zag landen, en natuurlijk Stefano Lorenzi, de vader van de kleine Samuele. Buiten zijn nog andere passanten en buurtgenoten blijven staan.

Men kan zich beter afvragen: wie van de directe omwonenden bevonden zich níet onder de omstanders, nadat de traumahelikopter was geland – toch geen alledaags verschijnsel, en zeker een teken dat er iets ernstigs aan de hand was?

De familie Perratone, Carlo en Graziana, die de avond tevoren nog zo genoeglijk op bezoek waren geweest. Zij wonen in Gimillian, een andere *frazione* van de gemeente Gogne, hoger gelegen dan Montroz.

Het is goed hier een situatieschets in te lassen. Wie van Aosta naar het Gran Paradiso wil, een beschermd natuurgebied met als hoogste pieken La Grivola (3969 m) en de Piccolo Paradiso (3923 m), neemt de ss507 langs de *torrente Grand Eyvia* naar Cogne (1534 m). Daar houdt de gele weg op. Men zou nog een klein stukje kunnen doorrijden over een witte weg naar Lillaz, of een paar kilometer rechts omhoog tot Valmontey. Linksaf vanuit Cogne gaat een bochtige weg door de buitenwijken omhoog, nog steeds de bedding van de *torrente* volgend, tot een haarspeldbocht, waarachter de *frazione* Montroz (of Mont Roz) ligt (1690 m), niet meer dan een groepje huizen. Het is daar, met schitterend uitzicht over het dal, en de drieduizend meter toppen van de Monte Grauson en de Penne Bianche in de rug, dat Stefano Lorenzi zijn modelhuis heeft gebouwd. Volgt men de bocht, dan komt men na nog enkele haarspeldbochten achter en boven het moordhuis langs na enkele kilometers in het wat grotere Gimillian, dat op 1787 meter hoogte ligt. Aan de achterkant van het moordhuis loopt een paadje omhoog naar de weg naar Gimillian. Vanaf de weg kun je het huis niet zien, alleen als je je ver over de vangrail buigt. Aan de andere zijde van huize Lorenzi, afgewend van het groepje huizen dat Montroz vormt, en van de verharde weg die naar de hoofdweg loopt, is er niets meer, geen bebouwing. Daar loopt een pad, tussen wat struiken en rotsblokken door, omlaag naar het centrum van Cogne. Beide paadjes worden in het seizoen veel gebruikt door toeristen. Op de op een na laatste dag van januari, 's ochtends om kwart over acht, is daar niemand en kan ook niemand gezien worden. De slaapkamer van de Lorenzi's ligt aan de kant die over het dal en naar de buurhuizen uitkijkt. Je zou om het huis heen moeten lopen om een blik te werpen op die vrije ruimte van lege natuur.

Iedereen die vanuit Cogne, en omliggende gehuchten,

ergens heen wil, moet eerst terugrijden naar Aosta over de ss507, die geen eerdere afslagen heeft voor Introd en Aymaville. Daar kun je kiezen: linksaf over een rode weg of over de *autostrada* die tot Courmayeur loopt, of rechtsaf naar Aosta, de hoofdstad van de provincie. Vanuit Aosta kun je over de snelweg, die nu helemaal buiten de stad om loopt (in 2002 moest je nog door de buitenwijken van de stad heen, met talloze stoplichten), naar Turijn, of via een smalle rode weg omhoog naar de Gran San Bernardo en de grens met Zwitserland.

Van het huis van de familie Lorenzi heeft de verdediging een model laten nabouwen, nog net niet in de winkel verkrijgbaar, ter grootte van een flink poppenhuis, met openklapbaar dak, zodat we een duidelijke blik op het interieur kunnen krijgen.

Ik herinner me nog goed hoe de camera's de advocaat van de verdediging volgden, toen die met een groot voorwerp, afgedekt met grijze vuilniszakken, de studio van *Porta a porta* van Bruno Vespa binnenliep, hoe het voorwerp onthuld werd, van alle kanten getoond en daarna opengeklapt, en hoe het aanwezige studiopubliek en de kijkers thuis het niet konden laten in hun handen te klappen van verrukking om zo'n gaaf staaltje vakwerk, alsof we allemaal het ultieme poppenhuis cadeau hadden gekregen.

Vindt u poppenhuizen, met badkamers, keukentje, huiskamer en slaapkamers met meubeltjes, lichtschakelaars en al, ook zo griezelig? Wordt daarin het dagelijkse leven onder de loep genomen of juist met meer afstand bekeken?

Omdat het echte huis, opgetrokken uit een harmonieuze afwisseling van natuursteen en baksteen en hout, met een dak van grijze leisteen, tegen de berg is gebouwd, is de indeling als volgt. Geheel in de berg ingebouwd, en dus zonder ramen, zijn de garage en de kelder. Daarop staat de eerste verdieping, die met de achterzijde in de berg verdwijnt. De voorzijde daarvan is begane grond. Hier bevinden zich de echtelijke slaapkamer en de slaapkamer van de jongens. Tussen de twee kamers loopt een trap van vijftien treden omhoog naar de tweede verdieping, die geheel door een gaanderij (of balkon) wordt omzoomd, met aan alle kanten ramen. Hier zijn de woonkeuken, de salon, en de badkamer, plus de gang, entree en de voordeur, met een stenen trapje omlaag naar de tuin. Daarboven, onder het schuine dak, is nog een zolderverdieping, met enkele dakkapellen. Vanuit de garage kan men binnendoor naar de slaapverdieping en dan verder naar boven, maar meestal lopen de bewoners met hun besneeuwde schoenen buitenom. In de keuken is ook nog een achterdeur, die uitkomt op het pad dat de berg op loopt.

Welnu, de ochtend van de dertigste januari 2002 gaat het echtpaar Perratone om tien voor zeven de deur uit. Ze rijden, in twee auto's, naar Cogne om hun winkel in de Via Bourgeois te openen. Daar blijft Graziana achter. Carlo laadt tegen kwart voor acht de kranten en tijdschriften in zijn Pajero en rijdt terug naar Gimillian, waar hij om acht uur zijn tweede winkeltje opent, de nog onschuldige kranten en het verse brood uitstalt en de klanten bedient. De dagelijkse klanten in beide zaken kunnen hun respectieve alibi's bevestigen.

Vito Perret, zoals gezegd, komt om tien voor negen aangelopen bij het moordhuis, nadat hij wakker is geworden van de helikopter. Zijn vrouw blijft thuis, en kan getuigen dat hij daarvoor in bed heeft gelegen.

Degenen die het dichtstbij wonen, de echte buren, zijn de familie Guichardaz (op zijn Frans uit te spreken). Met deze familie hebben de Lorenzi het eerder aan de stok gehad, vanwege het recht tot overpad, maar dat is een zaak uit het verleden. Het zijn nogal onbehouwen types, Carlo, Ottino, Ulisse en Gino Guichardaz, maar dat pleit op zich niet tegen hen. Er is maar één vrouwspersoon in dat huis, Daniela Ferrod, die met Carlo getrouwd is. En er zijn kinderen. Een heel ander samenlevingsverband dan het moderne modelgezin van de familie Lorenzi.

Gino, bijgenaamd 'Fuffy', woont een bocht verder, in Gimillian. Hij beweert om kwart over zeven van huis te zijn gegaan om, zoals elke dag, zich te voet naar Cogne te begeven. Om kwart over acht stopt hij bij de *tabaccheria* van Perratone om sigaretten te kopen. Vijf minuten later komt hij langs de bushalte van de schoolbus, en om halfnegen gaat hij in de Via Bourgeois in Cogne bar Licone binnen voor zijn ochtendkoffie. De eigenaar van de bar bevestigt: '...het zal halfnegen zijn geweest, Fuffy stond aan de bar, dat weet ik nog omdat we een paar minuten later de helikopter hoorden overkomen...' We weten dat de traumahelikopter pas om zeven minuten voor negen is gearriveerd. Dat zijn dus rekbare minuten, ruim twintig minuten verschil. Later beweert Gino tegen een journalist dat hij helemaal niet over de weg (dus niet langs de bushalte) is gekomen, maar over het pad binnendoor. Niemand heeft hem daar kunnen zien. Geen alibi, zou ik zeggen.

Zijn neef Carlo, getrouwd met Daniela Ferrod, is om kwart voor zes op weg gegaan naar de markthallen van Burolo in de provincie Turijn om inkopen te doen. Daar blijft hij tot minstens kwart voor acht, zoals een aankoopbon laat zien. Volgens de positie van het signaal van zijn gsm moet hij in Biella zijn als hij om negen over acht zijn vrouw belt, zogenaamd om haar eraan te herinneren dat hun zoontje van vier, Patrick, naar school gebracht moet worden. Vervolgens belt hij, via dezelfde zender in de gemeente Mugnano bij Biella, met zijn broer Ulisse, om te vragen of die hem tijdelijk even kan vervangen in de winkel, omdat hij nog lang niet terug is. Onderweg wordt hij om kwart voor tien door zijn vrouw gebeld, die hem op de hoogte stelt van wat er met de kleine Samuele is gebeurd. Alibi.

De vader van Carlo en Ulisse, Ottino, ontleent zijn alibi aan de getuigenis van zijn zoon Ulisse. Ottino zou om kwart over zeven van huis zijn gegaan en zich te voet begeven hebben naar het hotel Fior di Roccia, om daar de bestelwagen van Carlo uit de garage te halen. Na tien minuten rommelen zou Ottino terug zijn gereden naar een andere garage vlak bij zijn huis, om te kijken of de waterleiding niet bevroren was. Hij zou zijn huis zijn binnengegaan, om andere kleren en bergschoenen aan te trekken. Waarom andere kleren en schoenen? Om tien over halfnegen zou hij naar buiten zijn gegaan, terwijl zijn zoon zich nog aan het klaarmaken is om naar de winkel van zijn broer te gaan, en met de bestelwagen van Carlo blijft hij staan bij het oploopje beneden aan de weg, waar de helikopter boven de helling zweeft. Ulisse beweert dat hij de bestelwagen van zijn broer vanaf het dakterras heeft gezien bij huize Lorenzi, maar bij nader onderzoek, ruim een jaar later, blijkt dat hij die nooit vanuit dat gezichtspunt heeft kunnen zien.

Ulisse Guichardaz is parkwachter van beroep. Hij heeft een babyhoofd en heeft geen vriendin of verloofde. Er doen vreemde verhalen over hem de ronde, zoals dat hij zich, met pruik en al, graag in vrouwenkleren steekt. Dat pleit op zich niet tegen hem: de beste schrijvers houden er zulke hobby's op na, en zijn ook nog bereid hun voorkeur te verklaren. Parkwachters zijn wel vaak gluurders, dat hoort bij hun werk, zou ik bijna zeggen, want parken dienen in Italië niet alleen natuurliefhebbers en vogelkijkers, maar ook vrijende paartjes. Men denke aan de nog steeds niet opgeloste zaak van 'het monster van Florence', waarvoor een incestueuze boer met te veel onverklaarbaar geld uit Mercatale is veroordeeld. De opdrachtgevers en de hoge heren blijven altijd buiten schot. Ook deze Ulisse gluurt vaak vanuit zijn huis naar Annamaria Franzoni. Daar is niets tegen.

In Nederland hebben de bovenhuizen daartoe bepaalde verstelbare buitenspiegels, die 'verklikkers' worden genoemd. Je ziet ze niet meer zo vaak. Wellicht omdat de meeste van die bovenhuizen in oude wijken tegenwoordig door allochtonen worden bewoond en die houden hun fraaie vitrages graag dicht.

Ook ik heb weleens vanuit mijn slaapkamerraampje gekeken naar mijn buurmeisje Lucy, als die op haar balkonnetje met opgeschorte rok en gespreide benen in de winterzon zat te genieten. En misschien kijken de mensen vanaf de *cortile* (binnenplaats), waar ze 's nachts tot diep in de ochtend zitten te kaarten, ook wel naar mij als ik mij met licht aan uitkleed om naar bed te gaan. Mijn slaapkamerraampje heeft geen vitrage. Als Lucy omkijkt omdat ze voelt dat er iemand naar haar kijkt, wuif ik haar vriendelijk toe en roep: '*La vita è bella*!', en dan zucht ze: '*Eh, sì.*' En ik trek me weer terug.

Het alibi van Ulisse wordt alleen gesteund door zijn vader. Zij zijn elkaars alibi, wat wil zeggen dat ze geen van beiden een alibi hebben. Ulisse zou om tien over acht zijn wakker geworden doordat zijn vader weer was thuisgekomen en het telefoontje van Carlo had aangenomen. Hij zegt dat hij om tien over halfnegen in alle rust uit huis is gegaan en met de auto naar de groentewinkel van zijn broer is gereden om daar de zaken waar te nemen. Geen enkele belangstelling voor de helikopter en het tumult in het buurhuis van Annamaria, naar wie hij anders zo nieuwsgierig is?

De openbaar aanklager, Stefania Cugge, wordt later verweten dat zij deze buren wel erg summier aan de tand heeft gevoeld.

En dan Daniela Ferrod, de vrouw tussen deze mannen, de echtgenote van Carlo. Geen vriendin van Annamaria. Zij zou haar huis niet verlaten hebben, zoals de diverse gsm-telefoontjes die zij ontvangen heeft bevestigen. Maar ook als zij in de omgeving van haar huis was geweest, zouden de gesprekken via dezelfde zender zijn verlopen. Wij kennen haar doen en laten vanaf het moment dat Annamaria weer van de bushalte is teruggekomen, maar weten niet wat zij daarvoor heeft gedaan. Zij stond bij wijze van spreken 'op wacht' toen Annamaria de verschrikkelijke vondst deed. In het verleden is Daniela Ferrod door een psychiater behandeld voor een psychische aandoening, maar dat is beroepsgeheim, en daarom komen we ook niet te weten wat voor medicijnen zij nog steeds slikt of juist nalaat te slikken.

Wel bestaat er een brief die ruim een maand later, 7 februari 2002, gericht is aan de eerste advocaat van de Lorenzi's, Carlo Federico Grosso, en die later door de verdediging is gebruikt in het memoriaal aan de rechtbank van hoger beroep. De brief is geschreven door Flavio S., een zakenman uit Milaan die de zomer daarvoor van de familie Guichardaz voor twee maanden een appartement op de begane grond had gehuurd:

Staat u mij toe te verzekeren dat wat ik u schrijf niet uit wraakgevoelens voortkomt of, nog erger, het product is van een zieke geest. Alles is gebaseerd op werkelijke ervaring. Ik vraag u te willen geloven dat wat ik u schrijf niet als aanklacht bedoeld is, maar als een onderzoekselement dat nadere aandacht verdient, vanwege de twijfel die bij mij gerezen is en die me als een molensteen om de nek hangt.

Nadat hij verklaard heeft dat zijn gezin onmiddellijk goede betrekkingen had aangeknoopt met de buren, de familie Lorenzi, personen met een ruimdenkende inborst, vrijgevig, openhartig en zonnig van aard, vervolgt de briefschrijver:

Ook de Guichardaz hebben twee kinderen, maar daarmee houdt de gelijkenis op. Terwijl ik in de echtgenoot nog een normaal mens kon herkennen, wordt het een heel ander verhaal als het over zijn echtgenote gaat... Het gaat hier om een gewelddadig type in de beslotenheid van haar eigen gezin, met name tegenover haar kinderen, iemand met karakterstoornissen, waarvan ik verscheidene malen de uitingen heb mee moeten maken tijdens ons verblijf...

De vrouw in kwestie, een slachtoffer van 'dominante stiefvaders', heeft een groot deel van haar leven doorgebracht in onmenselijke omstandigheden en verwaarlozing, hetgeen haar zozeer op de zenuwen is gaan werken dat zij tegenover haar eigen kinderen hysterische en gewelddadige reacties vertoont.

Om slechts een voorbeeld te noemen: ik heb herhaaldelijk gezien hoe zij haar zoontje letterlijk bij een oor de trap op sleepte... niet te tellen de oorvijgen en de schreeuwende uitvallen... Ik herinner mij dat zij haar kinderen de gevaarlijkste spelletjes liet doen, en dat ik mijn kinderen bij die van haar moest weghouden, wanneer die, onder haar ogen, elkaar met pikhouwelen, messen, schroevendraaiers en priemen te lijf gingen.

Ik herinner mij van deze persoon dat zij voortdurend

van achter de gordijnen naar buiten stond te gluren, en zich schielijk terugtrok wanneer iemand haar zag. Vaak had zij een argstaanjagende blik in de ogen... Ik herinner mij hoe slonzig ze er altijd bij liep, half aangekleed... Het waren twee diametraal tegengestelde werelden... Bijna vanzelfsprekend hadden ze daar een grote rancune tegenover de familie Lorenzi, en het valt mij niet moeilijk voor te stellen dat deze schreeuwende tegenstellingen een jaloerse haat hebben gegenereerd, die in de loop der tijd zozeer is aangewakkerd dat die heeft kunnen leiden tot een uitbarsting van ongecontroleerd geweld...

Ofschoon de weifelende en ongearticuleerde stem van *dottoressa* Maria Del Savio Bonaudo, de hoofdprocurator die het onderzoek leidt, lange tijd blijft volhouden dat het recherchewerk zich 'in driehonderdzestig graden' ontplooide, een typisch Italiaanse uitdrukking, is van het begin af aan de verdenking op Annamaria Franzoni gevallen. Dat geldt ook voor het grootste deel van de publieke opinie.

Een andere eigenaardigheid van het onderzoek is dat, zoals zal blijken, men zich uitsluitend op technisch vlak, tot in de kleinste details, en dat verspreid over een periode van jaren, met de bewijsvoering heeft beziggehouden, terwijl de veroordeling, zoals we later zullen zien, uitsluitend berust op niet-technische veronderstellingen en *circumstantial evidence*. Echte bewijzen, ho maar. Ik kan niet begrijpen waar deze vooringenomenheid vandaan komt.

Het is dus tijd om enige aandacht te besteden aan de *motieven*.

Allereerst is daar het spook van 'het monster van Cogne', dat overigens helemaal niet uit Cogne hoeft te komen, en ook een toevallige passant kan zijn, kortom, een gek die *zonder motief*, gewoon voor het plezier, een huis is binnengedrongen, daar toevallig een driejarig kind in bed aantrof, en dat toen met zeventien slagen naar de andere wereld heeft geholpen. De droom van elke horrorliefhebber, maar niet interessant voor de onderzoeker die in de menselijke ziel is geïnteresseerd. Het fenomeen van de seriemoordenaar is door belachelijke films als *The Silence of the Lambs* enorm tot de verbeelding gaan spreken, maar feit blijft dat verreweg de meeste moorden tussen verwanten of bekenden gepleegd worden. Toch is hier, in Cogne, een gruwelijke moord gepleegd op een onschuldig slachtoffer, in de schoot van een op het eerste gezicht (en drie jaar verder vertoont dat gezin nog steeds datzelfde gezicht) voorbeeldig gezin. Het noodlot kan ook in het totaal ondenkbare en onverwachte toeslaan.

Hier moet ik melding maken van een eerdere moord in de buurt van Cogne, ditmaal op een volwassen vrouw van vijfenvijftig jaar. Drie dagen daarvoor, in Derbito, gemeente Lassalle. Onopgelost. Misschien toch een monster in Cogne, dat heel traag te werk gaat en pas aan zijn tweede slachtoffer is toegekomen? Dan hebben we nu drie jaar tevergeefs op een derde slachtoffer in de gemeente gewacht.

Zouden we aan Davide een motief van jaloezie kunnen toeschrijven? Erg onwaarschijnlijk. Vooral omdat het jongetje absoluut geen abnormaal gedrag heeft laten zien, al die jaren. Hij speelde graag met zijn broertje. Pas dagen na de moord, toen de familie bij vrienden in Lillaz logeerde, heeft het jongetje timide, middels een geschreven boodschap, aan zijn ouders gevraagd: 'Waar is Samuele?'

De vader zou alleen een motief hebben als zijn vrouw gedreigd had hem te verlaten. Daar is geen sprake van. Mannen van wie de vrouw plotseling is weggelopen, willen nog weleens de achtergebleven kinderen ombrengen en vervolgens de hand aan zichzelf slaan. Stefano Lorenzi had geen motief.

In de erratieve geesten van de buurfamilie kunnen we niet kijken. Krankzinnigheid is geen motief. Dan moet je met bewijzen komen. Gewone jaloezie op een ander gezin, dat het beter doet, geliefder is en tot een ander milieu behoort, is nauwelijks een motief. Dan zouden we meer moeten weten over de voorgeschiedenis van de betrekkingen tussen de families Guichardaz en Lorenzi. Vervelende buurvrouw misschien, maar toch waren de verhoudingen niet zo slecht dat Annamaria niet als eerste haar hulp inriep. Dat kan ook naïviteit van Annamaria zijn geweest.

Niets is er boven water gekomen – evenmin is ernaar gezocht – van een overmatige en hinderlijke belangstelling van Ulisse Guichardaz voor Annamaria. Toch zijn de mogelijkheden legio. Heeft Annamaria misschien vóór haar huwelijk, toen zij nog als serveerster in Cogne werkte, een affaire gehad met Ulisse? Met iemand anders? Alleenstaande serveersters in een vreemde stad, zonder familie in de buurt, werken als magneten op elk manspersoon, vooral als ze zo aantrekkelijk en levendig zijn als Annamaria was voor haar twintigste. Uitgaande van wat we weten over haar karakter en achtergrond, is het niet waarschijnlijk, in het Italië van vijftien jaar terug, dat Annamaria Franzoni, toen zij nog niet getrouwd was, met Jan en alleman naar bed ging, al of niet tegen betaling. De religie die de echtelieden ferm aanhangen, verbiedt zulks. Een mogelijkheid die niet is nagegaan, is of zij in het dorp bij Bologna waar ze vandaan kwam, voor ze, onverwacht en tegen de zin van haar familie, in haar eentje naar Cogne vertrok, een minnaar, verloofde of vriendje heeft achtergelaten. Misschien is zij juist weggegaan om een nieuw leven te beginnen en afstand te scheppen tussen een man of jongen in wie ze geen zin meer had. Als Annamaria dagboeken heeft bijgehouden in die tijd, mogen we die dan inzien? Heeft zij, in de tijd dat ze nog single was, in zo'n geil dienstersuniform Ulisse op beledigende wijze afgewezen? Tenslotte ziet hij eruit als een doetje, ondanks zijn uniform van parkwachter. Is Ulisse, nadat zij met Stefano getrouwd was, haar blijven benaderen met oneerbare voorstellen, die zij uit pudeur zorgvuldig voor haar man verzwegen heeft? Had zij misschien, iets waarover ze nooit tegen iemand gesproken zou hebben, met al haar ingehouden en ondoorgrondelijke hartstocht een buitenechtelijke verhouding met de vader of een andere Guichardaz? Zoals ik al eerder suggereerde is het heel goed mogelijk dat zij zich, na haar tweede kind, in seksuele zin verwaarloosd voelde door haar man, die maatschappelijk zo in de lift zat, met zijn baan als ingenieur bij het elektriciteitsbedrijf en zijn verkiezing tot raadslid van de oppositie. Eenmaal getrouwd, en na de kinderleg, worden echtgenotes hier doorgaans niet meer aangekeken of aangeraakt door hun man. Meestal heeft die dan een maîtresse. De vrouwen vullen hun seksuele behoeften elders aan. Op alle televisiebeelden die wij van het echtpaar na de moord hebben gezien, raken zij elkaar voortdurend aan, houden ze elkaars hand vast, streelt hij haar wang.

Had Stefano Lorenzi misschien een buitenechtelijke verhouding, bijvoorbeeld met zijn secretaresse? Denk aan de brief die Annamaria was begonnen te schrijven aan haar man: '...het is het niet meer zoals vroeger...' Daar lijkt hij veel te degelijk voor. Bovendien zou hij dan de verdenking op zijn vrouw onmiddellijk hebben aangegrepen om zich van haar te distantiëren. Dat heeft hij allerminst gedaan. Stefano was de eerste en ook de laatste (in het programma van Italia Uno van Irene Pivetti van 2 maart 2005) om te verklaren dat hij zijn vrouw steeds aan een derdegraads verhoor heeft onderworpen, en dat hij bij de minste twijfel voor zijn jongste zoon zou zijn opgekomen en niet voor haar. Neem notie van het feit dat Stefano, die nu van beroep timmerman en meubelmaker is, een heel aantrekkelijke man is voor de vrouwen, bijna een idool in Italië, terwijl zijn vrouw een treurige en enigszins afgeleefde indruk maakt.

De hele kant van de crime passionnel is buiten beschouwing gebleven in het onderzoek, juist omdat de Lorenzi's uit liefde getrouwd waren, en zich uit liefde gevestigd hadden in het gebied waar ze elkaar op de ski's ontmoet hadden. Maar de dingen zijn nooit zo als ze lijken, zeker niet op seksueel gebied.

Het enige aspect waar de openbare aanklager belangstelling voor heeft gehad in deze zaak, is het Medeacomplex: de moeder die, al of niet in een vlaag van verstandsverbijstering, haar eigen kind ombrengt.

HOOFDSTUK VI

Verbeelding

'Mijn dochter zuigt alles uit haar duim,' verzucht mijn moeder. Dat hoorde bij de tijd waarin Andreas debuteerde, want toen was de verbeelding aan de macht. Ook al herken ik situaties en details uit haar boeken, vaak met zulke precisie dat ik mij verbaas over haar geheugen én aan het belang dat zij aan ons gemeenschappelijk verleden hecht, zij brengt het allemaal als fictie: gefingeerde namen, verzonnen geschiedenis. Zij heeft een selectief geheugen, creatief. Net als iedereen, moet ik er eerlijkheidshalve bij zeggen, alleen reconstrueren de meeste mensen hun verleden achteraf. Zij had haar leven reeds op voorhand uitgezet.

De verbeelding van Andreas gaat ver terug.

Laten we eerst de maskers verwijderen, want niemand van de familie is bij het toneel gegaan, behalve mijn moeders tante Betty, het was meer cabaret, in Berlijn, jaren dertig vorige eeuw, en die is dan ook gestorven aan de sief, als ongetrouwde ouwevrijster. Dan heeft mijn zuster het beter gedaan.

Neem nu haar eigen naam. Zij is geboren als Marian, zo staat op het geboortekaartje. Een doodgewone naam in die tijd, zoals alle namen van een bepaalde periode achteraf niet erg origineel blijken. Vijfentwintig jaar geleden was Erwin erg in trek, daar kom ik nu pas achter.

'Te snel gekomen na mijn eerste,' geeft mijn moeder toe.

Hoezo te snel, vraag ik mij af. Ik durf het haar niet

rechtstreeks te vragen, omdat ik de theorie van mijn zuster niet graag bevestigd zie. Mijn moeder, zeker nu mijn vader niet meer corrigerend optreedt, is een fenomeen van *Fehlleistungen*. Ons moeder – bij de kinderen is het gebruik haar tegenover elkaar aan te duiden met 'jouw moeder' – had, net als haar moeder, lak aan meneer pastoor. In kleffe huisbezoekjes overdag, wanneer de echtgenoten aan het werk waren en de kinderen naar school, drong de paap onder een verplichte ochtendborrel aan op meer zwangerschappen, elk jaar minstens één – was er anders misschien iets mis?

Mijn moeder heeft zich daar niets van aangetrokken en het allemaal goed weten te plannen, met azijnspuit en spons, van tijdelijke tot algehele onthouding, methode-Ogino-Knauss. Zij wilde, en kreeg, een ideaal gezin: min of meer goed gespatieerd, en in de juiste volgorde van jongen-meisje-jongen-meisje.

Een ideaal gezin.

Daarna moest het afgelopen zijn, ook met het echtelijk geslachtsverkeer. In die tijd was de vader voor de wet hoofd van het gezin. Menig huisvrouw moest beschaamd de stofzuiger terugbrengen die haar met voorjaarskorting was aangesmeerd, eenvoudig omdat haar handtekening onder het contract geen rechtsgeldigheid had. En voor de kerk was de vrouw verplicht tot geslachtsgemeenschap, zo leerden we ook tijdens de godsdienstles op school: 'Jan, moet je vanavond nog in het onderlijf?' Een huwelijk was niet voltrokken als er geen gemeenschap plaatsgevonden had, en kon alleen om die reden als niet-bestaand ontbonden worden.

Ik sta vierkant achter mijn moeder. Wat waren dat voor beulen, die broer en die zwager van haar, die hun vrouw zagen als legbatterij en respectievelijk negen tot vijftien kinderen verwekten? De andere kinderen van ons gezin heeft mijn zuster erbij verzonnen, het genie, de zelfmoordzoon, een tweeling. Zij zou zo graag dat wij een replica waren van het literaire gezin Glass van Salinger. Om te beginnen zijn wij niet joods.

'En waarom zou de familie van je moeder dan niet-joods zijn, als zij in 1933 met achterlating van familie en bezittingen uit de Heimat zijn verdreven?'

'Dat was omdat je Nederlandse grootvader, die met een Duitse vrouw getrouwd was, geen staatsburger van het Rijk wilde worden en op de bruinhemden schoot.'

Marian (een samentrekking van Maria en Anna, de moeder van de maagd) werd algauw Doeschka genoemd, mijn liefje, mijn hartje, mijn hondje, naar een personage uit het boek van A. den Doolaard (die zelf Cornelis Spoelstra heette), *De bruiloft der zeven zigeuners*. Met die koosnaam hebben mijn ouders, eigen schuld, haar artistieke lot bezegeld. Als zigeunerinnetje is zij verder door het leven gegaan, en met 'Doeschka' signeert zij haar boeken.

Nu is het plotseling Andreas. Was het *Andrea* geweest, dan had ik er nog iets van kunnen begrijpen, want dat is in het Italiaans een mannennaam (een van mijn lievelingsschilders heet Andrea del Sarto), en ik begrijp dat zij liever onder een androgyne vlag vaart. Ik noem mijn zuster bij haar naam, geen aanstellerij. Ik heb al een vriendin die Andrea heet, die heeft trouwens een broer met de naam Andreas.

Dat 'Timbeer' zit mij dwars. Het is te mooi, te literair, geen echte naam, het is een verzinsel. Ik heet Geerten, ha, dat wist u al, tot verdriet van de vader van mijn moeder, die Gerard (Gerardus) heette. De man met het Mauserpistool, die tegen de bruinhemden gestreden had. Er zijn wel twaalf heilige Gerardussen, ik geloof dat ik vernoemd ben naar de lekenbroeder van Majella, s.t., bekend om een aantal bovennatuurlijke verschijnselen zoals bilocatie (zeg maar tegelijkertijd voor de Libris- en de AKO-prijs genomineerd worden, hetgeen mij meerdere malen overkomen is), gedachtelezen, helderziendheid en profetieën – attributen die niet misstaan bij mijn beroep. In het trouwboekje van mijn ouders, dat helemaal onder in het Florentijnse kistje op de schouw ligt, onder de zwemdiploma's, monsterboekjes (van de zeeverkenners, mijn broer en ik) en de eindexamengetuigschriften van de vier kinderen – verder reikte de jurisdictie van mijn ouders niet – staat gelukkig 'Geerten'. En zo sta ik ingeschreven bij de burgerlijke stand. Ook in Italië, zodat mijn naam daar in de post vaak voorafgegaan wordt door de aanduiding *signora/ina*. Geen 'Gerrit' of 'Geert', namen die ik verafschuw, net als de dragers ervan. Geerten is een oud-Hollandse naam, verbastering van Geertgen, dat weer een verkleiningsvorm is van Geert, naar Geertgen tot Sint Jans, de Bossche schilder van het beroemde Driekoningenpaneel in het Rijksmuseum. Mijn naam wordt in het buitenland dus voor een meisjesnaam gehouden, zoiets als Gretchen, de enige manier waarop ze hem kunnen uitspreken, maar het is een verkleiningsvorm.

Ook dat zit mij dwars, omdat ik in de ogen van zuster altijd 'mijn kleine broertje' ben gebleven. Zo stelt ze me aan anderen voor, ook nu we allebei de vijftig gepasseerd zijn. Dat 'kleine' in de zin van 'mindere', maar 'de kleine man uit Parma', Parmigianino, die eigenlijk Francesco Mazzola heette, is een van de grootsten en kent geen minderen. Ik heb mij wel vereenzelvigd met zijn zelfportret. Onverkleind is *parmigiano* kaas.

Ik weet wel waar ze het vandaan heeft, die zuster van mij, dat 'Timbeer'. Ik was een zeeverkenner, en om geld bij te verdienen voor de restauratie van onze boten boden wij ons aan bij particulieren om bomen te vellen die in de weg stonden of een boomziekte hadden. Het hout ging in de kachels van het Hoofdkwartier, waar wij de hele winter aan het schaven, schuren en lakken waren. De rijke geur van bootlak zit nog in mijn neus. Nu maak je, bij het kappen van een boom, twee inkepingen in de stam, een kleine en een grote schuin daaronder aan de andere kant. Nadat je aan de top een touw bevestigd hebt, weet je zeker hoe de stam zal vallen. Wij deden dat met de bijl, er kwam geen kettingzaag aan te pas. Zodra de stam gaat kraken, roept de voorman: 'Timber!', en iedereen gaat uit de weg. Mijn zuster had daar wel bewondering voor, misschien de enige bewondering die ze ooit voor mij gehad heeft, voor mijn bekwaamheden als zeeverkenner en bootsman. Eens zeeverkenner, altijd een Hollandse jongen met de zee in zijn ogen en zijn blik naar het westen.

Haast niemand noemt míj bij mijn echte naam ('Call Me by My Rightful Name', een prachtnummer van Archie Shepp). Ik ben er zeer gevoelig voor als iemand mijn naam uitspreekt. Dat voel ik als een liefkozing. Wanneer mijn zuster mij nu Timbeer noemt, zet zij mij terug in de rol van 'mijn kleine broertje'. Zij ontkent mijn naam, die een zelfstandig leven is gaan leiden.

De familienaam is háár logos. Die had ze liefst als handelsmerk laten beschermen, zodat er geen tweede schrijver van die naam kon opstaan.

'En het geslacht Mann dan – daar is het toch ook geen punt dat er naast Thomas een Golo is, en dan die ongelukkige kinderen Erika en Klaus?'

'Die heeft zelfmoord gepleegd. *Freitod* heet dat zo fraai in je moeders spraak.'

'Dan zie jij jezelf zeker als Erika, om met de nalatenschap van het *Bruderherz* te foezelen?'

'Er is maar één Thomas Mann – en van de anderen hadden we nooit gehoord als hij niet de grote schrijver was die hij is. De rest is bijzaak.' Nu was de historicus Golo Mann een persoonlijke vriend van een Duitse achteroom – één keer heb ik hem mogen meemaken, ze spraken over Jean-Paul, en ik maar denken dat ze Sartre bedoelden – en die was beslist niet zo'n arrogante etterbuil als zijn broer, die voor de onleesbare streekroman *Buddenbrooks* op zijn vierenvijftigste per ongeluk de Nobelprijs kreeg uitgereikt.

Bijzaak, daar kon ik het mee doen. Mijn zuster heeft mij nooit vergeven dat ik schrijver ben geworden, daar komt het op neer, dat is de kern van de zaak. '*Anch'io sono pittore!*' zoals Correggio vertwijfeld uitriep tussen de omstanders die een schilderij van Rafaël bewonderden. Een misinterpretatie van die woorden heeft Jan van Eyck tot zijn trotse motto gemaakt: 'Als ich can'. Zo goed als ik kan, en beter was er niet of zal er nooit meer zijn. Ondertussen hebben ook mijn oudere broer en mijn kleine zusje onder de familienaam gepubliceerd, geen werken om te veronachtzamen, al behoren die niet direct tot het overtrokken domein en monopolie van de bellettrie. Maar dat is bijzaak.

De verbeelding van Andreas gaat ver terug.

Het was geen toeval dat mijn zuster meteen klaarstond met de *Freitod* van Klaus Mann. Een neefje van mijn moeder heette Klaus. Die was een jaar of twintig, toen mijn zuster en ik voor langere tijd, god weet waarom, maar destijds vroegen wij ons dat niet af, bij tante Elvira in Aschaffenburg werden ondergebracht. Haar oudste zoon Franzl, die als *Hitler-Jugend im Dienst*, zestien jaar, nog in 1945 de *Flak* had bediend in een poging de overbodige bommenwerpers van Churchill neer te halen voordat die Würzburg, Leipzig en Dresden konden bereiken – maar ook Aschaffenburg zelf is zwaar gebombardeerd: wég het uit rode Mainsteen opgebouwde kasteel van koning Ludwig en zijn precieuze Pompeianum, niet dat wij daar in 1953 iets van gemerkt hebben, mijn zuster weet alleen nog dat ze in de 'kapotte huizen' van Eindhoven gespeeld had, voor we naar Haarlem verhuisden – Onkel Franzl dus, was al uit het huis in de Deutsche Straße vertrokken en onderwijzer geworden in het mestdorp Rückersbach tussen de straatarme boeren van de Spessart (een gevaarlijk boevenwoud, dat wij later leerden kennen toen mijn moeder de sprookjes van Hauffs raamvertelling *Das Wirtshaus im Spessart* voorlas in hakkelende ad-hocvertaling), en daar was mijn oudste broer ondergebracht in het stinkende schoolhuis. Kennelijk moesten alle kinderen de deur uit.

Maar eerst het zelfmoordverhaal. Op mijn zestiende heb ik een poging gewaagd, in de zomer, toen mijn ouders voor het eerst zonder de kinderen met vakantie gingen. Ik schreef toen een boek, 'Schizophrenia Serene' – hoe gek kun je zijn? Mijn zuster heeft me erdoorheen getrokken, we hebben er nooit meer over gepraat. Vanzelfsprekend kregen mijn ouders niets te horen. Dokters of ziekenhuizen waren er niet aan te pas gekomen, want in onze familie ging je niet naar de dokter en kwam je nóóit in het ziekenhuis. Gek genoeg was ik me ook daarna van niets bewust.

'Ik had er geen erg in,' zoals ons dienstmeisje gezegd zou hebben. Mijn lezers weten allemaal dat het niet bij één poging gebleven is.

Nog gekker is dat ik me pas ná het schrijven van *Tussen mes en keel*, het zelfmoordboek, realiseerde dat mijn eerste roman, *Erwin*, geschreven toen ik tweeëntwintig was, ook ging over de zelfmoord van de hoofdpersoon, mijn betere ik. Later heb ik van mijn hoofdpersonen een slechter ik gemaakt, vooral iets dommer dan ik zelf ben, want we verkeren al geruime tijd in het tijdperk van *The Hero in Decline*, zie Mario Praz.

Ik denk dat mijn zuster het niet heeft kunnen zetten dat ik aan die gedachte verknocht ben gebleven – het woord

Freitod kende ik destijds nog niet. Al was de dubbelzelfmoord van Heinrich von Kleist met Frau Vogel een voorbeeld voor me, zoals de vele bewuste of onbewuste zelfmoorden van andere lievelingsschrijvers. Daar zijn vele studies over geschreven, vanaf *The Anatomy of Melancholy* van Robert Burton en *Born under Saturn* van Rudolf en Margot Wittkower, tot aan *Touched with Fire* van Kay Redfield Jamison. U kunt al deze boeken inzien in mijn bibliotheek, voordat ik gedwongen word mijn boeltje te verkopen of op straat te zetten. In deze laatste categorie zijn ook de brieven, reeds aan de straat gezet, van mijn beste vriendinnen goud waard. Kortom: in de algehele competitie die ons leven beheerst, speelt, zo ben ik kortelings gaan denken, ook de zelfmoord een rol.

Dus niet alleen wie van ons twee het eerst in een officieel tijdschrift (schoolblaadjes tellen niet mee) gepubliceerd heeft: zij met 'I've Got a Bird That Whistles, I've Got a Bird That Sings', over de oudste zuster, Lina, van tante Elvira en onze grootmoeder Anna, die na een hersenbloeding haar spraakvermogen was verloren en alleen nog 'die-die-die' kon zeggen (dan had mijn vader op zijn oude dag een groter repertoire), in *Podium*, ik weet het jaartal niet meer, maar daar gaat het juist om. U ziet, mijn zuster schrijft uitsluitend vanuit de verbeelding. Zelf schrijf ik liever niet over familieaangelegenheden.

Míjn eerste publicatie was in *Skoop*, ik geef toe een filmblad, maar wel met literair gehalte: 'De Sirene van de Mississippi', mei 1970. En in 1971 volgden meer essayistische bijdragen, zoals 'Erotiek en het Romantisch Principe', ook in *Skoop*, maar eerder nog, in januari van datzelfde jaar, mijn beginselpoëtica 'Nova Decadentia', in een hoogliterair tijdschrift, *De Gids*, met een foto van ons collectief op het achterplat. Volgens mij gaat het echter, meer dan om het jaartal van die eerste publicaties, over de leeftijd van de debuterende auteurs – wie van ons twee heeft het eerst gepubliceerd? Wie heeft van ons het alleenrecht zichzelf schrijver te noemen? In een infaam dubbelinterview dat de universiteit van Nijmegen eens met mijn beide zussen heeft georganiseerd, antwoordde de kleinste, door Doeschka steeds Engel genoemd, die met het exorbitant hoge IQ, op de bijzonder onbehouwen vraag wie zij de beste schrijver vond van ons twee, haar oudere zuster of haar oudere broer, doodgemoedereerd: 'Mijn zuster natuurlijk.' Dat vergeef ik Engel nooit, al moet ik te harer verdediging aanvoeren dat zij, Engel dus, geen bellettrie leest, alleen kasteelromans of zwijmelstrips, naast haar wetenschappelijke werk natuurlijk. Engel is filosoof van beroep, althans dat heeft ze gestudeerd en daarin geeft ze les. Ook hier doet zich eenzelfde verschijnsel voor: van haar, gelauwerd met lof, heb ik mij niet met de filosofie te bemoeien. Ondertussen heb ik haar vanaf de eerste schoolbanken opgeleid, maar elke hoogleraar weet: de leerlingen stellen altijd teleur. Zo heeft Cornelia de Vogel nog geschreven over de haar ver overvleugelende leerling Jaap Mansfeld.

Op een gegeven moment kreeg ik door dat er een element van competitie was: wie van ons het eerst zelfmoord zou plegen. Het is dat ik jaren geen contact met mijn zuster heb gehad en dus nauwelijks op de hoogte was van de ernst van wat zij weigerde een depressie te noemen. Verkeerde psychiater in de eerste plaats. En dan de algemeen verbreide waan dat je geen medicijnen 'voor de kop' moet nemen, omdat dat allemaal vergif is en je anders je ware karakter zou verliezen. *Mist und Scheiße.* Was dát de reden waarom zij mij, zoals ze zegt, maar de waarheid is anders, ten tweede male uit een zelfmoord heeft teruggehaald?

In ieder geval ben ik hoogst bezorgd voor haar. Want namelijk – zo is dat namelijk – heb ik terugkerende nachtmerries over mijn zuster, die zelfmoord pleegt. Meestal springt ze in dergelijke dromen van een dak af, valt door een glazen luifel en pats, dood, afgelopen. Helaas, zo moet ik thans bekennen, is het mijn zuster als eerste gelukt. Zó ernstig had ik het allemaal nou ook weer niet bedoeld. Nu weten wij, de katholieken onder ons, ik weet niet hoe het bij de joden gaat, dat je na je dood terechtkomt bij de hemelpoort. En daar staat Petrus, de sleuteldrager. Wij denken allemaal dat hij, zo ook verkleed, een dik boek heeft, net als Sinterklaas, waarin je daden opgetekend staan. De heilige zou dan een afweging maken van goed en kwaad, en je vervolgens al of niet toelaten door het hek. Dat blijkt niet waar te zijn, allemaal verzinsels. Hij vraagt, dat weet ik omdat ik, nog steeds in nachtmerries, regelmatig contact met mijn zuster onderhoud, ik weet het dus van haar: hij vraagt, tamelijk onverwacht toch nog, hoe vaak je ontrouw bent geweest. Welnu, Doeschka is eerlijk, die hoeft er heus niet om te liegen, en als dat al haar tweede aard was, dan geldt dat nu niet meer, Doeschka heeft op die vraag geantwoord, na enig nadenken: 'Nou, niet zo vaak, gewoon een enkel keertje misschien, een slippertje.' En Petrus geeft geen commentaar. Ze krijgt een nieuwe fiets en mag naar binnen. Doeschka dolblij, want in de familie hebben wij nooit nieuwe fietsen gehad, zodat men ziet dat in de hemel alles toch iets beter wordt wat op aarde al zo mooi is, als je van fietsen houdt. Een fonkelnieuwe Fongers, met glimmend stuur en nikkelen handremmen, jasbeschermers en gesloten kettingkast. Dynamo en koplamp zijn niet nodig, want daarboven is het altijd mooi weer, zo vertelt zij mij. Hetzelfde weer dat je vanuit het vliegtuig ziet wanneer dat boven het witte wolkendek uit is gekomen, een zachte donzen ondergrond waarop het heerlijk trappen is, zonder tegenwind, gesloten spoorbomen, gedwongen jeugdherbergen of lekke banden. U moet weten dat het enige spel dat wij thuis met verve speelden *Stap op!* was: naar de duinen, naar zee, naar de bossen, naar de hei.

Daar fietst mijn zuster dus zaliglijk als in een kinderdroom, geen vuiltje aan de lucht. Kruist zij een dure Cadillac, model jaren vijftig, toen de hemel immers nog bestond, met vleugelspatborden, veel chroom, roze gespoten, *decapotable*, met witlederen bekleding. Zij remt geluidloos, ook de schommelende luxebak komt tot stilstand, en tot haar verbazing ziet mijn zuster dat mijn moeder, met felrode lipstick, achter het witte stuur zit. Zo kennen wij ons moeder, altijd verzorgd, met agressieve nagellak en lipstick, ook op haar oude dag, altijd tot in de puntjes verzorgd en niks geen hangborsten. Wel met de mondhoeken naar beneden, een bijna vastgevroren afkeurende trek, alsof zij alles vies vindt en iedereen haar te min is.

'Hé, mam!' roept Doeschka opgewekt, want in dat nieuwe leven, zo mag je hopen, doen oude geschillen er niet meer toe.

'Wat leuk jou hier te zien!' Dat zou moeder op dit ondermaanse nooit gezegd hebben.

'Nou maar, tjeempie, jíj hebt het goed gedaan, fantastisch zeg, die wagen!' Toch kan zij het niet laten: 'Maar waarom kijk je dan nog steeds zo zuur?'

Mijn moeder geeft kort antwoord: 'Kwam net je vader tegen. Lopend.'

De bittere werkelijkheid is dat mijn moeder en mijn zuster nog leven, en blijven doorgaan elkaar niet te accepteren. Een strijd die je vaker ziet tussen moeders en dochters, als het geen strijk en zet is.

Mijn moeder had dus moeite met haar tweede kind. Beiden verweten elkaar het bestaan. Doeschka wilde zich niet laten kneden tot modeldochter. Zij is als straatvechter geboren. Vergeefse inspanning, de balletlessen, de hulp bij het huiswerk, dansles, de roei- en zeilvereniging, een naaister die schattige meisjeskleren maakte, het de hemel in prijzen van de eerste en laatste verloofde – het werkte allemaal averechts. Zodra Doeschka ging puberen, zong zij: '*Ils sont comme des cochons, les bourgeois et les bourgeoises.*' Mijn vader was een notabel, en hij verkoos het niet te horen. Mijn moeder is de vrouw van een notabel, en zij voelde zich tot in haar nutteloze ziel geraakt.

Maar eerst werd ik geboren, drie jaar na Doeschka. En ik was uitermate welkom en knuffelbaar. Goudblonde lokken en ogen als meren die niet konden jokken. Mijn moeder prefereerde Schiller boven Goethe, alle gedichten van de eerste kent zij uit haar hoofd. Zij koopt nog steeds bij onze slager, die in haar geboortestad Frankfurt zijn diploma heeft behaald, daarom is het haar slager ook, de zogenaamde *Schillertöckchen* – dat zijn met vlees of slagroom gevulde hoorntjes van bladerdeeg.

> *Weil Frankfurt so groß ist*
> *Da teilt man es ein*
> *In Frankfurt an der Oder*
> *Und Frankfurt am Main.*

Ik heb het van horen zeggen, want natuurlijk herinner ik mij dat niet meer maar Doeschka, die toen ik werd geboren natuurlijk al goed praten kon, heeft daarna een jaar lang geweigerd een woord te spreken. De dokter wist er geen raad mee. En toen Doeschka van de kleuterschool naar de eerste klas lagere school gepromoveerd zou worden omdat zij bijna zes was, heeft juffrouw De Wit, tegenover wie mijn zuster net zo dwars was als tegen mijn moeder, haar teruggezet naar de montessorikleuterschool.

> *Juffrouw De Wit, kersenpit,*
> *Eerdop, kletskop!*

Zo is mijn zuster blijven zingen. Mijn vader, wiens moeder onderwijzeres en suffragette was geweest, werd meteen in de derde klas geplaatst omdat hij al kon lezen en schrijven toen hij vijf was. Hij heeft op zijn vijftiende jaar eindexamen gedaan, alfa. Mijn moeder was een bèta. Ik deed alsof ik niet kon lezen, maar binnen een week op de lagere school kon ik schrijven en lezen als de beste, en daarna heb ik mij vijf jaar verveeld. Die dingen bleven niet onopgemerkt tussen broer en zus.

Van heel vroeg herinner ik mij de controverse tussen mijn zuster en mijn moeder: verwijtende blikken, straf. Doeschka heeft al vroeg de eigenschap verworven de waarheid verborgen te houden. Alsof zij wist dat de taal is uitgevonden om je gedachten te verbergen, een wijsheid waar de meeste mensen pas laat of helemaal nooit achter komen. Ze kijkt uitdagend en bedrieglijk tegelijk. Zij laat zich niet kennen. Misschien omdat mijn ouders dat altijd zeiden, maar als haar kleine broertje heb ik vaak gedacht: met haar loopt het slecht af.

Ik ken mijn zuster niet.

Ook als ze niet jokt, heeft ze die boze oogopslag, waardoor je altijd denkt: als ze al niets op haar kerfstok heeft, dan heeft ze toch zeker kwaad in de zin. De leugen staat haar in de ogen geschreven, misschien kan ze er niets aan doen. Wanneer ík iets misdaan had en mijn moeder zei: 'Wacht maar tot je vader thuiskomt, dan krijg je je gerechte straf!', dan kwam ik stralend op mijn vader toegelopen, wanneer hij weer van achter de poort te voorschijn kwam, de onschuld zelve, en hij decreteerde: 'Een kind dat zo frank en onvervaard de wereld tegemoet treedt, kan niets op zijn kerfstok hebben.'

Sinds mijn vader gestorven is, kan mijn moeder over weinig anders praten dan over het vermoeden dat mijn vader er een buitenechtelijke verhouding op na gehouden heeft met een vrouw van achter het IJzeren Gordijn. Daarover heeft ze nooit gesproken, totdat hij was begraven en de steen op zijn graf was gelegd. Mijn moeder hecht veel waarde aan die steen en heeft er veel geld aan uitgegeven, opdat hij niet onverhoeds kan terugkomen. Dat doet hij toch, elke nacht, in haar slaap. Ze ligt er wakker van. Ze wordt geteisterd door vermoedens van zijn ontrouw, nu pas. De affaire zou zich hebben afgespeeld ten tijde van mijn geboorte. Vandaar dat mijn moeder zich zozeer aan mij heeft vastgeklampt en mij heeft overladen met haar liefde. Ze nam mij elke middag in haar bed voor haar middagslaapje, ik ruik nog de gelukzalige geur van totale liefde en bescherming, de geur van een vrouw. Geen enkele vrouw die mij dat ooit nog terug kan geven.

Nu denk ik dat mijn ouders destijds overwogen uit elkaar te gaan, en dat wij daarom, Doeschka en ik, zijn ondergebracht bij tante Elvira. Daar had ik het enorm naar mijn zin, want behalve de twee genoemde broers bestond het gezin uit drie dochters van net onder en boven de twintig. Ik was twee of drie jaar oud, en heb de beste herinneringen aan die tijd. Elke nacht nam tante Hannelore of tante Marianne of tante Lilo mij bij zich in bed. Doeschka vonden ze maar een rare wildebras. Er viel geen meisje van te maken.

's Ochtends vroeg ging zij me voor om Onkel Klaus wakker te maken. Hij sliep in een nachthemd onder een donzen dekbed. Doeschka trok zonder pardon het dekbed van hem af, en daar aanschouwden wij een paarsroze knots, die onder het opgeschorte nachthemd uit stak. Een beeld dat me helder voor ogen is blijven staan. Waarschijnlijk dacht ik toen dat Onkel ziek was. Mijn zuster ervoer eenzelfde angstige fascinatie. Later leerde ik dat *fascinus* een ander woord voor *phallus* is. Klaus bedekte zichzelf en lachte ons bulderend zijn kamer uit.

Het was ook daar in het hardstenen huis aan de Deutsche Straße, misschien wel op dezelfde dag, dat mijn zuster mij meetrok in het houten wc-hok – mijn vader zei altijd 'de waterkast' – achter in de geheimzinnige tuin, waar een paar kippen losliepen, pruimenbomen groeiden, sla en bonen werden verbouwd, en blokken gekliefd hout lagen naast het hakblok, waarin een bijl stak met een lange steel. Het was daarbinnen halfdonker. Het enige licht viel door een hartvormige opening in de deur. Eerst wilde ze mij laten plassen, maar ik kreeg er niets uit geperst. Mijn plassertje, zoals dat toen genoemd werd, kon ik op geen enkele wijze in verband brengen met de geaderde staaf van Onkel Klaus. Ook Doeschka werd algauw ongeduldig en verloor haar belangstelling. Daarna ging zij zelf wijdbeens voor me zitten en dwong mij om te kijken hoe zijzelf saste. Een rode kerf met uitsteeksels, pukkelig en lillend als een hanenkam. Opnieuw die fascinatie voor iets wat angst aanjoeg, maar waarvan ik mijn ogen niet kon losmaken. Ze had een heel klein piemeltje, heb ik onthouden. Omdat mijn zuster nog niet het begin van borstjes had, zag ik haar niet als vrouw. Ik associeerde vrouwen met *Dirndln* en met de zachte welvingen waar ik 's nachts tegenaan gedrukt werd.

'Je kunt er ook iets in stoppen,' zei ze, terwijl ze mij een takje uit de tuin voorhield. Ik deinsde terug. We hoorden tante Elvira vanuit de keukendeur roepen.

'Dan niet,' besloot Doeschka haar experiment en hees haar onderbroekje op. Op de plek tussen haar benen verscheen een vochtplekje. Ik bewonderde de schaamteloze durf van mijn zuster. Niet zij, maar ík was het die zich schaamde, toen we de stenen treden naar de keuken opliepen. Niet ik, maar Doeschka werd bestraffend toegesproken. Daar rook het naar *Sauerbraten*, naar bleekwater en boenwas. Het was een proper huis.

En zo ging het, ook toen we weer thuis bij onze ouders waren, vaker. Mijn zuster kreeg de straf die ik verdiende, voor om het even wat. Zij lokte straf uit, leek het wel. Zij daagde altijd mijn moeder uit, terwijl ik integendeel probeerde mijn moeder te behagen. Dat ging vanzelf, ik hoefde er niets voor te doen. En Doeschka had er zichtbaar plezier in om gestraft te worden. Daar was ik vaag jaloers op, ik wou dat ik dat kon. Zelfs toen ik eens, een paar jaar later, met wasbenzine ons tuinschuurtje in de fik gestoken had, was het Doeschka die de klappen kreeg. Dat moest mijn vader doen, zodra hij thuiskwam van zijn werk. Over de knie ging ze, dezelfde onderbroek werd omlaaggeschoven, en met de broodplank kreeg ze ervan langs totdat haar billen rood werden. Ze gaf geen kik. Het wond mij merkwaardig op. Nooit kreeg ík ergens de schuld van. Schuld hoorde bij mijn zuster, die niet genoeg op mij gelet had. Die gang van zaken vond ik niet onterecht. Tenslotte was zij het die mij altijd uitdaagde tot verboden dingen. Mijn zuster zwelgde in straf. Zij was de triomferende martelares.

Ook in onschuldiger spel ging zij mij voor. Zij was de buffeldrijver, ik de buffel. Zij eiste de rol van Peter op, terwijl ik voor Heidi spelen moest. Met Kerstmis werd ik in blauwe doeken omgetoverd tot de Maagd, mijn zuster droeg het kemelharen kleed van Jozef, stok in de hand. Het Christuskind was pop Katrien, een harde pop met een kort jurkje en rood haar, waarvan het gladde gewelfde plekje tussen de beentjes mij opwond. Heel anders, niks geen rafelige gleuf, dezelfde neutrale en haarloze venusheuvel die ik later in de Griekse beeldhouwkunst bewonderde.

Op zolder voerde ik op een zelfgemaakt altaartje heilige misjes op, met het antieke zilver dat alleen voor Kerstmis werd gebruikt. Ik denk nu dat Doeschka er jaloers op was dat het geloof, in ieder geval van de miserabele monotheïstische soort, een zaak van jongens en mannen was. Daarbij geloofde ik helemaal niet, ook niet toen ik nog klein was. Van je geloof afvallen had voor mij geen enkele betekenis. De pomp en praal waardeerde ik. Voor Doeschka was er geen rol weggelegd als misdienaar of koorknaap, een rol waarin ik het tot solosopraantje heb gebracht. Op de een of andere manier hadden wij zonder woorden van ons vader meegekregen dat als je al iets deed, je daar wel de beste in moest worden. Dat geldt ook voor het schrijverschap. Mijn zuster voelt zich gelukkig als bewonderaar van grote Nederlandse voorgangers, van Vestdijk en Mulisch. Ik kon alleen mijzelf bewonderen – een eigenschap die mijn zuster me tot op heden buitengewoon kwalijk neemt.

En toch heb ik nog, vóór mijzelf, háár bewonderd.

Misschien viel ik wel van mijn hobbelpaard toen Doeschka, innig katholiek en trots op haar communicantenjurkje, dat evenwel van haar toch geen prinsesje kon maken vergeleken met de andere Jezusbruidjes, hoezeer mijn moeder ook met spelden en steken tot op het laatste moment haar tot een modelpopje probeerde om te toveren – toen Doeschka revanche nam voor mijn goddeloze jongensstem, door in de kerk een wonder te ervaren. Toen zij met haar handjes voor de ogen in de kerkbank de hostie in haar mond liet smelten zonder erop te kauwen, geen geringe opgave voor een kauwgumkind, deed zich een 'verschijning' aan haar voor. Zij beweerde bij hoog en laag dat zij op het altaar het levende Christuskind had waargenomen, naar haar beschrijvingen een soort Mowgli, met lang haar en naakt op de obligate lendendoek na. Toen zij door mijn ouders, door de kapelaan, door juffrouw De Wit, door de pastoor en later zelfs door de hulpbisschop daarover aan de tand gevoeld werd – want het episcopaat vol gezag wilde niets aan het toeval overlaten – schilderde zij een tiepje dat sprekend geleek op de Ambonezenjongens die in 1956 voor het eerst in ons land opdoken. Nog net geen katholieke neger. Het effect was verbazingwekkend: opeens stond zij in het middelpunt van de belangstelling. En daarom hield zij voet bij stuk, ook al geneerde mijn vader zich als kerkmeester voor dergelijke flauwekul. Al bleef de twijfel groot, men kon haar moeilijk straffen voor een zaak die in andere tijden tot heiligverklaring had geleid. Haar grootste leugen werd beloond, al was het met een door meneer pastoor gewijde rozenkrans, een zwaar boek met heiligenlevens, een wijwatervaatje en een zilveren drinkbeker, zo werd deze affaire gesust, om de antikatholieken niet in de kaart te spelen. Aangezien ik niet in dit theater geloofde, kreeg ook het geloof in mijn zuster een gevoelige deuk.

Mijn zuster kreeg haartjes van onder, in haar oksels en op haar benen, zwart als haar hoofdhaar. Ik heb haar diep beledigd – alweer waren we wat ouder – door te decreteren dat er *blonde* en *zwartharige* vrouwen bestonden. Alleen die eersten waren voor mij interessant. Lang heb ik vastgehouden aan het adagium '*Gentlemen prefer blondes*'. Pas toen ik door de wol geverfd was, heb ik begrepen dat het temperament van donkere schoonheden te verkiezen is. Mits ze zich scheren.

Cogne 6

31 januari 2002. Vanaf acht uur 's ochtends beginnen de getuigenverhoren van vrienden, bekenden en familieleden van de familie Lorenzi, in de kazerne van Cogne. Sommige personen worden ten tweede male aan de tand gevoeld, na verificatie van hun verklaringen van de vorige dag.

13:45 uur. En daar komen ze, de carabinieri van het beroemde RIS uit Parma, Reparto Investigazioni Scientifiche, voor een eerste huiszoeking in het huis van de familie Lorenzi in Montroz. Mannen in de bekende uniformen, en mannen in witte pakken, zoals je die ook wel ziet na vliegtuigrampen. Het hele onderzoek – en het tegenonderzoek van de verdediging – zal zich, overigens zonder enig resultaat – vooral bezighouden met de wetenschappelijk-technische bewijsgaring. Binnen een paar dagen is de commandant van deze afdeling, Luciano Garofano, in het hele land beroemd.

Aosta, 14:00 uur. Professor Francesco Viglino uit Turijn voert een eerste autopsie uit op het lichaam van de kleine Samuele. Hij is ongeveer twee uur bezig. Na afloop verklaart hij dat het kind gedood is met een scherp voorwerp. Er zijn vijftien tot twintig wonden geconstateerd. 'Laten we het op zeventien houden.'

Als de autopsie voltooid is, opent de Procura van de Republiek bij het gerechtshof van Aosto het onderzoek *a carico di ignoti*, 'ten laste van onbekenden' zoals dat in het Italiaans zo mooi heet, wegens moord. Het lijk van de kleine Samuele wordt in een kleine witte kist gelegd en overgebracht naar het mortuarium van de provinciehoofdstad.

Cogne, 14:30 uur. Annamaria Franzoni belt de pastoor van Cogne, don Conrad Bagnod, en vraagt of hij bij haar op bezoek wil komen.

20:00 uur. Als de nacht gevallen is, komen de carabinieri opnieuw voor een huiszoeking naar het chalet van de familie Lorenzi. Dit keer gaan ze door de achteringang naar binnen. Het onderzoek duurt twee uur.

21:00 uur. In de carabinierikazerne van Saint-Pierre worden Annamaria en Stefano Lorenzi verhoord door de hoofdprocurator van de Republiek te Aosta, Maria Del Savio Bonaudo – hoe die het zo ver geschopt heeft is een raadsel – tot na enen in de nacht.

Die avond zie ik op het witte televisietoestel van mijn gestoffeerde en gemeubileerde appartementje de eerste nieuwsbeelden van de zaak-Cogne. 'Ontwaren' is een beter woord, omdat de lampen van het toestel niet allemaal werken, zodat alles in de schemering lijkt te zijn opgenomen.

Deze eerste beelden zullen jarenlang herhaald worden, zodra de kwestie ter sprake komt als er zich schijnbaar nieuwe ontwikkelingen voordoen. Zij staan ondertussen geëtst in de hersenschors van iedere Italiaan. Daar zien we voor het eerst het prachtige chalet, zo keurig onderhouden en nieuw alsof het net is opgeleverd. Alleen in de tuin zwerven wat speelgoedjes. Op het dak liggen plakken oude sneeuw.

Stefania Cugge, de jonge magistraat die als substituutofficier van justitie op de zaak gezet is, verklaart: 'De moordenaar heeft hard op het voorhoofd ingeslagen, zonder het gezicht te beschadigen, met een klein scherp voorwerp, misschien een pikhouweeltje, maar waarom, en door wie?'

Toch belooft zij voor de camera's dat de oplossing van het raadsel dichtbij is.

Een vriend vertelt vrijwillig voor de camera's dat hij en zijn vrouw de avond voor de moord nog een prettige avond met de familie Lorenzi hebben doorgebracht.

De vallei van Aosta is bang, zo weten de verslaggevers aan boeren en dorpelingen te ontfutselen, die hun naam niet kwijt willen en diep wegduiken in de kragen van jas.

Later op de avond, in een extra nieuwsuitzending, vertelt Stefania Cugge dat het OM, zoals je 'Procura' in het Nederlands zou moeten omzetten, de hele dag gewerkt heeft om een motief te vinden voor een moord die 'even absurd als paradoxaal' is. Op aandringen van de verslaggever verzekert la Cugge dat er nog niemand staat ingeschreven in het register van mogelijke verdachten.

'We vertrouwen erop dat we spoedig tot een oplossing van deze zaak komen.' Ook al omdat in de loop van de dag de carabinieri van het RIS 'significante vondsten' gedaan zouden hebben.

Wel lijkt het er volgens 'ingewijden' op dat de onderzoekingen zich vooral beperken tot de familiekring. Familiekring? Dat wil zeggen de pappa of de mamma van de kleine Samuele, want zowel zijn familie als die van haar wonen op honderden kilometers afstand, in de buurt van Bologna.

Cogne, 1 februari 2002. De technici van het wetenschappelijke carabinierikorps verdringen zich weer met een dozijn manschap in de *villetta* van de familie Lorenzi. Bij deze derde huiszoeking is het gezinshoofd Stefano Lorenzi aanwezig om te constateren of er iets ontbreekt uit de woning. Eveneens aanwezig zijn la Cugge en de patholooganatoom professor Francesco Viglino.

De carabinieri halen ditmaal het hele huis overhoop, ze

graven in de tuin, klimmen tegen de bergwand achter het huis op en kammen de vuilniscontainers in de buurt uit. Vier carabinieri hebben met schoppen en rieken een afvalberg doorzocht van twee meter hoog en zeven meter breed, vooral op zoek naar kleren. Geen spoor van het moordwapen. In het huis ontbreekt niets. De mannen van het RIS hebben drie zwarte plastic zakken uit het huis meegenomen (kleren, ondergoed en algemene gebruiksvoorwerpen) en vijf zakken van de afvalberg.

Rond het middaguur verhoort Stefania Cugge in Lillaz, waar wat er nog van het gezin over is tijdelijk onderdak heeft gevonden bij een vriendin, Anna Jeantet, het achtjarige broertje van de kleine Samuele, Davide, om met hem de laatste uren voor de moord te reconstrueren. De jongen weet amper wat er aan de hand is, en zal pas dagen later aan zijn ouders op een briefje vragen: 'Waar is Samuele?' Ook gaat Stefania Cugge langs bij de kinderarts van de familie, Maria Clotilde Benedetti, om de medische staat van Samuele op te vragen. Tegenover de pers verklaart la Cugge onwillig: 'Geen nieuwe elementen, ik kan uw vragen niet beantwoorden. Het onderzoek loopt en ik ben gehouden aan mijn beroepsgeheim. Alle mogelijkheden worden nog overwogen.' Het enige wat ze verder wil loslaten, is dat er een tweede autopsie zal plaatsvinden, om preciezer het tijdstip van overlijden te kunnen vaststellen.

Daarna worden in de plaatselijke kazerne ongeveer een uur lang Marco Savin verhoord, de vader Stefano Lorenzi en genoemde kinderarts. Er worden geen andere mensen verhoord. Niet de buren.

De burgemeester Osvaldo Ruffier, zo zie ik die avond op het nieuws, komt met gebogen hoofd en gekromde schouders, zijn windjack strak om zich heen getrokken, uit de kazerne.

'Dit is het ergste wat me overkomen is in de dertig jaar dat ik deze gemeente bestuur. Erger dan de grote overstroming. Toen was er veel schade, maar geen dode. En nu, dit arme onschuldige kind...' Terwijl hij zich verwijdert, horen we hem nog mompelen: 'De mensen zijn doodsbang. Er moet hier een maniak rondlopen...'

Zowel de ouders van Annamaria als die van Stefano zijn inmiddels in Cogne aangekomen om hun kinderen bij te staan. Davide wordt bij andere vrienden ondergebracht om niet aan de beroering bloot te staan.

Met een zwaar gemoed gaat de oude pastoor, don Conrad Bagnod, de woning binnen waar Annamaria logeert, om aan haar uitnodiging gehoor te geven. Zou hij de last van een geheime biecht kunnen dragen? Want ook hij heeft begrepen dat de onderzoekers hun net aanhalen om het gezin Lorenzi.

'Maar ik ben totaal opgelucht weer van mijn bezoek teruggekomen,' vertelt hij. 'Ik heb tranen gezien, grote smart, maar ook acceptatie en vertrouwen in het geloof. Twee serene echtelieden, vol liefde voor elkaar, ook al zijn ze ondersteboven door het verlies van hun jongste kind.' Annamaria en Stefano lieten elkaars hand niet los. 'Maar beseft u wel, heilige vader, dat ze óns verdenken! Uren- en dagenlang hebben ze ons verhoord. Maar wat kan er gebeurd zijn?' zo luchtten ze hun hart bij meneer pastoor. 'Is het niet mogelijk dat iemand ons huis is binnengedrongen in die paar minuten dat Samuele alleen gebleven is, of dat iemand zich er al eerder verborgen hield? Daar moeten sporen van te vinden zijn. Of is het misschien toch zo dat de kleine Samuele een heel zware hersenbloeding heeft gekregen. Dat kan voorkomen, heeft Ada ons verteld.' Zwak, maar plausibel wanneer iemand de mogelijkheid van een moord niet onder ogen wil zien.

'Annamaria heeft de hele tijd gehuild,' gaat don Conrad verder, 'maar ze is niet aan de wanhoop ten prooi.' Hij spreekt bedachtzaam, met ouderwetse woordkeuze, zonder het dialect van de streek te gebruiken. Voor een Bagnod is Italiaans bijna een vreemde taal. De bewoners van de vallei van Aosta zijn minder fanatiek dan hun tegenhangers uit Tirol, maar ze willen zich net zo graag afscheiden van het kunstmatig geconstrueerde vaderland.

'Samuele is er niet meer,' weende de moeder. 'Met wie moet Davide nu spelen?' Kennelijk niet met die bruten van buurkinderen. Ook de respectieve ouders van het echtpaar zijn de oude pastoor komen begroeten, en de atmosfeer werd iets minder gespannen. Ze haalden herinneringen op aan hun eerste vakanties in Cogne, toen Stefano nog een jongetje was. Tot hij, uitgerekend hier, tien jaar geleden Annamaria is tegengekomen, voor een rustig en gelukkig leven samen in liefde en vertrouwen. Don Conrad geeft nog aan de journalisten prijs: 'Ik weet dat er verdenking rust op Annamaria, dat de hypothese is gerezen dat zij een soort raptus heeft gekregen, maar daar geloof ik niet in. Dan zou ik niet die droeve berusting hebben gelezen, diep in haar hart. Ook ik hoop dat zal blijken dat er van een natuurlijke dood sprake is.' Wanneer de verklaring van de patholoog-anatoom dat tegenspreekt op diezelfde dag, kan don Conrad alleen nog maar uitbrengen: 'Ik wil het niet geloven. Het is een monsterlijke kwestie!'

De vader van Stefano, grootvader van de kleine Samuele, uit eenzelfde gedachte: 'Ik heb horen zeggen dat het de moeder moet zijn. Dat is een krankzinnig en dwaas idee. Natuurlijk hebben ook wij onze kinderen, Stefano en zijn vrouw, uitgehoord. We hebben ze het vuur na aan de schenen gelegd. Maar gezien het tijdsverloop en wat is voorgevallen, kan het nooit een van die twee geweest zijn.' Daar voegt hij bedachtzaam aan toe, voor hij de verslaggevers de rug toekeert: 'Mijn schoondochter was allerminst depressief, nooit geweest ook, het ging haar goed. Ik sta erop dat gezegd te hebben!'

Ook Carlo Perratone, die de avond voor de moord et cetera, zegt zeker te zijn van een natuurlijke doodsoorzaak. 'Tenzij er in het dorp een monster rondwaart. Vroeger hoefde je hier nooit de deur op slot te doen. De mensen weten nu wel beter.' Nog net niet zijn de woorden 'collectieve psychose' gevallen, hoezeer de media die ook proberen op te wekken.

De moeder lucht haar hart bij een vriendin: 'Wij zijn kapot van verdriet door de dood van ons kind en alles wat er om ons heen gebeurt. Alleen iemand die een kind verloren heeft en ook nog onder verdenking staat, kan de peilloze diepte van onze smart aanvoelen.'

De vader: 'Ik kan er geen verklaring voor vinden.'

En weer zie ik, die alles in me opgenomen heb, dezelfde beelden voor me: eerst het huis, van alle kanten, dan een kort shot van Annamaria, haar zwarte pony laag over de ogen, de lippen op elkaar geperst, in haar donkerblauwe windjack met nepbontkraag, die het trappetje afloopt naar de auto. Vlak achter haar de fiere echtgenoot Stefano. Annamaria duwt een houten tuinhekje open en stapt in een gereedstaande Ford. Omdat het zo kort duurt en ze waarschijnlijk snel gelopen hebben onder het oog van tientallen camera's, worden de beelden vertraagd afgespeeld, telkens weer, alsof ze tot in der eeuwigheid hun mooie huis verlaten.

Cogne, 2 februari 2002. 's Morgens vroeg, nog voor het helemaal licht is, komen de carabinieri bij wat vroeger huize Lorenzi was. Het chalet met de opstallen en alles wat erin staat aan meubilair, huishoudelijke en persoonlijke spullen, is in beslag genomen. Slechts twee sporttassen met het hoogstnoodzakelijke hebben de ouders mogen meenemen. De rest van hun eigendommen zien ze nooit meer terug, hoewel ze moeten blijven betalen aan de aflossing van de hypotheek. Verkocht mag het huis niet worden. Gewapend met schoppen en houwelen beginnen de militairen (want net als in Nederland de marechaussee vormen de carabinieri een legerkorps) de tuin om te spitten, en ook het groentetuintje, dat aan de andere kant van het pad ligt. Annamaria besteedde veel zorg aan bloemen en planten. Er loopt een politiehond te snuffelen, strak aan de lijn van een stoere instructeur, en een andere 'wetenschappelijke rechercheur' zweeft met een metaaldetector boven de grond.

15:00 uur. Vier carabinieri met een stofmasker voor leiden de operaties van twee bulldozers die over de vuilstortplaats van Cogne manoeuvreren, in de deelgemeente Crétaz. Het ziet er allemaal geweldig imposant en onheilspellend uit, alsof men hier in Cogne op de maan is geland, of de puinhopen van een burgeroorlog worden weggewerkt. Uiteindelijk worden ook hier vijf zwarte vuilniszakken afgevoerd van de stortplaats.

Ondertussen is zich langs de weg beneden een soort kermis aan het vormen, *the boulevard of broken dreams*, van tientallen televisiecaravans met zenders op het dak, bestelbusjes met de logo's van de meest uiteenlopende kranten en weekbladen beschilderd, en enkele rijdende kraampjes waar men hotdogs, koffie, cola en mineraalwater verkoopt. Een ondernemer bakt dunne flensjes op een ronde plaat boven een gasfles; een ander heeft in de berm een soort rijdende keuken geïnstalleerd, enkele klapstoeltjes en -tafeltjes geplaatst, en serveert in de vrieskou dampende borden pasta of polenta. Elk moment verwacht je dat de wielrenners van de Giro d'Italia of de antieke racemodellen van de Mille Miglia voorbij zullen komen. Auto's van nieuwsgierige belangstellenden worden terugverwezen (nog een geluk dat het geen vakantietijd is), de dorpelingen van Cogne hebben zich meest in hun huizen of winkeltjes opgesloten om niet voortdurend bloot te staan aan de microfoons en camera's, maar de pers beroept zich op het recht van vrije nieuwsgaring. 's Avonds zullen zich in de discussieprogramma's op prime time van de voornaamste zenders reeds de eerste deskundigen melden om hun woordje te zeggen: criminologen, psychiaters, hoofdredacteuren van vrouwen- en roddelbladen, allemaal mensen die nauwelijks weten waarover het moet gaan, druk als ze zijn van het ene programma naar het andere te hollen, alles afgewisseld met vermoeide orkestmuziek en stralende danseresjes in te krap ondergoed die hun balletten mogen vertonen. Elk onderwerp is in Italië goed genoeg voor een show, en elke vaste show is naarstig op zoek naar een onderwerp. De serieuzere programma's als *Blue Notte* en *I misteri d'Italia* zullen pas later in het geweer komen.

In de middag vindt in het gebouw van de Procura van Aosta een ontmoeting van anderhalf uur plaats tussen de substituut-officier van justitie Stefania Cugge, de kolonel van de carabinieri Giuseppe Torre en de majoor Filippo Fruttini, respectievelijk commandant en vice van het contingent van Aosta. Er wordt geen verklaring afgegeven.

Later op de zaterdagavond legt de arts-psychiater Ada Satragni, die het eerst gebeld werd en het eerst ter plekke was, een tweede verklaring af in de kazerne van de carabinieri. Ook wordt het echtpaar Perratone summier gehoord. Eerder die avond was Marco Savin, de schoonvader van la Satragni, al gehoord.

De carabinieri doen ook huiszoeking in een appartement van de buurwoning, dat 's zomers wordt verhuurd aan toeristen, om te kijken of daar sporen te vinden zijn. Hetzelfde appartement waar de huurder gewoond heeft die de brief over de familie Guichardaz schreef.

De onderzoekingen worden volgens de berichtgeving voortgezet in alle richtingen (driehonderdzestig graden), uitgaande van het vaste gegeven dat de moordenaar van de kleine Samuele zijn werk binnen vijftien minuten verricht moet hebben en dat het jongetje de aanval slechts enkele seconden overleefd kan hebben. Dit is in tegenspraak met de verklaringen van Satragni en ook van de eerstehulparts Iannizzi, die beweerd hebben dat het kind nog rochelend ademde toen het in de helikopter werd geschoven. Vandaar ook de aanhoudende pogingen tot reanimatie, in de helikopter en later in de ambulance en het ziekenhuis, waar de kleine Samuele om dertien minuten voor tien is opgenomen met nummer drie op de Glasgow Coma Scale, dus nog in leven. Pas om vijf voor tien heeft de dienstdoende arts op de EHBO-afdeling van het ziekenhuis van Aosta, dokter Bellini, het overlijden vastgesteld:

Grote schedelfractuur met diepe wonden, waarschijnlijk veroorzaakt door scherp voorwerp in het rechtergedeelte van het voorhoofd en in de linkerslaap, en ook lager in de schedel aan beide kanten, met substantiële schedelbreuken en veelvoudige diepe hersenwonden op voorhoofd en beide slapen, waarbij overvloedig verlies van bloed en hersenmaterie.

'Ik laat steeds aan mezelf de tijd voorbijgaan vanaf het moment dat ik hier in Cogne ben komen wonen, tot afgelopen woensdag, om te begrijpen of ik iemand kwaad gedaan heb of schade berokkend heb,' zegt Stefano Lorenzi die dag tegenover de pers, 'maar het lukt me niet een enkele reden te bedenken waarom iemand ons zoiets onmenselijks heeft kunnen aandoen.' Daarna, om kwart over twee 's middags, stapt Stefano in een auto die bestuurd wordt door een *maresciallo* van de carabinieri (in tegenstelling tot wat wij bij 'maarschalk' denken, de op een na laagste rang in het korps) die tevens een vriend van de familie is.

Deze zaterdag heeft de vader zijn verdriet en onbegrip geuit tegenover de burgemeester Osvaldo Ruffier en twee wethouders van de gemeente. Zoals we weten was hij een gewaardeerd raadslid van de oppositie. Uit Florence is een broer van Annamaria overgekomen. 'We zijn geschokt en kunnen het niet geloven,' is alles wat hij zegt.

De tweede autopsie op het lijkje van de kleine Samuele, die voorzien was voor vandaag, is enige dagen uitgesteld.

'Wanneer we te maken hebben met dergelijke gevallen,' legt de patholoog-anatoom uit, 'moeten we rekening houden met verschillende zienswijzen, van neurologische en zuiver fysieke aard. Wanneer de arts in Cogne beweert dat het slachtoffer nog leefde, zeg ik: jawel, het hart en de longen kunnen nog een tijdje werken als die niet beschadigd zijn, maar langer dan een paar minuten kan een mens met zulke diepe schedelwonden niet overleven.'

Het wachten is op de uitslag van het DNA-onderzoek, dat moet uitwijzen of de bloedsporen die zo overvloedig in de slaapkamer van Annamaria en Stefano gevonden zijn, van het bed tot op de commode en van de wand tot het plafond, alleen afkomstig zijn van de kleine Samuele, of misschien ook van de moordenaar.

3 februari 2002. Om halfelf woont het echtpaar Lorenzi (zonder hun oudste zoon Davide) de zondagsmis bij in de kerk van de *borgo* Sant'Orso. De hele familie Lorenzi, de vader van Stefano en de moeder van Annamaria en talrijke verwanten die uit Bologna zijn overgekomen, strekken en buigen hun knieën volgens de eeuwenoude, machteloze liturgie.

'Samuele slaat ons gade,' spreekt de oude pastoor tot de gelovigen. 'Wij mogen ons niet laten afleiden door deze verwarring. U moogt geen acht slaan op de aanwezigheid van al deze politiemensen en journalisten.'

Nee, maar wat dan wel?

'Laat ons bidden dat de Heer de recherche moge bijstaan en verlichten, om een oplossing te vinden voor deze tragische gebeurtenis, opdat er weer vrede en geluk zullen heersen binnen deze familie en heel onze gemeenschap.'

We kennen de toon en loven de intentie, maar alsof een en ander zo gemakkelijk vanuit de hemel wordt geregisseerd! Cogne zal nooit meer zijn boze bijklank kwijtraken en het is zeer onwaarschijnlijk dat de familie Lorenzi ooit nog in vrede en geluk zal kunnen leven.

'Ik smeek u allen te bidden voor een spoedige oplossing van deze zaak.'

Oplossing? Misschien zal er een schuldige gevonden worden, maar ook dan zal het bloedige verlies van een kind nooit Annamaria, Stefano en Davide, hun geluk en vrede van weleer kunnen teruggeven. Pastoors zijn geen psychiaters. De Heer vertoont zich niet, spreekt zich niet uit, laat zich niet zien, maar volgens de leer vergeeft hij wel.

Het grootste gedeelte van de kerkgangers bestaat die zondag uit carabinieri, journalisten en fotografen. Ook vele nieuwsgierigen, die door de dorpsbewoners met nauwelijks verholen wantrouwen worden gadegeslagen. Een groepje vrouwen brengt dat, na het '*Ite missa est*', duidelijk tot uitdrukking: 'Jakhalzen! Jullie kennen voor niemand medelijden. Laat ons met rust en houd op die familie zo te kwellen!'

Rondom het verbeurd verklaarde chalet worden de graafwerkzaamheden naar het moordwapen voortgezet. Met een metaaldetector wordt het steile pad omhoog achter het huis afgezocht, en binnenshuis blijft men de boel overhoophalen.

Ofschoon nog niemand officieel in staat van beschuldiging is gesteld, neemt het echtpaar vast een advocaat in de arm, Carlo Federico Grosso uit Turijn, ex-vice-president van het Openbaar Ministerie, die toevallig ook een vakantiehuisje heeft in Montroz. Hij heeft zich veertig minuten met het echtpaar onderhouden, en is uit de 'résidence Le Cascate' in Lillaz naar buiten gekomen met twee dikke leren tassen: 'Ze hebben mij gevraagd als vertegenwoordiger voor de verdediging.' Voelt het echtpaar zich nu al in het nauw gedreven?

4 februari 2002. Het zal een paar dagen na de moord op de kleine Samuele geweest zijn, toen nieuws en kranten in heel Italië telkens weer op de zaak terugkwamen, dat ik benieuwd werd hoe het af zou lopen. En ik zou niet kunnen zeggen waarom juist deze, op het eerste gezicht weinig spectaculaire zaak mij bleef bezighouden. Vanwege die korte tijdsspanne van vijftien minuten, waardoor de kwestie een Poe-achtig karakter kreeg? De oplossing moet zo doorzichtig zijn dat iedereen hem over het hoofd ziet. Er waren interessantere moorden in die tijd: de verkrachting en moord van de viertienjarige Désirée door vier van haar vriendjes uit Brescia in een verlaten boerenhuis, een mooi meisje, en hoewel de publieke opinie daar anders over oordeelt, maakt de dood van een kind op mij minder indruk dan die van een tiener of volwassene. Uiteindelijk bleek hier een zeer volwassen overbuurman de zaak in scène te hebben gezet. Of de slepende zaak van Erika en Omar, *il massacro di Nove Ligure*, waarin een zestienjarig meisje en haar vriendje de moeder van Erika beestachtig hebben afgeslacht, en uiteindelijk de maximumstraf kregen omdat ze in het geheel geen spijt over hun daad betoonden. Allemaal in dezelfde periode.

Maar ik was niet de enige die de kwestie van de kleine Samuele bleef volgen. Hier trad een merkwaardig mechanisme in werking dat door Simenon is beschreven in *Une confidence de Maigret* (1950): een koelbloedige moord, gepleegd door een wrede dader onder de vreselijkste omstandigheden, kan nauwelijks opgemerkt passeren en gauw worden vergeten, ook in gevallen dat er niemand veroordeeld wordt. Wat moesten wij nou in Sicilië met Aosta, behalve in onze dromen over sneeuw en koelte. Ik luisterde naar een klein handradiootje, waarin ik een pijpendoorsteker als antenne had gestoken, dat ik gevonden had in mijn 'gestoffeerde en gemeubileerde' appartement naar de nieuwsberichten van RadioTre, vooral vanwege de rubriek 'Onda Verde' over de toestand van de wegen en de filemeldingen, zodat ik mij de wegen van de wereld kon herinneren: langzaam rijdend verkeer op de ringweg van Rome, zes kilometer file tussen Como en Chiasso – dan was je dus op weg het land uit, naar Zwitserland, en al Saronno (van de amaretto) en Lomazzo (van het schildershandboek) gepasseerd. Allemaal herinneringen aan het verleden. Een programma van 'Onda Verde', Polizia Stradale, ANAS, de carabinieri en met medewerking van de AGIP – dat waren dus de pompbedienden langs de snelwegen van het land, die af en toe naar buiten moesten lopen om te kijken wat voor weer het was: verplicht de sneeuwkettingen aan boord.

Niemand die deze media-aandacht voor Cogne georchestreerd had. Die groeide vanzelf, als snel wassend onkruid. Ook waren het niet zozeer de kranten en de televisiestations die de publieke opinie beïnvloedden, al bleven ze de verontwaardiging van de massa wel voeden. Het land was verdeeld, zoals men ons voortdurend voorhield, tussen *colpevolisti* en *innocentisti*, tussen mensen die van de schuld van de moeder overtuigd waren, en degenen die dachten dat zij onschuldig was. De theorie van 'het monster van Cogne' verloor al snel terrein.

Waarom waren, vanaf de eerste dag bijna, de *colpevolisti* verreweg in de meerderheid en wilde iedereen geloven dat uitgerekend Annamaria haar eigen zoontje had omgebracht? Zou dat een onbewust verlangen zijn, bij vrouwen? Een Medeacomplex? In het operaprogramma werd niet voor niets Cherubini's *Medea*, in de onovertroffen uitvoering van la Callas uitgezonden.

Ongetwijfeld hadden die zeventien slagen er iets mee te maken: de moordenaar of liever moordenares was op het slachtoffer in blijven hakken, terwijl één slag met het onvindbare en ongedefinieerde voorwerp waarschijnlijk voldoende was geweest. Mochten psychiaters daarin wellicht een teken van ontoerekeningsvatbaarheid zien, voor de menigte was dat een verzwarende omstandigheid. Op je eigen kind nog wel! De jongste!

Maar het ergst was nog de schijnbare beheersing van die moeder, die ontkennen bleef en zich verontwaardigd afvroeg waarom ze haar überhaupt verdachten. Als ze bekend had, was de zaak met een sisser afgelopen en snel vergeten. Er werden vaker kleine kinderen door hun moeder vermoord, laatst nog in de wasmachine, met het programma op negentig graden: de schuldige, alleenstaande moeder zonder uitkering zat rustig naar de patrijspoort van de dood te kijken. En o zovele andere gevallen, maar dan waren de omstandigheden altijd deerniswekkend. En hier hadden we juist een volmaakt gezin, in de bloei van het leven, waarmee het goed ging. Twee echtelieden die uit liefde getrouwd waren (een uitzondering in Italië, en overigens ook in de geschiedenis) en nog steeds verliefd op elkaar waren! Men zou haar wel krijgen.

4 februari 2002. De tweede lijkschouwing bevestigt dat de kleine Samuele zeventien keer met een scherp voorwerp op voorhoofd en slapen getroffen is. Met een kracht die alleen door een volwassene kan worden opgebracht. Door de advocaat Carlo Grosso, een vriendelijke hoogleraar aan de universiteit van Turijn, in de arm te nemen reageert de familie bij voorbaat op een nog niet geformuleerde, maar door de media wel uitgesproken beschuldiging. Annamaria blijft bij haar versie, die door de getuigen bevestigd is.

'Ik heb Samuele alleen gelaten om zijn grote broer Davide naar de bushalte te begeleiden, en toen ik terugkwam heb ik hem gevonden in een plas bloed.'

Drie dagen is vergeefs naar het moordwapen gezocht, in de wijde omtrek van het huis, met honden, metaaldetectoren, graafmachines en carabinieri. Het moet een puntig voorwerp zijn. Omdat Cogne tussen de bergen ligt, denkt men aan een kleine pikhouweel, zoals geologen en bergbeklimmers die gebruiken. Stefano heeft nooit zo'n pik gehad – hij huurde zijn uitrusting als hij ging klimmen. Uit het huis is een antiek strijkijzer verdwenen, dat ooit in de vensterbank heeft gestaan, maar dat Annamaria al minstens een halfjaar geleden heeft weggehaald omdat de kinderen er 'gevaarlijk' mee zouden kunnen spelen.

Een van de tips die binnenstromen bij de carabinieri, betreft de mogelijke betrokkenheid van een satanistische sekte die al eerder gesignaleerd is in een bos bij Ozein, een *frazione* van Aymavilles, langs de weg naar Cogne. Een getuige zou daar afgelopen woensdagavond twee personen hebben waargenomen die stenen in een cirkel aan het leggen waren als voorbereiding op een rite. De cirkel is niet teruggevonden. De politie ontkent categorisch dat de moord iets met satanisme te maken zou kunnen hebben.

Na de tweede autopsie, waaruit gebleken is dat de wonden in tijdsbestek van een à twee minuten zijn aangebracht, is het *nulla osta* uitgesproken en is het lichaam van de kleine Samuele vrijgegeven voor de begrafenis.

Een van de twee belangrijkste discussieprogramma's

van de verzamelde zenders, *Porta a porta* van Bruno Vespa
– de concurrent is de *Maurizio Costanzo Show* – kondigt
aan de uitzending aan de zaak te wijden.

Het zoeken naar het moordwapen is tijdelijk gestaakt.
Men vermoedt dat de moordenaar het moordwapen met
zich heeft meegenomen. Eventjes lijkt het erop alsof de
verdenking niet exclusief op de ouders valt. Tweeëntwintig personen zijn deze dag kort verhoord. Voor morgen
wordt de uitslag van het forensisch onderzoek van het RIS
verwacht.

Maria Del Savio Bonaudo, hoofd van het OM in Aosta
– ik kan er maar niet over uit hoe moeilijk deze treurige
huisvrouw in de overgang uit haar woorden komt; bovendien heeft zij een ontwijkende blik, terwijl bijvoorbeeld
Annamaria recht in de camera kan kijken – probeert de
bevolking van Cogne gerust te stellen, omdat de hypothese
van een 'monster' niet meer zou opgaan.

'Uit de gegevens die wij verzameld hebben, zou ik zeggen dat, het heeft geen zin om bang te zijn, ik geloof dat,
de mensen van Cogne en de Valle d'Aosta kunnen rustig
gaan slapen en hoeven niet bang te zijn voor hun eigen
kinderen.' Misschien wel voor die van anderen.

'We denken mogelijk aan een wraakoefening, maar dan
altijd de wraak van een krankzinnige,' verklaart de hoofdofficier in *Porta a porta*. Geen verdenking meer tegen Annamaria Franzoni?

'Dergelijke verdenkingen en verdachtmakingen hebben geen concrete basis. Op dit moment kunnen wij geen
verdachten aanwijzen.' De onderzoekers zouden zich wel
richten op iemand van de familie of iemand die zich op de
familie zou willen wreken. 'In die twee richtingen moet
het onderzoek begrepen worden.' Wartaal.

Niemand anders heeft gehoor gegeven aan de uitnodiging voor het programma van Bruno Vespa. De bewoners van Cogne sluiten zich liever op in hun huizen, luiken en rolluiken dicht en omlaag. Ook de familie Lorenzi is vandaag niet in de openbaarheid getreden.

5 februari 2002. Vanaf halfelf 's ochtends tot negen uur 's avonds voeren de witgekapte mannen van het RIS van Parma een derde huiszoeking uit.

De patholoog-anatoom voert toch nog een derde autopsie uit op het lichaampje van de kleine Samuele. Wat het moordwapen betreft denkt men nu niet meer aan een pikhouweel, maar aan een huishoudelijk voorwerp. Misschien een esthetisch beeldje, een kleine madonna op een voetstuk bijvoorbeeld, of een prijsbokaal. Of om het even wat in een huis, in een keuken, voor het grijpen ligt.

Twee elementen onder de microscoop: het moordwapen, waarvan geen spoor, en de laatste minuten van het leven van de kleine Samuele. Maria Del Savio Bonaudo herroept in een ander programma, *Verissimo*, wat zij de vorige dag in *Porta a porta* heeft verklaard: 'Het spijt me dat iemand heeft kunnen denken dat wij zoeken naar een motief van wraak, ook al omdat we geen enkel element voor een motief in handen hebben.' Zij spreekt langzaam, alsof ze de woorden nog moet uitvinden, en kijkt daarbij steeds weg.

Op een mooie dag in de paasvakantie heeft de nog jonge commissaris Montalbano zich geïnstalleerd in zijn lege kantoor met twee boeken, een essaybundel van Borges en een roman van Daniel Chavarría. Hij besluit voor de lunch te beginnen met de zwaardere kost, en blijft tot zijn verbazing steken op pagina eenenzeventig van de bundel, bij de volgende zin: 'Het feit van de waarneming zelf, van de aandacht die je ergens aan schenkt, is selectief van aard: elk moment van aandacht, elke fixatie van ons bewustzijn betekent tegelijk een weloverwogen weglating van wat ons niet interesseert.'

Montalbano moet daar lang over nadenken en probeert het toe te passen op zijn eigen omstandigheid van beginnend rechercheur. In een onderzoek, overweegt hij, mag de waarneming van een feit niet plaatsvinden in een bepaalde, gekozen context. Keuzen moeten pas later bewust gemaakt worden, en niet al bij de waarneming een rol spelen: redeneren, deduceren, vergelijken, uitsluiten, zo peinst Montalbano verder: wat zou hij schrijven in een imaginair *Handboek voor de volmaakte rechercheur*? Dat je die dingen niet helemaal los van elkaar kunt zien, en dat het wetenschappelijk onmogelijk is om objectieve observaties te doen. Maar dat je erop beducht moet zijn dat elk onderzoek in een bepaalde richting reeds een vooroordeel inhoudt.

Ik heb zelf vaak erover nagedacht waarom het zoeken naar een motief zo'n belangrijke rol zou moeten spelen bij de oplossing van een moord. De motieven liggen op straat. Aan iedereen zijn geheime of openlijk uitgesproken motieven toe te dichten. Maar die staan niet ter beoordeling.

HOOFDSTUK VII

Inbeelding

Als ik mijn zuster moet geloven, is er niets waar van wat zij zegt, zelfs niet dat zij mijn zuster is.

In de maand voor haar aangekondigde bezoek kwamen de gedachten over ons gemeenschappelijke verleden vast vooruitgereisd. Het idee mijn vrijheid te verliezen werkte op mijn zenuwen. Ik kon haar onmogelijk in huis nemen. Het schiereilandje was te klein voor mij alleen, laat staan voor twee botsende superego's. Het was hier ook te koud voor mij alleen. Ik was eenzaam. Met mijn zuster erbij zou dat alleen maar erger worden. Mijn prestige van alleenstaande man zou eronder lijden. Kennelijk was ik nog niet ver genoeg gevlogen uit het nest. Met het vliegtuig was je binnen drie uur van Amsterdam in Catania. Wat zouden de mensen hier denken, een overweging waar mijn moeder altijd zeer gevoelig voor was geweest, als er nog zo'n vreemd geval opdook die beweerde familie van mij te zijn én schrijfster, terwijl ze in de boekwinkels nog nooit van ons gehoord hadden? Omdat ze werkelijk de hele wereldliteratuur in schier gratis vertalingen voorhanden hebben, kunnen Italianen niet begrijpen dat er nog een andere taal dan het Italiaans bestaat. Vagelijk hebben ze van Vlaanderen gehoord. Iedereen kan wel beweren dat hij of zij schrijver is. Meestal een excuus voor onmacht en ledigheid. Twee gekken die elkaar aantrokken en afstootten. Hoe moest ik uitleggen dat ze weliswaar getrouwd was, maar niet met een man? Het feit dat ze alleen zou komen, 'misschien wel voor een halfjaar', deed mij trouwens het ergste vermoeden over de duurzaamheid van die verbintenis.

Had Doeschka zelf niet bij herhaling gezegd en laten blijken dat Amsterdam háár stad was en dat ik daarin niet thuishoorde? Een à twee maanden per jaar moest ik in Nederland vertoeven, 'voor de promotie' en om geld bij elkaar te sprokkelen. In al die jaren was zij mij niet één keer komen opzoeken in de Stad, terwijl we daar bijna op loopafstand van elkaar woonden. Ook niet in Lucca, wat dat betreft. Hier was alles op loopafstand. Zij had, zodra ze het ouderlijk huis ontvlucht was, de hele familie laten stikken. Niet één keer had zij met Kerstmis acte de présence gegeven, een feest dat voor mijn vader heilig was.

Dat mij ter ore was gekomen dat zij in *De Kwaliteitskrant* ('slijpsteen van de geest'), een paginagroot stuk had geschreven over de Siciliaanse literatuur *nadat* ik mij op het eiland had gevestigd, stemde mij niet milder. Mijn zuster en de Siciliaanse literatuur? Zij sprak of las geen woord Italiaans, en had nooit enige belangstelling in die richting laten blijken. Mijn moeder 'studeerde' al zo'n jaar of veertig Italiaans en kon het redelijk lezen, maar spreken ging nog steeds van *chiesa* als ze 'kaas' bedoelde, en *voglio* als ze iets nodig had. Mijn zuster had *Nederlandse* letterkunde gestudeerd.

'En jij hebt helemaal niets gestudeerd!' riposteerde ze wanneer ik haar dat voor de voeten wierp.

Zodra mijn zuster naar de middelbare school was gegaan – liever had ze de mms gedaan, omdat daar vlottere meisjes rondliepen, maar van mijn vader moest iedereen naar het gym – was ons contact minder geworden. Ik moest maar met mijn babyzusje spelen. Heel soms mocht ik nog met Doeschka meedoen voor spek en bonen, maar tussen de BB-ruitjes en onder de gesteven petticoats was voor mij geen plaats. Al vaker had ze me toegebeten dat ik niet zo naar haar geslachtsgenootjes moest staren.

'Stel je niet zo aan!' Dan trok ze een karikatuur van mijn gezicht: zonder er erg in te hebben beet ik op mijn tong van verrukking bij het zien van een meisje. Ja, die meisjes hadden allemaal roze kauwgum in de mond, en ik kreeg alleen het opgevouwen Bazooka-Joeplaatje dat in de verpakking zat. Wij kregen geen zakgeld, en als we al iets van onze opa kregen toegestopt, mochten we daar geen snoep voor kopen. (Bij de kleine geldjes die de kleinkinderen erfden, was nadrukkelijk gestipuleerd: *niet voor moderne muziekplaten of knetterfietsen!*) Eén ijsje in de zomer per kind, en één platte staafkauwgum wanneer we de bergpassen 'namen'.

Doeschka was vindingrijk en ontweek de geboden. Zij pelde op weg naar school platgetrapte kauwgum van het plaveisel en maakte die in haar mond zacht. De clou van kauwgum was voor haar sowieso dat eerst de smaak eruit moest zijn. Zij nam alle uitgekauwde kauwgums van haar vriendinnen over. Soms bood ze mij grootmoedig een derdehands kauwgum aan. Als ik die weigerde, was ik een doetje. Ik mocht niet mee naar De IJsbreker. In haar wereld was voor mij geen plaats.

Voor spek en bonen had ik meegedaan, en wat haar betreft zou dat zo blijven. Af en toe moest ik bij haar aankloppen voor een lening, om de eindjes aan elkaar te knopen van het 'zuivere schrijverschap'. Zij weigerde nooit. Nog steeds leek zij aangesteld om mij te beschermen. Wanneer ik heel incidenteel in haar vriendenkring van het café werd geduld, moest ik mijn mond houden. Als ik er een enkele keer tussen probeerde te komen met een ingestudeerde wisecrack, was het: 'Hoor, hoor! Jij moet je niet zo aanstellen.' Of ze brak mijn anekdote (over de prins van Lampedusa, die zijn overhemden uit Palermo naar Londen stuurde om ze te laten strijken) ruwweg af met een vuistslag tegen mijn slaap. Telkens wanneer ik die anekdote voor anderen opdis, krijg ik die dreun. Eerlijk gezegd voelde ik mij niet erg thuis tussen die acteurs- en cabaretvrienden van haar. Ze leken de hele dag in het café te zitten, elke avond tot sluitingstijd, waarna ze in meer of minder beschonken toestand afdropen naar hun treurige onderkomens boven aan de smalle trappen van de binnenstad. Er was voor die mensen geen enkele reden om thuis te blijven zitten, want ze hadden geen thuis.

Doeschka had mettertijd een eigen huis verworven, begane grond, met een eigen voordeur en koperen klopper. Zij was vooralsnog de enige van de kinderen wie dat gelukt was. En wat voor een huis! Ingericht met smaak, kunstwerken, een joodse poetsvrouw en een hond. Voor haar boekenkast kon ik minder belangstelling opbrengen.

Maar die vrienden! Angstaanjagende en groteske zombies die zich aan elkaar vastklampten met vervlogen dromen van vergane grandeur (iedereen had weleens een boek gepubliceerd of in een toneelstuk op de planken gestaan). In haat, nijd en gechargeerde genegenheid verdroegen ze elkaar, in afwachting van het einde. Trage zelfmoordenaars in de wachtkamer, die altijd terugkwamen als ze tijdelijk verdwenen waren voor een grote revisie. Dat schoot niet op. Het café was Doeschka's huiskamer, ze hoefde er nauwelijks de deur voor uit. Verankerd aan een gedempte gracht als de *bateau ivre*, maar dan wel een scheepje dat half gezonken was.

Mijn zuster zag ik nooit drinken, geen sterkedrank, geen bier. Zij dronk geen koffie en geen water. Ik heb haar een keer in een bar om een uitgeperste citroen horen vragen. Ik heb haar nimmer zien eten sinds de gezamenlijke ontbijten van ons schoolkinderen met de vader.

Mijn vader maakte elke morgen een pan heerlijke havermout, terwijl hij zich stond te scheren. Zijn vrouw bleef wijselijk boven tot hij de deur uit was. Mijn broer en ik hadden geen problemen met de pap, waarmee de Russen de oorlog hadden gewonnen.

Volgens mijn moeder hadden de Amerikanen de oorlog gewonnen met dubbele witte boterhammen, dik besmeerd met boter en belegd met duimdikke plakken cornedbeef. Toen zij in de crisistijd naar Nederland gekomen was, had ze tot haar afschuw geconstateerd dat men in het veel rijkere buurland *margarine* gebruikte. Eten kon je dat niet noemen. Wel ontdekte zij dat gebakken aardappeltjes knapperiger werden in margarine dan in boter. Niet dat wij ooit wittebrood kregen; de oorlog was immers al gewonnen. Voor dikke witte boterhammen met rode jam moest je bij vriendjes aan tafel. Olie was een product voor medische toepassingen. Er stond een flesje wonderolie in het medicijnkastje, nog van haar moeizame bevallingen. Daaruit kregen wij een gladde lepel bij griep of oorpijn, diarree en verstopping: flink zijn!

Mijn moeder kon goed koken, tot mijn vader met pensioen ging. Toen werd hij gedwongen – eindelijk was zíj de baas in huis en hij de bediende – samen met andere oudere heren een kookcursus te volgen. Verder dan kruimige aardappelen met waterjus en aangebakken lever, vanbinnen rauw, is hij niet gekomen. Groenten en koude salades liet hij altijd vol minachting staan. Vitaminen waren voor hem een godsdienstige uitvinding van de medicijnman. Een appeltje voor de dorst, 's middags met schil en al in dunne reepjes gesneden, was genoeg. Eén keer in het jaar vergezelde ik hem met mijn houten autokar naar een goedkope groenteboer en kwamen we terug met een kist naamloze appeltjes. Eérst de aangevreten of rotte appeltjes! Tegen de tijd dat de bodem in zicht kwam, hadden we alleen maar half aangevreten of beurse appeltjes gegeten.

Eten kon niet bederven, decreteerde hij. Mensen waren evenzeer aan bederf onderhevig, en die gooide je ook niet weg. Op hoge leeftijd heeft mijn moeder dieselfde merkwaardige mening overgenomen. Het eerste wat de kinderen doen als ze op bezoek komen, is het opschonen van de ijskast.

In de vakanties liet mijn moeder het al eerder afweten. Sinds de kinderen gekomen waren had zij nooit meer vakantie gehad, klaagde ze. Dus kregen we droge rijst van Uncle Ben met boemboe en gebakken plakken cornedbeef. Wanneer mijn ouders in een restaurant gingen eten, werden wij kinderen uit spelen gestuurd met een trosje druiven. Op reis, wanneer we bijvoorbeeld in Thusis moesten wachten tot de auto gerepareerd was en wij met ons moeder uitgewandeld waren, zij snakte naar een kop koffie en een stoel, kregen we soms een bolvormig flesje *aranciata*, nog steeds een van mijn lievelingsdrankjes. Mijn zusjes hielden niet van prik.

Terug naar de pap, die in het leven van mijn zuster een cruciale en fatale rol gespeeld heeft. De jongens bestrooiden de pap rijkelijk met kalk en suiker. Nog toen hij oud was, kon ik mijn vader geen groter plezier doen dan in zijn scheerpannetje een havermoutje klaar te maken, met wat kaneel, een geraspte appel erdoor en een lepel honing. Mijn zusjes deden vies met de pap. Ze wachtten net zo lang tot hij afgekoeld was. Eerst was hij te heet om te eten, en nu was hij te koud. Hoe ze het deden weet ik niet, maar bij mijn oudste zuster ging de pap vanzelf klonteren, in het bord van mijn kleine zusje ging hij schiften. Nooit andersom. Ondertussen was mijn vader onzichtbaar geworden achter de poortdeur, en kwam mijn moeder de trap af om de kinderen naar school te jagen. Met angstaanjagend rood gelakte nagels ging ze haar sinaasappel te lijf. Wij gingen vast de straat op om nog wat bij de sloot te klooien, maar de meisjes moesten eerst hun bordje leeg. Dat lukte niet. Mijn moeder concentreerde zich zoals altijd op haar oudste dochter. Die had een truc, zij propte het brouwsel in haar wangzakken, zonder te slikken, en spuwde het uit boven het putje achter de keukendeur. En toen dat uitkwam, volgde straf. Mijn moeder schepte de nog overgebleven brij over het hoofd van haar stoïcijnse dochter en stuurde haar de deur uit met de klonten in haar haar. Of zij werd, mét haar papbord, op straat gezet, tot hilariteit van vriendinnetjes die langskwamen op weg naar school.

Mijn moeder zegt dat we de vuile was niet buiten moeten hangen. Zij zegt dat het verzinsels zijn, alles uit de duim gezogen. Mijn moeder wil niets van het verleden weten. Als Duitse moest mijn moeder wel vergeten, zeg ik ter verdediging. Maar ik was erbij en vele verzinsels van Doeschka heb ik waargenomen, liever gezegd meebeleefd, al was het omdat ik aanvankelijk volledig opging in de wereld van mijn zuster. Onthouden, niets vergeten, zoals een olifant, dat was mijn zusters manier om te overleven.

'Als wij niet zo goed voor jullie opvoeding gezorgd hadden...' Wat dan? Ze hebben ons helemaal niet opgevoed. De kinderen vochten het zelf uit, onderling. De ouders waren grootheden met wie wij amper te maken kregen, behalve aan tafel. Mijn zuster heeft in haar merkwaardige grafrede, die voor driekwart over de joodse godsdienst ging, mijn vader vooral geprezen om zijn afwezigheid in het proces dat opvoeding heet. Gelukkig maar dat mijn moeder, die in een rolstoel eenzaam nog voor de eerste rij kerkbanken stond geposteerd, er niets van heeft kunnen verstaan.

Omdat mijn zuster, volgens de dokter, 'slappe banden' had, waren haar schouders ietwat gebogen. Aan tafel stond mijn vader op, ging achter haar krukje staan (alleen mijn ouders zaten aan tafel op stoelen met een rugleuning; mijn vader zelf heeft zijn hele jeugd staand aan tafel moeten

eten), zette zijn knie tegen haar ruggengraat en boog met kracht haar schouders in de gewenste positie. Ofwel zij moest proberen mes en vork te hanteren terwijl zijn essenhouten wandelstok achter haar rug langs door haar ellebogen was gestoken. Een derde methode was dat mijn zuster tijdens het eten twee delen van de geschiedenis van de Franse Revolutie onder haar ellebogen geklemd moest houden. Liet ze er een vallen, dan kon ze zonder eten naar bed. Geen wonder dat haar alle appetijt ontging. Ze heeft geen kromme rug, integendeel, maar in haar zieltje wordt deze herinnering als zoveelste marteling gekoesterd.

Zelf ging Doeschka er prat op dat zij sinds ze op kamers en later in haar eigen huis woonde, leefde op een dieet van hardgekookte eieren en dubbelzoute drop.

Zachtaardiger maar even fnuikend waren de opvoedkundige boeken die zij in haar puberteit kreeg opgedrongen. Wij waren allemaal bekend met katholieke plaatjesboeken voor de studie van misdienaar. Ook met *Der Struwwelpeter*, waarin stoute kinderen die met lucifers speelden levend verbrand werden.

> *Und Minz und Maunz, die kleinen,*
> *Die sitzen da und weinen:*
> *'Miau! Mio! Miau! Mio!*
> *Wo sind die armen Eltern? Wo?'*
> *Und ihre Tränen fließen*
> *Wie's Bächlein auf den Wiesen.*

Waarin de kleermaker het dochtertje des huizes op duimzuigen betrapte en met een reuzenschaar haar duimen afknipte. Een kindje met schooltas op de rug, dat niet wilde opletten waar of het liep en in de lucht naar vogels keek, verdronk in de rivier. Alleen het schooltasje bleef drijven.

Waarin Kaspar, net als Doeschka haar pap, zijn soep niet wilde eten.

> *Er wog vielleicht ein halbes Lot —*
> *Und war am fünften Tage tot.*

Op zijn graf was ter herinnering een grote soepterrine geplaatst. Ook waren er plaatjesboeken met op de linkerbladzijden 'Zo moet het niet' en op de rechter 'Zo moet het', waarin wij vooral de slechte kinderen op de versopagina's bestudeerden. Het ligt er maar aan of je voor zulke dingen gevoelig bent. Ik denk dat ik mijn hele zogenoemde opvoeding — opsluiting in het kolenhok, 's zaterdagsavonds over de knie en met de broodplank, of je nu wel of niet kwaad had gedaan — als een goeie grap beschouwde. Ik vrees dat Doeschka haar opvoeding serieus nam. Net als die enge boeken: *Het boek ik*, *Een meisje worden*, en *Behoorlijk en bekoorlijk*. Ze staan nog in het kinderbibliotheekje in het blauwe kamertje van het ouderlijk huis, met het scheepvormige bedje van mijn overgrootmoeder. Mijn nu volwassen dochter slaapt in dat kamertje wanneer wij in het ouderlijk huis logeren. Het is mijn taak, zo zie ik dat, de klokken van mijn vader op te winden, bij te zetten, af te stellen en op tijd te laten lopen, want mijn moeder kent geen tijd sinds haar man het eeuwigdurende gesteggel opgegeven heeft. Mijn dochter vréét die boeken. Zoiets bizars heeft ze nog nooit onder ogen gehad. Die boeken zijn voor Iris enger dan de ergste *splatter movies*. Er staan tekeningen bij. Vrouw-worden was een groot mysterie waarop wel telkens gezinspeeld werd, maar dat geenszins uit de doeken werd gedaan. Dezelfde toon, vermoed ik, als de destijds, in mijn tijd nog, vanwege de parochie belegde cursussen voor verloofden en achttienjarigen. Wat ik mij zelf herinner uit een stiekem van de hoogste boekenplank getrokken handboek voor katholieke pasgehuwden, was dat de vrouw, indien ze droog of maltentig was, met zachte klapjes van onder tegen de borsten gewillig kon worden gemaakt. Machtig opwindend! Mijn dochter is eenzelfde opwinding bekomen toen zij de opvoedkundige boeken raadpleegde, in het blauwe kamertje, die voor mijn oudste zuster waren bestemd. Mijn dochter kwam uit het blauwe kamertje met schitterende ogen naar mij toe, met *Het boek ik*: 'Pappa, maar nu begrijp ik waarom tante Doeschka lesbisch is geworden!'

Mijn groeiende minachting voor mijn zuster gold niet haar geslachtelijke voorkeur. Daarin waren we juist gelijkgestemd. En evenmin haar verrichtingen: van doceren op een middelbare school, via een aanstelling aan de universiteit, tot redacteur van de boekenbijlage van *Het Weekblad*. Het was eerder haar omgeving. Zou dit nou de grote wereld zijn, daar in dat kleine Amsterdam? Was dit wat zij bereikt had met al haar 'sociale vaardigheden', dat ze bekend was met het journaille en de artiesten van de lagerwal?

Afijn, we waren elkaar uit het oog verloren en hadden elkaar niets te melden, vooral niet over het werk. Af en toe leende ze mij geld, en ik betaalde haar terug. Als er iets was waar we onmogelijk twee woorden over konden wisselen, was dat de literatuur. Zij was een schrijfster die onmiddellijk succes had gescoord, die iedereen kende en goede oplagecijfers genoot. Ik vond dat een schrijver er geen nevenactiviteiten op na mag houden. Je gaat ervoor, of niet. Een schrijver kan ook geen vrienden hebben — dat was mij gebleken met een schrijvende vriend die voor een andere krant schreef. Ik hield hem verantwoordelijk voor de sleetse opinies van zijn werkgever; hij zei dat hij zijn geld moest verdienen.

Het lawaaierige karakter van *Het Weekblad* was mij

nooit bevallen. Ik trapte haar op de tenen wanneer ik haar eraan herinnerde dat het voormalige verzetsblaadje pas eind jaren zestig groot was geworden, toen de even pagina's geheel gevuld waren met seks- en contactadvertenties. Doeschka was weliswaar uit haar eigen milieu gebroken, maar de horizont van haar meningen hield op waar het IJ begon. O, wat waren die mensen politiek correct. Nu juist geen seks meer en vooral geen lifestyle, maar veel achtergestelde buurten, leiders van Marokkaanse en Turkse gemeenschappen, ongefundeerde en slecht onderbouwde schandaalverhalen en complottheorieën, oeverloze partijpolitiek, de joodse problematiek (immer levendig gehouden met de wijsheid achteraf), Palestijnse perikelen en columns van voor tot achter, die meestal niet verder reikten dan de persoonlijke beslommeringen of wankelende gemoedstoestanden van de columnist. Jawel, dat was een beroep geworden, je kon ervan leven! Een beroep voor intellectuelen, toen ze in Nederland nog niet begrepen hadden dat die aanduiding in de grote buurlanden allang een twijfelachtig allooi gekregen had, zo niet in een slechte reuk stond.

Ze wisten het allemaal beter, aan de borreltafel en in het parochieblad. Het blad was, onder leiding van twee dictatoriale baasjes, nog steeds opgezet als een collectief waarin de redactieraad het voor het zeggen had. Ik meen dat er op het hoogte- of dieptepunt wel veertig fulltime redacteuren waren, al lieten die het schrijfwerk meest over aan freelancers. Wat je ten gunste van het blad kon zeggen was dat er een los uitgegeven boekenbijlage bij geleverd werd, en die was van grote klasse. Het waren tijdschriften die je bewaarde. Veel mensen kochten alleen om die reden de krant — de rest kon je meteen wegflikkeren, met zijn koppen vol met opgezet gemeen, altijd klaar voor het werpen van de eerste steen (Fischer). Dat was vooral Doeschka's verdienste, en die van haar pijprokende chef. Voor de adverteerders werd die bijlage op den duur minder interessant.

Het seksistische opperbaasje, een echte krantenman van de oude soort, had een merkwaardige eigenschap aan de Koude Oorlog overgehouden. Hij hield er een dubbele agenda op na. Het blad heette links te zijn, hij was dat zelf bepaald niet. De redactieraad overlegde in alle openheid – vergaderen was de verlamming van de tijdgeest van die jaren – maar hij hield geheime en gedetailleerde dossiers bij van alle redacteuren en medewerkers. Nu is het bekend van alle geheime polities ter wereld dat ze een merkwaardige voorkeur hebben voor het seksuele doen en laten van de burgers. Zoals Sade duidelijk heeft aangetoond, en Mozart al een eeuw eerder, is de seksualiteit altijd voorwerp van rebellie en repressie. Toen de krantenbaas van hogerhand opdracht kreeg in te krimpen op het enorme aantal zittende redacteuren, begon hij, waarschijnlijk ook uit persoonlijke perversie en om zijn almacht te demonstreren, anonieme brieven te sturen aan de redacteuren, met details over hun geslachtsleven – niemand is er ooit achter gekomen hoe hij over die informatie kon beschikken, en of hij het werkelijk gedaan heeft. Geheel volgens opzet kwam dat uit en werd de kwestie in de redactieraad gegooid, waarvan alle leden elkaar het liefst het brood uit de mond stootten. Het enige wat duidelijk werd, was dat er mensen weg moesten.

Omdat mijn zuster geen vijanden had en dacht dat ze onmisbaar was, buitengewoon gewaardeerd voor haar aandeel in die fameuze boekenbijlage (die, zo bleek achteraf, van hogerhand ook weg moest, want te duur), wierp zij zich edelmoedig op om te vertrekken, in de zekerheid dat iedereen zou protesteren en dat zij aldus buiten schot kon blijven. Misrekening. Ze moest vertrekken. Weg was haar mooie leven bij *Het Weekblad*, waarmee ze zich had vereenzelvigd.

Vanaf dat moment moet het steeds slechter met haar zijn gegaan. Ik had er geen zicht op. Mooi weer spelen kon ze als de beste, maar nu was er geen theater meer. Jarenlang bleef ze in bed liggen. Alleen mijn arme oude vader, die Amsterdam vervloekte, begaf zich weleens met buslijn 80 naar de Marnixstraat, om vandaar het hele eind te lopen tot haar huis. Op zijn bellen deed ze niet open, ook niet als er tevoren een afspraak was gemaakt.

Ik waagde het niet haar de les te lezen. Ik kon toch geen goed bij haar doen. Mijn onverschilligheid werd door haar geweten aan het feit dat ik jaloers zou zijn op haar succes en het gemak van haar pen. Zij dacht dat ik was gaan schrijven omdat ik haar in alles achterna bleef lopen en wilde imiteren. Als er iets is wat mij niet op dat armoedige pad heeft gevoerd, is het het voorbeeld van mijn zuster. Dat vond ik al toen ze Nederlandse taal- en letterkunde ging studeren. Als er één opleiding ongeschikt is om je voor te bereiden op dat vak...

Terwijl er een band tussen ons bleef bestaan op sentimenteel niveau, ook op afstand, zodat wij tweeën nog steeds de enige kinderen van ons gezin zijn die zich echt verwant met elkaar voelen, heeft juist onze gemeenschappelijke arbeid en interesse ons van elkaar vervreemd. Sterker nog, we zijn aartsvijanden op dat gebied. En omdat ieder voor zich in hoge mate zich met haar en zijn werk vereenzelvigt, zijn we eigenlijk aartsvijanden tout court geworden. Een zuster en broeder die elkaar het licht in de ogen niet gunnen.

Ik begreep haar niet meer. Waarom vocht zij nog steeds om de goedkeuring van haar moeder, hoe vaak ik haar ook heb proberen uit te leggen dat je het moet doen met de ouders die je hebt? Die moet je achteraf niet willen veranderen, al zijn die van ons wel erg verstokt in de uitgangshouding waarin ze elkaar gevonden hebben, nu zestig jaar geleden. Een ideaal gezin moest en zou het zijn. Ze wilden eenvoudig niet onder ogen zien dat daar langzamerhand diepe scheuren in ontstaan waren, dat hun kinderen het maatschappelijk en financieel niet zo ver geschopt hadden als zij zich wensten, dat de gezondheid van alle vier het eerder begeven had dan die van hen (maar dat geldt misschien voor die hele generatie; wij van de babyboom lijken veel eerder om te vallen, terwijl wij in tijden van vrede en toenemende rijkdom zijn opgegroeid – zij zouden zeggen: juist daarom), dat er bij die fijne, nette en veelbelovende kinderen van hen zich een voortschrijdende vorm van krankzinnigheid heeft aangediend, die natuurlijk erfelijk is maar vroeger zorgvuldig verborgen werd gehouden en tot op heden nog steeds ontkend wordt.

Mijn ouders vormden nog het enige onderwerp van gesprek tussen zuster en broeder, niet haar gezondheidstoestand. Pas toen ík van boven naar beneden viel en in Amsterdam bijna was doodgebloed, kwam zij overeind, zwak als ze was. Ze trok zichzelf bij de haren uit haar lethargie en wierp zich als mijn redder op. Mijn ouders lieten zich niet zien. Voor hen waren teleurstelling en schande te groot. En Doeschka kwam naar de kliniek, om mij op volle sterkte uit te foeteren, ten overstaan van de andere patiënten. Was ik dan werkelijk zo stom dat ik het nooit eens góed kon doen? Wist ik dan niet dat je het in een warm bad moest doen, om het bloed te laten stromen en stolling te voorkomen? We wisten allebei nog niet dat ik een hartkwaal had, waardoor mijn bloed, spoedig daarna, helemaal niet meer kon circuleren.

Het duurde jaren voordat ik enigszins was opgelapt, en in de tussentijd belandde zij in het ziekenhuis, ondervoed en met een minimum aan leverfunctie. Het leek waarachtig of we om strijd wilden sterven. Ging het beer beter, dan ging het tijger slechter. Het weerhuisjeseffect. Een van haar geliefdste kinderspeelgoedjes, waar ik met mijn fikken af moest blijven.

Tot nog toe hadden we ver van elkaar gestreden, ons werkende leven lang. We gingen het gesprek niet aan. Alleen die ouders, ach, onze ouders. Na zeven jaren en vele slechte boeken was mijn zuster overeindgekomen, en had ze zich gerehabiliteerd met wat haar beste werken zijn, terwijl ik in de laatste zeven jaren steeds meer achteruit geboerd was in verkoop en publieke opinie.

Waarom zou Doeschka nu dan, 'misschien wel voor een halfjaar', naar mij toe willen komen? Het ging niet slecht met me, ik had mijn oude mens juist afgelegd. Wilde ze nu zij aan zij strijden, of moesten we tegen elkaar in de arena? Met haar ging het goed, zo had ik begrepen. Het zou toch niet zo zijn dat het haar dwarszat dat ik de handdoek in de ring had geworpen? Altijd had ze de neiging gehad over mij cultuurcommissaris en rechter te spelen.

Was er nog iets in haar geheugen blijven hangen, of waren daar gaten in gevallen die met nieuwe verzinsels gedicht moesten worden? Voor verzoening was geen reden, voor afscheid en adieu was het nog niet de tijd.

'Het moet haar in de bol geslagen zijn, ze is gaga.'

'De olifantjes van het geheugen' kwamen van tante Else, de ongetrouwde dochter van tante Lina ('die-die-die'). Else had beslist een joods voorkomen, en ook de voortvarendheid om van niets iets te maken. Van haar moest mijn zuster dat hebben, die wil tot schuldvereffening, het sluiten van de boekhouding. In ons gezin werd nooit gerekend of geteld, zeker niet in geld. Dat heb je met gymnasiasten. Uit de puinhopen van het Derde Rijk had tante Else binnen de kortste tijd een schoenenimperium uit de grond gestampt,

Schuh-Mohr (Lina Bori was met een Mohr getrouwd). 'De balans van Mohr,' placht mijn vader geringschattend te zeggen wanneer wij logeetjes van haar pas verworven rijkdom waren. Dan mochten de arme kindertjes uit Holland, dat zo te lijden had gehad onder de bezetter, allemaal een paar schoenen uitzoeken in een van haar winkels. Mijn vader vond dat vernederend, mijn moeder was van praktischer aard. Zelf kreeg mijn moeder, om de vernedering ten top te voeren, geen nieuwe schoenen, maar reeds gedragen stappers van Else zelf, van vorig seizoen en dus uit de mode. Een half maatje te klein. Eeuwige eksterogen heeft mijn moeder daaraan overgehouden.

Het handelsmerk van de modellen van Schuh-Mohr was een olifantje, voor degelijkheid en duurzaamheid, ongetwijfeld. De kinderschoenen gingen vergezeld van kleine rubberolifantjes, die onze begeerte meer opwekten dan de gezondheidszolen van het huis. Theo Mohr, de broer van Else, was arts en had in die hoedanigheid een medisch certificaat aan het merk toegevoegd. Waarschijnlijk heeft mijn vader daarin de nietszeggende term 'aërodynamische steunzolen' gevonden.

Ik herinner mij een laatste familiereünie in Duitsland, zoals altijd door Else georganiseerd, omdat die daarvoor het geld had en zelf zonder gezin zat; de enige voorzover ik weet waarbij Doeschka aanwezig was. Op de heenweg was me al opgevallen dat het mijn zuster niet goed ging. Ze zat op de vloer voor de achterbank, omdat ze zei misselijk te worden van mijn hydraulische vering, en moest bij elk benzinestation een sixpack bier kopen. Ik reed net zo 'onbesnut' als mijn vader, beweerde ze, mij voortdurend manend gas terug te nemen en niet zo abrupt te sturen. Zij was het ook geweest, de koffiezoekster, die op de vakantiereizen met mijn ouders op de grond moest zitten en die steevast langs de Via Mala bij het oversteken van de bergen moest overgeven uit het portierraam. Nu moest ze kotsen bij elk *Autobahnkreuz*, niet de handigste plek om te stoppen.

Er speelde in die tijd een kwestie die olie op het vuur van de strijd tussen moeder en dochter had gegooid. Mijn kleine zusje was net achttien geworden en had bij die gelegenheid het zilveren kruisje gekregen dat mijn moeder altijd had gedragen sinds de dood van haar moeder. Doeschka was laaiend dat die eer niet háár als oudste dochter te beurt was gevallen, toen zíj achttien was geworden.

Tijdens de reünie konden mijn zuster en tante Else het goed vinden met elkaar, *Frankenwein* en *Schnaps*. Ze weken niet van elkaars zijde. Zij herkenden in elkaar de sterke, alleenstaande vrouw, die het beter doet dan het nutteloze mansvolk. Op de terugweg droeg Doeschka, die nu pas echt ziek was, het gouden kruisje dat om de hals van tante Else had gehangen.

'Eindelijk heb ik het bewijs,' herhaalde ze geheimzinnig en zelfingenomen. We begrepen niet waar ze het over had.

'Het is haar in de bol geslagen,' was mijn broer het met me eens, 'ze is volkomen gaga.'

Wat volgt is het relaas van de reconstructie die Doeschka, compleet met speurwerk en getuigenverklaringen ofwel inwendige tegenspraak van mijn moeder en hardnekkig zwijgen van mijn vader – voor haar evenzovele bewijzen – van haar eigen afkomst gaf. De triomf van de benevelde sibille die weet dat niemand haar zal tegenspreken. Dit was geen leugen of verzinsel meer, eerder een waan, van bepaald pathologische dimensies. Ze wist het echter, toen en nadien bij herhaling, weliswaar met mogelijke varianten, maar dat hoort bij moderne poëzie, zo had ze aan de universiteit geleerd, zó overtuigend te brengen dat ik haar nog geloofd heb ook. Dronken mensen en gekken spreken de waarheid.

En als zij voor één keer de waarheid had gesproken, zou niemand haar meer geloven. Dan waren de verzinsels over heel die wrede jeugd, waarin ze was ontkend, gestraft, buiten de boot gevallen, die zij kortom als doodongelukkig had ervaren terwijl niemand van de andere kinderen dat zo had beleefd, plotseling acceptabeler.

Doeschka was, in de woorden van mijn moeder zelf, te snel gekomen na mijn oudste broer. Mijn moeder vertelde bloedstollende verhalen over haar eerste bevalling. 'Nooit weer!' had zij zichzelf beloofd. En bij mijn geboorte, het derde kind, ik had de strop al om mijn hals voor ik ter wereld kwam, hadden moeder en zoon bijna allebei het loodje gelegd. Maar Doeschka was 'te vroeg gekomen', naar mijn moeders zin. Op zich niet vreemd, die uitdrukking, want kinderen 'kwamen' gewoon in die tijd. Als dreigende grap hadden mijn ouders Doeschka weleens voorgehouden, wanneer ze weer dwarslag, dat ze een wisselkind moest zijn.

Zo hoort het: meisjes zijn zoet, en jongens stout. Bij Doeschka en ik was het andersom: zo hoort het niet.

Mijn zuster heeft dat lang geloofd: zij was een wisselkind. Nu kwam ze met een beter verhaal. Tante Else zou haar fortuin te danken hebben aan een scheepslading overbodige kurk die zij ontvangen had van een Amerikaanse officier als loon voor bewezen diensten. De Amerikaanse overwinnaars hebben misschien niet op grote schaal de Duitse weduwen en hun dochteren verkracht, zoals de Russische geallieerden, ze sliepen wel degelijk met elk vrouwspersoon dat zich aanbood voor een bete broods. Witbrood met dikke plakken cornedbeef. Dat hoefde niet per se in '45 te zijn gebeurd; de bezettingslegers zijn tientallen jaren in hun verscheidene zones blijven hangen. Else was zwanger geraakt. De sterrenofficier – mijn zuster maakte er geen *ordinary private* van – had haar met kurk afgekocht. Maar Else kon geen kind gebruiken, en de familie geen schande. De vader van mijn moeder, hij die per slot van rekening getrouwd was in dat Duitse wespennest, besloot dat zijn dochter, net getrouwd en met haar eerste baby nog aan de borst, de schuld moest vereffenen. Raadplegingen, mijn vader vaak alleen naar Duitsland, ook later nog, ten tijde van mijn eigen geboorte om te verzekeren dat hij zich aan de afspraak zou houden. Grootmoeder, haar oudste zuster tante Lina ('die-die-die'), die Elses moeder was, mijn opa en mijn vader kwamen overeen dat dit onechtelijke kind zou worden ondergeschoven bij mijn moeder. Voorwaarde was wel – en als aartskatholieken hadden ze daar geen moeite mee – dat er nóóit meer over gesproken zou worden en dat de baby (Marian, later omgedoopt tot Doeschka) volledig als het echte kind van mijn ouders geaccepteerd werd. En dat zij nooit ofte nimmer te horen zou krijgen over haar echte afkomst. De waarheid was verdraaid, en aan de nieuwe waarheid moest tot einde der dagen gestand worden gedaan. Bij deze overwegingen, beslissing en beloften werd mijn moeder niet betrokken – en vandaar haar rancune tegen haar oudste dochter, die haar dochter niet zou zijn. Mijn opa en mijn vader hebben zich aan hun tot God gezworen eed gehouden, tot in den dood. Mijn moeder zou af en toe een hint hebben laten vallen. Zij leeft dan ook nog steeds.

U vindt het ook een mooi verhaal?

De hele constructie is wat mij betreft ingestort als een kaartenhuis bij Elses dood. Er was aanzienlijk kapitaal te vererven: huizen, fabrieken, een winkelketen en renpaarden. Dat alles is gegaan, behoudens een bescheiden lijfgeld voor haar huishoudster Eugenie, naar de meest naaste verwante, een neef van Else van wie wij eerder nooit gehoord hadden, en die het hele goed, zoals het hoort, binnen tien jaar verkwanseld heeft. Op die manier kan mijn geliefde zuster de balans van Mohr niet sluitend krijgen.

Cogne 7

6 februari 2002. Negen uur lang doorzoeken de carabinieri van het RIS opnieuw het huis van de Lorenzi's, van de kelder en de garage tot de zolderverdieping. Zeven man sterk: biologen, natuurkundige experts, fotografen en de technici van de vingerafdrukken.

Zijn die nu pas, een week na de moord, aan de slag gegaan, of doen ze het eerdere werk nog eens over? We moeten niet vergeten dat het carabinierikorps van Cogne, dat van Aosta, en de specialisten uit Parma allemaal voor eigen rekening werken, en dat er meestal een jaloerse beroepsnaijver tussen de verschillende commando's bestaat. (Vooral berucht is in Italië de onderlinge tegenwerking en geheimhouding tussen de staatspolitie en de carabinieri.) Dozen en zakken met allerlei voorwerpen worden het huis uit gedragen. Voor de civiele partij van het echtpaar zijn ook de deskundigen Carlo Torre en Carlo Robino aanwezig. Alle afvoerbuizen worden onderzocht, om na te gaan of de moordenaar zich na het delict gewassen heeft. Geen sporen, behalve die welke in de afvoer van de badkamer zijn achtergelaten door Ada Satragni toen zij haar handen waste; slechts minieme bloedsporen van de kleine Samuele in de zwanenhals. Ook de kleren die Annamaria op de rampzalige dag gedragen heeft, worden vezel voor vezel uitgekamd.

Er zouden geen sporen van vreemden gevonden zijn, hetgeen wordt gepresenteerd als een keerpunt in de onderzoekingen. Voor het eerst wordt de beruchte pyjama van Annamaria genoemd, waarvan het bovenstuk vol bloedvlekken zit. Het kledingstuk is niet op het bed gevonden, maar in een hoek van de kamer. Lag het soms eerst wel op het bed, zoals Annamaria beweert, en is het later door de hulpverleners daarvan verwijderd? Uit het onderzoek van de *blood stain pattern analysis* moet blijken of het om bloedspatten gaat, of om rechtstreeks afgegeven bloed uit de wonden. Vooralsnog wordt er niet zo veel belang gehecht aan de pyjama omdat de bloedsporen aan de rugzijde van het bovenstukje zitten.

'Ik weet niet wie het woord "pyjama" ooit in de mond heeft genomen,' verklaart Maria Del Savio Bonaudo geheimzinnig.

Om de vingerafdrukken prijs te geven wordt een ultravioletlamp van duizend watt gebruikt. Daarna wordt er met koolstofpoeder en plakband (een *lifter*) gewerkt voor de afdrukken op glas en plastic; de afdrukken op hout worden magnetisch opgeslagen.

De begrafenis van de kleine Samuele, wiens lijk na een derde autopsie toch is prijsgegeven, is vastgesteld voor de negende.

Annamaria wordt opnieuw tweeënhalf uur ondervraagd door de substituut-officier van justitie Stefania Cugge.

7 februari 2002. Stefania Cugge betreedt het huis samen met Massimo Picozzi, die de rechercheurs moet helpen een psychologisch beeld te vormen van de moordenaar, en van zijn mogelijke gedrag tijdens de zeven minuten dat hij zijn werk heeft kunnen doen. Picozzi, een specialist in *criminal profiling*, heeft ook in de zaak-Nove Ligure, in opdracht van de verdediging van Erika (die samen met een vriendje haar moeder in stukjes heeft gehakt), een psychologisch *identikit* van de moordenaar samengesteld door de

plek van de misdaad te bestuderen.
 Niemand heeft zich nog met het motief beziggehouden. Deze zaak wordt wetenschappelijk aangepakt.
 Ook zijn er weer mannen van het RIS aanwezig, voor de laatste keer, naar gezegd wordt. Tien zwarte vuilniszakken met spullen worden het huis uit gedragen. Stefania Cugge verklaart dat alle elementen voor een oplossing van de zaak nu zijn verzameld en dat de experts binnen twee weken hun resultaten zullen vrijgeven. Misschien hebben ze het moordwapen gevonden: het stenen onderstuk van een asbak, of een van de mineraalklompen uit de stenenverzameling van Stefano. Stefano noch Annamaria rookt. Zou de verzameling in de slaapkamer gestaan hebben?
 Osvaldo Ruffier, burgemeester van Cogne, kondigt voor de negende een rouwdag aan. Zwart omrande plakkaten met de aankondiging van de begrafenis worden overal in het dorp aangebracht.

> *Op driejarige leeftijd is voortijdig aan het aardse leven*
> *van Samuele Lorenzi een einde gekomen. Met*
> *eindeloze smart geven van zijn overlijden kennis:*
> *zijn mamma Annamaria, pappa Stefano, zijn broertje*
> *Davide, grootouders, ooms en tantes en*
> *alle andere verwanten.*

Geen bloemen maar liever een bijdrage aan het Casa della Speranza (Huize de Goede Hoop) van de zusters van Sint-Jozef, een opvangtehuis voor kleine weeskinderen tot drie jaar, zo hebben de ouders in overleg met de oude pastoor besloten.
 's Middags wordt in Aosta aan de advocaat van de verdediging (let wel er is nog steeds niemand in staat van be-

schuldiging gesteld; Annamaria en Stefano vormen een civiele partij) een onderhoud van tien minuten gegund met Stefania Cugge.

'Uit de terughoudendheid van de magistratuur blijkt al dat de familie onschuldig is,' zijn zijn enige woorden bij het verlaten van het gerechtsgebouw.

8 februari 2002. Professor Francesco Viglino, de medische gerechtsdienaar die ook de autopsies heeft uitgevoerd, zal met stereoscoop en scanmicroscoop stukjes bot, huid, hersenmateriaal en bloed onderzoeken, die ze van het lichaam van de kleine Samuele hebben verzameld, op zoek naar metaalsporen of sporen van andere materialen die door het moordwapen zijn achtergelaten. Hij vindt het jammer dat *dottoressa* Ada Satragni en later de mensen in de helikopter, de ambulance en de EHBO-post van het ziekenhuis van Aosta zijn gezichtje al zo goed mogelijk hebben schoongeveegd.

Het lichaam van de kleine Samuele ligt opgebaard in een kleine witte kist in het mortuarium van het kerkhof van Aosta. Als Annamaria Franzoni ter plekke arriveert met een grote bos witte bloemen, om een laatste blik op haar zoon te werpen voor de kist dichtgaat, barst ze in snikken uit. Ze weet nog te zeggen: 'Niet weggaan, Samuele, blijf bij me!', en zijgt dan onmachtig op de vloer. Op de baar worden, behalve bloemen, een tekening van Davide gelegd en wat knuffeldieren van zijn dode broertje. Davide heeft vier personen hand in hand getekend, tussen de bergen, met de namen van alle gezinsleden eronder. Bij de tekening heeft Davide een boodschap geschreven: 'Lieve Samuele, niet voor stommetje spelen. Met Jezus zullen we je nooit vergeten en groeten van Dadi, mammie en pappie, en ook van de rest van de familie. Voor Samuele van Davide.' Met een ambulance van de nooddienst 118 wordt de moeder naar het ziekenhuis gereden. Stefano begeleidt haar. Niets ernstigs, een appelflauwte.

Behalve met Luminol, *crime scope* CS-16, waarmee ook 'schoongewassen' en afgeveegde afdrukken kunnen worden opgespoord, en met een UV-*imager*-bril, werkt het RIS met een reeks tekeningen die verschillende fasen van de moord na elkaar moeten weergeven, als de plaatjes van een film. En zoals kolonel Garofano trots zegt: 'De emotieve gespannenheid van de dader zorgt er altijd voor dat hij fouten maakt. Het is aan ons – aan onze intuïtie, onze kennis, onze wil om tot een oplossing te komen – om deze fouten te vinden en te gebruiken. Wij bestuderen ook het psychologisch profiel heel aandachtig, en komen elke dag meer te weten.'

's Avonds wordt er een gebedswake gehouden in het parochiekerkje van Sant'Orso. De echtelieden zijn niet aanwezig, wel de vader van Stefano, Mario Lorenzi, op een bank in de derde rij. Honderden aanwezigen tot in het portaal, bewoners en toeristen, kinderen en natuurlijk de burgervader. De gebedsdienst duurt vijfendertig minuten. Iedereen vraagt zich af waar de ouders zijn. Grootvader zegt: 'Die konden het vanavond eventjes niet opbrengen.'

9 februari 2002. De dag van de begrafenis, stralend weer. Voor deze dag is uit piëteit een camera- en microfoonverbod afgekondigd, waaraan niet iedereen zich zal houden. Het witte kistje met de kleine Samuele wordt van Aosta naar Cogne gereden en om kwart over een in de middag op het plein voor het gemeentehuis geplaatst. Vijf minuten later vertrekt een stoet van ongeveer drieduizend mensen naar het kerkje van Sant'Orso. De kist wordt op de schouders van de ooms door de straten gedragen. Winkels en cafés hebben de rolluiken neergelaten. De kerkklokken luiden, de burgemeesters hebben hun sjerp om in de drie felle kleuren van de Republiek, de klimmers van de Alpengarde dragen hun rode jacks, de kindertjes van de kleuterschool hebben een lichtblauw lint om en dragen ieder één witte roos. De vijftig blazers van de kapel van Cogne wagen zich aan de *Marche funèbre* van Chopin. Als de muziek stilvalt wordt de grote trom geroerd — ta-ta-ta-toem, ta-ta-ta-toem, ta-ta-ta-toem — om het tempo aan te geven, zoals in de mars naar het schavot van Rossini's *La gazza ladra*. De koude rillingen lopen daarbij iedereen over de rug. Het koor zingt in de kerk: 'Wij bidden u, Heilige Maria, laat ons tot uw bergen toe, madonna van de sneeuw, open uw zachte mantel voor ons.'

Precies om twee uur begint de requiemmis, gelezen door de oude vertrouweling van de familie, don Conrad Bagnod: 'In de hand van degene die Samuele getroffen heeft, zien wij het kwaad dat over deze wereld heerst. Het is een huiveringwekkende daad geweest. Dat er licht moge schijnen op dit drukkende mysterie. Samuele is in de hemel en waakt over ons en over zijn ouders, die nog eens extra geteisterd worden door verdenkingen en de verwarring die gezaaid wordt.'

Twee uur later wordt het kistje in een *loculus* geplaatst op het nieuwe gedeelte van het kerkhof van Cogne. De ligplaats kijkt op het huis waar Samuele zijn driejarig leventje geleefd heeft; de marmeren steen sluit de vallei af. Tijdens de plaatsing wordt een lied gezongen uit de film *Ghost*. Nu wordt het de vader te veel en barst ook hij in snikken uit. Annamaria hoort men zeggen: 'Ik kán niet meer.' Don Conrad vindt geen woorden meer. Aan het eind van de ceremonie herhaalt hij de woorden die eerder door de burgemeester zijn uitgesproken: 'Deze ramp is erger dan een overstroming.'

10 februari 2002. De carabinieri hebben de ceremonie met videocamera's vastgelegd, in de hoop dat de dader zich door zijn aanwezigheid en gedrag zal verraden. Annamaria huilt de hele tijd, houdt haar arm voor haar ogen, slaat haar handen voor haar gezicht, snuit haar neus, terwijl Stefano haar over de wang streelt en een arm om haar schouder houdt. Aan de andere kant klemt Ada Satragni de hele dag de arm van Annamaria stijf vast, terwijl ze onbewogen door een zonnebril met bruin modieus montuur voor zich uit kijkt.

Het DNA-onderzoek kan niets opleveren zolang er geen verdachten zijn. Een vergelijking met sporen van mensen met een strafblad heeft niets opgeleverd. Stefano en Annamaria hebben vrijwillig een DNA-monster laten afnemen. Van niemand anders is een proefmonster genomen.

Omdat het zondag is, wonen Annamaria en Stefano de mis bij, en gaan daarna naar het kerkhof.

Om enkele bureaucratische zaken te regelen vervoegt het echtpaar zich bij de carabinieri.

De criminoloog Massimo Picozzi komt naar Aosta om de films en foto's te bestuderen die de carabinieri van de begrafenisplechtigheden genomen hebben. Hij spreekt met de hulpofficier van justitie Stefania Cugge, met de hoofdofficier Maria Del Savio Bonaudo en met de kapitein van het carabinierikorps van Cogne, Gianluca Livi.

Die dag wordt Ada Satragni twee uur lang gehoord over de eerste hulp die zij aan de kleine Samuele geboden heeft.

's Avonds, amper vierentwintig uur nadat hun zoon begraven is, worden beide ouders verhoord in aanwezigheid van Carlo Grosso.

'Vanaf het begin,' verklaart deze na afloop, 'was ik ervan overtuigd dat de moeder niets met de moord te maken heeft. Deze overtuiging is langzamerhand steeds stelliger geworden.'

11 februari 2002. Een uur lang aanschouwt de criminoloog Massimo Picozzi opnieuw de plek van de misdaad, in de slaapkamer van het huis. Hij komt tot de conclusie, in een vergadering met alle kopstukken, dat de getuigenis van Ada Satragni van cruciaal belang is voor het tijdsverloop van de misdaad.

'Ik zou willen herhalen dat er niets nieuws te melden is,' orakelt Maria Del Savio Bonaudo na afloop. 'We moeten de bevindingen van het RIS afwachten.'

12 februari 2002. Stefania Cugge verhoort in haar kantoor in het gerechtsgebouw van Aosta de buurvrouw, Daniela Ferrod, gehuwd Guichardaz.

'Ik ben niet meteen gekomen, na de eerste kreten om hulp van Franzoni, omdat ik zelf ook kinderen heb.'

In Cogne doorzoeken de carabinieri de garage van de familie Guichardaz.

Om kwart over drie wordt Stefano Lorenzi in Aosta ontboden en gedurende drie uur verhoord door Stefania Cugge. Ook Marco Savin, die la Satragni naar het moordhuis heeft gereden, wordt wederom verhoord.

De vraag rijst of er een verband is tussen de moord op de kleine Samuele en de nog onopgeloste moord, die helemaal geen stof heeft doen opwaaien, op Renata Torgneur, directrice van de supermarkt Mongex, die op 26 januari met drie of vier messteken in hals en borst is omgebracht in het nabijgelegen Derby, langs de weg van Aosta naar Courmayeur. Ook hier geen motief. Niemand vond dat een ramp, 'erger dan een overstroming'.

13 februari 2002. Om tien uur in de morgen wordt in Aosta voor de vierde keer Ada Satragni verhoord. De vrouw is al tien jaar de huisarts van de Lorenzi's. Ze is getrouwd en heeft een dochtertje van dezelfde leeftijd als Davide, die

Sophie op 30 januari bij de bushalte heeft begroet terwijl grootvader Marco Savin toekeek vanaf het balkon. De huizen van de twee families liggen ongeveer honderdvijftig meter uit elkaar. Niemand bevestigt of ontkent de hypothese dat de moordenaar zich zou hebben schuilgehouden in de garage van de Guichardaz.

14 februari 2002. Voor het eerst ziet Annamaria in dat haar jongste zoon geen natuurlijke dood gestorven kan zijn, ook al had zij zich tijdens het eerste levensjaar weleens zorgen gemaakt over de ontwikkeling van de kleine Samuele. Volgens de advocaat Carlo Grosso zijn dergelijke zorgen heel normaal en had zijn cliënte die allang overwonnen.

Aan een vriendin vertrouwt Annamaria toe: 'Mijn huis zal voor iedereen in Cogne open blijven staan, behalve voor één persoon, de moordenaar van Samuele.' Het is duidelijk dat ze aan de buren denkt.

Inmiddels zijn er anonieme brieven bij de Procura in Aosta binnengekomen die niet alleen het motief maar ook de naam van de dader zouden prijsgeven.

Osvaldo Ruffier wijst deze verdenkingen van de hand: 'De dader kan nooit iemand uit het dorp geweest zijn. Niemand hier is in staat tot zo'n verschrikkelijke misdaad.'

Maar vier dagen daarvoor was er in dezelfde provincie Aosta ook een moord gepleegd.

15 februari 2002. Volgens de helikopterpiloot zou de kleine Samuele reeds overleden zijn voor aankomst van de hulpverleners. Ivano Bianchi, de gids van de Bescherming Burgerbevolking, die ook in de helikopter zat, spreekt deze verklaring tegen. Hij verklaart dat hij meteen getroffen was door de kalmte van beide vrouwen die hij bij het lichaampje aantrof.

'De moeder van het kind gedroeg zich buitengewoon beheerst. Zij straalde een koelte uit die mij trof, wanneer ik die vergelijk met de angst die mijn moeder elke keer overvalt als ik de bergen in moet. Zij huilde niet en leek niet wanhopig. La Satragni was veel opgewondener. De handen van beide vrouwen zaten onder het bloed, maar niet hun kleren.'

Ook de medische gerechtsdienaar Francesco Viglino heeft na de autopsie verklaard dat het kind meteen na de zeventien slagen dood moet zijn geweest. Hij wordt weersproken door de arts van de eerste hulp in Aosta, die pas in het ziekenhuis het overlijden heeft geconstateerd. 'Gidsen moeten zich bij het gidsen houden en niet voor medicus of speurneus gaan spelen,' voegt hij daar bijtend aan toe.

Deze dag is bekend geworden dat Ada Satragni, huisarts maar tevens psychiater, heeft verteld dat zij een inwoner van Montroz, niet Annamaria, behandelt voor een psychische stoornis, geen depressie maar schizofrenie. De hypothese van een krankzinnige moordenaar steekt weer de kop op.

HOOFDSTUK VIII

Sporen van een pijp

Nu er geen thuis meer was, kon ik mij alleen nog thuis voelen door diep onder de dekens te kruipen, met drie hoofdkussens in mijn nek, en een oude Maigret van mijn vader voor mijn neus. Het was te koud om op te staan. Gebroken bandjes van de Presses de la Cité, met vergeelde bladzijden, waar de rook van zijn pijp in getrokken was, zoals afgebeeld op de omslag. Mijn vader las geen Simenon omdat hij zelf pijp rookte. Heerlijk om te spijbelen, niet te werken, geen moeilijke boeken te bestuderen. Wat ruiken die Franse pockets van vroeger toch lekker. Het enige wat ik miste, was de slag van de slinger van de klok van mijn vader. Die kon ik vroeger tot in mijn zolderkamertje horen. Een sprekend horloge hadden ze hem gegeven, toen wij waren teruggekomen van het AMC met het bericht dat hij stekeblind was. Op de ziekenhuisgang, in afwachting van het oordeel, had ik hem voorgelezen uit *Maigret hésite*.

'Interessante kwestie, toerekeningsvatbaarheid, maar je uitspraak van het Frans is beroerd!' Voor mij was het al een compliment dat mijn vader persoonlijk het woord tot mij richtte, en niet in algemeenheden sprak. Het is een vraag voor mij in hoeverre ik bestond in zijn ogen. Mijn vader was niet aan Maigret verslaafd geraakt toen hij *im Ruhestand gesetzt* werd. Hij had de deeltjes gekocht en gelezen naarmate ze uitkwamen, tussendoor, naar ik meende, ter ontspanning. Ik heb hem er nooit enthousiast over horen praten, laat staan uit horen voorlezen, zoals hij uit

Homerus of Herodotus deed. Het waren geen boeken die je hem cadeau deed, nog afgezien van de magere kioskprijs. Te simpel, kinderachtig bijna. Toch las hij alle boeken van de Luikse journalist, die zich had opgewerkt tot wereldschrijver. En hij had honderden deeltjes van diens werk bewaard. Nu ja, ze gooiden nooit iets weg, daar in dat huis aan de Middenweg, het Corner House.

Jarenlang had mijn vader, die steeds minder handig bleek, er boekenkasten bij getimmerd. Het hout haalde hij als kerkmeester van de kerkbanken, naarmate daarvan minder nodig waren. Bij sluiting en ontwijding van het neogotische kerkgebouw heeft hij een laatste vrachtlading laten komen: Slavonisch eiken. Veel te dik, maar door tijd en vrome bipsen mooi gewaxt en gepolijst. Uitgewerkt hout, zoals je voor de vioolbouw nodig hebt, alleen gebruik je daar geen eiken voor. Hij zaagde en schuurde en boorde en schroefde met de hand, met het verroeste gereedschap van zijn vader de architect, die voor de kathedraal van het bisdom meubels had ontworpen. Mijn moeder hield geen wand meer over om te behangen, haar voorjaarshobby. Ten leste stonden de boeken drie rijen dik, met daarvoor nog wankele stapels. De Simenons achteraan, verborgen bijna. Er kwamen geen nieuwe meer bij, want de schrijver was dood.

Waarom las mijn vader, naast zijn Homerus, de Duitse romantici, favoriete Franse schrijvers en zijn eindeloze reeks historische beschouwingen, Simenon? Dat vroeg ik mij pas af toen ik al een idee kreeg van het antwoord. De schrijver werd op school, voor de minderbedeelden, aanbevolen om je te bekwamen in het Frans.

'En als je iets niet begrijpt, een woord niet kent, gewoon doorlezen, dan leer je het vanzelf.' Bovendien werden de Maigrets als onschuldig vermaak gezien, niet zedenbedervend, zoals veel van zijn confraters. De Franse roman, oorspronkelijk in een gelige papierkaft gebonden, opdat de koper ze indien gewenst naar eigen inzicht kon laten inbinden, had op zich al een gewaagd karakter, *outré*, niks voor kinderen. Je kunt het nog op schilderijen uit het fin de siècle zien, van Boldini bijvoorbeeld. Een vrouw in het Bois de Bologne, met een sleepjurk en een breedgerande hoed waarvan een voile neerhangt over haar blozende gezicht, die net is opgestaan van een gietijzeren tuinbankje, het mag ook een gehuurd stoeltje in het Luxembourg zijn, waarop zij zo'n herkenbaar gelig deeltje heeft achtergelaten: een Franse roman. Dan weet de kijker: dat is een slechte vrouw. Cf: die vrouw is zedelijk verdorven. Afijn, de Amerikanen kennen een soortgelijke betekenis nog in de uitdrukking *French postcards*. Slecht Frans bovendien, als ik mijn vader moest geloven en zelf nu ook kon constateren, want in mijn schooltjd keek ik bepaald neer op de veelschrijver met de *fedora* op zijn hoofd. Het Frans van een Belg met haast. En toch ging van die boekjes een geweldige aantrekkingskracht uit.

Ik weet zeker dat mijn vader nooit een biografie gelezen heeft over Georges Simenon, dus aan het leven van die man kon het niet liggen. Dat hoefde eigenlijk ook niet, want nadat ik wel alle biografieën waar ik de hand op kon leggen heb verslonden, begreep ik pas hoeveel autobiografisch materiaal hij in zijn romans en policiers verwerkt heeft. Alles is autobiografie, is mij gebleken, zelfs bij de meest 'fictieve' romanciers, zoals mijn zuster. Zelf schrijf ik liever niet over mijn achtergrond en familie. Ik vind het – hoe zeg je dat – misschien toch te gemakkelijk.

Behalve mijn vaders dood was er een tweede reden waarom ik nog eens goed gekeken heb naar het werk van Simenon. Mijn vestiging op Sicilië viel samen met de roem die Andrea Camilleri op gevorderde leeftijd ten deel viel door zijn politieboeken over commissaris Montalbano.

Die kleine deeltjes, uitgegeven door Sellerio en mij aangeraden door de oudste plaatselijke boekhandelaar in Syracuse, hebben mij geholpen de taal en toestanden van het driekante eiland te doorgronden. Welnu, Camilleri heeft nooit zijn bewondering verzwegen voor de Franse grootmeester. Toen hij nog als theaterman verbonden was aan de Italiaanse staatsomroep, de RAI, heeft hij de zoveelste filmversie van een aantal Maigrets verzorgd. Mijn vader en Camilleri wisten heel goed waarover, over wie, ze het hadden, en waarom. En langzaam, door Camilleri, door Simenon en door Maigret, ben ik mijn vader beter gaan begrijpen.

Er zijn veel mensen die je even ziet aarzelen wanneer je ze vraagt of ze van Simenon houden. Het obligate antwoord is: 'Nou ja, zijn échte romans, daar zitten goeie dingen tussen.' Vraag je door, bij goede vrienden, dan komt soms het antwoord dat ze zich nooit gelukkiger voelen dan met een Maigret in bed of in de trein, want daar is dat soort pulpliteratuur oorspronkelijk voor bedoeld: stationskiosken. Je kocht een boekje met je treinkaartje, bij wijze van spreken, en als je aankwam had je het uit en kon je het achterlaten in de coupé. Dit voor middelgrote reizen. Wanneer je van Parijs naar Marseille moest met de trein, had je meer nodig.

Nu was mijn vader tijdens zijn leven de rechtvaardigheid zelve, van onbesproken gedrag. Het zijn waanvoorstellingen die mijn moeder zich in het hoofd haalt sinds hij dood is. Haar oudste dochter heeft ook van die wanen. Ik heb altijd het idee gehad dat mijn vader leefde uit plichtsbetrachting. Hij deed de dingen die hij moest doen, de dingen die van hem verwacht werden. Dat deed hij goed, niets meer en niets minder. Ik had het idee dat mijn vader, die jaloers was op mijn zinloze, zwervende bestaan, zonder dat hij dat liet merken, eigenlijk een ander leven had willen leiden. Dat hij misschien, in zijn gedachten evenzeer als in zijn lectuur van Homerus tot Maigret, een ander leven leidde, waarin hij niemand liet delen. Ik heb in mijn vader altijd een bohémien gezien, een aartsromanticus, met wandelstok en zakmes, schoudertas voor paddestoelen, bramen of wilde aardbeien, de Kempense blik naar het zuiden gericht. En niet iemand die, als hij 's ochtends was verdwenen achter de poortdeur, 's middags te voorschijn komt uit de poort om zijn eenvoudige lunch te eten, en daarna, stijf op bed in zijn driedelig kostuum, 'een stif kwartierke' zijn middagdutje doet. Niet voor niets is mijn vader zijn hele leven, ook in de koudste winters, en onze slaapkamers hadden geen verwarming, 's nachts blijven slapen onder zijn winterjas, welke dure dekens en donsdekbedden mijn moeder ook kocht. Je kunt zeggen dat hij sliep als een militair, met schoenen aan, iemand die elk moment aan het appèl moet gehoorzamen om de napoleontische heirwegen in te slaan, voorbij Maastricht. Afijn, zo zie ik dat op foto's: mijn vader met het voor die tijd te lange haar achterovergekamd, pijp in de mond, glimlachend uit pure blijdschap om het leven dat nog vóór hem ligt, vol verwachting denkend aan de verten, waar hem 's avonds misschien een hooiberg of kampvuur wacht, wie weet een boerendochter voor wie hij mondharmonica kon spelen (een ander instrument beheerste hij niet) ter begeleiding van weemoedige liederen. Zo zie ik mijn vader ook op zijn plaats bij de Duitse tak van mijn moeders familie, waar de *Wanderlust* in het bloed zit (hoe graag las hij niet Tieck en Wackenroder) en waar samenzang van oude liederen normaal was, terwijl mijn verhollandste moeder vol afschuw, bang voor elke uiting van sentiment, in een andere kamer ging zitten, waar toch nog de lage bas van mijn vader als tweede stem of bourdon doorklonk.

Mijn goede en gestrenge vader was een sentimentele kerel, net als ik, al heeft hij dat nooit kunnen uitleven. Ik zeg het niet alleen, mijn moeder voelt het haarfijn aan, nu de steen geplaatst is en ze telkens hardop zegt dat ze mijn vader nooit gekend heeft. Wat was dat toch voor man? 'Tot op het bot onbetrouwbaar. De eerste werkdag na de trouwerij liet hij zich al ontslaan. Geen wolkje aan de hemel.' Mijn vader, die als een rots in de branding zijn hele leven op zijn post gebleven is, namelijk aan de zijde van mijn moeder. Mijn vader was nooit ziek, hem mankeerde niets, maar als hij, in mijn terugblik, ergens aan leed, was het *Fernweh*. Zijn oudste dochter moet dat in hem herkend hebben, want behalve de liederen van *Ja zuster, nee zuster*, die ik op rekening van camp van de fietsclub schrijf, kent zij enkele van zijn liederen uit het hoofd, van Heine bijvoorbeeld, 'Nach Frankreich zogen zwei Grenadier'. En ik herinner mij nog strofes die hij zong wanneer hij in zijn element was, in de auto, weg van huis, met vakantie:

> *Auprès de ma blonde,*
> *Qu'il fait bon dormir, dormir.*
> *Auprès de ma blonde,*
> *Qu'il fait bon dormir.*

Mijn moeder was niet blond. Zij wilde dat hij met zingen ophield, en Franse liedjes waren bovendien 'onnet'. En mijn vader zweeg en reed zwijgend verder, wel met meer gas door de bochten, en af en toe, de enige vloek die ik ooit uit zijn mond gehoord heb, roepend: '*Nom de Dieu!*', wat in mijn oren klonk als 'mondejus'. En mijn moeder zag erop toe dat hij, die lange vakantieavonden in een zuidelijk land waar het vroeg donker wordt en je in de tuin onder de wijnranken zit, niet méér dronk dan die ene fles, wel een liter, die een van ons elke avond in de osteria moest laten vullen voor *fünfzig Rappen, nostrana.* Thuis dronk hij niet, behalve met het hoogfeest van Kerstmis, waarbij Doeschka later nooit meer aanwezig was, of als er gasten waren, en voor het eten natuurlijk bij de ook voor de kinderen verplichte borreltijd, twee glazen.

De vraag is nog steeds, nu hij dood is, ik heb een glimp van hem opgevangen in de open kist, in driedelig pak en de handen gevouwen voor 'een stif kwartierke', de weerwolfbakkebaarden die hij laatstelijk had laten staan omdat hij in zijn scheerspiegel nauwelijks meer dan een vage vlek zag, en de steen is immers al gelegd door de zoon van de oude heer Swaalf, die bas zong in het kerkkoor waar ik sopraantje was, en na een solo van de oude heer Swaalf, bijvoorbeeld van het kerstlied 'Transeamus', baste mijn vader, die kerkmeester was, al heb ik nooit begrepen wat dat inhield, zodat het hem vergeven was, een galmend 'Bravo!' door de kerkgewelven, maar dan een octaaf lager – de vraag is gezien de neiging tot verslaving bij zijn kinderen en sommigen van zijn kleinkinderen, of mijn vader dronk, stiekem misschien. Als mijn vader ergens buiten de deur een glas bier bestelde, waarschuwde mijn moeder steevast van achter haar sherry: 'Zou je dat nu wel doen?' Bij zijn begrafenis kwamen de oud-rechters en mederegenten langs, met sterke verhalen over de wijninkopen die hij namens het college verzorgde – daar hielden ze hun beste herinneringen aan over. En mijn moeder haar nachtmerries. Maar zolang wij thuis woonden, heb ik mijn vader nooit zien drinken, in de serieuze betekenis van dat woord. Misschien heb ik mijn vader weleens aangeschoten gezien, maar dronken nooit. Als hij aangeschoten was, declameerde hij alles uit het hoofd, 'Heer Halewyn'. Zelf lukt het mij ook niet dronken te worden. In mijn slechtste tijd, de zeven magere jaren, waarvan ik nooit helemaal genezen ben, dronk ik twee flessen Jack Daniel's per dag.

Halverwege de derde viel ik bewusteloos in slaap, maar altijd netjes op bed. En werd klaarhelder wakker, volkomen uit- en toegerust om twintig pagina's achter elkaar te schrijven. Dat was geen dronkemansproza, dat werden mijn beste boeken. Doeschka heb ik evenmin ooit zien drinken, maar zij kan niet tegen drank. En dronken was ze al na twee glazen: *Ja zuster, nee zuster*.

Noch heb ik mijn vader ooit met andere vrouwen zien flirten. Dat zij dat wel met hem deden, is een andere kwestie. Hij was een zo aantrekkelijk man dat mijn vriendinnetjes verliefd op hem werden.

Het is duidelijk, voor wie de Simenons oplettend leest, dat Maigret tijdens zijn onderzoekingen buitengewoon veel drinkt, de hele dag door. Vanaf de vroege ochtend tot in de soms doorwaakte nachten van verhoor, waarin hij ook voor de verdachte bier laat komen uit de brasserie beneden aan de straat, en soms zelfs zijn kast opentrekt om samen met de in het nauw gedreven vrouwelijke getuigen of medeplichtigen, een glas *fine de cognac* of *marc de Bourgogne* te drinken uit de waterglazen van zijn bureau, met de brandende houtkachel, die mocht blijven staan toen er al centrale verwarming was aangelegd aan de Quai des Orfèvres.

Het moet voor mijn vader, wie het drinken werd ontzegd, ook dat nog, waarop mijn moeder scherp toezag, toen ouderdomssuiker bij hem werd geconstateerd en hij geen drank meer kon verdragen, ook al omdat hij de pillen van de aërodynamische steunzolen weigerde te slikken: 'Ik mankeer echt niks', een doorlopende traktatie zijn geweest te lezen over een man met minstens net zo veel pijpen, die bij elke gelegenheid een bar inschoot om op te bellen naar Lucas of Janvier, en daarbij cognac, calvados, glazen bier, of meerdere *ballons rouge* bestelde. Een goede redacteur – maar het is bekend dat Simenon weigerde dergelijke adviezen op te volgen – zou er enige glazen uit hebben weggestreept. Het is bepaald een obsessie van de schrijver.

Mijn moeder zegt nu: 'Ik had het kunnen weten toen je vader aan het slot van ons verlovingsfeest erop stond alle overgebleven drank soldaat te maken.'

Een tweede detail, ik zou het eigenlijk een Leitmotiv moeten noemen, betreft de scabreuze situaties waarin Maigret telkens terechtkomt, overigens zonder erop in te gaan, en de warme sympathie die hij voelt voor de overspelige vrouwen, dienstmeisjes, soubrettes van Montmartre en alle meer of minder hoerige types met wie hij beroepsmatig in aanraking komt. Het is geen sociale treurnis waar Simenon uitdrukking aan geeft, zoals Zola dat deed, maar een intieme kennis van en voorkeur voor het milieu, zoals dat heet. Toegegeven, zijn recherchewerk brengt het met zich mee, maar het speelt een grote rol. Kortom, die boekjes zijn helemaal zo braaf niet of onschuldig. Zij bieden inzicht in de wisselvalligheden van het bestaan, en in de duistere kanten van de menselijke ziel. Er is geen ziel zonder duistere kanten. De geheime gedachten van bovenstebeste burgers en lieden die boven elke verdenking verheven zijn, worden door de speurder met de pijp blootgelegd, waarbij hij uitgaat van afkomst en karakter, sociale omstandigheden en ambities. Het is niet zozeer de fameuze 'Franse' crime passionnel waar het om draait, maar er liggen altijd onvoorziene en onverwachte seksuele verhoudingen aan de gepleegde moorden ten grondslag bij Maigret. Welnu, de commissaris weet daar alles van en heeft er meestal begrip voor – nooit zal hij een moreel oordeel uitspreken. De mensen zijn speelbal van hun seksuele voorkeuren en lusten, van al hun handelen vormen die het eerste en laatste motief. Voor hoertjes, dienstbodes en andere vrouwspersonen die van hun erotische mogelijkheden moeten leven, heeft Maigret de grootste sympathie. Die wereld is hem vertrouwd.

Geen wonder, als je naar de levenswandel van Georges Simenon kijkt. Meervoudige seks was voor de schrijver een dagelijkse behoefte. Tijdens zijn twee huwelijken deed hij het met andere vrouwen en hoeren, als hij niet eenvoudiger aan zijn taks kon komen. Gemiddeld drie per dag, heeft men berekend – net iets minder dan Charlie Parker in zijn beste tijd. Je zou het een vorm van satyriasis kunnen noemen, als hij er last van had ondervonden. Maar niks hoor, het was zijn lust en zijn leven, tussen het schrijven en geld verdienen door. Heel veel, heel vaak en heel kort. De dwangmatige behoefte waaraan iedere man zou willen voldoen, in zijn stoutste dromen, was voor Simenon alledaagse werkelijkheid. Hij had er natuurlijk het geld voor. Maar om geld alleen draait het niet. Er moet een bepaalde fascinatie van hem zijn uitgegaan, zodat alle vrouwen die hij tegenkwam onmiddellijk begrepen waar het om te doen was. En daar vervolgens geen weerstand tegen konden bieden. Voorzover bekend heeft niemand zich ooit beklaagd over zijn avances, die zich op de meest ongelegen tijden en onverwachte momenten aandienden. Even op het aanrecht in de keuken, snel in de auto, achter de huiskamerdeur, terwijl de rest van bezoek en familie binnen zat, tijdens een ommetje voor het slapengaan. De meeste vrouwen willen aantrekkelijk gevonden worden. Aan iemand die dat aanvoelt en rechtstreeks op zijn doel afgaat, leveren de meeste vrouwen zich meteen uit, zonder scrupules of consequenties. Simenon was bepaald een fenomeen in dit opzicht, en dus een goede psycholoog – later in zijn leven is hij zich steeds meer voor die discipline gaan interesseren. Zoals een nieuw dienstmeisje, dat haar hele leven aan hem en zijn kinderen gewijd heeft, het aan een biograaf vertelde: 'Ik was de vloer aan het boenen, ik hoorde de heer des huizes aankomen en mij kort beoordelen, en amper had ik omgekeken of hij stak in me, tot aan zijn kloten. Het was een moment van opperst genot.'

Een en ander wil overigens niet zeggen dat Simenon niet tot liefde in staat was. Hij was een heel goede vader voor zijn kinderen en hield intens van beide echtgenotes, eerst de intrigerende jeugdvriendin Tiggy uit Luik, en daarna de Amerikaanse borderliner Denyse. Tussendoor was hij ernstig verliefd op de Amerikaanse cabaretster Joséphine Baker, toen die in Parijs triomfen vierde. Hij had een andere tactiek dan onze op onhandigheid en hulpbehoevendheid spelende Godfried Bomans, die vergeleken met hem een kleinduimpje was. Zelfs zijn dochter Marie-Jo, met wie het tragisch is afgelopen, was hopeloos verliefd op hem, al is haar persoonlijkheidsstoornis eerder aan de opzettelijke boosaardigheid van haar jaloerse moeder te wijten dan aan haar vader de veelneuker. Maar dat is een ander verhaal. Ik acht het uitgesloten dat Simenon zich schuldig heeft gemaakt aan incest. Dan had hij dat bekend in de omvangrijke *Mémoires intimes* (ruim twaalfhonderd bladzijden), waarin opgenomen de aanzetten tot het boek dat Marie-Jo wilde schrijven, haar chansons en haar ingesproken bandjes, die hij nodig had voor de rouwverwerking om haar zelfmoord.

Mijn vader had eenzelfde aantrekkingskracht op vrouwen. Nee, ik heb nooit mijn vader willen vermoorden om met mijn moeder naar bed te gaan, ook niet onbewust. Ik wil allerminst beweren dat mijn vader er zo'n uitgebreid buitenechtelijk seksleven op na heeft gehouden. Zelden een man gezien die zijn vrouw zo onvoorwaardelijk trouw is gebleven. Ik weet wel zeker dat mijn vader nooit naar de hoeren is gegaan, noch ooit een maîtresse heeft gehad. Dat was hem te bewerkelijk. Mijn vader werd niet door zijn hartstochten gedreven, maar door zijn plichtsbesef. De vleesgeworden rechtvaardigheid. Ik hoor hem nog met zijn plechtige stem, op 2 november, voor het graf van mijn grootvader, intoneren: 'Onze Vader, die in de hemelen zijt...' Ik keek verbaasd naar hem op en hield met mijn kleine handje zijn grote hand stevig vast, zoals later mijn dochtertje mijn hand zou fijnknijpen. Ik zou hem wel aan de grond houden, en als hij toch ging, door de omgekeerde zwaartekracht van de dood, zou ik met hem meegaan. Helaas was ik er niet bij, dat fameuze moment van zijn laatste woorden: 'Ik put uit een diep gevoelsleven.' Mijn broer heeft nog reanimeerpogingen gedaan, mond-op-mondbeademing, alles in de uitgang van het restaurant waar ze zo fijn gegeten hadden, mijn ouders aten graag buiten de deur en sinds kort werden de kinderen niet meer met een trosje druiven uit wandelen gestuurd. Mijn grote broer, zoals Doeschka mijn grote zus is, beschreef dat allemaal toen hij mij van het vliegveld kwam afhalen voor de begrafenis, en voegde daar besmuikt aan toe: 'Dat waren niet echt zijn laatste woorden, natuurlijk. Zoals altijd heeft hij daarna nog gezegd, toen hij van tafel opstond omdat het hem lang genoeg geduurd had: "Ik heb in geen zeven weken zo lekker gegeten!"'

De weinige keren dat ik thuiskwam uit de verre landen, toen mijn ouders bejaard waren, mocht ik hem, op verzoek van mijn moeder weliswaar, proberen te scheren. Met de kwast, terwijl hij in zijn bisschopsstoel (ontworpen door mijn grootvader) door bleef lezen, of deed alsof. Nooit kon ik het karwei afmaken, want na een paar minuten vond hij het welletjes. Het waren de intiemste momenten die ik met mijn vader had. Ik heb nog maanden met zijn scheerzeep en mesjes mijzelf kunnen scheren. Later, als ik groot ben, laat ik ook van die weerwolfbakkebaarden staan, zoals Jack Nicholson ze in de film *Wolf* heeft. Ik begon altijd zijn neusharen bij te knippen, en de haren die uit zijn oren groeiden. De wenkbrauwen waren wit en borstelig geworden, daar bleef ik af. In die haren groeide het leven – de Italianen onderscheiden *peli* en *capelli* – met extra drift door. Zoals dat na de dood nog schijnt te gaan.

Inmiddels ben ik aan een nieuwe Maigret begonnen, dat gaat snel, hoewel ik *Maigret hésite* bij de hand houd voor de verdere ontwikkelingen, dit keer *Une confidence de Maigret*, en wat lees ik reeds op de eerste pagina, toch onverwacht, alsof mijn vader zich aandient: dat Maigret, met zijn vrouw uit eten bij hun vrienden het echtpaar Pardon, twee keer extra opschept van de rijstpudding, die ik wanneer ik in de gelegenheid was ook graag voor hem, mijn vader dan mocht maken, en vervolgens zegt Maigret, ongetwijfeld ter mortificatie van Madame Maigret: 'Ik heb in geen veertig jaar zo lekker gegeten!'

U zult begrijpen: mijn vader was een milder man. Maar in hem leefde, verborgen, beteugeld en beheerst, het leven van Maigret, of liever dat van diens schepper Simenon. Ik kan het anders zeggen: door de lectuur van de Maigrets en door de biografieën over Simenon ben ik mijn vader beter gaan begrijpen.

'Ik heb je vader nooit begrepen, maar nu pas vraag ik mij af met wat voor man ik zestig jaar getrouwd ben geweest.' Een gelukkig huwelijk, zou je zeggen. Tot de dood ons scheidt. Na de dood van mijn vader leek mijn moeder eerst recht met hem getrouwd. Vroeg je haar of ze gelukkig getrouwd was geweest, dan antwoordde ze: 'Ik ben nog steeds niet van hem af. Wat ik niet allemaal met je vader te stellen heb gehad!' Had ik hem vroeger weleens gevraagd of hij gelukkig getrouwd was, dan zei hij: 'Geluk duurt kort.' Of: 'Geluk doet niet ter zake.' Dat had ik ook bij Nietzsche gelezen. Later kwam hij er dan onverwacht op terug met een zinnetje als: 'Je moeder is een flinke vrouw.' Of: 'Een goede vrouw behoeft geen broek.' Wanneer ik zag hoe mijn vader mijn moeder verzorgde en liefkoosde toen ze oud en wederkerig hulpbehoevend waren geworden, wat ik niet graag zag, wist ik dat zij altijd het meisje van zijn dromen was gebleven.

Ze waren een keer samen uit wandelen gegaan, naar de brievenbus, op instigatie van mijn moeder omdat hij zijn post opende noch beantwoordde. Daarbij was mijn moeder gestruikeld en had in haar val mijn vader meegenomen. Mijn vader kon overeind komen, maar het was hem onmogelijk zijn vrouw op de been te krijgen. Toen is hij naast haar gaan liggen op de stoep, tot buren hen uit deze benarde situatie kwamen bevrijden. Mijn moeder vertelde dit verhaal lachend. Mijn vader zei: 'Je moet niet alles geloven wat er wordt gezegd.'

Een andere keer was mijn moeder in paniek geraakt, bang om ook blind te worden, misschien was het besmettelijk — mijn moeder had doodsangst voor besmetting — omdat ze al een week nauwelijks zag. Eindelijk liet ze zich overhalen naar de opticien te gaan. Daar bleek dat zij mijn vaders bril op had, die hele week.

'Wat een mop!' was haar conclusie toen zij dit voorval over de telefoon vertelde. Mijn vader lachte weinig meer. Misschien vond hij het jammer dat ze niet gelijk op gingen.

Van mijn vader, die 's ochtends om zes uur opstond, om het huis enige uren voor zichzelf te hebben, heb ik geleerd dat je het best gelukkig met jezelf kunt zijn.

Maar het is niet mijn bedoeling over mijn familie te schrijven. Simenon komt slechts ter sprake om aan te tonen hoezeer ik mij had afgekeerd van de *high culture* en voortaan genoegen nam met misdaadromannetjes. In ieder mens schuilt een speurder: je bent, pas later, meestal wanneer ze er niet meer zijn, benieuwd naar het leven van je ouders, omdat je op zoek bent naar je eigen oorsprong, het motief van de daad — iets wat je je onmogelijk kunt en absoluut niet wilt voorstellen.

'Misschien ben ik niet lief geweest voor je vader. Ik slaap altijd onrustig en kan niet tegen iemand aan liggen,' verklaarde mijn moeder spijtig om zijn eventuele ontrouw te verklaren. Dat heb ik dan van haar, poezelig knuffelen is niks voor mij.

Niks geen hoofdbrekens meer over de *Hypnerotomachia Poliphili*, of annotaties maken bij *The Anatomy of Melancholy* van Robert Burton. Vergilius kende ik uit mijn hoofd. Daarin verschil ik van mijn vader: hij was een Homerusman en vond Vergilius gekunsteld en geknutsel. Je kunt de mensen onderverdelen op alle mogelijke manieren, behalve in geslachten ('óf een dame óf een heer, twee geslachten en niet meer') bijvoorbeeld in liefhebbers van Homerus en liefhebbers van Vergilius. Dat geldt nog sterker voor Shakespeare. Daar moet ik niets van hebben, misschien ben ik er te dom voor. Anthony Powell zegt ergens in zijn dagboeken over iemand, peinzend: 'Hij is een Shakespeareliefhebber', en dat weet je het eigenlijk al. Mijn zuster dweept met de bard van Stratford-upon-Avon. Ja, die sonnetten kun je nog gebruiken voor een mooi citaat: 'the expense of spirit in a waste of shame'. Dat geeft precies mijn oorsprong weer, iets wat beter verborgen kan blijven. Maar dan kom je beter af met John Donne: 'As I come I tune the instrument here at the door, and what I must do then, think now before.' Terwijl je natuurlijk nooit nadenkt bij het inbrengen van het lid. Afijn, vroeger heb ik me voorgenomen: Shakespeare, dat is voor mijn oude dag. Toen wist ik al dat ik nooit oud zou worden. Of: als ik later groot ben, ga ik *Dichtung und Wahrheit* van Goethe lezen.

En nu ik groot ben lees ik de Maigrets.

Een van de minder bekende voorvallen uit het leven

van Simenon, die als reporter van gemengde berichten voor een Luikse krant was begonnen en zich tot schatrijke lopendebandschrijver had opgewerkt, is dat hij in de beginperiode van zijn roem een poging heeft gewaagd om in de voetsporen van zijn meesterspeurder te treden, als misdaadjournalist. Eind 1933 barstte in Frankrijk de Staviskyaffaire los, een zwendel in aandelen waardoor vele kleine investeerders hun geldje in het niets zagen verdwijnen. De kranten wisten de publieke opinie zodanig op te hitsen dat er straatrellen uitbraken, vooral omdat duidelijk was dat Stavisky nooit alleen op zo grote schaal gehandeld kon hebben. De regering stond op vallen. Aanvankelijk wist Stavisky te ontsnappen, maar uiteindelijk leidde het spoor naar een chalet in Chamonix, dat werd omsingeld. Binnen trof de politie Stavisky stervende aan. Zelfmoord, luidde de vanzelfsprekende conclusie. Daarmee was de zaak geenszins afgedaan. Het publiek wilde een dader: de joden, de vrijmetselaars, corrupte parlementariërs – allemaal één groot complot. Toen twee maanden later op de spoorlijn bij Dijon het lijk gevonden werd van Albert Prince, een magistraat die als een bloedhond al jaren Stavisky had proberen te ontmaskeren, heette het weer zelfmoord. Nu dreigde in Parijs de revolutie: voor de zoveelste keer kwamen de straatstenen omhoog en de sofa's uit de ramen. *Paris Soir* zag brood in de affaire, en maakte een lucratieve deal met Simenon. Die zou, middels dagelijkse verslaggeving, de waarheid aan het licht brengen. De schepper van Maigret zou op zijn minst even scherpzinnig zijn als zijn creatie. Er was één stipulatie: de uitkomst van het onderzoek mocht de zelfmoordhypothese niet bevestigen. Barbertje moest hangen, op zijn Nederlands. Aanvankelijk wijdde Simenon zich met overgave aan de zaak. Hij paste de methode van Maigret toe, en legde zijn oor te luister in de bordelen en onderwereldcafés van de hoofdstad

— een milieu dat hem sowieso trok. Anders dan Maigret strooide hij kwistig met geld, verstrekt door *Paris Soir*, om mogelijke verklikkers aan het praten te krijgen. Vandaar dat hij allerlei onzin kreeg opgedist, op dode sporen werd gezet, en ten slotte niet wist hoe hij van de opdracht af moest komen, omdat het op niets uitliep. Smadelijk gezakt voor het examen van rechercheur.

Nu ben ik, via Baudelaire, opgegroeid met Edgar Allan Poe. Ooit kon ik het gedicht 'The Raven' uit mijn hoofd opzeggen. Poe's 'Philosophy of Composition' maakt deel uit van mijn poëtica, en ook de intrigerende beginzinnen van de beroemdste verhalen stonden geëtst in mijn hersenschors. Natuurlijk kunt u het niet controleren, maar net als de rest van dit boek doe ik het volgende uit mijn hoofd:

> *During the whole of a dull, dark, and soundless day in the autumn of the year, when the clouds hung oppressively low in the heavens, I had been riding alone, on horseback, through a singularly dreary tract of country, when at last, as the shades of evening drew on, I found myself within view of the melancholy House of Usher.*

Mogelijk moet het zijn *I had been passing* in plaats van *riding*, anders hoeft dat *horseback* eigenlijk niet meer, maar globaal gaat het zoals gedeclameerd. Je moet de *stem* van een schrijver in zijn geschriften kunnen horen, anders blijft het *Revisor*-proza, waarin mijn zuster, tegen haar zin, vaak is ondergebracht.

Er was een precedent voor Simenons onderzoek in de Staviskyaffaire. Ik geef onmiddellijk toe dat ik daar niet meteen op gekomen ben. Simenons biograaf Pierre Assouline heeft mij de kwestie in herinnering gebracht. In 1840 was een dienstertje, Mary Rôget, vermoord in de buurt van New York, onder geheimzinnige omstandigheden. De zaak werd niet tot tevredenheid van politie en publiek opgelost. Edgar Allan Poe heeft, vóór de aan opium verslaafde Conan Doyle, het detectivegenre uitgevonden. Poe was verslaafd aan drank, aan laudanum en aan zestienjarige meisjes. Hij heeft minstens zes jonge geliefdes en bruidjes beweend aan hun ontijdige sterfbed. Daar gaat het nu niet om, ik moet sterk zijn. Punt is dat de voortreffelijke Poe, twee jaar na de moord, uitsluitend door bestudering van de persberichten over de onduidelijke moord, een verhaal heeft geschreven, 'The Mystery of Mary Rôget', en het raadsel heeft opgelost. Na publicatie van zijn 'verhaal' heeft de ware schuldige bekend. Die zaak heeft mij altijd machtig geïntrigeerd. Ik misbruik Poe's woorden voor een zaak die mij niet meer heeft losgelaten sinds ik hem in de kranten en overige berichtgeving ben gaan volgen:

Er zijn weinig mensen, zelfs onder de kalmste denkers, die niet bij tijd en wijle zijn geschokt door een vaag doch opwindend bijgeloof in het bovennatuurlijke, door de toevallige omstandigheden van een zodanig wonderbaarlijk karakter dat het toeval voor het zuivere intellect onvoldoende verklaring gaf. Dergelijk voorbehoud — want het halve geloof waarop deze zaken betrekking hebben, steunt nooit op het verstand alleen — dergelijk voorbehoud wordt nauwelijks bedwongen door verwijzing naar de waarschijnlijkheidsleer, of, zoals dat technisch heet, 'waarschijnlijkheidsberekening'. Deze berekening is in wezen puur mathematisch. En zodoende hebben we hier van doen met de anomalie van de meest rigide wetenschap toegepast op de duistere spiritualiteit van hoogst onzekere speculaties.
   De buitengewone details die mij nu publiekelijk ontfutseld worden, zullen blijken, met name in het tijdsverloop, het voornaamste houvast te zijn in een reeks nauwelijks te

bevatten momenten van toeval, die in laatste instantie als conclusie begrepen zullen worden door alle lezers betreffende de nooit opgeloste en nu alweer drie jaar geleden gepleegde moord op de kleine Samuele van Cogne.

Met deze aan Poe ontleende woorden ben ik, van een afstand, slechts met behulp van de *press covering*, aan de slag gegaan, om te bewijzen dat Annamaria Franzoni, de moeder van het driejarige slachtoffertje, onschuldig is.

Cogne 8

17 februari 2002. 'Ik zet nooit meer een voet in dat huis. Ik kan de moed niet opbrengen de kamer terug te zien waar mijn kleine Samuele gestorven is,' vertrouwt Annamaria Franzoni toe aan Vito Perret, een van de buren die haar de voorgaande dag in Lillaz heeft opgezocht.

Het RIS richt alle aandacht op een brok kristal uit de stenenverzameling van Stefano, het enige voorwerp waarop volgens het Luminolonderzoek bloed zou kunnen zitten. Maar, zeggen ze er voorzichtigheidshalve bij, het kunnen ook sporen van lijm of van een schoonmaakmiddel zijn. Vreemd genoeg wijzen alle bloedspatten eerder op een wapen met een handvat, zoals een zware koekenpan of een pook van de open haard. Vooral professor doctor Francesco Viglino van de Procura en de experts van de civiele partij van de familie zijn de mening toegedaan dat de spatten tegen de muur en op het plafond alleen met een zwaar wapen met handvat kunnen zijn veroorzaakt. Dat is een van de weinige punten waarover ze het eens zijn.

Voor het eerst richt de aandacht zich nader op het zwaar met bloed bevlekte pyjamajasje. De experts van het RIS zeggen er zeker van te zijn dat iemand dat pyjamajasje heeft opgevouwen *nadat* het met bloed bevlekt was.

Er wordt gelekt dat de patiënt die bij Satragni onder behandeling is voor een mentale stoornis, een vrouw zou zijn. Iedereen begrijpt onmiddellijk dat dit Daniela Ferrod moet zijn, maar de Procura wijst deze veronderstelling resoluut van de hand: 'Dit detail heeft absoluut niets met de dood van Samuele te maken.'

18 februari 2002. Binnen tien dagen zullen de resultaten van de autopsie bekend worden gemaakt, zo belooft de Procura.
Psychologen en therapeuten worden ingezet op de scholen in de buurt om de angsten van de kindertjes voor een monster te bezweren.
In Aosta wordt Stefano Lorenzi opnieuw aan de tand gevoeld.
Tegen de schemering voeren de carabinieri opnieuw een huiszoeking uit in het chalet van de familie Lorenzi.

19 februari 2002. De procurator van de provincie Aosta verklaart dat de moordenaar nog in Cogne moet zijn. Dat maakt het werk van die kinderpsychologen er niet gemakkelijker op.
Een journalist van *La Repubblica* vraagt verder. 'Wat als de resultaten van het RIS geen uitsluitsel geven?'
'Wij wachten af en zullen wel zien. Ondertussen zitten we niet stil. We hebben ons onderzoek in alle richtingen voortgezet en gaan alle mogelijkheden na. Wij verwachten allerminst eenduidige resultaten van het RIS. Wij hebben hun bepaalde vragen voorgelegd en wachten op de antwoorden die ons onderzoeksplaatje moeten bevestigen.'
Dit heet in wetenschappelijke termen *begging the question*. Niet toegestaan.
'En het moordwapen?'
'Dat is nog niet gevonden. Maar dat is ook niet noodzakelijk om de moordenaar te identificeren. Andere aanwijzingen kunnen van groter belang zijn...'
'Gaat u verder met het verhoren van de ouders?'

'Nee, dat hebben we nu gehad. Wat we wilden weten, zijn we te weten gekomen.'

'Volgt u nog andere sporen?'

'Nee [!] We gaan in alle richtingen verder, al hebben we de hypothese van een monster ter zijde gelegd.' Hoe nu? Hoeveel tegenspraak kun je in één zin persen?

'U heeft gezegd dat de moordenaar van Samuele nog in Cogne is. Maar als die wil ontsnappen?'

'Volgens mij bestaat dat risico niet. Eventueel [!] kunnen we de luchthavenpolitie vragen om mensen uit Cogne die het vliegtuig willen nemen te registreren.' Nu staat ook de journalist van *La Repubblica*, Meo Ponte, paf. Het heeft geen zin te hopen op een zinnig antwoord.

20 februari 2002. Kolonel Luciano Garafano voert een bespreking in Turijn met de patholoog-anatoom, waarbij ook Viglino, Carlo Torre en Carlo Robino aanwezig zijn – eerst in het medische kantoor van het gerechtsgebouw, dan ten burele van Torre. Ook majoor Filippo Fruttini van de commandogroep carabinieri van Aosta, is aanwezig.

Men onderscheidt vier mogelijkheden voor het moordwapen: een etensbord (?), een brok kwartssteen, een pook, en een voorwerp met een handvat. De raadgever voor de partij van de familie Lorenzi, Carlo Robino: 'De aanwezigheid van chemische substantie of vezels in de wonden moet enkele van deze vier mogelijkheden uitsluiten.'

Vandaag verklaart de Procura: 'Vanaf nu gaan we samenwerken en onze bevindingen vergelijken om tot een wetenschappelijk plaatje te komen dat overeenkomt met de bevindingen van het RIS.' Waar zijn ze tot nu toe dan mee bezig geweest?

'Morgen zullen we de gesprekken van de gsm's controleren.' Twintig dagen na de moord.

21 februari 2002. De besprekingen in Turijn worden voortgezet. Na deze 'topconferentie' wordt steeds vaker van een pook gesproken als moordwapen.

22 februari 2002. Nog steeds onduidelijkheid over het mogelijke moordwapen. Wellicht heeft de moordenaar een medeplichtige gehad.

23 februari 2002. De onderzoekers beweren dat uit het onderzoek van de bloedspatten op het pyjamajasje de waarheid zal blijken. Het bloed komt van directe spatten. Sporen van hersenmateriaal zouden alleen op de binnenkant, aan de achterzijde, gevonden zijn, waardoor opnieuw de hypothese de kop opsteekt dat de moordenaar het pyjamajasje tijdens de moord, achterstevoren en binnenstebuiten, gedragen moet hebben en dat het bloed er niet naderhand op terecht is gekomen.

Andere vingerafdrukken dan die van de familie Lorenzi zijn niet gevonden, geeft het RIS vast vrij, en de DNA-sporen zijn uitsluitend van de kleine Samuele afkomstig. Volgens de onderzoekers sliep deze in het bed van zijn ouders, aan de kant van zijn moeder, toen de moordenaar, een volwassene van normaal postuur, vanaf de kant van de kamerwand genaderd is en herhaaldelijk heeft toegeslagen met een zwaar, puntig voorwerp. Aan de bloedsporen in de zwanenhals van de wastafel hechtten de wetenschappers weinig waarde. Annamaria Franzoni en Ada Satragni hebben beiden verklaard hun handen te hebben gewassen nadat zij het kind hulp hadden geboden.

Na het vertrek van de traumahelikopter, en dat was om tien over negen, zijn Annamaria Franzoni, haar man, de psychiater Satragni en Marco Savin, haar schoonvader, twintig minuten alleen geweest in het moordhuis in Montroz. In feite zijn de carabinieri van Cogne, op hun dooie gemak, pas om halftien gearriveerd. De Procura denkt het goede spoor gevonden te hebben, vooral omdat ondertussen de moordenaar van Renata Torgneur, die op 26 januari was doodgestoken, is aangehouden.

'Zo is onze methode,' verklaart het orakel Maria Del Savio Bonaudo, 'bij belangrijke gebeurtenissen als een moord. Dan nemen we alles goed in overweging, geduldig de puzzel aanvullend, ook al lijkt het of we niks doen. En dan, wanneer het plaatje compleet is, gaan we over tot handelen.'

In de Procura van Aosta wordt een bespreking belegd tussen Stefania Cugge, Francesco Viglino en majoor Filippo Fruttini, om halfelf 's ochtends. Aan het eind van de vergadering verklaart de medische gerechtsdienaar Viglino: 'Op het punt waarop de zaken nu staan, zou alleen een bekentenis het mysterie kunnen oplossen.'

Om vier uur 's middags voeren de carabinieri opnieuw een huiszoeking uit in het chalet van de familie Lorenzi. Urenlang.

24 februari 2002. Opnieuw wordt de aandacht op Ada Satragni gevestigd. Hoe is het mogelijk dat zij zo veel fouten heeft gemaakt? Hoe heeft zij kunnen geloven dat Samuele een hersenbloeding had? Waarom heeft zij het lichaampje verplaatst?

Ondertussen wordt de huiszoeking in het chalet van de familie Lorenzi voortgezet.

De familie schrijft een bedankbrief aan de burgemeester van Cogne, Osvaldo Ruffier met de flaporen. Om te bedanken waarvoor?

25 februari 2002. De medisch expert voor de verdediging Carlo Torre begeeft zich naar het hoofdkwartier van het RIS in Parma om de bebloede pyjama van Annamaria Franzoni te fotograferen. Hij verklaart: 'De bloedsporen op de pyjama bewijzen helemaal niets.'

In Cogne doet de carabinieri ondertussen opnieuw huiszoeking. Als ze vertrekken nemen ze wat speelgoed mee, een fietsje, een speelgoedvrachtwagentje met aanhanger onder andere.

Volgens Torre vertonen alle hoofdwonden op de foto's eenzelfde imprint – van een puntig voorwerp met een handvat. Viglino van de Procura blijft volhouden dat de wonden onderling verschillend zijn.

26 februari 2002. In Aosta spreekt advocaat Carlo Federico Grosso een uur lang met de hulpofficier van justitie Stefania Cugge.

In Cogne spitten zes carabinieri in gevechtstenue, bijgestaan door drie mannen van de gemeentewerken, de tuin van de Lorenzi's en die van de buren om, op zoek naar de rioolput. Later zal Stefano Lorenzi zeggen: 'Waarom hebben ze dat niet gewoon aan mij gevraagd? Dan had ik de plek zo kunnen aanwijzen.' Niks gevonden, het lijkt steeds meer op een veldslag.

Analyse van het kwartsbrok heeft aangetoond dat er geen bloed op zit.

De advocaat Grosso: 'Mijn cliënte is alleen civiele partij in dezen – zij heeft niets te maken met het misdrijf. Laat de Procura eens de juiste personen aan de tand voelen, zonder verdere fouten te maken.' Duidelijk hebben de ouders van Samuele van het begin af aan iemand op het oog, zoals ze jaren later ook bij herhaling zullen toegeven.

De deskundige van de Procura, Francesco Viglino: 'Het is van het grootste belang alles precies vast te stellen, ook het motief.' Eindelijk, er wordt aan een motief gedacht.

27 februari 2002. 's Ochtends wordt opnieuw dokter en psychiater Ada Satragni gehoord. Het schijnt dat zij zich steeds meer van Annamaria Franzoni distantieert.

'Echte vrienden zijn we nooit geweest. Ik had beroepsmatig met ze te maken.'

Vooruitlopend op de bekendmaking van de onderzoeksresultaten van het RIS lekt uit dat de moordenaar, of zijn medeplichtige, de blauwe, met bloed bevlekte pyjama moet hebben gedragen. Satragni en Franzoni kunnen van elkaar bevestigen dat ze dat jasje niet aanhadden. De vorige dag heeft Torre nog gedemonstreerd dat het bloed ook op een later moment de pyjama bevlekt kan hebben. Daartoe heeft de medische expert van de civiele partij een aantal witte pyjama's gekocht en die op verschillende manieren met varkensbloed bespat. Hij beweert dat het pyjamajasje bijvoorbeeld heel goed gebruikt kan zijn bij de eerstehulppogingen, als lap om bloed weg te vegen. Maar het RIS is onvermurwbaar: de bloedspatten zijn direct uit het hoofd op de pyjama terechtgekomen. Sterker nog, met computersimulaties hebben ze precies de bewegingen van de pyjama door de kamer en om het bed kunnen reconstrueren. Alleen niet wie erin zat.

Later zullen de carabinieri van het RIS, die tot nog toe een *bel niente* hebben aangetoond, in de kelders van hun hoofdkwartier te Parma heel precies de slaapkamer, met meubels, gordijnen en al, van het echtpaar Lorenzi nabouwen, en een man in wit pak met capuchon op verschillende manieren met een houweel laten inhakken op een leren voetbal gevuld met varkensbloed, die bij wijze van hoofd van Samuele tussen de kussens is gelegd. Zowel vanuit staande positie naast het bed, als met één knie steunend op het bed, of met beide knieën op bed, ter weerszijden van het slachtoffer in effigie.

Wat willen ze nu precies met dat pyjamajasje bewijzen?

De foto's ervan zijn ijzingwekkend om te zien. De volgende verdediger, die aanstonds ten tonele zal verschijnen, heeft ze vrijgegeven om met precieze metingen aan te tonen dat de berekeningen van het wetenschappelijke RIS onnauwkeurig waren.

De krantenkoppen schreeuwen op de dag dat mijn zuster in Syracuse aankomt:

MOORDENAAR DROEG PYJAMAJASJE

Ada Satragni spreekt voor het eerst in het openbaar voor de camera's van RaiUno: 'Mijn geweten is gerust. Dat is het belangrijkst.' Die ochtend is de vrouw voor de zevende keer verhoord. Iedereen blijft zich afvragen waarom de *dottoressa* de hoofdwonden niet heeft gezien.

Nog steeds niet duidelijk: waarom is de eerste autopsie pas vierentwintig uur na de dood van Samuele uitgevoerd?

'Je moet meteen de lichaamstemperatuur meten om bij benadering een indicatie van het tijdstip van overlijden te krijgen. In normale condities daalt de lichaamstemperatuur van de dode elk uur een halve graad, na drie uur met een graad per uur, en na drie dagen neemt het lijk de temperatuur van de omgeving aan,' aldus Viglino, om aan te tonen dat hij heus niet dom is. Maar ze hebben geen temperatuur gemeten. En zijn het normale omstandigheden als het slachtoffertje van onder het donzen dekbed in een warme slaapkamer meteen naar de vrieskou buiten wordt gedragen?

Maria Del Savio Bonaudo zegt dat er nog geen elementen voorhanden zijn om iemand als verdachte aan te merken.

Het lijkt of iedereen, met veel machtsvertoon en competentieconflicten, maar wat aanklungelt in dit onderzoek.

28 februari 2002. De staatssecretaris van Binnenlandse Zaken in de regering-Berlusconi, Carlo Taormina, onlangs uit het kabinet gezet wegens een kwestie van belangenverstrengeling — op zich al een komisch gegeven in een regering die van belangenverstrengeling aan elkaar hangt — gaat zich met de zaak bemoeien: 'De Procura van Aosta zou onder curatele geplaatst moeten worden!' Taormina is een clown. Hij neemt later de verdediging van Grosso over, die tenslotte al gepensioneerd is.

Die dag wordt door de Procura van Aosta een tweede psychiater geraadpleegd, Nadir Vietti, die decennialang zijn beroep in Cogne heeft uitgeoefend. De mogelijkheid dat iemand in een vlaag van verstandsverbijstering de moord gepleegd heeft en zich vervolgens niets meer herinnert, noemt hij *fantamedicina*. Annamaria Franzoni heeft hij nooit eerder gezien en was dus geen patiënt bij hem.

De criminoloog bevestigt dat het om een lucide moord moet gaan, en niet om een daad die is gepleegd in een aanval van plotselinge, of aangehouden, krankzinnigheid.

In Cogne maken carabinieri in duikerpakken foto's in het riool.

2 maart 2002. Ada Satragni plakt een briefje op de deur van haar praktijk dat ze voorlopig uit Cogne weggaat. Ze neemt de gelegenheid te baat om eerst nog eens flink tegen de journalisten uit te halen.

Vanuit het ouderlijk huis van Annamaria te Monte Acuto Vallese, waar de familie tijdelijk onderdak heeft gevonden, bedankt het echtpaar Lorenzi via een persagentschap de burgers van Cogne en vragen ze de pers hen verder met rust te laten.

In Cogne onderzoeken carabinieri het dak en de rookkanalen van de chalet, met gebruikmaking van infraroodstralen.

Vier nieuwe getuigen worden gehoord.
Er is officieel nog geen verdachte ingeschreven in het register.

3 maart 2002. Op de deur van de Procura te Aosta wordt een briefje geprikt dat journalisten, cameramensen en fotografen geen toegang meer hebben tot het gerechtsgebouw.

4 maart 2002. Volgens de Procura zou de moordenaar zich 'met vaste tred' en 'grondige kennis' van het huis bewogen hebben. De criminoloog: 'Geen krankzinnige.'

5 maart 2002. Bloedige voetsporen van schoenmaat 36 zouden door het hele huis lopen.
De burgemeester van Cogne: 'Annamaria Franzoni kan nooit gearresteerd worden.'
Twee carabinieri doorzoeken de woning, terwijl twee andere nog eens rondjes om het huis lopen. Ze gaan met lege handen weg.

6 maart 2002. De zoveelste huiszoeking, ruim drie uur. Een middelgrote doos wordt naar buiten gedragen. Misschien is het wapen gevonden. Spoedig zal een arrestatiebevel worden uitgevaardigd.
Taormina verklaart dat de zaak grotesk aan het worden is. Iets waar hij in het vervolg ernstig toe zal bijdragen, tot op heden.
De dossiers worden in handen van de GIP (rechter van instructie) Fabrizio Gandini gegeven, op slag de meest gewilde vrijgezel van Italië. Kort borstelig haar, dure zonnebrillen, leren jackje met de kraag omhoog en altijd een halve toscaner in de mond. Deze populariteit, over de rug van Annamaria Franzoni, leidt uiteindelijk tot een huwe-

lijk op 23 juni 2003 met een bloedmooie journaliste uit Catania, Elisa Anzaldo, die de zaak is blijven volgen.

7 maart 2002. Uit het huis van de familie Lorenzi halen de carabinieri nieuwe voorwerpen weg.
Fabrizio Gandini verklaart: 'Geef me nog even tijd – dit is een delicaat moment.'
Iemand uit Cogne meldt aan een verslaggever dat bij het graf van de kleine Samuele alleen nog wat verwelkte bloemen liggen. Verontwaardiging door het hele land.
Men fluistert dat de Procura Fabrizio Gandini om een bevel tot voorlopige inhechtenisneming heeft gevraagd voor Annamaria Franzoni.

8 maart 2002. Fabrizio Gandini: 'Ik weet nog van niks.'
Nieuwe huiszoeking.
Mogelijk zijn de ouders van het slachtoffer van Bologna op weg naar Aosta.

9 maart 2002. Huiszoeking. Ook het bloed op de pantoffels zou een bewijs zijn. Taormina waarschuwt: 'Deze magistraten mogen de moordenaar van Samuele niet arresteren!'

10 maart 2002. Er zouden nog andere namen staan ingeschreven in het register van verdachten, voor medeplichtigheid.

11 maart 2002. Advocaat Carlo Grosso arriveert met zijn twee deskundigen bij het gerechtsgebouw van Aosta, met twee grote zwarte zakken en een tas vol documenten waarin de bevindingen van het RIS weerlegd worden. Volgens hun onderzoekingen heeft de pyjama tijdens de moord gewoon op bed gelegen. Zoals ook door Annamaria altijd is gezegd.

Stefano Lorenzi is een klein halfuur in de kazerne van de carabinieri van Aosta. Hij weet de journalisten van zich af te schudden.

Vreemd genoeg staat Annamaria zelf wel, na veertig dagen, openhartig de pers te woord: een journalist van de *Corriere della Sera*, en een camera van *Studio Aperto*. Ze vertelt hoe zij die vreselijke ochtend beleefd heeft. Met weerzin en ongeloof verdedigt ze zich tegen de publieke opinie. 'Ze vergissen zich allemaal', ook de magistratuur. Ada Satragni neemt ze in bescherming.

Als iemand later die dag toch Stefano te spreken krijgt, geeft hij toe: 'Ik vrees, nee, ik ben bang dat ze óns verdenken! Nadat we lang en breed over de zaak hebben nagedacht, telkens weer, zijn we wel op een mogelijkheid gestuit, die we dan ook aan de onderzoekers kenbaar hebben gemaakt.'

De advocaat van kwade zaken Carlo Taormina – die nog niets met de verdediging te maken heeft; hij zal het pas eind juni van Grosso overnemen – tettert voor de camera's: 'Annamaria moet alles zeggen wat ze op het hart heeft!'

De onderzoeksrechter Fabrizio Gandini is nog steeds met het dossier bezig. In het verleden heeft hij afgezien van rechtsvervolging wanneer de bewijzen van de officier van justitie hem niet afdoende waren. In zo'n geval blijft de zaak meestal steken en komt er geen proces.

Francesco Viglino, de patholoog-anatoom, onderzoekt nog eens de foto's van de wonden om zijn bevindingen te vergelijken met die van het RIS: van welke kant van het bed heeft de moordenaar op zijn kleine slachtoffer ingehakt?

12 maart 2002. Advocaat Carlo Grosso geeft een interview af waarin hij aantoont dat de Procura geen enkel bewijs tegen Annamaria Franzoni in handen heeft. Hij is overtuigd van haar onschuld en wijst op de talloze vergissingen van het onderzoek. Er is hem niets gebleken van de steeds vaker geuite veronderstellingen dat Annamaria psychisch labiel zou zijn, of in het verleden problemen heeft gehad.

13 maart 2002. De helikopter van de nooddienst 118 voert nog eens dezelfde vlucht uit van afgelopen 30 januari om de tijdstippen te controleren. Tweemaal.

Uit een lek van de Procura blijkt dat ze het daar onwaarschijnlijk vinden dat Annamaria, toen zij haar zoon aantrof in een poel van bloed, niet meteen de bloedspatten op de wanden en het plafond gezien zou hebben.

14 maart 2002. Mijn zuster reserveert een vliegtuigticket Catania-Amsterdam, voor de volgende dag.

15 maart 2002. Ik mag mijn zuster niet naar het vliegveld brengen, hoewel ik haar opvang in Nederland geregeld heb. Haar reisgezellin Baps, die zelf de afgelopen maand met het vliegtuig naar Nederland op en neer is gegaan voor een doktersonderzoek, heeft bij haar terugkomst de touwtjes in handen genomen. Daar kan ze mij niet bij gebruiken. Babs is van plan het halve jaar dat ze het appartement in Syracuse gehuurd hebben uit te zitten. Niemand is blij over de gang van zaken.

Afgelopen nacht, om tien over een, hebben de carabinieri van Vergato, een dorpje in de Bolognese Apennijnen niet ver van Monte Acuto Vallese, het echtpaar Lorenzi ontboden in hun kazerne. Stefano en Annamaria zijn vrijwillig naar de kazerne gereden.

Bij aankomst is Annamaria Franzoni, op instigatie van de onderzoeksrechter Fabrizio Gandini, onmiddellijk in hechtenis genomen. Het verzoek van de echtgenoot haar naar de vrouwengevangenisgevangenis Vallette in Turijn te begeleiden wordt afgewezen. In de kleine uurtjes van de nacht wordt Annamaria Franzoni afgevoerd. Ik weet niet of ze haar de handboeien hebben omgedaan.

HOOFDSTUK IX

Doctor Sam

In de Spaanse *darsena* — dat gedeelte van de binnenhaven waarin geen schepen met munitie mogen afmeren — ligt al sinds mensenheugenis een door en door verroeste coaster aan de ketting tegenover het gebouw van de douane, ongetwijfeld in beslag genomen wegens illegale mensensmokkel. Er kan geen reder of eigenaar van gevonden worden. Het is een *Kuifje*-schip, zonder registratie, het voer onder Bosnische vlag, een land zonder kust of havens. De naam op de boeg is ettelijke malen overgeschilderd. Nu heet het schip, dat nooit meer uit zal varen, de *Poisk*. Onder diezelfde naam is op de achtersteven vaag een fictieve plaats van herkomst leesbaar: Kaliningrad, dat tot 1945 Königsberg heette.

Ik mag graag vanaf de kade naar dat schip kijken, in de ondergaande zon over de Porto Grande. Het is het enige schip in die dode haven; er ligt geen jacht of vissersboot. Ik droom dat ik het bevel voer over dat zwervende spookschip. Ik denk dat de cargo uit radioactief afval bestaat en dat de Filippijnse bemanning, die mijn Engels niet kan verstaan, bij de eerste gelegenheid wil drossen. Mijn laatste verloofde had een huid die in het donker straalde als radium. Ik werd erdoor verzengd. Ik zag mijn skelet op haar vlees liggen als in een röntgenfoto. Je kon niet zien of ik in haar stak, doordat het penisbot al tienduizenden jaren is weggeëvolueerd bij de mannetjesaap. Ze willen haar overboord gooien, want een vrouw hoort niet op een schip.

Ik droom steeds dat ik geen haven kan vinden om af te meren.

Het was een schitterende winter, die van 2001 op 2002, het eerste jaar dat ik mij gevestigd had op het schiereiland Ortigia, de oude kern van de vergeten wereldstad Syracuse. Werd vanaf de oudste tijden, toen er nog geen brug geslagen was — dat gebeurde pas tijdens de Spaanse overheersing in de zeventiende eeuw — het eilandje ongetwijfeld alleen gebruikt voor cultusbijeenkomsten, de eredienst voor de godin van de jacht, Diana of Artemis (de oudste in het rijtje), voor de godin van de landbouw, Demeter, wier dochter uitgerekend op Sicilië geschaakt werd, zodat de cosa nostra zich op antieke precedenten kan beroepen, en pas later voor modernere goden als Dionysus, Athene en Apollo, in de rijke klassieke tijd was het de residentie van tirannen als Dionysius I Dionysius II en Dion, en zal de ruimte tussen tempels en paleis opgevuld zijn geweest met barakken voor de soldaten. De bevolking van de miljoenenstad van destijds woonde op het vasteland.

Het zal niet anders geweest zijn toen de gebroeders Hauteville het zuiden veroverd hadden om daar het feodale stelsel in te voeren, dat nooit helemaal is verdwenen. Noch later, toen de grote, wrede keizer Frederik II van Hohenstaufen zijn intrek nam in het kasteel van Maniace. Soldaten en priesters, clerus en krijgsmacht hadden de alleenheerschappij over het druppelvormig eilandje voor de kust.

Sindsdien is dat zo gebleven, tot na de aardbeving van 1693, toen het eiland een verbinding met de *terra firma* kreeg en er elegante barokpaleizen werden opgetrokken in de smalle straatjes, de joden een eigen wijk kregen toegewezen in nog smallere straatjes, en vele kloosters zich met de Contrareformatie dikker maakten dan ze al waren. Tegenwoordig staan de meeste kloosters leeg of op instorten, net als de barokpaleizen en de donkere, vaak huisjes van één kamer groot voor het plebs. Dat geldt ook voor de kazernes, die pas aan het einde van de twintigste eeuw ontruimd zijn, omdat ze moeilijk of niet bereikbaar zijn voor grotere legervoertuigen. De natuurlijke haven van de Porto Grande hoeft niet meer bewaakt te worden.

Nog één generatie terug, toen er geen straatverlichting was en het water schaars, op het dieptepunt van het moderne verval, zo vertelt mijn poetsvrouw Anna, waagden gewone mensen zich amper in Ortigia. Het was een roversnest. Ouderwetse bandieten en woekeraars hadden de stadskern in handen. De straten werden bewaakt door veertienjarige jongetjes, die openlijk een karabijn over de schouder droegen en iedereen weerden die hier niets te zoeken had. De aartsbisschop en de pelgrims voor de heilige Lucia werden op het domplein toegelaten, maar het is geen geheim dat godsdienst en onderwereld op Sicilië een onzalig verbond hebben gesloten. Toeristen werden steevast bestolen, of konden alleen onder politiebegeleiding een blik op de kathedraal en de fontein werpen. Hotels waren er niet.

Daarvoor moest je in de buurt van het station zijn, voordat ook in Italië de spoorwegen het web zijn gaan inkrimpen en alle lijnen die naar de kleinste dorpjes voerden, ophieven. Syracuse alleen al telde behalve het centraal vier of vijf bijstations. De fijne gebouwtjes staan er verloren bij. Vroeger kon je in een nachttrein met wagons-lits zonder overstappen van Syracuse naar Parijs rijden. Voor mensen die de situatie niet kennen, moet ik uitleggen dat in Messina de treinen op de *traghetto* gereden worden om over het Kanaal van Sicilië te varen. Daarvoor hoef je je coupé niet uit. Tegenover het station, waarnaast een klein fonteintje in de vorm van de kop van Socrates staat, al komen er geen woorden of water meer uit zijn open mond, ligt hotel Como, waar ik altijd om moet glimlachen, omdat de naam een noordelijke verfijning en correctheid suggereert. In de straat langs het station staan rijen hoge en ooit statige hotels, die nu een kwijnend bestaan leiden. Het is tevens de straat waar 's nachts enkele tippelaarsters staan, maar niet van de betere Oost-Europese soort, en waar de stalling is van de vuilniswagens en verderop, gebroederlijk naast elkaar, drie *onoranze funebre:* die van Bruno dei Grandi (met als logo een Egyptische helhond), die van Michele dei Grandi (een adelaar of gier), en daartussenin die van D'Agostino (een paardenkop). Waarschijnlijk gebruikt de laatste nog paarden om de baar te trekken. Vroeg ik mij dom genoeg eerst af waarom die drie bedrijven zo vlak naast elkaar gelegen waren, met aan de overkant ouderwetse timmerwerkplaatsen waar de kisten worden gemaakt, ik kreeg meteen het antwoord toen ik dat aan Anna vroeg: 'Nogal wiedes [*è naturale*], want van daaruit kun je lopend naar het kerkhof.' Niet dat de doden zelf moesten lopen naar het eindstation, maar het bespaart volgwagens.

De meeste mensen gaan op zondag naar het kerkhof, maar Anna gaat om zes uur elke morgen naar het graf van haar stiefvader (haar echte vader kent ze niet), zoals zij voorheen naar zijn huis toog om de bedlegerige bejaarde te keren en te verschonen. Liefst zou zij elke dag de kist nog even keren en afsoppen.

Twintig jaar geleden zijn in de oude stad de riolen vernieuwd, is er straatverlichting aangelegd, en is men begonnen met de restauratie van dit 'culturele patrimonium', zoals het door de Unesco wordt genoemd. Iets van de enorme geldstroom die door de Cassa del Mezzogiorno naar het zuiden wordt gesluisd, moest zichtbaar worden in het opkalefateren van de gevels en het bestrijden van ratten en kakkerlakken, hoewel het meeste geld voorzichtigheidshalve natuurlijk achterblijft in de zakken van de verantwoordelijke politici, die alleen met steun van kerk en maffia gekozen kunnen worden. Er verscheen veel blauw op straat – donkerblauw van de carabinieri, lichtblauw van de staatspolitie en grijsgroen van de Guardia di Finanza – en tot op deze dag zijn op elk mogelijk punt van de nauwe doorgangsroute langs zee politieposten aangelegd. Ondertussen proberen de oude bewoners van deze koningsknoop nog steeds aan de andere kant van de brug huisvesting te vinden, in de nieuwe sociale woningbouw langs de Scala Greca bijvoorbeeld, of hoger op het vasteland, waar wel flats en residenties zijn gebouwd maar nog amper wegen aangelegd. Bijna niemand van de Syracusanen is bereid in omgekeerde richting te verhuizen.

Ortigia moet een uitgaanscentrum worden, de dode haven uitgroeien tot een *marina* voor de jachten van de superrijken, en de opgeknapte huizen, die tien jaar geleden nog voor een habbekrats weggegeven werden, worden nu voor woekerprijzen (alleen woeker doet, nog steeds, de levensader kloppen van Sicilië) van de hand gedaan, opgekocht en snel doorverkocht door speculanten, tot ze uiteindelijk hun bestemming vinden als zomerverblijven voor argeloze Italianen uit het noorden en buitenlanders die Ortigia, met al die zee rondom en het klaterlicht uit de hemel, de mooiste stad op aarde wanen. 's Winters blijft het leeg, winderig en koud. Vrachtwagens schrapen langs de huizen om bouwmaterialen aan te voeren, overal liggen hopen zand, kalk en cement (als we het even niet over zwerfvuil hebben) en de zo gewaardeerde luchtstilte wordt vervuild door eeuwig draaiende cementmolens en dreunende drilboren.

Slechts in de zomer en in de zonnige weekeinden van overige jaargetijden, wanneer de lippen van de mooie Persephone in de onderwereld rood gekleurd worden van het granaatappelsap, komen de mensen en masse de brug over om te flaneren over het domplein en langs het water en uit te gaan in de restaurantjes en cafés (en daar bedoel ik niet de alledaagse Italiaanse bars mee, waar men staande *al banco* snel een espresso achteroverslaat en aan een brioche knabbelt), die zich tegen betaling van protectiegeld overeind weten te houden. Maar nog steeds worden er elke nacht auto's in de fik gestoken, en restaurants waarvan de eigenaars menen dat ze zonder bescherming kunnen.

Het is altijd hetzelfde: denk je in het paradijs terecht te zijn gekomen, na een paar jaar zie je alleen de schaduwkanten. Het klimaat lijkt grondig veranderd te zijn. Controleerde je eerst of een huis koel genoeg was om in te kunnen slapen, nu maak je je eerder zorgen of het verwarmd kan worden om de vochtige koude te bestrijden. Toch is het mij genoeg, als ik 's ochtends om zes uur opsta, om even van een van mijn drie Spaanse balkonnetjes naar zee te kijken. Als het nog donker is de lichtjes van kleine visserssloepen die tuf-tuf-tuffend op hun diesel in de kuip op huis aanvaren, de fluorescerende golven als het hard waait, in de zomer het eindeloze blauw met schoeners, driemasters en olietankers op de horizont.

Juist in mijn eerste maanden begon men aan het project om van het hele eilandje een voetgangersgebied te maken, waartoe een monster van een onverlichte parkeergarage is gebouwd die door iedereen genegeerd wordt, net als de inrij- en parkeerverboden. De lawaaierige Vespa's en Piaggioscooters, die op topsnelheid door de kleine straatjes scheuren, vormen een plaag, ware het niet dat ze achterop soms mooie, helmloze scootermeisjes vervoeren, op zoek naar vertier.

'*È un diritto,*' zegt Anna. 'De jeugd heeft er recht op zich te vermaken.' Zijzelf heeft vanaf haar elfde jaar moeten zorgen voor een ris van negen jongere broertjes en zusjes, en ze boent zich nog steeds de pokken om haar eigen kinderen van zaktelefoons, gestolen en onverzekerde scooters en uitgaansgeld te voorzien.

Er bleef één lichtpuntje over, die eerste zachte winter, en dat was de Piazza San Rocco, tussen de beroemde fontein en het Castello Maniace. Daarin ligt het zomer én winter drukbezochte café Doctor Sam, de huiskamer van heel Syracuse en het hinterland. Toeristen komen er nauwelijks, want hier is geen uitzicht op zee, en het pleintje gaat pas leven na tien uur 's avonds. Maar dan staat het ook helemaal vol, met mooie vrouwen en elegante mannen, verloofden en echtparen, vissers en werklozen, advocaten en studenten, allemaal uitgedost met zonnebril (ja, ook in het donker) en zaktelefoon. En, iets wat ik op Sicilië helemaal niet verwacht had, jonge meisjes alleen of in kleine groepjes, wild om gejaagd te worden of zelf op jacht, precies de lichtzinnige, venerische toets die ik af en toe nodig heb om in mijn eenzaamheid te overleven. Daar is wel uithoudingsvermogen voor nodig, want het wordt pas spannend vanaf middernacht tot een uur of drie, wanneer de stoeltjes binnengehaald worden en verdeeld wordt wat te verdelen valt.

Meestal ging ik vroeg naar bed, maar soms gunde ik mijzelf, nee, beter gezegd: soms moest ik mijzelf ertoe dwingen de deur uit te gaan om onder de mensen te komen. Stok in de hand (ook tegen de zwerfhonden) en baret op de kop, een jas had ik niet nodig, zo mild was die winter. Een panama draag je natuurlijk alleen overdag of in de zomer. Bovendien had ik er nog geen. Hij was in aantocht, herinnerde ik mij soms met schrik: ik kon de dagen aftellen tot mijn zuster zou arriveren.

Ik ben geen *barfly*. In Nederland kwam ik alleen in een café voor zakelijke afspraken, in Lucca en Versilia slechts om in het seizoen vriendinnen te begeleiden. De zucht van meisjes om zich te amuseren, of geamuseerd te worden, heeft mij stiekem altijd pijn gedaan. Wat moet je doen in een café als je al een vrouw bij je hebt? Drinken is thuis aangenamer. Daar heb je je eigen muziek in voorraad, kun je de verwarming wat hoger zetten, zijn sofa, bed en keukentafel bij de hand.

Nu had ik de gewoonte aangenomen minstens één avond per week bij Doctor Sam langs te gaan. De tijd voor tienen, die ik anders lezend in bed doorbracht, moest ik thuis uitzitten, en om mijzelf moed te geven of in de juiste stemming te komen begon ik vast voor te drinken. Buiten de bar staan grote witte, vierkante parasollen met 'Krombacher'(op zijn Frans uit te spreken, want het is bier uit de Elzas) op de neerhangende luifelranden. Rondom de poot van elke parasol zijn gaskachels aangebracht met regelbare reflectoren voor de wat koelere nachten. IJzeren ronde tafels, niet van die onmogelijk kleine Franse taboeretten, met stevige ijzeren leunstoelen die niet 'bendelen'. Voor plastic zijg ik niet op een terras neer. Lèlè, zoals de baas van de tent heet, heeft er goed de wind onder bij zijn personeel, swingende types à la Keith Richard, model late jaren zestig, en meisjes zonder uniform die evengoed tot de clientèle zouden kunnen behoren. Achter de kleine bar staat Davide met zijn shaker, lichtblauwe ogen en lang haar, ook al zo'n Amerikaans type met cowboylaarzen. Behalve verslaafd is hij ook dealer en dichter, en liefhebber van Charles Bukowski, en soms zorgt hij achter de kleine draaitafel voor muziek. Goede muziek, blues en rock uit mijn tijd, vooral geen Italiaans, je waant je bijna in de Spuistraat. Er is nog een andere dj, de tandeloze timmerman zonder rijbewijs die te veel soul draait, en een derde, met de *looks* en de bril van Jean-Luc Godard in 1965, voor het modernere repertoire: Radiohead, Smashing Pumpkins, Buffalo Tom, Frank Black, en de rest moet u maar aan mijn dochter vragen. Soms krijgen deze dj's de meisjes zover om op de houten tafels binnen te dansen, ver na middernacht, *dressed to kill*. In die jaren was de band van de spijkerbroek voor meisjes gezakt tot aan het begin van de schaamspleet, en ik moest mijn handen stevig aan elkaar vasthouden, maar ook werden er in de winter minirokjes met laarzen gedragen, en vanboven zakten de decolletés bijna en soms echt per ongeluk tot onder de tepel. De tuinen van het paradijs, zoals ik al zei, en alles in een vreedzame, totaal niet opgefokte sfeer, waarin iedereen onmiddellijk bevriend is met de ander. Ik denk niet dat het aan het gebruik van xtc ligt, al zullen hier ongetwijfeld drugs van eigenaar zijn verwisseld, en Italianen drinken niet, ja, een glas wijn, een groot glas bier, tequila wordt er gedronken (door de meisjes zonder handen met één slok achterover in de smalle glaasjes) en cocktails geserveerd, maar ze drinken niet dóór. Ze drinken voor het plezier. Eventuele buitenlanders, zoals een paar Duitse *Schlampen* die de tent weleens aandoen, herken je onmiddellijk aan hun steeds luidere spreektoon en de mate van beschonkenheid.

Voor mij wordt altijd meteen een stoel vrijgemaakt, en zo neem ik de boel in ogenschouw, terwijl ongevraagd, nu ik wat vaker dan één keer per week kom, de ene *manhattan* na de andere wordt aangedragen. Zes à zeven op een avond, ik moet mezelf dwingen langzaamaan te doen. Want soms mocht ik invallen als dj. Dat is inspannender dan je zou denken. Er mogen geen pauzes vallen, de muziek moet soepel overlappen, je hoort in te spelen op de sfeer, en ik verwar de schuifknoppen van de draaitafels nogal eens. Een keer had ik voor Davide een plaat van Mingus meegenomen, *Blues & Roots*, blues en soul bijeen, en die zette hij meteen op om mij een plezier te doen. Hij wilde de hele plaat achter elkaar horen. Dat werd bijna mijn ondergang, want een café voor ouwelullenjazz is het bepaald niet.

Vaak komt er iemand naast mij zitten, en dan gaan de gesprekken algauw over literatuur en filosofie, want ook werkloze Siciliaanse jongeren, en zeker de wat ouderen, kennen de literatuur op hun duimpje. Ik sta verbaasd over hun eruditie. Sicilië is óók de broedplaats voor het Italiaanse intellectuelendom: bijna alle hoogleraren in het hele land komen uit het diepe zuiden. Industrie van het groot- en middenbedrijf is meer iets voor de Longobarden uit de Povlakte. Een jongen die mij vaak benadert studeert wis- en natuurkunde in Catania, maar onze gesprekken, die vaak meer dan twee uitputtende uren duren, komen te vaak op de drie grote bedriegers van de monotheïstische godsdiensten uit, en voor godsdienst heb ik geen belangstelling, als ik mijn weerzin ertegen al kan bedwingen. Met zo veel van die antieke nimfen om ons heen! Van de meeste van die zuiver Griekse meisjesprofielen (zo ben ik ze in wat nu Griekenland heet niet tegengekomen) kun je zó een penning snijden of een munt slaan.

Meestal kom ik aan het vaste tafeltje van de notabelen terecht: de advocaat Brandini, een enkele keer is ook de Barone van de partij, de *honorary consul* van het Nederlandse consulaat te Syracuse al ruim tien jaar opgeheven, die erop staat Duits met mij te spreken, een zekere perfect en ongekreukt geklede Mirko, die iets bij de provincie doet, een beeldschone vrouwelijke officier van justitie van de Procura, Stefania Prestigiacomo (ze slaat haar lange benen over elkaar en laat de bronskleurige stilettohak van Prada aan haar voet bungelen), en Maresciallo Scala, een bescheiden carabiniere met pensioen. Soms zit als tweede vrouw de directrice van de Amerikaanse universiteit in Syracuse aan. Haar Siciliaanse minnaar, metselaar en manusje-van-alles, Gaetano, moet zich dan even op een afstand houden. De gesprekken worden echt interessant als ook *dottore* Cotzia zich laat zien, huisarts met als specialisatie psychiatrie, geen voorstander of kenner van medicijnen, echt een voorbeeld van de typisch Italiaanse school van de antipsychiatrie, waardoor begin jaren zeventig alle patiënten op straat kwamen te staan, onder het ook in Nederland bekende motto 'Ooit 'n normaal mens ontmoet? En..., beviel 't?'

In de tijd waarin wij leefden, was het niet verwonderlijk dat de moordzaak van Cogne regelmatig ter sprake kwam. Het was in werkelijk alle lagen van de bevolking gesprek van de dag. Anna was vanaf het begin overtuigd van de schuld van Annamaria Franzoni. En het bevreemdde mij nauwelijks dat ook de vrouwelijke officier van justitie en de directrice van de Amerikaanse Universiteit van Kentucky *intuïtief* ervan overtuigd waren dat in deze zaak de moeder haar eigen kind had vermoord. Dat smoor je dan toch met een kussen, was mijn stille gedachte, want ik luister liever dan dat ik een mening ten beste geef.

'Romanschrijvers maken overal een verhaal van!' Ja, die keerzang kende ik al van mijn moeder. Eigenlijk deden we in onze kleine kring, daar op het terras van Doctor Sam, aan de kleine Piazza San Rocco, na, wat in de rivaliserende televisieprogramma's van Bruno Vespa en Maurizio Costanzo een regelmatig terugkerend thema was: op onze manier waren wij met een volksgericht bezig. Hoe heet dat ook al weer zo mooi? Een tribunaal, grove verkrachting van de rechtsorde, waarin aanklagers (en overwinnaars) tevens de rechterrol vervullen.

Daarom, en omdat mijn zuster binnen enkele dagen zou arriveren, liep ik na zo'n avond beheerst en kaarsrecht, maar innerlijk vol tumult, om halfvier in de ochtend naar huis. Nee, het was mij weer niet gelukt Margie, een wat ouder meisje met lang blond haar en een *hardbody*, dat mijn avances riposteerde met de mededeling dat ze ongelukkig in de liefde was, maar dat elke nacht achter op de scooter van een andere barbediende klom, mee naar huis te tronen. Overmorgen, nee, morgen al zou mijn zuster arriveren.

Mijn moeder had zich *manhattans* laten serveren, wel vijf op een avond, toen ze na haar eindexamen in 1938, met een wereldwijze tante uit Berlijn, met vakantie ging in Positano. Daar ontmoette ze Joey, die haar deze cocktails voorzette, die haar op blote voeten 's avonds liet dansen aan het strandje van de Buco di Baccho, die haar 's nachts in zijn roeiboot meenam naar de Grotto Azzurro, en die haar tot aan zijn dood, helaas vóór die van mijn vader, vanuit New York – Manhattan, New York – op haar verjaardag een biljet van één dollar toestuurde. Tante Betty was geen concurrentie, want die hield van vrouwen.

Zo ziet u weer: het zit in de familie, en daarom kun je daar beter niet over schrijven. Vooral niet als je van 'nette familie' bent en een gelukkige jeugd hebt gehad. Het is beter wanneer je naam niet in de krant komt, zeker niet in die vlugschriften van heden ten dage. Ik heb geprobeerd een boek, mijn beste, te doen publiceren zonder auteursnaam op kaft en titelpagina, *De ongeschreven leer*, maar er zijn wetten die dat verhinderen, en de drukkers kunnen het niet aan. Vreemd, want het meest gedrukte boek ter wereld kent ook geen auteur en moet het met de titel doen. En wat beroemd worden betreft: Jezus Christus en Socrates hebben nooit een letter op papier gezet en zijn toch beroemd gebleven.

Die Joey droeg natuurlijk, op zijn gebruinde en behaarde borst, een gouden kruisje. Ik heb mijn vader nooit zo beledigd gezien als toen mijn moeder een keer uitviel, in haar algemene onvrede met het leven: 'Echte mannen dragen een gouden kruisje om hun hals.' Waarschijnlijk had mijn moeder er geen idee van hoe dronken ze werd gevoerd, want een *manhattan* drinkt even makkelijk weg als limonade of sangria. Toch is het sterke kost.

Een *manhattan* bestaat uit één shot *Canadian whisky*, een kwart shot rode vermout en enkele druppels angostura. Shaken in een shaker, vooral geen ijs in het gekoelde glas en ook geen flauwekul zoals een gekonfijte kers aan een stokje. Als je het helemaal goed wilt doen, moet je het voorgekoelde glas eerst spoelen met droge vermout. Bij Doctor Sam was het recept als volgt: één shot rode vermout, drie shots whisky en angostura, geserveerd in een limonadeglas met twee dikke rietjes. Davide kon goed shaken, de shaker boven zijn schouder, de grijsblauwe blik op oneindig, tijdens het werk keek hij dwars door je heen.

Pas na een tijdje, ik ging vanzelf steeds meer drinken van deze lekkernij, daar aan de Piazza San Rocco, viel mij de overeenkomst op. Doctor *Sam*—dat is een afkorting van Samuele—en een barkeeper die *Davide* heet. Ik geloof niet in toeval, maar als je er oog voor hebt, houdt alles met elkaar verband, dat kan ik ook niet helpen. En daarvan heb je des te meer last als je niets wilt verzinnen.

Het gesprek ging nu al avonden lang over het pyjamajasje van Annamaria Franzoni. Er waren twee mogelijkheden: de moordenaar had het pyjamajasje aan tijdens de zeventien slagen, of het pyjamajasje was op bed blijven liggen nadat Annamaria zich had aangekleed, en was op die manier met bloed bespat. De ingewikkelde 'wetenschappelijke' berekeningen van het RIS konden daar geen uitsluitsel over geven.

Het meest curieuze aan de zaak was namelijk dat de bloedspatten aan de achter- en binnenkant van het pyjamajasje zaten. Dat gaf geen problemen als het pyjamajasje, model sweater, met één knoopje, op bed was blijven liggen nadat Annamaria het, in haar haast om Davide naar school te brengen, had uitgetrokken en zo had laten liggen, zonder het eerst terug te keren. Maar het RIS wilde juist bewijzen dat de moordenaar het pyjamajasje had gedragen tijdens de moord. Dan moest die het jasje binnenstebuiten en achterstevoren hebben gedragen.

Dokter Cotzia, die als psychiater altijd in een gemakkelijke trui gekleed ging, achtte het hoogst onwaarschijnlijk dat een verzorgde vrouw, die niet dronken of aan de drugs was, haar pyjamajasje binnenstebuiten en achterstevoren zou aantrekken. En als ze dat al gedaan zou hebben, zou een meticuleuze man als Stefano Lorenzi daar bij het naar bed gaan wat van gezegd hebben: 'Je hebt je pyjamajasje verkeerd om aan, doe dat eens goed.'

De Barone bracht te berde dat híj vaak de losse kragen van zijn overhemden omkeerde wanneer die aan de binnenkant te vuil waren geworden, maar die opmerking werd door iedereen beleefd weggelachen. Een dergelijke kwestie geeft vaak uitsluitsel bij verkrachtingen, wanneer het slipje van het slachtoffer achterstevoren blijkt te zitten: dan heeft de verkrachter, in een poging zijn daad te verdoezelen, het slipje het lijk haastig aangetrokken, voerde de gepensioneerde Maresciallo aan.

De vrouwelijke officier van justitie, die deze warme avond alleen een zwart T-shirt met lange mouwen en het opschrift 'FOR SALE' in glittersteentjes droeg, herinnerde ons eraan dat mannen en vrouwen, god weet waarom, op verschillende wijze een T-shirt of trui aantrekken. Mannen trekken het kledingstuk eerst over hun kop en steken dan hun armen in de mouwgaten. Terwijl vrouwen doorgaans eerst hun armen in de mouwen steken, en dan shirt of trui over hun hoofd halen. Zij gaf een demonstratie, waaruit bleek dat het ook omgekeerd zo werkt: eerst trok ze haar armen uit de mouwen, en dan haalde ze bij de kraag het shirt over haar hoofd heen. Prachtige kleine borsten in een zwart balconettebehaatje, ook dat nog. Ik wist niet eens of ze getrouwd was. De mannen keken uit beleefdheid weg, alleen de verlopen *honorary consul* en ik volgden nauwlettend de operatie, die met de vanzelfsprekende geoefendheid verliep waarop stewardessen demonstreren hoe je de *life saving kit* moet omgespen. Op die manier wordt het kledingstuk niet binnenstebuiten gekeerd bij het uittrekken en kun je het zo weer aantrekken. Hetgeen ze snel deed, licht blozend van het gevoel dat ze misschien te ver was gegaan. Haar tepels waren in de buitenlucht hard geworden.

'Dat bewijst niks!' zei de vrouwelijke directeur van de Amerikaanse Universiteit van Kentucky bits. Ze zag er zelf enigszins uit als een *fried chicken*. 'Niet álle vrouwen doen dat zo. Ikzelf bijvoorbeeld...' Tot opluchting van iedereen volgde er geen tweede demonstratie.

Mirko, die meestentijds worstelde om zijn grote Duitse herder kalm te houden, vond dat hij ook een duit in het zakje moest doen. 'Mijn vrouwen dragen nooit een pyjama.' Hij had maar één vrouw, al probeerde hij vaak meisjes in bikini mee te lokken op zijn motorjacht.

De advocaat Brandini *figlio* zei dat een pyjamajasje nooit een doorslaggevend bewijs kon geven, hoogstens een aanwijzing, die even gemakkelijk weerlegd kon worden. 'Zolang die vrouw niet instort, wat op den duur altijd gebeurt als het om instabiele persoonlijkheden gaat – zolang zij niet bekent en er geen moordwapen gevonden is, kan haar niets ten laste worden gelegd en gaat ze vrijuit.' Nog in geen drie jaar is Annamaria Franzoni ingestort.

De ex-consul citeerde Giambattista Vico, een quote die misschien alleen door mij begrepen werd: 'Het is maar afwachten of de gebeurtenis zich herhaalt. De geschiedenis verloopt in cirkels.' Dat was precies het probleem waarvoor het OM zich gesteld zag: zou de moordenaar een gevaar voor de samenleving blijven omdat hij weer zou toeslaan, bijvoorbeeld door de andere zoon, Davide, ook te vermoorden? Medea had geenszins geaarzeld Jason zijn vet te geven: soep van zijn eigen kinderen. Wat had Annamaria haar man te verwijten?

'Kijk eens,' vervolgde Brandini, terwijl hij met twee vingers een Toscaanse sigaar uit mijn koker viste, het cellofaan eraf trok, en zonder het zilveren sigarenschaartje te gebruiken de rookwaar resoluut in tweeën brak, 'als het voor álle mannen zou gelden, dat ze op die manier hun t-shirt, trui of sweater uittrekken, dan moet de moordenaar een man geweest zijn.' Hij rolde de halve sigaar tussen zijn vingers naast zijn oor en stak hem toen omzichtig aan, de gloeiende rafelkruimels van zijn broek vegend.

'Maar dan nog zou ik, als openbaar aanklager, met één man op de proppen komen die dat, desnoods onder vierentwintiguursbewaking, vanzelf anders deed.' Hij liet de zware rook langzaam uit zijn o-vormig gekrulde mond opstijgen.

'Geen bewijs.'

Ik rekende af. Davide geeft mij altijd korting: vijf, zeven of negen *manhattans*, steeds eenzelfde afgerond bedrag. Morgen vroeg op om mijn zuster te begroeten. De moordenaar had een kledingstuk op bed gevonden, dat fluks aangetrokken om zijn eigen kleren te beschermen, en daarna toegeslagen, zeventien maal. Het moordwapen had hij eenvoudig met zich meegenomen, over hetzelfde verlaten pad waarlangs hij op de loer gelegen had tot Annamaria de deur uit was. Het object van zijn actie was niet de kleine Samuele, maar diens moeder, en die moest hij heel houden voor wat hij met haar van plan was. Met mijn stok tikte ik tegen de dwarsstaven van de zeewering. Misschien was zijn plan zó duivels dat hij haar de moord in de schoenen wilde schuiven, opdat hij haar kon chanteren en zo op het haardkleedje kon dwingen. Er zijn vier soorten motieven: geld, wraak, seksuele of gezinsproblemen. De liefde – of wat daarvoor doorgaat in de vorm van seks — is meestal hoofdmotief.

Mijn zuster zou mij opbellen wanneer ze op Fontana Rossa, het vliegveld van Catania, geland was. Ik ben uitsluitend bereid familieleden in de eerste graad op te halen. Vrienden, journalisten en filmploegen, zelfs vriendinnen moeten vanaf het vliegveld maar voor acht euro de bus nemen. Voor dat geld kan ik niet met de Prestige heen en weer.

Zij belde ook, mijn zuster, drie dagen later, waarin mijn zenuwen op scherp werden gesteld, want ik ben altijd voor haar bevreesd gebleven.

'Pronto.'

'Meijsing hier.'

'Daar spreek je mee. Hoe staat het met je vader?'

'Hij loopt, hij rookt.'

'Waarom ben je drie dagen te laat?'

'We zijn met de auto gekomen en staan al midden in de stad, in Syracuse dus, een plein met een fontein. En nu, *mein Bruderherz*?' Mijn hart stond even stil. Dat deed het vaker, en dan moest ik met de vuist hard op mijn borst kloppen om het weer aan de gang te krijgen, voordat de zuurstof uit mijn hersenen verdween.

'Gewoon een fontein, of van Artemis?'

'Een beeldengroep met waternimfen en zeemonsters, van brons, nee, groen uitgeslagen steen.'

'Ik kom eraan. Gebruik je nu al de koninklijke meervoudsvorm?'

'Pluralis majestatis, nee. Baps is met mij meegereden, die ken je wel.'

Ze waren met een Panda, tot de nok toe volgestouwd, uit Amsterdam vertrokken en hadden in drie dagen ruim drieduizend kilometer afgelegd.

'In een Panda?'

'Met vier wielen, ja. Schiet nou maar op en wijs ons waar we wezen moeten. Dan krijg jij je hoed.'

Mijn eerste reactie was er een van teleurstelling: mijn zuster kwam mij helemaal niet opzoeken, ze was met een nog oudere vriendin, niet van de hockeyclub, uit haar poepstraatje, op een vakantiereis, in een *gran turismo*, nog kleinere of goedkopere auto's worden amper gemaakt. Toen volgde paniek: waar moest ik twee vrouwmensen onderbrengen? Onmogelijk bij mij thuis. Er was maar één hotel dat betaalbaar was, en dat zat altijd vol. En daarop opluchting: ze hadden al een appartement gehuurd, via de weduwe van een schrijver van haar fameuze uitgeverij. De twee vriendinnen konden elkaar mooi bezighouden, en zo behield ik nog iets van mijn vrijheid.

Voor deze eerste avond zat ik echter aan hen vast. Eerst moest de Panda door het verboden voetgangersgebied in een nauw straatje worden geloodst. Baps droeg de sleutels en liep vooruit, alleen met haar dameshandtasje, de zeven nauwe steile trappen op van een muf ruikend huis, om niet meer terug te komen. Waarschijnlijk was ze meteen op de pot gaan zitten, zodat mijn niet meer zo zwakke zuster en ik een stuk of tien loodzware koffers naar boven konden slepen. Ik kan mijzelf al geen trap op krijgen.

Het was hier klein, te klein eigenlijk voor mij alleen. Ik heb spelonkfobie, overgehouden van mijn benarde geboorte. Het was of Doeschka mij via deze doodenge trappen wilde terugduwen in de moederschoot, omdat er volgens haar, vanaf haar derde levensjaar al toen ik afkwam, geen plaats was voor een nieuw broertje dat om aandacht vroeg. Het appartement had nauwelijks ramen en geen uitzicht. Om aandacht heb ik nooit gevraagd. Sommige mensen krijgen die, ook als het ze algauw te veel is.

'Voor hoe lang hebben jullie dit stinkhol gehuurd?'

'Een halfjaar. En houd je mond nou maar, want Baps is boos.'

'Hoezo? Heb ik haar iets gedaan?'

'Je hebt iets níet gedaan. Bij ons is het gewoonte dat je elkaar ter begroeting kust. Je weet best dat ze dol op je is.'

'Zeer verplicht! Wat kom je hier eigenlijk zes maanden doen?'

'Een boek schrijven, weet je wel, met letters op papier.'

Ik weet niet meer of ik mijn flits van verontwaardiging toen heb ingeslikt, maar wat ik wel dacht en nog steeds denk, was een woedend: DIT IS MÍJN STAD!

Cogne 9

Na het vertrek van mijn zuster merkte ik dat ik achterstand had opgelopen. Weliswaar had ik geen opdrachtgever en werd ik niet voor mijn werk betaald, maar ik wilde het lot van Annamaria Franzoni blijven volgen. Minstens één keer in de week ging ik met mijn advocaat Brandini bij het gerechtsgebouw langs in de hoop mijn computerspullen te kunnen terughalen. Daar zat geen schot in, hoewel een rechtszaak was afgeblazen omdat de zaak als 'niet-bestaand' gearchiveerd was. Misschien waren ze nog met moeizame Nederlandse tolken bezig al mijn teksten te vertalen.

Voor Doeschka was de zaak afgedaan met de arrestatie, maar uit de kranten die ik bewaard had en bleef kopen, bleek dat je eerder kon zeggen dat het nu eerst recht begon, dat mediaproces. Merkwaardig was ook dat de verdediging steeds agressiever werd. Ze liep voortdurend te zwaaien met aanklachten tegen de Procura wegens incompetentie. Dat is een laatste en zwakste middel in de retorica evengoed als in de forensische advocatuur: je verklaart het hof eenvoudig onbevoegd, de *translatio*. Sinds de nieuwe wet-Cenami, ingevoerd om Berlusconi te beschermen, is het een stuk gemakkelijker om een zaak naar een andere Procura over te brengen wanneer er ook maar de geringste twijfel over partijdigheid van de rechters bestaat. De tweede advocaat van Annamaria Franzoni, Carlo Taormina, is daar meteen mee begonnen. Hij heeft zich tot taak gesteld zelf de ware moordenaar op te sporen en op een presenteerblaadje aan te bieden. Ik kon knippen wat ik wilde, en over verschillende deelaspecten afzonderlijke dossiers aanleggen, de zaak groeide mij boven het hoofd.

In de eerste plaats interesseerden mij de menselijke aspecten van de zaak. De vergelijking van het slachtoffertje met Doeschka lag voor de hand. Om wat voor reden zou iemand zijn eigen kind afwijzen en vermoorden? Totale wanhoop en krankzinnigheid even buiten beschouwing gelaten. Het meest voor de hand liggende motief was de liefde. Bijvoorbeeld wanneer het kind niet van de vermeende vader was. Dan heeft de vader een motief, als hij erachter komt, maar ook de moeder, om haar 'fout' uit te wissen en het bewijs van haar schuld uit de weg te ruimen. Of de vader heeft een andere liefde, dreigt het gezin te verlaten. Dan hebben we het Medeacomplex: ik zal je een koekje van eigen deeg voorzetten.

Maar Doeschka leek zowel op het broertje van mijn moeder, als op sommige zonen van mijn vaders broer. Ze heeft echt een Meijsingkarakter, meer dan ik. Nu zegt dat weinig, want ze lijkt ook op wijlen Boudewijn Büch, en die twee hebben nooit iets gemeen gehad, behalve de neiging tot fabuleren.

Bij het OM van Aosta hadden ze ook aan de eerste mogelijkheid gedacht, al was het maar omdat er dagelijks anonieme brieven binnenkwamen, die Annamaria van alles aanwreven, onder andere dat ze een geheime minnaar had, en dat haar jongste zoon niet van haar echtgenoot was. Een eenvoudige DNA-test had uitgewezen dat de kleine Samuele wel degelijk zoon van de echtgenoot was.

Wat de mogelijkheid betreft dat Stefano er andere relaties op na hield of had gehouden: zijn verliefde gedrag jegens Annamaria na de daad sprak dat in alles tegen. Juist deze zaak was een goed argument voor hem geweest om zich van haar te distantiëren.

Voor mij begonnen de zaken enigszins dooreen te lopen. Het enige verband was dat ik mijn moeder absoluut wilde vrijpleiten, en dus wilde bewijzen dat Doeschka wel degelijk de geliefde oudste dochter van haar ouders was, en dat ik niet wilde geloven – tot zij het zelf zou toegeven – dat Annamaria haar jongste zoon eigenhandig met zeventien woeste beukslagen op zijn tere hoofdje had vermoord.

Van de mediaverslaggeving kon je alleen maar vrolijk worden. Ik vroeg mij af of er in Italië niet zoiets als een programmaraad bestond die bijvoorbeeld de doorlopende soap die Bruno Vespa in zijn programma *Porta a porta* van de zaak-Cogne heeft gemaakt, tijdig had kunnen stoppen. Daarin traden op: een dikke criminoloog van de universiteit La Sapienza te Rome, Francesco Bruno, lang vettig haar in de nek, ernstige bril op het puntje van zijn neus: 'Er zijn misschien geen elementen om te bewijzen dat de moeder de dader is, maar er is nog minder dan niets om vol te kunnen houden dat zij onschuldig is.' Barbara Burondelli van de *Corriere della Sera*, die daar alleen maar zat om de vrijheid van meningsuiting te verdedigen, en de plicht van de pers om alle uitgelekte gegevens aan het licht te brengen. Een karikaturale psychiater (zonder bril), Paolo Crepet, met halflang jaren-zestighaar, de enige in trui en halfhoge Clarks, die zich niet goed raad wist met zijn figuur en gedurig met een elastiekje zat te spelen: 'Tja, er zijn voors en tegens. Je kunt nooit verwachten wat iemand gaat doen, ook al heeft die haar hele leven normaal gefunctioneerd.' Een enkele keer la Cugge, die weinig losliet. Steeds vaker Carlo Taormina, die niemand liet uitspreken en op hoge toon de verontwaardiging zelve speelde, losse flodders afvurend dat zíj, de verdediging, al lang de ware schuldige hadden gevonden, maar dat het niet hun taak was iemand te beschuldigen vóór Annamaria was vrijgesproken. En Bruno Vespa zelf, wiens haar bij elke uitzending door transplantatie wat voller op zijn kalende schedel stond, en die handenwrijvend van genoegen telkens van het rondetafelgesprek een tribunaal trachtte te maken. Al deze televisiepersoonlijkheden zaten daar voor het geld en eigen meerdere eer en glorie, over de rug van Annamaria Franzoni. De meesten zorgvuldig geselecteerde *colpevolisti*.

Dit comité in tweewekelijkse afleveringen leek op ons groepje aan de stamtafel van Doctor Sam, alleen waren bij ons de twijfelaars en de *innocentisti* in de meerderheid.

Met regelmaat schreeuwden er hilarische koppen van de voorpagina's, zoals toen uitgelekt was dat Annamaria Franzoni een brief aan de paus had geschreven.

En nog even doemde, vlak na de arrestatie van Annamaria Franzoni, een rode haring op in de vorm van het laatste boek dat zij gelezen had, en dat binnen de kortste keren in het hele land was uitverkocht en herdrukt moest worden. Dat boek zou de sleutel bevatten tot de misdaad.

'Agnes is dood. Zij is vermoord door een verhaal.' Zo luiden de eerste twee zinnen van *Agnes*, een korte roman uit 1998 van de Zwitserse schrijver Peter Stamm. Agnes heeft een ongelukkige liefdesverhouding met een oudere man, trekt bij hem in, raakt zwanger, waarop hij wreed reageert met de woorden dat ze zich dan maar moet laten aborteren. Ondertussen is de mannelijke hoofdfiguur een boek aan het schrijven, waarvan hij het einde voor haar verborgen houdt. Daarin vindt Agnes de dood. Uiteindelijk krijgt zij toch het slot onder ogen. Onbewogen volgt de schrijver in de kranten het onderzoek naar de moord of zelfmoord: zij heeft tot zijn tevredenheid het verhaal afgemaakt door het in vervulling te laten gaan.

Toch doe ik er beter aan de romanaspecten van Annamaria's verhaal, ook vaak vergeleken met *Madame Bovary*, even buiten beschouwing te laten en mij te concentreren op de rechtsgang.

Fabrizio Gancini, de onderzoeksrechter, heeft zich zo goed mogelijk heeft van zijn taak gekweten. Met het dossier van de Procura van Aosta heeft hij zich ruim een week teruggetrokken, zonder het nieuws te volgen of de kranten te bekijken, en werkend tot diep in de nacht een lijvige verantwoording opgesteld waarom hij, met pijn in het hart en onder voorbehoud, Annamaria Franzoni in verzekerde bewaring wilde stellen.

Hier volgt in de woorden van het betreffende document ter inbewaringstelling, dus in de woorden van de onderzoeksrechter Gandini, een samenvatting van de belangrijkste punten:

In eerste instantie heeft la Franzoni verklaard: *Zodra ik met ontbijten klaar was, ben ik naar beneden gegaan om in de slaapkamer de kleren te pakken, zodat ik Samuele niet wakker hoefde maken. Toen ben ik naar boven gegaan om Davide aan te kleden en heb ik mijzelf klaargemaakt, waarna ik mijn laarsjes aantrok toen ik Samuele heb horen huilen.*

Daarna heeft zij gepreciseerd: *Terwijl Davide aan het ontbijten was, ben ik naar beneden gegaan om mij aan te kleden, heb in de slaapkamer mijn pyjama uitgetrokken en op bed gegooid en ben weer naar boven gegaan; ik ben naar buiten gegaan zodra ik mijn jas en mijn schoenen aan had, ik moest de veters nog dichtmaken, en heb mijn klompjes achtergelaten in de garderobe voor de badkamer, vlak bij de voordeur.*

Vervolgens bleef ze aan deze tweede versie vasthouden: *...ik heb hem rustig laten afeten terwijl ik naar beneden ben gegaan om me aan te kleden. Ik heb me in de* *slaapkamer omgekleed, en heb mijn pyjama zoals elke morgen op bed achtergelaten, toen ben ik de kamer van Davide binnengegaan om zijn kleren te pakken... Ben weer naar de keuken boven gegaan, waar Davide nog aan zijn ontbijt zat, daarna heb ik hem aangekleed... Toen we naar buiten gingen hoorde ik Samuele huilen en roepen. Op dat moment is Davide vast naar buiten gegaan en ik ben de trap afgegaan naar Samuele, die bezig was naar boven te klimmen, ik heb hem in mijn bed gelegd en gezegd dat hij kalm moest worden. Ik heb mijn jas gepakt en mijn laarsjes aangetrokken en heb heel zachtjes de voordeur achter mij dichtgetrokken, zonder de sleutel om te draaien, om zo min mogelijk geluid te maken.*

Wat de kleren betreft die la Franzoni die ochtend droeg, die van belang zijn gebleken tijdens het onderzoek: *Toen ik weer in huis terugkwam, na het wegbrengen van Davide, heb ik meteen mijn laarsjes uitgetrokken en heb de klompjes aangetrokken en ben naar beneden gegaan om naar Davide te kijken; toen we op hulp wachtten, ben ik op aandringen van Ada naar boven gegaan om vast mijn schoenen en jas te pakken, heb die aangetrokken en heb de klompjes vlak bij de voordeur laten staan, en ben weer naar beneden gegaan.*

Vervolgens heeft la Franzoni verklaard tegenover de GIP Gandini: *...op het moment dat ik weer het huis binnenkwam, na Davide naar de bushalte gebracht te hebben, heb ik de sleutel vanbinnen twee keer op slot gedraaid [...] waarna ik mijn klompjes heb aangetrokken, mijn jas heb opgehangen en naar beneden ben gegaan, waar ik Samuele gevonden heb in de slaapkamer. Ik wil daar nog aan toevoegen dat Ada tegen mij gezegd heeft mij vast klaar te maken omdat we met Samuele mee moesten, en daarom ben ik weer naar boven gegaan, heb mijn laarsjes aangetrokken, heb mijn zwarte jas gepakt en het rugzakje dat* *op de stenen ombouw van de haard lag, en ben weer naar beneden gegaan.*

De verschillende versies van deze gebeurtenissen lijken strijdig met elkaar te zijn, en niet overeen te komen met de verklaringen van andere personen die gehoord zijn.

Ada Satragni weerspreekt op dit punt duidelijk de versie van la Franzoni. Zij heeft verklaard dat la Franzoni helemaal in het zwart gekleed ging, toen zij bij haar huis arriveerde: *...zwarte haren, zwarte trui, zwarte broek en zwarte laarsjes.*

De verklaringen van la Ferrod zijn tegenstrijdig. Zij heeft bevestigd dat op het moment dat zij aankwam de verdachte een zwarte broek droeg; zij heeft verklaard dat zij zich niet de kleur of het soort schoenen herinnert, maar dat ze wel duidelijk opmerkte dat die lichter van kleur waren, of zelfs wit, vanwege het contrast met de kleur van de broek.

Later heeft la Ferrod, in een tweede verhoor, gepreciseerd dat la Franzoni gekleed was in een donkere broek en donkere trui zonder jas of windjack: *...aan haar voeten zwarte schoenen, ik geloof niet dat het klompjes waren.*

Ada Satragni heeft ontkend ooit tegen verdachte gezegd te hebben haar schoenen te gaan aantrekken in plaats van de klompjes, om haar zoon naar Aosta te kunnen begeleiden: *...absoluut niet.*

De versie van la Franzoni wordt bovendien weersproken met betrekking tot een andere beslissende omstandigheid: *Tijdens de eerste hulp die ik verleende in de woning van de familie Lorenzi, om precies te zijn in de slaapkamer gelegen aan de begane grond [...] wil ik duidelijk stellen dat ik geen pyjama in handen heb gehad of aangeraakt in die kamer, die van de moeder Annamaria*

Franzoni evenmin als die van de vader Stefano Lorenzi. Buitendien ben ik er zeker van dat binnenshuis, met name in de kamer waar Samuele Lorenzi zich bevond, door mij geen enkele pyjama gezien is.

Hierbij breng ik de woorden van la Franzoni in herinnering: *Toen ik de kleine Samuele heb ontdekt, in de toestand die ik u beschreven heb, heb ik het donzen dekbed van hem afgetrokken ...ik herinner mij niet dat ik mijn pyjama heb gezien toen ik het dekbed wegtrok. Ik denk dat die, nadat ik hem die morgen had uitgetrokken, onder de lakens is blijven liggen, toen ik Samuele heb toegedekt voor ik naar buiten ging.*

Last but not least: de kleine Davide heeft verklaard dat hij nooit door zijn moeder boven wordt aangekleed, maar altijd in zijn eigen kamertje, op de benedenverdieping. Zo ook op de dag van de moord.

Op dit punt kan men er niet omheen dat verdachte, volgens de GIP, gelogen heeft met betrekking tot de volgende zaken:

— De huisdeur was die ochtend op slot.
— Toen la Ferrod en la Satragni ter plekke van het misdrijf arriveerden, droeg la Franzoni geen klompjes maar zwarte laarsjes.
— La Satragni heeft nooit tegen la Franzoni gezegd naar boven te gaan en haar klompjes te verwisselen voor haar laarsjes.
— De pyjama lag niet op het bed, maar onder de dekens.
— Davide is niet omgekleed op de bovenverdieping, maar in zijn slaapkamertje.
— Ten laatste, maar daarom nog niet minder belangrijk, blijkt uit de bloedvlekken op de klompjes dat la Franzoni die aan had tijdens het plegen van de moord.
— Het is bovendien redelijk te veronderstellen dat men uit de bloedvlekken op de pyjama kan afleiden dat la

Franzoni die aan had tijdens het plegen van de moord.

Het mag duidelijk zijn dat la Franzoni, door een verdringingsmechanisme, geen melding heeft gemaakt van de moord zelf. Slechts door de boven beschreven zaken te ontkennen kan verdachte vermijden ontmaskerd te worden, omdat die de dader met zijn verantwoordelijkheid confronteren. De volgende drie aannamen sluiten de cirkel van de aanklacht:

1 De moordenaar droeg de pyjama en de klompjes.
2 La Franzoni droeg de pyjama en de klompjes.
3 La Franzoni is de moordenaar.

Door hetgeen hierboven is uiteengezet, blijkt de moord die door la Franzoni is begaan, ofschoon daarvoor tot op heden geen redelijke verklaring gegeven kan worden, niet de handeling van een krankzinnige, in de zin van de wet bepaald door artikels 88 en 89 van de Codice Penale.

Noch zijn er, tot op heden, feitelijke elementen waaruit een psychose kan worden afgeleid of een mentale aandoening in die zin dat geheel of grotendeels gesproken zou kunnen worden van een vlaag van verstandsverbijstering op het moment van de handeling. Waarschijnlijk, zoals ook gebleken is uit een analyse van haar gedrag, heeft zich na het plegen van de daad een dissociatieve amnesie bij verdachte voorgedaan.

Overigens moeten we, in geval van meerderjarige personen, de *capacità di intendere e di volere* [bij volle verstand en met voorbedachter rade, vrij vertaald], volgens het *id quod plerumque accidit*, aannemen, behoudens het bestaan van concrete elementen en handelingen die redelijkerwijs doen veronderstellen dat dergelijke aanname wordt weersproken door conclusies in tegengestelde zin.

Noch kan het ontbreken van een duidelijk motief, geeigend voor het gewelddadige karakter van de moord, op zichzelf beschouwd doen geloven in een mentale stoornis.

Et cetera.

Niemand is blij met zijn rapport. Afgezien van Annamaria in de eerste plaats het OM van Aosta niet. De onderzoeksrechter zou niet genoeg aandacht hebben besteed aan het vergaarde bewijsmateriaal betreffende het pyjamajasje. De carabinieri niet omdat hun werk niet geprezen is. De verdediging weet de simplistische aannamen gemakkelijk onderuit te halen. Carlo Grosso vraagt om onmiddellijke invrijheidstelling.

In de vrouwengevangenis van Turijn, waar Annamaria blijft *volhouden* dat ze onschuldig is en dat ze er het volste vertrouwen in heeft dat het recht zal zegevieren, krijgt ze een aparte kamer en behandeling, omdat ze bedreigd wordt door haar lotgenoten van sector D van de vrouwengevangenis Le Vallette, die er allemaal van overtuigd zijn dat zij een valse en doortrapte kindermoordenares is.

In de gevangenis blijft de verdachte ondervraagd worden. Zes uur lang, op 16 maart 2002, door Fabrizio Gandini en de hulpofficier van justitie die de zaak formeel nog steeds leidt, Stefania Cugge. Onderzoeksrechter en hulpofficier zijn het met elkaar oneens geworden. Voor het eerst wordt zij nu letterlijk met de vraag geconfronteerd of zij haar zoontje vermoord heeft. Annamaria blijft volhouden, eerst, nu en later, dat ze onschuldig is en dat de waarheid aan het licht zal komen. Ook de huiszoekingen in het chalet in Montroz gaan onverminderd door. Ik meen dat de teller in het begin van 2005 op 298 kwam te staan. En dat in een woning ter grootte van een poppenhuis.

Twee dagen later wordt Annamaria in de gevangenis verhoord, ditmaal door de hoofdofficier Maria Del Savio

Bonaudi en haar assistent Stefania Cugge. Vierenhalf uur lang proberen ze haar een bekentenis te ontfutselen. Cugge acht het niet verstandig la Franzoni op vrije voeten te laten. Ook de onderzoeksrechter Gandini neemt weer de gewichtige term 'periculum libertatis' in de mond, waarover het (Italiaanse) Wetboek van Strafrecht spreekt in artikel 274, lett. B) en C) c.p.p.

De twintigste maart deponeert advocaat Carlo Grosso bij de rechtbank van hoger beroep in Turijn (*Tribunale di Riesame* in het Italiaans; het geldt voor alle juridische termen dat de vertalingen niet precies opgaan, eenvoudig omdat de rechtssystemen van Italië en Nederland niet op eenzelfde manier georganiseerd zijn) het verzoek tot onmiddellijke invrijheidstelling van Annamaria. Tegen de aangekondigde psychiatrische onderzoeken van de verdachte heeft de verdediging geen bezwaar.

Satragni verklaart nu dat zij nooit van een hersenbloeding heeft gesproken. In Italië verklaren de mensen meer dan dat ze wat zeggen, ook bij foutieve informatie over de weg naar een bepaalde straat. Ze zeggen maar wat, maar hun antwoord komt meestal in de vorm van een plechtige verklaring. Een andere eigenaardigheid is dat ze elk antwoord beginnen met het voegwoord 'maar', alsof ze de vraag meteen willen weerleggen. Ook begint en eindigt een verklaring vaak met: *Devo dire... devo dire!* 'Ik móet zeggen...' Ze kunnen het verklaren niet bedwingen. En op de achtergrond klinkt de hymne van Mamelli, oftewel het Italiaanse volkslied: *Frattehelli, d'Italia...* waarin alle klemtonen verkeerd liggen.

Davide vraagt waar zijn moeder is, zoals hij eerder had gevraagd waar Samuele toch gebleven was. Vader Stefano draait er eerst omheen, terwijl hij de aandacht probeert af te leiden door met de Playmobil van Sammy te spelen.

'Je zult zien dat ze gauw terugkomt,' heeft hij gezegd, en

heeft zich toen snel afgewend om niet te laten zien dat hij huilde.

21 maart 2002. De criminoloog Massimo Picozzi, die werkt voor het OM, heeft een gesprek met Maria Del Savio Bonaudo en Stefania Cugge in de Procura van Aosta. Hij is een expert in *criminal profiling*, dat wil zeggen dat hij een *identikit* van de dader moet maken op grond van plaats, aard en omstandigheden van het misdrijf. Zijn conclusie zal later luiden: 'Compatibiliteit van het profiel van de dader (moordenaar/aanvaller) met de persoon van signora Annamaria Franzoni, ter zake de moord in Cogne: HOOG.' Hij heeft alle dossiers bestudeerd, maar ook fotoalbums van de familie, tekeningen van Davide, de inrichting van het huis: 'Er zijn hier elementen van psychologische aard in de modus operandi, in de dynamiek van de gebeurtenissen en in de karakteristieken die wij hebben aangetroffen in de wonden die het wapen heeft veroorzaakt, alsmede in de positie die dader moet hebben aangenomen toen hij toesloeg, die duidelijk maken dat dader en slachtoffer een intieme relatie tot elkaar hadden.' Hij gelooft niet dat deze *domestic killing*, zoals dat in de handboeken heet, is ontsprongen aan een spontane reactie op een bepaald gedrag van het slachtoffer. Nee, eerder is zijn hypothese dat het om een zwakke, actief afhankelijke persoonlijkheid gaat, die ook nog lijdt aan een depressie.

La Satragna, die eerst verteld had dat zij haar patiënte alleen maar Tavor voorschreef, een licht slaap- en kalmeringsmiddel, nou ja, een benzodiazepine die wel enigszins verslavend is en bij ons Temesta wordt genoemd, beweert nu dat zij een subklinische dosering van een antidepressivum aan Annamaria voorschreef, en laatstelijk zelfs een anxiolyticum, Xanax. Het is bepaald geheimzinnig hoe Satragni van positie aan het veranderen is: 'We zijn nooit vrienden geweest op het persoonlijke vlak!' We herinneren ons dat Annamaria op de vroege ochtend van de dertigste januari het recept van de dienstdoende arts Silvana Neri verscheurde, met de woorden: 'Die rommel hoef ik niet.' Anders dan slaap- en kalmeringsmiddelen staan antidepressiva en anxiolytica in Italië in een kwade reuk. Mensen die zúlke medicijnen slikken...

Picozzi voert tegen la Franzoni aan:
— de waarschijnlijkheid dat zij lijdt aan haar zelfgekozen isolement in een vreemde streek;
— het verlangen van de vrouw haar seksuele leven weer op gang te brengen, na jaren in dat opzicht verwaarloosd te zijn en zich louter te hebben beziggehouden met het huis en de twee kinderen;
— het feit dat zij antidepressiva voorgeschreven krijgt;
— het slikken van anxiolytica, voorgeschreven voor haar door *dottoressa* Ada Satragni.

Over dat laatste punt moet Satragni keihard gelogen hebben, gezien de onwil van Annamaria om zware kalmeringsmiddelen te nemen.

Waar ik nog aan denk, als we negatieve punten willen verzamelen voor la Franzoni, is het 'postverbouwingssyndroom', dat ik als amateur-psychiater vaak heb waargenomen en ook zelf heb beleefd. Wie niet. Jong verliefd paar trouwt, krijgt kinderen, bouwt zich een droomhuis, waarvoor ze jarenlang hard moeten werken, en als alle beloften zijn ingelost, blijft er niets over om te wensen — denk aan vrouwtje Piggelmee. Dan blijft er, tout court, niets over. Bovendien was Annamaria hormonaal gezien op een leeftijd gekomen dat vrouwen haast krijgen, in seksuele zin. Nog even, en het is voorbij, alles wat het leven zin geeft.

In zijn profiel van la Franzoni wordt Massimo Picozzi pas echt kwaadaardig als hij schrijft: 'Er is gebleken dat la signora Franzoni niet al te schoon ondergoed droeg op het moment van het delict. An sich heeft dat weinig betekenis, maar wel in de context van de globale taxatie van een jonge vrouw, uiterlijk verzorgd, dat wil zeggen dat er een probleem wordt ondervonden in relationele zin en zelfdiscipline, terwijl zij schijnbaar zich correct gedraagt, aan het diëten is...'

'Oppervlakkig gezien,' nog steeds aldus Picozzi, 'lijkt het chalet een verzorgde indruk te maken, alles goed afgestoft en geboend, maar in de keukenkastjes hebben we vuile pannen gevonden!'

22 maart 2002. Er wordt een anonieme brief gevonden in het Centro Meccanografico van de Italiaanse post, gericht aan de directeur van het telejournaal van Rete5, met een bekentenis van de dader.

23 maart 2002. Het Comité Pro Annamaria Franzoni wordt opgericht. De familie heeft een persbureau in de arm genomen en ze hebben zelfs een eigen site, met als motto het Chinese gezegde: 'Als je een dwaas de maan wijst, kijkt hij naar je vinger.'

25 maart 2002. In Napels wordt een videofilm voorbereid over de zaak-Cogne, met medewerking van monseigneur Milingo, uitgaande van de gedachte dat Annamaria door demonen bezeten is.

26 maart 2002. Tot nog toe had het RIS van Parma verborgen weten te houden dat er ook op de zwarte laarsjes van Annamaria bloedsporen van Samuele gevonden zijn. Daar gaat de klompjeshypothese en de betrouwbaarheid van de twee hoofdgetuigen, Ada Satragni en Daniela Ferrod.

29 februari 2002. Giorgio Franzoni, de vader van Annamaria, schrijft een brief aan de Italiaanse president, Carlo Azeglio Ciampi, met de vraag om te laten controleren of het onderzoek naar de moord op zijn kleinzoon naar behoren is uitgevoerd.

30 maart 2002. Na zes uren beraad besluiten president en hulprechters van de rechtbank van hoger beroep tot vrijlating van Annamaria Franzoni. Het kasteel van de Procura van Aosta, ondersteund, zij het met voorbehoud, door onderzoeksrechter Fabrizio Gandini, wordt afgebroken. Pyjamajasje, klompjes en voordeursleutel zijn geen doorslaggevende bewijzen. Moordwapen en motief ontbreken. Minstens drie betrokkenen hebben geen alibi (te weten Ottino Guichardaz, zijn zoon Ulisse, en de vrouw van zijn andere zoon Carlo, Daniela Ferrod; la Satragni is nooit om een alibi gevraagd!)

Nieuwe verdenkingen, jacht op een spookmoordenaar, hernieuwde angst voor een monster.

8 april 2002. Eerste psychiatrisch onderzoek van Annamaria aan de universiteit van Novara. Zij is sereen en coöperatief.

18 april 2002. De Procura van Aosta gaat in cassatie tegen het besluit van de rechtbank van hoger beroep in Turijn.

12 juni 2002. Uit het verslag van de vier psychiatrische onderzoeken waaraan la Franzoni onderworpen is, blijkt dat zij niet gestoord is, niet lijdt aan dissociatieve amnestie (verdringing) en ook niet aan incidentele wankelmoedigheden.

16 juni 2002. Annamaria Franzoni is te gast in de show van Maurizio Costanzo. Ze gedraagt zich flink, huilt, vraagt de echte moordenaar van haar kleine Samuele te bekennen, en wil niets zeggen over de geruchten dat ze zwanger zou zijn.

26 januari 2003. Annamaria Franzoni baart een zoon, in de kliniek Villa Regina te Bologna. Hij wordt Gioelle genoemd. Tegenstanders verwijten haar deze tactiek om voorlopig niet de gevangenis in te hoeven.

En zo voorts. De nieuwe advocaat Carlo Taormina neemt een Zwitsers wetenschappelijk bureau in de arm, dat alle onderzoekingen, vooral met betrekking van de bloedspatten en het pyjamajasje, nog eens overdoet, en de fouten van de carabinieri aan het licht brengt. De killer zou zich al van tevoren in het huis hebben schuilgehouden.

De verdediging neemt tevens een ouderwetse privé-detective in de arm, Giuseppe Gelsomini, die bewijzen verzamelt tegen zekere Mister x, in wie iedereen duidelijk Ulisse Guichardaz kan herkennen. Deze laatste blijkt er vreemde gewoonten op na te houden.

Ondertussen heeft het hof van cassatie de beslissing van de rechtbank van hoger beroep weer ongedaan weten te maken, zodat Annamaria, 'een kille leugenaarster en lucide moordenares', weer in de gevangenis zou moeten. Ze blijft op vrije voeten, maar wordt, met hernieuwde ijver van de Procura van Aosta, nog steeds als enige verdachte aangemerkt.

Halverwege 2004 vraagt de verdediging, die vindt dat het gedonder maar eens afgelopen moet zijn omdat de Procura van Aosta de zaak toch niet afgerond krijgt, het hof van cassatie om een verkorte vorm van proces. Dat betekent dat niet alle stukken wéér doorgesproken en weerlegd hoeven te worden, dat er géén getuigen worden gehoord (de twee die als kroongetuigen in aanmerking zouden komen, zijn patent onbetrouwbaar en vijandig gebleken) en dat het hof op grond van de bestaande gegevens een vonnis velt. Voordeel is dat er meestal een korting op de straf volgt. Tegen een dergelijk vonnis kun je niet meer in beroep. De verdediging, die nog steeds onschuldig pleit, is zeker van haar zaak.

Daarom valt het vonnis als een bom: Annamaria wordt veroordeeld tot de hoogst mogelijke straf, dertig jaar (wat neerkomt op *ergastolo* oftewel levenslang), zonder verzachtende omstandigheden. Eugenio Gramola, de opperrechter, noemt haar een ijskoude leugenaarster, bedriegster en moordenares. Er zijn tien punten, of vooringenomen overwegingen, waarop de veroordeling berust. Nog steeds geen bewijzen, slechts aannamen, soms op het belachelijke af.

1. Het huis van de Lorenzi's staat zo geïsoleerd dat de aanwezigheid van vreemden of anderen niet onopgemerkt kan zijn gebleven. [Ondertussen waren nog alle luiken van het huis dicht toen Annamaria met Davide naar de bushalte liep.]

2. Het alibi van Annamaria Franzoni, dat zij zich slechts zeven minuten van huis zou hebben verwijderd, wordt niet overtuigend geacht. [Wat bedoelt de man? Als zij langer van huis was gebleven, had ze dan méér mogelijkheden gehad om de moord te plegen?]

3. De huissleutel. Franzoni heeft gezegd dat ze de deur niet van buiten op slot heeft gedraaid om Samuele niet te wekken of ongerust te maken. Onwaarschijnlijk.

4. Omdat er ook een bloedspatje op de pyjamabroek zit, moet de moordenaar de pyjamabroek hebben gedragen.

5. Waarschijnlijk droeg de moordenaar ook het pyjamajasje van Annamaria Franzoni.
6. Ook de klompjes, die gewoonlijk door Annamaria in huis worden gedragen, zijn door de moordenaar gedragen.
7. De zwarte enkellaarsjes. De verdachte heeft gelogen over het schoeisel dat ze in huis droeg toen ze terugkwam van de bushalte.
8. De moeder heeft zich nogal vaag uitgedrukt tegenover de hulpverleners over de toestand van haar kind in doodsstrijd.
9. La Franzoni is niet met Samuele in de helikopter meegegaan, maar heeft onmiddellijk tegen haar man gezegd dat ze een ander kind wil.
10. De buren: er bestaat geen rancune bij buren of andere dorpsbewoners, zodanig dat die een motief voor moord kunnen zijn. Bovendien hebben die allemaal een alibi.

No comment.

HOOFDSTUK X

Intimiteit

'Hè, hè!' zuchtte ik toen de laatste koffer over de zeven steile trappen naar boven was gedragen. 'Dat hebben we gehad.' Ik plofte neer op de oude sofa. Het was hier heel wat artistieker dan in mijn 'gestoffeerd en gemeubileerd'. Een glazen drankkast, geglazuurd aardewerk aan de muur, veel 'klassieke' cd's, een vaas van hetzelfde blauw-geelgeglazuurde aardewerk op tafel met droogbloemen, zowaar een minuscuul boekenkastje met wat Hollandse titels van Querido. We zaten hier onder het dak, dus het zou in de zomer niet om uit te houden zijn.

'Dat is precies wat alle Nederlanders zeggen als ze met vakantie een vermeend obstakel overwonnen hebben: "Hè, hè!"' Ik was de verbale slagvaardigheid van mijn zuster vergeten. Dit eerste punt was beslist voor haar.

'Wil jij van die sofa opstaan,' zei Baps terwijl ze uit de badkamer kwam 'Ik moet de foulard luchten en de kussens uitkloppen. En Doeschka, we hebben een loodgieter nodig.' Baps had de leiding, maar niet over mij. Ik bleef zitten waar ik zat, en mijn eerste observatie werd bevestigd: mijn zuster zag er heel wat gezonder uit, en was behoorlijk aangekomen. Omdat ook haar humeur minder languissant of explosief leek, vermoedde ik dat ze eindelijk aan de medicijnen was die ze al zo lang nodig had en nooit had willen nemen. Hetzelfde soort medicijnen waar ik op draaide; het zit allemaal in de familie. Anders had ze het schijnbare overwicht van haar vriendin nooit geaccepteerd. Ze droeg het zwarte hondenhaar zoals altijd in ongekamde borstelvorm, en had een dikke blauwwollen winterjas aan over een rode kasjmiersjaal. Die jas zou ze de komende maanden niet meer uittrekken.

'Misschien kan Timbeer ons helpen.' Ik probeerde mijn gezicht tegelijk de uitdrukking van een vraagteken en een ontkennend uitroepteken te geven. 'Maar nu eerst die hoed. Ik heb hem de hele reis voorzichtig op mijn knieën gedragen, zodat hij niet beklemd kon raken tussen de bagage.' Ik maakte de doos open en vouwde het gewichtloze ritselpapier weg waarin ook dameslingerie verpakt wordt.

Het was een prachtige hoed, model panama, honderd procent stro, met de hand geweven in Ecuador, een zwart lint met onopvallende strik. Hij woog bijna even weinig als zo'n niemendalletje. Ik was vergenoegd, en zei dat ook. Doeschka citeerde:

> *Een gnoe was wonderlijkerwijze*
> *verzot op gloeiende saucijzen.*
> *Hij at ze op het Leidseplein*
> *doch nimmer meer dan zes dozijn.*
> *En als men naar de reden vroeg*
> *dan zei die gnoe: 'Dat vind ik gnoeg.'*

Hij paste niet. Hoe ik hem ook heen en weer schoof, naar beneden drukte over mijn van inspanning gekrulde haar, hij bleef boven op mijn bolletje staan als bij een clown, een rol die eigenlijk voor mijn zuster was weggelegd, maar die ze daarom des te meer in mij waardeerde. Mijn gezicht kon snel mager of weer dikker worden, en door de *manhattans* van de laatste weken en te hoog afgestelde bloedverdunners had ik een rooie kop van de couperose, waarom mijn zuster zich nu een hoedje lachte. Dat zij, ook in haar gezicht, flink dikker was geworden, stond haar niet slecht, en op dat donkere Boudewijn-Büchhaar was ik altijd al jaloers geweest. Mijn waardigheid was meteen naar de maan.

Die avond, nadat ik de Panda in de parkeergarage had gestald en met Baps over de markt was gewandeld voor de eerste noodzakelijke inkopen, nam ik ze mee uit eten bij Da Mariano. Het werd mij snel duidelijk dat ik met de vriendin geen conversatie kon voeren. Het was nutteloos haar dingen uit te leggen, ze wist alles al, beter. En wanneer je haar omzichtig probeerde uit te leggen dat de dingen misschien anders in elkaar staken, wist zij het zo te draaien dat ze in bepaald opzicht en vanuit een ander perspectief, tóch een beetje gelijk had. Kortom, ze kon niet inleveren. Ik haat zulke mensen. Zelf ben ik onmiddellijk bereid mijn mening op te schorten, te herzien, in te slikken, te verruilen voor iets anders, als ik daar de tegenpartij gelukkig mee kan maken.

Baps wilde alles tot op de bodem uitvechten. Op de markt wilde ze bijvoorbeeld perssinaasappelen. We waren in het topseizoen, wanneer het goud van Sicilië, de *tarocchi*, op zijn best is. Sinaasappelen worden vanaf eind januari geoogst. Ik probeerde haar duidelijk te maken dat 'perssinaasappelen' een uitvinding van Albert Heijn is – hier maken ze dat onderscheid niet. U kunt zich een dergelijke discussie voorstellen. Bovendien wilde zij dat ik voor haar vertaalde dat ze vooral zure sinaasappelen wilde hebben. Nu zijn sinaasappelboeren trots op hun vruchten; ze kunnen niet zoet genoeg zijn. Ze begrepen er niets van. Onrijpe vruchten, of de eerste *novellini*, zijn wat bitter en zuur. Het was een hel voor mij, die Hollandse instelling.

Dat bleek ook in het restaurant. Da Mariano is een van de *Geheimtips* van Syracuse. Ook buitenlanders met de juiste gidsen en instelling weten dat inmiddels, helaas.

Vlak achter mijn huis, in een onooglijk steegje dat 's zomers onbegaanbaar is doordat tafels en stoelen buiten worden gezet en de doorgang onmogelijk maken, bereidt de dikke kok, dezelfde die ik in zee naast de bron van Arethusa vaak heb zien zoeken naar zee-egels en zoete mosselen, vooral gerechten uit de Ibleïsche bergen — een visrestaurant is het niet echt. Als je al wordt toegelaten, want de selectie is streng, ga je zitten en je krijgt, gang na gang, voorgeschoteld wat er die dag wordt gekookt. Uitgebreide antipasti, minstens drie verschillende soorten pasta, een *secondo*, en dan banketbakkerswaar à la Catania, waarbij de twee of drie flessen *digestivo* gewoon op tafel blijven staan om van te nemen *a piacere*.

Mariano was een vriend van mij geworden in de tijd dat ik daar af en toe in mijn eentje kwam eten. Bij de koffie kwam hij aan mijn tafeltje zitten, met zijn eigen fles, en spraken we over van alles en nog wat, inclusief de zaak-Cogne. Wanneer ik hem op straat tegenkwam, sloeg hij zijn armen om mij heen en kuste mij op beide wangen, wat ik als een grote eer was gaan beschouwen. Mariano heeft ook een baan als ambtenaar, anders zou hij nooit het protectiegeld kunnen opbrengen. De man is mij dierbaar en lief.

Je kunt daar beter niet gaan eten met buitenlanders. Dit was de eerste gelegenheid waarbij ik merkte hoezeer de familieassociatie met mijn zuster mijn prestige in Syracuse schade berokkende. Zij wilde een menukaart zien. Die hadden ze niet. Toen wilde mijn zuster dat ik voor haar gebakken eieren bestelde, met spek. Geen eieren. 'Hoezo, geen eieren?' vroeg mijn zuster strijdlustig. Het antwoord was dat ze hier gerechten maakten, soms met eieren, maar dat ze geen grondstoffen serveerden. Afijn, we kregen de gerechten van de dag voorgeschoteld, en ik heb mij driedubbel rond gegeten, maar de twee ouwe tantes raakten nauwelijks een slablaadje aan. Mariano kwam vragen of het niet beviel, en mijn zuster demonstreerde voor het eerst haar nep-Italiaans, zoals wij dat als kinderen gehanteerd hadden, door achter alle Nederlandse woorden *tuttio* te zeggen. Mariano begreep het niet en haalde zijn schouders op, ik schaamde mij, heel kinderachtig, en wist niet hoe gauw we weg moesten komen. Er hoefde niet betaald te worden, omdat er niet echt gegeten was. Daarna heb ik het niet meer geprobeerd. Natuurlijk deden ze mij een tegenuitnodiging in een verkeerd etablissement, zoals er ook bij Doeschka om de hoek in de Vijzelstraat te vinden was, met van die halve gordijntjes voor de ramen en alle tafels onbezet, net als in het restaurant waar Kuifje, als hij Bobby kwijt is, jonge hondenbout geserveerd krijgt in Syldavische saus.

'Vreemde familie,' vertrouwde Mariano mij later toe, toen ik hem bij het postkantoor tegenkwam, 'maar jij moet blijven komen, ik verwacht je.'

Gelukkig kon Eaps drie gerechten koken, zodat Doeschka in principe gevoed werd, meest soepjes op basis van komkommer of avocado. Ze roosterden oud brood op het elektrische kacheltje. Ik liet ze begaan. Dat Doeschka een boek schreef, kon ik niet tegenhouden, elke dag netjes twee à drie bladzijden, al zinde het mij allerminst.

'Mijn materiaal mag je niet gebruiken, dit is nu míjn stad.'

'Maar jij bent mijn kleine broertje, en dáár kun je zelf niet over schrijven.'

'Lieve zuster, laat mij alsjeblieft alleen. Ik ben hier gekomen om in alle rust te sterven.'

'Geen sprake van. De hele wereld is grondstof voor elke kunstenaar.'

'Ik ben geen kunstenaar.'

'Je ouders denken daar anders over.'

'Hoe staat het met je vader?'

'Die houdt niet van kunstenaars. Hij fietst, hij rookt.'

Het was moeilijk een gesprek met mijn zuster te voeren, omdat de jaloerse vriendin dat wilde verhinderen. Sprak ik met Doeschka bij Doctor Sam af, dan was Baps altijd van de partij. Als Miss de Bonneterie, zoals ik haar in gedachten noemde, het welletjes achtte, taaide ook Doeschka af. Alsof ze onder curatele was gesteld. Doeschka en ik konden geen Bergmandialogen voeren, onze laatste kans. Baps wilde eindeloos de gasverwarmers laten bijstellen, Doeschka praatte in haar nep-Italiaans de serveersters de oren van de kop. Nu spraken alle bedienden ons, ook mij, in het Engels aan. Ik schaamde mij rot en betreurde het dat ik niet meer met mijn vrienden kon praten, de *honorary consul*, de advocaat, de Barone, la Prestigiacomo, maar gevangenzat aan een tafeltje met twee ouwe wijven. Het verhoogde mijn prestige niet, vooral omdat Doeschka in de loop van de avond steeds luider begon te praten. Margie keek naar mij en trok vragend haar wenkbrauwen op. Nou ja, zolang ik afrekende – en nu moest ik de volle prijs betalen – werden we door het personeel gedoogd, als buitenlanders.

Natuurlijk liet ik hun de stad zien. Buiten de stad kwamen we niet, want Doeschka wist dat ze in mijn auto en van mijn rijstijl misselijk zou worden, en ik verdomde het achter in die Panda te kruipen, die bovendien naar Doeschka's hond stonk.

Waar was die hond eigenlijk gebleven? Hij heette niet Doeschka (toch echt een hondennaam), en ook niet Timbeer (dat ligt lekker in de mond). Misschien dat hij gebukt ging onder de roepnaam Bestevriend, hoewel die term eigenlijk op Baps slaat. Zelf voer ik vrienden en familie liever niet op in mijn boeken, zelfs niet onder hun eigen naam. Wel leen ik graag hun namen voor bevriende of gehate huisdieren, voorzover die in mijn boeken een rol spelen. Ik geloof dat Bestevriend toen nog *en pension* was, in Het Gooi, maar nu is hij dood. Mijn beo Lola, naar een van mijn betreurde exen, is in hotel Artis ondergebracht en leeft nog.

Mijn zuster houdt niet van doevakanties, ik evenmin – voor mij is inchecken in een vreemd hotel, na een lange autorit door onheilspellend landschap, een hoogtepunt – dus het archeologisch gebied konden we overslaan. Baps zou dergelijke initiatieven wel in haar eentje ontplooien, met een fijne (en volgens haar betrouwbaarder) gids van de ANWB in de hand. Ik wist dat die gidsen door mijn eerste ex geschreven werden, en die had nog nooit een voet ter plekke gezet of een geschiedenisboek gelezen. Aan Doeschka leende ik mijn Thucydides uit. Ooit had een hoogleraar mij gezegd: 'Als je iets van Grieken wilt begrijpen, moet je elke dag Thucydides lezen.'

'Dat is dan weer eens wat anders,' zei Doeschka, wier hoofd vol zat van bewondering voor *The English Patient*, over een man die er een hele film over doet dood te gaan in een verlaten klooster bij Monticchiello (geef mij zo'n rol), terwijl zijn verpleegster Juliette Binoche het niet met hem doet, maar onbegrijpelijk genoeg wel met een tulband op een bromfiets in de naastgelegen stal. Dat krijgen we niet te zien. Ze doen het niet echt natuurlijk, want eerst gaan die schuurdeuren dicht. En bovendien zijn het slechts acteurs. Het door mij niet ontraadselde geheim van die film zat hem in een oude uitgave van Herodotus, die op het nachtkastje van de stervende lag en die hij zijn hele leven met zich mee had gedragen. Boek en film hadden een nieuwe rage voor Herodotus ontketend, ook bij mijn zuster, gevoelig als die was voor de tijdgeest. Dat krijg je van het werken voor een krant.

'Wat voor gek was die hoogleraar?' vroeg Baps, die de

mms gedaan had, en daarna een avondcursus rechten. Ik probeerde zo vriendelijk mogelijk te glimlachen. Toen ik voorzichtig opperde dat ze beter niet de hele tijd met die kippige ogen van haar in dat boekje van de ANWB of door de lens van haar camera kon koekeloeren, hield ze eindelijk haar mond even. 'Je weet hoe dol ze op je is.' God, wat moest die vrouw mij haten.

'Weet je wat een goede gids is,' zei ik nog verzoenend. 'Die van Rudi Bakker over de Provence. Maar zo'n boek kun je beter thuis lezen.' Weer iets verkeerds gezegd: o, Bakker, daar waren de dames het over eens, is dat niet die ouwe mopperaar? Ik verzweeg dat de man een van mijn beste vrienden is en dat ik zijn proza, ook van zijn andere boeken, zeer hoog aansla. Mijn zuster en ik wisten al jaren dat we beter niet over literatuur konden praten. In de klassieke Oudheid was ze evenmin erg geïnteresseerd, in ieder geval niet in wat ik daarover te berde had te brengen. Dat onderwerp had ze zelf al *durchackert* met haar roman over de vondst van een brief van de Stagiriet, die hij onmogelijk zo geschreven kon hebben.

'Ik houd meer van de Griekse Oudheid,' stelde Baps.

'Maar we zíjn hier in Griekenland, Griekser kan het niet!' Waarom liet ik mij toch altijd op de kast jagen? 'Dat zogeheten Griekenland van nu wordt bevolkt door Bulgaren en Turken. Het doet mij altijd aan goedkope pornofilms denken,' deed ik er nog een schepje bovenop.

'Stel je niet aan!' beval Doeschka kort, alsof ik weer op mijn tong beet van opwinding, in de confrontatie met een van haar vriendinnen. Zij was vooral geïnteresseerd in de Giudecca, en had geen oog voor Byzantijnse of Normandische kerkbouw, weigerde één voet in de kathedraal te zetten en vrolijkte vooral op bij het zien van al die barretjes en cafés. 'Dit moet een gelukkig volk zijn!' riep ze uit, om daarna weer bars te brommen toen we alle kleine straatjes van de joodse wijk aan het uitkammen waren. 'En waarom is hier geen enkele synagoge?'

Ik wist het antwoord niet.

'Jij weet ook echt van niets.' Ze ervoer het kennelijk als een persoonlijke belediging.

'Dóe jij dan ook echt aan godsdienst?' vroeg ik.

Ze bleef staan, en spreidde haar armen theatraal uit. 'Hoezo? Zie je mij iets doen soms? Ik sjok met jullie mee, vol visioenen van heerlijk koele glazen, langs allerlei terrassen en bars, maar niks hoor. Eén glas bier, is dat te veel gevraagd?'

'Doeschka,' waarschuwde Baps, 'je had beloofd...'

'Eén glas per dag ja, en daar ben ik nu aan toe. Ik verzet geen stap meer.'

'Ze hebben hier de lekkerste mineraalwaters,' probeerde ik nog, 'echt heel iets anders dan dat smerige Spa. Of een *granita*...'

'Tsjak, boem!' zei Doeschka en deed even of ze echt om zou vallen. 'Hier volgt een mededeling van huishoudelijke aard: het programma moet helaas onderbroken worden, want de kapitein is onmiddellijk onwel geworden na het drinken van een glas water.

Ik kende beroemde precedenten voor een dergelijk arrangement: de familievriend van Sebastian Flyte, uit *Brideshead Revisited*, die met de hoogbegaafde maar ongelukkige jongen mee op reis moest naar het Nabije Oosten, om hem voor misstappen te behoeden (mislukt), en Fluffy, de secretaresse van Stringhams moeder uit *A Dance to the Music of Time*, die wordt aangesteld om haar zoon, de ongelukkige vriend Charles van hoofdpersoon Nick Jenkins, te beschermen tegen zijn zucht naar de ondergang. Mislukt. De kinderen van onze familie, althans de twee middelsten, hadden eenzelfde zucht. Zo'n beschermende persoon werkt altijd averechts, zo had ook het levenseinde van

Scott Fitzgerald laten zien. Baps liet het nog sneller afweten.

Doeschka en ik werden algauw van haar opgedrongen aanwezigheid verlost, omdat Baps problemen met haar stoelgang bleef houden en terugvloog naar Nederland voor een uitgebreid inwendig onderzoek. In het ziekenhuis van Syracuse, waar we ons eerst vervoegd hadden, haalden ze de schouders op: 'Het zal de olijfolie zijn. Zo veel toeristen die daar niet tegen kunnen.'

Tot nog toe was alles goed gegaan.

Nu stonden we recht tegenover elkaar.

's Ochtends schreef Doeschka haar twee à drie bladzijden in dat keurige handschrift. Ik benijdde haar om die discipline, net zoals ik haar de uitgever benijdde die genoegen nam met dat handschrift en haar tekst, schier zonder doorhalingen of verbeteringen, op de zaak liet uittikken en meteen liet zetten. In mijn geval zou dat nooit kunnen, omdat ik mijn eigen handschrift al na een dag niet meer kan ontcijferen. Ik, die er veel langer over deed, wat geen pluspunt hoeft te zijn, al heb ik het schrijfgemak van mijn zuster altijd verdacht gevonden—ik leverde mijn teksten aan, precies in de opmaak zoals ik het wilde hebben, inclusief een ontwerpvoorstel voor het omslag. In dit geval, u kunt het zien, is dat omslag overgelaten aan de ontwerpers van háár uitgeverij.

Daar was ze tegen twaalven mee klaar. Dan ging ze op het domplein een glas spumante drinken. Aperitieven worden hier geserveerd met schaaltjes chips en pinda's, en met kleine warme hapjes, stukjes pizza en *focaccia*, *arancini* (met rijst gevulde kroketten in de vorm van een sinaasappel) of bladerdeegkoekjes gevuld met ansjovis. Dat was haar lunch. Ze nodigde mij altijd uit voor dit ritueel. Soms gaf ik er gehoor aan. Mijn werk-, eet- en slaapschema's zijn anders. Van het begin af aan was dat de afspraak:

dat we elkaar niet in ons respectieve werk zouden storen. Doeschka hield zich daar niet echt aan. Ik moest alle mogelijke moeite doen haar ervan te weerhouden de pagina's voor te lezen die ze die ochtend had geschreven. Nota bene: van háár kende ik de anekdote van Leopardi, die bij een zoveelste voorlezerij van vrienden of collega's hardop had uitgeroepen toen de stapel papieren van een declamerende collega-dichter tot het laatste vel geslonken was: 'Land in zicht!'

Zelf is het mij niet gelukt één zin te schrijven tijdens haar verblijf in Syracuse, mijn stad. Er was iemand te dichtbij gekomen, over wie ik mij de ganse dag zorgen maakte, nu Bestevriend uit zicht was. *A Reader over My Shoulder*, zoals een schrijvershandboek van Robert Graves getiteld is, kan ik absoluut niet verdragen. Zelfs het vooruitzicht van een afspraak diezelfde dag, of de mogelijkheid dat deurbel of telefoon kan overgaan, doet mij totaal verlammen. Niet voor niets was ik zo ver weg gaan zitten. Mijn werk is geheim, en als ik aan het werk ben, wil ik in maanden niemand zien. 'En heb je vandaag nog lekker geschreven, schat?' – dat soort vriendinnen moest weg. 't Is liefde of schrijven, maar samen gaat het niet.

Daarna ging Doeschka, nog met haar wollen winterjas aan, een dutje doen. Ik ook trouwens; de middag is voor schrijven niet geschikt. Ofwel 's ochtends heel vroeg, ofwel als de duisternis eenmaal gevallen is. Maar tegen vijven, als ook de andere Syracusanen de deur uitkwamen, was mijn zuster niet te houden, gewend als ze was aan dagelijks cafébezoek vanaf Hollandse borreltijd. Eerst een sms, dan telefoon, in uiterste instantie kwam ze me afhalen via de deurbel: er moest over van alles en nog wat gesproken worden, op een caféterras.

Ik kan geen nee zeggen, vooral niet tegen mensen die ouder zijn. Anciënniteit, ook in de liefde, speelt mij nog steeds parten. Ik herinner mij afschuwelijke oudejaarsavonden met mijn ouders bij vrienden van mijn vader, waarop de dochter van mijn vaders vriend, iemand die bij het OM werkzaam was, de tweede fles rum die de twee vrienden hadden aangebroken, openlijk weghaalde en verborg, als zij die al niet in de gootsteen leeg liet klokken. Nooit heb ik tegen mijn vader, als jongste zoon, het in mijn hoofd gehaald te zeggen: 'Nu is het wel genoeg, misschien is het beter als je niet meer drinkt.' Ik kan vriendinnen van de fles houden, en tegen vrienden zeggen, wanneer die zich in hoog tempo door mijn drankvoorraad heen drinken: 'Nu bel ik een taxi, of ik breng je naar huis.' Tegen mijn vader, door god en eigen voortplanting boven mij gesteld, kon ik dat niet. En evenmin bracht ik dat op tegen mijn zuster, die ouder was, en eerdere rechten had, in elk geval deed gelden. Wie ouder is moet wijzer zijn, heb ik altijd gedacht.

En dus verscheen ik punctualiter, iets over vijven, bij Doctor Sam, om mijn zuster gezelschap te houden. Bestelde mijn *manhattans*, die mijn zuster ook was gaan waarderen, te veel voor haar gezondheid. 'Eén glas per dag, dat was de afspraak.' Een afspraak die ík nooit met haar gemaakt had. Ze moest, heel anders dan ik, de kluizenaar die de zonsondergang in stilte en eenzaamheid leed, aanspraak hebben bij het vallen van de avond. Een dag zonder borreluur was geen dag voor haar, het maakte niet uit waar de gesprekken over gingen, meestal over niets, zoals dat hoort bij borrelpraat – iets waar ik een geweldige hekel aan heb. Ik kom ook nooit op de talloze vernissages en boekpresentaties waar in Luiletterland auteurs, would-be auteurs, recensenten en redacteuren op schijnen te leven. Net als klassieke muzikanten, zangeressen uitgezonderd, behoren de literatureluurmensen niet tot moeders mooisten. Drank is het bindmiddel voor de literaatjes – voor echte drugs deinzen de meesten terug.

En dus zaten we daar, dronken door de etenstijd heen – ook hier verschenen kleine borrelhapjes bij onze cocktails – en wanneer ik zag dat ze het niet langer uithield, wandelde ik met haar naar huis, arm in arm. Dan had ik nog een hand vrij voor mijn stok. Die trappen ging ik niet meer op. De aanwezigheid van mijn zuster – we moesten samen wel een gare indruk wekken – sneed me volledig af van mijn eerder gemaakte kennissen in de stad. Maar het was altijd nog beter om alleen met mijn gare zuster aan een tafeltje te zitten, dan met die twee ouwe wijven samen, van wie de leeftijden zich bij elkaar leken op te tellen.

Met een laatste restje verstand had ik begrepen dat ikzelf te vaak en te veel aan de cocktails ging. 'Dan liever dood' is een motto dat ik altijd *up my sleeve* draag, als een valse joker. Speelkaarten op Sicilië, waarmee voornamelijk *briscola* gespeeld wordt, zijn een vreemde mengeling van tarotkaarten en het ons bekende setje. Belangrijker was het dagende besef dat ík nu degene was die op mijn zuster moest passen. Er drank was niet goed voor haar, dat zag ik aan de manier waarop haar gezicht leek te decompenseren na het tweede glas, aan haar stem, die hoewel luider ook steeds onduidelijker klonk, aan de herhaling van verklaringen van broederschap en liefde aan mijn adres, waarmee ik mij in het geheel geen raad wist.

Er ging misschien een week voorbij dat ik mij voorzichtigheidshalve niet op het tijdstip van het Hollandse borreluur bij Doctor Sam vervoegde. In die week begon het te regenen. Het bleef regenen, wat het publiek van Doctor Sam aanzienlijk deed inkrimpen. Ik kwam ook niet meer, omdat ik genoeg om over te piekeren had.

Doeschka nam haar gsm niet op. Eerst dacht ik dat ze niet wist hoe ze zo'n apparaatje moest hanteren. Daarna voelde ik mij verplicht de cafés van Ortigia af te lopen, om te kijken of ik haar kon vinden, mijn eigen stamkroeg tot het laatst bewarend, in de valse hoop dat ik haar daar zou aantreffen. Davide nam mij apart. Ja, ze was nog een keer of twee geweest, een keer was het tot ruzie gekomen met de directeur van de Amerikaanse universiteit, een volgende keer was ze ineengestort, of omgevallen, en had een van de andere bedienden, een lesbische fotografe die Graziana heette, haar via de apotheek naar huis gebracht. *Dottoressa* Terranova had haar een paar Xanaxen gegeven, opdat ze thuis zou kunnen slapen.

En nu stond ik in de regen in het smalle straatje voor haar voordeur. Op mijn bellen werd niet opengedaan. Mijn luide roepen naar de bovenste verdieping, waarvan de ramen openstonden, werd niet gehoord. Het leek of de geschiedenis zich in omgekeerde zin herhaalde. Giambattista Vico, dacht ik nog, terwijl ik 113 van de Polizia di Stato intoetste. De lichtblauwe uniformen waren onmiddellijk ter plekke, heel kalm en beleefd. Ze wisten in een mum van tijd de huisbewaarder te lokaliseren, en gingen mij voor de zeven smalle trappen op. Op het kloppen aan de binnendeur van het appartement kwam geen reactie. Ook daar hadden ze een sleutel van. Gelukkig hadden ze de nieuwsgierige schoonmaakster, van wie mijn zuster en Baps geen gebruik hadden willen maken, geboden buiten te blijven. De lege flessen en gebroken glazen die wij tegenkwamen op onze entree, deden mij het ergste vrezen, maar Doeschka zat gewoon aan tafel voor haar werkschriftje en keek enigszins verbaasd op naar *la forza*.

'Is het verboden in Italië om met rust gelaten te worden als je wilt schrijven?' vroeg ze laconiek. Ik vertaalde. De dienders hielden ruggespraak met mij. Ze vroegen mij of het de gezochte persoon betrof, en of die ziek was. Ja, nee. Toch achtten ze het beter dat ik ter plekke bleef, om de situatie onder controle te houden. Ze werden vriendelijk bedankt. En togen af. Ik nam mijn zuster met mij mee, we liepen arm in arm, meden de Piazza San Rocco, en stegen op naar mijn appartement Eindelijk kon ik mijn doorweekte kleren uittrekken. Had Doeschka toch nog gelijk gehad met die winterjas. Ze had haar werkspullen thuisgelaten. Ik maakte het kleine hokje van mijn slaapkamer voor haar vrij. Zelf zou ik zolang op de bank slapen, onder een ouwe jas.

'Hoe lang?' vroeg ik nog.

'Zolang het blijft regenen.' Dat was een goed excuus en voorlopig hield het niet op met gieten. De straten stonden blank.

Doeschka was enthousiast: 'Zo heb ik mij dat altijd voorgesteld. Dat wij uiteindelijk gaan samenwonen. En de rest kan stikken.' Eerst stelde ik een nieuw regime in: beginnend met vijf glazen spumante per dag, elke twee dagen een glas minderend, tot we uitkwamen op wat ze Baps beloofd had: één glas per dag. Dat moest dan wel als haar ontbijt. Daar had ik geen bezwaar tegen. 's Nachts sliep ik, met ramen open om de regen er de zee te horen, op de procrustesbank, mijn voeten ijskoud in de zeewind. Als Doeschka zich niet roerde in mijn slaapkamer, met een stuk of drie van mijn voorraadje Tranxène, was ik blij. Soms kwam ze langs in het donker, als ze naar de waterkast moest, en dan streek ze mij over mijn bol en trok mijn dekentje recht. Ik hield mij slaperd.

Probleem was eerder als ze wakker was, en niet ophield met praten. Nog nooit was ze zo gelukkig geweest, zei ze, nooit zo intiem met mij. Ik had niet veel te melden, en draaide muziek voor haar, Jiddische liedjes van *Tendresse et rage*, en oude nummers van Bob Dylan. Daarbij bleven mijn ogen niet droog. Net als mijn vader was ik een sentimentele kerel. 'To Ramona' was een van Doeschka's lievelingsnummers.

The pangs of your sadness
shall pass as your senses will rise.

Eerlijk gezegd had ik nooit zo'n wellevende, zichzelf wegcijferende gast in huis gehad. Mijn zuster was reukloos, net als de onheilspellende jongen van Gerard Reve, maar dat was mij wel zo aangenaam, gevoelig als ik ben voor geuren, niet mild voor de lichaamsgeuren van anderen. Alleen het eten was een probleem. Hoe lekker ik ook mag koken, beginnend met zelfgebakken brood, Doeschka weigerde te eten. Met de grootste moeite kreeg ik soms een glas water of versgeperst vruchtensap bij haar naar binnen – dan ging ze algauw kokhalzen. Net als mijn vader, die iets anders weigerde te drinken dan pure nicotine of cafeïne. Op een gegeven moment vond ik de oplossing: wat ze wel, mondjesmaat, wilde eten, waren versgebakken frites, op zijn Vlaams. Daar ben ik goed in. De juiste soort aardappelen in smalle stukjes snijden, dan vooral goed drogen in een theedoek, en minstens driemaal in de olie. Arachideolie is het best voor frituur. Dus aten we elke dag patates frites. Voor mezelf deed ik er soms stiekem een paar visjes bij, of een salade, die mijn zuster huiverend van zich af schoof.

Toen we eenmaal in een bepaald ritme waren gekomen – ik las soms voor uit de 'Bob Evers'-boeken – vroeg ik voorzichtig wat haar toch dwarszat.

'Lieve jongen, ik wil niets anders dan dit. Met jou mijn levensdagen eindigen. We hoeven daarvoor echt niet naar buiten.' Tot mijn verbazing hield ze zich aan het drankregime. Ik heb junkie- of borderlinevriendinnetjes zien smeken om een fles of een paar gram coke, letterlijk op hun knieën met gevouwen handen. Doeschka behield haar waardigheid.

'Maar je bent toch gelukkig getrouwd, even afgezien

van je *beste vriend* Baps?' Ondertussen had mijn zuster geen geld meer, alles opgebeld via de gsm met haar huwelijkspartner. Gelukkig hadden ze de huur van dat stinkhol boven aan de zeven trappen op voorhand betaald. Ik had al lang nattigheid geroken, want wie gelukkig getrouwd is, gaat niet met een vriendin voor een halfjaar elders wonen.

'Ach, die heeft haar vrijheid nodig. *Networking* staat voor haar op de eerste plaats.' We maakten ons daar vrolijk over: een gepatenteerde lesbienne van de fietsclub, die hockey speelde in het eerste of nationale team, ik weet niets van sport, die gedurig op bezoek ging bij haar fatsoenlijk getrouwde uitgever, bij een pathologische vrouwenmishandelaar die te Moskou gestationeerd was als buitenlands correspondent, bij een aanminnige mengelrascreool. Wat moesten die mannen met haar? Ik gaf Doeschka openlijk gelijk, al wist ik stiekem, uit eigen ervaring, dat lesbiennes hun seksuele voorkeur gemakkelijk opzij kunnen schuiven. Als iemand tegen mij zei: 'Maar ik ben lesbisch', dan had ik altijd geantwoord: 'Maar dat ben ik ook.' Mijn beste ex-vriendinnetje was lesbisch geweest, en toch hadden we goede seks gehad, en nu had ze twee kinderen van een onderkruipsel. Afgezien van mijn zuster: wij hadden het weleens geprobeerd, na een dronken bezoek aan mijn oude uitgever Droogkuis, om het halverwege op te geven: vergeefse moeite, met seks of liefde had het niets te maken. Bovendien, zo hadden wij toen geconstateerd, waren wij geen Egyptische koningskinderen.

Het feit alleen al dat de echtpartner van mijn zuster haar voor een halfjaar had laten gaan, al of niet onder begeleiding van de niet-lesbische *beste vriend*, gaf te denken. Mijn zuster was naïef in liefdeszaken, omdat ze de liefde serieus nam. Ook ik kreeg deze huwelijkspartner (volgens de moderne Amsterdamse wetten) wel aan de telefoon, en ik geloofde haar liefdesbetuigingen aan het adres van mijn zuster niet. Potverdorie, ik had haar zelf een keer in de keuken gepakt, zonder enige tegenwerking. Oké, ik ben een slecht mens. Maar slechte mensen hebben soms een beter inzicht. Mijn zuster was net zo serieus in liefdeszaken als mijn vader. Trouw in voor- en tegenspoed.

Af en toe zei ik tegen Doeschka, wanneer de nieuwsberichten begonnen: 'Nu moet je even je mond houden.' Dat had mijn vader ook altijd gezegd, omdat hij de weerberichten wilde horen. Ik wilde het nieuws over Cogne horen.

Wanneer we eenmaal goed op gang kwamen in onze gesprekken, mijn zuster en ik, ging het over onze moeder. Zodra ik geboren was, had mijn zuster het gevoel gehad dat zij overbodig was, ongewenst.

'Weet je, eerlijk gezegd heb ik altijd geloofd dat je moeder zich van mij wilde ontdoen.' Ik vroeg of ze zich nader kon verklaren.

'Nou, zij heeft altijd gedreigd mij naar een kostschool te brengen.'

'Daar hebben je ouders mij ook vaak mee gedreigd. Dat was standaard.'

'Nee, Timbeer, ik bedoel het letterlijk. Je moeder, als ze al mijn moeder is, had mij het liefst in een kussen gesmoord. Ze kon geen concurrentie verdragen.'

'Maar, lieve Doeschka, dat heeft ze nou juist niet gedaan.' Onvermijdelijk moest ik aan Annamaria Franzoni denken, in welk geval het bovendien om een zoontje ging, en niet om een dochter, die mogelijk de liefde van haar man had weggenomen.

'Nee, je moeder heeft nog nooit een vlaag van verstandsverbijstering laten zien. Haar onderbewustzijn heeft nooit de overhand gekregen. Maar er was niets wat ze liever wilde. Ik was, waar ik ook vandaan kom, bepaald een ongewenste indringer voor haar. Dat je vader zo veel van mij gehouden heeft, ook al is het misschien mijn vader niet, heeft ze nooit kunnen zetten.'

'*Aber du spinnst, liebe Geschwester.*'

'En waarom wil ze dan nog steeds geen contact met mij?'

'Omdat jij geen enkel dieper contact toelaat – je bent er bang voor.'

'*Brüderlein, ich liebe dich.*' Mijn antwoord, dat ik achterwege liet, had moeten luiden: ik ben zelf bang voor liefde en dieper contact.

Broeder en zuster, die elkaar haatten en niet openlijk konden beminnen, hielden deze situatie een korte regenmaand in stand. Daarna moest Doeschka terug, ook om thuis de boel op orde te krijgen. De dag van vertrek hoorden we op mijn batterijradiootje met pijpendoorsteker als antenne dat Annamaria Franzoni was gearresteerd. 'Ziezo,' zei Doeschka nog, 'dat is dan ook mooi afgesloten. Nu kan ik rustig gaan.'

Toen ik vroeg aan Miss de Bonneterie of ik haar begeleiden mocht naar het vliegveld, was het antwoord eenvoudig nee. We hebben, mijn zuster en ik, geen afscheid van elkaar genomen. Ik was, het doet mij pijn, niet in staat om te herstellen wat mijn moeder beschadigd had.

Cogne 10

Zodra Annamaria was vrijgelaten, na het eerste besluit van het hoger gerechtshof, verdween ze door een achterdeur van de vrouwengevangenis. De achterliggende gedachte bij haar opsluiting, zoals ook gemotiveerd door Gandini in zijn besluit, was dat Annamaria, los van haar sterke familieband (*merging*), en zonder aanspraak of bezigheden, spoedig zou instorten en met een bekentenis zou komen.

Die opzet was mislukt, en ook de redenen tot inbewaringstelling werden door het hoger gerechtshof niet voldoende geacht voor zo'n zware maatregel. Pasen zou zij in de boezem van haar familie kunnen vieren. Slechts één cameraman, die met een infraroodlens in Monte Acuto Vallese tot diep in de nacht op de loer had gelegen in het bos achter de Ca dei Sospiri (veelzeggende straatnaam), waar de familie Lorenzi nu woonde bij de ouders van Stefano, was erin geslaagd, dankzij kalende bomen die afstaken tegen een heldere maannacht, een thrillerachtige opname te maken van de vermeende moordenares die het huis van haar schoonouders van de achterkant sluipend benaderde, een weekendtas in de hand. Zou daarin het moordwapen zitten? Of wellicht niet helemaal schoon ondergoed? Misschien een andere pyjama? De suggestieve opname, eindeloos herhaald, ook in vertraging, was lachwekkend.

De psychiatrische onderzoeken die door de Procura en de verdediging waren uitgevoerd, inclusief de fameuze rorschachtest, waren eensluidend, maar de conclusies die

daaruit getrokken werden, stonden diametraal tegenover elkaar. De Procura stelde:
— Annamaria Franzoni is *normaal* en dus een *lucide moordenares*, die gehandeld heeft met uitzonderlijke *kille berekening* en *zelfbeheersing*. Zij is *zeer gevaarlijk* en heeft een misdaad gepleegd die *geen precedenten kent in de Italiaanse juridische geschiedenis*.
Voor de verdediging was de zaak even duidelijk:
— Annamaria Franzoni is *normaal*, en dus is zij volkomen onschuldig, want alleen een gestoord iemand zou op deze gewelddadige wijze haar eigen kindje ombrengen. Er is bovendien geen enkele aanleiding om aan te nemen dat het een wanhoopsdaad zou zijn geweest. Een vlaag van verstandsverbijstering wordt uitgesloten.
Dat Annamaria een lichtelijk getormenteerde indruk maakte, was ook al een twistpunt. Volgens de Procura had zij als goede moeder veel zwaarder getraumatiseerd moeten zijn door de dood van haar kind. Het maakte deze officieren van justitie kennelijk niet uit onverenigbare conclusies te trekken, zolang ze maar ten laste van de enige verdachte waren die ze ooit onder het vergrootglas hadden gehouden.

In het serieuzere televisieprogramma van de Rai, *Primo piano*, verscheen een oude professor, Vittorino Andreoli, die mij erg deed denken aan Michel Piccoli, en die sympathiek genoeg weigerde te spreken over de zaak-Cogne, of wat inmiddels was gaan heten: het Cognesyndroom.

'Het enige wat tot nog toe aan het licht is gekomen, is de inertie van de magistratuur en de onderlinge competentiestrijd tussen de verschillende rechercheorganen.' En deze hoogleraar in de massacommunicatie gaf als geweldige uitsmijter dat op deze manier alle tragiek aan de dood ontnomen wordt: 'Voor al die mensen is moord slechts een manier om kleine problemen op te lossen.'

Terwijl de verdediging een onafhankelijk Zwitsers bureau van experts in de arm had genomen, dat nog meer voetsporen en bloedspatten ontdekte en de bloedspatten op het pyjamajasje heel anders verklaarde, net als de vlekjes op de zolen van de klompjes, kwamen beide partijen overeen, na twee jaar, om een superexpertise te laten uitvoeren door buitenlandse geleerden, met name ene professor Schmitter uit Duitsland, wiens onderzoek maanden vertraagd werd omdat hij de Italiaanse dossiers niet kon lezen. Uiteindelijk kwam hij tot de conclusie dat de moordenaar hoogstwaarschijnlijk het pyjamajasje níet gedragen had tijdens zijn daad. Over de klompjes had hij geen duidelijk oordeel. Ik wil er graag op wijzen dat Annamaria schoenmaat 38 heeft, terwijl de voetsporen die in het huis gevonden zijn maatje 36 hebben. Zijn ook hier de metingen globaal geweest, of geeft deze schoenmaat een andere indicatie? Klompjes laten andere sporen na dan schoenen of laarsjes.

Terwijl het onderzoek zich jarenlang met name op de technische, 'wetenschappelijke' aspecten van de zaak had geconcentreerd, hielden de tien motieven die opperrechter Gramalo van het hof van cassatie aanvoerde voor zijn uiteindelijke vonnis in 2004, het zwaarste dat ooit in een dergelijke zaak werd uitgesproken, amper rekening met het recherchewerk. De verontwaardiging daarover was bij alle belanghebbende partijen even groot. Dit was een vonnis van wat men in de wiskunde noemt: substitutie door eliminatie. Het was onwaarschijnlijk dat iemand anders de moord gepleegd heeft, dus moet de moeder de schuldige zijn. Een hoogst ongebruikelijke redenatie in een moordzaak.

Volgens het hof van cassatie zou de moordenaar niet onzichtbaar kunnen zijn. Zou Annamaria geen alibi hebben (dat ze juist wel heeft, gezien de korte tijdsspanne van haar afwezigheid), en zou ze weinig geloofwaardig zijn.

Dit zijn aannamen, en geen bewijzen.

Het onderzoek zou van voren af aan moeten beginnen. Een onmogelijkheid, gezien de ontelbare personen die inmiddels het *Tatort* betreden hebben. Eén nieuwe vingerafdruk, door de verdediging jaren later gevonden, blijkt afkomstig te zijn van het Zwitserse onderzoeksteam. De advocaat van de verdediging, Carlo Taormina, wordt daarom van fraude beschuldigd.

Het aantal toegebrachte slagen, door een ongeïdentificeerd object, dat volgens de tekeningen en foto's van de verdediging nog het meest lijkt op een holle, stalen buis, zoals een stofzuigerslang, is inmiddels teruggebracht van zeventien tot zeven.

Terwijl Annamaria blijft volhouden dat de bewoners van Cogne van begin af aan wisten wie de dader geweest moet zijn, zeggen psychologen van de Procura dat het onderliggende motief voor de moord een veronderstelde handicap van het slachtoffer moet zijn; dat had alleen last van een kleine voedselallergie. Nogmaals, slechts een van de veertig gehoorde getuigen heeft beweerd dat Annamaria zich overmatig zorgen maakte over haar jongste zoon.

Een van de clous waarop mijn onderzoek zich richt, is dat Annamaria (onbetrouwbaar of niet), toen zij terugkwam van de bushalte, de sleutel van de voordeur dubbel heeft omgedraaid, op slot. Maar toen Satragni en Ferrod ter plekke arriveerden, was de deur geenszins op slot en konden zij naar binnen door op de klink te duwen. Dat zou erop kunnen wijzen dat de moordenaar zich in huis verborgen hield en naar buiten is geslopen toen Annamaria in de slaapkamer haar zieltogende zoontje aantrof.

Als je een huilend kind snel stil wilt krijgen, doe je dat eenvoudig met een kussen, vlak bij de hand, en daarvoor zoek je niet eerst een scherp wapen om hem kapot te maken. En ook al heb je zo'n wapen bij de hand en wil je het kind tot 'rust' brengen, dan sla je niet dóór. Een of twee keer is al genoeg.

Als Annamaria de moordenaar is, zou zij zonder pyjamabroek, en dus in slipje (een mooi beeld), op haar zoontje hebben ingehakt. Dus zou zij, halverwege de handeling zichzelf aan te kleden, plots het idee gekregen hebben dat Samuele koudgemaakt moest worden. Niet waarschijnlijk.

En als het moordwapen zo extreem onvindbaar is, waarom zou Annamaria, lucide en kil, dan niet geprobeerd hebben het pyjamajasje weg te werken, met al die bloedsporen?

En als het moordwapen een huishoudelijk voorwerp, zoals een stofzuigerstang, zou zijn, en zo zorgvuldig is schoongemaakt, net zoals zij zichzelf (op welke tijd?) zou hebben schoongemaakt, waarom zou ze dan klompjes en pyjamajasje zijn vergeten schoon te maken?

Bovendien, als er sporen zijn uitgewist, in de eerste plaats op haar eigen lichaam, en dan op het moordwapen, zou de *crime scene* dan niet geroken hebben naar schoonmaakmiddelen? Zouden er dan geen bloedsporen in kammen en borstels hebben moeten zitten, of gezichtsreinigingswatjes in de pedaalemmer? Nooit gevonden.

Heeft dan niemand eraan gedacht deze argumenten aan te voeren?

Annamaria is onschuldig.

HOOFDSTUK XI

Zwarte regen

Ik heb mijn zuster niet meer teruggezien. We zijn nu in maart 2005, drie jaar na de arrestatie van Annamaria Franzoni, en drie jaar nadat Doeschka Syracuse voor gezien hield en met de te kleine hoed op haar knieën terug is gevlogen naar Amsterdam. De laatste weken van haar verblijf, toen zij in mijn bedje lag te ronken en ik de bank in mijn werkkamer, een soort verlengde van de keuken, doorwoelde, waren uiterst harmonieus verlopen, met elke avond verse patates frites en de tropische stormregens, die het welhaast onmogelijk maakten van mijn optrekje af te dalen naar de straat.

Een labyrint van riviertjes werd gevormd door de smalle straatjes van Ortigia, met op de pleintjes enkeldiepe meren, waarin het vuilnis heen en weer klotste. Wij zaten hoog en droog. Niet helemaal, want op zulk winterweer zijn de oude huizen niet ingesteld. Er was geen rookkanaal om een kachel aan te sluiten, en we behielpen ons met een butagasfles. Het water sloeg onder de dorpelloze vensters door naar binnen en elke ochtend moest ik dweilen. De lucht was dik van vocht en oliewalm. Mijn zuster is niet iemand voor huishoudelijke karweitjes. Als ze niet in bed lag om te slapen, gehuld in haar winterjas, zat ze op de bank, wanneer ik niet lag te slapen. Zij was vrolijk en toegenegen, voldaan omdat haar boek, waarvoor ze immers naar mijn stad was gekomen, reeds was voltooid. Nee, ik wilde niet dat ze mij daaruit passages voorlas. Als beloning had ze voor zichzelf een halsketting van blauwe halfedelsteentjes besteld en waren we een keer het noodweer in gedoken om bij Buffetti een dure vulpen te kopen, van het klassieke Italiaanse merk Aurora.

Zelf schrijf ik met potlood, op ongelinieerd papier, al komt er van mijn schrijven weinig terecht. Mijn oren kan ik niet sluiten voor Doeschka's woordenstroom en grappen. Niet dat ik er wijzer van werd — wat ik voor wijsheid houd, beweegt zich op een ander vlak. Wel probeerde ik te vorderen met aantekeningen; het voorwerk is voor mij de belangrijkste fase van het proces. Het schrijven zelf heb ik altijd als een horreur ervaren. Die aantekeningen gingen niet over mijn zuster, haar leven of haar afkomst. Ik had een ander voorwerp van belangstelling.

Ook door het dak begon het nu te lekken. De huizen hier hebben een dubbeldak: een zadeldak met pannen, en aan de binnenkant een halfrond gestuukte boog, met kromme spanten als bij een schip, en opgevuld met wat wij in Holland Brabants werk noemen. Die Romeinse dakpannen waren hier en daar van hun plaats geschoven, door het intense verkeer van wilde katten, door spontaan opgroeiende cactussoorten, en door ratten. Elke dag had ik met schaaltjes en pannetjes op de vloer moeten schuiven om het water op te vangen. Mijn huis was niet zozeer een *Schiff im Gebirge*, zoals de roman van Hans Lebert, als wel de brug van een schip op volle zee. Van welke kant de stormwind ook kwam, hij trof rechtstreeks de stuurhut, was het niet aan bakboord-, dan wel aan stuurboordzijde. Mijn zuster en ik bleven op onze post; het was nog niet erg genoeg om een mayday uit te zenden. Hoe hadden we dat ook kunnen doen, als de elektriciteit langdurig uitviel, telefoonverkeer bijna onmogelijk was, en de brandweer nooit mijn kleine straatje kon bereiken? Nieuwe butagasflessen werden gelukkig bezorgd, met winteropslag. Af en toe gaf ook het witte televisietoestel beeld, met sneeuw en kraak, maar het journaal wordt zo rap gesproken dat alleen doorgewinterde toeschouwers er iets van kunnen opsteken.

Jawel, nog één keer heb ik mijn oudere zuster teruggezien. Ze was vermagerd en beheerst, ik had haar niet verwacht. Dat was op de begrafenis van mijn goede vader, waarvoor ik halsoverkop naar Nederland moest vliegen. Mijn oudste broer sprak. Ik had een tekstje voorbereid over zijn sterke handen: liefde door kracht. Mijn zuster, die wel andere problemen onder ogen had te zien, sprak een lang vertoog uit over de joodse godsdienst en over de voordelen van een opvoeding die haar vermeende vader achterwege had gelaten. Een gruwelijke farce, als zij had kunnen inzien hoeveel haar vader om haar had gegeven. Hij was de laatste van de familie die nog contact met haar gezocht had.

Gesproken heb ik haar niet, op die begrafenis. Eigenlijk deed ze net of ze mij, of ons in groter verband, niet kende. Zij distantieerde zich van de familie, ook van de Duitse tak. Of zij mijn moeder meer dan alleen de hand heeft geschud, weet ik niet. Mijn moeder weet niets meer van die dag.

Je kunt niet weten wat zich afspeelt in de kop van mensen. Je kunt onmogelijk voorspellen hoe of ze zich gedragen zullen op een bepaald moment. Mijn eerst zo zwakke moeder kan in haar eentje standhouden in dat veel te grote huis, dat altijd blinkend schoon moet zijn, tot achter de kasten en onder de bedden. Zij weigert een betere werkster te nemen en wil niets van wijkverpleging weten. Ons heeft ze plechtig laten beloven, op het hoofd van onze vader, dat ze niet zal worden opgeborgen in bejaardenwoning of verzorgingsflat. Daar is het trouwens te laat voor. Je moet je jaren van tevoren inschrijven. Een nieuwe erfeniswet in Nederland doet alles aan de langst levende partij toekomen. Geldzaken – die mijn vader in bepaald wanordelijke toestand had achtergelaten – worden aan mijn broer overgelaten. Eindelijk heeft zij, mijn moeder, haar eigen geld en bezit, het huis, een weduwepensioen, en dan is ze niet in staat het te beheren. De verzorging moesten wij maar regelen. Dat heet mantelzorg, tegenwoordig. Mijn vader en mijn moeder hadden hun ouders toen deze vijfenzestig waren meteen geplaatst in een bejaardentehuis, waar ze vanzelf en allenig afstierven. Mijn vader was regent geweest van zulke tehuizen.

Geen nood. Ondanks onze andere besognes, eigen onwillige kinderen en schuldenlasten voor een minimum aan woongenot, kwijten de drie kinderen zich van die taak. Mijn broer woont in de buurt. Mijn kleine zus aan de andere kant van het land. En ik kon het zo organiseren dat ik een semester in Leiden mocht doceren, en dus, in plaats van in mijn eigen werkkamer in de hoofdstad, in mijn jongenskamertje kon slapen en boodschappen kon doen, eenvoudige medische verzorging uitvoeren, schoonmaakwerkzaamheden, thee zetten, sinaasappelen uitpersen, tafel dekken, eten koken, afwassen, koffie maken en meekijken naar Duitse misdaadseries. Mijn moeder vindt dat erg prettig, omdat mijn vader altijd voortijdig opstond om elders een pijp te roken of alvast naar bed te gaan. Zoals zovele echtgenotes na het overlijden van hun man is ze enorm opgeknapt en belooft nog lang te leven.

Ik wil geen lelijke dingen over mijn zuster zeggen – behalve dat ik vind dat ze te snel en te gemakkelijk schrijft – maar aan deze vorm van mantelzorg doet ze niet mee. Mijn huishoudster in Syracuse, Anna, zou zeggen dat het een teken van kracht is en dat wij week zijn ons te bekommeren om ons moeder, in haar dagelijkse behoeften. Ik weet het niet. Morgen, zo niet overmorgen ben ik oud en zwak en hulpbehoevend, zonder AOW of weduwnaarspensioen. Alles wat ik in mijn leventje verdiend heb, is door vriendinnen opgeslokt. Ik heb daar geen spijt van. Al die vriendinnen zijn weggelopen, dat was minder leuk, en hebben fluks baby's van andere, gefortuneerdere manspersonen gebaard. Toch heb ik hard gewerkt, en ben vaak op jacht gegaan met een heel, heel klein geweertje, want dat geeft niet zo'n harde klap.

Kortom, die zaken zijn geregeld en daarom kan ik dit verhaal naar volle waarheid afmaken. Wie weet wat komen gaat, weet meer dan ik. Wie denkt te weten hoe het is geweest, heeft zijn verhaaltje klaar, dat voor een ander allerminst acceptabel hoeft te zijn. Ook als je twee verhalen met hetzelfde onderwerp over elkaar legt, wrikt het geheel en krijg je de boel nooit passend. Zoals mijn moeder vroeger met haar naaipatronen.

Alles bij elkaar genomen kan ik zeggen dat mijn zuster en ik, na onze korte samenleving in Aschaffenburg als kind, en tijdens de drie weken van overlevingsstrategie tijdens haar onfortuinlijke verblijf in Syracuse, slechts kort familie van elkaar geweest zijn. Blijft de competitie, en competentiestrijd. Schrijvers kunnen geen vrienden zijn. En schrijvers in een en dezelfde familie – dat verdraagt zich niet. Dan is het moord en doodslag, Kaïn of Abel: wie was het geliefdst bij de oerouders?

Misschien is voor mij het grootste mankement aan mijn zuster dat zij een meisje was, een vrouw is. Ik heb haar nooit als zodanig beschouwd. Voor mij zijn de verschillende kunnen of kunden, hoe noem je dat, in beginsel aan elkaar gelijk. We hoeven niet samen op één fiets. We kunnen onze levens afzonderlijk voeren. Toch blijft dat bij mij verwarring zaaien.

Stel dat we iets anders deden. Ik had mijn zuster graag in de rol gezien van een strijdbaar lid van de RAF. En zelf heb ik, je kunt het beter niet toegeven, altijd sympathie gehad voor de Brigate Rosse. We hadden samen banken kunnen beroven, in wapens en drugs handelen, het haar van Duisenbergs kop scheren. Dan waren we een goed paar geweest. Zoals toen we een club vormden, De Zwarte Klauw, die zonder overtuiging tegen de buitenwereld streed, drie woensdagmiddagen hebben we het volgehouden, met zelfgemaakte paspoorten, aardappelstempels en brandende papierproppen in je hand voor de vuurproef. Ik heb geen politieke overtuigingen, mijn zuster wel, vrees ik. Daarover zullen we het nimmer eens worden. Mijn zuster maakt volop deel uit van de buitenwereld. Je denkt dat je volwassen bent, maar ik vrees dat zij me in de steek gelaten heeft en dat ik leef in een verstophoekje dat zij allang vergeten is.

Op de begrafenis ontbrak mijn vader, die protagonist had moeten zijn.

'Man, sta toch op, vader, ga wandelen, zo staat geschreven in het Boek! Laat nog één keer je gezag en hoogmoed gelden, door al deze beroepsklagers naar de hel te wensen, ons incluis.' Voor mijn moeder zou hij een uitzondering hebben gemaakt. Vanuit de hemelen bereikt zijn stem mij niet, ook niet door die zware steen heen. Ik vond het vroeger moeilijk mijn vader naakt te zien, al schaamde hij zich nergens voor. Waar is het eigenlijk voor nodig dat mensen in hun beste kleren worden begraven? Dat dacht het kabinet der Koningin ook, toen het een jaar of tien geleden verzocht aan de doden voortaan hun eretekens terug te sturen.

Veel herinner ik mij niet van de plechtigheid. Doeschka was steeds aan de andere kant van kerk, condoleancezaal, restaurant, aan de andere kant van de menigte die rond de grafkuil geschaard stond. Er waren oude vrienden van mij die al decennia geen contact meer met mij hadden, en alle ooms en tantes, die, voorzover ze niet al dood waren, toch in elk geval zeer oud waren geworden. Natuurlijk was het zonnig weer. Er was een ouderwets bulderende aartspaap met een pleeborstel in de hand en er was soep, goeie soep, zoals mijn vader gezegd zou hebben. Hij had de lange maaltijd toch niet uitgezeten, was eerder opgestaan van tafel om buiten te gaan wandelen.

Iedereen had het naar de zin. Heb je één receptie meegemaakt, dan ken je ze allemaal. Dat geldt ook voor begrafenissen. De catering komt altijd met dezelfde hapjes aanzetten. In Duitsland heet het *Leichenschmaus*, daar zijn ze het wat ruimer gewend. Ik nam het woord graag in de mond. De Hollandse familieleden schrokken er een beetje van. Ofschoon misschien de meest manische van allen, was ik toch liever gans alleen *an der Gruft* blijven staan, tot het ging regenen of sneeuwen, misschien een kleine mondharmonica in de aanslag, onzeker of ik wat zou spelen, in plaats van het voltallig kerkkoor of de muzak in de uitspanning. Mijn vader zou daartegen protesteren. Nu deed zijn oudste dochter het voor hem. Die mondharmonica had ik gevonden in zijn nachtkastje, dat van mijn moeder leeg moest vóór de plechtigheid.

Ze houden niet zo erg van muziek, bij ons in de familie. Zodra ik mijn viool opnam, als schooljongen, werd er beneden met deuren geslagen of startte mijn broer een van zijn opgevoerde knetterfietsen in de tuin. Mijn moeder zingt nog maar één liedje, nu ze alleen is, zachtjes voor zichzelf, bijna alsof ze zich schaamt:

> *Vor der Kaserne*
> *Bei dem großen Tor*
> *Stand eine Laterne*
> *Und steht sie noch davor...*

Mijn vader hield vooral van jachthoorns, de *Messe de Saint-Hubert.* Op zondagochtend, als hij terugkwam van de vroegmis, zette hij de speakers wijd open en joeg iedereen uit bed. Jachthoorns zou mooi geweest zijn bij de open groeve, maar zo'n koperorkest in ruiterkostuum laat zich niet een-twee-drie overvliegen uit de Ardennen.

Er werd behoorlijk gedronken en geschonken; geen slok voor mijn vader. Ik moest terugdenken aan de begrafenis van zijn oudste broer, een jaar of wat daarvoor. Mijn moeder was niet meegegaan, omdat zij niet goed ligt bij de koude kant. Mijn vader had het trouwens ook niet op zijn oudste broer. Gevlucht of niet uit Duitsland, ze kwam daar toch vandaan. Nog nooit heb ik mijn vader zo vrolijk gezien. Speciaal voor hem werd het lauwe koffiedrinken wat bekort en kwamen de obers, op verzoek van mijn dierbare neef, met sterkedrank te voorschijn. Hij zei het pas toen ik door het donker terug naar huis reed: 'Ha, die kwaaie snor. Dit is de mooiste dag van mijn leven.'

Ook deze lange dag werd het donker en ging iedereen op huis aan. De Duitsers haalden de laatste trein, ze hoefden niet met het goederenvervoer. Mijn moeder bleef met mij achter in het nog na-echoënde huis, gordijnen open, alle lampen aan. Voor de eerste keer trok ik de gewichten van de klok omhoog.

'Nu zou je het toch wel zeggen, Maya, is Doeschka nou je dochter, ja of nee?'

'Zo gedraagt ze zich anders niet.' En ze begon te neuriën:

> *So wollen wir uns wieder seh'n*
> *Bei der Laterne wollen wir steh'n*
> *Wie einst Lili Marleen'.*

We hadden, ontdekten we een uur later tot onze schrik, de voordeur wijd open laten staan. De buitenlamp scheen op de lege stoep.

Kameraden van het zakmes, *so weit die Füße tragen*, gedeserteerd uit een leger van leugens, voort door het donker, op vleugels van gezang. Mijn vader heeft nooit de wapenrok willen dragen. Geen fictie, maar voorstanders van de waarschijnlijkheid. Toch begrijp ik heel goed dat een vader, dood of levend, niet mag kiezen tussen zijn kinderen, of ze zich nu, omdat hij toch blind is, aandienen als Esau of als Jakob. Tijdens zijn leven heeft mijn vader nooit een voorkeur laten blijken. Of toch misschien? Dan was het voor zijn oudste, dwarse dochter. Kun jij dat goed tot je verheven fabelkop laten doordringen, zuster van mij, zou ik haar willen schrijven.

Ach wat, oud zeer. Eenieder kiest de vader die hij wensen zou, pas achteraf. Ik had gewenst dat mijn broeder-zuster en ik een dergelijk verbond, zo voor het grijpen, zo voor de hand liggend ook, in stand hadden gehouden. We hadden onze verhalen, de verschillende versies van het verleden, zo mooi kunnen vergelijken bij die gelegenheid. Niks hoor, drie weken patates frites en jodenmoppen. Het is vergeefs gefloten als het paard niet kakken wil, zou mijn vader zeggen. Misschien was ik niet in staat mij voor haar liefde open te stellen, gefingeerd of niet.

De ouders van de kleine Samuele zijn goed katholiek. Zij hebben altijd tot hun dode zoontje gebeden opdat hij hen vanuit de hoge hemel bij de hand mocht nemen en zou leiden. Al die gebeden, en die brief aan de paus, hebben niets opgeleverd. Toch zijn ze nog niet van hun geloof gevallen, Annamaria en Stefano. Het is een soort sliepuit voor gelovigen, de dood. Er zijn in Italië veel oplichters die, tegen betaling van een geldsom, de doden tot de nabestaanden laten spreken. Regelmatig worden die oplichters betrapt, bijvoorbeeld doordat de cliënte zich als weduwe voordoet, terwijl haar man gewoon op de gang te wachten staat. En dan toch spreekt vanuit het hiernamaals. Stapt de levende dode de 'behandelkamer' in, met een cameraman erbij. 'O, pardon, dan had ik de verkeerde aan de lijn. Mensen kunnen zich vergissen.'

Ik moest, na een laatste nacht in mijn jongenskamertje, weer met het vliegtuig terug. In Syracuse zat al dagenlang een cameraploeg op mij te wachten. Dat heb je als je pittoresk gaat wonen. 't Was een afwisselende reis geweest, heel anders dan de laatste paar passen naar de overkant van mijn vader.

Terug op mijn eiland begon de nacht te beven. Ik kon het voelen in bed en zag de plafondlamp in het donker schommelen. Een kleinigheid. Het kwam wel meer voor op Ortigia, dat niet bepaald aardbevingbestendig was. Nog in 1999, vertelt Anna, was iedereen de straat op gevlucht, hadden de mensen zich een weg gevochten over de brug naar het vasteland. Het onderaardse gerommel kwam dit keer van de Etna, die weer tot leven was gewekt. Je kon de vuurgloed in de nacht en zware rook bij dag goed zien. De hemel schoof traag dicht, de wind stond onze kant op. Skipistes op de moederberg en kleine nederzettingen werden verzwolgen. Met kruisen en Mariabeelden probeerden de bewoners van Randazzo de lavagolf tot stoppen te dwingen, die dreigend afzakte met een snelheid van een meter per dag. Processies zijn al mooi. Wanneer de stoet zich achterwaarts bewegen moet, is het nog indrukwekkender. Net als het paard is de mens er amper op gebouwd om achteruit te lopen, hoezeer ze dat ook oefenen aan hoven of tijdens een dictatoriaal bewind. Het is een overblijfsel van Byzantijnse etiquette, teken van onderdanigheid. Er ligt een klein barokstadje hier in de buurt, in de Ibleïsche bergen, Ferla geheten. Het wordt in de volksmond *paese di*

Giuda genoemd, omdat ze daar ooit het kruisbeeld in het ravijn hebben gegooid toen het geen oplossing wilde bieden aan de hongersnood. Uit angst lopen de oude mensen daar nu achterwaarts de kerk uit.

De witte stad, zoals Syracuse ook wel genoemd wordt, werd zwart van vettig neerslag. Het plaveisel van de straatjes, de balkonnetjes, de sierlijke applicaties aan de gevels — alles zwart. De auto's, de blauwe vissersbootjes, de kathedraal, het postkantoor. De mensen droegen paraplu's, als ze zich al buiten waagden. Je kon vegen en soppen wat je wilde, telkens opnieuw droegen je eigen schoenen de woede van de vulkaan tot in huis. Rouwranden onder je nagels, zwarte neusgaten. Zelfs de kussens in de slaapkamers werden smoezelig. Men waste zich de haren en de handen, het hield niet op. Het duurde maandenlang, die zwarte regen.

De kwestie-Cogne hield nog langer aan; we zijn nu in het derde jaar. Een van de psychiaters voor de Procura, Lanza, zou gezegd hebben dat Annamaria haar ware natuur niet prijs wil geven en een vulkaan verbergt, die elk moment ontploffen kan. Afijn, dat zou dus al gebeurd zijn, als we de rechters moeten geloven. Ik hing 's nachts slapeloos in mijn stoel voor de vervloekte schrijftafel, als Dylan Dog, een populaire stripfiguur hier te lande die zich *indagatore dell'incubo* noemt, een soort privé-detective voor spookzaken en waren. Op mijn sopraansaxofoon (Dylan Dog speelt klarinet, de *Duivelstrillersonate* van Tartini, op zich een goede grap, want dat is een stuk vol dubbelgrepen dat alleen op de viool gespeeld kan worden) neuzelde ik wat voor mij heen. Ik dacht aan Doeschka en dacht aan la Franzoni. Niet dat ik op een van beiden ook maar enigszins verliefd zou zijn, maar ze hebben mijn sympathie. De zaken zijn nauwelijks vergelijkbaar. Wat was dan het verband waar ik naar zocht?

Callas en Cherubini?

Er was een nieuwe aanwinst bij ons groepje op de Piazza San Rocco, een autosportjournalist, die ik had leren kennen doordat wij met onze Citroëns weleens op het circuit van Syracuse mogen draaien. Die zei met verve over de moord in Cogne: 'Ik ben nog van de oude stempel. Niet zoals je nu vaak hoort: welke waarheid? De mijne? Die van jou? Die van de anderen? Als iets gebeurd is, moet het gebeurd zijn, en wel op één manier. Dat is de waarheid. 't Is zo gemakkelijk te zeggen: "Er is geen waarheid meer!"'
Er zijn natuurlijk zat waarheden die nooit boven water komen. Dan kun je iemand niet veroordelen. Opschorten van je mening, was altijd het advies van mijn vader geweest. Niet handelen, niet oordelen, is vaak beter dan het doorhakken van de gordiaanse knoop. Mijn zuster weet tamelijk veel van Alexander. Nou, dat is wel het meest stupide wat hij ooit heeft gedaan. Die knoop moest niet ontkend of doorgehakt worden, die moest je juist ontrafelen, met geduld en beraad. Welnu, dat kon de held niet die de Griekse cultuur om zeep geholpen heeft.

Doeschka, zoals gezegd, heb ik niet meer gesproken of teruggezien. Zij speelt met haar verzinsels, lucide genoeg om er soms mooie boeken van te maken. Dat Annamaria Franzoni in een waan gehandeld zou kunnen hebben, wordt door de psychiatrische expertise ontkend.

Ik heb Annamaria nog twee keer teruggezien. Op 27 december 2004 trad zij, officieel veroordeeld en met dertig jaar geïsoleerde celstraf in het vooruitzicht, voor het voetlicht met haar man. In een programma van Irene Pivetti, ex-voorzitter van het parlement, die nu een televisieshow doet, *Giallo* (misdaadmysterie). Stefano Lorenzi maakte een zelfverzekerde indruk, kalm, vastberaden. Annamaria was niets verouderd: hetzelfde gezicht in de plooi, enigszins droef gestemd, dezelfde, nu verouderde make-up, een ietwat strakker kapsel, maar nog steeds met lage pony. Misschien kwam het echtpaar iets te geprepareerd over; de advocaat had hun te duidelijk gezegd wat ze moesten antwoorden.

Ik moet er steeds aan denken wat dat kost, die dure advocaat, met al zijn specialisten, nu al ruim drie jaar in dienst. Ouders van beide echtelieden zullen hun vastgoed hebben moeten verkopen, ze zitten voor hun leven aan de grond. Daarbij moet het huisje in Cogne, waar de juridische autoriteiten weer beslag op hebben gelegd, gewoon worden afbetaald, maand na maand. Die mensen moeten zo diep in de schulden zitten dat ze zich liever dood wensen.

Gelukkig heeft Doeschka dat soort problemen niet. Mocht de overspelige echtgenote bij haar weggaan, met of zonder medeneming van het vreemde kind, dan moet zij wel haar huis verkopen. Verdere schulden zijn er niet. Slechts de abstracte schuldvereffening die haar godsdienst dicteert. Ik houd mijn hart vast. Als zij wil blijven geloven dat zij een wisselkind is, of ondergeschoven, kan niemand haar genezen van die waan. Mijn moeder ontkent. Mijn vader had de tijd niet meer om zijn pijp uit de mond te nemen en het laatste woord te spreken. En tante Else heeft in haar testament niets laten blijken van een mogelijke intrige. De zaak tegen mijn ouders is voor mij verdaagd, verjaard, gearchiveerd. Mijn moeder zou zich nooit met een andere man hebben afgegeven, eenvoudig omdat zij, dat hebben vrouwen soms – naar mijn zin te vaak – geen zin had in seks of neiging daartoe. Ze was getrouwd met mijn vader en bleef hem trouw, hoe moeilijk ze de verplichting tot gemeenschap wellicht ook gevonden heeft. Als mijn vader bij een andere vrouw een kind gemaakt zou hebben, zou hij dat zeker niet aan mijn moeder aangeboden hebben. Die had gewoon geweigerd, of was anders teruggegaan naar het huis van haar vader. En tante Else, met haar gouden kruisje, ach, die had zich wellicht graag een kind gewenst, een straatvechter en dwarskop, zoals mijn zuster en zoals ze zelf was geweest. Maar dat had nooit zo lang verborgen kunnen blijven, door de generaties heen.

Zo acht ik het evenmin waarschijnlijk dat Annamaria — en ik weet heus wel wat verdringing is — na drie, vier jaar nog niet bekend zou hebben of gebroken zou zijn. Een dergelijke last is niet te dragen. Mensen zwelgen in hun bekentenissen. Haar man hoort haar in haar slaap praten: 'Niet weggaan, Sammy, bij me blijven, hoor!' Mijn moeder droomt dat ze mijn vader naast zich ziet liggen, allebei doen ze op hetzelfde moment hun nachtlampje aan, en dan barsten ze in lachen uit. Mijn moeder noemde dat een nachtmerrie, maar ik vond het mooi: ik heb ze zelden naar elkaar zien lachen.

Begin deze maand zijn beiden, Annamaria en Stefano, voor een tweede keer opgetreden in het programma *Giallo* van Irene Pivetti. Mijn witte televisietoestel heeft het inmiddels helemaal begeven. Ik ben gaan kijken in de verwarmde lounge van mijn oude hotel aan zee. Zij werden op locatie gefilmd, in een klein huisje in Monte Acuto Vallese. Dat doen ze voor het geld. De ingenieur Stefano is timmerman geworden. Waarom? Ik denk omdat hij een gedeelte van zijn maandloon moet afdragen aan de verdediging. Dan kan hij net zo goed een eenvoudig baantje nemen, eerlijk handwerk. Veel geld hebben ze niet nodig. Annamaria was ietsje ontspannener dan de vorige keer. Ze zeulde met de derde baby, Gioelle, die de tweede nooit vervangen kan. Davide liet zich niet voor de camera zien. Daarna reed Irene Pivetti met Stefano naar Cogne. Daar houden carabinieri nog steeds de wacht. Ze mochten niet binnen de afzetting komen. Stefano wees op de vluchtwegen die de moordenaar, 's ochtends om halfnegen, gemakkelijk had kunnen nemen zonder door iemand gezien te worden. Hij keek half bitter, half dromerig naar zijn vervlogen droom, zoals mijn moeder gekeken moet hebben toen ze mij dat verhaal over de nachtlampjes vertelde. Het was tijdens deze uitzending dat voor het eerst het minuten durende eerste telefoontje van Annamaria met 118 werd uitgezonden: ijselijke wanhoopskreten, niks geen lucide kalmte en ijselijke berekening; en volgens mij ook geen toneelspel. Daar is Annamaria het type eenvoudig niet voor. Het was of we in dit telefoontje de warme moord zelf aanschouwden. Ik lig er nog steeds wakker van.

Privé-detective Gelsomini heeft de gangen nagegaan van 'Mister x'. Heel plausibel allemaal. Moederskindje, vrijgezel, ook niet verloofd, parkwachter, pornoblaadjes. Een oude *asimante*, zoals dat in Italië heet, die altijd is afgewezen, die vaak vanaf het balkon van zijn huis gezien heeft hoe Annamaria zich aan- of uitkleedde. Of hoe zij in bikini haar huid laat bruinen als de zon schijnt op de veranda voor het huis. Dan is er nog niets aan de hand. Geen alibi, die jongste zoon van Ottino Guichardaz, de buurman. En bergbewoners denken net als in de alpenfilms dat hupse vrouwen die alleen in huis zijn... Waarom zou hij dat kindje dan vermoord hebben? Om een onverwachte getuige uit de weg te ruimen terwijl hij eigenlijk alleen van plan was om zijn buurvrouw op te wachten in haar huis en te verkrachten? Daarna angst had gekregen en van zijn hoofdplan had afgezien? Misschien is het waar, maar het is niet waarschijnlijk.

'Maar iemand moet toch dat kind vermoord hebben!' zo hamert onze journalist op tafel, zodat we onze glazen moeten vasthouden. 'We hebber er recht op dat te weten!' Andrea Camilleri heeft in *L'Espresso* een stuk geschreven waarvan de strekking is dat wij, het publiek, niet van de magistratuur of de verdediging, dat helemaal niet hoeven te weten; er zit niemand verlegen om ons begrip of onbegrip. Het is een recht, zo noemde Camilleri dat, ons niet te mengen in de privé-levens van anderen.

Daar ben ik het mee eens – al kan een dergelijke mening het vonnis niet vergoelijken. Misschien dat ik nog eens de gangen moet nagaan van de onduidelijkste speler in de rechtbankklucht. Ada Satragni, de vermeende vriendin, huisarts en psychiater, de eerstehulpverlener, die de *crime scene* meteen zo grondig heeft verstoord, en die zich later tegen la Franzoni heeft gekeerd. Welke maat schoenen heeft zij? Waarom heeft zij haar door beroepsgeheim beschermde gegevens over Daniela Ferrod vrijgegeven? Ada is nooit in één adem met de buren genoemd, maar ze woont amper verderop. Zou die de koekjes en taarten bakkende tut van een Annamaria dodelijk hebben willen treffen? Gewoon uit jaloezie, omdat Stefano haar niet zag staan, omdat ze vond dat la Franzoni zeurde en het niet verdiende aan de voet van het Gran Paradiso te wonen. Ze woont vlakbij, slechts één bocht lager in de weg. Psychiaters moeten vaker dan u denkt zelf naar de psychiater. In de oude school begonnen ze daar mee. Driftbui, vlaag van verstandsverbijstering, moordwapen het medisch hamertje uit de dokterstas, meteen al vreemd gedrag bij de vondst van het lijk, nog vreemder tijdens de verhoren. Mogelijkheid, motief en middelen zijn aanwezig. Op bewijzen is zij nooit onderzocht. Misschien slikt ze zelf medicijnen – twaalf jaar in een koekenbakkerij en nooit van een taartje snoepen, dat wil er bij mij niet in. En wie zou er eerder last van stress hebben: een huisvrouw met kinderen in de keuken, of een vrouwelijke arts die in Italië ook nog het huishouden, de kinderen, de keuken en de natte boel moet doen? Ze hadden geen butler in huis, maar in de oude misdaadthrillers is de dokter vaak een goede kandidaat. Omdat die boven elke verdenking verheven is.

Soms kom ik met de auto door Aosta, om daar de weg

omhoog te nemen naar de Passo Gran Bernardo, op weg naar het noorden, of terug vanuit het noorden naar het zuiden, naar mijn huisje op Ortigia. Ik heb altijd de neiging weten te bedwingen om in Aosta af te slaan en even een blik te werpen op het moordhuis, het droomhuis van de Lorenzi's. Dat vind ik niet kies. Ik kan het huis ondertussen dromen.

Als ik in Amsterdam over de Vijzelgracht rijd, of door de Utrechtsestraat, aarzel ik vaak even of ik het straatje van mijn zuster in zal rijden. Zij heeft liever geen onaangekondigd bezoek. Ik durf mijzelf niet aan te kondigen. Zou zij die panamahoed nog geruild hebben? Maar een geschenk kun je niet opeisen.

Liever rijd ik uit de grote stad, met hoeveel letters schrijf je dat, naar Haarlem, 'met de schatkist van de Bavo aan de horizont', naar het huis van mijn vader, waar zijn gestopte pijpen rondslingeren en waar mijn moeder haar verleden overdenkt, ook verandert en verdraait, in een verhaal dat nergens klopt, tot ze zich bij mijn vader kan voegen. Dan kunnen ze hun verhalen eens vergelijken. Ik rijd, eindelijk van de snelweg af, langs de verwaarloosde Mariastichting, onder de lindebomen door tot in de Middenlaan, waar ik mijn eerste vriendinnetje heb gezoend, waar ik ben opgegroeid, tot in de lange schemering van het Corner House. De deur staat altijd voor mij open, daar in het noorden.

De show is over. Ik blijf nog wat zitten en staar uit het raam van het Gutkowskihotel over een zwarte zee. De Etna heeft zich in zichzelf teruggetrokken. Er is geen vuurgloed meer te zien. Ongetwijfeld zijn er andere rampen op komst, het zinken of ontmantelen van de *Poisk* bijvoorbeeld. Maar ik beloof je, vader, dat ik de kwestie nu laat rusten. Het is niet goed om over je eigen familie te schrijven. Laat rusten wat tot rust gekomen is. En toen was er koffie, goeie koffie, zou mijn vader zeggen. Maar hij was al opgestaan van tafel voordat het programma was afgelopen, om even te gaan wandelen. Of te gaan slapen, voor 'een stif kwartierke'.

VERANTWOORDING

Elke overeenkomst van personages die in dit boek worden genoemd met personen... Wel, personen zijn voor mij nu eenmaal personages.

Met de uitbarsting van de Etna heb ik een jaar gesmokkeld.

Voor de zaak-Cogne heb ik gebruikgemaakt van de kranten *La Sicilia*, *La Repubblica*, *La Stampa*, *Corriere della Sera*, *Panorama*, *L'Espresso*, *Il Nuovo*, *Pagine*, de website van het Comitato Solidarieta a Franzoni Annamaria. Van de gerechtelijke stukken die op de respectieve sites hiervan gepubliceerd zijn, en van allerlei persoonlijke meningen op individuele websites. Van mijn huishoudster Anna en advocaat Brandini. Van twee boekjes over de zaak: Cogne: *Analisi di un Delitto 'perfetto'*, 2003, van de criminoloog Carmelo Lavorino, tevens directeur van het *Detective & Crime Magazine*, en *Il Caso Cogne*, z.d., van Fabio Fox Gariani. En van het journaal TG3 van de derde Rai-zender (met Federica Sciarelli als omroepster en soms agressieve veldjournaliste), van dat van TG5, van de programma's *Porta a porta* van Bruno Vespa, de *Maurizio Costanzo Show*, en *Giallo* van Irene Pivetti.

Ik excuseer mij bij voorbaat bij *dottoressa* Ada Satragni, mocht ik haar ten onrechte gedrag in de schoenen schuiven dat aan onhandigheid te wijten kan zijn. Mijn drieledig doel was slechts:

1. aan te tonen dat Annamaria Franzoni niet haar ei-

gen kind heeft vermoord, waarin ik onvoldoende ben geslaagd;

2. aan te tonen dat Annamaria Franzoni nóóit veroordeeld had mogen worden, op de motivaties van het hof van cassatie en na de klungelonderzoeken van carabinieri, RIS, de Procura van Aosta, aangejaagd door de algemene hetze tegen haar in de publieke opinie.

3. aan te tonen dat overmatige media-expositie de rechtsgang zeer nadelig kan beïnvloeden en dat psychiatrische expertises en *criminal profiling* in een *domestic crime* weinig aan de oplossing kunnen bijdragen.

Verder hebben mij geholpen: de boeken van Edgar Allan Poe, Simenon (met name *Une confidence de Maigret*, 1959, en *Maigret hésite*, 1968), diens biografen Pierre Assouline en Patrick Marnham, en enkele boeken over forensische psychiatrie: *Moordenaars en hun motieven*, 2004, van Jef Vermassen, *Nozioni di antropologia criminale*, 2000, van Gaetano Ingrassia, *Criminal Profiling: Dall'analisi della scena del delitto al profilo psicologico criminale*, 2002, van M. Picozzi en A. Zappalà, en *Offender Profiling and Crime Analysis*, 2001, van P. Ainsworth.

En natuurlijk het fameuze artikel 64 uit het Franse Wetboek van Strafrecht:

Niet van misdrijf noch van vergrijp wordt gesproken, indien de verdachte tijdens het plegen van zijn daad in staat van verstandsverbijstering verkeerde of wanneer hij gedreven werd door een innerlijke drang waaraan hij geen weerstand kon bieden.

Behalve Annamaria Franzoni zelf zijn de enige sympathieke personen in deze geschiedenis haar eerste advocaat, Carlo Grosso, die in feite al het werk van de verdediging gedaan had voor hij zich terugtrok – Carlo Taormina heeft nauwelijks iets toegevoegd behalve nog meer expositie en verwarring – en de onderzoeksrechter Fabrizio Gandini, die naar eer en geweten te werk is gegaan, het arrestatiebevel 'met pijn in het hart' heeft uitgevaardigd, en zelf excuus vraagt voor mogelijk foutieve gevolgtrekkingen.

Aan deze drie, volgens mij de enigen met een zuiver geweten in de zaak-Cogne, draag ik dit boek op.

LEVERBARE BOEKEN VAN GEERTEN MEIJSING

Altijd de vrouw
De grachtengordel
Veranderlijk en wisselvallig
De ongeschreven leer
Tussen mes en keel
Dood meisje
Stucwerk
Malocchio

www.arbeiderspers.nl